Procesado en el paraíso

Un poeta que vivió la guerra

Ismael Sambra

© Ismael Sambra, 2021
© Iliada Ediciones, 2021
ISBN: 9798741353134

www.iliadaediciones.com

ILIADA EDICIONES
Heidebrinker Str.15
13357 Berlín
Alemania

Maquetación: Tobías S. Hirsch
Edición/Corrección: Lauren T. Hope.
Portada: MJA —AV Kreativhaus UG

A todos los que han sido encarcelados, desaparecidos, fusilados, exiliados por la intolerancia y el totalitarismo.

A Diosdado Marcelo Amelo Rodríguez prisionero de conciencia, compañero de celda, a quien torturaron y dejaron morir en "la prisión más grande del mundo".

A todos los que han sufrido de alguna manera la tragedia de nuestra isla.

"El déspota cede a quien se le enfrenta no a quien se le humilla, con su única manera de ceder que es desaparecer. A los que le desafían respeta, nunca a sus cómplices."

José Martí

CAPÍTULO I

TEMPRANO PARA MORIR

Nací dos años después que terminó la Segunda Guerra Mundial, y cuando apenas cumplía los once, conocí a los barbudos de la sierra. Mi padre, que en paz descanse, era un comerciante de ésos que iban por los montes proponiendo su mercancía. Vendía cuadros, adornos, perfumes y todo tipo de ropas, bloomers, ajustadores, calzoncillos, medias, blusas, pantalones; también telas de todos los colores y calidades, a 20, 30, 40 centavos la yarda. Luego cobraba a plazos, 20 o 25 centavos semanales, un peso al mes, de puerta en puerta, de zona en zona; y el campesino que no tenía dinero en efectivo, pagaba con cualquier cosa, con algún animal, con algo de la cosecha; pero siempre pagaba.

Así, trabajando por cuenta propia, papá mantuvo la familia, cinco en total: papá, mamá, mi hermano, la casa y yo. Eran los tiempos en que un peso tenía el mismo valor de un dólar y hasta más. Eran los tiempos en que había que trabajar para ganarse un peso y con un peso se podía hacer maravillas.

Mi padre era un poco bruto, y cuando se peleaba con mamá, nos llevaba a almorzar a la fonda de Javier frente a la Plaza del Mercado. Allí con 25 centavos pedíamos "una completa", con bistec, congrí, ensalada y plátano frito. Mi papá fue un buen cliente de la fonda y podíamos comer hasta fiado.

Papá jamás le debió nada a nadie. Fue siempre honrado, demasiado honrado, exageradamente honrado y trabajador. Él era exagerado en todo, hasta en esto de la honradez, aunque aquí no cabe la palabra exageración. O se es o no se es. «La honradez es una virtud —decía para justificarse—, aunque digan los que dicen que en este cabrón mundo no se puede ser honrado».

Yo lo entiendo así y quisiera que me entendieran. Ser honrado es tan importante como ser agradecido. *«Ser agradecido es la más grande virtud del hombre y ser desagradecido su peor defecto»*. Así dijo un poeta santiaguero en una entrevista cuando llegó a Canadá. Por eso digo lo mismo, que el que es honrado y es agradecido, más que la paz de los hombres, merece El Paraíso, que es el perdón de Dios.

Debemos vivir agradecidos de todo lo que nos rodea, de la luz, del aire que respiramos, de lo que nos ha dado El Creador y han descubierto los hombres, o han inventado para nuestro confort, hombres que dejaron de dormir para crear bienes para el hombre.

Vivir para agradecer es mi lema. Los agradecidos viven en paz, por la paz y para la paz. Los desagradecidos hacen las guerras, por las guerras y para las guerras. Éstos llevan en ristre la lanza de la ambición mezclada con los sueños. Los desagradecidos y los ambiciosos se unen en la misma guerra y parecen imposibles de erradicar de nuestro moribundo planeta, porque el mundo ha sido una eterna "manzana de la discordia". *"Estamos en guerra hasta con nuestros propios cadáveres. Aún sobre los cadáveres vencidos",* dijo el poeta.

Esa vez que acompañé a mi padre al monte yo no sabía que estábamos en guerra y que nos estábamos jugando la vida. Pero siempre hay alguien a quien agradecer o algo que agradecer. Papá tenía muchos conocidos dondequiera, aunque muy pocos amigos. Siempre anduvo solo. Muchos lo querían, pero en nadie confiaba. Era de los que decía que «amigo es un peso en el bolsillo», sin temor a equivocarse.

Sin embargo, creo que le conocí uno, un viejo llamado Aurelio que vivía a unas tres cuadras de nuestra casa y tenía muchos conocimientos de navegación. Sabía de barcos y de viajes por el mar, sin haber sido marinero. Y es que estuvo muchos años trabajando como guardián de El Faro, en la boca de la bahía de Santiago. El viejo era quien alumbraba y vigilaba para que los barcos entraran seguros desde todas partes del mundo.

Tenía varios barcos adornando la sala de su casa y hasta algunos en botellas de colores que, según me dijo, él mismo metió. Pero yo nunca lo quise creer, pues me parecía que era cosa sólo de magias.

—¿Y cómo es que lo hace?

—¡Ah, soy mago! —me dijo, como para dejarme en un mar de dudas, la única vez que lo vi reír con los ojos.

Papá me llevaba algunas veces a ver al viejo Aurelio, lento, flaco y calvo, que de repente se puso muy enfermo, y tiempo después murió sin regalarme el barco que me había prometido. Entonces fue cuando decidí fabricar yo mismo el mío, y lo llevaba siempre a la playita de poca arena, de poca orilla, que habíamos descubierto papá y yo, pegada a la carretera que llevaba al mar, directo a El Faro, cerca del Castillo del Morro que habían construido los españoles para que los piratas no entraran en la isla, *"en esta isla/ caballo resoplando al horizonte/ con la esperanza de un caracol sin orillas".* Allí aprendí a nadar y a navegar en mi propio barco con su motor de ligas torcidas, que yo mismo construí, con sus velas de cualquier color del muestrario que papá exponía a los clientes.

Aurelio era un buen viejo que seguro pensó que podía llevarse sus barcos a la tumba, pero eso nunca pudo ser. El día del entierro sus barcos seguían en la sala, sobre una gran mesa, todos reunidos, hasta los barcos de guerra, silenciosos, indefensos, solitarios, para decirle adiós a su celoso guardián. Después no supe más.

Aurelio y otro que le decían Mestre venían a menudo a mi casa a oír la radio en onda corta, bien bajito, metidos dentro de mi cuarto y en ese momento ni mi hermano ni yo podíamos entrar, porque no era cosa de barcos lo que hablaban; sino de la guerra. A veces sólo llegaba a oír como un grito *"aquí Radio Rebelde desde la sierra..."* y no oía más, porque ahí mismo le bajaban más el volumen.

Papá no quería que yo supiera de esas cosas, porque «los muchachos no pueden saber las cosas de los mayores», decía cuando yo preguntaba, «los muchachos hablan cuando las gallinas mean», decía cuando yo insistía. Sin embargo, de cuando en cuando, me llevaba a casa de sus clientes, y me daba de paso un paseo. Allí podía oír lo que él decía que yo no podía oír, porque todos hablaban en voz alta, no sólo de ropas y de estampados; sino también, de la guerra.

En esos lugares se podía hablar, porque eran casas apartadas con plantas y árboles alrededor, casas sin calles, separadas, no pegadas como las casas en la ciudad. En la ciudad las paredes tienen orejas. «Baja la voz, que te pueden oír», le rogaba nerviosa mamá. Nos pueden oír, ¡claro que sí!, ¿pero quién? «Dondequiera hay un Chivato», decía papá. «Es verdad». Es alguien diferente que nos vigila y que nos quiere hacer daño con su lengua.

Casi siempre me llevaba los sábados o los domingos, o cuando no había escuela, y a veces nos dejaba un día entero y luego al anochecer nos recogía. Yo me portaba bien toda la semana para ganarme este derecho, porque me gustaba mucho el campo. Soy el mayor y soy más curioso que mi hermano, y más atrevido en eso de querer saberlo todo «y eso te va a traer muchos problemas en la vida», me decía mamá.

Aprendí mucho de ríos, de caballos, de frutas y de animales. Eran gente pobre como nosotros, pero con casas bien limpias y cuidadas. Recuerdo una, donde íbamos a menudo, que estaba cerca de los campos de golf del Country Club, que tenía la hierba muy verde y muy bien cortada. Allí jugábamos en un molino de viento que no molía nada, sino que sacaba un agua del fondo de la tierra lo suficientemente fría y dulce como para secar nuestro sudor y restablecer nuestra energía, después de correr y revolcarnos como animales sobre la hierba.

Papá me llevaba, porque tenía varios motivos para llevarme, porque así podía disimular para hacer lo que hacía. Pero eso lo vine a saber después, porque él mismo un día nos lo dijo como arrepentido y con lágrimas en los ojos «Por esta revolución yo arriesgué hasta la vida de ustedes, carajo, y por eso me duele más la mierda que han hecho con ella».

Antes se podía ir al monte sin mucho riesgo; es decir, antes que los barbudos empezaran la guerra y empezaran los muertos a aparecer por dondequiera, antes que los soldados empezaran a morir y empezaran a matar. Después la cosa cambió hasta en la misma ciudad. Las bombas podían explotar en cualquier esquina y cualquiera podía morir por la explosión y la metralla. Mi mamá nos decía que no tocáramos ningún paquete tirado en la calle. Eran bombas sin nombres. Ya no salíamos casi a ninguna parte y menos de noche. El terror nos invadía. Ya casi nunca me llevaba con él a casa de sus clientes, hasta ese día en que por poco nos matan a los dos.

Yo vivía en las nubes y creo que hasta hubiera podido volar si lo hubiera intentado, porque fui un niño feliz. No había por qué no serlo. No éramos ricos, ¡claro!, estudié siempre en escuelas públicas donde nos daban todo gratis e íbamos a las tiendas que iban todos, donde todo era más barato. No éramos ricos, ¡claro!; pero conservo muy buenos recuerdos de la niñez, pues para tener recuerdos no hace falta tener dinero. Ellos aparecen para hacernos felices o para ponernos tristes, y eso es lo que me pasa a mí cuando te cuento esto.

Nací y me crie cuando aún los Reyes Magos existían, cuando Melchor, Gaspar y Baltasar, visitaban la gran mayoría de los hogares con niños, con sus tres camellos y sus mágicas bolsas cargadas de juguetes, todos los días 6 de enero de cada año, todos los días seis, después de año nuevo, después que pasaban las fiestas de la Noche Buena. Ésas eran las fiestas de las navidades, que era todo como una gran fiesta de muchos días sin parar, donde en cualquier calle o en cualquier vidriera se podía encontrar un adorno, una estrella, un decorado con el nacimiento del niño Jesús, con arbolitos y hasta árboles gigantes de navidad.

Recuerdo que en mi barrio, en la loma de El Tivolí, adornaban con bolas, campanas, luces, estrellas y guirnaldas, una Ceiba grande crecida en medio de una rotonda que no era completamente redonda, sino casi triangular, frente a la escalinata de la calle Santiago, la calle que tiene el mismo nombre de la gran ciudad, pero de sólo tres cuadras, en el pico de la loma donde yo nací. En la pendiente construyeron una cascada que parecía de verdad, donde peces de colores nadaban y pastores y ovejas tomaban agua. Desde abajo se veían los muros de la estación de policías y desde arriba, desde los muros, se veía el mar imponente de la bahía repleta de barcos de todo tipo.

Antes se podía pasear y ver, se podían recorrer las calles adornadas y cubiertas como por una alfombra de papeles de colores bien unidos, que formaban letreros y dibujos de pájaros, campanas, flores y estrellas sobre nuestras cabezas, que era como si pasáramos por dentro de un túnel, que daban sombra y mucho fresco en las calles a pesar del refulgente sol. Cuando soplaba cualquier brisa, los papeles cantaban una música como violines mezclados con susurros de palomas mensajeras. Eran papeles de colores que le hacían cosquillas al viento para que fuera más agradable el aire y el penetrante calor de mi ciudad. Se podía pasear por las calles, de túnel en túnel, de sorpresa en sorpresa, ir de calle en calle buscando la más bonita de ese año, porque todo era una fiesta y cada calle esperaba ganar su premio.

Estuve mucho tiempo creyendo en los Reyes Magos, hasta que nos dijeron en la escuela que eso de los Reyes Magos era mentira, que era un truco de la burguesía y la religión; y que los barbudos de la Sierra eran los Reyes Magos de verdad, que además de muchos juguetes, nos traían libertad y justicia para todos. Y fue todo muy duro de entenderlo, y fue muy triste mirarlo, porque ya no se adornaron las calles, y la ceiba gigante del barrio se quedó sin luces, y la cascada artificial que tanto me gustaba, dejó de funcionar.

Esa vez que acompañé a papá al monte (después supe que mamá no estuvo de acuerdo), esa vez era casi fin de año y no había mucho embullo para las fiestas, porque era mucha la guerra y muchos los muertos. Fue para el mes de noviembre. Ahora pienso que fue el mismo mes en que yo nací. Entonces puedo decir que yo nací dos veces en el mismo mes.

Recuerdo que íbamos en su gran motor alemán DKW, de tres velocidades, de color rojo, con fuerza suficiente para subir cualquier montaña. Mi padre le había adicionado un cajón de madera bien pulimentada, que era donde llevaba siempre la mercancía.

Recuerdo que unos soldados con ropas amarillas y cascos oscuros y armas largas, nos pararon a la salida de la ciudad y registraron todo dentro del cajón. Hablaron algo, algo que no llegué ni a oír bien y mucho menos a entender. Sólo oí que le gritaron cuando nos dejaron por fin pasar «Tenga cuidado, Moro, que la cosa no anda buena por ahí». Después supe que nos habían dado sólo hasta las 5 de la tarde para regresar y que en el doble fondo del cajón, iban las medicinas y los mensajes para los rebeldes.

BARBA ROJA EN TIERRA NEGRA

Un hombre al parecer nos esperaba. Un hombre espectacular. Un hombre rojo y lleno de pelos y collares negros y rojos. Dejamos la carretera y entramos por un enorme terraplén amarillo y polvoriento. En el medio del camino estaba parado el hombre, más bien gordo, con una barba larga y roja, mirándonos con anteojos. Ése fue el que nos salió al encuentro. Los demás se habían quedado a un lado con sus fusiles, dispuestos a disparar. «A ese hombre le decían Barba Roja, un famoso guerrillero de la sierra» —me dijo papá años después.

Nos llevaron hasta el campamento que estaba bien metido en el monte, muy cerca de un río. Papá entró con él y con otros al barracón, y yo me quedé afuera respirando el olor de la hierba removida y chamuscada, mirando los pájaros, descubriendo ese crepitar de metales ardientes que tiene el monte, el monte siempre soñado, el monte amado desde la primera vez.

Yo no entendía muy bien. Sólo vine a entender que algo malo estaba pasando cuando de pronto una avioneta empezó a dar vueltas y a tirar bombas. Mi papá salió corriendo del barracón junto con los barbudos y entre todos cogieron el motor y lo metieron en una hondonada de tierra húmeda y olorosa, debajo de los árboles. Yo me metí con ellos y casi debajo del motor, mientras las bombas lo estremecían todo.

La avioneta no se veía porque estaba volando muy alto, sólo se sentía el motor como el ronquido ahogado de un dragón al final de las explosiones. Los barbudos estaban tirados en el suelo con sus fusiles apuntando a los pedazos de cielo que se veían entre las ramas, pero nadie disparó. Parece que todos esperaban ver al dragón rabiando bien cerca, pero nadie lo vio y nadie disparó. Oí a un barbudo que dijo «Las están tirando sin ver donde las tiran». Ése que habló estaba cerca de mí y de papá y hacía señales a los otros para que se estuvieran tranquilos. Todos estuvimos así hasta que el dragón volador desapareció, o hasta que se le acabaron las bombas o las ganas de tirarlas.

Luego fuimos saliendo del escondite y oí al hombre de la barba roja que le dijo a papá «No regrese, Moro, que a esto ya le queda poco». Los barbudos querían que nos quedáramos con ellos, a vivir como ellos en el monte, para hacer juntos la guerra, porque decían que si regresábamos nos podían matar los soldados de Batista. El de la barba roja me dio unas palmaditas en la mejilla como para buscar mi aprobación. Pero no hacía falta decirle que sí, porque yo estaba de acuerdo. Quería quedarme en el monte y él seguro que me lo descubrió en los ojos, aunque después de las palmaditas se lo dije también con una sonrisa.

Eso era la guerra de la que oí hablar a mi tía Hilda y a mi abuela María, "la guerra de Barbatruco", y yo pensé que era médico cuando le decían doctor y que era como John Nelson, el explorador de la selva, el héroe de las aventuras que daban por la radio al mediodía y que siempre me gustaba escuchar. «Tanganica romperte cabeza con fuerza grande de Tanganica». ¡Qué suerte! Ésa sería mi propia aventura, la guerra del monte, de los guerrilleros contra los soldados. Los buenos venciendo a los malos.

Pero papá dijo no, que no nos podíamos quedar, que no podíamos dejar solos a mi hermano y a mamá, que ellos no sabían nada, que para la próxima vez sí, que él sabía que la cosa estaba bien fea, pero que tenía que regresar para poder seguir ayudándolos. «No se preocupen que a mí me conoce mucha gente, que soy un comerciante muy cobarde, que no se mete en nada, un pobre diablo que sólo quiere ganar dinero». Dijo y rieron todos con él.

Fue en el mes de noviembre, a escasos dos meses de producirse el triunfo de la revolución; es decir, la llegada de los barbudos a la ciudad, la llegada de Barbatruco y su ejército rebelde, una fecha que nadie podía olvidar, el primero de enero de 1959. Porque por esa guerra muchos murieron y muchos, sin siquiera saberlo, estuvimos a punto de morir. Porque tiempo después nos enteramos que los soldados de Batista nos iban a matar de verdad. Nos iban a disparar por la espalda cuando nos dejaron regresar ya casi de noche.

Esto lo contó un soldado que era sargento y conocía a papá. Un soldado del bando de los malos, pero que era bueno. Nos salvamos gracias a él y gracias a mí también que tenía una espalda demasiado tierna para las duras balas del enemigo, para morir sin saber que iba a morir. El sargento pudo intervenir frente a los soldados que nos apuntaban «Que no, cojones, que ése es el Moro, que no se mete en nada, un pobre diablo que sólo quiere ganar dinero», y pudo parar la orden de disparar.

Nos sentimos agradecidos, porque nos hubieran matado de verdad y no nos hubiéramos ni enterado de que nos estaban matando, porque ahora sé que cuando la muerte entra por la espalda uno ni se entera, y porque yo ni siquiera respiraba, ni apenas miraba el paisaje, porque iba regresando con mi cabeza llena de lo que había vivido en el monte. ¡Lástima no poderlo contar! Iba pensando que era una lástima no poderlo decir a mis amigos del barrio y de la escuela, porque se hubieran muerto todos de la envidia. «A nadie se lo puedes decir, mijo, porque nos matan». Y debía empezar por aprender a guardar el secreto. Así regresaba, así andábamos de regreso, y así tan alelado con las emociones, tan embriagado con las sorpresas de la vida, así, nadie se entera que lo están matando.

Así es. Aún no me tocaba, aún no había llegado mi turno. «Todo está escrito y sólo Dios sabe cuándo nos toca», dijo mamá muy angustiada. Estaba predestinado a sobrevivir y conocerlo todo, a vivir completo mi pedazo de historia. «La historia se escribe a la manera de los que ganan la guerra, por eso sólo puedes confiar en ésos que la cuentan desde sus heridas», me dijo papá mientras rompía las páginas recién leídas del periódico Revolución que había comenzado a editar el nuevo gobierno.

¡De acuerdo! Aquí van mis cosas vividas, desde mis heridas, para poder entender y contar, para que entiendas lo inútil que fue todo. «Lo amargo que es el sacrificio cuando se defiende una mentira», agregó para concluir, al tiempo que frenaba con su gruesa mano una lágrima desbocada en los recuerdos.

Yo estaba como predestinado a sufrir en carne propia las heridas de la guerra, en una época de violencias y esperanzas, ilusiones y frustraciones, confianzas y desconfianzas, rupturas y engaños, en una revolución traicionada por Barbatruco, el John Nelson de las aventuras, mi héroe de la selva en los mediodías de la radio.

Así es. Cuando entendí todo, no tuve otro camino que luchar contra lo que una vez habíamos defendido, arriesgando nuevamente la vida.

ANTECEDENTES DE LA GRAN GUERRA

La guerra siempre vivió conmigo; es decir, a mí alrededor. Creo que eso es la vida, una historia repetida en constantes círculos de guerra. *"He cruzado las rocas sin zapatos/ He presenciado mi muerte/ escapándose de la historia vivida/ a saltos mortales"*.

Esa vez me salvé de la muerte, nos salvamos de la muerte; pero esa no fue la única vez que estuvo tan cerca de mí. Años atrás la sentí rugir cuando apenas amanecía. La guerra ruge en el campo explosivo que tiene la sangre. Uno la entiende bien no cuando la vive, sino cuando la recuerda contando cicatrices.

Recuerdo que estábamos en el segundo cuarto, cuando empezaron las explosiones y las sirenas. Papá nos metió casi dormidos debajo de mi cama, *"mi cama me sabe de memoria/ desde niño/ ¡coño cuántas cosas sabe mi cama!/ mi cuerpo se hizo en sus esquinas/ y en la espiral de su centro..."*. Todavía estaba oscuro cuando escuchamos los disparos y nadie podía asomarse para ver si había o no amanecido.

Eso fue a sólo tres cuadras de donde vivíamos. No podíamos levantar la cabeza. Pegué bien la mejilla, demasiado tierna, a los mosaicos de la casa donde había nacido. Sentí mi corazón retumbando en el suyo. Desde aquel día nos conocimos más mi casa y yo, porque *"Hay volcanes en el vientre de una casa/ como recuerdos/ de orígenes diversos/ como si una luz la ubicara en su tierra y en su aire propio/ para que fuera así de plena/ de singular manera su presencia."* Eso fue en El Tivolí, *"fundado por franceses/ en tiempos de emigración haitiana..."*, en la estación de policías de La loma del Intendente, un 30 de noviembre.

Fue en noviembre cuando unos jóvenes dirigidos por Frank País, un poeta que tocaba el piano y amó a Dios primero y a la revolución después, y que por eso amó más al hombre, decidieron atacar la estación de policías y hacer la guerra para tumbar a Batista, quien años después de haber sido elegido presidente, había usurpado el poder con un golpe de estado militar.

Recuerdo que cuando íbamos a la loma a jugar a la pelota o a las bolas, nos poníamos debajo de unos árboles, en los jardines públicos, frente a unas casas que quedaban frente por frente a la estación de policía. Yo veía a los policías con sus uniformes azules parados en los escalones de la entrada, pegados a la acera por donde cualquiera podía pasar sin miedos. Yo los veía también dentro del local y hasta de pronto jugando a las bolas con nosotros como uno más de la barriada. En realidad muchos eran jóvenes del barrio.

Las veces que llevaban a alguien preso suspendíamos el juego, «a ése porque lo cogieron robando», «a ése porque le entró a golpes a la mujer», «a ése porque estaba celoso y atacó con un machete al vecino». Entonces nos quedábamos mirando cómo lo metían en la estación, rodeada de muros y almenas por el mismo borde de la loma. Desde allí veíamos los botes y los barcos de la bahía, *"los barcos quietos como sobre hielo... y este sol/ estas aves blancas que buscan el sol y esta puesta/ de sol rompiendo el gris de la tarde..."* Desde allí también se podía ver la cascada, la famosa escalinata de Padre Pico, la gigantesca ceiba que adornaban cada año como árbol de navidad y la escuela pública Don Tomás Estrada Palma, donde hice la primaria, con libros, libretas y lápices de colores para dibujar, porque también me gustaba mucho dibujar.

Después que los metían en la cárcel, seguíamos jugando como si nada. Todo tranquilo, como si no existieran policías, ni presos, ni armas de fuego, allí tan cerca, que más bien veíamos que estaban para cuidar y proteger.

Después que atacaron la estación de policías, todo cambió, todo se echó a perder. La atacaron y la quemaron y ya no podíamos ir al terreno a jugar. Mi mamá ni quería que saliéramos a la calle. Yo pensaba que sólo nos lo prohibían a mi hermano y a mí, que era culpa de la represión siempre exagerada de mis padres. Pero igual les pasaba a los demás muchachos del barrio. No querían que jugáramos en la calle después que llegábamos de la escuela. Eso fue por un tiempo hasta que el miedo nuevamente se alejó. Entonces volvimos a la loma para jugar delante de las ruinas calcinadas, la sangre derramada, el olor de la lluvia sobre las cenizas y la implacable depredación del tiempo.

Sentimos esa vez la guerra muy cerca, metidos debajo de la cama. Sentimos las sirenas de los bomberos que trataban de apagar el fuego. Sentimos a los soldados caminando rápido por las calles y gritando como locos. Querían capturar a los asaltantes. Sentimos como tocaban a la puerta de algunas casas para registrarlas y capturar a los que atacaron. En mi casa no tocaron, no registraron.

Mi casa estaba frente por frente a un callejón y por eso una bala perdida se incrustó en la fachada y dejó su huella, un hueco más arriba de la puerta. *"Mi casa lleva una puerta ancha/ es decir colonial/ para que todo pase de la calle a mi casa/ la puerta es un respiradero/ a donde casi nunca voy a tomar el aire/ porque el aire está dentro de mi casa/ también es ancha mejor dicho colonial/ para que salgan los recuerdos/ para que salgan con la misma rapidez con que entran/ para que salga además el mismo amor que llegó/ sin rejas a la armazón de mi casa..."* «Esa fue una bala perdida», recuerdo que dijo la vecina de enfrente, gorda y nerviosa como siempre, agitando las palabras junto con las manos redondas, cuando ya todo había pasado.

El hueco estuvo allí mucho tiempo hasta que papá subió a una escalera y lo tapó, para evitar que le siguieran preguntando y tener que volver a contar la tragedia de ese día, tan oscuro, tan funesto, en que se mezcló el agua con el fuego y el olor de las cenizas. Pero eso fue antes de pintar la fachada de verde, verde como el monte, un poco menos quemado que los uniformes que usaban los barbudos en la sierra para confundirse con los árboles.

La fachada de mi casa fue durante mucho tiempo del color de la esperanza, como la revolución prometida «verde como las palmas», como dijo Barbatruco; pero todo fue un truco —decía papá después que perdió su esperanza en la revolución que ayudó a triunfar.

Cuando eso yo tenía sólo nueve años. La fachada miraba al callejón y por eso podía haber visto todo lo que estaba pasando afuera ese día de la balacera. Lo hubiéramos visto todo por alguna rendija de la puerta, desde abajo, porque así lo hacíamos mi hermano y yo cuando mamá nos encerraba y no nos dejaba salir a jugar, «por desobedientes, por malcriados, para que aprendan a respetar a los mayores». Nos escondía las ropas y nos quedábamos completamente desnudos, con los güebos al aire. Nos tirábamos sobre el mosaico frío para mirar, para sufrir viendo cómo los demás muchachos se divertían jugando a "la pelota" o a "la pelegrina" o a "los palitos" o a "la masculina". *"Me gustan los mosaicos de mi casa/ son frescos, únicos.../ no olvido que de niño me entretenía/ descubriendo figuras en esa especie de blanco/ ocre y gris de sus manchas/ también estos mosaicos marcaron mis líneas/ resistieron mi peso/ mis caídas/ patines y velocípedo..."*

Pero no, esa vez fue muy peligroso mirar. No nos dejaron. Sólo papá se arrastró por el suelo y miró cuando ya las balas parecían haber terminado. Yo me daba cuenta de lo que estaba pasando y vi el miedo en los ojos de todos y me dio risa. Parece que la risa brota también con el miedo. Ni mi hermano ni yo podíamos controlarnos por más que nos pegaran pescozones en nuestra cabeza dura. Por primera vez vi el miedo en los ojos de mamá y sentí también que la risa se me había mezclado con el miedo. Miedo a que los soldados entraran en mi casa y nos mataran. Risa de descubrir el miedo burlándose de todos debajo de mi cama. El cabrón miedo y la cabrona risa de la muerte asechándonos desde ese 30 de noviembre de 1956, en mi barrio, donde unos jóvenes se ilusionaron con la idea de acabar para siempre con la tiranía, sin sospechar que otra más devastadora vendría en su lugar.

Esos fueron los muchachos de Frank País, que también tocaba el órgano, quienes atacaron la estación. Y eso nos dijeron en la escuela el día que conmemoraron el aniversario de su muerte, de este líder traicionado, jefe del movimiento clandestino, asesinado en las calles de mi ciudad, *"y te han esparcido en la pólvora de los años/ llegando a los parques hacedores de encuentros/ propagandas y acciones clandestinas. /Te han esparcido/ para darle al fusil una razón en tiempos/ de defender tu nombre/ tu sangre generosa repartida y multiplicada..."* «Los muchachos del pobre Frank, un líder con mucho carisma —dijo mi padre—, los muchachos de Frank, que murieron ese día para apoyar el desembarco de Barbatruco y sus hombres, y hacer la guerra de liberación nacional».

Y eso pensábamos también, hasta que descubrimos la traición. Entonces pinté mi casa de azul que es mi color favorito y es el color del infinito, del espacio sideral, de la transparencia, el color de la vergüenza, de la verdad, cuando se descubre de pronto el inicuo punto de la mentira.

VIVIR PARA CONTAR

Creo que estuve siempre cerca de la muerte y de la guerra, aunque es una redundancia, porque es lo mismo guerra y muerte, muerte y guerra. Tres años antes, cuando Barbatruco atacó el cuartel militar de mi ciudad, el 26 de julio de 1953, todavía yo no había cumplido los seis años de edad. Ese día la ciudad despertó con el color de la sangre y el olor de la pólvora invadiendo los alrededores. La sangre y la pólvora mezclada con el ruido de las cornetas y los tambores, porque era día de carnaval.

Barbatruco dijo que con esta acción estaba celebrando el año del centenario del nacimiento de José Martí, nuestro héroe nacional, a quien declaró autor intelectual del ataque; pero José Martí fue utilizado como escusa en su defensa después que fracasó el asalto.

Barbatruco fue capturado y condenado a 15 años de prisión. Pero al muy suertudo lo liberaron ——y a mala hora—, un año después bajo una amnistía para prisioneros políticos que dictó Fulgencio Batista, quien, según Barbatruco, era un terrible dictador que había que eliminar, porque había violentado las elecciones multipartidistas con un golpe de estado, el 10 de marzo de 1952.

¡Maldito pretexto! Porque Barbatruco, quien jamás dio una amnistía a nadie se impuso por el resto de sus días con un nuevo régimen, con su nueva dictadura supuestamente «para ayudar al pueblo a liberarse de la opresión, para repartirlo todo a partes iguales». Con toda razón fue calificado como "el mayor cínico de la historia" por un escritor poco conocido, pero que escribió todo un libro para demostrarlo durante los años que pasó encarcelado.

Los hombres viven sus propias experiencias, todas las personas viven y pueden sacar finalmente conclusiones. Cuando uno vive muchas experiencias uno descubre que hasta puede escribir una novela. Pero para escribir una novela hay que tener mucha paciencia y nunca la tuve.

Siempre he pensado que la poesía es más fácil, aunque sigan diciendo los críticos que éste es el género literario más difícil. Después de la poesía prefiero el cuento. Me gusta hacer malabarismos y estructuras, usar las técnicas inventadas, inventar las mías.

El cuento me gusta porque puedo terminar la historia con rapidez. Siempre estoy apurado. Ese es mi mayor defecto. Vivo en guerra constante con mi tiempo; es decir, conmigo mismo. Me asfixia pensar que no pueda terminar lo ya comenzado. Con el cuento puedo sorprender y dejar que su final me sorprenda.

Creo haber vivido con demasiada prisa, sin darme descanso, porque pienso que el tiempo se va a acabar, porque sé lo que todos sabemos, que después de tan poca vida sólo hay demasiada muerte, *"porque sabemos/ que después de todo/ el después es el más largo de los viajes..."*

Han pasado muchos años y muchas cosas han pasado, cosas que nunca pensamos que pudieran pasar, cosas que a veces duele contar, cosas que me harían cambiar tremendamente, para bien o para mal. En fin, cosas que me hicieron nadar contra la corriente, cosas que forjaron mi espíritu, que alimentaron mi naturaleza rebelde, que definieron mi manera de actuar. Pero para paliar la situación tuve que inventar, y así fue como pude crear mi propia fórmula.

REBELIÓN EN EL INFIERNO

Ismael lo sabía. La prisión es muy dura, sobre todo para aquellos que no la merecen. A pesar de las represiones y el constante asedio, los prisioneros pudieron organizarse y llevar a cabo una estrategia de resistencia y lucha. Habían fundado el Comité de Unión de Prisioneros Políticos y habían hecho circular tres declaraciones con el ánimo de unir propósitos y definir objetivos. Hicieron también circular una revista manuscrita, "Yugo y Estrella", donde Ismael publicó la primera parte de su libro **A través de las rejas,** *con poemas escritos en la prisión.*

Los represores decían que Ismael era el líder. Alto, de ojos claros y poco pelo, pero de fuerte complexión física, era un intelectual reconocido. Tenía una voz potente que supo utilizar muy bien en las arengas que daba, parado frente a la ventana de su celda, para así convocar a los prisioneros que sacaban al patio a tomar el sol una vez a la semana. En realidad no era el líder, aunque siempre trataba de alentar, y solía protestar contra los abusos de los carceleros, hechos que le dieron esa reputación. Algunos de sus escritos y comunicados los dejaba caer finalmente en manos de los represores para que frenaran sus abusos.

Con la seguridad de que eran justas sus demandas, los prisioneros se lanzaron a la rebelión. Comenzaron con un grupo de 22. Pero albergaban la esperanza de que otros se fueran sumando, para exigir que los separaran de los prisioneros comunes y que les reconocieran el status de prisioneros políticos. Con esta acción rechazaban el plan hipócrita de la llamada "reeducación", que tenía como fin doblegarlos bajo las peores condiciones carcelarias. Con el comité de unión intentaron, en primer lugar, unir criterios y forjar una conciencia de que era necesaria la protesta para hacer valer sus mínimos derechos. Afortunadamente se pusieron de acuerdo y lanzaron una convocatoria, no sólo para la prisión de Boniato; sino también, para todas las prisiones de la isla.

CONVOCATORIA PRO-LIBERTAD

El Comité de Unión de Presos Políticos de la Prisión de Boniato convoca a todos los presos políticos de la isla a incorporarse al Movimiento Nacional de Presos Políticos Plantados. Este movimiento, que no es más que una acción de protesta generalizada por la libertad, plantea el rechazo al régimen penitenciario y al uso del uniforme del preso común en el presidio político. Es decir, que se usará una ropa blanca con su significado de pureza, paz y libertad que nos identifique como Presos Políticos Plantados (3P) en la decisión de no aceptar las condiciones bochornosas del régimen carcelario con su chantaje de reeducación política y doble moral.

Este movimiento tiene como objetivo fundamental hacer un llamado a la conciencia nacional e internacional, en favor de los presos, que por expresar sus ideas políticas de cambio o por demostrar de alguna forma su odio a la opresión y a la tiranía, hemos sido condenados a privación de libertad. El mundo no debe mirarnos con indiferencia, sino más bien atender y protestar por la demagogia usada por el dictador cuando dice que "éste es el país más democrático del planeta" y mantiene en sus cárceles a muchos prisioneros por sólo expresar sus ideas disidentes.

Este movimiento reclama la atención urgente de los países democráticos y organizaciones mundiales para que ayuden a resolver la situación de los presos políticos que, no sólo estamos condenados a privación de libertad, sino además, a la desintegración de nuestras familias, a sufrir humillaciones y represiones y a morir de desnutrición y enfermedades por la falta de atención médica, de alimentos y medicinas, lo que hace que éste sea el presidio político más angustioso de nuestro tiempo.

Este movimiento de Presos Políticos Plantados, acción de sacrificio y rebeldía, contará con el apoyo de familiares, de activistas de derechos humanos, de partidos políticos de oposición, del exilio y de todos los que de alguna forma luchen por las libertades fundamentales del hombre o entiendan de lo injusto y arbitrario de nuestro encarcelamiento.

Sabemos que esta acción de rebeldía nos impone nuevos sacrificios, pues nuestros represores pudieran suspendernos las visitas de nuestros familiares y la ayuda en medicamentos y alimentos que ellos nos traen para garantizarnos un mínimo de subsistencia; pero no nos queda otra alternativa que la protesta, porque parece que existen oídos sordos para atender nuestros reclamos. Esto nos afectaría por ese lado, pero nos llenaría de decoro y de honra al saber que exigiendo nuestra libertad nos hacemos dignos y merecedores de ella.

El Comité de Unión de Presos Políticos (CUPP) en su declaración No. 3 emitida el 30 de junio del corriente en la prisión de Boniato expresa en sus párrafos finales.

Por tanto, la libertad no la podemos aceptar a retazos, ni como migajas, a través de "Planes reeducativos" o "amañada libertad condicional". Nos la quitaron entera y tendrán que devolvérnosla entera, sin condiciones. Porque aceptar lo contrario significa claudicación, humillación y traicionar las tres razones que nos asisten en esta lucha: la razón histórica, la razón generacional y la razón política.

Hacemos esta convocatoria seguros de que esta acción nos adelantará en el camino hacia la libertad. Por ella convocamos sacrificio y rebeldía y pedimos reconocimiento y libertad para los Presos Políticos. Ya Boniato está plantado.

CUPP, Ciudad de Santiago... Prisión de Boniato,
a los 24 días del mes de julio de 1994,
211 Aniversario del natalicio de Simón Bolívar, El libertador.

CC. -Amnistía Internacional
-Roberto Cuellar, director Instituto Interamericano
de derechos humanos (Costa Rica).
-Prensa internacional.
-Demás prisiones del país con prisioneros políticos.
(Sic. Archivo personal)

Este documento había salido de la prisión casi dos semanas antes de esta fecha y, junto a otros materiales, se pretendía llevarlos a la capital para entregarlos a la prensa extranjera acreditada y al Comité Nacional de Derechos Humanos. Todo parecía funcionar. Pero Nicolás Rosario, alto, de pelo negro, no muy delgado, activista en la provincia, quien ingenuamente pretendía transportar estos documentos en un viaje por avión, fue sorprendido en el aeropuerto por los agentes de la seguridad del Estado, y todo le fue confiscado.

La acción abusiva de los agentes frente a la acción descuidada de este luchador, en un intento por hacer valer sus derechos, provocó el aborto del plan. Sólo las prisiones de Mar Verde, de Boniato y la cárcel de mujeres de Aguadores, participaron en la protesta pacífica. La ocupación de la convocatoria y otros documentos, le dieron a los represores la fecha exacta en que se iniciaría la protesta. Entonces hicieron una requisa sorpresiva el día anterior. El objetivo era confiscar los uniformes que los prisioneros políticos habían confeccionado utilizando las sábanas blancas. También habían logrado pasar algunos pulóveres. La requisa sorpresiva afectó parte del plan, pero acordaron mantener la protesta en calzoncillos, ya que a muchos les fueron incautadas las ropas blancas.

Ismael y su hijo Guillermo, entre otros, pudieron esconderlas muy bien. A la mayoría de los pulóveres y camisetas les habían cosido el símbolo 3P. Esa mañana del 24 de julio no fueron a recuento y lanzaron al pasillo el uniforme gris oscuro del preso común. Caminaron luego por la prisión exhibiendo sus nuevas ropas. Las 3P simbolizaban liberación. Se declararon así Presos Políticos Plantados.

Frente a esta sorpresa, que al parecer era esperada, los represores los fueron sacando de los destacamentos y reuniéndolos en las celdas de castigo de Boniatico. Los prisioneros sabían que así sucedería y ése fue el primer paso logrado, estar todos unidos en ese lugar. Ya tenían desocupadas y preparadas las celdas para recibirlos y de inmediato actuaron. Los huelguistas habían roto con el orden establecido. Para los carceleros, Boniatico fue el castigo inmediato, pero para los huelguistas fue el primer triunfo. Esto les dio fuerzas para seguir adelante.

Cuando fueron sacados de los destacamentos, desfilaron por los pasillos entre las miradas atónitas de algunos y las aclamaciones y aplausos de otros. Era un evento nunca antes visto. Los ubicaron a todos en el segundo piso, excepto a Ismael. Quisieron aislarlo de los demás desde el primer momento para intentar controlarlo mejor, pues decían que él era el líder de la rebelión, pero esto nunca lo pudieron comprobar. Él no era el líder, los líderes eran los represores. Ismael se los decía cuando lo acusaban de líder. «Son ustedes los que nos convocan a la huelga, son ustedes con sus violaciones y no yo».

En Boniatico estuvo encerrado el viejo presidio político, en la década de los 60 y 70. Hasta allí llegaron las guaguas que llevarían a los prisioneros hasta el aeropuerto cuando les dieron la libertad, la cual había sido negociada por los Estados Unidos de América en el año 79. Allí estaban ahora los nuevos huelguistas, en el mismo escenario, reeditando la primera parte de esos históricos acontecimientos.

El edificio tenía dos pisos con igual diseño: un largo pasillo central y celdas construidas a cada lado, muy estrechas, con una litera de dos camas en cada celda. A Ismael lo tenían aislado en la última celda del primer piso. A pesar de esto, siempre mantuvo la adecuada comunicación con los demás prisioneros. Por eso actuaban coordinadamente, como un solo hombre a la hora de tomar decisiones. Todo indicaba que les iba bien. Pero pronto los represores encontrarían la forma para desarticularlos.

MAESTRO EN EL PARAISO

Cuando triunfó Barbatruco, yo tenía 11 años cumplidos y los 13 los vine a cumplir en la Campaña de Alfabetización. Había asistido al llamado de la revolución para formar maestros voluntarios y enseñar a leer y a escribir a los analfabetos, principalmente en el campo. Yo acababa de terminar el 6to grado, el último grado de la escuela primaria. Fui un alumno creativo. Me gustaban los trabajos artesanales. Tenía sueños y deseos de expresarme, me gustaba dibujar, aunque siempre decía que quería ser médico, no sé por qué, porque tradición familiar no había.

A finales del año 60 comenzaron los preparativos para iniciar la campaña. Recibimos un entrenamiento en Ciudad Libertad, "el primer cuartel convertido en escuela", según la propaganda. El lema era convertir en escuelas los cuarteles militares de la derrocada dictadura. No se necesitaban cuarteles para el nuevo ejército. Decían. Pero no sabíamos entonces que el plan de Barbatruco era convertir la isla entera en un enorme cuartel militar.

Varadero fue también un escenario para la preparación. Se nos dieron uniformes, mochilas, hamacas, faroles y libros. Regresamos en trenes cañeros, bajo lluvia, sol y sereno, casi sin comer, para invadir los campos como un ejército más al servicio del gobierno, sólo que equipados esta vez con lápices y libros para alfabetizar y transmitir a la opinión pública una buena imagen.

La campaña tenía trazado un doble objetivo. Primero, llevar a los lugares apartados el mensaje de que había triunfado una revolución que traería beneficio y justicia para todos. Segundo, enseñar a leer y a escribir para crear desde el principio la idea de cambios positivos.

Hasta octubre de 1961 el país estuvo enfrascado en esta campaña y con ello se trataron de aplacar los ecos de los fusilamientos masivos realizados contra aquellos que habían servido al anterior tirano, o contra aquellos que conspiraban, porque habían descubierto tempranamente el surgimiento de una nueva tiranía. La pena de muerte se implantó. Se instituyó el terror y sólo se detuvo cuando el mundo protestó ante la deliberada masacre.

La campaña jugó su papel. La propaganda del gobierno aseguraba que de cada cien habitantes había 40 analfabetos, pero las estadísticas de la ONU y otras organizaciones internacionales reflejaban que en 1958 en la isla existía sólo un 18 % de analfabetismo, un porcentaje mucho menor que el de otros países latinoamericanos.

Todo se puso en función de la campaña. Las escuelas públicas cerraron y los estudiantes que no participaron se inscribieron en escuelas privadas. Estas escuelas tuvieron así su última oportunidad en la enseñanza, porque después fueron prohibidas. Podemos decir que la campaña de alfabetización marcó el comienzo del fin de las escuelas privadas, laicas o católicas en la isla. Toda la enseñanza quedó bajo el control del Estado. La educación tomó un carácter de adoctrinamiento político. Se pensaba así allanar el camino para la formación del "hombre nuevo".

Fui de las primeras víctimas de este proceso que pretendía hacer de los estudiantes un esquema que respondiera a los intereses del poder conquistado. El adoctrinamiento estuvo presente en nuestra misma preparación como maestros y debíamos trasmitir a nuestros alumnos este discurso: "la revolución había llegado y debíamos amarla y defenderla siempre por encima de todo, incluso de la propia familia". Nos convirtieron sin saberlo en los primeros mensajeros políticos de esta doctrina, utilizada con éxito por los fascistas en la nueva república alemana, para crear "la raza superior", antes y durante su guerra mundial.

Me enviaron en Jeep junto con otros brigadistas a un monte muy apartado, en el centro mismo de la provincia oriental. Salimos a media mañana. El barrio Las Calabazas de Mayarí Abajo era nuestro destino. El camino estaba muy difícil de transitar, había mucho fango y a ratos el Jeep se atascaba y teníamos que bajarnos y empujarlo para sacar las ruedas hundidas en los charcos.

Sólo se sentía el jadeo del motor en medio de la soledad. Un olor a tierra herida salía del fango chapaleado. El comienzo parecía brutal y los cuatro brigadistas transportados no pasábamos de los 15 años de edad. Yo acababa de cumplir 13 y fui el último en ser ubicado en esa zona.

El penúltimo fue una joven trigueña de ojos dormidos y pelo largo que viajó todo el tiempo a mi lado y que se dejaba caer con frecuencia en cada salto del Jeep para que yo la sujetara. No dejamos de mirarnos a pesar de llevar los nervios destrozados por los peligros del camino. Deseábamos ser ubicados en la misma zona, y la suerte nos acompañó. La dejamos en una casa situada a unos dos kilómetros de la mía, en un mejor lugar, por ser mujer. Tenía más comodidades, se veía mejor construida, porque la mía era un bohío pequeño situado a la orilla de un terraplén no muy ancho, muy polvoriento, sobre todo cuando pegaba duro el sol y la sequía se hacía insoportable, porque además el polvo se me mezclaba con el sabor áspero de las primeras comidas. Era un terraplén por donde sólo transitaban bueyes, caballos, carretones y algún camión de "Pascuas a San Juan".

El piso del casucho era de tierra y sus paredes de yagua, roídas, llenas de agujeros, por donde se filtraban insectos de todo tipo. Había sólo dos cuartos y no tuve más opción que una esquina de la sala para colgar mi hamaca. Se nos había alertado que las condiciones eran muy difíciles para que no nos asustáramos frente a la realidad. De todos modos me asusté. Jamás había visto algo igual. En el bohío vivían dos viejos con siete muchachos entre hembras y varones, casi desnudos. El menor andaba los 6 años y la mayor los 16.

La cocina estaba detrás y era apenas cuatro palos con yaguas mal colocadas, y un techo de guano, agujereado, por donde entraba implacable la lluvia. Era abandono total, no escasez de recursos, porque la yagua y el guano de la Palma Real estaban a patadas, regados en el monte. Sólo había que recogerlos y colocarlos. Esta fue una de las primeras cosas que me propuse hacer.

Antes que cayera la noche, amarré mi hamaca a dos postes gruesos de la pequeña sala. Ellos me querían dar un lugar en una cama junto a los varones, que dormían en el mismo cuarto de las hembras. Yo les dije que no quería molestarlos. En el cuarto sólo había dos camas no muy grandes. Los más pequeños dormían con sus padres.

No recuerdo mucho lo que pasó la primera noche, sólo recuerdo que me miraban y me miraban como a un ser caído de otro planeta, que apenas hablaban y que apenas pude dormir. Me habían designado a los viejos y a sus dos hijas mayores como estudiantes. Ellas tenían carnes bien formadas y brillosas, y vestían con descuido como si no quisieran vestirse bien. Los menores estaban asistiendo a la escuela pública, la única escuela de la zona.

Al siguiente día comencé las clases. No se podía esperar. Era lo orientado y me gustaba lo que hacía. Descubrí que tenía vocación para maestro. Esta experiencia me sirvió para obtener luego mi primer empleo en las escuelas de educación obrera-campesina.

Entrar en contacto con la naturaleza y la vida del campo fue para mí sensacional. Eso era precisamente lo que quería. Por eso, me incorporé a la compaña, a pesar de la resistencia de mis padres.

Al principio no querían firmar la autorización, pero finalmente los convencí. Como papá simpatizaba con Barbatruco y había luchado por el triunfo de la revolución, me fue más fácil convencerlo. Pero a mamá no. Ella pensaba que era muy niño para andar pasando trabajo por el monte y, además, ya empezaba a tener sus dudas contra el nuevo régimen que decían que era comunismo. Sus hermanos lo decían y ella confiaba más en la sagacidad de mis tíos que en la inteligencia de papá.

Fui criado con esmero y buenas costumbres, aunque un poco encerrado en la casa; es decir, con mucho menos libertades que los de mi edad. Pienso que tuve la suerte de salir y conocer el mundo por mí mismo y que esto fue lo que me hizo entender rápidamente la vida. Mi voluntad, mi determinación siempre estuvieron presentes y en todo momento. Esto fue definiendo mi carácter, moldeando mi conducta, mi sentido de la responsabilidad. Me gustaba actuar, experimentar. Quería ser libre, ser independiente de todo, hasta de mi familia. Esto es un instinto en mí, casi animal. Mi rebeldía, mi temperamento aventurero, fueron factores que sin dudas me llevaron a participar en la campaña. Quería tocar las nubes, descubrir y entender por mí mismo la realidad. Pero por culpa de las decepciones acumuladas fui cambiando mi modo de pensar; y estas decepciones, junto con las calamidades sufridas, me hicieron actuar pronto de otra manera.

EL PRIMER ESCALÓN

La noche en que se apareció papá en la casa, estábamos todos de fiesta. Afuera llovía y a la luz del quinqué un campesino y una guitarra entonaban una canción. Hacía más de un mes desde que llegué al lugar y ya había pasado por todo, desde una diarrea incontrolable que me dejó seco y por poco me mata, hasta montar a caballo como un guajiro más.

De cuando en cuando me iba con los muchachos a caminar por el monte. A mis alumnas les gustaba el río, pero si no iba yo, ellas no iban. Se volvieron disciplinadas y obedientes en todo. Me di cuenta de que sentían placer al obedecer mis peticiones y complacer mis gustos. Yo me bañaba en short y ellas con vestidos de una tela muy fina y muy blanca que se les pegaba demasiado al cuerpo mojado. Lo recuerdo todo como alucinado. Me gustaba verlas retozar en el agua. Pero como era tímido no me dejaba arrastrar por los deseos, y trataba de no fijar la vista en la sombra negra que se dibujaba entre sus muslos, y sólo miraba con el rabito del ojo al tiempo que trataba de sofocar el calambre de mi estómago a causa de mi sorpresiva ansiedad. Lo hacían todo muy natural. No había en sus gestos el más mínimo sentido de provocación. Eran sus formas habituales, las ingenuas formas de la expresión que sin dudas excitan mucho más a los descubridores.

No había tenido aún experiencia sexual. Desconocía el acto memorable de la eyaculación. No sabía nada, pero el olor y la soledad del monte despertaron en mí los instintos del animal que todos llevamos dormido. Sólo había visto mujeres desnudas en fotos y revistas, pero no completamente desnudas. Las imaginaba, las presentía y temblaba con sólo suponerme sumergido en el cálido abrazo y no podía dormir por no saber qué hacer con mi animal erguido, enfrentado al olor de la pubertad.

Tiempo después sufriría de insomnios con los recuerdos de una vecina que en el barrio nos volvía loco a todos, con su aroma, sus líneas, su misteriosa manera de moverse y su indiferencia magistral.

"Yo era culpable. Me echaba a nadar sin orillas en el oleaje de la imaginación, en mi tortura de aguas turbulentas y sublimes, con la simple idea de encontrarme con Cristina, encerrados ella y yo solos, vencida, pidiéndome más, y pasarle las manos por el cuerpo duro, por sus piernas duras, por sus muslos blancos y duros, y darle de besos, arriba y abajo, de todos los colores, desde la boca hasta los pies, recorriendo sus líneas hasta tropezar como al descuido con su pubis, con su "monte de Venus" como dice Ramiro, como diosa al fin que es, rendido en la espesura de su monte, y dejarme deslizar mucho más, perdido como un animal entre sus ramas, hasta el precipicio de sus labios, olorosos y húmedos. De sólo pensar en esto me estremecía como con frío, como con rabia, con el miedo y los deseos mezclados en la oscuridad, frente a la noche y al cielo profundo de mi agonía.

Pero era imposible. Era una cima inalcanzable, no sólo por ese aire de reina que siempre llevaba, sin mirar a nadie, como dueña del cielo y la tierra, sino también por sus años. Por eso, como lo sabía imposible, me levantaba, bien tempranito, para verla, arriba en el balcón, envuelta aún en su bata de dormir, para descubrir, al menos, alguna apertura de su laberinto, alguna luz que me indicara el camino de sus piernas perfectas. Todo en ella era ceremonial y perfecto, hasta con el cepillo de dientes, hasta cuando doblaba el cuerpo fuera de la baranda para escupir el chorro blanco y espumoso de pasta dental, que brotaba como merengue, como catarata azucarada, jugosa, de sus labios azucarados y jugosos.

Tenía realmente que contenerme para no correr y pararme debajo y dejarme caer todo el espumarajo, copioso sobre la cara. Así, pasaba los minutos hasta que cerraba otra vez su ventana moviendo su cuerpo como un humo escapando a la irrealidad. Y yo me quedaba allí unos minutos más hasta que mamá me llamaba para el desayuno y luego tener que salir para la escuela donde no tenía otra cosa para aprender que no fuera el sabor de su cuerpo, el aroma de su desnudez, multiplicando y sumando sus curvas con los latidos acelerados de mi corazón y los impulsos de mi mano bajo el pupitre, bajo las miradas incrédulas, y mi cuerpo convulsionado en la cima de los libros abiertos, en su ecuación final. ¡Ah, mi reina, mi Cristina, mi diosa de la eternidad...!" (La fractura del espejo, del libro Vivir lo soñado, cuentos breves)

Desconocía todavía los reflejos que doblegan la erección. Las fotos pornográficas las vine a conocer tiempo después, en la beca, el día en que un gallego de Camagüey y un negro de Santiago se enfrascaron en una alucinante competencia, delante de todos, para ver quien llenaba primero un pomo a base de masturbaciones. Entonces me encerré en el baño y frente a mi rostro convulsionado y el gigantesco espejo, rompí la inercia aceleradamente hasta hacer brotar los chorros de mi propia alucinación.

Mis alumnas hacían competencias delante de mí para ver quien se robaba primero mis afectos. Pero ninguna ganó. Las dos quedaron empatadas. Habían cambiado repentinamente en todo, hasta en su modo de vestir, hablar y caminar, después que un día les dije que me gustaban las flores, porque «las flores y las mujeres se parecen mucho de tanto andar juntas por la vida», les dije. Pero no entendieron la metáfora de lo que pudo haber sido mi primer poema, porque me tomaron la frase al pie de la letra.

Desde entonces se colgaron siempre alguna flor en el pelo o en cualquier parte del cuerpo. Me di cuenta así de que podía hacer con ellas lo que me diera la gana, pero nunca abusé de mi poder. Siempre fui respetuoso con la ingenuidad, con la inocencia. Pero es que en ese entonces el ingenuo y el inocente era yo. Muchas veces pude tenerlas rendidas ante mí y mis locos instintos de animal enardecido. Aunque estuviéramos solos en el platanal supe reprimirme para no tocarlas, para no acariciarlas tal y como ellas deseaban.

Yo era el centro de la familia. Todo lo que ordenaba se cumplía sin ninguna objeción. Fui como un rey afortunado, pero desperdiciado en medio de tanta inexperiencia y temor. Sólo sé que los quise a todos por igual, rápidamente, sin dilaciones, y supe que todos me querían mucho, precisamente esa noche, en que mi padre se apareció en la casa.

Cuando regresábamos del río ellas me cogían la caja de talco para echársela encima. En varias ocasiones las pude ver disputándose la mota llena del polvo perfumado, completamente desnudas a través de las yaguas agrietadas que intentaban inútilmente crear la intimidad que deben lograr las paredes. Ellas sabían que las paredes tenían rendijas incontrolables, pero todo lo hacían muy natural, sin malicia, como si no existieran ojos para ver, ni sexo vigoroso que doblegar. ¿Querían que yo las viera? No sé. Quizás sólo querían usar el talco, pensé, porque era su gran descubrimiento. Y el talco fue una manifestación, casi litúrgica, en sus cuerpos hambrientos, blancos, suaves, cristalinos en el aire cómplice y burlón que a veces no me dejaba verlas bien, a pesar de que pegaba el ojo a la rendija más grande. El talco fue para ellas como un juego encantado. Luego salían y me echaban talco a mí también, hasta que se acabó completamente la fiesta cuando la caja de talco se quedó vacía.

Creo que estuvimos enamorados. Fue bonito todo así, de mentiritas. Eran muy delicadas y como no supe nunca escoger una, me quedé sin las dos, o mejor dicho me quedé con las dos. Así fue mejor, navegar con la imaginación en sus cuerpos ávidos y apetitosos. Fueron mis alumnas y mis novias, sin compromiso. Fue un pacto secreto, porque los viejos ya me habían seleccionado para la menor. Entonces fui un hijo más, un hermano más en aquel rincón agradecido, de personas complacidas y complacientes con mi llegada y la magia de las cosas que aún desconocían.

Yo construí una caseta delante de la casa para colgar mi hamaca durante el día. A pesar de que se aproximaba el invierno y de que la casa era muy fresca, vivimos tardes de mucho calor. Yo trataba de sobrevivir con frecuentes baños en el río y siestas al exterior. Había construido su techo con palos del monte y guanos de Palma, sin paredes, casi debajo de una mata de Framboyán de múltiples flores anaranjadas.

También preparé alrededor un jardín con plantas florecidas. Allí nos íbamos a estudiar y a conversar de lo que sabíamos o de lo que queríamos saber. Ellas me hablaron de espíritus y aparecidos y de las cosas raras que habían visto en la oscuridad. Me hablaron y me enseñaron su mundo. Yo les hablé del mío. Ellas hablaron de las leyendas del monte, de jigües, de fantasmas que cabalgaban en las noches de luna llena; y yo, de los adelantos de la ciudad. Y quisieron visitarla algún día. «Quiero vivir en la ciudad —me dijo la mayor». A pesar de que su padre le había dicho que ése era un sitio peligroso para las muchachas bonitas, cosa que no me atreví a desmentir, porque aún yo tampoco lo sabía para poderles prevenir. De pelo largo y descuidado, de nariz fina y mejillas redondas, las dos desconocían muchas cosas, y yo también.

Era una familia honrada sin ninguna orientación. Eran campesinos muy pobres y muy humildes, con un pequeño pedazo de tierra para sembrar y criar. Ellos sólo necesitaban de alguien que los guiara un poco y creo que lo logré. Pude comprobar que mi presencia los estimulaba y compensaba.

Eran ignorantes. No conocían siquiera lo que era una letrina. Hacían la caca en cualquier lugar, como los animales. Yo les enseñé que era muy fácil construir una letrina en el patio, que era más cómodo ir al patio antes que ir al platanal o al maizal, que era más higiénico y seguro limpiarse con papel que con hojas o tusas del maíz.

Me contaron que un día el más pequeño se limpió el culo con hojas de guao, una planta que produce irritación y picazón, que el muchacho gritó como una chiva y que hasta fiebre le dio. El cuento sirvió para reírnos mucho y para convencerlos de que era mejor construir una fosa para cagar, para evitar accidentes como ése.

Todo fue muy sencillo. Abrimos un hoyo profundo, le pusimos unas tablas de Palma para cubrirlo. Le hicimos un agujero cuadrado en el centro. Con palos y yaguas secas pusimos las paredes y el techo. No hizo falta dinero, sólo conocimiento y voluntad, porque los recursos estaban al alcance de la mano. El concepto que tenían de que la mierda podrida era buena para abonar las plantas del conuco, fue desechado finalmente gracias a mis consejos y mis explicaciones sobre lo perjudicial que esto era para la salud.

—Así evitamos la propagación de los parásitos intestinales, las moscas, las guasasas y los microbios que casi siempre entran en el cuerpo por los pies.

—¡Mira que usted sabe, maestro!

—Sí, eso es lo bueno que tiene aprender a leer.

Los varones andaban descalzos todo el tiempo. No usaban zapatos. Había uno de 9 años que decía que no le gustaba ponérselos, porque «me molestan mucho para caminar». Tenía sus pies ya deformados y duros. No quería usarlos, hasta que lo convencí.

La vez que fuimos a la bodega a comprar arroz y pan, porque sólo comíamos carnes, leche y viandas todo el día, le compré un par de zapatos; y cuando se los puse no los pudo tolerar. Pero poco a poco les fue cogiendo el sabor, hasta para ir con ellos a la escuela. Los demás volvieron a ponerse sus zapatos viejos después de mis recomendaciones, porque entendieron también que era más confortable y más seguro que caminar descalzos por montes y caminos llenos de espinas y afiladas piedras. De esa manera fui cambiando algunas erradas costumbres.

La tienda estaba muy lejos y sólo iban una vez al mes por azúcar, sal, bacalao y algún jabón para lavar. Carecían de ciertas cosas elementales, porque no las consideraban necesarias para vivir. Sin embargo, pude apreciar que no pasaban hambre. El boniato con leche o café era un buen desayuno. Se comía plátano y maíz, hervidos o asado dentro de las brasas y las cenizas del fogón. La carne se metía en salmuera a falta de un refrigerador. Nunca se acostaron con la barriga vacía. Nunca nos acostamos sin comer.

Yo vivía entre ellos, como si hubiera vivido allí alguna vez, por eso pienso que resistí bien el cambio. Otros maestros de la zona se rendían y retornaban a sus casas vencidos por la rudeza del lugar y nadie los sustituyó después. Por eso muchos se quedaron sin alfabetizar. Las condiciones de vida eran bien duras para los acostumbrados a las comodidades de la ciudad. Nada me fue difícil porque enseguida puse a funcionar mi imaginación.

Sólo tuve miedo al principio cuando oía los cangrejos caminando de noche entre los palos del techo y el guano. Parecía como si algo estuviera royendo la madera. No podía creer que fueran cangrejos hasta que los vi caer un día sobre mi mosquitero.

En general tuve pocos miedos. Nunca le temí ni a la culebra, ni al majá, ni a la araña peluda, ni al alacrán. Éstos eran los más peligrosos habitantes del monte y de la casa. Yo me sabía defender. Yo mismo los mataba con un machete o a palos cuando entraban o aparecían de pronto en mi camino. Yo no fui una carga para la familia. Quería ganarme la comida con voluntad, trabajo y dedicación absoluta a mis diarios deberes.

Todas las noches les enseñaba lo que yo sabía. Nos alumbrábamos con la lámpara china que nos habían entregado en el campamento antes de partir, porque no teníamos electricidad. También usábamos el quinqué de petróleo que ellos tenían, pero levantaba mucho humo y me causaba irritación en los ojos y en la garganta.

Claro que también aprendí con ellos muchas cosas. Me enseñaron un día a construir una lámpara con cocuyos del monte. Cogimos tantos que la botella se iluminó, y las lucecitas verdes de sus cuerpos se multiplicaron en la sala. Sé que fue allí y no en otro lugar donde empecé a descubrir mis habilidades, a conocer mi capacidad para crear cosas que mejoran la vida. La voluntad heredada de mi padre, me daba la fuerza necesaria para resistir las penurias existentes. De lo contrario no sé qué hubiera pasado conmigo, tan enfaldado siempre y tan frenado en mis actos y decisiones. Fue mi primer escalón, que me permitiría enfrentar luego los avatares que, sin saberlo, estuvieron esperándome siempre al doblar de la esquina.

Yo me transformaba al tiempo que transformaba los hábitos de toda la familia. Mis alumnos aprendían a leer y a escribir y yo aprendía a vivir de otra manera a pesar de las limitaciones. Yo les orientaba cosas que ellos debían saber para vivir mejor. Me sentía útil, satisfecho. Ellos me enseñaron a entender y a amar más los misterios de la naturaleza. Yo les ayudaba en la cría de los animales, a sembrar en la tierra arrendada que después les "regaló" el gobierno con la Primera Reforma Agraria.

Con esta ley, dictada el 17 de mayo de 1959 y su llamado a "la adecuada redistribución de tierras entre gran número de pequeños propietarios y agricultores"[1], aparecieron nuevas esperanzas entre los hombres del campo. Pero después de repartir las tierras, el gobierno volvió a recogerlas con su política de concentración en las creadas Cooperativas Agropecuarias. El campesino convertido en propietario, pasó a ser de pronto, un obrero asalariado. Más tarde se volvió todo un desastre en la agricultura. Escaseaban los productos, porque se quedaron abandonadas la mayor parte de las fincas

---

[1] El 3 de octubre de 1963 se dictó una Segunda Ley de Reforma Agraria que redujo a cinco caballerías el límite de las tierras. Muchos de los dueños de fincas fueron afectados por las dos leyes. La primera ley permitía un límite de hasta treinta caballerías de tierra.

intervenidas o reagrupadas. Sin embargo, las tierras de los que se habían negado a entregarlas a las cooperativas se mantenían productivas.

Había ido allí para cumplir conscientemente con una humana tarea y estuve siempre dispuesto en esta entrega, siempre dispuesto, sin sospechar todavía que todo era parte de un truco de Barbatruco, porque los supuestos beneficios que recibíamos los tendríamos que pagar, a la corta o a la larga, con la entrega incondicional de nuestra sangre o nuestro sudor.

Fue un tiempo memorable. Vivíamos todos de repente muy felices y agradecidos los unos con los otros. Por eso, la noche en que mi padre me fue a buscar, la noche en que apareció de súbito bajo la lluvia insoportable y su capa negra, lloraron, lloraron mucho, mucho, y yo también lloré.

CAMBIO DE ESCENARIO

Mi padre trabajó como voluntario para la Campaña de Alfabetización y tan pronto como pudo me buscó un lugar más cerca y con más comodidades. Ya lo tenía todo arreglado en el poblado de Sevilla a unos pocos kilómetros de Santiago. Allí tuve otro alumno que aprendió muy rápido. Había sido mayoral de la finca Hicacos dedicada a la crianza de ganado vacuno. Se había convertido en administrador de la finca después que esta y la lechería fueron confiscadas.

El ex-mayoral de Hicacos se llamaba Quino. Era un negro muy serio y corpulento, con más de seis pies de estatura, a quien nunca vi sonreír. Cuando montaba el enorme caballo Muñeco, del antiguo dueño, me recordaba la figura ecuestre de Antonio Maceo. Era sin dudas un buen trabajador que hubiera dado la vida con gusto por Barbatruco; sobre todo, después que lo hicieron administrador de la finca a pesar de ser un analfabeto. Pero apenas tenía tiempo para estudiar y había días en que se iba directo del trabajo a la cama para dormir algunas horas y levantarse antes que saliera el sol.

Era un hombre manso de estruendosa voz. Se llevaba bien con todos. Nadie tenía quejas de él. Siempre bien visto y respetado, vivía con su mujer, cinco hijos, que eran más o menos de mi edad, y una sobrina mayor que yo. La casa, con techo de guano, paredes de mampostería y piso de cemento, tenía cuatro cuartos y tuve una cama para mí. Fue construida en la pendiente de una loma y tenía un corredor elevado.

Desde allí se podía ver completamente, a unos cien metros, la casa de ordeño. Todo fue mejor y más entretenido. Tenían refrigerador y televisor, pues por la carretera, que dividía la finca y que conducía a la playa Siboney, pasaban los cables de la electricidad. Mi padre podía visitarme todos los fines de semanas en su motor y llevarme de cuando en cuando a la playa, pues se le hacía camino para visitar de paso a los clientes que tenía en la zona.

Aprendí a recoger el ganado a caballo, a ordeñar las vacas y a tomar leche de apoyo. Era una leche caliente, espesa y espumosa a la que agregaba a veces un poco de café y un toque de azúcar prieta. Me gustaba mucho y había vacas especiales que daban una leche especial. Poco a poco las fui conociendo y yo mismo las ordeñaba.

Todos me querían en la lechería y en la casa de mi alumno. Su mujer, llamada Elisa, una negra bajita, redonda y candorosa, de fina voz, que tenía una permanente sonrisa de dientes grandes y parejos, y delicados gestos maternales. Me besaba con amor y decía que yo era su hijo blanco. Fui uno más de la familia. Les ayudaba en todo. Fui voluntarioso y trabajador. También allí construí un jardín. Estaba siempre dispuesto para resolver cualquier situación, cualquier necesidad.

Recuerdo la vez que decidí operar una gallina que se estaba muriendo. Tenía como un tumor a un lado de la cara, que le cerraba el ojo. Decidí picarle el tumor para sacarle el pus, porque era una buena gallina ponedora.

—Si la opero la puedo salvar —dije con seguridad pero sin arrogancia alguna.

—Haga lo que quiera con ella, maestro, pues parece que se va a morir de todos modos.

Confiaron en mí y en mi equipo de asistentes, miembros de la familia. Pensé que tenía vocación para médico. Pero me equivoqué. Fue con la operación de la gallina que me di cuenta que no servía para eso. Pero no escarmenté con el primer tropezón, sino muchos años después frente al pelotón de fusilamiento de un hígado humano, completamente disecado y hediendo a formol, que pusieron entre mis manos, en una clase de disección en la escuela de medicina, la vez que decidí matricular para estudiar la carrera.

Le corté el tumor a la gallina con una cuchilla de afeitar que desinfecté previamente con alcohol. Pensé que con un pequeño corte sería suficiente para que saliera el pus a borbotones. Pero no, el pus estaba seco y duro y sólo salió la sangre, mucha sangre, una sangre casi negra que no supe como contener. Los de la casa empezaron a gritar porque la gallina se estaba desangrando y mis ayudantes me dijeron que le echara azúcar prieta para que ayudara a la coagulación.

—Échele azúcar, maestro, que así se tranca la sangre aquí.

Pero nada.

—¿Ustedes están seguros que el azúcar sirve?

Pero nada.

La gallina pataleaba sobre la tapa del barril que yo había escogido como mesa de operaciones, y la sangre lo salpicaba todo cuando la pobre gallina pataleaba y aleteaba tan cerca de la muerte. Fue un momento de desesperación y descontrol que pensé que no podría superar. Traté entonces de sacarle el pus introduciéndole un gancho de pelo por dentro de la herida.

El pus salía duro y seco y la gallina pataleaba. Se moría. Entonces sucedió que por poco me voy de este mundo, que casi me muero yo. Mis ayudantes tuvieron que abandonar la gallina para intentar reanimarme con la botella de alcohol. Ellos fueron los que terminaron la operación, pues estaban acostumbrados a descuartizar lagartijas y toda clase de bichos raros del monte por el simple placer de verles las tripas. La gallina se curó, pero yo no. A esa edad me fue casi imposible aprender completamente la lección, a pesar de haber sido fácilmente aprendida.

HORNOS PARA CARBÓN

Cuando mi alumno estuvo listo; es decir, completamente alfabetizado, me trasladaron para otra casa ubicada en la misma zona, pero en un lugar más intrincado, en pleno monte, bien lejos de la carretera. Esa vez me tocó nuevamente vivir en pésimas condiciones. Volví a una casa muy pobre, volví al candil y al piso de tierra, pero aprendí cosas nuevas, aprendí a preparar hornos para hacer carbón con palos verdes del monte, porque mi nuevo alumno era carbonero, un guajiro muy trabajador y muy celoso también, que nunca permitió que yo me quedara a solas con su mujer quien también quería aprender a leer.

El campesino siempre me llevaba a trabajar con él. Casi me explotaba trabajando todo el día y con el truquito de la ayuda que debía brindarle, me tenía siempre cerca y controlado por culpa de su estúpido celo. «Eso es lo malo que él tiene, maestro, pero es muy bueno conmigo y muy trabajador», decía ella algo apenada, porque ella tampoco podía aprovechar las horas del día para aprender más. Eso era en realidad lo que ella quería de mí.

Entonces tenía que dar las clases de noche a los dos juntos cuando regresábamos, y él casi siempre se dormía como un tronco, sin entender que en ese momento yo podía poseerla como me diera la gana, morder sus voluminosas tetas, penetrarla, y ella me podía corresponder y enseñar los encantos que tenían embelesado al celópata del marido. Ella podía devorarme y podíamos acabar con el mundo delante de sus imperturbables ronquidos.

Nos levantábamos temprano en la mañana y salíamos juntos a cortar palos del monte en lugares donde apenas se podía transitar. Íbamos equipados con hachas y machetes bien afilados y nos juntábamos con otros hombres del lugar que trabajaban juntos para formar el mismo horno de carbón, poco a poco, antes de ponerle fuego. En eso nos pasábamos todo el día. Llevábamos el almuerzo en una jaba y regresábamos a la casa sólo al oscurecer.

Hacer un horno de carbón es fácil, pero requiere técnica y esfuerzo; porque en cualquier descuido el horno se puede convertir en un montón de cenizas y el trabajo de muchos días podía echarse a perder. Los hornos son como volcanes. Parecen montañas humeantes de diferentes tamaños sobre la tierra. Yo me quedaba embobecido mirándolos crecer poco a poco, día a día. Creo recordar cómo lo hacían.

Primeramente clavaban un palo largo en la tierra en un claro del monte. Ése era como el centro de la circunferencia y luego acostaban otro palo largo en el suelo como si fuera el radio o la aguja de un reloj. Estos palos eran las guías. Los palos se amontonaban alrededor de la guía o eje central hasta ir haciendo una montaña de palos parados y bien unidos. Quedaba como un embudo boca abajo.

Casi siempre el horno se iba haciendo en el mismo espacio del horno anterior. Después de poner todos los palos, finalmente se quitaba el palo central y entonces quedaba un hoyo en el centro que era como la chimenea del horno para que saliera el humo. También sacaban el palo acostado en el suelo y quedaba como un túnel que permitía llevar la candela hasta el mismo centro de la montaña-volcán. Para prenderlo y mantener el fuego, casi siempre utilizaban un pedazo de goma de las ruedas desechadas de los carros.

Pero primero cubrían bien con hierbas secas y verdes la gigantesca montaña de palos y le echaban tierra encima hasta cubrirlo completamente. Siempre quedaba suficiente tierra acumulada alrededor del plato o circunferencia para tapar rápidamente cualquier hueco que se abriera en la superficie debido a la presión de la candela en el interior. Por eso había que vigilarlo de noche y de día hasta que terminara de quemar. Todo tenía que estar muy bien calculado y definido. Nada podía fallar, porque eso significaba pérdida de tiempo, trabajo y dinero. Vigilar un horno de día y de noche era un acto muy serio y delicado que requería mucha atención.

Pero cualquiera no podía hacer un horno. En el grupo cada hombre jugaba su papel y tenía su especialidad. Yo solamente cargaba los palos que los hombres iban cortando, y los amontonaba cerca del plato-circunferencia. De cuando en cuando me dejaban cortar algún palo fino con el machete, o con el hacha cuando el palo era muy grueso. La primera vez se me ampollaron las manos. Pero yo quería hacer de todo, saber de todo, ayudar en todo y aunque nunca nadie me explicó cómo hacer las cosas, yo iba aprendiendo con sólo mirar la labor de los demás.

Me dijeron que las ampollas se quitaban solas, pero que era bueno siempre echarles su poco de orine para desinfectarlas y curarlas mejor, así que tuve que apartarme y mearme las manos. Ellos se reían, pero yo no. El orine caliente ardía mucho sobre el pellejo reventado. Pero aguantaba. Aguanté. Quería ser útil. Quería ser un buen maestro y además no ser una carga para ellos. Quería ayudar, ser solidario. Sabía cómo merecerme el pan de cada día.

El calor era insoportable y sudaba copiosamente aun sin estar en movimiento. El olor a monte me fascinaba. Estábamos intrincados donde no se podía oír ningún ruido de la civilización. Sólo el eco de las herramientas truncando la vida de los árboles y los arbustos tupidos y muchas veces espinosos y difíciles de transportar. El olor de la resina del marabú y el palo quemado se me mezclaban aun en los momentos en que no podíamos ver el sol filtrándose entre las ramas, al menos para calentar y evaporar la humedad de la tierra que también se me mezclaba y me confundía. Sobre todo a la hora del almuerzo cuando el olor de la comida también jugaba su papel.

Se comía bien. Cocinaba bien. La mujer del carbonero cocinaba con leña a pesar de que el marido fabricaba carbón. Tenían sus animales de corral. No tenían hijos. Pero cuando me fui de la casa la dejé embarazada y casi a punto de parir.

Era una joven pálida y atractiva. Se llamaba Lourdes, y aprendió más rápido que su marido. Ella sabía algo cuando empezó a estudiar las letras, porque le gustaba hojear las revistas que caían en sus manos por casualidad. Se quedaba sola todo el día en la casa trajinando y estudiando las lecciones y leyendo las revistas que siempre intentó leer y entender. Tenía mucho interés en aprender y en cuidar la casa.

La casa siempre estaba bien limpia y ordenada. Era de madera, con techo de guano y piso de tierra bien apisonada y pulida, pues ella le echaba de cuando en cuando las cenizas del fogón. Después le rociaba agua y el piso se iba poniendo tan duro y sólido como un cemento. Cada vez que iba a barrer la humedecía.

Ella era muy aseada, muy limpia y él siempre estaba muy sucio, siempre descuidado, barbudo y tiznado por culpa del carbón. Ella era muy cariñosa. Él más áspero y de poco conversar. Yo pensaba que ellos no hacían buena pareja, pero me equivoqué, parecían felices en aquel monte desolado, miserable y rebelde.

Usé nuevamente mi hamaca para dormir y hubo noches en que no pude pegar un ojo, porque él se la pasaba despierto haciendo juegos eróticos con ella. Gemían como animales enfermos, como si algo les doliera y les gustara. Eran gritos ahogados que se esforzaban por no salir, pero que salían de cualquier manera, no por culpa de ellos, sino por culpa del silencio ciego y morboso que tiene el monte cuando se junta con la noche, para aumentar las ganas de juntarse y fornicar hasta el cansancio. Cuando aquello, ya me latía la fiebre de la sangre y llevaba desbocada la imaginación, pero apenas sabía qué hacer con las urgencias elementales del hombre.

LA FIEBRE DE LA SANGRE

Un día lo logré, o mejor dicho, ella lo logró, pero nunca pensé que fuera de esa manera. Sentía los efluvios de mi sangre en su hervidero cuando masajeaba en las noches mi animal erecto o cuando veía un perro callejero encaramado sobre el lomo de la hembra, haciendo numerosas contorciones para lograr finalmente la penetración. En el monte se me revolvieron los instintos.

Tuve la oportunidad, junto con otros brigadistas, de asistir a reuniones en el poblado de Sevilla, en las afueras de la ciudad, donde hablábamos de nuestra labor y recibíamos orientaciones nuevas. Allí estaba ubicada la dirección central. En una de las reuniones la conocí. Para asistir a las reuniones a veces caminábamos kilómetros por caminos solitarios y trillos formados a la orilla de la carretera. Para cortar camino nos metíamos a campo traviesa. Ella ya me había seleccionado y yo no lo sabía.

Mucho mayor que yo, de unos 22 años y simpática sonrisa. La vi de lejos y cuando menos lo imaginaba ya estaba pegada a mi lado buscando conversación. Vivía a menos de un kilómetro de mi casa. Nos vimos un par de veces nada más. Se llamaba Esther y era también de Santiago. Tenía la cintura un poco ancha, y muy estrechas las caderas. Tenía algunas libras de más; pero un pelo largo y casi rubio llamaba la atención. Combinaban con el uniforme sus ojos grises. Fue una pena el impacto y no sé explicarme cómo sucedió.

Después de la reunión caminamos directo a las casas de los campesinos que alfabetizábamos. Apenas le hablaba. Me ocurre así cuando más deseos tengo de describir las cosas que me rodean o las que llevo dentro. Me ocurre así aun en los momentos más adecuados y menos complicados.

Tomamos el atajo para llegar más rápido. Ella fue la que propuso coger por un desvío que conocía bien. Yo no sospechaba nada. Fue todo muy natural. Parecía que nada había sido calculado.

—¿Tienes novia?

—No... ¿Y tú?

No tenía siquiera qué averiguar. Todavía me porto como un estúpido en esos cruciales momentos de definición. Uno nunca aprende todo del todo.

—Tampoco. Tenía uno, pero me peleé con él antes de venir.

—¿Por qué?

Siempre hago preguntas innecesarias cuando no sé qué decir.

—No le gustó mi decisión de ser maestra voluntaria. Se va del país con toda la familia y tengo otras ideas políticas.

— ¡Ahhh…!

Siempre me ha ocurrido así, que nunca me doy cuenta cuando se fijan en mí. Me había dejado crecer el pelo y tenía casi una melena rubia y lacia que me asentaba bien. Trataba siempre de mantenerme limpio y atractivo. Además, a la mayoría les gustan los ojos verdes, y los míos estaban mezclados con un amarillo estrellado en el centro «como los ojos de los gatos». Así me dijo.

Todo andaba dentro de lo normal —pensaba—, pero la soledad del monte tiene eso, sorprende y excita cuando reparamos en ella. Nadie se puede detener frente a la oportunidad de descargar impostergables deseos. Pero eso no fue exactamente lo que me sucedió. Esa primera vez no fue así. Yo pensaba que éramos amigos.

Tuve miedo cuando sorpresivamente me besó.

—¿Te gusto?

No respondí. No sabía que decir. Me sentía torpe, completamente impactado. Fui literalmente devorado en la explosión de mi sangre. Los dos tuvimos la culpa, porque me dejé seducir, porque no podía interrumpir la fuerza del momento y lucir acobardado. Eso era, realmente eso. Estaba confundido. Estábamos de repente involucrados. Ella fue la que me lo hizo saber cuando mordía mi nariz, mi oreja, mi mejilla, y clavaba sus dientes en mi cuello, cuando cogió mi mano y se la puso entre sus piernas, cuando me agarró desprevenido y me aflojó el cinturón y buscó con su boca mi pájaro dormido. No estábamos enamorados, ni siquiera me atraían algunas de sus líneas, ni siquiera su aparente inocuidad.

Al principio no pude, porque estaba anestesiado por su beso, sin aire, atascado en mi falta de experiencia. Ella era un volcán frenético, indetenible. Entonces hundió su lengua en mi barriga, en mi pecho, en mi cuerpo como un espécimen agresivo, convulso, voluptuoso. Gemía y pujaba sus infernales instintos. Sus contorciones eran parecidas a las del perro callejero sobre la perra. Un grito espeluznante me llevó a la realidad, multiplicado en el silencio. Un gesto ahogado en la misericordia del abrazo me hizo reaccionar.

Después quedó jadeante detrás del árbol que nos dio cobijo.

Su orgasmo fue un aullido y no sé si pude con la súbita penetración, cuando utilizó mi animal como una daga para apuñalarse su animal ya lacerado, ya rendido.

Aún era de día. Estábamos, donde los pájaros fecundan sobre las ramas, donde las jutías se alejan al menor ruido, donde las culebras duermen su hartura, donde las mariposas se quiebran las alas bajo el trote de algún caballo desbocado, irremediablemente solos, perdidos, en la inmensidad del mal.

FIESTA DE SANTOS

Una noche Lourdes y el carbonero me llevaron a una fiesta de santos. Fuimos a la casa de una negra espiritista que todos en la zona respetaban. Era una especie de curandera, comadrona y adivinadora al mismo tiempo, muy atenta y servicial. Llegamos de día y en el patio de la casa más grande, rodeado de otras casas más pequeñas, estaban sacrificando chivos, machos y carneros para la comida de todos. Por eso todos ayudaban. Todos traían algo. Todos aportaban. Todos estaban invitados. Era domingo.

En la casa grande estaba situado el altar principal con santos afro-cristianos, un altar enorme lleno de frutas, dulces, viandas y velas encendidas. De cuando en cuando se oían sonidos de tambores y lamentos de alguna extraña canción. Se hicieron rezos y oraciones. Yo no entendía nada de brujerías. Lo miré todo algo asustado sin saber lo que podía hacer, ni cómo iba a moverme en aquel lugar. Sólo sabía lo poco que Lourdes me había explicado, que la negra era muy buena para adivinar el futuro y descubrir los problemas del pasado, que ella tenía suficientes pruebas de ello.

A Lourdes la santiguaron con gajos y yerbas perfumadas, buches de alcohol y humo de tabaco. Otras brujas o espiritistas también hacían lo mismo, pero eran como ayudantes de la bruja principal. La negra era gorda y vieja y tenía un pañuelo blanco amarrado en una mano y un pedazo de tabaco retorcido en la boca. Daba vueltas dentro del círculo. Buscaba, rastreaba, y agarró a Lourdes y la tiró al ruedo. La sacudió fuertemente sin considerar que estaba embarazada y casi a punto de parir. Lourdes se dejaba llevar y daba vueltas en el centro con su barrigón, como si fuera un muñeco desarticulado, porque había que sacarle los demonios del cuerpo que no la dejaban vivir en paz con su hombre y así la criatura que venía se podría salvar. Dijo así la bruja casi encorvada sobre ella con repentinos estertores en todo el cuerpo. «¡Misericordia! ¡Misericordia, mamá! P'allá, p'allá…»

De pronto, Lourdes cayó y comenzó a revolcarse por el piso de tierra del vetusto caserón. Montó su muerto. Gritaba y la bruja la perseguía por toda la sala con el amasijo de yerbas entre sus manos, como un látigo, azotándola sin piedad como a un caballo rebelde. Lourdes se paró frente a la bruja, desafiante, amenazante, enseñando sus dientes en una mueca repulsiva, convulsiva. Pujaba con fuerza como un buey en el surco en día soleado, y la bruja la castigaba más con las ramas torcidas y marchitas por el exagerado uso, descuartizadas ya sobre su cuerpo casi rendido.

De pronto se volteó y le metió la frente, con repetidos golpes, a la áspera pared de madera por donde sobresalían cabezas y puntas de clavos oxidados.

El carbonero se removió inquieto, como con miedo de que la mujer fuera a votar ahí mismo la enorme barriga. Pero alguien lo detuvo. Alguien le dijo que se calmara que nada malo le podía pasar, que eso se lo estaba pidiendo el muerto y así tenía que hacerlo la bruja para liberarla del mal. Después de varios gritos, estertores y sacudidas, volvió la calma. La infeliz mujer se fue a un rincón como un perro lastimado, con el rostro alelado, como si nada le hubiera ocurrido.

Ella me contó después, cuando estudiábamos la cartilla bajo la luz del farol chino que tanto le gustaba encender, que fue un muerto de verdad lo que le había entrado, y que la tenía atormentada, un espíritu maligno trabajado por otra mujer que quería quitarle a su carbonero y matarle al muchacho antes de nacer. «Afortunadamente mi madrina me libró de él y desde entonces me siento más aliviada».

La oí tan segura de lo que decía que me dieron escalofríos sus palabras y decidí no comentar nada más. Yo no creía en eso de los espíritus. Pero cuando por las noches hablábamos de muertos y aparecidos, siempre temía que alguno pudiera aparecer y me atacara por la espalda, y la piel se me erizaba de los pies a la cabeza con el más leve rumor.

Todos fuimos santiguados y despojados por el espíritu africano de la negra, que decía siempre alguna frase rara, en otra lengua, tratando de abrir los ojos, o al menos uno, cuando tenía a alguien delante. A mí me dijo en pocas palabras que tendría un futuro bonito, que me veía subiendo una gran escalera en un lugar muy lejano que parecía ser otro país. «Pero tú no quieres creer en esto, muchacho», me dijo, como si me estuviera adivinando.

Nunca olvidé su predicción, sobre todo, porque muchos años después, otra bruja o santera me repitió casi lo mismo. Fue una espiritista de Santiago, la que sin tantos brincos y contorciones, me habló suavemente de las trampas insospechadas que tiene la vida. «Nadie sabe por dónde anda la verdad, por eso es bueno confiar y dudar hasta encontrarla». Dijo algo así, algo como eso y todavía me sirve como modelo esa filosofía.

Pero esta fue la primera vez que participé en una fiesta de santos y no me quedaron muchas ganas de volver a participar. Creo que no sirvo para esas representaciones folclóricas o culturales. Porque cuando la negra me agarró, me atacó la risa. Desde que me tocó las manos y me llevó al centro, perdí el control. Fueron en vano mis esfuerzos por calmarme. Había allí otros brigadistas de la zona y de otras zonas que ya la conocían. Estaba allí también la brigadista que alfabetizaba a la santera. Me había contado que ella era muy buena haciendo su trabajo, que confiaba plenamente en ella, que nunca había creído en eso de los muertos, hasta que vio y sintió cosas tremendas cuando la conoció.

Me dijo, que cuando hacía sus rezos sonaba un caracol, y un enorme majá Santamaría se metía en la casa y se enroscaba dócilmente delante del altar. Entonces le hablaba con un lenguaje extraño y el bicho no se iba de allí hasta que ella lo ordenaba. «A mí misma me dijo todo mi pasado y un montón de cosas de mi futuro como si lo estuviera leyendo en un libro, y me consta que no sabe ni leer ni escribir, porque yo le estoy enseñando cada día». La brigadista me hablaba con mucho respeto de ella, como si hablara de un dios. A lo mejor ya estaba embrujada. Pero yo no podía controlar mi risa y aún no sé por qué.

En la fiesta había mucha gente de todas partes que venían a ver y participar en la ceremonia. Todos se despojaron con ella de algún maleficio, para limpiarse, para abrirse el camino. A unos brigadistas los conocía, aunque apenas conversábamos; cada uno había creado su mundo y almacenaba experiencias de las cosas vistas y vividas, cada uno a su manera, a veces contradictorias. Vivíamos un mundo excepcional. Pero yo vivía el mío, todavía sin entender muchas cosas, casi con miedo.

Los ojos grises de Esther estaban allí también; sin embargo, ella parecía ignorarme, como si no estuviera para mí, porque se la pasó casi todo el tiempo enganchada al guajiro que ella estaba alfabetizando. Él no se separó un instante de ella. Casi la vigilaba, o la protegía. No sé. El hombre no me miraba bien como si algo supiera de mí, como si adivinara algún peligro por la forma que yo la miraba, o por lo que yo representaba; sobre todo, después que me le acerqué y le di un beso, porque no supe si debía, al menos, saludarla, si besarla o no, porque no sabía si la mujer que había vulnerado mi inocencia era en realidad mi novia.

La sentí indiferente, esquiva. Lo vi todo muy raro en ella, en él. Como si no hubiera pasado nada entre nosotros, como si yo no existiera. La muchacha que me hizo hombre, me sembró la duda y me quedé con la ruina de lo que podía haber sido mi primer amor.

Se me escapó sin más ni más, sin dejarme entender, al menos, que todo fue un sueño o quizás un fatal accidente que me dejaba inválido en su indeleble precipicio. Conocí la frustración. Conocí el fantasma del odio mezclándose con los celos.

Comimos carnes, viandas y dulces caseros y hasta el carbonero me dio un trago de ron. Se le veía muy animado. Pero eso fue ya tarde en la noche, un poco antes de que Esther desapareciera de la fiesta con su guajiro guardián, un poco antes de que ocurriera el incendio, antes de que se quemara una de las casas del gran patio central, porque «una vela del altar alcanzó el borde de una cortina movida misteriosamente por un viento misterioso y embrujado».

Recuerdo el incendio y la desesperación en medio del monte negrísimo cuando todos trataron inútilmente de ayudar. La casa se quemó rápidamente a pesar de que el río estaba cerca y la gente se dio prisa con el agua. Santa Bárbara y San Lázaro (Changó y Babalú Ayé) habían descargado su furia de aquella forma, porque alguien merecía un castigo, porque algo entre los humanos de aquel rincón, andaba mal.

ENEMIGOS OCULTOS

La revolución se había convertido en el centro de nuestras vidas. Para todo se hablaba de la revolución. Y desde entonces a la fecha existieron dos bandos: los revolucionarios y los contras. Nos decían que los contrarrevolucionarios eran enemigos de la patria y que se les debía exterminar. Se decía que teníamos muchos enemigos en todas partes, que en cualquier lugar podría estar oculto un enemigo. Vivimos y crecimos con esa obsesión de que en cualquier momento nos podían invadir.

Para entonces hubo un desembarco por Playa Girón. Pero fueron derrotados. Los enemigos de Barbatruco se alzaron en las montañas del Escambray y empezaron otra guerra para sacarlo del poder. Hasta los mismos hombres que lo ayudaron a triunfar lo estaban combatiendo; porque decían que era un traidor y que lo que hacía no era una revolución, sino el comunismo. Decían que iba camino a la tiranía y no se equivocaron en nada de lo que decían.

Pero muchos no lo vimos así o no lo quisimos ver. Yo empecé a dudar, a no estar seguro en nada. Sin embargo, la mayoría seguíamos sus dictados, pues no había opción. Es que estábamos como arrastrados por una fiebre que no nos dejaba entender, que nos ponía roncas las gargantas de tanto gritar en los desfiles y concentraciones, hasta debajo de la lluvia, los lemas y los cantos inventados por el único partido que Barbatruco había implantado. En las plazas, el pueblo aplaudía sus largos discursos. Nos hizo ver que nuestros enemigos eran los americanos y que los rusos eran amigos. Y nos fue haciendo víctimas de la rusificación.

Estuve entre los primeros que ayudaron a construir un nuevo país, ilusionado o embriagado de tanto oír gritar «paredón, paredón», para los enemigos, porque apenas tenía 12 años y apenas conocía el significado de la palabra revolución. Era la moda de un irreverente esnobismo.

Cuando los alzados mataron al brigadista Conrado Benítez para tratar de asustar a los maestros voluntarios y sabotear la campaña, le pusieron a la brigada de alfabetizadores el nombre de Conrado Benítez y yo estuve formando fila entre esos que querían ayudar.

Lo mismo ocurrió con otro maestro llamado Manuel Ascunse. Barbatruco sabía que existían rebeldes en los montes haciéndole la guerra y no dudó en enviar a su tropa de alfabetizadores a los más peligrosos lugares. Siempre ha creado mártires para estimular su lucha y fanatizar seguidores. Es parte de su política para atrapar y envilecer fanáticos. Es un auténtico brujo de la palabra y las doctrinas, los trucos políticos, las metas inútiles y los planes imposibles de seguir.

Veíamos muy mal tales crímenes y él se encargó de crearlos y de que así se vieran. Supo aprovechar esos errores provocados y encontró con ello una justificación para arrastrar a las masas detrás de sus tambores. Como dijo Roberto Luque Escalona en su libro *Los niños y el tigre*: *"No podemos matar maestros, aunque enseñen marxismo, ni destruir aviones en el aire aunque vayan llenos de comunistas. En la guerra y en el amor todo está permitido... menos el crimen".*

No podemos caer en los mismos errores y despotismos de los comunistas, aunque sepamos que en el centro de las ideas marxistas-leninista alienta el terrorismo. Recordaba las palabras de Lenin cuando dijo que *"no puede pensarse en una dictadura del proletariado sin el terror y la violencia"*. De esa funesta teoría emana el fracaso y la ruptura de los primeros hechizos.

La mayoría queríamos revolución, hasta los que teníamos dudas, algunos por convicción y otros por oportunismo; la mayoría aplaudíamos al carismático líder, aunque muchas cosas no se veían claras aún. Él mismo se encargaba de desmentir a los que lo acusaban de comunista. *"Respecto al Comunismo, sólo puedo decirles una cosa,* no soy comunista, ni los comunistas tienen fuerza para ser factor determinante en mi país"*.* "Esta revolución no es comunista sino humanista". Indudablemente que en los primeros años vivíamos pendientes de sus palabras y sus llamados al sacrificio, sin sospechar que estábamos delante de un gran farsante, de un cínico hechicero mayor.

Cuando se apoderó de la prensa y suspendió la libertad de expresión, las cosas se pintaron siempre a su favor y no había ninguna otra cosa para entender que no fueran sus dictados. Nadie lo podía criticar ni contradecir. La esencia de todo lo realizado y por realizar se amasaba siempre en su enjundiosa cabeza. Esperaba el momento conveniente para lanzar su zarpazo contra la voluntad de la mayoría de sus seguidores. El comunismo entonces era un espectro amenazante en las mentes de todo el mundo, pero pronto llegaría el momento oportuno para justificar e imponer su práctica.

Barbatruco era alto, verde, gordo, demasiado alto, demasiado verde, demasiado gordo, y tenía unos pocos pelos en su barba demasiado negra que le llegaba casi a la barriga. La mayoría de las veces aparecía y desaparecía con un ojo tapado y un pájaro de colores mutables sobre el brazo izquierdo, como el más común y corriente de los piratas. Le gustaba mucho hablar en público durante horas, sobre todo, para repetir lecciones de cosas archiconocidas, cosas de la tierra y el mar, cosas ya inventadas que oíamos estupefactos como si fueran nuevas o acabadas de inventar.

Llamaba a hacer cualquier trabajo y allí estábamos, y yo entre los primeros, porque en las escuelas, los maestros nos hablaban de que los sueños de libertad ya estaban realizados, y que para lograr los demás sueños sólo teníamos que cooperar de alguna manera sin importar los sacrificios. Indudablemente el adoctrinamiento político funcionaba en su máxima expresión. Viento en popa y a toda vela navegábamos hacia lo desconocido, sin sospechar siquiera el triste final.

Trabajé voluntario en labores agrícolas. Fui a los campos a sembrar, a cortar caña, a recoger café. Recogí materiales reciclables de casa en casa. Fui ilusionado y laborioso, alguien que de repente un día perdió la ilusión. Recogí ropas usadas para enviar a otros pueblos. Nos decían que eran pueblos pobres y amigos. Hacíamos donaciones de lo que supuestamente nos sobraba, sin sospechar siquiera que seríamos finalmente los más grandes necesitados.

CAPÍTULO II

LA GRAN CRISIS

La Crisis de los Misiles o Crisis de Octubre de 1962, fue creada por la introducción de armas nucleares soviéticas en la isla. Los americanos nos rodearon con barcos de guerra y esa vez estuvimos a punto de desaparecer de la faz del planeta. Barbatruco entregó la isla a los soviéticos para que instalaran una base nuclear bien cerca de los americanos. Les había propuesto incluso la idea de asestar el primer golpe para acabar con Estados Unidos. Si los rusos hubieran atendido esta propuesta, la isla con sus misiles hubiera sido el primer objetivo a destruir frente a las puertas de una inevitable tercera guerra mundial. Nunca antes estuvo el mundo tan cerca de tal catástrofe.

La "guerra fría" había llegado a su punto climático y se alistaban ya las armas súper destructivas. Los soviéticos sacaron de inmediato sus armas nucleares de la isla después de las negociaciones bilaterales en las que Barbatruco no fue incluido. Afortunadamente se respetaron los acuerdos, de lo contrario no estuviéramos haciendo ahora el cuento. Pero esto lo supe años después. En aquel momento ni yo ni nadie supo nada de los riesgos que vivimos. La esencia del conflicto fue vedada y sólo se hablaba de una posible invasión del imperialismo yanqui.

En ese dramático momento, yo me encontraba recogiendo café en la loma La Gigante, cerca del pueblo de Guisa, en Bayamo. Entonces nos llegó la orden de evacuación. Salimos bajo mal tiempo. Los ríos estaban crecidos por las intensas lluvias y tuvimos que caminar sobre las lomas y por sus mismas crestas enfangadas y resbaladizas para poder abandonar de urgencia los campamentos ubicados en la zona. La cosecha de café, tan importante para la economía de la nación, quedó totalmente paralizada.

Nos habían explicado, sin muchos detalles, que había una amenaza seria de invasión. Entonces redactaron una lista con los nombres de los estudiantes que estaban dispuestos a luchar para salvar la patria de la invasión enemiga «porque los americanos nos van a invadir para esclavizarnos y explotarnos nuevamente», dijeron.

Me inscribí para formar un grupo de salvamento en la retaguardia. Tenía algunos conocimientos para prestar primeros auxilios, salvar ahogados y curar heridos. Había pasado un curso de entrenamiento en la escuela donde me encontraba becado. Siempre estaba dispuesto para todo. Quería siempre saber de todo, al menos de todo un poco.

Tan pronto como terminó la campaña de alfabetización decidí optar por una beca para cursar la segunda enseñanza. Me había ganado ese derecho gracias a mi "buena actitud revolucionaria", eso me dijeron y eso pensaba yo. No entendía aún que el plan de entregar becas a los brigadistas estaba dentro de los planes del adoctrinamiento político del sistema, pues de esta manera, lejos de la influencia familiar, los becados de todo el país formaríamos un nuevo ejército para el trabajo, para las armas, a disposición de Barbatruco, y al mismo tiempo seríamos los primeros en entrar al laboratorio marxista para la creación de "el hombre nuevo".

Las becas fueron ubicadas al principio en la capital y después pasaron al resto del país. Las becas no se otorgaban por la excelencia demostrada en los estudios. Sólo hacía falta disposición y obediencia incondicional a la revolución. Según la doctrina, estas becas serían el terreno adecuado para lavar cerebros en ese laboratorio forjador de fieles soldados de la patria.

Sin embargo, la práctica mostró lo contrario. Con adoctrinamientos políticos no se forjan "hombres nuevos", sino militantes y líderes oportunistas, hombres dispuestos a fingir con tal de alcanzar niveles altos en la nueva burocracia. Y no todos teníamos sangre para vivir ese nuevo estándar. La mayoría nos aburríamos y hacíamos rechazo a ese programa de seminarios, charlas y discursos y ante tantos controles y manejos tendenciosos de nuestro tiempo y nuestras vidas.

Los albergues de becados se convirtieron, poco a poco, en centros para la evasión, la diversión y la perversión, en neurálgicos puntos de corrupción y sexo liberado. Los estudiantes, lejos del control de los padres, experimentaban el sabor de la independencia desmedida. Las muchachas salían embarazadas y cuando un aborto no se les aplicaba a tiempo, eran expulsadas o forzadas a abandonar sus estudios.

No todos los becados tenían el interés ni los méritos ni la capacidad ni las condiciones intelectuales o mentales para merecer estos supuestos "estudios gratuitos". El gobierno despilfarró recursos. No funcionaban las becas a la medida deseada ni tampoco existía suficiente desarrollo de la economía para mantenerlas adecuadamente. Literalmente pasábamos hambre y necesidades de todo tipo; sobre todo, después que se agotaron los recursos creados, almacenados y luego abandonados por el régimen anterior.

El nuevo régimen convirtió en albergues para becados las residencias confiscadas a las personas que abandonaban precipitadamente el país. Estas casas lujosas completamente amuebladas fueron poco a poco destruidas por la voracidad de sus nuevos ocupantes y el escaso interés por preservarlas. «Lo que no te cuesta no te duele», decía mi abuela moviendo sus manos pequeñas sobre nuestras narices cuando rompíamos por descuido o negligencia un simple plato. Los objetos valiosos fueron desapareciendo misteriosamente. Alguien los robaba y los traficaba. Estas becas fueron un relajo generalizado, una secreta complicidad entre estudiantes y funcionarios abusadores y corruptos.

En muchas de las casas quedaron muebles y equipos almacenados en los enormes garajes, sin ser inventariados. Éstos también fueron desapareciendo poco a poco. Un camión salido de no se sabe dónde, podría llegar y cargar algunos objetos. Pude ver también como los artículos sustraídos disimuladamente eran vendidos a otros interesados en comprarlos. Un día unos estudiantes de Santiago, de más edad que yo, me llevaron al centro de la capital. Con el dinero recaudado pudimos comer y divertirnos.

El libertinaje se apoderó de estos centros del derroche y el descontrol. Pronto faltó todo lo que no supimos cuidar a tiempo. Las calles, los jardines y las casas de los alrededores fueron invadidos también por estudiantes desaforados y poco comprometidos con los bienes que disfrutaban sin costo alguno, o por aquellos estudiantes poco acostumbrados a respetar lo ajeno. No había cercados ni enrejados que imposibilitara el paso a los aguerridos e indolentes abusadores. Y aquellos que en el área probablemente no pensaban en abandonar el país, cambiaron sus mentes ante tal desaforada invasión a la privacidad de los nuevos moradores.

Todo se fue deteriorando rápidamente (persianas, cristales, puertas, paredes, fuentes, estatuas, verjas, jardines) por esa mano casi invisible del oportunismo, la ignorancia, la indiferencia y la avaricia desbordadas. Es asombroso el desamor que se siente por las cosas que no han costado lágrimas ni sudor. Los estudiantes, bajo el nuevo ambiente, no respondieron positivamente al inmediato e inesperado control estatal. El robo, el fraude, el sexo y las drogas echaron tempranamente por tierra los planes de Barbatruco, de convertir a los becados en "hombres ejemplares" para su isla.

Todo el curso escolar lo pasé sin ver a mi familia, sin volver a mi ciudad. Ya había terminado el 7mo grado y todos aprobábamos los exámenes con facilidad. El objetivo principal era la promoción. Los maestros que no promovían a los alumnos eran sancionados. Por eso ellos mismos nos ayudaban a responder los exámenes y hasta nos arreglaban las respuestas con tal de que aprobáramos sin dificultad.

No obstante teníamos adicionales exigencias que cumplir. Teníamos que hacer trabajos voluntarios todos los fines de semana. Por poco pierdo completamente un dedo de mi mano izquierda cuando cortaba yerbas con una afilada hoz que apenas aprendí a manejar. Y aquello fue como un presagio de este nefasto símbolo del comunismo, de la hoz y el martillo, que en ese entonces no llegué a interpretar, a pesar de que además la escuela del reparto Siboney donde estudiábamos se llamaba Carlos Marx.

Nos enviaron a las montañas a recoger café después que terminó el año escolar «para ayudar al desarrollo del país», dijeron. Pero así pagábamos de alguna manera parte de los llamados "estudios gratuitos" que recibíamos, sobre todo porque la casi totalidad de la cosecha de café era destinada a la exportación.

Después que terminábamos nuestra labor en los campos intervenidos por El Estado, algunos nos íbamos a trabajar a los cafetales de algún campesino de la zona que nos pagaba bien la recogida y hasta nos daba un plato de comida con lo cual podíamos paliar en algo el hambre que estábamos pasando.

En esas labores, después de haber estado ingresado por un tiempo en el hospital del pueblo y de haberme malamente recuperado de una extraña fiebre del monte (mis padres nunca fueron informados), me sorprendió la "Crisis de los misiles" creada por el propio líder, el comediante Barbatruco, el hombre que dijo que la revolución era para asegurar nuestras vidas y nuestro futuro. La evacuación inmediata se produjo, porque estábamos nuevamente en guerra y todos estábamos obligados a combatir.

Sucedían muchas cosas que yo a esa edad no podía entender y hasta, quizás, no quería entender. Todavía vivía mis ilusiones de adolescente y me negaba de alguna manera a poner los pies en la tierra, en la cruda y frustrante realidad que estaba viviendo. Había siempre demasiada agitación en todo. Los acontecimientos se sucedían vertiginosamente.

Muchas personas se resistían a las imposiciones del régimen y luchaban contra él. Otras decidían huir a como diera lugar. A los becados nos decían que los que se iban del país eran traidores a la patria y a la revolución a los cuales debíamos denunciar, combatir, odiar. Todo se me fue enredando en los sentimientos. Quería estudiar y no tenía otra opción que participar en esas charlas anti familia, y lo peor de todo era tener que demostrar que me transformaba en el hombre que Barbatruco quería convertirme, absolutamente fiel a sus caprichos.

Claro que no podía odiar a mis tíos, a mis padrinos que por entonces decidieron también abandonar la isla uno tras otro. Ellos dieron el paso cuando descubrieron tempranamente la realidad que yo no podía descubrir porque me faltaba suficiente edad para comprender todo mejor. Claro que a los "traidores" de mi familia no podía repudiarlos, combatirlos, odiarlos. Inconscientemente se iba produciendo en mí un sentimiento de culpa, una inmensurable incertidumbre, una deplorable contradicción, mezcla de rechazo y evasión a tales "ideas revolucionarias".

CRISIS EN LA FAMILIA

Meses antes mis tíos-padrinos se habían despedido de mí. Se aparecieron en la casona del reparto Siboney donde me albergaba. Era el barrio de la gente rica de la capital. Casi todas las casas o residencias de la zona habían sido abandonadas con urgencia por sus dueños. Todo lo habían dejado en la precipitada fuga. Se iban los ricos de sus casas y esas fueron las primeras casas que se confiscaron. Habilitaron los cuartos con literas de dos camas. Eran casas enormes de placa, muy bonitas, muy bien diseñadas en las que uno se perdía a veces. Al principio me perdía buscando una salida o algún pasillo que me llevara a la cocina o al baño o al comedor o al patio o a la calle, hasta que me acostumbré.

Me puse muy contento cuando los vi llegar. Me sorprendieron. No quisieron entrar como si algo o alguien se los impidiera. Salí a la calle, porque la casona estaba ubicada en la misma esquina. Me dijeron que se iban del país, junto con mis primas. Se estaban despidiendo con la esperanza de volverme a ver o quizás con la incertidumbre de que jamás volverían. Y así fue.

Ellos eran ricos y dejaron su lujosa casa en Gibara, un pueblo ubicado en la costa norte de la zona oriental. Nos quedamos en la acera cerca del carro que los transportaba. Me querían mucho y me hablaban como si algo del encuentro les doliera demasiado para dejarme al menos una sonrisa, porque fue una triste despedida. Creo entender ahora ese dolor. El dolor que produce estar lejos de nuestros seres queridos es devastador. Sus gestos, sus suaves y discretas palabras las tengo aún clavadas. Estaban muy afligidos y lloramos abrazados con el último adiós.

No entendí las razones que tuvieron para la fuga y me dijeron que algún día lo iba a entender mejor. Me dolía saber que abandonaban una casa tan bonita, más grande y bonita que la que me albergaba allí. «La libertad es lo primero, eso vale más que todo en la vida», dijo mi tío. Me dolía saber que se iban para Puerto Rico y que todo lo dejaban atrás. «Escríbenos. Escríbanme. Te vamos a escribir. No nos olvide. No los olvido. Que Dios te bendiga. Cuídense. Cuídate, m'hijo». Fueron quizás las últimas palabras.

¿Cómo iba a entender eso así no más, que se fueran así de su país? ¿Eran traidores a la patria? Su casa tan linda llenas de muebles elegantes, sus grandes jardines tan verdes y llenos de flores. La casa de mis tíos-padrinos tenía tres patios bien decorados con rocas de mar y plantas de enredaderas. Tenían una tienda mixta que se comunicaba con la casa, ubicada frente al parque central. Se llamaba

La Dalia y era la más grande del pueblo. Vendía de todo, desde juguetes hasta zapatos. La casa no se la robaron a nadie, la tienda tampoco. Trabajando mucho lo lograron todo. Recuerdo a mi tío trabajando en la tienda, hasta de madrugada. El trabajo es la fuente de riqueza más segura que tiene el hombre. Escribiría después en uno de mis cuentos. José Martí también dijo:

"... no sólo tienen los pobres derechos en el mundo, ni cabe negar mérito a quien acumula riqueza sin abusar del prójimo, ni es posible excomulgar al rico de nuestro altar, sino cuando lo es en virtud de la innoble capacidad de prescindir de las virtudes que se oponen a la acumulación de la fortuna [...]. De pocas cosas puede enorgullecerse con tanta razón un hombre como de haber labrado su fortuna peso a peso, sin poner la mano en bolsa ajena, ni dejar que otros la pongan en la suya; porque en el arte de ser rico entran muchas virtudes, sin cuyo ejercicio constante se suele ir la riqueza por las rendijas".[2]

Ser rico es un arte y el que quiere hacer de la riqueza su arte tiene que ser constante, tanto o más que el pintor o el escritor. El artista es esclavo de su arte. El rico es esclavo finalmente de su riqueza si no la quiere perder, porque una vez que la logra con su trabajo creador no debe escatimar esfuerzos para preservarla. El verdadero hombre crea bienes para la seguridad de su persona y la de su familia. Así, multiplicándose en cada hombre se crean bienes para la sociedad.

Sé que duele cuando nos lo roban todo, sin más ni más, porque alguien con algún poder político o militar decide confiscarlo todo, desde la libertad hasta los bienes creados. Por eso el viejo Faustino, quien crió a mi tía-madrina, murió de un infarto cuando la Ley de Reforma Agraria le quitó la finca. Poco después murió su esposa de la misma angustia sumada a la inevitable soledad. Mi tía María ya no tenía nada grande que la sujetara al país, excepto su hermano mayor, mi papá y nosotros dos, mi hermano y yo. Por eso se estaba despidiendo de mí, tan triste, como si se estuviera muriendo o como si se fuera a morir sin volver a verme. Y así pasó.

Lo perdieron todo, como tantos otros propietarios. Surgieron del trabajo acumulado y honrado. Todo lo lograron con esta simple fórmula. Poniéndole talento y amor a las cosas que tocaban, a las cosas que sudaban, como si fuera magia, como si fueran magos, porque después en el exilio repetirían nuevamente la hazaña.

Nuevamente lograron sus sueños, todos sus sueños a pesar de la avanzada edad. Porque *"nada tiene quien nada desea"*. Tenían deseos y mucho talento para este arte de labrar riquezas y ahorrar. *"Porque en el arte de ser rico entran muchas virtudes..."* Sólo les hacía falta la libertad para trabajar y crear.

No puede un pueblo honesto sumirse en la esclavitud o en la hipocresía por temor a la guerra. No puede haber arte genuino sin libertad. La libertad es oxígeno para el arte y arte para la vida.

Me querían. Sé que sufrieron la separación porque me querían. Eran también magos en el arte de saber querer. Fueron muy amorosos, armónicos y felices. A veces, me llevaban para Gibara de vacaciones y esas veces fueron las más lindas vacaciones de mi niñez, rodeado de ropas nuevas, de juguetes y de personas que me cuidaban y atendían.

---

[2] "El Abogado de los Ricos", Obras Escogidas. 3 Tomos, Editorial de Ciencias Sociales, 1993, T.2, p. 246

Una vez fue Navidad y la tienda estuvo vendiendo juguetes hasta por la madrugada del 6 de enero, día de los Reyes Magos. Yo los ayudé a llevar un cargamento de juguetes que donaron a los niños del orfanato. Repartí los juguetes que sobraron directamente en las casas junto con mis primas. Eran muy caritativos y yo también fui Rey Mago esa vez, gracias a la generosidad de mis tíos-padrinos.

En la casa tenían una sirvienta que trabajaba algunas horas al día, cocinando y limpiando, pero él trabajaba más que la sirvienta. Eran 12 y 15 horas diarias las que trabajaba, hasta los domingos, hasta de noche y madrugada, hasta los días en que todos estaban paseando o durmiendo, ellos trabajaban. Yo los veía entrar a la tienda después de la comida por una puerta que daba al patio central de la casa. Por allí yo entraba también y los veía hasta muy tarde preparándolo todo para el siguiente día.

Fui testigo. Disfrutaba el momento de entrar, participar y sentir el olor de las cosas nuevas acabaditas de desempacar. Me divertía viendo a mi tío encaramado en una escalera casi hasta el techo, subiendo y bajando cajas de los estantes repletos de mercancía. Labraron peso a peso su fortuna, *"sin poner la mano en bolsa ajena, ni dejar que otros la pongan en la suya"*.

Sin embargo, por la ley de confiscación de propiedades dictada por Barbatruco, ellos pasaron a ser empleados de la misma tienda de la que fueron dueños. Y ya no hicieron las cosas con el mismo esfuerzo, ni pasión, ni con el mismo amor. Trabajaban sólo las ocho horas ordinarias que trabajaban los demás obreros, y la tienda se fue quedando cada vez más vacía y más triste, como por arte y magia de la falta de voluntad y el desamor.

Yo también los quería mucho. Por eso lloramos cuando nos besamos en la despedida, porque se rompían los lazos de la unión que habíamos creado día a día y para siempre. Esa fue la última vez. Estaban demasiado lejos de mí y de mis ideas en aquellos momentos. La revolución me transformaba y sin saberlo me separaba más de mis seres queridos. ¿Estaría funcionando en mí el lavado de cerebro? ¿Me estaría adoctrinando la despiadada doctrina del odio contra los que escapaban de la isla?

Treinta y seis años después, desde mi exilio, les escribiría la carta que les debía desde el primer mes de su partida. La que quizás siempre esperaron y nunca escribí por despreocupación o por estar demasiado absorto en mi propio dilema. Mi tía María se hubiera sentido feliz y rejuvenecida si la hubiera leído. Fue una carta de arrepentimientos y perdones. Pero llegó demasiado tarde, pues ella ya estaba esperando la muerte y la muerte no da treguas ni siquiera para estas urgentes deudas del corazón. Murió sin saber que al fin yo había entendido la razón de su precipitada fuga treinta y seis años atrás.

FRACASA CONVOCATORIA NACIONAL

Cuando empezó la rebelión, Ismael y el grupo de huelguistas confiaban en que los documentos y la convocatoria habían llegado a su destino. Pero no fue así. Ismael pensó que todo estaba funcionando tal y como lo había planeado, pues oyó cuando un alto oficial de la prisión (fue uno de los oficiales que ayudó mucho y en momentos difíciles), le dijo con mucha seguridad a otro militar de la guardia de Boniatico «Esto es una rebelión nacional y nada por el momento podemos hacer». Lo dijo como alertándole para que no cometiera ningún exceso con los prisioneros. Por eso Ismael se sintió optimista. Tenía conocimiento de que otras prisiones de la provincia se habían incorporado a la protesta. Al menos estarían tranquilos por un tiempo y no harían nada extraordinario que los complicara. Actuarían a la defensiva.

Días después se fueron incorporando al grupo otros prisioneros, otros que habían prometido su incorporación después que cogieran la visita con sus familiares, para informarles lo que estaba ocurriendo. Entre éstos estaba Diosmel Rodríguez, con su menuda y pequeña figura.

A los que luego se iban incorporando, los iban recibiendo con un "aplauso deportivo", es decir, palmeando dos o tres veces consecutivas. El movimiento iba tomando cuerpo peligrosamente. Hasta un preso común decidió sumarse, pues era muy amigo de Leonardo Coseau, uno de los más jóvenes prisioneros políticos del grupo, quien tenía unos 18 años de edad y había sido enjuiciado y encarcelado junto con su hermano mayor por "Propaganda enemiga".

Diez días después, sacaron a los prisioneros para una reunión con el capitán Jesús el manco, un peligroso sicario que abusaba frecuentemente de su poder descargando fulminantes golpes con la mitad de su mano a la cual le habían injertado un pedazo de metal. Había perdido la otra mitad en la guerra civil de Angola. Allí estaban también una enfermera y el fiscal que atendía la prisión. Era un moreno delgado de unos 50 años, de cara alargada, de mediana estatura, con algunas canas en su pelo encaracolado y algunos hoyos en su cara chupada por una incipiente desnutrición. Aquella fue la primera y la última vez que lo vieron.

Se suponía que el fiscal estaba allí para representar y atender a los prisioneros desde el punto de vista legal frente a las violaciones de los carceleros. Pero no, estaba allí para hacerlos desistir de su posición y sus reclamos. No es extraño. No esperaban que ocurriera nada distinto. Ya sabían que así ocurriría. De todos modos quisieron que estuviera presente y al menos que escuchara y trasmitiera a los altos niveles la petición y los posibles acuerdos.

A pesar de que habían entregado un documento a los funcionarios del penal donde explicaban sobre los motivos de la rebelión y las demandas exigidas, el fiscal les hizo algunas preguntas más. Ismael trató de no hablar y dejar que fueran otros los que explicaran, porque pensó que así les demostraba que él no era el líder, sino uno más del grupo. Pero tuvo que hacer, de todos modos al final, su intervención. Porque sintió que algunas cosas no quedaban claras.

Esta era la primera vez que se reunía con sus compañeros y tenían que decidir algunas cosas sobre la marcha. No había líder elegido. No había por qué elegirlo, porque todos eran miembros y protagonistas en la protesta que habían provocado sus represores.

En realidad Ismael era un líder. Lo acusaban de serlo sólo porque había logrado cierta voz entre los prisioneros y por su forma de actuar en defensa de los reprimidos, y también por las denuncias que escribía y sacaba al exterior con su nombre, sin miedo a que lo reprimieran. Emplazaba y desafiaba muchas veces a los gendarmes que transgredían sus funciones, a pesar de que corría él también el mismo riesgo de ser atropellado. ¿Pensarían que estaba loco? Quizás. Porque había que tener algo de loco para actuar así. «No es la fuerza del brazo, sino la de la mente, la mano que verdaderamente empuja y mueve a cambios», había dicho en una de sus arengas a plena luz del día. Y lo repitió textualmente al final de su intervención. Era parte de su filosofía. Unía así la acción a la palabra. Desde la vez que se enfrentó a Jesús el manco, el peor de todos, las cosas cambiaron en *algo. Quizás entendieron que la fuerza bruta puede ser vencida por la fuerza de la razón y todos guerreaban por el momento en este terreno.*

Sin embargo, se fue de la reunión con la sensación de que no habían avanzado nada. Los represores se mostraron prepotentes en sus posiciones. Los reprimidos estaban dispuestos a resistir, pero ni siquiera sospechaban que el plan de rebelión nacional había fracasado, y que se habían quedado solos, pero con la razón histórica, la razón generacional y la razón política palpitando inagotablemente en sus corazones.

MI UNICA ABUELA

Estuve sólo un año becado en la capital, mientras mis padres estuvieron confiando en la revolución, mientras casi toda mi familia estuvo confiando. Recuerdo a mi abuela materna llorando de alegría en la sala de la casa cuando se enteró que Barbatruco y los barbudos de la sierra habían triunfado y el tirano Batista se había ido en un avión con su familia y sus millones robados, dejándolo todo a la deriva. La mayoría pensaba que esto había sido un paso afortunado para el país, que la revolución era sinónimo de justicia y legalidad.

Precisamente fue a mi abuela, a quien le oí primero, dos años después, gritar llena de rabia, que Barbatruco era malo. Y mi abuela no se equivocaba nunca. «Es un hijeputa», dijo con su acento árabe en un español aprendido sólo de oírlo. Y luego escupió al suelo con el rostro transfigurado, «sharmuta», dijo después traduciendo la rabia a su primera lengua, como para darle mayor fuerza a la palabra.

Mi abuela era analfabeta en los dos idiomas; sin embargo, sabía mucho y era muy instruida a la hora de interpretar la vida. Llevaba de memoria todos los negocios con absoluta precisión después que murió mi abuelo de un ataque al corazón en el mismo hospital donde ya estaba recluido y muy enfermo. Dicen que él vio la muerte antes de morir y que salió corriendo por los pasillos del hospital gritando como un loco que la muerte lo quería atrapar.

Cuando mi abuela llegó a visitarlo lo vio desde el jardín parado en la ventana, muy serio y supo que ya había muerto. Y fue verdad, por eso no le sorprendió la noticia cuando llegó a su habitación por las infinitas escaleras que la llevaban al tercer piso. Era alto, colorado y de facciones finas, pero bien fornido y se había salvado de la tuberculosis después de comerse dos libras de carne molida cruda, todos los días en el desayuno. Mi abuela lo había soñado y se lo recetó. Ella misma la preparaba con sus mágicas y pequeñas manos hasta convertirla en medicina energética, mezclándola con algunas hierbas amargas también soñadas. Dicen que diez hombres no pudieron levantar su caja. Pero la muerte de todos modos se lo llevó, porque la muerte no perdona ni a los más robustos, saludables y hermosos candidatos que fueron previamente seleccionados. Su corazón falló.

A mi abuela le gustaba mucho cocinar y comer bien. Mamá decía que mi pobre abuela murió por la emoción, cuando mi tío Natalio le mandó a la casa un hígado entero de res para que lo cocinara, cuando ya no aparecía ni un frijol para comer.

Natalio, se quedó paralítico desde niño a causa de las fiebres altas que produce la Meningitis. Pero mi abuela lo llevó a El Cobre, a la iglesia de la Virgen de la Caridad, para bautizarlo y cuando regresó a Santiago, mi tío se sentó en la cama y todos lloraron de la alegría, impactados por el milagro. No pudo nunca caminar, pero al menos se movía en su silla de ruedas y fue capaz de hacer su propia economía al frente de un salón de billar de la calle baja de Trocha, donde se hacían cada año los carnavales de la ciudad.

Desde las puertas de su negocio, con los deseos reprimidos, podía ver a los mamarrachos que salían a bailar al ritmo contagioso de la conga. Quizás sufrió su frustración de no poder moverse, pero lo vi siempre feliz, nunca deprimido, orgulloso de su creado imperio, y disfrutando lo que todos disfrutaban, incluyendo los placeres sexuales.

Natalio pensó que fue el culpable indirecto de la muerte de mi abuela, pero sentenció a Barbatruco como el verdadero culpable de todas las tragedias ocurridas en su vida, porque al mismo tiempo que cerró las puertas de todos los negocios privados, abrió las del hambre para toda la nación —decía.

Sabía inglés sin pagar escuela. Sólo escuchaba de lejos las clases privadas que su hermano mayor recibía en la sala de la casa. Estudió sicología por correspondencia, era un maestro en el ajedrez y llevaba en la cabeza toda la energía que le faltaba en las piernas. Murió encerrado en su cuarto, loco —pensábamos—, de tanto pensar que con la intervención de su negocio le habían robado la oportunidad de sentirse útil y ganarse el sustento a fuerza de su inextinguible voluntad de trabajo. Lo que no hizo la Meningitis con él en su niñez, lo hizo Barbatruco años después. Un día, pocos meses antes de morir, se levantó y dijo que Barbatruco era bueno y que el malo era él, y todos quedamos petrificados por el dolor.

Mi abuela murió infartada por la explosión del hígado de res sobre la rabia acumulada que llevaba dentro. Cuando quisieron llevarla al hospital se negó y pidió que la acostaran en su cama. «Déjenme aquí, que esto es ya la muerte». Había sufrido demasiado la ruina de la familia y demasiado su desilusión. Todos los días de Dios sufría. Las casas que habían comprado y reconstruido años tras años, se las quitaron cuando la Ley de Reforma Urbana. Su negocio de telas a plazos también lo perdió. Sus hijos varones se le iban del país gota a gota para no verlos nunca más.

Muchos de mis tíos emigraron a tiempo y otros después, cuando se hizo más penoso emigrar por las humillaciones a que eran sometidos los que aplicaban, obligados al proceso de la larga espera. Así comenzó la crisis en nuestra familia, agravada con la muerte de mi abuela y la fuga de mis tíos. Mi familia fue siempre muy unida, y aunque no siempre la adversidad rompe la unión, esta vez la rompió. Los fines de semana y los días de Noche Buena y Navidad eran oportunos pretextos para que nos reuniéramos todos. En ese tiempo todo era de todos. Pero después todo se acabó.

Con la escasez y la comida planificada cada cual empezó a comerse lo que le tocaba por la libreta, cada cual empezó a velar para que nadie le comiera su ración, su cuota de comida planificada. Los que se olieron la tragedia que invadía al país escaparon a tiempo. Los que lograron escapar empezaron una nueva vida y enseguida acumularon riquezas a base de ahorro y trabajo en el nuevo país. «El ahorro es la base del capital», siempre decía mi madre, sin haber ido nunca a la escuela. Y eso lo decía también mi abuela con mucha más experiencia y sabiduría.

Pienso que de este mismo principio partía mi tío Jorge, quien fue el primero en emigrar y se hizo millonario. Pero ni el dinero ni las medicinas que mi tío le mandaba a mi abuela, la lograron curar. Ni siquiera los remedios que soñaba o que ella misma se inventó. Mi abuela vivía inmaculada, en su viudez, en su trono imperial, pero muy triste y acabada. Su enfermedad estaba más en su frustración, aunque también se había alojado en su delicado y gastado cuerpo.

Tenía su mal genio. No puedo negarlo. Cuando se incomodaba, sus ojos azules, verdaderamente azules, se encendían más. No se le podía ni hablar. Echaba fuego alrededor sin siquiera gritar, sin maltratar a nadie.

La recuerdo a veces pegada al viejo radio para oír el sorteo de la lotería nacional con la ilusión de ganarse al menos algún premio, aunque no fuera el premio mayor. Pero se quejaba cada vez que perdía. Rezongaba mucho. Después volvía a ser dulce, calurosa y suave con todos como una masa de pan muy especial recién sacado del horno. A nadie le gusta perder. ¡Claro! A nadie le gusta tampoco que lo engañen así tan despiadadamente.

Su frustración fue doble, porque después también prohibieron su única diversión, los sorteos de la lotería nacional. A ella le gustaba pegar el oído al enorme radio, y ni siquiera le dejaron la esperanza de ganarse un premio. Eso fue lo que le pasó y ella no fue una excepción. Todo cambió, las costumbres, las tradiciones, las fechas de celebraciones. La revolución empezó arrancando cabezas en todas direcciones y los haraganes y envidiosos aprovechaban y festejaban la llegada de su imperio para controlarlo todo.

Mis tíos no pudieron venir a su entierro. Los que se iban recibían como castigo la prohibición del retorno. Conocer quién era el culpable de su muerte me hizo rezongar. Pero ya estaba comprometido con el régimen, porque fueron los tiempos en que había renegado de Dios para poder matricular en la universidad.

UNA FAMILIA DE INMIGRANTES

Procedo de familias emigrantes. La isla era conocida como La Perla de las Antillas. Era como la tierra prometida. Los emigrantes llegaban de diferentes países para hacer fortuna. La historia se invirtió después. Todos la querían abandonar. Todos querían huir y buscar "lo prometido" en otra parte del mundo.

A mis abuelos paternos no los conocí. Mi padre quedó huérfano de padre y madre a los cuatro años de edad. Eran tres hermanos, dos varones y una hembra llamada María. A mi padre lo crió un tío que le pegaba y lo ponía a trabajar como a un mulo. A mi tía María la adoptó un matrimonio que tenía dinero pero que nunca tuvieron hijos que criar. Se la llevaron a Gibara para hacerla educada y después heredera de toda la fortuna que habían acumulado. Luego se casó con Alfonso Muñiz. Fueron novios desde que eran niños y estudiantes de la misma escuela. Ellos fueron después mis tíos-padrinos.

Mis abuelos paternos vinieron desde las Islas Canarias para hacer familia y fortuna. Mi abuelo paterno murió ahogado cuando trataba de pasar un río crecido con unas mulas cargadas de mercancías. Dicen que estaba borracho y que le aconsejaron que no lo hiciera, pero era de esos que no se detenía ante nada. Isleño al fin. De ahí probablemente les viene la fama de testarudos a los isleños.

Mis abuelos maternos también eran emigrantes. Procedían de Siria. Hablaban la lengua árabe y tuvieron doce hijos, de los cuales sólo sobrevivieron ocho. Mi abuela materna, que fue la única abuela que conocí, fue como un ángel protector para mí. Su cuerpo pequeño y redondo se movía con suavidad cuando recordaba pasajes de La Biblia y nos hacía cuentos aleccionadores donde siempre el bien triunfaba sobre el mal. Hablaba también muy lento, con el aire de los que saben expresar sabiduría.

De no haber nacido en el Medio Oriente, donde la mujer no puede ir a la escuela ni tiene por qué estudiar, hubiera sido abogada o autora de sabios libros; sobre todo, de filosofía. Me gustaba oírla hablar. Era tierna en sus gestos y justa en sus decisiones. Le daba siempre la razón a quien la tenía. Era el juez de la familia.

Recuerdo la noche en que mi tía Josefa me sorprendió en el cuarto de Amarilis, mi prima segunda. Esa vez sólo la estaba besando sentado en su cama. Habíamos llevado bien oculto nuestra relación. No era bonita ni fea. Creo que me enamoré de su bondad y de su risa. Nunca más he vuelto a sentir un amor así tan irracional y tan frustrante. Nos queríamos casar, pero aún éramos demasiado jóvenes para decidir sobre esas cosas. Pese a la irremediable situación, nos separaron. Nadie quiso entender nuestro amor, excepto mi abuela; porque a ella le había pasado lo mismo con su primo antes de tener que casarse. Al parecer, ya estaba demasiado vieja para imponer su veredicto en la familia. Lloré la separación.

Lloré mucho con su muerte. Escribí una historia donde describía su entierro al que asistió una inmensidad de personas que la querían, que la admiraban. Pero perdí el manuscrito de muchas páginas marcadas por lágrimas de dolor. Creo que heredé de ella esta vocación de contar historias, del narrador oral que hubo en mi abuela. No sabía leer ni escribir, pero sabía narrar muy bien lo que conocía. Fue una excelente narradora. No conozco a nadie en la familia con este don que ella tenía, de saber contar con entusiasmo y convicción las cosas vividas, de interpretar siempre lo que ha pasado y adivinar lo que va a pasar. Tenía además una excelente memoria. Ella nunca llegó a escribir una palabra, pero dijo tantas palabras sabias y buenas que todavía siguen presentes sin que el viento despiadado se las haya podido llevar.

Mi abuela nos curaba de todas las enfermedades. Con su sola presencia nos aliviaba los dolores. Ella nos llevaba frutas mágicas hasta la cama, peras, uvas, manzanas, y con sus propios dedos las pelaba frente a nuestro desconsuelo, fiebre o dolor. Recuerdo que un día nos llevó a mi hermano y a mí una enorme pera, madurita y fresca, cuando estuvimos enfermos de Sarampión. «Esta es una pera mágica que cura muy pronto las enfermedades». Nos dijo mientras hacía una oración y nos iba dando trocitos dulces y jugosos.

Mi mamá también nos aliviaba las enfermedades usando yerbas y ungüentos caseros, muchos de los cuales los soñaba y otros los conocía por boca de mi abuela. Pero mi abuela era como una maga que curaba a las personas con palabras y plantas raras que sólo ella sabía decir y usar, a veces en su idioma natal y a veces en español. Sufrí mucho su muerte. Murió sin que nadie la pudiera ayudar. Fue una víctima más. Lo sabía. Pero tardé mucho en señalar al único culpable de su repentina muerte.

Las cosas que me pasaron con el Sarampión fueron menos significativas que las que me pasaron con la Varicela. Porque cuando la Varicela ya estábamos más crecidos y entendíamos mejor el porqué de los por qué. Todos nos enfermamos de Varicela al mismo tiempo, todos menos mamá que ya había pasado la enfermedad cuando niña.

Recuerdo el día que llegó el hombre de Caracas a la casa. Traía un mensaje de mi tío Abraham, hermano menor de papá, a quien conocía sólo por fotos. Hacía mucho tiempo que no sabíamos lo que había ocurrido con su vida. Papá decía que a lo mejor se había muerto y que por eso no escribía, ni contestaba las cartas que le enviaban, papá desde la isla y tía María, su hermana menor, desde Puerto Rico. Ese día nos enteramos de que aún estaba vivo.

El hombre de Caracas tocó a la puerta y en ese momento mi mamá había ido a la tienda de la esquina. Papá fue quien abrió en contra de las indicaciones que teníamos de que no podíamos coger "corriente de aire" alguna. Estábamos los tres sin ropas, encerrados, desnudos en pelota, porque no soportábamos la picazón. Estábamos completamente llenos de granos y embarrados de pies a cabeza de maicena pues era lo único que nos calmaba. Teníamos decenas de granos rojos, nuevos o secos. Hacía días que no nos asomábamos ni a la ventana por temor a una complicación de la enfermedad y que los granos "se escondieran" y entonces nos empezaran a salir los granos por dentro, debajo de la piel. Eso nos decía mamá.

Mi padre sólo asomó la cabeza por la puerta entrejunta para no coger mucho aire y el hombre tuvo apenas respiración para hablar, porque enseguida saqué la cabeza por debajo de la de papá y la sacó mi hermano también por debajo de la mía. Imaginé la impresión que se llevó el hombre de Caracas por la cara que puso y porque le tembló la voz. A lo mejor pensó que mi tío lo había enviado con un mensaje a una casa de locos. Entregó la nota como espantado y dijo que volvería después para recoger la respuesta, pero más nunca volvió. Después nos reímos mucho pensando en el susto que se había llevado el pobre hombre. Recuerdo muy bien esta historia, porque además nos la hemos contado nosotros mismos muchas veces para morirnos de la risa.

Mi tío Abraham, nos explicó después que el hombre se peleó con él, porque lo acusó de abusador y mal amigo, por haberlo enviado, desde tan lejos, a vivir una experiencia de muy mal gusto. En la nota, mi tío Abraham le preguntaba a papá por el país, porque tenía interés de venirse a vivir con nosotros junto con todo su dinero. Le habían hablado de las cosas buenas que había hecho la revolución y pensaba que esto era El Paraíso. Sentía atracción por el guerrillero argentino Ernesto Guevara que había muerto en Bolivia por el año 67 tratando de hacer allí otra revolución como la de Barbatruco[3]. Decía que mucha gente en Venezuela sentía adoración por El Che. Los comunistas habían hecho con su muerte una increíble propaganda hasta lograr su mistificación. Las gentes le encendían velas a su retrato y le rezaban y pedían milagros como un santo. De no haber sido ateo y haber sido un criminal que atentó contra la paz y la estabilidad social, la iglesia católica lo hubiera canonizado para atraer nuevos fieles a la religión.

Mi papá, para entonces, ya se había dado cuenta del engaño y le explicó a mi tío cómo eran las cosas reales en la isla, para quitarle esa tonta idea de la cabeza. «Si tú quieres ven de visita,

---

[3] Es revelador lo que escribe en sus memorias Alina Fernández Revuelta, la hija del dictador, sobre el misterio que encierra la muerte del Che. Su hija Hildita le cuenta a Alina lo que le dijo su mamá sobre El Che antes de morir: "¿Sabes lo que me dijo antes de morir? [cuenta Hildita] Estaba ahí con los pulmones medio podridos, a punto de echarse arriba el último suspiro y no pudo aguantarse. ¿Sabes lo que me contó? Que a mi padre lo dejaron morir en Bolivia. Que todo fue un montaje para el Héroe Necesario. Que todas las cartas que dejó son imitaciones de calígrafos expertos. ¡Hasta la mía! Y que vigilara la verdad, que se sabría algún día." (Alina, memorias de la hija rebelde…, Plaza y Janés, 1997, p.113. Notas del autor).

pero no a vivir, porque las cosas aquí son diferentes a cómo te la han pintado allá. Más bien, si nosotros pudiéramos nos largábamos de este infierno». De todos modos mi tío insistió en pasar por sus propias experiencias y años después nos visitó cuando se sintió abandonado y solo. Perdió a la mujer, y su único hijo se le fue volando en un avión deportivo hasta Corea y allí se enamoró de una coreana y se quedó. El primo, que nunca conocí, sentía afición por los "vuelos nupciales" y por dormir con una mujer diferente en cada aterrizaje. El dinero empuja a hacer locuras cuando no se tienen sueños sanos y bien fundados.

Mi tío vino a conocer con sus propios ojos "el paraíso" que le habían pintado, porque no podía creer lo que papá le contaba. *"Ver para creer"*, seguro pensó. Tenía la idea de vivir en la isla, la tierra que lo vio nacer, pero cuando vio cómo era todo, entonces cambio su modo de pensar. Traía la idea de abrir un negocio de carros de alquiler, pero todos los negocios los hacía el gobierno. No podía comprar una casa, porque todas eran del gobierno y nadie podía rentar ni siquiera un cuarto para no violar la ley. No podía comprar en las tiendas lo que quería, y cuando quería, sino sólo la cuota que le tocaba y cuando le tocaba, a través de una "Libreta de abastecimiento" (o desabastecimiento) que imponía una miserable ración mensual de ropa y comida.[4] No podía comprar un carro, porque todos los vendía el gobierno a sus funcionarios y militares comunistas... Cambió rápidamente de idea, porque no podía imaginar tanta miseria y tanta aberración para intentar sobrevivir. «La vida es demasiado corta para vivir aquí lo poco que me queda con todas esas limitaciones», nos dijo muy serio con su adiós definitivo.

—¿Pero cómo es posible que la gente pueda vivir con esas ataduras, sin rebelarse? —dijo escandalizado cuando escuchó las primeras explicaciones del desastre que nos asolaba.

—No es la falta de voluntad, tío —le dije—, es el miedo a la represión.

Ya para ese entonces, a pesar de que tenía un buen empleo, ya era un disidente casi declarado y al parecer lo ayudé a entender su lamentable error, porque unos días después el tío se regresó a su Caracas querida. Huyó despavorido.

—A esas restricciones y humillaciones jamás me acostumbraré.

—Al menos en tu país vives libre y te permiten viajar. Ven de visita, como turista, y así nos puedes auxiliar.

Sin embargo, ni como turista regresó. No supimos más de él. Y estoy seguro que nunca imaginó que años después un militar venezolano, admirador de Barbatruco, sería elegido presidente para imponer las mismas calamidades que vivíamos. Los pueblos nunca aprenden de las desgracias de otros pueblos. Tienen que vivir sus propias desgracias para después olvidarlas como se olvidan las pesadillas. Los pueblos olvidan fácilmente sus tragedias.

Pero ya para entonces mi tío estaría muerto o escapando con su fortuna a otras tierras apropiadas donde plantar quimeras.

---

[4] Estas libretas de racionamiento de la ropa y la comida se impusieron desde 1962. Era algo ya propio del sistema. Era abusivo pues apenas se distribuían productos. La mayoría se obtenía en el mercado negro o en las tiendas que sólo vendían por dólares. El país estaba dolarizado.

QUERIDO PAPÁ

De mi familia, papá fue quien tardó más en darse cuenta de la realidad, a pesar de las explicaciones y análisis filosóficos de mi abuela. Mi abuela decía que él era un hombre bueno, pero muy bruto. Mi mamá también se lo decía. Pero como dice el refrán *"nadie escarmienta por cabeza ajena"* y con los golpes que él recibió fue que por fin aprendió.

No sólo le intervinieron el pequeño negocio, sino que le prometieron que le iban a dar un subsidio para que pudiera vivir por un tiempo después de la confiscación. Promesas no cumplidas. Nada le dieron. Le dijeron en las oficinas que tuviera paciencia que eran muchos los casos que tenían que indemnizar. Todo fue un truco de Barbatruco. Nada recibió por más recomendaciones y firmas recogidas para demostrar que había sido un luchador clandestino, incluso firmas de aquellos que habían hasta luchado y arriesgado menos que él para hacer la revolución y ya habían alcanzado algún puesto importante en el gobierno.

Entonces mi papá se convenció de todo y con lágrimas en los ojos reconoció que se había equivocado a pesar de que era isleño y que dicen que los isleños son tan testarudos que nunca reconocen un mínimo error. Se había jugado muchas veces la vida por nada y para nada. Yo lo recuerdo. Nos reunió y nos confesó a todos su dolor. «Por esta revolución yo arriesgué hasta la vida de ustedes, carajo, y por eso me duele más la mierda que han hecho con ella».

Ya no teníamos de qué vivir. Pero no se dejó vencer. Siempre admiré en él esa voluntad para levantarse después de una caída. No se detenía ante nada, ni siquiera ante un río crecido. En eso heredó los genes de su papá.

Con el ahorro que tenía compró una tierra a unos pocos kilómetros de la ciudad y se puso a sembrar para comer. Juró no trabajarle nunca al régimen comunista que lo había estafado. «Prefiero pasar hambre», y hasta el día de su muerte cumplió su promesa.

También criaba puercos, patos y gallinas y los vendía después en el mercado negro a clientes especiales, que además de pagarle bien, se sentían muy agradecidos. Cuando empezó, fue de casa en casa recogiendo desperdicios de comida para cocinarlos y criar sus animales. En esas mismas casas vendía su mercancía, a gentes de su entera confianza, ¡claro!, gentes que nunca lo denunciarían a la policía. Más bien le pedían que volviera. «Vuelve, Moro, no pierda el camino, no deje de venir». En esos tiempos no se podía estar regateando un centavo por el precio de algo que no aparecía fácilmente en el mercado. Había que sobrevivir de alguna manera, hasta el día que la caldera explotara por algún lugar.

Muchos no quisieron trabajarle al Estado. Y acabaron en la cárcel acusados como vagos. Barbatruco publicó una ley que expresaba que el trabajo era obligatorio, y divulgó el lema comunista de que "el que no trabaja no come". Papá trabajó como un mulo para él mismo. Pintó de negro su motor alemán DKW, donde nos jugamos tantas veces la vida, y cambió por un tráiler de hierro con buena capacidad para cargar desperdicios, el cajón de doble fondo donde llevaba las telas estampadas y los mensajes y las medicinas para los barbudos. Era un tráiler muy pesado con dos ruedas de automóvil. A veces tenía que empujarlo el solo por la carretera desde la fábrica de dulces de mango y guayaba que estaba a un kilómetro y medio de la casa, cuando no había gasolina para su motor. Pero nunca dejó de alimentar a los puercos. Fue su modo de expresar su rebeldía. Fue también su modo de sentirse libre en la isla-cárcel.

EL MAYOR CÍNICO DE LA HISTORIA

El desembarco de un ejército de exiliados por Playa Girón el 17 abril de 1961 le daría a Barbatruco la oportunidad de declarar "el carácter socialista" de su llamada revolución, sin riesgos de que el pueblo se sublevara, porque el país estaba en pie de guerra y los soldados en tiempo de guerra tienen que cumplir estrictamente las órdenes de combatir so pena de ser ejecutados por traición. Todo el ejército quedó comprometido con el socialismo como el propio Barbatruco anunció. El rápido triunfo sobre los invasores favoreció sus planes. El establecimiento de una sociedad comunista con estructuras totalitarias le venía muy bien para perpetuarse en el poder. El dictador definía finalmente su juego, se destapaba abiertamente frente a los que lo acusaban de comunista. Se destapó después de haber encarcelado y fusilado a muchos de sus seguidores que descubrieron y denunciaron su engaño.

Después del enunciado del modelo socialista en la isla, ya no hubo dudas, estábamos viviendo bajo una nueva dictadura. Entonces empezó otra guerra, la de los hombres que se sintieron manipulados, la rebelión de los mismos hombres que lo ayudaron a triunfar.

El caso del comandante de la revolución Huber Matos, jefe del ejército en Camagüey, fue quizás el más sensible de todos. Huber Matos, junto con algunos altos oficiales de su ejército, renunció a su cargo cuando avizoró que Barbatruco quería convertir la isla en un bastión comunista.

Barbatruco, no aceptó sus dos cartas de renuncia y lo acusó de traición y envió al comandante Camilo Cienfuegos, jefe del estado mayor, para que lo arrestara. Camilo, que tampoco era comunista, se vio en una encrucijada al tener que cumplir con la misión que le había encomendado su Comediante en jefe. Sus discursos y artículos publicados en la revista *Bohemia*, la principal revista de la isla, lo definían al lado de su amigo Huber.

Pero Barbatruco sabía dos cosas: una que Camilo no era comunista, y otra, que gozaba de gran simpatía y popularidad. Por eso hizo desaparecer su avión sin dejar huellas cuando éste regresaba a la capital. El comandante Huber me dijo muchos años después en una entrevista que eso no fue un accidente, que Camilo no cayó con su avión al mar como se dijo, sino que por órdenes de Barbatruco fue asesinado. Huber afirmó también que la cuartada de Barbatruco de enviar a Camilo con la misión de arrestarle, era para que sus hombres lo mataran. Dice que Camilo estuvo confundido hasta el último momento y que por teléfono discutió con Barbatruco antes de regresar, y que éste y su hermano Raúl, tenían motivos suficientes para evitar que Camilo regresara con vida.

Huber Matos fue llevado a juicio y condenado a 20 años de prisión en octubre de 1959. Lo triste de todo esto es que él, como tantos otros que fueron condenados por acusar a Barbatruco de comunista, cumplió su sanción hasta el último día, a pesar de que los hechos le habían dado la razón. Con la muerte de Camilo y la prisión de Huber Matos, Barbatruco se fue quedando a sus anchas. El camino hacia el totalitarismo estaba garantizado.

Sólo le quedaba el comandante Che Guevara, que era comunista, pero tenía ideas diferentes a las de él en cómo preparar las coartadas del gobierno. El Che, a pesar de que también navegó en los caminos de la violencia y el crimen, como todo auténtico comunista, expresó en una entrevista en Punta del Este, Uruguay, que pronto adoptarían el modelo de la democracia representativa *"que tanto gusta a los pueblos, porque es la única forma que tienen los pueblos de poder controlar su política"* (tomo 9, p. 145 de sus obras completas). ¿Cinismo o parte del truco? ¡Quién sabe! Son verdaderos maestros en construir historias para confundir la verdad. Parecerían sinceras estas palabras para quien no conozca el trasfondo político de estos personajes.

Barbatruco estuvo declarando desde el principio que no era comunista y decía que todo era una difamación y una artimaña del enemigo para desacreditar la Revolución. Condenó públicamente a los que lo acusaban de comunista. Cínicamente lo estuvo negando hasta el momento en que él mismo declaró lo contrario.

Había dicho, con la mayor desfachatez que lo caracterizaba, en el juicio que se hizo contra Huber Matos *«Porque basta ya, que es una postura muy cómoda venir a pararse aquí a acusar de comunista a la revolución...»*[5] Y luego, con su cara dura de avieso pirata del Caribe y capo universal, agregó *«¿Y después qué explicación le daba yo al pueblo? ¿Cuándo me ha visto nadie a mí mentirle al pueblo? (...) ¿Quién ha visto que el estilo de nuestro gobierno sea un estilo de secreto para el pueblo?».*

Y en entrevista con el periodista Ignacio Rasco, abril de 1959, reafirmó.

«No soy comunista por tres razones, y te lo digo para tu tranquilidad espiritual. Primero porque el comunismo es la dictadura de una sola clase y yo he luchado toda mi vida contra las dictaduras, y no voy a caer en una dictadura del proletariado. La segunda razón, porque el comunismo significa odio y lucha de clases y yo estoy en contra completamente de esa filosofía. Y la tercera porque el comunismo lucha contra Dios y la iglesia».

Después de esto no se podía confiar nunca más en sus palabras. El engaño, la difamación, la mentira, la represión, el terrorismo, la traición, fueron sus más eficaces armas. Se eliminaban entre ellos mismos como la mafia. Era una mafia.

De cualquier manera, El Che podría sentirse como un extraño a la hora de opinar sobre la mejor forma de gobernar la isla. Entonces fue fácil para Barbatruco convencerlo para que se fuera a hacer la guerra a otros países y finalmente a Bolivia donde encontró la muerte.

Todo indica que Barbatruco planeó todo para eliminar al último de los carismáticos comandantes que amenazaban su absoluto poder. Su figura competía demasiado y existían demasiadas discrepancias, porque El Che era sumiso, pero tenía sus propias aberraciones y estilo de mando. Fue abandonado a su suerte, porque en los momentos más difíciles no le enviaron los refuerzos prometidos para sacarlo del cerco militar creado por sus enemigos. Los refuerzos nunca llegaron, ni siquiera una acción comando que lo rescatara, porque todo formó parte del plan diabólico de Barbatruco para quitarse al Che del camino y convertirlo luego en héroe, tal y como hizo con el comandante Camilo Cienfuegos. La desesperación del Che se recoge en las últimas páginas de su diario. Fue una muerte programada y un mito fabricado con millones de dólares escamoteados para reclutar tontos útiles y regar las ideas del comunismo en América.

El resto es historia que muchos conocen ¡Qué cinismo! Así era el personaje protagónico de esta tragicomedia. Con su larga barba, su nariz grande y perfilada, vistiendo todo el tiempo el uniforme de comediante como si todavía estuviera en el escenario, en zafarrancho de combate, listo siempre para justificar su diatriba contra el enemigo y sus largos discursos a todas horas del día y la noche como una pesadilla ineludible. No había por qué arriesgarse nunca más en otra aventura cargada de falsas

---

[5] …, Declaraciones publicadas en folleto, Ciudad Libertad, diciembre 14 de 1959, p. 70.

promesas. Pero el hombre de poca monta es un extraño animal capaz de aferrarse ciegamente a una mentira hasta el mismo día de su muerte.

Muchos fueron los engañados y traicionados. Pero los que reaccionaron a tiempo, como mis tíos-padrinos o mi tío Jorge y su India de Veracruz, abandonaron la isla antes que el volcán hiciera su devastadora erupción. Y los que tenían sus dudas se acabaron de convencer cuando Barbatruco se confesó abiertamente comunista cuando la invasión de exiliados por Playa Girón

Entonces Playa Girón, a 150 kilómetros de la capital, fue una derrota para los invasores y para los que aún creían en las palabras de Barbatruco, cuando con cara de lástima, arqueando sus gruesas cejas, decía ante las cámaras, que las acusaciones que se le hacían de comunista era una terrible infamia. *«Yo sé qué es lo que les preocupa a ustedes. Y quiero que quede bien claro. No soy comunista»*. Así declaró en el Club Nacional de Prensa en Washington. Y su demagogia no tuvo límites cuando agregó *«Si no damos libertad a todos los partidos para organizarse no seremos un pueblo democrático. Hemos luchado para dar democracia y libertad a nuestro pueblo»*.[6]

Playa Girón tuvo algunos significados que debemos entender. A partir de aquí todo se volvió como una fritura dentro de un pan. La infeliz fritura era el pueblo. Todos ayudaríamos, a las buenas o a las malas, a mantener la fritura bien prensada dentro del pan para la boca hambrienta del Tiranosaurio.

Yo mismo, sin entender aún muchas cosas, debido a la desinformación y a mi poca edad, participé en muchas de las actividades programadas, a pesar de mis disgustos y de los abusos que veía alrededor. Vi a muchos jóvenes perseguidos, desesperados, y a toda mi familia sufriendo y quejándose de la desgracia que nos había caído. Entonces comencé a reaccionar y empezó en mí un proceso de rebeldías en los años más delicados de mi adolescencia. Fui sintiendo en carne propia la represión; sobre todo, la común represión orquestada contra la juventud, y comenzó mi proceso de desajuste frente al miedo alucinante que nos invadía.

Tenía dos opciones: o tirarme al mar para tratar de escapar, o adaptarme al régimen. Cuando fracasé en la primera, tuve que optar por la segunda, que pensé me sería más fácil, porque quizás podría ser yo el equivocado.

PEQUEÑOS NEGOCIANTES

Así, poco a poco nuestra familia se fue divorciando de la Revolución. Mi tío Salomón, que había sido reconocido como héroe por el gobierno, se fanatizó con el régimen. Cuando era bombero voluntario y trataba de apagar el fuego de la estación de policía de la loma de El Tivolí, se encontró a unos prisioneros que pedían auxilio en las celdas ya rodeadas por el fuego. Salomón rompió las rejas y salvó a los jóvenes, que resultaron ser luchadores clandestinos de la revolución armada.

De no haber sido por su arriesgada acción, esos jóvenes hubieran muerto achicharrados. Los asaltantes fueron quienes incendiaron la estación y allí quedaron atrapados sus propios compañeros

---

[6] Estas, entre otras declaraciones hechas ante las cámaras de la cadena de televisión norteamericana CBS a mediados del 59 *"...Porque somos desinteresados, porque es obvio que no ganamos nada no celebrando elecciones."* Y el pueblo seguía sometido y sin la menor posibilidad de hacer elecciones pluripartidistas y democráticas.

de lucha. Mi tío salió en la prensa con su cara ancha, su gran nariz y su poco pelo. Demasiado serio. Dijeron que era un héroe de la revolución y le dieron una medalla. «Para qué medalla —diría años después—, si me quitaron mi negocio que nos daba de comer».

A mi tío Salomón le gustaba la ópera y le gustaba también ayudar a los rebeldes. Transportó armas y toda clase de pertrechos de guerra dentro de los sacos de carbón que cargaban sus tres camiones en el puerto. Empezó vendiendo carbón con una carretilla y un caballo y luego negoció con los carboneros de Chivirico, un poblado costero a 72 kilómetros al oeste de la ciudad, para traer el carbón por mar y repartirlo en el mismo puerto. Se peleó con la revolución no porque le quitaran el negocio de carbón, porque en definitiva supo inventar otro de zapatillas para frenos, en la barriada de Los Cangrejitos donde finalmente vivió hasta sus últimos días, se peleó porque no era comunista.

A mi familia no le gustaba la política, sino el negocio. Sin embargo, todos tuvimos que hacer política y participar en todas las actividades para poder sobrevivir. El ambiente era hostil, pero el talento empresarial que llevábamos en la sangre hizo que mi tío inventara una forma de hacer zapatillas de goma para los frenos de los automóviles, mucho antes que el gobierno creara su taller y dejara de importar ese simple accesorio de la Unión Soviética. El gobierno empezó comprando por unos pocos centavos las que mi tío producía. Y, a pesar de que abrieron después una fábrica con la intención de destronarlo, muchos llegaban desde todas partes del país a comprar las zapatillas que fabricaba mi tío, porque eran de mejor calidad. También inventó el negocio de fabricar baterías para automóviles en un cuartucho pegado a un muelle de la bahía, en el barrio Los Cangrejitos.

El proceso que se vivía nos obligaba a llevar siempre una vida dependiente de las sorpresivas leyes del gobierno. Fueron muy pocos los que, como mi tío, lograron burlarlas. Se obligaba a la única opción: incorporarse como simple obrero al proceso comunista.

A ninguno de mis familiares podría acusárseles de burgueses y mucho menos de capitalistas. Sólo tenían pequeños negocios que atendían con pocos recursos y ciertas habilidades. Ninguno se hizo rico. Lo que se ganaba daba para vivir, ni siquiera pertenecíamos a la clase media. Éramos obreros por cuenta propia. Entonces, ¿por qué se nos robó lo poco que teníamos? Papá tuvo sólo un empleado, un tal Ernesto. Lo recuerdo bien. Iba a la casa a recoger la mercancía que papá le daba para vender y ganar su comisión.

Pero eso duró poco, porque el tal Ernesto le estaba robando y se pelearon por eso. Una noche Ernesto comenzó a tirar piedras para la puerta de nuestra casa y formó un gran alboroto. Yo tendría unos 8 años cuando aquello, pero recuerdo bien que mi mamá se plantó detrás de la puerta para no dejar salir a papá. Pero las piedras seguían golpeando y casi rajando nuestra puerta a pedazos. «Sal pa fuera, Moro maricón, que te voy a matar», gritaba desaforado el empleado. Entonces papá, que no era moro, sino un isleño de mucho genio, no pudo contenerse y saltó por el colgadizo del patio a un farallón como de cuatro metros de altura para dar la vuelta y salir al encuentro del retador.

Papá no llevaba ni un palo siquiera para defenderse y a puñetazos arregló las cuentas. El Tivolí es un barrio de guapos y negros. Allí se arreglaban los problemas a pecho descubierto. Eso lo pude vivir y enfrentar desde niño. Fueron incontables mis broncas con los del barrio en las que me veía siempre obligado a ganar, porque si no perdía doble, porque mamá me pegaba y me castigaba cada vez que me fajaba. Cuando mi mamá abrió la puerta ya Ernesto se daba a la fuga. Papá era bueno, pero era muy bruto cuando se incomodaba. Tenía una fuerza descomunal. De eso tengo también mis propias experiencias. Sus castigos fueron brutales.

Todos en mi familia practicaban la honestidad y aunque esto no es una defensa a ultranza, es una parte importante a considerar en nuestra historia. Nunca le robaron un centavo a nadie. Todo lo que tenían salía de sus propios brazos. Después que todos se quedaron sin propiedades y sin negocios, no teníamos de qué vivir, porque ni el prometido subsidio estatal nos llegó. Éramos más pobres que antes. Esto quiere decir que Barbatruco no sólo afectó a los ricos, sino también a los pobres.

Todos se iban disgustando con el proceso, por las confiscaciones y leyes que se hacían, por los abusos de autoridad. Los que no se disgustaron (porque nada le quitaron), terminaron rompiendo con el régimen cuando se declaró abiertamente comunista.

Los desafectos no pudieron hacer nada que no fuera callar y arrastrar su calvario hasta el final. Nos tocó sufrir año tras año nuestra desafección en silencio. Casi desde el mismo comienzo del proceso, todo pintó a férrea dictadura. Muchos se fueron y otros se quedaron porque tenían la esperanza de que las cosas tendrían que cambiar. Pero la espera fue inútil.

Mi tío Guillermo, el menor de mis tíos, quien resumió la mayor inteligencia y corpulencia de la familia, finalmente se fue, y dejó todo atrás, después de evitar toda su vida tener que hacerlo. Fue obrero de la fábrica de cemento de Santiago desde los tiempos en que la fábrica fue de la familia Babúm. Llegó a ser jefe de abastecimiento de piezas de repuesto después que la fábrica volvió a funcionar gracias a su invento de remplazar una pieza rota que sólo podía adquirirse por miles de dólares en el mercado extranjero.

Dejó una enorme y lujosa casa de placa, producto de la total reconstrucción de la casa donde vivió mi abuela con toda la familia, en la misma esquina de Santa Rosa y calle Santiago, en la misma loma de El Tivolí, con amplio y fresco corredor frontal, desde donde además se veía la refinería de petróleo al otro lado de la bahía, frente a la fábrica de cemento.

Pese a que fue rico en el país donde nadie puede serlo e hizo de su casa un imperio de comodidades y recursos electrodomésticos, no le quedó otro camino que salir del país después que la policía invadió hasta el más mínimo rincón familiar para registrarle y confiscarle los equipos de hacer dulces, cake y todo tipo de pasteles para bodas y cumpleaños. Había inventado todos estos equipos eléctricos, para que su esposa lograra verdaderas obras artísticas de la repostería con sus prodigiosas manos. Todo se lo llevaron, hasta los dólares y el dinero que habían ahorrado producto del trabajo diario y los regalos de su hermano Jorge que se había hecho millonario en el exilio. Confiscaron todo a pesar de que tenía una patente de autorización y pagaba sin fallar los impuestos.

Fue inútil esperar y trabajar toda una vida por su bienestar y el de su familia, durante 40 años de abstinencias, persecuciones y sumisiones. Ya cuando pensaba que debía descansar, después de haber logrado a los 65 años su retiro en el palacio honrado que había construido, tuvo que dejarlo todo para escapar y empezar de nuevo. Da dolor esto sólo de pensarlo. Al menos tuvo la suerte de que le autorizaran la salida y le dieran la "Carta blanca" para viajar como visitante junto con su mujer, a la hermana isla de Puerto Rico. La única hija que le quedaba, después que el hijo se le mató compitiendo en una moto cuando bajaba el Puerto de Boniato en las afueras de la ciudad, no fue autorizada a salir del país. Era médico y ser médico en la isla era ser esclavo y rehén del régimen.

LA FAMILIA EMIGRA

Dos de mis tíos maternos emigraron tempranamente, uno de ellos no se conformó con ser libre. Se llamaba Victor y vivía ya en los Estados Unidos cuando se produjo la invasión por Playa Girón. Después nos enteramos de que estaba preso en la capital junto con los miembros de la Brigada 2506, que habían intentado ocupar la isla para derrocar a Barbatruco. Mi tío Victor era paracaidista y sobrevivió después de la derrota porque dijo que era cocinero.

Hilda, la mayor de mis tías, se encargó de ir a verlo, y meses después cuando todos los prisioneros fueron negociados y enviados nuevamente a los Estados Unidos, ella nos hizo el cuento. «Tenemos otro héroe en la familia», dijo. Ella no quería que mi abuela se enterara de nada, para que no sufriera más de lo que sufría. Victor, alto y colorado, hombre hecho para la acción, que había sido co-dueño del billar de la calle Trocha, después que vendió amasijos de globos inflados con gas por las calles para reunir su capital inicial, terminó enrolándose en la expedición de la brigada. Había escapado milagrosamente de la isla en una yanta de automóvil, y regresó «porque había que liberar a tiempo la isla del comunismo». Así me dijo cuando le pregunté que por qué se había metido en eso —contó mi tía. «No pudimos esta vez, porque nos traicionaron; pero no hay que perder nunca las esperanzas».

Eso de no perder las esperanzas siempre lo decía mi abuela apoyándose en un refrán popular, porque "no hay mal que dure cien años ni cuerpo que lo resista." Y ocho años después murió con la rabia comiéndosela por dentro y todas las esperanzas perdidas de que algo fuera a cambiar. «Este pueblo tiene que penar mucho todavía por haber renegado tanto de Dios», decía. Y lo comparaba con los pueblos de Gomorra y Sodoma que por incrédulos y corruptos fueron sentenciados a desaparecer por designio divino bajo una lluvia de azufre, tal y como nos cuenta la Biblia. «Será terrible el final, pero roguemos para que Dios se apiade de nosotros». ¡Pobre abuela!

Otro tío mío llamado Jorge llegó a Puerto Rico. Él fue siempre bueno con los sobrinos. Sobre él se tejieron muchas historias de cuando era negociante y vendía en las calles una misteriosa fórmula que hacía blanquear los dientes a la que llamó Elixir Chino y otra que ponía duro el pene de los viejos, fabricada con polvo de vergajo de buey disecado a sol y sereno.

También se contaron anécdotas de cuando se fue, haciéndose pasar por sobrino de un paisano que vendía telas en la calle Barracones. Después reclamó a la esposa, una hermosa clarividente conocida como La India de Veracruz. Hacía adivinaciones de todo tipo y hasta participaba en un programa radial para dar consejos y orientaciones de fe. Parecido al de Clavelito, sólo que sin poner el vaso de agua sobre la radio para beber después del programa y curar los males del cuerpo y del alma. Creo que por eso se fueron en el mismo año 59, porque La Inda de Veracruz adivinó que el futuro les iba a salir muy negro si se quedaban.

Cuando se fueron, el cuarto de la casa permaneció cerrado con todas sus pertenencias dentro, quizás pensando que el viaje que emprendían sería corto, y más largo no pudo ser, porque fue hasta el mismo día de la muerte.

El cuarto siempre fue un misterio para los sobrinos, porque nadie podía entrar. Y cuando a veces íbamos a casa de mi abuela a ver la televisión y encontrábamos por casualidad la puerta abierta, movíamos con miedo la pesada cortina para descubrir sobre el armario un gran cuadro coloreado de La India de Veracruz, con una cinta en la frente, las manos abiertas hacia abajo, los brazos adelantados como un espíritu dormido o en profunda meditación, con su pelo negro y largo cayéndole como flechas vencidas sobre los hombros. Nuestra fantasía llegaba lejos y no nos atrevíamos ni a entrar ni a mirar nada.

Cuando mi tío se fue, se fue sin un centavo en los bolsillos, porque el gobierno le intervenía todo a los que se iban. Pero pronto, a fuerza de imaginación y de trabajar como un buey, llegaron los miles.

Empezó vendiendo medias de mujer de puerta en puerta, y delante del cliente pasaba la punta de una aguja sobre el tejido, haciéndolo crujir, para demostrar que los hilos eran resistentes a los pinchazos. Vendió muchas medias, usando como mago sus discursos y esa habilidad de saber mover bien la aguja para convencer.

Después que hizo un pequeño capital se dedicó a vender prendas y puso una joyería en una pequeña tienda que apenas vendía sombreros. Se acercó al dueño y le propuso comprársela con sombrero y todo después de haberle hecho los cálculos matemáticos de que la tienda le dejaba pérdidas. Pese a todo el viejo que era polaco no la quiso vender, pero cuando mi tío le ofreció el doble del valor, el polaco aceptó.

Mi tío había señalado en un mapa de la ciudad el mejor lugar para el negocio, donde tendría pocos competidores y con sus miles viajó por todo el mundo para disfrutar, encontrar las mejores joyas al mejor precio y ganar dinero y cultura al mismo tiempo; es decir, conocimiento de las cosas raras que muchas veces no aparecen en los libros.

Muchos años después, cuando empezaron los viajes de la comunidad a la isla, mi tío anunció que iba a venir. Entonces, lleno de ilusiones y confusiones por el reencuentro le escribí su cuento.

...Mi tío va a venir y yo quiero mucho a mi tío, y parece que allá fue mago también, porque dicen que ganó tanto dinero que ya es millonario. Dicen que no sabe qué va a hacer con tanto dinero y sin familia, sin hijos y sin sobrinos. No tiene hijos no porque no quiera, sino porque no puede tenerlos. Dicen que cuando joven le cogió la sífilis por la costumbre de acostarse con mujeres de burdel vestido con trajes blancos de Dril Cien.

Dicen que es muy rico, pero yo no sé si creer o no creer, porque dicen aquí que los que se van para allá los ponen a fregar platos y se pasan la vida fregando platos para poder comer, que es mentira que tienen carros y lindas casas, que las fotos que mandan se las tiran en carros prestados y casas de otros.

Bueno, cuando venga, si es que viene, se lo voy a preguntar. Aunque dicen que no es seguro que vayan a dejar venir a la comunidad, y que cualquiera no podrá entrar.

Mi tío va a venir, dice que va a venir, que se acuerda siempre de los hermanos y de los sobrinos, que recuerdo que él le decía tío a los sobrinos, no sé por qué, pero esta era su costumbre «Ven para acá, tío, entra y come cake» recuerdo que siempre decía como si fuera sobrino y no tío de verdad.

Él es bueno, porque le mandaba medicinas a mi abuela para curarle el azúcar y le mandaba para el asma a mi tía Josefa que se quedó solterona después que al novio, que era ferroviario, le pasó un tren por arriba el mismo día de la boda. Pensó que había cambiado el chucho de la línea y ya el chucho había sido cambiado.

Todavía manda medicinas y manda dinero, porque tiene dólares de verdad y no fotos de dólares. Él se fue gracias a un amigo que vendía ropas hechas y telas de colores en la calle Barracones, muy cerca de la zona de prostitución que estaba pegada a los muelles de la ciudad.

Pero no sé lo qué le voy a preguntar primero, porque son muchas cosas las que tengo que preguntar. Dicen que hizo dinero porque se tragó un brillante antes de salir y que allá lo cagó, después de aguantar durante todo el viaje las ganas de cagar. Dicen que con el brillante compró una joyería y comenzó a hacer magias con el oro y con la plata; porque los que se van nada se pueden llevar, porque se lo quitan todo "a los que traicionan la patria", como dicen aquí. Entonces mi tío es un traidor que no merece perdón ni el derecho siquiera a regresar. Que gracias que lo dejaron salir aunque sin nada, "con una mano alante y otra atrás", como dice el refrán, «que son unos ladrones estos comunistas», como dice mamá echando chispas con los ojos y con las malas palabras.

A lo mejor, cuando lo vea aparecer, ni me acuerdo si es él. En las últimas fotos, estaba como nuevo, porque se hizo hasta una cirugía de la cara y se iba a hacer otra antes de venir. A lo mejor me pongo alegre cuando lo vea aparecer.

Yo lo quiero y quiero verlo. Pero no, a lo mejor no voy. No sé. Tengo que pensar; porque eso me puede perjudicar, me puede traer problemas en la sociedad, como le pasó a Miguel, porque es muy malo tener un tío en la comunidad, pues "son gusanos los que se van", que yo fui un pionero que quiso ser como El Che y ahora soy un "Joven ejemplar" y estoy a sólo un paso para ganarme el Carnet de la Juventud y esto no lo puedo perder, y aunque quiero a mi familia y creo en Dios, diré que no, que creo sólo en Lenin y en Carlos Marx, porque quiero estudiar, porque no quiero que me cierren las puertas de la universidad.

CAPÍTULO III

UNA URGENTE ALTERNATIVA

Tuve la suerte de pertenecer a una generación de jóvenes que vivió la llamada Década Prodigiosa. Era la década de Los Beatles, indiscutibles genios de la música. Todos los jóvenes queríamos ser como Los Beatles, imitar sus ropas, su pelo largo, bailar Twist. Sin dudas la Beatlemanía había llegado también a mi isla a pesar de la férrea censura.

Después de haber equivocado mi dirección en los estudios, decidí abandonar el país. La escuela de comercio fue para mí un doble fracaso. Además de servirme para comprender que no tenía ninguna vocación para los números, descubrí que no era posible ningún tipo de confrontación con el aparato político creado por el gobierno y el partido en las escuelas.

Cuando estaba terminando ya el segundo curso, una compañera de aula, dirigente estudiantil y militante de la juventud comunista, de la que se rumoraba que tenía relaciones íntimas con el director, me hizo una acusación terrible que no entendí y que ni aún logro entender; porque era una mezcla diabólica de cosas. Sólo sé que después de algunos análisis con profesores, dirigentes políticos y miembros de la dirección, de repente me vi con un comunicado en mis manos donde se me decía que se había determinado mi expulsión de la escuela, la única de este tipo en la ciudad, muy suntuosa, con su fachada plana y sus dos columnas cuadradas de capiteles corintios, empotradas a ambos lados de la gran puerta principal. A través de la ventana de la oficina del director donde se hizo la reunión, podía apreciar al menos el estilo neoclásico del museo Emilio Bacardí, de columnas, frisos y cornisas griegas. Me gustaban. Pero no podía concentrarme en esas veleidades bajo el asedio enemigo.

Yo tenía mis gustos, mis inclinaciones por el arte y la arquitectura, a pesar de haberme sumergido de pronto en los números y las ecuaciones matemáticas; pero también tenía mi forma particular de vestir y aunque no era de los más recalcitrantes en esto de seguir la moda, me gustaba al menos usar pitusas desteñidas y tener el pelo largo "a lo Beatles".

Esto era lo que a los comunistas les chocaba, además de mi forma "demasiado liberal" en la opinión, ya que criticaba todo lo que me olía a restricciones y esquemas. Poco a poco sin saberlo me fui convirtiendo en un elemento chocante y hostil para los ideales del régimen. En el rebaño siempre era yo la oveja negra; y, aunque era un buen estudiante, pues nunca repetí un curso y ni siquiera suspendí una asignatura, se me veía como un ser extraño en una escuela que graduaba técnicos medios para manejar la economía y las estadísticas infladas.

Éstos fueron los primeros tropiezos con las rebeldías de mi juventud. No mostraba interés alguno por las actividades políticas que se les dictaba a los estudiantes como parte del programa de educación. No me dejaba arrastrar por ningún fanatismo, ni siquiera por fanatismos deportivos (siempre quiero que gane el equipo que juegue mejor). Inventaba siempre un cuento a la hora de participar. Evadía las célebres "labores extraescolares". Escapaba con cierta astucia de los compromisos que adquirían los estudiantes con el sistema. Escapaba del trabajo voluntario, de las reuniones, de los desfiles y concentraciones convocadas por la Unión de Jóvenes Comunista y la asociación estudiantil. Se me señalaba como una persona con "debilidades ideológicas", las cuales debía superar con urgencia.

Mis padres y toda mi familia eran desafectos al régimen y casi sin darme cuenta yo también me había convertido en un disidente, no porque mi familia lo fuera; sino por mi propio temperamento que se resistía a soportar tanto control. Con mi actitud crítica y mi forma de vestir a la moda, me convertí en un elemento negativo y eso no lo podían aceptar, porque contradecía los parámetros que el comunismo tenía establecido para la creación del "hombre nuevo". Ellos, los fanáticos comunistas, tenían que combatirme, que transformarme o desaparecerme, porque yo era un mal ejemplo para la juventud.

Así la oportunidad les llegó, porque una alumna inmaculada, llamada Martha y que para mi mayor desgracia y sombra burlona llevaba el mismo apellido del dictador, me acusó de mujeriego y picaflor, de que tenía varias novias al mismo tiempo y nada formal con ninguna, de que siempre estaba enamorando y molestando a las estudiantes, de que iba muy mal vestido a la escuela, de que era un ausentista a clases, de que no participaba en las actividades políticas, de que hablaba mal de los profesores, de que fui yo quien empezó el choteito el día en que el profesor de Contabilidad dio las clases con la portañuela abierta, y que fui yo quien escribió la nota con el dibujo que circuló en el aula antes de llegar a las manos oscuras, empolvadas siempre de tiza, del descuidado profesor. Y agregó para mi total demolición, que era yo un grosero y que además le había "cepillado" la nalga al salir por la puerta del aula, sin siquiera pedirle permiso ni esperar que ella se apartara para dejarme pasar y que yo acostumbraba a hacer eso con las muchachitas. Etc., etc., etc.

Nada, que la muy puta acabó conmigo en cinco minutos.

Al final de la reunión se dictaminó mi expulsión. Por más que me esforcé en desmentir las demoledoras calumnias, la resolución se cumplió. Todo lo tenían calculado. Ni siquiera mis compañeros, y sobre todo mis compañeritas de aula, pudieron hacer nada para ayudarme, por más que lo intentaron. Martha no presentó testigos, pero su palabra de líder comunista fue suficiente para ganarme la pelea en el primer round, donde yo peleaba sólo a la defensiva.

En realidad, no sentía ningún interés ni vocación por esa carrera y si me defendí y protesté fue por instinto natural, porque jode mucho que nos estén difamando con el objetivo expreso de la destrucción. Sin dudas me había convertido en un apático para todo y si asistía a esa escuela era para no disgustar a mis padres que siempre se interesaron porque yo estudiara alguna carrera. En realidad había matriculado en la escuela de comercio para complacer a mamá que siempre me ponía de ejemplo a Quico, el hijo de la vecina de enfrente, que había estudiado contabilidad y que «estaba ganando buen dinero en las oficinas de la compañía eléctrica».

Además aunque hubiera querido protestar, ya no habría nada que hacer contra una acusación y una sanción de esa envergadura, formulada por los organismos políticos y por la dirección de la escuela. Así de fácil. Hasta casi yo mismo me llegué a creer que no servía para nada, que era lo peor del mundo, y hasta pedí disculpas por lo del "cepillado" de la nalga de Martha, aduciendo que si así ocurrió, no había sido esa mi intención, pues nalgas más grandes y mejor formadas las había en el plantel y yo no las "cepillaba", sino que me las llevaba a la cama. Pero creo que este crudo razonamiento fue peor para mí, porque Martha y su grupo cambiaron de color.

Para decir la verdad, fue en ese momento que reparé en ella. Nunca me llamó la atención. Tenía un pelo rubio natural que le caía justo sobre los hombros. Tenía siempre un aire suntuoso, pero adusto, y una piel demasiado blanca para su edad, la cual sobrepasaba en tres o cuatro años la edad de nosotros.

Todo lo habían calculado bien. Fue un juicio amañado. Me hicieron un "número ocho" bien arreglado. Me relacionaba muy bien con todos y con todas. Era de ésos que pensaba que no tenía enemigos. Las acusaciones fueron infundiosas, y creadas y mezcladas de tal manera, que si en algunas me absolvían en otras me condenaban.

Algunos me llegaron a comentar que ella lo había hecho por despecho, porque estaba enamorada de mí, y que como yo no le hacía caso, quiso joderme de esa manera para llamar mi atención. Quizás. Pero pienso que mi expulsión estuvo planeada desde más arriba, que fue una trampa política. Y frente a esto muy poco se puede hacer y el que hubiera sacado la cara por mí, también se la rompían. Así actuaban nuestros "líderes", te suman y te multiplican cuando quieren que el resultado sea igual a la expulsión. Cuando querían aplastar te desacreditaban y te inventaban cualquier historia. Así como lo cuento, ni siquiera tuve derecho a ninguna apelación. Me fui para el carajo, con una buena patada en el trasero, y casi con gusto me fui, sin pesadumbre, sin mirar atrás.

LECCIONES APRENDIDAS

La lección estaba dada y bien aprendida para todo el alumnado de la escuela de comercio que llevaba el nombre de Félix Pena. Félix fue un guerrillero que peleó en la Sierra Maestra, que fue mártir de la revolución después que fue empujado al suicidio (¿suicidio?). Barbatruco lo destituyó. Era la famosa causa contra los pilotos de aviación del ejército de Batista. El comandante Félix Pena, como presidente del tribunal, los había declarado inocentes por falta de pruebas.

Barbatruco pidió la anulación del juicio, pues quería que a estos pilotos se les declarara culpables y se les fusilara. Por eso nombró otro tribunal y ordenó que se hiciera un nuevo juicio. El nuevo tribunal estuvo presidido por el comandante de la revolución Manuel Piñeiro Losada, alias Barba Roja, el mismo guerrillero que había conocido cuando papá me utilizó como escudo para encontrarse con él en el monte, el mismo que me dio las palmaditas en la cara para que me quedara con ellos cuando un avión del ejército tiraba sus bombas casi sobre mi cabeza. Barbatruco quería venganza, quería asustar, quería neutralizar toda posible conspiración de estos pilotos y el personal técnico a su servicio, por eso todos ellos resultaron irremediablemente sentenciados a cumplir largas condenas.

Nadie puede ser juzgado dos veces por la misma causa. Pero así actuaban los que no han hecho otra cosa que maniatar la justicia y complacer los caprichos del Tiranosaurio. Entonces, ¿Quién era yo? ¿Qué podía esperar para mí en mi juicio si ya estábamos viendo cosas peores? ¿Qué podíamos obtener después de estas manipulaciones?

Mi caso no sería el único en las escuelas del país. Fui usado también para dar un escarmiento, para asustar a los demás, y casos como el mío se daban a menudo en el perverso plan de depuración que se había iniciado. El que no cumpliera con las actividades políticas y militares, el que no participara en las labores agrícolas de fin de curso, sería expulsado sin remedio de las escuelas o de cualquier esfera de la sociedad, pues así estaba dictado. Tenía que implantarse el terror para construir el socialismo. Tenía que ser aplastado todo aquel que no se incorporara dócilmente al tren de la revolución.

Mi proceso fue bien calculado. Una vez en la calle, sin estudiar y sin trabajar, me llevarían a los *campos de trabajo forzado* creados precisamente para "enderezar" a los jóvenes descarrilados como yo. Sería aplastada mi injuriosa actitud. Estos campos de concentración, llamados eufemísticamente Unidades Militares de Ayuda a la Producción (UMAP), fueron creados en 1965 para reprimir a todos los elementos "desafectos" de la sociedad que los comunistas querían construir, y en estos campos de concentración recluían a los homosexuales, a los jóvenes que habían mostrado cierta individualidad o debilidad ideológica, a los desafectos, a los considerados traidores a la patria, a los que querían abandonar el país.

A la UMAP fueron a parar hasta significativos artistas e intelectuales como el famoso cantante y autor Pablito Milanés, fundador del movimiento musical Nueva Trova, de renombre internacional.

La década del 60 conocida como la Década Prodigiosa de la música, fue para la isla la década del terror, donde ni la Nueva Trova ni la música genial de The Beatles se podía disfrutar en paz, donde la llamada revolución daba sus zarpazos represivos contra todo elemento que intentara sobrevivir fuera de los parámetros estipulados por su régimen. Todo tipo de comportamiento fuera de la línea era considerado como un "rezago del pasado" o como "conducta impropia" aprendida de los "vicios del capitalismo y la decadente burguesía".

Sangre y terror fue la década. Más de diez mil hombres fueron llevados a los pelotones de fusilamientos. Las cárceles se llenaron. Se construyeron nuevas cárceles. La represión era general, pero los jóvenes fuimos el blanco directo. En varias oportunidades fuimos sacados a empujones y golpes de las fiestas que organizábamos los fines de semana en casa de algún amigo. Éramos metidos en camiones-jaulas y llevados para las estaciones de la policía. Había que pedir permiso para hacer una fiesta y había que bailar sólo la música del país, porque Los Beatles y otros artistas extranjeros estaban prohibidos. Eran también considerados un "vicio del capitalismo".

En 1966 en una fiesta que organizamos para despedir el año, la pasamos mal. La casa era de Rafaelito, un amigo de mi novia Danelia Love (la Chory), una de las mulatas más esculturales y atractivas de la ciudad. No era alta, pero su cuerpo bien delineado exponía elegancia y sabor. Tenía siempre una sonrisa de gruesos labios y unos ojos redondos y limpios. Ardiente y tierna a la vez. Nos hicimos amantes una noche en la playa de Siboney mientras bebíamos y jugábamos a la botella en la casa de una pareja homosexual.

La besé varias veces durante los castigos que me fueron señalados en la ronda. Nos echamos el ojo desde el principio y terminamos templando detrás de un monumento de piedra a la entrada de la playa, dedicado a los héroes de la revolución, bajo el retumbe de las olas marinas al chocar con los arrecifes. Fue una noche delirante y por varios años vivimos nuestro idilio frente a las miradas codiciosas y hasta envidiosas de los amigos. Me fue fiel y se enamoró como nunca en su vida se había enamorado, me dijo. Yo no llegué a su altura y mi amor siempre estuvo en desventaja con el suyo.

Quizás en mí hubo más sexo que amor. Era un ser adorable. Murió años después en el hospital a causa de un aborto, cuando ya estábamos separados. Le perforaron el útero. Para ella escribí el poema *Elegía a una muchacha que conocía el lenguaje de su cuerpo*.

Tu color no interesa./ Se puede decir que viviste con denuedo/ y tanta desesperación/ como si a la vida le faltara la hora venidera/ y el minuto tuviera erizados encontrones/ en cada esquina de la única existencia. Así viviste para morir de esa manera circunstancial/ inoportuna para el aire de la mariposa/ que apenas empezaba a reventar en tus ojos/ y al apetito convulso de tu sexo/ porque el agua tibia siempre estuvo bañando tu piel/ y tu anhelabas demasiado el calor de los otros/ tanto que soledad/ tanto que tristeza/ tanto amor y tanto madre/ que no conocía en ti la hija/ y tuviste que huir de Santiago/ nuestro pequeño Santiago.

Todos te conocían por el nombre/ o por el sobrenombre/ en esta pequeña aldea -como decías./ Y en las fiestas que inventábamos/ bailabas más que ninguna y apretabas más que todas/ siempre con una sonrisa sensitiva/ la misma que llevabas con tu exagerado bikini/ a la playa de todos/ o al boulevard o a la escuela de idiomas.

Y ya nadie te recuerda/ porque los enamorados de su vida no tienen historias/ y tú la pedías/ aun cuando tu sangre era una llaga/ y tu útero se negaba a cerrar/ su tela de cebolla. Cuando ya era sólo un gesto/ adolorido/ un desmadejado aliento el que escapaba.

Yo te recuerdo por las ropas/ por la expresión ingenua/ por las manos pequeñas y bonitas/ y escribo estas líneas/ por esa manera de amar tan brutal que se lleva la tierra.

Era muy entusiasta para todo. Habíamos organizado la fiesta con nuestro dinero y pese a la escasez nada nos faltó. Éramos unas siete parejas de amigos. La casa era amplia y tomábamos cremas y mentas preparada con extractos y alcohol de 90 que vendían en las farmacias sólo por receta médica. No había drogas. Teníamos lo principal: una buena colección de música de The Beatles. A puertas cerradas bailábamos y cantábamos además la música de The Rolling Stones y de Paul Anka. Todo era juventud, felicidad, armonía.

Ya eran más de las doce de la noche y habíamos despedido el año abrazándonos y besándonos con buena vibra. Los dueños de la casa y el propio Rafaelito, con sus ojos grandes, su cuerpo pequeño y quebrado, su piel morena y su patería a todo tren, disfrutaban del ambiente íntimo y sano que habíamos creado, cuando de pronto tocaron a la puerta.

Rafaelito abrió para darle paso a un personaje que apenas saludó. Estaba totalmente borracho. Con un sombrero de yarey se cubría la cabeza y con un tabaco la mitad de la boca. Llevaba el vestuario típico usado y abusado por los altos dirigentes del partido y el gobierno para demostrar jerarquía y presunción: una guayabera blanca. Atravesó la sala y las parejas se abrieron como las aguas bíblicas para darle paso al inesperado visitante. Bailábamos la música siempre excitante de Los Beatles. No supimos qué hacer y hubo como un suspiro de tranquilidad en el aire cuando Rafaelito anunció, aunque en tono grave, que era su tío.

El baile siguió. Ya nos habíamos olvidado hasta del tío cuando de pronto lo vimos forcejear en el tocadiscos para intentar cambiar la música por un danzón, porque dijo que eso que estábamos bailando no era música de revolucionarios. Quería obligarnos a bailar con una música de principio de siglo que ya sólo bailaban los viejos y no todos.

Pese a la resistencia de Rafaelito y demás familiares, el tío se impuso con la voz de Barbarito Diez, apodado "La voz de oro del danzón", y las melosas notas de "La Sitiera". La fiesta pareció arruinarse. Empezó a bailar solo en la sala moviendo ridículamente su maltrecha figura a causa de los tragos y los años. Y ni Rafaelito ni la familia pudieron hacer nada para evitarlo.

Entonces no tuvimos otro remedio que intervenir, porque Danelia y yo éramos los organizadores principales y además habíamos recogido el dinero y puesto el nuestro para que todo se hiciera bien. Hablé en buena forma con el hombre y le expliqué nuestras razones. Pero no entendió y comenzó a gritar y a empujarnos para botarnos de la casa.

El escándalo aumentó cuando el tipo sacó una pistola para imponer su autoridad y me apuntó con intenciones de disparar ya cuando estábamos en medio de la calle. Frente a frente, como en las películas de vaqueros, lo vi avanzar. Él se veía poderoso con el arma en la mano y yo inseguro pidiéndole que la soltara y se fajara a los puños. Pero no hacía ni una cosa ni la otra, hasta que después de un momento de indecisión bajó el arma y se detuvo.

Mi amigo, y novio de una prima mía, le salió por la espalda y de una patada en la mano le tumbó el arma, la cual vino arrastrándose hasta mis pies. Entonces rápido la recogí y le apunté con ella a la cara sin estar muy seguro de lo que iba a hacer.

—Ahora soy yo quien te va a matar, so pendejo.

El tipo se quedó paralizado y empezó a retroceder temblando y suplicando que no le fuera a disparar, que tenía hijos y familia que atender. Entonces le di el arma a mi amigo y sin darle tiempo a reponerse del susto le entré a bofetones. Y cada uno del grupo le paso la cuenta soplándole al menos una bofetada o una patada al cobarde agresor, al abusador de su familia, al fanático comunista, y lo dejamos tirado y maltrecho en la calle.

Al otro día mi novia recibió el recado de Rafaelito de que el tío pedía que lo perdonaran, que todo había sido cuestión de los tragos que se había tomado. Y que, por favor, le devolvieran el arma, porque se iba a buscar un gran lío con los jefes si la perdía. Terminamos devolviéndola. Rafaelito no sabía nada sobre la vida privada del tío. En esos momentos fue que se enteró que tenía infiltrado un agente de la seguridad del Estado en la familia.

Hasta estos riesgos teníamos que enfrentar para poder hacer nuestras fiestas. Afortunadamente no terminamos en la cárcel acusados de desacato o asalto a la autoridad. Pero todavía tendría que evadir otras situaciones antes de fugarnos de la isla donde vivíamos asediados y bajo absoluto control policial.

Después de mi expulsión de la escuela, si no estudiaba tenía que trabajar. Los llamados Comité de Defensa de la Revolución (CDR) organismos de vigilancia que informaban a la policía del régimen de lo que sucedía cuadra por cuadra, se encargarían de poner mi nombre en su "lista negra", para que se me citara y se me enviara a los campos de trabajo forzado.

Por otro lado estaba pendiente de ser llamado a cumplir el Servicio Militar Obligatorio (SMO) por tres años. Mi nombre aparecía en la lista de los pre-reclutas y si no se me había llamado a cumplir era porque estaba estudiando una carrera técnica en la escuela de comercio, y que, en ese momento, podía esto presentarse como justificación o como atenuante para no ser citado, porque el régimen necesitaba técnicos de nivel medio para sus desatinados planes de producción.

Me quedaba sólo un camino: huir. ¿Pero cómo? Todas las puertas estaban cerradas. Me sentía desesperado. La isla entera se iba convirtiendo rápidamente en una prisión de *110, 860* kilómetros cuadrados, en la prisión más grande del mundo.

ESTAR A LA MODA

Los jóvenes que queríamos vestir bien y estar a la moda, teníamos que hacer inventos, porque no se confeccionaban ropas modernas y porque no había ni ropas que comprar. Con la creación de las tarjetas de racionamientos de la comida y las prendas de vestir, sólo se podía comprar un pantalón y una camisa al año. Así que estábamos obligados a entrar en el contrabando del mercado negro, no sólo para poder comer; sino también para poder vestir.

La solución del vestuario la encontrábamos negociando directamente con los marineros que, de cuando en cuando, llegaban a la ciudad, porque con los intermediarios salía mucho más caro. Así que me dediqué a cazar marineros para proponerles el negocio, no para revender, sino para mi uso personal. Pero esto implicaba riesgos. Conversar con un extranjero era un delito.

Una noche me topé en el parque a uno que hablaba español y le propuse comprarle por cincuenta pesos el pullover que llevaba puesto. Aceptó el trato y salimos juntos a caminar buscando una zona apropiada para hacer el intercambio: él me daba su pullover y yo le daba mi camisa nacional junto con cincuenta pesos.

Ya era muy tarde y tenía que andar con cuidado, porque a pesar de que las calles estaban algo desoladas, cualquier policía encubierto podría aparecer de repente y sorprenderme en la acción. Hacer este simple cambio de ropas era peligroso hasta para el propio marinero que temía siempre ser estafado o robado. Caminamos separados por Enramadas. Las tiendas, de vidrieras prácticamente vacías, se alineaban a ambos lados de la céntrica calle. Los maniquíes habían desaparecido, pues no había nada que promover. Estaban cerradas desde las seis de la tarde y cuando vimos la oportunidad nos metimos detrás de una vidriera que dejaba un espacio intermedio frente a la entrada principal. Hicimos rápidamente el intercambio.

Él se puso mi camisa y yo me puse su pullover, que por cierto tenía tremenda peste a grajo. Después quedamos en vernos al otro día en el mismo lugar para hacer la misma operación.

De esta manera conseguí algunas ropas que estaban a la moda. Así hacían todos para poder vestir bien y yo no iba a ser una excepción en las "fiestas de pepillos" donde las pepillas se fijaban más en la calidad de las ropas que se usaba, que en una cara bonita. Cuando uno vestía a la moda —y la moda la dictaba el diseño extranjero—, las conquistábamos más fácilmente. Los diseños nacionales no servían para nada, no gustaban, eran puros esquemas atrasados con telas que se desteñían rápidamente.

De esta y otras formas iban entrando las ropas extranjeras al país. También nos fijábamos en algunas revistas que circulaban clandestinamente entre los jóvenes ansiosos de poder vestir bien y esto imponía un gusto que era censurado y reprimido por los comunistas.

Al día siguiente fui con dos camisas puestas, así que cuando él se puso mi camisa yo no tuve que ponerme la de él y la podría lavar y desinfectar bien primero. En estas lides hicimos amistad. Entonces le hablé del país y de cosas que no eran los negocios. Le hice mi historia una noche en un banco de la Alameda. Le hablé de la represión que había contra la juventud y le pedí ayuda para entrar a su barco y escapar.

Mis días estaban contados y no podía darme el lujo de esperar demasiado o de empezar a desconfiar. Este fue un paso peligroso, porque sabía que podía ir a la cárcel acusado de "intento de salida ilegal". Era una tenebrosa ley para mantener aterrorizado a los jóvenes que ni siquiera podían hablar del tema. Trataban así de controlar el continuo éxodo que desprestigiaba al régimen. Esta ley era hasta discordante, porque legalmente no dejaban salir a nadie. Nadie podía emigrar con libertad. Entonces no había otra forma para escapar que no implicara estos riesgos.

Los que lograban presentar al departamento de emigración su solicitud, porque algún familiar en el extranjero les cubría con dólares todos sus gastos, tenían que enfrentar miles de obstáculos y humillaciones. Además de perder inmediatamente el empleo, tenían que hacer trabajos agrícolas durante dos o más años para poder ganarse el derecho a la salida.

Pero el caso mío era distinto y urgente, tenía sólo 17 años y a los jóvenes no se les autorizaba emigrar porque todos eran considerados pre-reclutas o pre-militares desde los 15 hasta los 28 años de edad. Muchas familias esperaron angustiosos años para que les dieran la autorización de salida a sus hijos. Muchos tuvieron que abandonar finalmente a los hijos en esa peligrosa edad, porque no les autorizaban la salida y los hijos arribaban a la edad militar y tenían que sufrir el reclutamiento obligatorio por dos o tres años. Esto se hacía con el deliberado propósito de dividir a la familia, de hacer sufrir a los disidentes que intentaban emigrar. Conocía muchos casos parecidos. Como no podía esperar tomé urgentes decisiones. Pero cualquier error en los planes me costaría muy caro.

REBELIÓN EN LA CAPITAL

Doce días después de estar en las celdas de Boniatico, el día 5 de agosto, les llegó la noticia de que se había desatado una rebelión en la capital. La noticia no quedaba clara. La prensa oficialista había anunciado los hechos, pero siempre a su manera. La noticia de los reales sucesos les llegaría después por notas que enviaron los presos políticos que habían quedado fuera de la acción de protesta por diferentes razones y se habían comprometido a servir de enlace con el exterior.

Una gran manifestación popular de proporciones nunca vista en la isla, se había producido. Los capitalinos se lanzaron a las calles violentamente, y tiraron piedras a los cristales de los comercios gritando consignas de libertad para el pueblo. El hecho se había iniciado espontáneamente en El Malecón. La policía no pudo controlarla en los primeros momentos. Los manifestantes recorrían como enloquecidos las calles y a éstos se sumaron muchos, motivados y contagiados por la inesperada acción.

Fue una auténtica explosión social creada después de varios dramáticos acontecimientos, entre los que se encontraban el hundimiento del "remolcador 13 de marzo" con más de 70 personas a bordo, la madrugada del miércoles 13 de julio de 1994, el intento de secuestro de otros botes en el puerto de la capital y el abordaje de un barco petrolero con bandera griega, por decenas de personas decididas a abandonar el país.

Habían conocido de estas noticias, en los días que preparaban la rebelión. La prensa había reflejado pobremente como siempre este suceso del hundimiento de la embarcación. Los medios oficiales atribuían el hecho a un choque casual de los guardacostas del régimen con la lancha fugitiva cuando intentaban detenerla. La realidad fue diferente. Este bárbaro ultraje a la dignidad humana merece aquí descripción. Citamos un fragmento de un artículo esclarecedor de los tantos que se escribieron y condenaron el alevoso asesinato. El periodista peruano Hugo Corso, publicó esta nota cargada de dolor en el Board de Argentina.

13 de Julio de 1994, La Poceta…

A las 3 de la madrugada, 72 personas —hombres, mujeres y niños— a bordo del viejo remolcador "13 de Marzo", se hicieron a la mar en el puerto… tratando de escapar de los horrores de la opresión tiránica en su propia tierra y hallar la anhelada democracia y libertad en los Estados Unidos.

Pocos minutos después de zarpar, el remolcador fue perseguido por dos embarcaciones del gobierno. Después de 45 minutos de viaje y a unas siete millas de las costas… —en un lugar denominado "La Poceta"—, otras dos embarcaciones del gobierno, equipadas con tanques y mangueras, atacaron el vetusto remolcador. Una de las naves se colocó delante del remolcador para impedir su avance y la otra embistió furiosamente por detrás, causando que el viejo buque se partiera en dos...

Se hace referencia también a esta otra nota publicada por Pablo Alfonso en El Nuevo Herald, el domingo 12 de julio de 1998. Esta nota nos explica sobre las reales intenciones del tirano para seguir ocultando el abominable crimen.

LAS CARAS DE UNA TRAGEDIA. CUATRO AÑOS DESPUÉS DEL CRIMEN TODAVÍA NO SE HA HECHO JUSTICIA.

Cuatro años después que embarcaciones oficiales hundieron intencionalmente el remolcador 13 de Marzo frente a las costas de la capital, el gobierno (de la isla) continúa cubriendo con un manto de silencio a los responsables de ese dramático hecho en que perdieron la vida 41 personas, que intentaban escapar… "De manera particular, queremos denunciar que las autoridades correspondientes no han iniciado el proceso judicial en los tribunales competentes", dijo Ricardo Bofill, presidente del Comité ProDerechos Humanos (CCPDH). ``Esta es una evidencia clara de la maniobra para sepultar este caso en la impunidad".

El CCPDH y el Grupo de Trabajo de la Disidencia Interna, que integra en Miami Ruth C. Montaner, han elaborado un informe conjunto que recoge los nombres, edades, direcciones, así como fotos de las víctimas y los sobrevivientes que viajaban en el remolcador. La recolección de la información y fotos la realizó en la isla el disidente

Vladimiro Roca, encarcelado sin juicio desde hace un año, y fue enviada hace algún tiempo desde la capital. En el trabajo también participaron otros activistas y grupos de derechos humanos. La información sobre las circunstancias en que se produjo el hundimiento del remolcador está basada en una investigación que hizo un oficial de la Empresa de Servicios Marítimos, copia de la cual fue obtenida por grupos de derechos humanos y sacada clandestinamente del país. Tanto el CCPDH como el Grupo de Trabajo de la Disidencia Interna se proponen denunciar la impunidad de este hecho ante la Comisión Interamericana de Derechos Humanos de la Organización de los Estados Americanos (OEA), el Comité contra la Tortura de la Organización de Naciones Unidas (ONU) y Amnistía Internacional.

En la madrugada del miércoles 13 de julio de 1994, el capitán del remolcador sustrajo subrepticiamente la nave atracada en uno de los muelles del puerto (de la capital). Subieron a bordo 72 personas con la intención de abandonar ilegalmente el país. De estas, 23 eran niños que viajaban con sus familiares adultos: 19 hombres y 30 mujeres. Casi todos eran jóvenes y vecinos de Guanabacoa y El Cotorro. A siete millas de la costa, el remolcador fue embestido por otros tres remolcadores de la Empresa Estatal de Servicios Marítimos en lo que resultó una trágica cacería. El remolcador Polargo 2 estaba bajo el mando de un oficial del Ministerio del Interior (MININT) nombrado David; el Polargo 3 era capitaneado por un oficial nombrado Arístides; y el Polargo 5 por Jesús Martínez, un oficial cuyo barco había sido desviado a la fuerza con anterioridad hacia la Florida. Según la versión oficial que el MININT publicó entonces en el periódico Granma, esas tres embarcaciones intentaron interceptar al remolcador, "y en las maniobras que ejecutaron para cumplir con ese objetivo se produjo el lamentable accidente que hizo naufragar el barco".

La versión del régimen, sin embargo, chocó con el testimonio de varios sobrevivientes, entre ellos María Victoria García Suárez, quien denunció abiertamente el crimen. En su testimonio ante las cámaras de la televisión extranjera, García Suárez explicó que, poco después de salir del país, que el remolcador fue perseguido por las otras embarcaciones, que se acercaron y le lanzaron chorros de agua a presión. "A base de chorros de agua destruyeron la popa; las mujeres y los niños se fueron hacia el cuarto de máquinas y ahí empezaron a embestir nuestra embarcación", dijo García. "Enseñamos a los niños, gritamos diciendo que nos rendíamos y que queríamos regresar y después la embarcación se viró" luego de otra embestida, agregó. De los 31 sobrevivientes, el gobierno mantuvo arrestado a cuatro de ellos por algunas semanas y más tarde los dejó en libertad. Ninguno de los cadáveres rescatados fue entregado a sus familiares y se desconoce dónde han sido sepultados. Los ministerios del Interior y de Relaciones Exteriores prometieron una amplia investigación para depurar responsabilidades. Sin embargo, los resultados de esa investigación oficial nunca se han conocido.

El informe que será presentado ahora ante los organismos internacionales, según las indagatorias de los grupos de derechos humanos en la isla, asegura que se ha lle-

gado a la conclusión de que "las autoridades obtuvieron información de antemano sobre el plan para llevar a Estados Unidos el remolcador" y no actuaron para impedir esa acción. Por el contrario, indica el informe, la Seguridad del Estado fraguó un plan para hundir al remolcador cuando saliera de la bahía, en aguas profundas, lejos de la costa, a modo de escarmiento. "Hoy está confirmado que, posterior a ese naufragio, se provocaron más muertes cuando los barcos represivos, lejos de rescatar a los sobrevivientes que flotaban en aquellas aguas, navegaron en círculo" alrededor de ellos provocando más víctimas. El hundimiento del remolcador 13 de Marzo provocó una ola de indignación en el mundo entero. Desde el Papa Juan Pablo II hasta el presidente norteamericano Bill Clinton condenaron la acción y la impunidad con que actuaron los responsables. "Es una tragedia humana. Lo deploro como un ejemplo de la brutal naturaleza del régimen...", dijo Clinton en Miami refiriéndose al hundimiento. Desde Madrid se expresó entonces que "dada la extrema gravedad de las circunstancias que rodean este suceso, el gobierno español espera que, tal y como ha anunciado el ministro de Relaciones Exteriores, Roberto Robaina, se efectúe a la mayor brevedad posible una exhaustiva investigación de lo sucedido y se exijan las correspondientes responsabilidades." Por su parte, el Arzobispo de la capital, Jaime Ortega, declaró que "los acontecimientos violentos y trágicos que produjeron el naufragio de un barco, donde perdieron la vida tantos hermanos nuestros, son, según los relatos de los sobrevivientes, de una crudeza que apenas puede imaginarse.

El hundimiento de la embarcación, que llevaba también mujeres y niños, y las dificultades del rescate de los sobrevivientes no parecen ser de ningún modo fortuitos, y esto añade al dolor un sentimiento de estupor y un reclamo del esclarecimiento de los hechos y de depuración de responsabilidades. Que los hechos se aclaren, que se establezca la verdad con la justicia; pero que el odio resulte perdedor... Amor y justicia no se oponen, pero el odio y la injusticia pueden ir de la mano", afirmó Ortega. Ese reclamo de gobiernos y personalidades políticas y religiosas ha quedado sin respuesta. Como señala el informe de los grupos de derechos humanos, a pesar de todos esos pedidos "el régimen... ha proseguido en sus esfuerzos por ocultar los detalles de esta catástrofe intencional y ha impedido la realización del juicio que sobre esta tragedia debería haberse llevado a cabo".

A pesar de los reclamos de Naciones Unidas, la Comisión Interamericana de Derechos Humanos, y otras organizaciones internacionales quienes han declarado que "este ilegal acto debe ser imputable al Estado como una persona jurídica", no se realizó ningún proceso judicial.

Todo siguió igual a pesar de que año tras año se rememoraba el incidente y se clamaba por justicia. Los testimonios que dieron los sobrevivientes fueron realmente escalofriantes y mostraron la realidad despótica y cruel del sistema comunista y de lo que fueron capaces de hacer los esbirros del dictador...

LA INEVITABLE FUGA

La noche que acordamos la fuga, no me quedé en la casa, sino que junto con mi hermano salí a despedirme de los amigos. Por supuesto que fue una despedida secreta que ni siquiera podía oler a despedida, pues sólo mi hermano y yo sabíamos del plan.

No se podía confiar en nadie más que no fuera en alguien de la propia familia y para eso había también sus excepciones. Se hablaba de que muchos de los jóvenes que bailaban en las "fiestas de pepillos" eran agentes infiltrados del G2, del Departamento de Seguridad del Estado (DSE) o del Departamento Técnico de Investigaciones (DTI). Por eso era que habían fracasado muchas conspiraciones y muchos intentos de salidas clandestinas.

Yo no quería fracasar, no quería ir a la cárcel, había decidido salir sólo, hacer las cosas yo sólo por mi cuenta y riesgo, con mi propio plan. En la mayoría de los grupos organizados, había casi siempre "colado" un delator.

Me puse pantalón negro y camisa negra. Era lógico usar estas ropas para confundirme en la oscuridad. Estuve caminando por Enramadas, por el parque, por el boulevard, toda la noche, esperando que llegara la hora acordada, despidiéndome también de cada rincón de mi ciudad, fuente de inspiración, de angustias y rabias reprimidas. Comimos helados y dulces varias veces y yo era el que siempre invitaba y pagaba. Era mi forma de decirles adiós y que me recordaran de esa manera. Decir adiós era como decir hasta nunca más, porque difícilmente nos volveríamos a encontrar. Es más triste la despedida cuando se sabe que no se podrá volver.

Sobre la 1 y 30 de la madrugada bajé a la alameda y me acerqué al muelle Romero. El barco estaba allí anclado, como un fantasma silencioso y querido, aguardándome, aparentemente esperando por mí. Durante todo el día lo estuve vigilando desde la ventana del baño de mi casa, porque desde el fondo de mi casa se divisaba la bahía y se sentía el ruido de los barcos cuando abrían presurosos sus bodegas cada mañana. *"A las seis de la mañana/ hay un barco que abre sus bodegas/ en los muelles de Santiago/ yo siento desde mi cama el destape/ y el chirriar de las grúas/ desde mi cama se siente también/ el olor a mar/ y como sé de memoria sus entrantes y salientes/ saco mi cama a navegar a veces".*

Era un barco mercante bien grande de bandera griega, de tripulación mixta. Su popa sobrepasaba la longitud del muelle. Tenía varias grúas modernas y varias bodegas de carga. El marinero me había dicho que me escondería en una de ellas provisionalmente antes de partir.

Temprano en la mañana el barco libertador zarparía y yo sería su polizonte agradecido y feliz. Había acordado todo muy bien con el marinero quien me pareció serio y confiable, dispuesto a correr los riesgos que implicaba darme ayuda. Sin embargo, yo tenía temor de que el barco adelantara o pospusiera su salida o se echara todo a perder por algún fallo de última hora. Había encontrado mi oportunidad y sabía que esta no se repetiría.

La primera duda de que el barco pudiera zarpar anticipadamente estaba eliminada. El barco estaba allí taciturno, semioscuro en la oscuridad del muelle, a menos de cien metros de la orilla donde yo me encontraba. Me senté en uno de los bancos de hierro y madera que bordean la alameda, de esos que miran al mar. Yo miraba de cuando en cuando la popa del barco para descubrir la anhelada señal que habíamos acordado: una luz en la popa salvadora y finalmente una soga con nudos para poder subir fácilmente a bordo. Me lanzaría a nado suavemente sin apenas mover las aguas, sabía nadar bien como los perros y nadie me vería. No había luna y la alameda estaba completamente solitaria.

Sólo al principio dos enamorados se besaban en otro banco, y estuve a punto de desviar mi atención al descubrir que hacían algo más que besarse. No miré más, no estaba para calentarme la cabeza con el calentamiento ajeno. Ni la misma Claudia Cardinales, mi hermosa actriz de los sueños, abierta de patas sobre la yerba, me haría desviar del objetivo. Un rato después, se fueron.

Las parejas tenían que acudir a los rincones oscuros y a los parques para hacerse el amor, pues no había casas de citas ni hoteles para alquilar. Cerca de allí estaba la "Casa de los chinos", un ruinoso rincón de madera, de dos pisos, con paredes llenas de agujeros y sábanas podridas. Las colas eran enormes y la atmósfera muy húmeda. Invadía el olor a semen de los que no pudieron esperar por más tiempo para descargar las urgencias en la prolongada espera. Conocía muy bien esas urgencias que eliminaba la vergüenza de que lo vieran a uno con la pinga en la mano, parados, templándose a la novia desquiciada en la semipenumbra, debajo de la escalera, cómplice y testigo de disímiles placeres.

Dondequiera había que esperar y la impaciencia se me hacía un nudo en el pecho que acababa empujándome a la asfixia total. Ninguna señal. Pasaron horas y nada. Parecía inútil la esperanza, cuando de pronto, casi al amanecer, me pareció que el barco se movía. ¡Rayos, no es posible! ¿Y yo qué?

Lentamente retrocedió y salió del muelle sin anuncio de sirenas, como para que ni yo mismo me diera cuenta de mi tragedia. Parecía que se deslizaba, parecía que era yo quien se movía directo al vacío o al patíbulo, parecía como si no tuviera motores, que todo era una cabrona alucinación, una confabulación para que estallara de ansiedad mi angustia. Dios mío, ¡qué desastre! Con su fuga se perdía la mía.

ENTRAR A LA UNIVERSIDAD COMO URGENTE SALIDA

Llegué a casa al amanecer, casi llorando. Mamá estaba despierta. Mi hermano ya le había contado. «No pudo ser —le dije medio muerto—, no sé por qué, pero algo falló». Me sentía sin fuerzas para moverme. Mamá lloró con anticipación mi muerte. «Claro que no haré ninguna locura, mamá, no te preocupes». Continuaba prisionero en mi isla y sin esperanza de salvación.

Debía hacer algo para salir del hoyo en que estaba metido. Se me ocurrió irme a trabajar a los muelles como estibador para ganar algún dinero, para despistar la vigilancia de los CDR y para estudiar bien el terreno de mi próximo plan. Intentaría de nuevo. Otros lo habían logrado. No soy de los que se rinden fácilmente sin antes luchar.

Un vecino de la cuadra llamado Emilio era quien repartía los trabajos en el puerto. Vivía a mitad del callejón de una sola cuadra, que terminaba o empezaba frente a mi casa. Los sinuosos callejones fueron construidos siglos atrás para despistar a los piratas cuando lograban entrar a la ciudad. Hablé con él. Había más oportunidades en el turno de la madrugada. La cosa estaba difícil, porque eran muchos los que necesitaban trabajo. Pero yo me pondría dentro del grupo y cuando pidieran hombres para determinados puestos yo levantaría la mano y él me escogería entre ellos. Iba bien temprano y me dejaba ver. A veces parecía que él no me veía y eso me desesperaba. Estaba dispuesto a hacer cualquier cosa por difícil y dura que fuera, pues tampoco había suficiente dinero en casa. Trabajé a veces en la cubierta de los barcos o dentro de las bodegas, y a veces en los muelles y hasta en los almacenes, cargando y descargando maderas, cajas y hasta pesados sacos de azúcar prieta para la exportación. Yo levantaba la mano, dispuesto siempre, en todos los pedidos, y cuando no me escogían se me enfriaban hasta los pies. Finalmente Emilio terminaba dándome algún trabajo la mayoría de las veces.

Mi plan era el mismo. Sabía que esta era una buena vía para estudiar el terreno sin despertar sospechas. Pero siempre con la ayuda de algún marinero completaría mi plan. Fue inútil. La mayoría de los barcos que entraban al puerto eran de Rusia, y en éstos ni pensarlo era bueno. El control de los comunistas era absoluto. Esperaba algún barco con bandera de cualquier otro país, pero nada.

Todo se me hacía difícil, hasta la misma comunicación, pues si me veían conversando mucho con alguien levantaría sospechas. Todo estaba vigilado y bien controlado, pero otros habían logrado escapar por esta vía. ¿Por qué iba a ser yo la excepción? No tenía valor para echarme al mar en una balsa improvisada. Lanzarme a nado o en una balsa sería muy difícil para mí. Siempre le tuve miedo al mar. Siempre pensé que no podría aguantar ni un día sin comer, a la deriva. Realmente tuve miedo de morir ahogado en el intento como a otros les había ocurrido. La noticia de los que llegaban deshidratados, medio muertos, después de días sin agua ni comida, perdidos en el mar, me aterraba. Miles de desaparecidos que no llegaron nunca a la otra orilla. De cada cinco sólo dos tuvieron suerte. Era mejor esperar una oportunidad más segura. El mar de la isla era como otro cementerio marginal.

No podía demorarme mucho. Me cuidaba de no ser atrapado en ninguna de las redadas nocturnas que la policía practicaba sorpresivamente contra los jóvenes que frecuentábamos los parques. Un día estuve a punto de caer en las garras de un grupo de la juventud comunista. Salían a las calles con tijeras y cuchillas para afeitar y cortar el pelo y los pantalones estrechos que estaban de moda. Nadie podía usar ni siquiera barba, porque sólo Barbatruco la podía usar. Todos debían estar bien pelados y afeitados al estilo militar. Ése era el lema de esos fanáticos que hacían además la "prueba del limón". Paraban a los jóvenes en la calle y le dejaban rodar desde la cintura del pantalón un limón entero, y si el limón no rodaba fácilmente entre la pierna y la tela, entonces rajaban la tela con una tijera.

Vivir aquello fue humillante. La vez que me atraparon pude escapar, y en el forcejeo salí huyendo del atropello y el deshonor. No pudieron darme alcance. Desde muchacho siempre fui un buen corredor de velocidad. Me practicaba y competía con otros dándole la vuelta a la manzana. No tenía rival. Era de los campeones del barrio. Pero la policía rondaba los parques con la misma intención.

Una noche caí fatalmente en una redada policial. Fue casi a la una de la madrugada. Estaba sentado en el parque de Céspedes. Era un domingo de ésos que uno quiere coger un poco de fresco y hablar estupideces antes de ir a dormir. No imaginé que a esa hora se lanzarían. Cuando la policía merodeaba, casi siempre alguien avisaba y nos daba tiempo de escapar por alguna esquina.

Pero esa vez llegaron por las cuatro esquinas del parque al mismo tiempo. Con carros y camiones jaulas bloquearon todas las salidas y nos cargaron a todos sin consideración. Al menos pude presentar en la estación mi carnet de estudiante de la escuela de comercio, que aunque vencido, me sirvió para escapar. De lo contrario me hubieran llevado directamente a un campo de concentración de la UMAP.

No sé cómo eran esos campos por dentro, pero hay testimonios escritos y documentales editados sobre la terrible vida que allí se vivió. Documentales como los de Néstor Almendros, Jiménez Leal y

Jorge Ulloa titulados ***Conducta impropia*** y ***Nadie escuchaba***, muestran barracones rodeados de alambradas donde unas 35,000 personas de todas las edades y razas fueron atrapadas, maltratadas y obligadas a trabajar muchas horas, de sol a sol, sin alimentos suficientes ni alojamiento adecuado.

Allí vivieron encarcelados, sin fallos judiciales que los condenara, homosexuales, religiosos, incluso jóvenes, por el único delito de vestir "ropas raras" o haber tenido la mala suerte de resultar antipáticos al jefe de vigilancia de la cuadra, quien los chivateó por envidia o porque quería separarlo de la mujer para después poder templársela fácilmente. El rigor de los militares que controlaron estos campos obligó a muchos prisioneros al suicidio o a la automutilación.

Tuve suerte. Estuve a punto de haber sido una víctima más. Por eso me daba prisa.

Sin embargo, pasaron meses y no apareció nadie en quien confiar, no apareció ninguna alma salvadora. Como estaba presionado por la amenaza de ser enviado a los campos de concentración o de ser citado por el servicio militar, deseché momentáneamente la idea de escaparme en un barco mercante.

Entrar en la universidad sería la salvación para salir de mi singular naufragio. En mi contra incidía el hecho de haber sido expulsado de la escuela de comercio. En mi expediente escolar seguro aparecería alguna señal de esto. Pero habían pasado ya dos años. Quizás haciendo la prueba de ingreso no tendría que presentar mi expediente. Éste nunca pasaría por mis manos. Quizás ni existía ya entre tanto descontrol. Debía al menos intentarlo.

Me presentaría a exámenes. Decidirme fue fácil, pero lograrlo sería lo difícil. Eran muchos los requisitos que se pedían, y había que pasar primero por una prueba ideológica, una especie de juicio frente a un tribunal donde había hasta un sicólogo para detectar mentiras. No le temía a los exámenes, aunque eran muy fuertes, más bien le temía a lo que le temían todos: pasar por "el filtro".

Probaría mi suerte. Me impuse un plan y empecé por cambiar mi aspecto físico. Me corté el pelo bien bajito y cambié mi forma de vestir. Dejé de usar pitusas apretadas. Además cada vez costaban más caras en el mercado negro. Frecuenté menos los parques, las fiestas de pepillos. Me compré unos espejuelos de cristales claros sin aumentos. No los necesitaba, pero empecé a usarlos por rutina. Tenía una vista perfecta, pero esto me daba mejor onda intelectual. Andaba siempre con libros bajo el brazo. Monté mi personaje lo mejor que pude. Estaba decidido a alcanzar mi nuevo objetivo.

El CDR de mi cuadra vería mi transformación y no me molestarían más. Me daría la carta de recomendación que necesitaba. Quería estudiar, siempre tuve interés por la lectura, por saber más, así que no me costaría mucho trabajo adoptar mi nueva personalidad, mi nuevo rol de estudiante, preocupado sólo por mis estudios. Debía salir adelante frente a los obstáculos que el mismo sistema me imponía. O mejor dicho, subir al tren del sistema antes de que éste me pasara por encima. Pasaría por el filtro político sin dificultad pues me había convertido en el esquema del joven nuevo que el régimen quería.

Me preparé junto con unos amigos para entrar a la escuela de medicina. Ellos me dieron la idea, la solución. Estaban pasando por similares experiencias y apuros que yo. Debíamos aprovechar el programa del régimen para crear médicos de cualquier manera. Ahí iban a parar los malos estudiantes, sin ninguna vocación. Cualquier estudiante con bajos promedios y bajo rendimiento escolar podía optar por la carrera. ¿Me aceptarán?

Siempre me gustó la idea de ser médico o al menos químico. Cuando niño me encerraba en el baño de la casa y me ponía a mezclar líquidos de colores y a hacer soluciones en pequeños pomitos de cristal. Me entretenía en esto. Vocación no me faltaba. Ser médico era una buena selección. Además se estaban dando facilidades. ¿Por qué yo no? La medicina fue mi pasión.

Graduar médicos se convirtió en un perfecto negocio para la exportación, para la recaudación de divisa y para la propaganda en el exterior. Me preparé para pasar los primeros exámenes. Pero un día en una práctica de disección las cosas cambiaron. Fallé frente al hígado de un muerto con tremenda peste a formol.

Cuando me pusieron en la mano el hígado del muerto me quise morir. El hígado era de un negro que desde hacía muchos años lo tenían en la escuela en una cisterna llena de formol. Al cadáver lo abrían y lo cerraban constantemente para estudios y prácticas con los estudiantes. Le habían puesto hasta nombre. Medía como siete pies. Cuando llegamos al salón tenía la barriga abierta; es decir, descosida, y una larga pinga reposándole a un lado del muslo.

Las muchachas del grupo se hicieron señas cuando entramos al salón. «Es Casimiro», dijo una. El nombre le venía por la canción de un trovador popular llamado El Guayabero que narraba junto con su guitarra, la cosecha de una enorme yuca y las picardías y el doble sentido de los que fueron a verla. Narraba que una vieja se acercó y dijo *"...del tamaño no me admiro porque yo tengo un fogón que ablanda de un calentón la yuca de Casimiro."*

Lo reconocieron enseguida. Porque los cadáveres lo cambiaban de cuando en cuando. Seguro que lo primero que vieron fue la yuca negra del negro. Creo que se veía más hinchada a causa del formol. Se reían y se esforzaban en atender las explicaciones de la doctora que, al parecer, no se daba por enterada de las miraditas relampagueantes y maliciosas. Parecía estar ya acostumbrada a estas picardías estudiantiles.

La peste era insoportable y tuve que sacar mi pañuelo para taparme la nariz y retener las lágrimas. Otros ya lo habían hecho. Cualquiera a distancia hubiera imaginado que estábamos llorando a un recién fallecido. La doctora sacaba órganos del vientre del cadáver como si fueran juguetes de un cajón antiguo. En esos pensamientos estaba cuando sentí que alguien me tocaba el hombro, y fue demasiado tarde cuando me volteé, porque ahí mismo me dejó el hígado en las manos. Era grande y duro. No tuve tiempo de rechazarlo, y apenas lo agarré se lo pasé rápidamente al de al lado, prácticamente sin mirarlo y haciendo mil muecas de repulsión. ¡Rayos!

Estoy seguro de que hubiera sido un buen cirujano de no haber tenido esa aversión por los cadáveres. Nunca me gustó mirarle las caras ni en las funerarias. No entendía cómo algunas chicas de mi escuela se entretenían en eso a la hora del receso. Iban a la funeraria de la esquina y recorrían los salones y se acercaban a mirar las caras yertas a través del cristal de los sarcófagos; y luego las oía hacer sus comentarios sobre quién se veía mejor o peor.

El día que se mató Noel Rodríguez en su carro, al chocar contra una casa en la calle Trocha y carretera del Morro, ni siquiera tuve el valor de ir a su entierro. Era un blanco robusto y bien parecido. Levantaba pesas. No quería verlo muerto después de haberlo conocido tan lleno de vida. Con su flamante Mercury competía en velocidad con un Chevrolet Impala de un tipo del Ministerio del Interior. Y ganó, pero sólo recibió el trofeo de la muerte.

No lo podía ni creer. Fuimos grandes amigos después de haber sido grandes enemigos y habernos fajado varias veces a la salida de la escuela. Fuimos los mejores amigos que existían. Nos respetábamos. Nos queríamos. No sé qué llegarían a pensar de mí sus familiares. Pero sentí tanto dolor y miedo que no supe qué hacer, si ir o no a su funeral.

Ese día yo hubiera sido también un cadáver pues gracias a que mi pareja me dejó embarcado, no me fui con él de parranda al cabaret San Pedro del Mar. El choque fue tremendo a las tres y media de la madrugada. Me libré de esa también. Con los muertos no quiero el menor de los cuentos y menos si se trata de la muerte de un familiar o un amigo.

El susto del hígado decidió mi futuro. No volví más a la escuela de medicinas, a pesar de haberme preparado. Siempre dije que de ser médico, sería médico para hacer operaciones quirúrgicas. No soportaba la idea de estar sentado en una consulta tomando signos vitales, reconociendo y recetando medicinas a los enfermos. La actividad para mí es primordial y odio la monotonía.

De haber recordado lo que me pasó con la gallina cuando quise operarle el tumor para salvarla, ni siquiera hubiera intentado ingresar en la carrera. Es verdad que "el hombre es el único animal que tropieza dos veces con la misma piedra." Pero la culpa no la tuvo mi olvido, sino mi desesperación. El hombre necesita más tiempo para olvidar que para recordar, más tiempo incluso para olvidar cuando se ha perdido lo que se ama. En esto también nos diferenciamos del resto de los animales.

La primera vez que tropecé con la profesión, no pude superar mi turbación frente a la sangre. La segunda vez fue frente al hígado disecado de un muerto. ¿Qué más pensar? ¿Qué otra señal necesitaba para decidir? ¿Para qué esperar por más? Mis ilusiones de repente se desvanecieron. Me di cuenta a tiempo que para cualquier cosa serviría, menos para ser un doctor.

EJERCER LA VOCACIÓN

Hubo un tiempo en que quise estudiar para abogado. Siempre me gustó la carrera, pero no podía optar por ella. La escuela de derecho estaba sólo reservada para los miembros del Ministerio del Interior y los militantes de la juventud y el partido. Cualquiera no estaría manejando las leyes a su antojo, cualquiera no tendría acceso a los secretos del sistema. Las leyes estaban bajo el control de los hombres que supuestamente apoyaban y apoyarían al gobierno.

El Comediante en jefe necesitaba graduados confiables para poderlos comprometer con sus planes políticos de controlar el poder legislativo y el poder judicial bajo su único poder. ¿Ser abogado? Ni soñarlo.

Después de mi fracaso en la medicina decidí presentarme a exámenes de ingreso en la escuela de letras. La carrera estaba dentro de mis perfiles. Al mismo tiempo me ayudaría en mi formación de escritor. Era una difícil carrera, pero sacaría de ella el provecho necesario. ¿Me convertiría en un Licenciado? Estaba por ver. Antes debía vencer disímiles obstáculos. Pero, "pasar el filtro político" era lo principal.

El día que fui a la entrevista, un día del verano de 1968, me puse el mejor disfraz: botas, pantalón y camisa de trabajo. Me pelé y me afeité bien. Parecía que iba "de cara al campo" y no a una universidad. Sólo me faltaba el sombrero de yarey para parecerme con exactitud a un obrero agrícola. Había perfeccionado mi personaje hasta en la expresión. No podía dejar lugar a dudas, no podía fallar, porque una de las cosas que medían era el aspecto físico.

La entrevista era obligatoria. Estaba nervioso pero decidido. Debía ser aprobado primero en el examen político, para tener derecho a examinar las asignaturas. Era muy difícil aprobar, porque los intelectuales son siempre elementos sospechosos para los tiranos, aun cuando le muestran adhesión. Les huele siempre a elemento subversivo.

Todas las preguntas las fui respondiendo con más o menos espontaneidad. Me preguntaron por mis gustos y preferencias, sobre mis canciones y cantantes favoritos. En muchas cosas les dije la verdad y en otras les mentí.

Por ejemplo, les dije que no me gustaban Los Beatles, que me parecían unos locos que querían sorprender a los jóvenes para confundirlos con sus excentricidades, que cantaban bien, pero que estaban enajenados por el capitalismo que enajena y explota al hombre. Me sonaban huecas estas palabras, pero las dije bien. Me las había aprendido casi de memoria. Era mi más perfecta cuartada para convencerlos de mi gran mentira, porque en realidad los jóvenes estábamos sencillamente arrebatados con los adorables clásicos de Liverpool. Sus discos y casetes que entraban clandestinamente se vendían a elevadísimos precios en el mercado negro. Decir que Los Beatles no servían, era prácticamente una herejía, pero no tenía otra opción. Al negarlos, me había convertido de pronto en el Pedro bíblico de la *fe beatleriana*.

La cosa iba bien con mis negaciones menores hasta que me preguntaron de sopetón que si yo creía en Dios. Aunque iba preparado para la pregunta siempre estas cosas sorprenden, pues te la sueltan cuando menos las esperas. Tuve que responder primero el cuestionario por escrito. Tenían mis respuestas en sus manos, pero querían oírlas de mi boca también para ver cómo sonaban.

Sentí entonces que las palabras me pesaban más y se me enredaban en la cabeza, porque el problema no era decirlas, sino decirlas de tal manera que pudieran convencer. Parece que desde siempre he tenido ese problema de no saber mentir, porque me parece que me van a descubrir, es algo así como si me quedara sin ropas, indefenso, como si fuera transparente y se me viera la verdad por dentro.

Pero de todos modos respondí lo mismo que había escrito en el papel. «Miren —dije mirándoles fijo—, cuando yo era chiquito creía en Dios y ahora creo en Lenin y en Carlos Marx». La frase me había quedado bien construida. Ellos me preguntaron que si pertenecía a alguna religión, que si había sido bautizado, que si había hecho la primera comunión. Y aquí si tuve que decirles la verdad, porque de todos modos la iban a descubrir, porque así lo alertaban siempre, que no dijéramos mentiras, porque sería peor, porque todo lo iban a comprobar. Entonces les dije que sí, que había sido católico desde niño, pero que ya me había dado cuenta del error y que ya no iba a la iglesia ni iría nunca más.

Así empecé oficialmente a jugar mi doble papel, así fue como estrené mi personaje de "doble moral." Fingir para poder sobrevivir era el lema. Tuve que mentir y después que uno miente una vez, la mentira se le mete a uno dentro y al juntarse con el miedo ya no tiene marcha atrás, sólo nos queda alimentarla hasta que la mate un día la verdad. Después en mis oraciones le pedí perdón a Dios por haberlo renegado. Y estoy seguro que Dios me perdonó, porque gracias a Dios me aprobaron el examen político y finalmente los de ingreso.

Pude lograr mi triunfo. Pude entrar a la universidad. Pero había perdido mi entrada al Paraíso, porque dejé de frecuentar las iglesias, dejé de oír misa los domingos, de estar más cerca de la paz del señor. Me fui perdiendo y convirtiendo sin saberlo en un esquema material a la medida del régimen en la isla-infierno.

UN TRIUNFO A MEDIA

Había triunfado, pero las universidades de Barbatruco tienen sus propias leyes y aunque yo estaba dispuesto a acatarlas, pronto fui chocando con los compromisos que había adquirido. Se fue derrumbando mi individualidad. Pero algo en mi interior se negaba a la total derrota. Me sentí muy bien al principio asistiendo a las aulas grandes y suntuosas, me sentía como alguien importante a esos niveles. La escuela de letras estaba en el segundo piso del edificio del rectorado. Era una moderna y elegante construcción de tres pisos ubicada en la misma entrada principal.

Yo soñaba con esto de estudiar en la universidad, y a veces cuando subía la loma de Quintero la veía completa con todas sus edificaciones de diferentes estilos arquitectónicos, su gran letrero anunciador y su enorme mural patriótico pintado en la enorme pared exterior del edificio.

Cuando alguien me preguntaba por lo que hacía, yo le decía con orgullo «estoy estudiando en la universidad». Incluso, cuando enamoraba a las chicas, esta era mi credencial, mí sello de distinción, mi carta de presentación. A las mujeres siempre les gusta saber que hablan con alguien que tiene futuro, alguien que no está perdiendo su tiempo y haciéndoselo perder, alguien que les inspire confianza; aunque en el mundo de las mujeres hay de todo un poco, y muchas se ilusionan más con las mentiras. La mujer es hija de la duda. Cuando tiene dudas se enamora más, aunque si tiene demasiadas dudas abandona la pelea que la mantiene unida con su peleador como posible "ganador".

Todos los días me levantaba bien temprano para ir a clases. Cada vez se hacía más difícil estar a tiempo, porque las guaguas pasaban repletas y no abrían. La parada me quedaba a pocas cuadras, pero tenía que caminar hasta cerca del parque central para poderlas coger directo hasta la universidad.

A veces tomaba hasta más de dos horas de viaje y hubo un tiempo en que siempre llegaba tarde. Eso me iba trayendo problemas y mala fama con los profesores. Entonces solicité un albergue y me sumé a los estudiantes de otras provincias que tenían estas prioridades. Tuve suerte. Gracias a eso ya no tenía que levantarme tan temprano, porque los albergues estaban cerca de las aulas, a la entrada de la ciudad, desde donde se dominaba la bahía y un espléndido paisaje de calles y techos coloniales.

Quería estudiar, esforzarme para abrirme paso. Sin embargo, fui perdiendo el embullo y asistía a clases casi por inercia. No había estímulos y tenía que cumplir con muchas obligaciones, trabajo y más trabajo, antes, durante y después de cada curso escolar. Aprobaba los exámenes, pero todo lo fui viendo de un color diferente de cómo me lo había imaginado. La vida estaba demasiado dura y era muy difícil combinarla con los estudios.

Dos años después renuncié. Tuve que casarme con urgencia y mantener una familia en momentos cada vez más dramáticos. El país estaba en ruinas. Diez años después que el Tiranosaurio tomó el poder, las cosas iban de mal para peor.

POR SUERTE O POR DESGRACIA

Seguía escribiendo. Seguía con la poesía, pero un día escribí mi primer cuento. Lo envié al concurso de literatura que todos los años convocaba la universidad. También concursé con un poema. Gané premio con la poesía y mención única con el cuento.

El poema y el cuento tuvieron su historia antes y después de ser publicados. El poema fue famoso por el contenido y el cuento por el largo título. "Las barbas que me hicieron recordar la muerte del tío Urbino cuando lo mató un tranvía en la calle Esperanza", era un cuento contestatario, desde el mismo título, pero sólo podría descubrirse el verdadero mensaje si se leía "entre líneas".

El poema era por el estilo. "Los poetas llegan tarde a clase" parece un chiste, pero por dentro llevaba la bomba. Usando un lenguaje tropológico, dejaba colar mi mensaje subversivo. Estos materiales circularon entre profesores y estudiantes. Viejos y nuevos escritores hicieron de jurado. Fui premiado sorpresivamente en los dos géneros y esto de por sí siempre llama la atención. Pienso que al cuento todavía le faltaba pulimento, y que para incluirlo en algún libro tendría que rescribirlo. No es que reniegue de él, pero reconozco sus limitaciones. Sin embargo, con el poema no. Muchos captaron su mensaje político y estético y las críticas se hicieron muy favorables. Todo parecía moverse sin dificultades para mí, hasta que un día sucedió lo inesperado.

Unos militares "periodistas" de la revista *Verde Olivo* descubrieron el poema y lo acusaron de contrarrevolucionario. Se había editado un boletín con materiales seleccionados de varios jóvenes escritores entre los cuales estaba incluido yo con mi poema disidente. Con esto se inauguraba el taller literario de la universidad y al acto asistieron figuras representativas del arte y la literatura, entre los que se encontraban el santiaguero José Soler Puig y el holguinero, radicado en la capital, Angel Augier. Fue sin dudas un importante acontecimiento cultural.

Pero tuve la suerte o la desgracia de no haber asistido al acto de premiación; porque ese mismo día, horas antes del evento, mi hijo Guillermo, que apenas tenía un año de edad, se había caído de la mesa del comedor y se hizo una herida de tres puntos casi pegado al ojo izquierdo.

Mientras el debate sobre mi poema se producía con las opiniones de defensores y detractores, yo me debatía en el hospital infantil con una doctora que trataba de cocerle la herida "a sangre fría"; es decir, sin aplicar la anestesia, porque no había. Eran como las 7 pm y la doctora estaba sola en la consulta y sin recursos para atender decenas de niños enfermos y lagrimosos. Para que actuara tuve que servirle de asistente.

Pero el olor a sangre y los gritos de mi hijo me hicieron caer en la inconciencia. Ya dije que no servía para médico y menos para cirujano de mi pequeño hijo. Me puse muy mal de verlo sufrir tanto, innecesariamente.

La doctora tuvo que asistirme con premura. Me dio a oler un algodón con alcohol para reanimarme mientras sujetaba a su paciente con la otra mano. «No se me venga usted a desmayar aquí, por favor, porque entonces sí que me complico», me dijo o creí que me dijo. Entonces con el alcohol y sus palabras me reanimé y me mantuve en pie.

Inexplicablemente el olor de las heridas abiertas me perturbaba. Estas limitaciones con el tiempo las fui superando poco a poco degollando patos y gallinas del patio para poder comer, y apuñaleando marranos que criaba papá para después servirlos en la mesa. Preparé mi propia medicina. Mi voluntad fue mi cura. Iba superando así mis fobias mientras trataba de caminar con mis miedos en la cuerda floja de la sociedad que me había tocado vivir.

UN TESTIGO EXCEPCIONAL

Sin conocer los detalles sobre lo sucedido, los huelguistas estaban seguros de que la lancha "13 de Marzo" había sido hundida a propósito. Sabían de balseros que eran bombardeados con sacos de arenas en alta mar con el objetivo de hundirlos sin dejar huellas. Conocían los testimonios de algunos de los sobrevivientes, porque muchos se encontraban en las prisiones cumpliendo alguna condena. Sabían del total desprecio que el régimen sentía por las personas que querían abandonar la isla a cualquier precio, movidas por la desesperación que produce el perenne estado opresivo y represivo en que vivía sumergida la sociedad.

Ismael estaba muy angustiado por la trágica noticia. Su desesperación rayaba con su impotencia, pero trató de sobreponerse, porque vivía sus propios momentos y pagaba el precio de su rebelión. Se reafirmaba más en sus convicciones después de conocer lo sucedido. Absoluto abuso del poder. Crimen de Estado.

Por un instante desvió sus pensamientos para mirar por la estrecha ventana de múltiples rejas cruzadas que apenas permitía la visibilidad. Había mucho calor y un sol intenso de medio día inundaba el patio donde un hombre solitario buscaba inútilmente un pedazo de sombra en una de las esquinas del enorme muro que aislaba Boniatico de los demás pabellones de la prisión.

Era alto, de brazos gruesos, de frente ancha y fuerte estructura, pero se veía como derrumbado en las angustias de un hombre de 70 años, aunque quizás sólo rodaba los 50. Lo tenían aislado.

Días después se lo encontraría en el hospitalito de la prisión y pudo conocer su historia. Alejandro Mustafá Reyes residente de Palma Soriano, le relató entre lágrimas lo que le había ocurrido a él y a su hijo cuando trataron de abandonar ilegalmente la isla por una zona de la bahía de Guantánamo.

Después de tirarse al agua para tratar de alcanzar la orilla de la Base Naval de Guantánamo, fueron atacados por una lancha de la policía marítima atraída por los disparos. «Se nos lanzaron encima y comenzaron a girar alrededor para tratar de hundirnos». Narró con lágrimas cómo su hijo de 19 años le decía «papá sálvame, no me dejes morir» después de recibir el primer golpe de la embarcación enemiga.

Narró cómo lo vio hundirse en el agua después de haber sido literalmente arrollado por la lancha. Narró cómo él se salvó de ser también arrollado gracias a que pudo sujetarse de una soga que colgaba fuera de la embarcación, y que cuando lo descubrieron trataron inútilmente de ahogarlo también; y al no lograrlo, entonces lo subieron a cubierta y lo aporrearon brutalmente hasta dejarlo sin sentido.

El hijo murió, y cuando la madre reclamó su cuerpo, no se lo dejaron ver. Una semana más tarde, después de tanta insistencia, los agentes de la seguridad del Estado la llevaron a un cementerio en las afueras de la ciudad y le mostraron la supuesta tumba. «En ésa está enterrado tu hijo», le dijeron. Pero ella nunca pudo ver el cadáver. Era evidente que querían ocultar el cuerpo destrozado por los impactos. Querían así que el crimen quedara impune y lo lograron.

Ismael suspiró enardecido por el dolor que le causaba la terrible historia. Nunca había visto llorar tanto a un hombre narrando su desgracia. «Asesinos». Y lloró junto con él.

Alejandro Mustafá era un hombre corpulento, pero totalmente abatido en sus escombros. Su mirada reflejaba su ansiedad y su tristeza. Él sólo quiso huir del régimen que lo asediaba a pesar de ser un alto funcionario del gobierno en el sector de la construcción, a pesar de ser un militante del Partido Comunista. Se había decepcionado, y por las cosas inoperantes que criticaba y los informes que había realizado sobre el desastre económico de su empresa, estaba siendo estrechamente vigilado y esperaba ser arrestado en cualquier momento. Por eso determinó escapar junto con su hijo y su amigo de confianza Juan Ramírez, quien también fue capturado y acusado, y quien también le confirmó los hechos narrados por Alejandro el día que coincidió con él en el salón de visitas.

Tenían un plan de fuga. Habían viajado en una lancha por la bahía, con el pretexto de inspeccionar unas obras de construcción en el área. Ya lo habían hecho en otras ocasiones sin despertar sospechas. Pero esta vez en la lancha iba un ayudante que resultó ser un guardia de la seguridad. A pesar de que Alejandro quería posponer el plan, Juan sacó una pistola para obligar al capitán de la nave a cambiar el rumbo y dirigirse a la Base Naval. Cuando ya estaban muy cerca del objetivo, el guardia encubierto sacó su pistola. Pero fue alcanzado por un disparo certero de Juan. El guardia quedó mal herido. Entonces Juan, Alejandro y su hijo se lanzaron al agua para alcanzar la Base Naval y pedir refugio.

Juan y Alejandro contaron muchas cosas más, sobre las amenazas que habían recibido cuando desempeñaban su trabajo, de las mentiras que les obligaban decir a los trabajadores para ocultar el desastre de la inoperante empresa. «Por eso decidimos escapar de la debacle que se nos venía encima».

Ismael y sus amigos estaban inmersos en su propia tragedia, pero había siempre tiempo para denunciar tragedias como estas que les daban más razón para seguir la lucha.

Alejandro Mustafá y su amigo Juan Ramírez, alto y rubio, más o menos de la misma edad que Alejandro, cumplían largas condenas, porque, además, sobre ellos cayeron acusaciones infundadas de robar los recursos del Estado. Así hacían con todos los que no querían seguir en el juego, los acusaban de ladrones, de traidores, de parásitos sociales, para desmoralizarlos. Alejandro Mustafá hizo una larga huelga de hambre por las difamaciones, por su injusto encarcelamiento y porque le asesinaron a su único hijo sin que se juzgara a los culpables directos e indirectos de su muerte. Clamaba por justicia y la justicia a veces tarda pero llega. Ismael y otros prisioneros fueron testigos excepcionales del dolor de estos hombres y juraron denunciar el atropello.

La protesta continuaba, porque era necesario llamar la atención internacional sobre lo que estaba ocurriendo en las prisiones. «Nos sentíamos en el deber de rebelarnos contra el oprobio, le dijo apretando su mano fuertemente sobre su hombro, y ahora lo hacemos también por tu hijo asesinado». Y Alejandro Mustafá se estremeció en toda su estructura por el inspirado gesto solidario. «El sacrificio de los héroes hace más grande la victoria».

La gente protestaba. Ismael celebró la noticia de la rebelión popular en el Malecón de la capital. Pero a pesar de celebrar lo sucedido, su preocupación creció; porque las noticias sobre la rebelión capitalina ocupaban los medios internacionales de difusión y hacía que se desviara la atención sobre la protesta que ellos protagonizaban.

Pegó más la cara a la estrecha ventana y comentó el tema con Diosmel quien estaba en el piso superior. «Tengo una idea para que se active nuevamente la noticia», le gritó, pero no podía abundar en los detalles. Sabían que de la cobertura periodística dependía mucho el éxito de la arriesgada acción. El periodismo independiente y la prensa extranjera acreditada en la isla, jugarían su importante papel. A esto habían apostado como lo único que los podría salvar de la muerte.

Trataron entonces de no hacer nada que pudiera significar provocación. Se mantuvieron a la defensiva. Era lo más sensato y aconsejable dada la situación. Los carceleros podían haberlos dejado indefinidamente en Boniatico, a todos juntos, tal y como pedían. Los huelguistas se hubieran quizás conformado con el cumplimiento de algunas de las demandas. A ellos no les importaba el excesivo encierro de las celdas aisladas. Lo que para muchos prisioneros era un castigo, para los huelguistas era la salvación. Pero no, los represores tenían sus planes de acoso y tortura y no podían dejarlos de cumplir. Eso era lo primordial, que se supiera que ellos eran los más fuertes, los que tenían el poder.

Ya sabían que la rebelión se estaba llevando a efecto sólo en tres prisiones de la provincia. Ahora eran más débiles y vulnerables. Habían confiado demasiado en el activista Nicolás Rosario para la transportación de los documentos, porque no tenían otra vía. Lo jugaron todo a una sola carta. Y eso falló. Sobre ellos caería concentrada toda la furia del dictador y sus lacayos. Estaban solos, pero se sintieron más libres en esa deseada soledad, mientras el enemigo preparaba su plan de ataque para actuar con total impunidad.

A PUNTO DE UNA NUEVA EXPULSIÓN

En ese primer taller de debates literarios, se debatió mi poema y mi futuro como estudiante. Estuve esa noche servido en bandeja de plata para todos los que asistieron al encuentro y estuve además repartido entre los que decían que yo era un contrarrevolucionario y los que decían que no. "Los poetas llegan tarde a clase" ya no me pertenecía. Se realizaba la obra en manos de polémicos lectores.

El poema se analizó verso a verso y al menos tuve la suerte de encontrar defensores conocidos que me quisieron ayudar. De haber sido unánime la votación en mi contra, la hubiera pasado muy mal. Hubiera pagado muy caro mi sincera diatriba.

Aun así, con las opiniones divididas, fui llevado dos días después a un juicio de análisis y condenas. Entre los miembros del tribunal estaban el propio decano de la facultad de humanidades, y además, dirigentes de la juventud y el partido. Estaba al descubierto, estaba solo, estaba perdido. Nadie me daba las de ganar. Me expulsarían sin remedio de la universidad después de tanto sacrificio para entrar en ella.

Luis Felipe, el decano, comenzó informándome de lo ocurrido. Su pelo negro le caía casi en curva sobre la frente, su nariz grande y muy fina amenazaba con clavarse a ratos en mi rostro sereno. Explicó con detalles la situación y, a pesar de que algunos compañeros de estudios ya me habían contado, lo dejé hacer el cuento nuevamente. Nunca el cuento es el mismo en bocas diferentes.

—Eres un buen estudiante, por eso creo que te podemos dar una oportunidad.

—Gracias.

Finalmente fue al grano y preparó su trampa.

—No queremos echarte a perder los estudios, pero vas por un camino equivocado. Queremos que nos digas la verdad sobre lo que has escrito. Tu poema refleja evidentes debilidades ideológicas.

Aquí el decano no quiso usar la palabra contrarrevolucionario como usaron en el debate los periodistas militares. Quiso ser eufemístico y hasta paternal. Los demás acusadores hicieron pequeñas intervenciones rutinarias.

—Cualquiera puede cometer un error, lo importante es darse cuenta y arrepentirse a tiempo —explicó el de la juventud golpeando con un lápiz nerviosamente sobre la mesa.

—Queremos que seas crítico contigo mismo —indicó el del partido mientras escurría su mano sobre los papeles.

Llegó mi turno. Seguía sereno. No reconocí nada. Los detractores eran los equivocados o los que no habían entendido bien la imagen.

—Porque basado en el carácter polisémico del arte que es lo que motiva las infinitas interpretaciones del mensaje, se me está juzgando, porque precisamente estamos estudiando en las clases esos valores que ahora no se pueden negar.

Y le cité a Sapir, a Sousseur, a Humberto Eco y les dije que yo no tenía nada de qué arrepentirme.

—Espera, espera, no sigas por ese camino. Sólo queremos que nos digas la verdad —soltó de pronto los papeles para poner su tosca mano casi frente a mi cara.

—Claro, les estoy diciendo la verdad. Yo he utilizado los recursos estilísticos necesarios para dar a través de una negación un sentido de reafirmación. Me estoy refiriendo a la sociedad capitalista que está llena de vicios y problemas que atentan contra la juventud. Yo no hablo de la sociedad socialista que todos sabemos que está forjando al "hombre nuevo". Comprendan, señores, que mi poema no ha sido mal escrito, sino muy mal interpretado.

Mejor no me pudo quedar el discurso. Con todo propósito tergiversé el contenido del poema y su mensaje. Todo lo hice y lo dije con absoluta seguridad. Pero tuve que demostrarles punto por punto mis argumentos.

No me retracté y eso me salvó.

Si hubiera mostrado la más mínima debilidad o el más mínimo titubeo al hablar, si hubiera dado la más mínima idea de arrepentimiento o hubiera pedido perdón, tal y como ellos querían, no hubiera salido airoso del enfrentamiento. Gracias a mi táctica evadí sus trampas. Podrían pues tener la convicción de que era culpable, pero no tendrían otra opción que declararme inocente por falta de pruebas. Y así lo hicieron.

Estos textos habían surgido en el peligroso "Quinquenio gris", después del Primer Congreso de Educación y Cultura, cuando se desató una auténtica cacería de brujas contra los intelectuales. Tuve suerte.

Pero de todo lo sucedido saqué una lección. Si quería terminar mis estudios y vivir en una sociedad socialista tenía que escribir para engavetar o ser más cuidadoso con lo que escribía. Debía además cambiar mi manera de sentir y actuar. No podría escribir con honestidad. En fin debía aprender a vivir siempre la doble moral del personaje que había montado. El poema y la atmósfera que levantó me había dado la medida de cómo tenía que escribir si quería ser publicado: nada de metáforas oscuras, ni recursos estilísticos, ser claro y directo, cantar siempre y dar vivas a la revolución.

Con "Los poetas llegan tarde a clase" me convertí en afamado poeta, aunque nunca lo pude incluir en ningún libro, ni publicar en ninguna otra parte. Este poema nació solo y se quedó solo esperando una mejor oportunidad. A mi profesor de redacción y composición, Ricardo Repilado, le gustó. De él fue la frase y a él dediqué el poema.

Llegar tarde a su clase era el peor pecado y yo a menudo lo hacía. Me paraba en la puerta del aula a esperar sin interrumpir hasta que él me decía que pasara. Eran sus reglas. Un día me miró por encima de sus espejuelos ovalados y dijo «Parece que los poetas llegan siempre tarde a clase». La risa fue explosiva. Mis condiscípulos siguieron bromeando con esto y él a veces se irritaba con las bromas. Todos querían leerlo, todos querían conocer el poema disidente y sentenciado. Imagino que tú también.

LOS POETAS LLEGAN TARDE A CLASE

A Ricardo Repilado, maestro y amigo.

Los poetas llegan tarde a clase,
meditabundos, por vías escabrosas,
aburridos, mutilados como el soldado de la guerra fría.
Los poetas se enamoran de las calles
escupen al abismo, no comen,
contagian las horas con sus venias,
escarban agujeros en la tierra,
trasnochan y juegan a la nada.

Finalmente a la hora de la sentencia
el maestro, el anciano profesor de lentes ovalados,
despega la vista de la hoja

y le pide la palabra a los ausentes:
Los poetas no lloran, no gritan, no dicen nada,
despliegan gestos, maneras.

Los poetas no se llaman sol,
no se llaman cruz,
no tormenta.

Por eso, a la hora de la sentencia
ríe el maestro,
el anciano profesor de lentes ovalados,
viéndolos pudrir en los bancos solitarios
que reclaman su presencia.

MOVILIZACIÓN MILITAR

Todos éramos militares, o mejor dicho, todos teníamos que pasar por una preparación militar para poder pertenecer a la universidad. La vida militar tenía sus propias reglas. Teníamos como instructores a militares profesionales, pero también a los dirigentes estudiantiles. Estos dirigentes, que eran militantes de la juventud comunista, aparecían en las etapas de entrenamiento con uniformes y altos grados de oficiales, lo que quería decir que seguían mandando y gobernando en todo. En las etapas de entrenamiento la universidad entera se transformaba en un cuartel militar. Traían armas de todo tipo, hasta cañones, tanques y ametralladoras antiaéreas, y la metían dentro de los terrenos de la universidad. El entrenamiento podría durar dos, tres semanas o más y todos teníamos que hacer vida de campamento militar a las buenas o a las malas.

Un día nos dieron una caminata nocturna con toda la tropa. Todos estábamos uniformados. Todos llevaban mochilas pesadas llenas de cosas para el largo viaje que habían pronosticado. Todos, menos yo y tres más de nuestra escuela. Habíamos decidido no llevar nada que nos hiciera más pesada e insoportable la caminata. Sólo llevábamos una frazada doblada y tirada en los hombros como los mejicanos, un cepillo de dientes y una cantimplora.

Los pelotones y las compañías se formaban por escuelas, y la nuestra, la de letras, siempre se caracterizó por ser una escuela de elementos fuera de centro, que teníamos nuestro propio estilo de grupo. Con las mujeres era lo mismo pero entrenaban por separado. Para ese tiempo ya estaba cursando el tercer año de la carrera y me sentía más confiado.

Todo lo que hicimos esa noche fue caminar durante tres o cuatro horas por el monte, después de haber marchado aparatosamente por las calles aledañas, cumpliendo las órdenes de los superiores que a veces nos daban unos minutos de descanso. Todos estaban muy agotados con las pesadas mochilas al hombro, todos menos nosotros que intentábamos coger aquello con "carácter deportivo-recreativo".

No teníamos por qué estar torturándonos. Habíamos acordado convertir aquello en un picnic y no en un sufrimiento militar. Todo era cuestión de cogerlo suave. Cuando acampamos para dormir, tiramos la frazada en la hierba y nos enroscamos en ella como majases en reposo, bajo la noche sin luna ni estrellas. La cosa iba saliendo bien.

Descansamos sólo una hora. Los jefes militares, que eran casi todos estudiantes de cuarto o quinto año de la escuela de ingeniería o de la escuela de pedagogía, estaban rabiosos al vernos así tan fresquecitos y risueños en el ejercicio. Había uno que se nombraba Cabal que tuvo la suerte de casarse con la hija del novelista José Soler Puig. Su carita pálida y redonda se endurecía cuando vestía el uniforme. Su cuerpo enclenque adquiría una fuerza militar con grado de primer teniente. Montaba su personaje al estilo nazi. Se veía transformado, inquisitivo. No nos podía tolerar la ventaja. Ellos eran los únicos que no llevaban equipaje al hombro, sino que lo transportaban en un Jeep equipado con todo y abasteciéndoles de todo. Nunca nos especificaron que tendríamos que llevar mochilas, ni que eso era un requisito obligatorio. Así que por ese lado no nos podrían reclamar nada, pero algo debían hacer con nosotros que desentonábamos con el resto del torturado grupo.

Los de la escuela de letras, a pesar de que éramos muy pocos, siempre fuimos mirados con cierto recelo por las demás escuelas, porque "éramos excéntricos", por sólo querer pensar y actuar con nuestra cabeza. Estuvimos muchos años sin dirigentes estudiantiles en la escuela y en la facultad. No teníamos una Federación de Estudiantes Universitarios (FEU), sino que pertenecíamos y respondíamos a los dirigentes de la facultad de pedagogía. Nos gobernaban jefes ajenos a nuestros intereses de grupo, porque no éramos "elemento confiable".

Estos jefes envidiosos nos pusieron a dar carreras de un lugar a otro para transmitir mensajes absurdos entre la compañía de vanguardia y la de retaguardia. Era una evidente venganza. Entonces opté por mi propia venganza metiendo el pie en un hoyo y haciendo el teatro de que me había lesionado el tobillo seriamente.

Siempre tuve vena de actor y más para estas cosas. Y me salió bien lo planeado, porque al otro día para mi sorpresa y la de los demás me aparecí con el pie enyesado. El doctor del hospital me había dado 15 días de reposo absoluto. «¡Qué suerte tuviste, compay, con joderte la pierna!», me decían con envidia los amigos. Pero no podía confesarles la verdad. Sin embargo, no me dieron enseguida la baja de los ejercicios y a pesar de mi pie enyesado recibí la orden expresa de Cabal de bajar a la formación desde el tercer piso donde estaba albergado.

Entonces tuve que hablar con los jefes militares reales que dirigían la preparación combativa, que así era como le decían a aquel juego con armas de fuego, juego peligroso y obligatorio para todos los estudiantes, muchos de ellos sin ninguna experiencia, durante 20 días de acuartelamiento cada año, y un domingo de cada mes. Los jefes militares justificaron mi caso y me dieron la baja. A Cabal estuve a punto de partirle la cara esa vez antes de abandonar el campamento. Se estaba aprovechando de su jefatura para imponernos su autoridad.

Yo no sentía la más mínima afición por la vida militar ni el más mínimo respeto por las charlas diarias de la posible invasión del enemigo americano. Todo lo contrario. El teatro combativo montado me tenía asqueado, a mí y a todos. Yo no era una excepción, muchos trataban, a veces sin éxitos, de inventar historias y enfermedades para evadirse tanto de esto como del "trabajo voluntario", léase obligatorio. Tenía uno que estar bien justificado para no participar en los ejercicios militares o en cualquier otro programa político de la universidad. Éramos verdaderos siervos de las llamadas universidades "gratuitas".

No bastaba con ser sólo un buen estudiante, con sacar notas excelentes en los exámenes. Había que cumplir con las movilizaciones militares y con las movilizaciones agrícolas. Cualquiera podía ser expulsado. Barbatruco había dictado como todo buen dictador que *"las universidades son sólo para los revolucionarios"*. Y para ser revolucionario había siempre que obedecer, había siempre que decir que sí, aun frente a las más absurdas de las orientaciones.

Entonces yo tenía que defender mi futuro profesional. Tuve que mentir muchas veces y tuve también que inventar. Debía aprovechar al menos por esta vez la oportunidad que se me había presentado para escapar de la "preparación combativa", pero siempre no podría estar inventando y en muchos momentos y de muchas maneras tuve que pagar los estudios que según la propaganda nos lo estaban dando gratis.

Cuando me llevaron en un Jeep militar a la casa, mi mamá casi enloqueció al verme la pierna enyesada y sin poder apenas caminar. Dos guardias me cargaron y me llevaron dentro.

—Dios mío, que te pasó m' hijo.

Su rostro trigueño estaba transfigurado. Traté de guiñarle un ojo para que dejara de atormentarse, pero no me entendió la seña por más que la repetí. Más bien pensó que algo me pasaba también en el ojo y me lo dijo. Por poco me descubre. Pensó todo el tiempo en lo peor y se escandalizó. No pude detener su histeria. Con el tormento de la familia también pagábamos.

EN LOS CAMPOS DE CAÑA

La caña de azúcar fue introducida en la isla por los españoles desde los tiempos de la colonización, y su desarrollo creó un determinismo económico perdurable. La producción de azúcar de caña fue un primordial renglón para la obtención de divisas. Desde que la isla fue descubierta y conquistada por España no hubo paz. Los aborígenes fueron exterminados por el abuso y el exceso de trabajo. Cuando se acabó el escaso oro que habían encontrado, los colonizadores pasaron a crear grandes plantaciones agrícolas. Los orígenes de la esclavitud se remontan a los tiempos de la conquista de la isla.

El débil aborigen pronto fue sustituido por el negro esclavo. Frente al reto de la producción de azúcar de caña los españoles trajeron al negro desde el África. Fue el Padre Varela el primer abolicionista que se declaró en contra de la esclavitud en la isla. El esclavo negro y la caña de azúcar siempre estuvieron hermanados hasta el día en que Carlos Manuel de Céspedes les dio la libertad a sus esclavos, un 10 de octubre de 1868, para iniciar la guerra de independencia. El fracaso de esta guerra mantuvo a la isla esclava durante 20 años más.

Entonces los siglos del XVI al XIX quedaron marcados por el uso y abuso de la esclavitud hasta que España decretó su abolición en 1880 y creó en su lugar el sistema de transición de patronato. Seis años después la reina María Cristina suprimió este sistema para ponerle fin al trabajo esclavo en la isla.

La esclavitud es un tema bien controversial. Su eliminación responde más bien a un cálculo económico que a un programa político. Algunos piensan que fue un problema sentimental lo que impulsó el cambio. Era mejor pagarle al negro por su trabajo antes que darle comida, alcohol, educación y atención médica, para después obligarlos a trabajar con un látigo. Con el pago desaparecía el látigo y la mala imagen que produce la idea de la esclavitud. El negro que no trabajaba no recibía ningún pago y este simple hecho del pago los obligaba a trabajar si querían comer y tener un techo donde vivir. Esto funcionó sobre todo con el trabajo agrícola y en las plantaciones con la caña de azúcar, la principal economía en la isla.

Antes de Barbatruco, cualquier zafra normal producía hasta siete millones de toneladas de azúcar y sólo duraba de 110 a 115 días. Entre los meses de diciembre a marzo de cada año se hacía la zafra. Unos tres meses y medio eran suficientes para definirlo todo. El país vivía del azúcar que se producía y se exportaba y era de los mayores productores y exportadores del mundo.

En la era de Barbatruco se construyeron nuevos centrales azucareros y se sembraron nuevos campos, sacrificando muchas veces pastos y frutales en plena producción para convertirlos en campos cañeros. Pese a todo, la producción de azúcar nunca sobrepasó los 6 millones y medio de toneladas en zafras que duraban cinco, seis y hasta siete meses.

En todo el país sólo se hablaba de caña, de zafra azucarera, por todos los medios de difusión. Todos los días los noticieros informaban sobre las movilizaciones y de cómo iba marchando la producción y el plan de siembra. Era tanta y tan abusiva la propaganda y los trabajos, que terminábamos maldiciendo a España por habernos introducido la caña de azúcar.

Todos los trabajadores tenían que cortar caña, independientemente del trabajo que realizaran. Los músicos, los artistas, hasta los médicos lo hacían. Después de coger una pesada mocha en sus manos los músicos no sabían tocar el violín y los cirujanos no podían manejar bien el bisturí. Fue un desastre económico y profesional, y nadie se podía negar. Volvían los tiempos de la esclavitud con la diferencia de que todos éramos esclavos, pero de la supuesta gratuidad. Todos teníamos que participar en las movilizaciones temporales o en las permanentes durante la zafra. Decir que no a la zafra podía ser el fin para cualquiera.

Todos los estudiantes universitarios teníamos que ir a trabajar cada año, al menos dos meses, en los campos de caña. Teníamos que sacrificar parte de nuestras vacaciones en este duro trabajo sin ganar un solo centavo.

Con pésimas condiciones de vida los estudiantes universitarios pagábamos una parte de los estudios que recibíamos "gratuitamente" cortando la caña de azúcar para llevarlas al central. La otra parte la pagaríamos doblemente después de graduados, pues teníamos que ir a trabajar donde el gobierno mandaba, casi siempre en el campo, en otro municipio o provincia, recibiendo durante tres, cuatro o cinco años un bajo salario, hasta poder después encontrar un lugar más cerca del hogar y alcanzar el salario del profesional, aunque equivalente sólo a diez o quince dólares al mes, que nunca llegaba a retribuir el trabajo realizado.

Así tenía que cumplirse, porque así estaba determinado por el dueño absoluto de toda finca, del gran terrateniente, del gran señor feudal Barbatruco.

Los recursos escaseaban, la comida era poca y mala. Vivíamos en largos barracones improvisados con palos de monte, yaguas o cartón de techo puesto en las paredes. En el centro del barracón clavaban unos troncos centrales sobre el piso de tierra para amarrar las hamacas a ambos lados entre los palos de la pared y los del centro. Dormíamos casi a la intemperie, colándosenos a chorros por las rendijas el frío de la madrugada. Vivíamos amontonados y trabajábamos como mulos. Era muy difícil evadirse del trabajo.

No sólo estábamos obligados a asistir todos los días, sino que teníamos que cumplir con las metas de producción, sobre todo cuando lanzaron el lema de que el que no cortara 200 arrobas de caña diariamente no tenía derecho a la comida. Nos llevaban el almuerzo al cañaveral. Trabajábamos hasta diez y doce horas sin apenas parar, desde que amanecía hasta que caía el sol. A veces se trabajaba hasta de noche según los compromisos y los parámetros establecidos.

Pese a todo, estábamos seguros de que no éramos rentables, porque cuando sacábamos el promedio de producción de acuerdo a la cantidad de caña cortada por hombre y de acuerdo a los recursos empleados, siempre quedábamos por debajo. ¡Claro! No éramos cortadores asalariados y muchos buscábamos la forma de majasear.

Siempre los jefes se quejaban de esto, de que con lo que hacíamos no nos ganábamos ni para pagar los frijoles. Había muchos hombres que no llegaban a cortar ni cincuenta arrobas diarias a pesar de que se esforzaban. A todo esto había que agregar que la mayoría cortaba mal los tallos, pues no lo hacían pegado a la raíz como estaba indicado, pues es donde está más concentrada el azúcar. Para lograr esto había que doblar mucho la espalda y no todos estábamos dispuesto a hacerlo. Un trabajador profesional podía cortar desde mil hasta dos mil arrobas diarias y haciendo el trabajo más eficiente y rentable en apenas seis o siete horas.

Por culpa de los malos y deficientes trabajos realizados años tras años, los campos de caña se fueron rápidamente arruinando y cada vez era menos el rendimiento por caballería de tierra sembrada. Como nos sentíamos obligados, no teníamos ningún gusto por el trabajo.

Esto mismo ocurría con las plantaciones de café. Los estudiantes inexpertos y obligados a trabajar arruinaban las plantas. A pesar de que los funcionarios del gobierno conocían de estos males nada hacían. El "trabajo voluntario" era una estrategia política del Estado. Todo se hacía así porque así estaba orientado. Todo era así por el estilo. La economía era un problema de segundo plano, lo más importante era el "factor político". Todo esto quizás explique un poco por qué se trabajaba tanto y se producía tan poco.

La caña metía miedo. De sólo mencionarla muchos temblábamos. Era un castigo, como un trago caliente y amargo en medio del asfixiante calor del trópico. El sol implacable y las continuas horas de trabajo nos desvanecían las fuerzas, pero teníamos que seguir, con el cuerpo, el brazo y las manos adoloridas, si queríamos que nos dejaran regresar a las aulas en el nuevo curso escolar. Muchos estudiantes caían desmayados en pleno campo por el hambre y el agotamiento. Sólo los minusválidos y los que tenían algún problema de salud podían escapar del suplicio. Sólo esos que presentaron algún certificado médico.

Es muy difícil encontrar en el país a un hombre que no haya empuñado un arma de fuego para entrenar o combatir, o una mocha de cortar caña para hacer la zafra azucarera. De esto se han librado muy pocos. Estas dos armas, la de fuego y la del trabajo, han marcado para siempre el cuerpo y el alma de la nación.

Entonces como la cuestión era de poder encontrar una justificación para escapar, se vendieron y se compraron muchos certificados médicos con estos fines. Los que no pudimos conseguir un certificado médico a tiempo corríamos otra suerte.

Conocí de hombres que prefirieron cortarse un dedo, una mano o hacerse cualquier herida con la mocha en la pierna o en un pie con tal de que lo sacaran del campo. Estábamos presionados y no todos supimos aguantar. Para estas cosas hay que saber o hay que nacer. Los mecanismos impulsores del trabajo están en cualquier parte menos en los métodos coercitivos usados por los funcionarios políticos que nos obligaban a trabajar.

Ya hemos dicho que los negros fueron traídos expresamente del África para que cortaran caña, pues los aborígenes eran demasiado débiles para esas labores forzadas. Nos diferenciábamos de éstos en que los negros y los indios esclavos fueron obligados a trabajar a golpe de látigo por el mayoral, y a nosotros nos obligaban las presiones y golpes sicológicos de consecuencia político-social. Otra diferencia notable era que recibíamos mala y poca alimentación.

Al menos a los negros esclavos les mataban vacas para que comieran carne y sus amos se preocupaban de que estuvieran bien alimentados y sanos para que rindieran más en sus labores. En fin, que estábamos peores que los esclavos. Estrenábamos así un nuevo tipo de esclavitud.

Muchos dicen, en broma y en serio, que por culpa de los españoles hay cañas y hay negros en la isla. Los estudiantes usábamos esas jaranas para palear las angustias del día. Los mismos negros las usaban. Los españoles mantuvieron la caña, porque contaron con el trabajo esclavo y se resistieron hasta el último momento para aceptar su eliminación cuando ya otros países como Holanda y los Estados Unidos en 1863 y 1865 respectivamente habían abolido la esclavitud.

Con el surgimiento del obrero asalariado en los cortes de caña, la zafra mantuvo su rol profesional y su desarrollo. Pero Barbatruco lo llevó todo a la ruina, porque siguió utilizando al pueblo esclavizado bajo su demagógica doctrina de defender sus derechos y construirles así una nueva sociedad.

TRATANDO DE SOBREVIVIR

En una de las movilizaciones cañeras de la universidad en el año 69, estuvimos ubicados en la finca "Los Naranjos", cerca de la provincia de Guantánamo. Las condiciones de vida seguían siendo pésimas año tras año. Las escaseces en el país aumentaban y esto se reflejaba a todos los niveles. Pasábamos hambre, pero no por ello podíamos dejar de asistir al cañaveral. Entonces decidimos buscarnos una forma de sobrevivir.

Logramos contactos con un campesino que trabajaba en la tienda del pueblo, para que nos vendiera dos barras de pan, clandestinamente, a cualquier precio. Los panes eran dejados en casa de otro campesino que nos vendía también clandestinamente un galón de leche de vaca. Hicimos un grupo de cinco y nos turnábamos para ir a buscar cada día el alimento, casi de madrugada, antes de irnos al cañaveral. De manera que cuando estuviéramos en el campo a media mañana nos pudiéramos comer un pedazo de pan y un jarro de leche cada uno.

Todo iba marchando bien con este negocio, aunque siempre bajo el acecho de los ojos impúdicos de la envidia. Pero un día nos cambiaron la bola y nos montaron casi de madrugada sobre unas carretas para llevarnos a otros campos de caña muy distantes del campamento y de la casa del campesino que nos conseguía la leche y el pan. No sabíamos en un principio qué hacer, pues por un lado no debíamos dejar de buscar los alimentos y tampoco podíamos abandonar el trabajo para ir a buscarlos. Si perdíamos un día, perdíamos todo. Ese fue el acuerdo.

Sobre las 9 de la mañana apareció la solución. Después de picar un buen tramo del campo descubrimos un caballo amarrado comiendo hojas de caña en un espacio abierto dentro del cañaveral. El único que sabía montar a caballo era yo y decidí afrontar los riesgos. Pensamos que si me movía con discreción y rapidez no se notaría mi ausencia y se resolvería el problema de nuestro grupo.

Con la misma soga preparé un freno para el caballo. Sabía cómo hacerlo. Monté al pelo y salí por detrás del campo sin ser visto. El caballo no era tal caballo, sino un penco que apenas quería caminar. Debía de hacerlo todo lo más rápido posible, pero el penco corría un poco y luego aflojaba la marcha a pesar de que lo azotaba constantemente con un fuete. Quizás sabía que yo no era su dueño y bajo protesta obedecía.

Ya de regreso, con el pan en una jaba y la lata de leche en una mano, tuve que cabalgar más despacio, porque la lata estaba sin tapa y sólo la podía sostener por una agarradera de alambre enganchada en su borde superior.

En el momento que cruzábamos la línea del ferrocarril, el tren cañero apareció por una curva y empezó a rugir. Pensé que me daba tiempo terminar de cruzar la línea sin agitar al penco demasiado para evitar derramar la leche. Así lo hice pero casi en el mismo instante en que terminaba de cruzar el terraplén, el tren pasó pitando furioso a nuestra espalda. El caballo dio como un salto y se espantó. Y ya no lo pude detener.

Salió como un bólido y como un bólido entré, un minuto después, al cañaveral donde estaban mis compañeros. Ya no llevaba ni leche, ni lata, ni jaba de pan sólo el corazón en las manos. El penco llegó a parar casi cuando iba a chocar con la muralla tupida de cañas sembradas. De milagro no me tumbó.

Todos se alborotaron con mi atronadora aparición. La confusión fue total. Y para más desgracias el dueño del penco me estaba esperando, como cosa buena, junto con los jefes del campamento, porque pensaba que le habían robado el caballo. Aquello significaba mi fin. Estaba irremisiblemente perdido. El jefe máximo del campamento era un estudiante de la escuela de historia y militante del Partido Comunista, de apellido Legrá. Mis compañeros habían tratado inútilmente de disuadirlo, y al dueño del penco también, con la idea de que mi intención no era robar el caballo, sino la de dar sólo un paseo.

Ni siquiera podíamos decir que el objetivo era buscar una leche y un pan para calmar nuestra hambruna, pues eso además implicaría delatar al campesino que se arriesgaba para resolvernos el problema. Se estaba jugando una cárcel por vendernos pan o leche fuera del control estatal, aunque la leche era de sus propias vacas. Allí mismo me dijeron delante de otros jefes y delante de los estudiantes, que sería expulsado de inmediato del campamento por mi indisciplina. Me montaron en un Jeep y me llevaron de vuelta para que recogiera mis pertenencias.

Me sentí destruido. Aquello significaba el fin de mi carrera, de mis estudios. Después de tanto sacrificio, de tantos planes para entrar, de tanto fingir una conducta para mantenerme, todo se perdía. ¡Qué mala mi suerte! Me lamentaba. Con mi expediente manchado por una mala evaluación en el "trabajo voluntario", no podría ir a ninguna otra universidad, porque todas eran del gobierno y los requisitos ideológicos y políticos eran indispensables cumplirlos para poder recibir ese favor, esa "gratuidad" que me estaban brindando.

Es decir, que a cambio de recibir "gratis" estos estudios tenía no sólo que regalarles mi trabajo, sino además, pervertir mi conciencia y aceptar en silencio todas las condiciones y normativas que se me imponían, hasta esta de tener que trabajar para ellos muchas horas apenas sin descanso y pasando hambre. Ni siquiera se podía decir que la comida que nos daban era mala y poca. Decirlo podría interpretarse como una actitud contrarrevolucionaria.

No obstante, al sentirme ya perdido, intenté justificar mis actos cuando me permitieron hablar. Tenía todas mis pertenencias recogidas y estaba pegado al Jeep, listo para ser enviado de vuelta a la ciudad. Les dije que estaba bien, que sabía que había cometido una indisciplina al ausentarme del campo de trabajo, pero que no tuve otra opción ante la posibilidad de perder el alimento que ya habíamos pagado por adelantado. Les hablé claro.

—Gracias a este pan y a esta leche que hemos gestionado por nuestra cuenta, podemos tener un poco de fuerza para rendir más en el trabajo. Como ustedes saben la comida que nos están dando es muy mala y muy poca y tal parece que alguien en el campamento se la está robando para negociarla.

Me jugué esta carta triunfal y acerté. Nosotros mirábamos en silencio lo que hacían los jefes con la poca comida que llegaba al campamento. Habíamos descubierto que el arroz, los chícharos y muchas de las latas de carne rusa que se nos enviaba, entre otros productos, eran cambiados o vendidos en el poblado campesino. Precisamente el campesino que nos vendía la leche había comprado algunos de estos productos y nos lo comentó, porque quería comprar más.

Estas latas de carne rusa no se distribuían en el campo, porque el Estado comunista suponía que los campesinos podían criar animales si querían comer carne. El campesino lo contó con inocencia al saber que procedíamos del mismo campamento de cañeros desde donde se sacaban a hurtadillas los productos. Su propuesta inicial fue cambiarnos leche por latas de carne rusa de nuestro almacén. Le dijimos que sólo podíamos comprarle la leche, pues no éramos los jefes que controlaban las mercancías.

—Cuando llegue a la universidad tendré que decir la verdad de lo que está sucediendo aquí con la comida y estoy seguro que me van a entender. Vayan investigando ustedes también qué es lo que pasa, porque sabemos de campesinos que comen carne rusa de la nuestra.

El rostro chupado y moreno de Legrá se transformó y junto con sus segundones o secuaces quedó paralizado ante mi sorpresiva revelación. Me encontraba en un callejón sin salida y no tuve más remedio que defenderme ante la inminencia del peligro que me rodeaba.

Después de unos minutos de inevitable reflexión, mientras recogían algunas cosas para llevarlas a la ciudad, puesto que con el Jeep llevaban y traían de vuelta algunas provisiones, me dijeron que me iban a dar otra oportunidad, pero que estuviera muy consciente de que si volvía a caer en otro acto de indisciplina se verían obligados a actuar.

Me sonreí ligeramente por la inteligente salida que le dieron a la situación. Había logrado hacerles cambiar de opinión. Rápidamente reinvertí sus perversos planes de anularme. Sabía que no les simpatizaba en modo alguno, pero tuvieron que tragarme y digerirme. Existían incluso rivalidades entre los estudiantes de la escuela de historia y la escuela de periodismo contra los de la escuela de letras. Nuestros estudios eran mucho más fuertes que el de las otras escuelas de la facultad, y por otro lado, los de la escuela de letras éramos mal mirados por los militantes comunistas.

Para ser un estudiante de la escuela de historia y de la escuela de periodismo se exigían requisitos indispensables, y el rigor del "filtro político" era mayor. La mayoría de estos estudiantes eran militantes de la juventud o del partido. Así estaba orientado que fuera. Ni la historia ni la información periodística podían ser independientes de la voluntad política del gobierno. De alguna manera los únicos que escapábamos de esos requisitos, y no del todo, éramos los estudiantes de letras, por eso éramos pocos y por eso éramos más vigilados. Finalmente decidieron no expulsarme. Finalmente ganaba mi pelea en la que tenía todas las de perder.

CAPÍTULO IV

DEL LADO DE LA JUSTICIA

Un día me fueron a avisar que papá estaba grave de muerte en el hospital provincial. Cuando llegué ya lo habían sacado del salón de operaciones y sólo pude verle los pies a través del cristal de una puerta. Estaban descoloridos como si no le fluyera la sangre. El doctor que lo operó me dijo que no habría problemas, que esta vez se salvaba, pero que estuvo muy pegado a la muerte y que sólo gracias a su fortaleza física pudo librar.

Las heridas fueron tres y fueron largas y profundas. Cándido Jiménez, un vecino colindante con la tierra que papá había comprado hacia 1962 en el reparto El Modelo, lo atacó con un machete cuando estaba encendiendo la turbina para extraer agua de un pozo.

Precisamente este pozo fue la manzana de la discordia. El tal Cándido lo quería usar sólo para sus hortalizas y quería que papá dejara de hacerlo, porque según él, el pozo le pertenecía. El general Tomaseviche autorizó a papá para que usara el pozo, a cambio de un pedazo de nuestro terreno que colindaba con la unidad o base militar a cargo de este general. Los militares querían pasar un terraplén por allí y conectarlo con unos departamentos donde experimentaban con productos químicos y explosivos.

Esta base estaba activa y seguía activa en el mismo centro de una zona semiurbana muy poblada. Tanques, cañones y todo tipo de armamentos estaban emplazados entre el kilómetro 2 y 3 de la carretera que conduce al poblado de El Caney.

Cuando la base militar se estableció en la zona, la cerca fue eliminada y el pozo de agua que era de uso público, empezó a utilizarse sólo para lavar tanques y camiones de los militares, y luego quedó abandonado y lleno de grasa y suciedades cuando pasaron este servicio a otro lugar. Sus aguas quedaron contaminadas.

Las tierras donde se levantaba la base militar habían sido intervenidas por el gobierno, y los militares fueron aumentando cada vez más las construcciones y las instalaciones de todo tipo. Desde nuestras casas podíamos ver a unos cien metros los tanques de guerra y los cañones debajo de las naves y los emplazamientos.

Cándido había recibido como beneficio las tierras donde vivía. El comandante Armando Acosta Cordero, uno de los oficiales del ejército rebelde, que había sido ascendido y nombrado jefe del Ejército Oriental, le había regalado unas cuatro hectáreas de tierras, de las muchas que fueron intervenidas en la zona, como premio a su amistad y su participación en el ejército rebelde.

De Cándido se dijo que tenía "el mérito" de haber sido armero de la columna del Che Guevara. Indudablemente estaba viviendo de su historial y esto le ofrecía privilegios.

Él había llegado mucho después a estas tierras. Papá se estableció cuando el viejo Rafael Quintana empezó a vender en pequeños lotes los terrenos que le dejaron después de la intervención. A principio de la revolución se podía todavía hacer estas cosas con las pocas propiedades permitidas. Luego surgieron leyes y El Estado se convirtió en centro comprador y vendedor de todo. Vender o comprar sin la presencia del Estado era un delito. El comunismo; es decir, el monopolio de Estado creado por este sistema, todo lo tuvo bajo su control.

Papá tenía así cierto derecho de antigüedad en la zona, y su terreno, de unos 2200 metros cuadrados, quedaba colindante al Callejón del Pozo, donde estaba ubicado el pozo de agua que abastecía la zona. Es decir, que el pozo estaba para uso y servicio público mucho antes de que los militares decidieran ponerlo de exclusivo servicio de la base militar. Así aparecía detallado en la escritura de propiedad que tenía papá. Antes el pozo era de todos y no de nadie en particular. Después que los militares se retiraron, el pozo quedó fuera de servicio, prácticamente inservible durante mucho tiempo hasta que papá decidió darle utilidad.

Bajó a la profundidad del pozo amarrado con una soga y removió el petróleo y la suciedad acumulada en sus paredes. Limpió sus aguas contaminadas e instaló una potente turbina para regar sus sembrados y darle agua al vecindario en los tiempos de escasez.

Su brocal era de ladrillos bien colocados que formaban un perfecto círculo de unos dos metros de diámetro y estaba cubierto por una placa de cemento con un orificio cuadrado de unos 40 centímetros por donde penetraba la tubería de la bomba. Cuando los pozos de los alrededores se secaban por la extrema sequía, éste se mantenía siempre con agua. Era un pozo muy profundo, alimentado por varios manantiales subterráneos que brotaban desde sus paredes interiores. Yo oía los chorros de agua chocando con el fondo en su caída libre hacia el oscuro abismo.

El pozo alimentó también la codicia y la envidia de Cándido, que a pesar de ser un recién llegado quería imponer a los vecinos su terror comunista de excombatiente del ejército rebelde y amigo personal de altos oficiales y funcionarios del gobierno. Algunos vecinos temerosos, incluyendo a mi padre habían aceptado sus leyes y sus chantajes con tal de no tener problemas con él.

Papá por ejemplo. Tenía que darle todos los días una lata de cinco galones de "comida de macho" de la que él cocinaba para sus animales, con tal de mantenerlo contento y no echarse de enemigo a un tipo tan respaldado y abusivo; pues papá, y la mayoría de los vecinos que tenían cosechas, vendía sus productos agrícolas furtivamente en el mercado negro para sacarles un mejor precio.

Un gran número de propietarios de tierra no quisieron afiliarse a la Asociación Nacional de Agricultores Pequeños (ANAP) creadas por Barbatruco el 17 de mayo de 1961 para tener a los campesinos bajo control político, ni tampoco a las Cooperativas de Producción Agropecuaria (CPA) creadas en 1976 para monopolizar todas las tierras de los campesinos que habían recibido estas dádivas al principio de su gobierno.

El Estado, es decir Barbatruco, sería el gran terrateniente. Muchos campesinos bajo presiones sicológicas, políticas y de todo tipo, entregaron las tierras recibidas a estas grandes cooperativas agrícolas también llamadas "Granjas del Pueblo" y tenían que vender sus cosechas sólo al Estado a precios muy bajos en un país donde escaseaban cada vez más los alimentos y los recursos para producirlos.

El campesino asociado no podía determinar nada en sus tierras ni en sus cosechas y pasaba a ser un obrero asalariado de las cooperativas, después de haber sido un pequeño propietario, cuando se repartieron las tierras bajo las leyes de la reforma agraria.

El 20 de mayo de 1986, por acuerdo del II Encuentro Nacional de Cooperativas de Producción Agropecuaria, se eliminó el Mercado Libre Campesino. En este encuentro se valoró que este mercado cometió graves errores en su funcionamiento, y frenaba el desarrollo del movimiento cooperativo. Esta fue la justificación presentada por el dictador para contrarrestar el enriquecimiento de los campesinos incorporados a este mercado que llegó a resolver muchos problemas alimentarios.

Luego, en el declarado "Período especial", el tirano volvió a establecerlo, obligado por las circunstancias, para paliar en algo la hambruna del país. Unos diez mil campesinos que no entregaron sus tierras a las Cooperativas de Producción Agropecuarias mantuvieron sus propiedades y sacaron mayores dividendos de sus producciones[7].

Cándido hubiera tenido más razones que nadie para asociarse a la ANAP o a alguna cooperativa estatal y vender sus productos sólo al Estado, tal y como estaba establecido; sin embargo, nunca lo hizo y pagaba a hombres para que le trabajaran las extensas tierras que su amigo Armando Acosta Cordero[8] le había regalado. El prefería también vender las cosechas en el mercado negro a sobreprecio. Él se sabía impune a la ley y por eso actuaba de tal manera. Mi padre y otros vecinos tenían que aceptar sus leyes.

Pero como todo tiene su límite se acabó la lata diaria de "comida de macho". Mejor dicho, cuando se realizó la llamada campaña para eliminar la "fiebre porcina" en el país, el Estado recogió todos los cerdos por la fuerza. Miles de toneladas de carne porcina pasaron a manos del Estado, pagadas a un bajísimo precio.

Fue después de la recogida y la prohibición de la crianza de cerdos, que las relaciones personales entre Cándido y papá se deterioraron. El Estado recogió hasta las machas preñadas y hasta los machitos recién nacidos y los pagó a 20 centavos la libra en pie (es decir el cerdo vivo) cuando estaba a 2

---

[7]Muchos campesinos se incorporaron al Movimiento de Cooperativas Independientes. La primera Cooperativa de Producción Agropecuaria Independiente, llamada Transición, fue creada el 5 de mayo de 1997 en Loma del Gato, en la provincia de Santiago y estuvo integrada por 22 asociados, dueños de pequeñas propiedades de tierras heredadas de sus antepasados. Su presidente y vicepresidente fueron expulsados inmediatamente de la Asociación Nacional de Agricultores Pequeños. Estas cooperativas independientes pretendieron desarrollarse de acuerdo a las leyes del mercado, donde el Estado fuera un cliente más. Pero estos elementales principios confrontaron dificultades con el régimen, y a pesar de todo aumentaron cada día más gracias a los estímulos que ofrecían sus perspectivas de desarrollo.

[8] Este personaje que vivió una vida de privilegios, depravaciones y escándalos, seguía dirigiendo. Fue muy criticada la gigantesca fiesta de 15 años que le celebró a una sobrina, y los regalos de casas y carros que le otorgaba a todos sus familiares y sus amantes, y hasta a muchos de sus amigos. A pesar de todo pasó a formar parte del Comité Central del Partido Comunista y a dirigir nacionalmente los llamados Comité de Defensas de la Revolución (CDR) en los años 90. Estos coordinadores nacionales, provinciales, municipales de los CDR, nunca fueron elegidos por la membresía, sino que eran colocados en esos altos puestos de dirección por obra y gracia del Partido Comunista. Así ocurrió sorpresivamente con el general Armando Acosta Cordero que después de sus desaciertos y escándalos reiterados, fue ascendido a Coordinador Nacional de los CDR. Basado en estas cosas, apareció el dicho popular "en este país los malos funcionarios se caen para arriba".

pesos la libra en el mercado negro que era donde únicamente se vendía y se compraba. Realmente fue una pérdida grande para todos los criadores y la gente de campo.

El gobierno se aprovechó de su poder único para imponer las leyes, había que matar todos los cerdos del país para poder, según dijeron, eliminar la llamada "fiebre porcina". Posteriormente se filtraría la noticia de que la realidad del asunto era otra muy diferente. El gobierno tenía que responder a los rusos por un compromiso de venta de carne de cerdo para enlatados, porque con los escasos rendimientos de sus granjas o cooperativas no podía cumplir con lo pactado.

Esto era lo que se decía en las calles. Los medios oficiales de información decían que los cerdos se recogían para ser incinerados y que la epidemia había sido inoculada por la CIA. Pudo quizás en algún momento haber surgido alguna epidemia en alguna zona, pero todo el mundo estaba seguro de que esto fue utilizado finalmente como pretexto para recoger todos los cerdos de la isla y poder cumplir con los compromisos de exportación.

Nadie tenía cerdos para criar, comer y vender. Papá lo perdió todo después de años de trabajo y sacrificio, más de 50 cerdos entre grandes y pequeños fue el saldo de la pérdida. El día que vinieron a buscarlos papá no estaba en la casa y mamá se puso a llorar desesperada sin saber qué iba a hacer. Entonces un vecino que sabía cómo hacer la cosas y que también había tenido pérdidas, mató rápidamente tres de los más grandes, de casi 500 libras cada uno, para que no se lo llevaran y al menos tuviéramos carne para comer durante un tiempo. La sangre inundó los corrales. Mamá lloró mucho por la gran pérdida. Y sus gritos se mezclaron con los gritos de los cerdos acuchillados o secuestrados en un camión estatal.

Pocos días después le tocaría a mi madre llorar mucho más, porque mi padre parecía que se iba a morir desangrado en el suelo, pegado a la portería, casi en el mismo lugar donde se habían desangrado los cerdos. Cayó allí finalmente sin conocimiento, herido de muerte por los tres machetazos que había recibido a traición por parte del cacique comunista del barrio.

Mi padre se le enfrentó, se negó a aceptar la intimidación. A pesar del ultimátum que había recibido no se retiró del pozo codiciado. La ley y su derecho de antigüedad lo protegían y sólo por la ley saldría de allí, no por la bravuconería de nadie. Mi pobre padre pagó su error. No había leyes. No había entendido que Cándido Jiménez actuaba así porque se sentía respaldado, porque su historia de luchador en la sierra junto al Ché era su Patente de Corso, su autorización para burlar las leyes y dominar. Él sabía que estaba protegido por los que mandaban en el país y que nada le podría pasar.

JUICIO A FAVOR DE UN ASESINO

Mamá lo vio todo desde la ventana que daba al fondo de la casa. Siempre estuvo pendiente de papá desde que fue amenazado. Nadie creyó que Cándido haría algo por el estilo, ni siquiera yo que siempre me adelantaba a los acontecimientos y prevenía a la familia. Mamá con sus reclamos de auxilio alertó al vecindario; y mientras Cándido huía, papá era llevado con urgencia para el hospital provincial en un camión destinado al transporte de materiales de construcción.

Algunos hombres del barrio salieron machete en mano en busca del agresor que se había metido en el monte en dirección de las lomas que rodean el poblado de El Caney. La estación de policía estaba a unos dos kilómetros del barrio y hasta allí fue a parar el asesino aún con el machete ensangrentado en las manos. Cándido se entregó. Se presentó junto con un vecino que lo encontró en el monte y le aconsejó que era mejor que se entregara. Así lo hizo. «Vengo a entregarme, porque acabo de matar a un contrarrevolucionario». Fue su argumento, como si la afiliación política de la víctima le diera libertad para actuar por su cuenta y conseguir atenuantes frente a la ley. Acusar de contrarrevolucionario al enemigo era la forma habitual de aquellos que querían justificar sus abusivos actos. Muchos fueron a la cárcel o a los campos de concentración acusados por este "delito" ignominioso. Muchos no llegaron a terminar sus condenas, pues acudieron al suicidio. Muchos no regresaron a sus hogares, pues fueron violados o asesinados dentro del encierro injusto donde abundaba el vicio, la sodomía, la drogadicción.

Cualquiera podría ser acusado de contrarrevolucionario y ser estigmatizado. Por eso a nadie le convenía tener de enemigo a un comisario político ni en el trabajo ni en el barrio. Estos podían testificar en contra o a favor de cualquier persona ante los tribunales. Sus palabras eran muy bien consideradas, sobre todo, porque no hacían falta suficientes pruebas acusatorias para que se dictara la sentencia. Se juzgaba y se condenaba "por convicción"; es decir, por el simple entendimiento de la culpabilidad y/o por tratarse de una persona marcada por los órganos de vigilancia.

Los inculpados podían ser condenados sólo por sus antecedentes, por su comportamiento social o sólo porque así había sido pedido por los que ostentaban algún poder. Tres jueces, uno profesional y dos legos, podían decidir en cuestión de minutos sobre el destino del acusado. No hacían falta hechos acusatorios. No hacía falta ningún ritual profesional, ni toga que personalizara y diera suntuosidad al acto, ni veredictos emanados de la imparcialidad. No se juraba poniendo la mano derecha sobre la Biblia para decir la verdad y nada más que la verdad. Se hacían los juicios en plena calle, para que los procesados sirvieran de ejemplo, para cundir el pánico.

La sanción dictada era ejemplarizante. Era mejor cumplir con las orientaciones políticas cuadra por cuadra para no verse señalado. Era mejor cumplir con todo, con la recogida de materiales reciclables, con las donaciones de sangre, con la limpieza, con las guardias de vigilancia nocturna, con la asistencia a las reuniones, a los desfiles y concentraciones, al estudio de los discursos del Comediante en jefe. Incluso había que mostrar que se escuchaban estos discursos por la radio y por la televisión. Te tocaban a la puerta para ver si estabas conectado o no. Había que estar bien claro en todo; es decir, muy identificado con "el proceso revolucionario" para evitar ser catalogado como un elemento contrario.

En el juicio del inculpado Cándido Jiménez, nosotros, que éramos las víctimas, estábamos en desventaja con relación al victimario. Él había cometido el delito, pero él era un lacayo del dictador y nosotros no. Llevó dos testigos a su favor, una mujer y un hombre, que aunque vivían en otra barriada dijeron frente al tribunal que él era un buen vecino y además un revolucionario que defendía los intereses de la revolución.

Mi hermano y yo estuvimos presentes en el juicio celebrado en el palacio de justicia. La petición fiscal de tres años y medio de privación de libertad por un delito de "Lesiones graves con peligro de la vida" era sumamente irrisoria. El fiscal de apellido Bringas, también militante del Partido Comunista, vecino de la barriada de El Caney y amigo personal del acusado, había radicado la causa de esta manera para beneficiarlo. Se esperaba que el delito fuera radicado como "Tentativa de asesinato", porque en realidad eso fue. La petición fiscal hubiera sido superior. Ya desde el inicio la causa fue manipulada con el objetivo de suavizarle al acusado la posible condena. Este representante de la ley estaba dispuesto a hacer favores al amigo para recibir después su recompensa.

En la vista pública, el abogado defensor centró su defensa en las explicaciones detalladas de las elevadas "condiciones revolucionarias" de su defendido y de que la víctima, mi padre, pertenecía a una familia de contrarrevolucionarios de los cuales muchos habían traicionado huyendo del país, y que mi padre era un hombre que nunca le había trabajado al Estado socialista y que nada había aportado a la sociedad.

Yo estaba indignado con los ataques que había escuchado y cuando el abogado terminó su irrespetuosa disertación, sin la más mínima objeción del fiscal, me puse de pie para replicar en defensa de nuestra familia; pero no se me dejó continuar y se me amenazó con expulsarme de la sala. Al parecer todo estaba confabulado en contra de nosotros que éramos los ofendidos y las reales víctimas. Pero esta no fue la primera vez que nos sentíamos discriminados.

Mi padre, a pesar de haber quedado bastante delicado de salud, pudo explicar los hechos y sus antecedentes. Dijo que fue amenazado de muerte por el victimario, pero que en ningún momento pensó que éste lo fuera a agredir. Dijo que el acusado había cortado la tubería que llevaba el agua desde el pozo hasta nuestro terreno y que por este motivo nos vimos obligados a denunciarlo a la policía. Cándido fue instado a reparar el daño y así evitar que se estableciera una demanda judicial en su contra por daño a la propiedad.

Entonces como un zorro se comprometió a reparar el hecho vandálico y conectó nuevamente la tubería. Nosotros no lo quisimos acusar en ese momento, porque lo que queríamos era vivir en paz y que él no siguiera hostigándonos con ese asunto. «Yo pensaba que después de aquello todo se iba a calmar, pero no...».

Mi padre explicó que el malhechor todo lo había premeditado muy bien, que, esa mañana del incidente, se había escondido entre la yerba gigante que él mismo había sembrado alrededor del pozo para impedirle el paso, y que la yerba era tan alta que podía ocultar a un hombre fácilmente. «Por eso no pude advertir la presencia del agresor».

Dijo «cuando lo vi ya estaba arriba de mí con el machete en la mano. Yo no lo vi llegar y no pude escapar a tiempo. Él me estaba esperando porque había decidido matarme». «Vengo a matarte, porque ya me cansé, me dijo».

Dijo que fueron tres los machetazos recibidos, «en el primero puse la mano y como ven por poco la pierdo, se me quedó este dedo pulgar colgando en un hilo y se me ha quedado lisiada la mano para siempre. No la puedo articular. El segundo machetazo fue sobre el costado izquierdo y el tercero por la espalda, cerca del cuello, ya cuando yo trataba de escapar de la agresión y mi esposa daba gritos».

Mi mamá también declaró algo nerviosa, porque era la primera vez que se paraba delante de un tribunal. «Yo lo vi desde la ventana del fondo de la casa que da para el pozo, yo estaba siempre alerta, porque ese señor —hizo una señal a la figura gruesa y tostada del acusado— ya lo había amenazado. Yo empecé a gritar pidiendo auxilio y creo que por eso lo pude salvar; sino, lo hubiera matado redondito como un pollo».

El vecino de al lado que fue quien lo auxilió, un indio bajito y canoso, dijo que lo recogió del suelo pegado a la portería que da a la calle, casi muerto y lleno de sangre y que lo llevó al hospital provincial en su camión. «Yo creí que ya estaba muerto, echó sangre como un cerdo».

El abogado defensor del acusado en sus conclusiones finales reiteró sobre las condiciones morales, políticas, ideológicas y patrióticas del victimario y de la actitud provocadora de la víctima. Habló de la paciencia que tuvo su defendido frente a la negativa del contrarrevolucionario de compartir el pozo de agua con los demás vecinos. «Sólo quería el pozo de agua para él, para hacer sembrados y vender los productos agrícolas en contra de la ley, en el mercado negro, para especular con las necesidades del pueblo trabajador, para enriquecerse ilícitamente». Más que una defensa, el abogado, que era un viejo militante del Partido Comunista, hizo un discurso político con terribles difamaciones, cargadas de odio contra nuestra familia. Todo tuvimos que soportarlo en silencio. Parecía que éramos los acusados.

El fiscal en sus conclusiones finales estuvo poco enérgico y poco convincente en eso de defender la legalidad y representar la ley, más bien dijo «que teniendo en cuenta la edad, que teniendo en cuenta las declaraciones de los testigos y las condiciones revolucionarias del acusado, declaradas y demostradas en el juicio oral y público, modificaba su petición fiscal inicial de tres años y medio de privación de libertad por la de dos años de reclusión domiciliaria». Quería sin duda alguna que el encartado, que el procesado, que el amigo, no corriera ningún riesgo de ser encerrado tras las rejas.

El juicio quedaba así concluso para sentencia y quince días después conocíamos el veredicto. Se condenaba al revolucionario Cándido Jiménez, al excombatiente del ejército rebelde, al armero de la columna del Che, a dos años de reclusión domiciliaria por haber causado "lesiones graves..." no a un hombre cualquiera, sino a un contrarrevolucionario, en una singular disputa por la posesión de un pozo de agua. Todo parecía que estaba ya perdido.

Pero no podíamos aceptarlo. Apelaríamos ante la Fiscalía General de la República, si fuera necesario. Preparé una carta y viajé con urgencia a la capital para lograr una entrevista con el fiscal general. Todo fue inútil. Fui informado poco después que no había nada anormal en el proceso, que todo estaba en regla y que no había lugar para celebrar un nuevo juicio. En fin, la suerte estaba echada. Nos estaban obligando a la venganza, a tomar la justicia por nuestras propias manos.

EL TIRO POR LA CULATA

Los represores instigaban a los presos comunes para que atacaran a los presos políticos. Algunos desalmados se prestaban para cumplir la orden a cambio de promesas infundadas o un plato más de comida; pero muchos brindaban su apoyo y se oponían a los que atacaban movidos por las seducciones y chantajes de los carceleros.

Ismael estaba siempre alerta para enfrentar o contrarrestar la desagradable confrontación. En la prisión las cosas eran totalmente diferentes. Sabía cómo persuadir, cómo manejar las palabras frente a esas agresiones. Había estudiado literatura y lengua en la universidad, psicología por correspondencia y leía mucho.

La intención de los represores era tener a los prisioneros políticos mezclados con los comunes, para tenerlos bajo acecho y control. Al mezclarlos con delincuentes, los ponía a la defensiva y les agregaba un adicional castigo. Ismael pudo comprobarlo en varias ocasiones. Una de ellas fue cuando lo trasladaron arbitrariamente al destacamento 12, donde estaba la mayor cantidad de los multi-multi-reincidentes en delitos comunes. Desde violadores de mujeres y niños, hasta adictos criminales y traficantes se albergaban allí.

Lo pusieron en la celda de un traumatizado asesino, muy peligroso, que había matado a su mamá a cuchilladas. Le decían Muñeco, pero de muñeco no tenía nada, y estaba loco. Era joven, de mediana estatura, muy fuerte, y tenía un estrabismo en los ojos, que le daban un aspecto macabro. Apenas hablaba y sólo observaba al recién llegado.

El destacamento era lúgubre, metía miedo, sobre todo en las noches cuando el humo de los cigarrillos o la mariguana cubría la poca luz del único bombillo. Nadie quería vivir allí. Los elementos que albergaba estaban en total descomposición moral. El robo, las reyertas, la sodomía y los hechos de sangre, eran actos que nadie podía frenar. Al principio, no salía de su celda para nada. Ni siquiera trataba de ir al baño que estaba pegado a la entrada. Se percató enseguida de lo que los represores maquinaban con él, y tomó sus precauciones. Querían atemorizarlo y hasta ofrecerlo como carnada para que lo devoraran o le cobraran las cuentas que ellos no se atrevían a cobrar.

Todos vivían alerta frente a lo que podía llamarse situaciones impredecibles. Había muchos que sólo dormían algunas horas del día. Dormir de noche era muy arriesgado por culpa de los enemigos declarados o por declarar. Ninguna de las celdas tenía cerradura, todas estaban rotas. Y se tenía que dormir a expensas de que cualquiera pudiera entrar y tomar venganza. «Porque las deudas del juego o del estómago, se pagan con el culo o con la vida —decían—, cuando no se tiene dinero para pagar».

Pocos días después decidió hablar con Muñeco. Le explicó lo que estaba haciendo el Comité de Prisioneros Políticos, para defender los derechos de todos los prisioneros. Y finalmente le dijo que él sabía que lo habían reclutado para que fuera su enemigo y actuara como tal. «Te dijeron que buscara una oportunidad para que me atacara, a cambio de un plato más de comida». Muñeco terminó confesándole la verdad.

Ismael le dijo que las promesas que le habían hecho de liberarlo, no las cumplirían, ni las podrían cumplir, que eso sólo podría hacerlo un tribunal, puesto que un tribunal lo había condenado. «Mira, te sobra fortaleza física, te sobra experiencia en las cosas de la prisión, pero te falta cerebro. Tú puedes defender lo mío como si fuera tuyo y yo puedo defender lo tuyo también». El muchacho quedó interesado en la conversación que al parecer podría ser muy útil. «Con tu fortaleza y con mi cerebro, podemos hacer un gigante al que todos tendrán que respetar». «Eso me gusta —le dijo—, que me respeten todos aquí». «Claro. Podemos hacer un hombre invencible los dos juntos. La prisión de hoy es más de inteligencia que de fuerza, pero el hombre que vamos a crear usará estas dos armas al mismo tiempo, la fuerza y la inteligencia, por eso será invencible».

El joven parecía entender. Se mostró entusiasmado. Se pasó finalmente las uñas sucias por la cabeza, revolviéndose más su encaracolado pelo, casi amarillo, como para que a través de los rasguños le entraran las ideas y para entender mejor lo que el político le decía.

Desde entonces, nadie puso un dedo más en sus pertenencias. Al principio, él y el otro que dormía arriba en la litera, le robaban la comida de la jaba a cualquier hora. Él lo había notado, pero no decía nada para evitar que detonara la programada confrontación. Prefirió esperar el mejor momento para aclarar las cosas. Ya se conocían bien.

El otro no tomó participación en el trato, porque Ismael consideró que no significaba ningún peligro. El otro le robaba por necesidad, no porque quisiera chocar con él. No obstante también se lo dijo que no tenía necesidad de robarle para poder comer, que la comida de la jaba era para los tres, pero que tenían que esperar por él. «Tienen que esperar, porque si ustedes me roban se están robando ustedes mismos, porque después no habrá nada para nadie aquí, porque lo que es mío es también de ustedes».

Ismael compartía siempre su comida con ellos. No tenían familiares que los visitaran ni les llevaran nada. Se sentían desahuciados, y sentirse desahuciado aumenta el nivel de la criminalidad. No tenían otro camino que robar para sobrevivir. Desde entonces ellos se convirtieron en celosos guardianes. Muñeco le confesó que otros presos le habían hablado para robarle y que él no lo permitió. Es más, el político pensaba que Muñeco no era tan monstruo como muchos pensaban, y que sabía respetar y cumplir.

Le enseñaba y aconsejaba como a un hijo y lo convirtió en su perro guardián. Nadie podía siquiera entrar a la celda y perturbar su siesta. Muchos empezaron a visitarlo a diferentes horas del día para escribir cartas a los familiares o algún mensaje a la novia atormentada, o para pedir a los tribunales la revisión de sus causas o para hacer alguna reclamación, porque algo había estado mal en el juicio que los había condenado. Cuando él analizaba las sentencias descubría muchas irregularidades y si veía la posibilidad de hacer algo, entonces lo hacía. La celda se convirtió en una oficina de consultas legales y los presos iban a consultar con la esperanza de que les pudiera ayudar, y pagaban los servicios gustosamente, con cigarros o con comida.

Ismael había comprado a otro preso un código penal y citaba directamente las leyes del libro. Muñeco vio enseguida la posibilidad del negocio y le propuso cobrar por el servicio, pues la mayoría tenía recursos que ganaban en el juego prohibido, traficando o tirando dados o barajas. Pero Ismael le dijo que no, «que eso yo lo hago gratis, porque son casos perdidos por malos procedimientos legales y de esta forma yo también ayudo a que se descubran las injusticias que se cometen». Pero Muñeco insistió, y se impuso, porque en definitiva Ismael estaba viviendo en su celda.

Los presos lo respetaban y veían en él su salvación. Nadie podía entrar a la celda sin pedir permiso, el más guapo tenía que ser respetuoso. Acostumbró a todos a que así debía ser, al menos mientras el viviera allí. Había que decir buenos días y buenas tardes y esperar pacientemente afuera. Todos cumplían con estas reglas. Los estaba realmente reeducando, porque se convirtió en un personaje útil para todos. Nadie más lo molestó. Los represores no pudieron conseguir sus objetivos. Les había salido el tiro por la culata.

RESOLVER LA SITUACIÓN

Pocos años antes de este juicio indignante celebrado a favor del acusado Cándido Jiménez, había yo recibido mi propia decepción, pues había chocado con los "tribunales populares" creados para defender los intereses del régimen. Entonces, no debía sorprenderme tanto con el resultado negativo del nuevo drama.

Por el año 1970, me había matrimoniado urgentemente con Ada Ferrándiz, una joven de 17 años de piel nacarada, de ojos grandes, oscuros y redondos, de impactante belleza e impresionante ingenuidad. Por eso pudo arrastrarme por el mar de las tentaciones hasta dejarme perdido años después en un océano de confusiones con sus celos o su amor exagerado. Porque ella nunca creyó en el mío, creado quizás por las frecuentes peleas y las constantes reconciliaciones. Me casé sólo para pagar mi culpa. Ella guardó silencio hasta los cuatro meses de embarazo, y tres meses después me convirtió en padre de mi primer hijo. Entonces me quedé anclado en la sorpresa de formar una nueva familia.

Por entonces estaba comprometido con una bella muchacha, de largos cabellos rubios, cintura estrecha y anchas caderas, que se había quedado sola con su hijo en un apartamento, muy cerca del motel Versalles, después que el marido la abandonó para tratar de escapar clandestinamente del país en una balsa hecha con llantas infladas. Era una viuda que no estaba ciento por ciento segura de serlo, porque su esposo había pasado a la lista de los desaparecidos como tantos otros. Estrellita era una mujer extraordinariamente dulce y delicada, codiciada por muchos hombres, porque además tenía un apartamento bien amueblado.

Ella sólo respondía a los llamados de su religión y había quedado como encerrada en ese mundo litúrgico hasta el día que me conoció en la misma puerta de la catedral donde se sentaba cada noche a esperar la guagua. Y la saqué de ese mundo, para llevarla al mío, pleno de extravagancias y recovecos mundanos. Creo que no quedó un sólo rincón de la ciudad donde no le hiciera detonar los placeres que provocan las carnes voluptuosas y la pasión acumulada. Se sintió amada. Nunca discutíamos. Nos íbamos a casar cuando le di la fulminante noticia de que tenía que casarme con otra.

Me prometió que me esperaría, pero sin medir la capacidad de sus nervios, ni de su paciencia rayana, y terminó en el suicidio. Se tomó un pomo completo de Nitrazepan. Estuvo como loca y sufrió y lloró demasiado su mala suerte hasta una hora antes de encontrarse con la muerte. Le salvaron la vida, pero no su corazón destrozado. Se refugió nuevamente en la fe y creo que fue perdonada, porque Dios perdona a los que regresan arrepentidos de sus pecados y además les brinda el don de perdonar a los demás. No pude dividirme en dos. No pude volver atrás con mi carga a cuesta.

Asumí de pronto mi pesada carga sin recursos, en una sociedad convulsa, económicamente deteriorada, donde hacer una familia era como luchar contra la ley de gravedad. No tenía un buen empleo, ni una casa donde vivir, y ni siquiera existían las posibilidades de rentar una "minúscula pieza".

Las escaseces aumentaban por año bajo un sistema social que no permitía que alguien pudiera ser independiente ni erigir una pequeña propiedad. El gobierno hacía planes para construir viviendas, pero estas nunca satisfacían las necesidades ni las demandas existentes, y además sólo tenían preferencias los obreros con suficientes "méritos revolucionarios"; es decir, aquellos que participaban con las armas en misiones internacionalistas o con las mochas en los cortes de caña en las llamadas Brigadas Millonarias para hacer la zafra azucarera.

Precisamente el año 70 fue el famoso año de la llamada "Zafra de los 10 millones", el año en que al Comediante en jefe le dio la gana de fabricar diez millones de toneladas de azúcar contra todos los pronósticos que alertaban sobre su imposible plan. El azúcar había alcanzado un buen precio en el mercado internacional y como el Comediante en jefe ya tenía el compromiso de entregar completa la producción a los soviéticos a un precio preestablecido, decidió aumentarla para compensar en algo todo lo que se estaba perdiendo en ganancias a causa de su estupidez. Fue una zafra que paralizó al país completo, porque todo se puso en función de hacer la zafra; es decir, de cumplir con los dictámenes del dictador.

Las escasas fábricas apenas producían, porque los obreros eran movilizados a los cortes de caña durante meses. Los cursos en las escuelas terminaron antes de tiempo y los estudiantes tuvieron que sacrificar completamente sus vacaciones. «Hasta "el gato" tuvo que participar». Nadie se salvó.

Barbatruco convirtió la zafra del año 70 en algo primordial, y se jugó sin éxito hasta la última carta. Fue la más larga y destructiva de todas las contiendas. Fueron meses en los que se cortaron hasta las cañas nuevas, que apenas rendían en la molienda, para tratar de complacer al aberrado comediante. A pesar de que los campos de caña fueron exprimidos y devastados hasta más allá de los límites permisibles, apenas se alcanzó una producción de ocho y medio millones de toneladas según la cifra oficial. La zafra había sido un total fracaso y dejaría sus imborrables secuelas en la economía.

Entonces el Comediante en jefe usó las frases más demagógicas que existían para justificarse, e hizo un nuevo llamado «a convertir el revés en una victoria», dijo. Y con esta frasecita pretendió resolverlo todo y echarle tierra al asunto, como si nada hubiera pasado, como si hacer azúcar fuera para él un juego de magos y palabritas mágicas de "abra cadabra pata de cabra." La pata del diablo era Barbatruco.

Yo era entonces un simple estudiante que cursaba el segundo año de la Escuela de Letras y trabajaba como actor profesional en el Conjunto Dramático de Oriente. Así que gracias a que tenía que dar funciones nocturnas y mantener a un hijo recién nacido, me pude justificar para no ir como machetero a los campos. Me salvé, esa vez al menos, de haber sido sacrificado como tantos otros en tan vergonzosa faena.

Pero en la isla siempre hay tiempo y modo para que nos alcance la rueda de las fantasías y naufragios del dictador. Los años siguientes fueron terribles. Los precios aumentaron en el mercado negro que era donde único podíamos comprar algo para comer.

Como ya era un hombre casado y con un hijo, aumentaron mis responsabilidades, y como no teníamos espacio para vivir en mi casa, ni en la de mi esposa, tuvimos que vivir separados. Por las tardes nos veíamos en la calle o en un parque, y hacíamos el amor en una posada ruinosa y pestilente, la única de la ciudad, atendida por viejos chinos sin el más mínimo interés ni posibilidad de progresar en el negocio. Ante el imponderable de tener que templar sobre las mismas sábanas sudadas de menesterosas parejas, llevábamos en un bolso nuestras propias sábanas.

Vivimos años de desesperación. A veces nos sentábamos en los parques a pensar en nuestra triste vida y planeábamos vivir hasta debajo de un puente con tal de estar junto con nuestro hijo. Imposible, ni siquiera hubiéramos podido conseguir unos cartones y algunos materiales usados o desechables para poner en las paredes y en el techo. Vivir en los nuevos barrios marginales era ya hasta un privilegio. Estábamos obligados a la nada cotidiana, y cada día era peor.

Al principio intentamos acomodarnos en su casa que tenía sólo dos cuartos. Mi casa también tenía dos y yo compartía el segundo con mi hermano. En su casa vivían cinco, y sus dos hermanos fueron a dormir en catres a la sala cuando decidieron dejarme entrar. Imposible soportar por mucho tiempo esa situación. A esto hubo que agregarle las dificultades surgidas por el consumo colectivo de los escasos alimentos que nos vendían por una tarjeta de abastecimiento.

En su casa, la cuota de alimentos se consumía en forma arbitraria y casi siempre se acababa en la primera semana. Mi esposa le daba el pecho al niño y tenía derecho a comprar un litro de leche fresca que apenas se llegaba a tomar, porque alguien la desaparecía del refrigerador. Un litro de leche se cotizaba a diez pesos en el mercado negro y no siempre aparecía a tiempo.

Todos recibíamos cuotas planificadas por el gobierno que ni siquiera respondían a las necesidades elementales de una canasta básica. Nos vendían por persona seis libras de arroz, unas onzas de manteca o aceite, unas onzas de frijoles, azúcar blanca y prieta para todo un mes, huevos, y unas pocas onzas de pescado, carne y café a la semana.

Como había una rigurosa planificación de entrega de productos, teníamos que establecer por ende una rigurosa planificación para el consumo. Teníamos que evitar recurrir al mercado negro con precios cada vez más en las nubes. Esto significaba que no podía consumirse a capricho ni arbitrariamente la cuota mensual de comida, sino a cuentagotas para que fueran menos los días de acostarnos sin comer.

Nosotros, como éramos un matrimonio con hijo, hubiéramos podido formar un núcleo familiar independiente, pero necesitábamos una vivienda, una dirección propia, y tuvimos que incorporarnos a la misma tarjeta de su familia. Esto trajo de inmediato problemas y tuve que regresarme con mi cuota de comida nuevamente a casa. Mamá planificaba mejor. Siempre fue ahorrativa y al menos "la cuota" nos alcanzaba para comer los primeros 15 días del mes.

"El que se casa quiere casa", dice un viejo refrán popular y eso es mucha verdad. Entonces mis padres decidieron aliviar nuestra situación y aliviar también la de ellos, dejándome la casa para que viviera con mi esposa y mi hijo.

La casa donde yo había nacido estaba enclavada en el mismo corazón del barrio Tivolí. Desde el fondo se podía ver la bahía a través de la ventana. *"Mi casa mira al este/ frente a una calle trunca/ sobre una loma mágica/ mi casa mira al este y a la espalda tengo el mar/ y la brisa me llega aunque haga calor/ este calor de Santiago se surte en mi casa/ los que llegan dejan su piel/ entonces mi casa no se les pierde/ yo les hago pasar a cada rincón/ buscarme en cada libro/ en cada taza/ en cada foto/ en cada verso mío regado en sus paredes/ no quisiera nunca irme de mi casa/ mi casa vacía de mí/ y llena de mí/ espléndidamente abierta al sol. Abril 80"* (Hombre familiar…).

INJUSTICIA EN CARNE PROPIA

Por entonces decidimos construir una casa en el terreno que papá había comprado. Por un lado nosotros necesitábamos vivir solos, y por otro, él necesitaba establecerse allí para poder cuidar de los sembrados y de la cría de animales que había logrado producir con su cotidiano esfuerzo, pues hasta un terraplén tuvo que derribar para cegar la parte donde se empozaba el agua cada vez que llovía.

Mi padre descubrió que lo que había comprado era un terraplén, por donde pasaba en los tiempos de la colonia, una línea de tren que conectaba la ciudad de Santiago con El Caney, y donde apareció de pronto, una larga y estrecha laguna después del primer gran aguacero. Pero no se detuvo ante lo imponderable. Decidió derribar el terraplén y cegar la laguna hasta nivelar el terreno para poder sembrar y alimentarse de lo que se cosechaba.

De madrugada se levantaba con una parihuela, un pico y una pala hasta que realizó lo que todos decían que no podría realizar. Estuvo como poseído —según me contó— por el espíritu de algún esclavo de los que habían construido el terraplén. El espíritu le tocaba a la puerta del cuartón improvisado todos los días a las tres de la madrugada para que se levantara a trabajar. Me contó que una noche sin luna le pareció remover una carabela junto con la tierra que iba tirando a la laguna, donde algunas jicoteas, salidas de no se sabe dónde, se atrevían a habitar. Al menos estuvimos comiendo jicoteas durante la época de lluvia.

Para construir la casa usaríamos los más pobres recursos. Pero el problema era cómo y dónde conseguir los materiales para su construcción. Entonces frente a los obstáculos decidimos hacerla de guano como la hacían los aborígenes, y fuimos al monte a cortar palos y recoger yaguas de las palmas como únicos materiales asequibles, aunque no tan fáciles de obtener. Es decir, tuvimos que construir una casa con los recursos naturales que nos brindaba el monte, tal y como hicieron los campesinos después de los indios.

Levantamos una casa muy parecida a la que tenían las familias que alfabeticé quince años atrás, con la única diferencia de que le construimos de inmediato una fosa para hacer la caca y mantener cierta higiene en el lugar. No éramos los únicos en la zona con una casa así. Aquello era considerado como un reparto semiurbano, pero no teníamos otra solución que fabricar como si estuviéramos en pleno monte.

Pues bien, viviendo en el corazón del Tivolí ya con mi esposa y mi hijo, un día tuve que defender nuestra reputación y por poco me cuesta la vida. Al lado de nuestra casa vivía una familia en pésimas condiciones. Tenían una "casa" de apenas dos cuartos en un área que sería como la mitad de nuestra casa. La nuestra medía unos 55 metros cuadrados, la de ellos apenas llegaba a 30. En ese reducido espacio vivían una vieja y un matrimonio con 8 hijos de todos los tamaños y colores de la raza negra.

Un día sorprendí al hijo mayor, más o menos de mi edad, mirando por encima del tablado del patio. Estaba espiando a mi esposa que regularmente andaba con muy pocas ropas en la casa. Estaba yo sentado en el comedor cuando vi aparecer la cabeza de pelo encaracolado sobre las tablas y ahí mismo formé el escándalo. Al parecer el tipo estaba acostumbrado a hacer tal operación y nosotros no lo habíamos advertido.

La familia en pleno salió en su defensa en lugar de reprimirlo por tan indecente actitud. Entonces nos vimos obligados a denunciar el caso a los tribunales y el sujeto fue declarado culpable de una "contravención a la moral y las buenas costumbres" y multado con 50 pesos. Una sanción ridícula, pero esperábamos que sirviera de escarmiento para todos los miembros de su familia que presumían de personas belicosas.

Lamentablemente no fue así. El padre del inculpado, que era un teniente del ejército y además militante del partido y jefe ideológico y de vigilancia del CDR de la cuadra, se dispuso a hacernos la vida imposible y a atacarnos constantemente de diferentes maneras, sobre todo en las reuniones que se celebraban a menudo con los vecinos.

Este individuo, de ojos salidos de sus órbitas y labios demasiados gruesos para una cara tan pequeña y tan redonda, que además tenía fama de pervertido sexual, y de quien se rumoraba había sido sorprendido en el muro de la esquina chupándole el pene a un blanco flaco y desencabado que también era un chivato de la barriada, se las daba de intachable comunista y fanático defensor de la revolución.

Este sujeto se puso a tildarnos de contrarrevolucionarios, de antisociales, de que no participábamos en las guardias ni en las actividades que se convocaban. Esto era parte de su plan, de su venganza, porque su hijo había sido condenado por los tribunales y ya tenía fama de depravado rescabuchador o fisgón. Sencillamente se estaba aprovechando de su posición de dirigente comunista para hacernos la vida imposible.

Mi esposa sufría mucho por las ofensas y las amenazas que la vieja de la casa y su nuera gritaban a viva voz a través del tablado del patio. Le decían desde contrarrevolucionaria hasta prostituta. Nosotros nunca contestábamos y si al menos hubiéramos tenido una radio para poner música bien alta en los momentos de insultos, o una grabadora para grabar y denunciar el atropello, la cosa hubiera sido menos angustiosa.

Pero no, era imposible comprar una radio, porque no la vendían en las tiendas, y si la comprábamos de uso podría costarnos hasta 500 pesos, y yo sólo ganaba una miseria. Teníamos que tragarnos todo en silencio, porque los jefes del barrio se sentían con plenos poderes para actuar así. Hasta que un día exploté.

FRENTE A UN TRIBUNAL POPULAR

A los pocos días de salir del hospital, completamente restablecido, se celebró el juicio en el Tribunal Municipal. El jefe ideológico y de vigilancia del CDR de la cuadra aparecía como acusado. Yo, como la víctima. Me había sorprendido y golpeado en la cabeza con su pistola. No lo acusé. Había hecho ya mis propios planes. Pero las causas de lesiones graves se persiguen de oficio y mi lesión fue considerada grave. Tuve pues que presentarme ante el tribunal para declarar por una causa perdida de antemano. Hay momentos en que son inútiles las razones y éste fue uno de ellos.

Frente al tribunal tuve que narrar los hechos. Salí de mi trabajo; es decir, de una función teatral, aproximadamente a las 12 y 30 de la noche. Mi esposa fue quien me contó sobre las difamaciones que había oído por boca de quien presidía las habituales reuniones de estudio político.

Esta reunión fue celebrada justo frente a la puerta de nuestra casa, en la misma esquina donde terminaba el callejón. Mi esposa, que no participaba en esas reuniones y mucho menos cuando este individuo era quien las dirigía, pudo oír todo perfectamente desde adentro.

«Mire, señor juez, decidí hablar con el presidente de la zona que estaba conversando con él sentado en el muro de la esquina. Quería darle las quejas de las constantes provocaciones. Cuando discutíamos, él acusado sacó sorpresivamente un objeto del bolsillo y me golpeó en la cabeza dejándome completamente sin sentido. Yo sólo recuerdo que cuando se llevó la mano al bolsillo yo instintivamente traté de sujetarlo puesto que sabía que usaba una pistola cuando vestía el uniforme. Con ella me podría disparar, pensé, porque así lo había gritado, que en cualquier momento me pegaría un tiro. Yo no supe más nada hasta que desperté en el cuerpo de guardia del hospital a donde fui llevado de urgencia con la cabeza rota».

El acusado, por su parte, declaró que habíamos discutido, pero que él no me había golpeado con la pistola y que nunca me había amenazado de muerte, que fue su hijo quien me había golpeado con una piedra, que él era un militante y que yo era un contrarrevolucionario que quería desprestigiarlo y que hablaba mal de la revolución.

El presidente de la zona, un negro alto y gordo, repitió lo mismo y habló de las virtudes revolucionarias del acusado y de sus condiciones como trabajador al servicio de la revolución.

¿Y el muchacho? No declaró, porque no estaba allí presente, no fue citado, pues no se hizo alusión alguna al respecto. ¿Pero, dónde está el muchacho? ¡Qué se presente inmediatamente a juicio! Lo lógico hubiera sido que el juez, también militante del partido, lo hubiera suspendido y procediera a hacer las averiguaciones frente a las contradicciones surgidas, y al menos oír el testimonio del muchacho, pues su padre lo estaba acusando del vandálico hecho. El juez ni siquiera se tomó ese trabajo de esclarecer nada antes de dictar sentencia.

Yo no tuve testigos, ningún vecino en la cuadra quiso declarar, a pesar de que estaban todos de mi lado y consideraban que había sido injusto lo que me había ocurrido. Incluso me costó trabajo recoger algunas firmas en una carta que escribí sólo para atestiguar sobre mi buen comportamiento. Tuve la oportunidad de conversar con muchos y todos me apoyaban, porque además odiaban al individuo que alardeaba de cacique supremo y tenía confrontaciones con la mayoría. Nadie hizo nada para defenderme, porque tenían miedo. Me sentía lastimosamente desprotegido. El individuo preparó su trama mafiosa y caí en ella.

En resumen todo fue una confabulación entre comunistas para encubrir la verdad de los hechos y todo se resolvió en unos 20 minutos. El acusado fue sancionado a pagar 100 pesos de multa al tribunal y ni siquiera a pagarme alguna indemnización por los 15 días que dejé de asistir a mi trabajo y por los daños recibidos. Un juicio esquemático y rápido. Eran muchos, eran demasiados los juicios que tenían que celebrar y no podían tomarse tanto tiempo en uno sólo. No hubo abogados, no hubo fiscal, no hubo justicia. Fue mi palabra contra la de él y su palabra tenía más valor que la mía, porque era la de un viejo comunista. La mía era la de un joven acorralado que no participaba en las tareas de los CDR de la cuadra, y que estaba catalogado como un antisocial.

Él expresó en el barrio que iba a ver cuánto tendría que pagar la próxima vez por darme un tiro, porque esos cien pesos de multa los había pagado con gusto. ¡Claro! Era no sólo su victoria, sino también la de su régimen.

Antes de retirarnos, el juez me advirtió sobre las consecuencias que tendría algún acto de venganza. Al parecer sospechaba que algo yo haría, porque cuando no se ha hecho justicia por la ley, no queda otro remedio que hacerla con las manos.

Ni aspecto de sala de justicia tenía aquello. Eran varias mesas ubicadas en un gran salón y en cada mesa se estaba celebrando un juicio diferente al mismo tiempo. Uno pegado al otro, y a veces no podíamos oír bien, y oíamos claramente lo que en el otro juicio pasaba. Así salían unos y entraban otros. Parecía aquello una línea de producción en una fábrica de productos enlatados.

No tendría derecho a nada más. Ya todo estaba hecho y dicho. Sólo dos opciones: o partirle la vida o tratar de mudarme para otro barrio. Cualquiera de las dos podría ser difícil de realizar. Tenía que pensar muy bien lo que iba a hacer, porque me sentía asfixiado en mi laberinto. ¡Qué rabia, qué impotencia! Mi juventud estaba perdida. Al parecer me estaba aguardando ansiosamente la prisión que siempre había evitado.

CAPÍTULO V

VENGANZA DEPORTIVA

En los días que los huelguistas estuvieron encerrados en Boniatico, los represores utilizaron a los presos comunes para que actuaran contra ellos y hacerlos desistir de la protesta. Éstos eran sus métodos preferidos.

Las celdas tenían literas de dos camas. Pero en la mayoría sólo utilizaban una, para hacer más duro el aislamiento. Sin embargo, desde el principio de la rebelión, le pusieron un preso común a cada preso político. Ya las celdas las tenían preparadas y distribuidas con este fin.

Un día, un preso común llamado Pachi, le partió la cabeza a Pedro Benito con un jarro de aluminio. Pedro era bajito y rechoncho, de unos 43 años, pero tenía muy buenos modales con todos. Pachi era un joven bien fornido que parecía un chimpancé, no sólo por su cara enjuta y su quijada pronunciada; sino también, por sus brazos demasiado largos para su estatura. Era un fiel servidor de Jesús el manco y había sido orientado por éste para que atacara a su compañero de celda. Pachi fue el único preso que se atrevió a atacar a un huelguista durante los días de protestas.

Pedro apenas se pudo defender. Estaba bañado en sangre y muy aturdido por el sorpresivo ataque. Después de lo ocurrido sacaron al chimpancé de la celda. Los huelguistas formaron tremenda algarabía y exigieron que se condenara al culpable, por agresión y daños físicos. Jesús el manco se vio obligado a intervenir y les prometió que lo llevaría a los tribunales. El muy descarado gozaba con lo que había ocurrido y fingía querer castigar al culpable, porque en realidad era él quien lo había planeado todo. Todo fue un engaño.

Denunciaron el caso por otra vía, pero nada. El pobre Pedro se quedó con su cabeza rota. No sólo los políticos estaban indignados con lo sucedido; sino también, los presos comunes, porque vieron que se trataba de un real atropello. Ismael supo de lo ocurrido por un preso llamado Lester, que atendía la limpieza del pasillo. Lester le había tomado simpatía y le llevaba recados de su hijo y de otros prisioneros. Su hijo estaba también en el segundo piso junto con otro preso común.

Lester le confesó que se había indignado también con el abuso de Pachí; entonces Ismael le ofreció dos cajas de cigarros para que le propinara una buena paliza en la primera oportunidad que se le presentara. Lester era boxeador y sabía manejar muy bien sus piernas y sus manos.

A los huelguistas nunca lo sacaron a tomar el sol, pero cuando sacaron a los comunes, Ismael, desde su ventana, pudo disfrutar del espectáculo deportivo-vengativo. Lester provocó a su rival, y con gran agilidad lo fue madurando con golpes a distancia. Izquierdas y derechas alter-

naban sobre el rostro y el cuerpo del chimpancé que no atinaba a acertar por ningún lado a Lester, a pesar de su mayor alcance y fortaleza.

Nadie intervino para evitar la elegante golpiza que le estaban dando al abusador. Sólo después de un golpe bien efectivo la pelea se detuvo. Lester en una combinación de gancho de izquierda con recta de derecha al mantón, le hizo pegar una rodilla en tierra. El chimpancé sacudió desesperado la cabeza y se abalanzó sobre Lester para abrazarlo. Pero no pudo, porque un fuerte gancho en el estómago lo paralizó. Lester, a pesar de ser mucho más delgado y algo menor de estatura, demostró desde el comienzo cierta superioridad.

El guardián, que al parecer estuvo también disfrutando del espectáculo desde otro ángulo del patio, no visible para Ismael, apareció en el cuadrilátero imaginario, y sin mucho apuro, más bien con desgano, separó a los contrincantes. El chimpancé sangraba por la nariz y por la boca. Escupía sangre y espuma.

Mientras duró el show, los presos políticos y los comunes animaban desde las ventanas al vengador. «Métele a ese hijueputa», «Métele, duro, duro, métele», «Combínalo bien, Lester», «¡Pelea ahora, abusador» «Pártele la cara», «Pelea pendejo, maricón!».

Todos sabían que era una venganza, un ajuste de cuentas lo que estaba ocurriendo. Nadie hizo apuestas, nadie hizo alarde de defender al chimpancé, que caía mal además por su actitud sumisa ante los represores.

Esa fue la oportunidad que se tuvo de cobrarle la falta al chimpancé, por la lesión que le había causado a el noble Pedro, porque el hecho hubiera quedado impune.

Ismael sintió tanta rabia que «me hubiera gustado darle al menos un buen puñetazo al chimpancé, aunque después a cambio me hubiera pegado dos». Así le dijo a Pedro días después cuando se encontraron en el hospitalito. Rieron mucho. Ismael se lo gritó así a Pachi, desde su celda, antes de la formidable pelea, sin siquiera haberlo visto, cuando supo que lo habían mudado para el mismo piso donde él estaba. Sin conocer su fortaleza física le prometió partirle la cara en la primera oportunidad, pero el chimpancé no le contestó. Ismael tenía fama, de instruido y aguerrido peleador. Vio a Pachi por primera vez el día que recibió la paliza, pero esperaba verlo mucho antes, el día que le dijeron que lo iban a meter en su celda para que le partiera la cabeza a él también.

Estuvo siempre solo y su plan fue de no esperar a que el chimpancé entrara en su celda, sino que desde que abrieran la pesada y ruidosa puerta, le daría el primer golpe en plena cara, delante del mismo guardia. Esa era una buena táctica y se preparó para recibirlo como se merecía.

Afortunadamente para todos, los guardias no cumplieron con la promesa de ponerle al chimpancé en la celda. Pero la de ponerle un gorila, mucho más corpulento, la cumplieron después. Los represores estuvieron siempre tratando de asustarlo, de neutralizarlo con esa clase de tensiones, utilizando siempre a los prisioneros comunes. Al gorila lo entraron en la celda ese día como favorito para ganar rápidamente la pelea contra Ismael.

PERDIDO EN EL CAMINO

Puedo decir que la revolución partió mi juventud por la misma mitad. Todos los jóvenes de mi generación vivimos esa misma experiencia. Todos podríamos decir lo mismo, podríamos dar testimonio de la misma catástrofe vivida: la catástrofe de sacrificar nuestra generación para construir la generación de "el hombre nuevo", la catástrofe de sufrir con lucidez las mismas transiciones que fueron estremeciendo la sociedad, la catástrofe de creer y después dudar, la catástrofe de vernos obligado a vivir bajo represión, la catástrofe de tener que aceptar todas las imposiciones sin oportunidad a la más mínima protesta, la catástrofe de subir al tren del comunismo, porque de lo contrario el tren nos pasaba por encima.

¡Los de mi generación, sobre todo, hemos tenido que pagar el más alto precio, porque, repito, la revolución nos partió la juventud por la misma mitad! Porque vivimos los primeros doce años bajo el régimen anterior, donde abundaba todo y ni siquiera advertíamos cuál era la función de un policía.

Crecí con indudables ideas filantrópicas, de amor por el estudio y por el arte. El sistema educacional de las escuelas públicas antes de la era Barbatruco, había ayudado a desarrollar en mí estas vocaciones. Desde niño fui hábil para los trabajos manuales. A los 11 años de edad ya había construido una maqueta, de un metro de ancho por uno y medio de largo, que representaba un central azucarero con todos los detalles. Había tomado como modelo una foto de un libro de 5to grado, pero la foto me mostraba sólo una dimensión del edificio y tuve que imaginar y agregar todo lo demás. Todo lo hice con mínimos recursos, con materiales de desecho, con latas y envases de madera, plástico, cartón y cartulina, donde hasta los trenes que transportaban las cañas de azúcar estaban representados. Con esto obtuve un premio en un evento donde concursaron alumnos de varias escuelas. Había salido por primera vez reflejado en la prensa.

En un evento anterior presenté una pequeña obra de teatro, una especie de sketch cómico que escribí, actué y dirigí. Eran diálogos para dos actores. Yo representaba a un alumno indisciplinado y mi hermano menor a un maestro extravagante y exigente. Imagino que no sería un buen guión, pero al público le gustó mucho, porque recuerdo que no paraba de reír.

A esto se remonta mis inicios en la escena. Casualmente actué por primera vez en ese salón del Gro Cataluña (asociación de catalanes), en el mismo salón que ocuparía después el Conjunto Dramático de Oriente para el que trabajaría como actor profesional doce años después. El local era el mismo, pero con ciertas modificaciones. El nuevo grupo de teatro quedó establecido en la calle de Enramadas altos, casi en la esquina de Calvario, después que la revolución intervino el edificio.

Bajo los efectos de la propaganda diaria y los acontecimientos que lo transformaban todo, escribí a los 12 años mi primer poema. Es decir, que fui actor aficionado antes del triunfo de la revolución y poeta incipiente después del triunfo. El poema era un reflejo del entusiasmo político imperante. Fue dedicado a mi bandera, pero donde hablaba de Martí, de la revolución y de su líder.

Creí como creyeron muchos. Fui un adolecente que vivió en la duda y esta me llevó a aceptar el modelo impuesto. Fingí mientras pude y hasta donde pude, hasta que la verdad me llevó a combatir lo que nunca debimos haber aceptado y mucho menos haber defendido: El Comunismo, capaz de triturar al individuo al negar los valores de la naturaleza humana.

Del primer poema no tengo por qué arrepentirme. Pero sí una y mil veces de haber escrito otros poemas cuando tuve más edad y lucidez para entender y decidir una posición menos consecuente, cuando ya otros habían entendido y decidido. Quiero drenar mi espíritu y pagar la herejía de escribir poemas inmersos en la corriente de la apología y la exaltación por entonces en boga.

Yo veía con disgusto las cosas que se deterioraban a mi alrededor, incluso había llegado a manifestar ciertas ideas disidentes. Sin embargo, no me atrevía a dar el paso decisivo del enfrentamiento.

Comencé a tolerar ciertos depravados actos. Temí frente al acorralamiento que se les imponía a los intelectuales. Temí frente al chantaje que nos obligaba a comprometernos con el régimen. Temí a quedar aislado o a vivir desterrado en nuestro propio país.

La falta de opción y la propaganda reiterativa en favor del sistema me empujaron a subir al tren de la línea oficial, porque de lo contrario hubiera sido barrido del camino, tal como había visto que ocurría a otros desafortunados.

Además todo parecía indicar que el futuro del mundo sería de un solo color, del color rojo de los comunistas que implacablemente aplastaban todo atisbo de libertad y pluralidad en los países conquistados. Se apreciaba siempre la rudeza del totalitarismo comunista, del ateísmo oficialista, frente a las debilidades ineludibles de la democracia. A ese extremo funcionaba la maquinaria propagandística del Estado comunista. ¿Sería yo el equivocado? Me asaltó una vez más la duda y entonces como un autómata, o como un estúpido hipnotizado empecé a escribir mi apología a la revolución.

Así surgió mi libro *Nuestro pan* publicado parcialmente por la colección Plegables en 1977. La mayor parte de estos poemas aún se mantienen inéditos. Algunos aparecieron en revistas o fueron premiados o antologados. Entre éstos hay un poema dedicado al Comediante en jefe. Confieso que no sé qué hacer con los poemas inéditos, y si no los he quemado aún es porque pienso que podrían quedar como muestra de mis contradicciones, emanadas de las propias contradicciones y ambiente social en que fueron creados.

El poema que dediqué al tirano fue motivado por un anuncio de televisión. Su figura aparecía lozana y un niño le ponía una pañoleta de pionero en su cuello. Debo confesar que me sentí arrobado por los gestos del niño. La cámara lenta recreaba los movimientos casi místicos. Música y drama mezclados, culminaron el efecto melodramático deseado. Caí en la trampa comunista del "culto a la personalidad del líder".

Esto puede ilustrar cómo es que funcionaba el adoctrinamiento político en los medios masivos de comunicación. Existe una constante reiteración. Hay que participar. No se puede ser siquiera apolítico. Los que tratan de ser indiferentes o neutrales son definidos como contrarios y son también atacados. La revolución se nos convirtió en un fatalismo ideológico del que no se podía escapar. Frente a la opción de muerte que nos impuso el tirano, tirarse al mar era la única salida.

Este poema "Permiso para imponerle la pañoleta" se publicó a finales del año 1976 en la revista Heredia número 35 de nuestro taller literario y luego fue reproducido en la revista de militares *Verde Olivo*, para todo el país, sin siquiera contar con mi autorización.

Ya era un hombre convencido a la fuerza de que la única salida para poder seguir viviendo en el país era estar de acuerdo con todo lo que decía el comediante. Sus discursos eran la única fuente de noticia o información. Reconozco que adopté, casi sin quererlo, una posición conformista y hasta oportunista, pero fue la única alternativa que se me ofrecía. Me sentía presionado por todas partes y actuaba de esta hipócrita manera.

Así de una literatura contestataria pasé a una literatura que los marxistas llamarían de "toma de conciencia". ¿Había entonces tomado conciencia de que el comunismo era lo mejor? No. Sabía que en esencia había algo perverso que explotaba y anulaba al hombre, pero no tuve más remedio que entrar en el juego y por la única puerta que el sistema nos había dado en ese callejón sin salida, en esa sensación de no llegar a ningún lado, de dar y dar vueltas y más vueltas en el mismo lugar sin palpable futuro.

Barbatruco fue más que abusivo en su discurso "Palabras a los Intelectuales" cuando dijo: "con la revolución todo y contra la revolución nada..." Quedó así definido el camino. No había lugar para la crítica, para la disidencia. Había que escribir únicamente a favor si se quería publicar, si querías ser reconocido. Muchos fueron a prisión por hacer lo contrario, por querer estar "fuera del juego". Tenemos el caso de los premiados escritores Heberto Padilla y Reinaldo Arenas, este último doblemente perseguido: por intelectual y por homosexual. Esto dio lugar a una crisis moral en el arte. Surgió una literatura apologética, de exaltación, una falsa literatura sin matices ni colores expresivos del sentimiento y el conocimiento humano.

Los comunistas nos hacían creer que el Capitalismo había agotado sus posibilidades y que caería inevitablemente derrotado por el Comunismo. Pero el Capitalismo ha surgido de la misma práctica social y el Comunismo es una teoría fracasada. Ya lo sabemos, el Capitalismo aún no ha agotado sus posibilidades y podrá ser sustituido por cualquier otro sistema político y económico, menos por las aberraciones del marxismo-leninismo.

Había llegado al fin a una real toma de conciencia motivada por las circunstancias adversas que me rodeaban. La realidad impone sus leyes. Sin libertad nada triunfa. Quizás esto ayude en cualquier parte del mundo a entender muchas cosas; sobre todo, a los que están sufriendo las mismas contradicciones y transiciones que yo sufrí.

EL SÍNDROME DE LA DOBLE MORAL

Soy de esta isla, y ser de aquí a veces nos hace un poco complicados. Reconozco que somos difíciles de entender, porque hemos descendido mucho en la escala de la doble moral. El individuo no avisado tardará en saber cuándo alguien de aquí se expresa en broma o en serio, cuándo puede estar hablando con sinceridad o no, sobre algún tema político o social. La mayoría prefiere evadirse.

Sépase que lo más normal es que se opine favorablemente sobre el régimen que nos reprime, porque existe una perenne desconfianza que nos lleva a sospechar siempre de nuestro interlocutor. Esto confunde a muchos nacionales y extranjeros que piensan que el tirano tiene apoyo popular.

Los de aquí pensamos que detrás de cualquier pregunta ingenua puede existir una provocación o la obra de un agente de la seguridad del Estado, o alguien al servicio del dictador. Esa es una realidad que nos ha golpeado. Que nadie crea que le van a decir en la calle la verdad sobre nuestra tragedia. El que quiera saber la verdad de lo que ocurre en la isla, tendrá que preguntarle a un periodista independiente o a un disidente ya bien declarado, y para comprobarlo tendrá que vivir como vivimos los de aquí, con las mismas penurias y dobleces.

Incluso este miedo a decir lo que se piensa llega a mantenerse aún entre muchos de los que han logrado escapar a la otra orilla y viven en libertad, entre muchos de aquí que viven en países libres donde se expresa cualquier idea sin riesgo de ir a la cárcel. Por ejemplo, alguien de la isla que vive en la democracia estadounidense, hablará más fácilmente ante las cámaras en contra del presidente de los Estados Unidos que en contra del Comediante en jefe.

Son muchas las razones. Entre otras, porque teme por lo que le pueda pasar a los familiares que ha dejado atrás o porque puede estar cuidando su imagen pública si es que piensa regresar como turista para disfrutar de la vida fácil que le ofrece el dólar en un país donde muy pocos lo tienen. Se calla porque tiene miedo de que le nieguen el permiso para entrar. También puede haber quien esté esperando la salida de algún hijo que ha reclamado y tema que no le den la "Carta blanca"; es decir, el permiso para salir de la isla. Detrás de todo está el chantaje burocrático que el régimen ha creado.

La mayoría de los "refugiados" no se meten en política. Le temen a la mano larga del dictador. Los que viven en la isla se saben prisioneros y sin ninguna opción bajo el único partido gobernante. Es decir, somos chantajeados y reprimidos en el exterior y en el interior del país por el más despiadado y astuto pirata del Caribe, el capitán Maraña, convertido en Comediante en jefe de la isla-cárcel, para quien todos somos directos o indirectos rehenes de su régimen que ha logrado crear este síndrome moral. Todos hemos sido sus víctimas, los que todavía creen y los que ya no creen. Sabemos que la represión psicológica es mucho más dañina que la física.

Además el tirano ha gastado millones de dólares para infiltrar y mantener a sus agentes en cualquier rincón del mundo. Incluso estos agentes, han llegado hasta ocupar cargos en grupos opositores dentro y fuera de la isla. Contra esto también había que luchar. Esto no es un secreto. Hace falta valor y estoica resistencia para no dejarse chantajear.

En mi isla hemos vivido varias tragedias históricas y políticas, hemos navegado de una dictadura a otra dictadura. Aunque esto no nos aleja mucho de la triste historia de América, llena de golpes de estado y dictadores empedernidos. Pero tenemos nuestra propia historia y el designio fatal de haber sido el primer país con un sistema comunista en el hemisferio occidental.

El Tiranosaurio del Caribe insistía y persistía a pesar de saber que había fracasado. Hemos vivido demasiados años bajo las presiones ideológicas y sicológicas de los comunistas en el poder, bajo consignas, metas, planes y promesas que nunca se llegaron a cumplir, aunque la propaganda oficialista dijera lo contrario.

Para entendernos y entender esto hay que conocer que éste es un país donde se han cambiado todos los valores y se han creado nuevos significados, al extremo que *"las derrotas ya no se llaman derrotas sino victorias, que dividir ya no es dividir sino multiplicar, que los barrancos ya no son barrancos sino la cima y de repente todo muere..."* bajo la bota y la palabra de un farsante, de un artero envenenador que nos hizo creer su cuento del derrumbe del Capitalismo que, a pesar de sus defectos, sí ha logrado conquistas sociales sustentadas por la libertad y el Estado de Derecho, y por el mismo crecimiento económico sostenible de cada nación que lo practica.

VIDA PROFESIONAL

Cuando terminé por fin la universidad pasé a trabajar como asesor o analista de programas de la televisión, Tele-Turquino. Siete años después de haber iniciado los estudios en la Escuela de Letras de la Facultad de Humanidades, me gradué con suficientes conocimientos y experiencias como para trabajar en cualquier lugar de la esfera de la cultura. La carrera sólo duraba cinco años, pero cuando estaba terminando el segundo año, tuve que renunciar a la matrícula para trabajar y crear mejores condiciones de vida. Necesitaba tiempo completo para poder "inventar" cómo mantener a mi familia.

Eran demasiado los problemas confrontados para sobrevivir en una sociedad totalmente convulsa, antagónica, que no me permitía estudiar y trabajar al mismo tiempo, tal y como intenté. No me eran suficientes los 130 pesos mensuales que me pagaban como actor de teatro. Había que pagar cinco pesos por una libra de arroz en el mercado negro para poder comer y darle de comer a mi familia. La cuota de comida de la tarjeta de "desabastecimiento" asignada por el gobierno a precio regular sólo alcanzaba para los primeros 10 días del mes.

Pero aquí de todo se hace un chiste, hasta de las cosas más dramáticas. Es parte de nuestra idiosincrasia.

"Claro que la cuota de comida no alcanza para todo el mes —dijo Pepito. Del día primero al día 10 es *Alegría de sobremesa,* del 10 al 20 es *Detrás de la fachada* y del 20 al 30 es *San Nicolás del Peladero*".

Pero éste es un chiste bien serio, aunque aluda a nombres de programas cómicos de la radio y la televisión nacional. La cuota de comida la empiezan a vender a principio de cada mes y por eso hay "Alegría de sobremesa" para los diez primeros días, porque sólo para diez días alcanza. Después hay que empezar a combinarla con el mercado negro; es decir, "Detrás de la fachada". Y ya los últimos diez días del mes no hay nada que comer, quedamos pelados en "San Nicolás del Peladero". La dura realidad nos lleva a veces al humor y es un modo que tenemos los de aquí para escapar de ella, al menos por un momento. Esto puede explicar de alguna manera por qué a pesar de todo sonreímos.

Finalmente en 1976 después de ingentes esfuerzos me gradué como Licenciado en Literatura y Lengua Hispánica. Pese a los sacrificios había cerrado con broches de oro mi etapa estudiantil, puesto que mi tesis de grado había sido aprobada y calificada de excelente por el tribunal que la evaluó. Esta tesis titulada "Los espectáculos en Santiago… en la primera década del XX", estaba basada en una investigación sobre los eventos culturales de mi ciudad en esa década y esto me hizo entender muchas cosas sobre lo funesto que había sido todo, en la cultura y en el área del entretenimiento y la comunicación bajo el control gubernamental. En esa década las compañías teatrales nacionales e internacionales presentaban de tres a cuatro eventos cada día y hasta seis en una noche, en una ciudad de sólo 60 mil habitantes. Eso era muy bueno si lo comparábamos con el presente donde apenas se podía ver un espectáculo los fines de semana.

Este tema sugerido por mí, resultó tan interesante que la escuela promovió la continuación de la investigación, para que otros alumnos realizaran sus tesis sobre las décadas siguientes. Pero mi tesis a pesar de haber sido la primera en ser terminada, se mantuvo inédita. Cosa inaudita, porque la revista

Santiago que editaba la Universidad, publicó primero la tesis sobre la segunda década, a cargo de otros alumnos, y la mía como se quedó para después, el después nunca llegó. ¡Vaya usted a saber lo que hubo detrás de todo! La historia de la dramaturgia y los dramaturgos aún esperan por conocer la primera parte de la película.

Entonces, basado en mis conocimientos como dramaturgo y actor de teatro, busqué empleo inmediatamente después de haber obtenido mi título, y me fue fácil encontrarlo en el Departamento de Programación Dramática de la televisión donde ya había realizado algunas prácticas voluntarias como estudiante. Me convertí así en obrero asalariado de la televisión con un importante puesto que me llevaba a un nuevo nivel en la sociedad. Además mi obra como escritor y poeta premiado en diferentes eventos provinciales, nacionales e internacionales me sirvió para llegar rápidamente a obtener consideración y confianza en un medio carente de fundamentos teóricos y de trabajo técnico y profesional. Había triunfado. Era, en fin, como dice el refrán, un tuerto en el país de los ciegos, y "en el país de los ciegos el tuerto es el rey."

Trabajé para la televisión 16 años ininterrumpidos antes de que me expulsaran y luego me llevaran a la prisión. Fui un personaje contestatario, me había enfrentado a la farsa de los comunistas en el poder. En esencia nunca dejé de ser un contestatario, después fui un disidente por convicción; sin embargo, desempeñé mi trabajo con absoluta responsabilidad, pero sumergido en los parámetros ideológicos y políticos que se exigía para que un profesional pudiera trabajar en los medios de difusión.

No podía fallar, si fallaba eso me costaría el futuro y el de mi familia. La televisión y todos los medios de información son propiedad del Estado, del partido. No había alternativas. Por eso, a pesar de mis discrepancias, me tuve que convertir en un censor y en un calificador político e ideológico, y cuidar de que las obras y programas a mi cargo no reflejaran ningún cuestionamiento o ataque al régimen.

Tenía así que estar muy al tanto de dos aspectos fundamentales: del mensaje político-ideológico y de la calidad artística, dramática y técnica de los programas. En última instancia tenía que sacrificar lo artístico para que el mensaje político a favor del gobierno quedara claro. Cualquier error que yo dejara pasar consciente o inconscientemente me hubiera costado de inmediato mi puesto de trabajo además del aislamiento profesional. Sería como echar por la borda muchos años de sacrificios.

Además existen funcionarios que atienden y fiscalizan el mensaje político-ideológico de las transmisiones televisivas y radiales, de las publicaciones periódicas, de las editoriales. Incluso en el mismo centro de trabajo, el partido y la seguridad del Estado se encargan de esto. A cara descubierta, junto a las oficinas de trabajo de los escritores, directores, técnicos, administrativos, asesores, etc., hay una oficina que no oculta sus funciones, pues sobre la misma puerta aparece el cartel que anuncia su carácter represivo.

Allí trabajan siempre con la puerta cerrada dos miembros de la seguridad del Estado que cobran altos salarios, superiores a los de cualquier artista, técnico o experimentado profesional, para realizar el "misterioso" trabajo que le han asignado. Además, disfrutan de privilegios como el de tener asignado un transporte permanentemente en un centro laboral donde no se dispone de transporte suficiente para atender las cosas propias de la programación. El contenido de trabajo de estos personajes es el de intimidar, chequear, controlar a todos los que trabajamos en tan poderoso medio de difusión.

Bajo presiones sicológicas e ideológicas teníamos que trabajar. No había margen para el descuido o la infiltración de algún mensaje ni siquiera subliminal. Además la mayoría de los programas eran primero grabados y analizados antes de ser transmitidos.

Un libreto para la televisión tenía que pasar por las manos de muchos censores o controladores, antes de salir en la pantalla a través de un locutor o de un actor. Finalmente todos en la cadena teníamos esa responsabilidad, porque nadie quería perder su empleo y mucho menos ir a la cárcel acusado por el delito de "Propaganda enemiga", artículo 103, considerado entre los delitos contra la Seguridad Interior del Estado que dice en su inciso 3 que en el caso de ser utilizada la propaganda "en los medios de difusión masiva, la sanción es de privación de libertad de siete a quince años", y en su inciso 4 dice que el que "permita la utilización de los medios de difusión masiva a que se refiere el apartado anterior incurre en sanción de privación de libertad de uno a cuatro años." Nada ni nadie se podía escapar del control.

La ley abusiva quedó escrita claramente para ser usada en cualquier momento y nadie quería que se la aplicaran. Esto significaría la ruina social, la destrucción de la vida misma de cualquier inculpado. Esto lo vine a sufrir tiempo después en carne propia.

Desempeñé siempre con calidad mi trabajo. Más aún, fui subiendo continuos escalones que me llevaron a dominar cada vez más todos los trabajos artísticos de la televisión. Estudié, me esforcé, no tenía horas para estudiar y trabajar. No me detuve, quería desarrollar mi potencial, emplear a fondo mis energías. Fui guionista, director de programas, editor de video, entrevistador y actor profesional, todo con títulos abalados por cursos acreditados y las respectivas evaluaciones anuales.

Además desempeñaba mi trabajo básico inicial como asesor o analista de programas. Hacía de todo y estoy seguro de que sin descuidar la estética. Y esto no lo decía yo, lo decían los hechos. Por eso fui elegido, a mediados de los ochenta, como presidente de la Comisión de Evaluación para los asesores y escritores de televisión. Este cargo o responsabilidad se me otorgó directamente desde la comisión nacional en la capital.

También llegué a ser presidente del jurado del Festival Provincial Caracol de Cine, Radio y Televisión, y formé parte del jurado nacional del mismo evento, en 1989, el mismo año en que se premió el documental titulado "El Santo Padre y la Gloria" (sobre la visita de El Papa a Chile), de la "afamada documentalista" Estela Bravo, a la cual le brindaron todas las condiciones y recursos para hacer su trabajo de penetración ideológica al servicio de los intereses políticos de Barbatruco.

Dicho sea de paso, este premio le fue otorgado no por voto unánime de los cinco miembros del jurado, sino con dos votos en contra, entre los que estaba el mío, y juro que sólo me basé en parámetros estéticos y dramatúrgicos para descalificar la obra de Estela Bravo.

Esto es importante aclararlo, porque los concursos y competiciones premiaban los mensajes políticos en primer lugar, y dejaban en un segundo plano los valores estéticos. Los miembros del jurado en general son cuidadosamente seleccionados antes de su nombramiento. Casi siempre son sacados de entre las "vacas sagradas" de la capital, sobre todo si el certamen tiene carácter nacional.

Yo fui una excepción de la regla. Fue la primera vez en que un miembro del jurado del Premio Caracol era seleccionado del interior del país. Creo que fui en ese certamen un elemento discordante, pues planté mi bandera, la bandera de los valores artísticos por encima de los valores políticos a la hora de juzgar un programa. Por eso propuse para primer premio la obra que finalmente obtuvo el segundo premio.

Esta obra trataba magistralmente la historia de una bailarina que había quedado ciega. Los recursos artísticos utilizados eran realmente novedosos y todo estaba, dramatúrgicamente hablando, muy bien concebido y realizado. La obra era a mi juicio excelente, pero no fue considerada por los otros miembros del jurado, porque su autor, y lo puedo decir así, no era tan conocido como Estela Bravo, sino un joven estudiante de la escuela internacional de cine y televisión. Se le robó el primer premio a este joven talento de la creación.

Me di cuenta, a la hora de las discusiones, que este joven estaba en desventaja a los ojos de los demás miembros del jurado; sobre todo, de la editora Miriam Talavera. Sin embargo defendí la obra hasta las últimas consecuencias. La votación fue de cuatro contra uno en la ronda inicial y luego después de mis argumentos, la obra del joven creador ganó un nuevo voto, pero la decisión final fue la de otorgarle el primer premio a Estela Bravo y su esquemático y poco creativo documental, a pesar de yo haber demostrado que los elementos utilizados por Estela no alcanzaron una narración armónica, dinámica y progresiva, y de que había usado en su mayoría materiales filmados por otros autores en diferentes circunstancias y con diferentes objetivos. ¡Puro esquema facilista!

No obstante sentí haber jugado mi papel, pues no me dejé intimidar. Supe expresar mis criterios y demostrar que estaba capacitado para estas funciones, que yo no era ningún ignorante intelectual de provincia totalmente doblegado a los intereses de estos certámenes.

Al propio presidente del ICRT Ismael González y al Viceministro de cultura y director del ICAI, Julio García Espinosa, les hice saber mi opinión cuando salíamos del mediocre acto de premiaciones de una hora de duración y que ni siquiera fue transmitido en vivo por la televisión nacional. ¡Increíble! A un acto de premiación como éste, le venía bien un guión o libreto donde se explotara al máximo los valores dramatúrgicos del gran espectáculo de variedades.

Pero para esto hacía falta más que dinero, una autorización de la cúpula del poder. Ambos dirigentes estaban muy lejos de entender tales expresiones y justificaron la mediocridad diciéndome que «era mejor así, que todo fuera de la manera más sencilla...». De todos modos me fui seguro de que si no los hice cambiar de criterio, al menos los dejé pensando.

Mi vida profesional estaba realizada. Había estudiado y trabajado duramente pese a los inconvenientes, desgastes y trampas que tuve que vencer o esquivar. Había publicado libros de ficción, críticas teatrales, ensayos y artículos de investigación. Fui jurado de concursos literarios en reiteradas ocasiones y en diferentes géneros. Fui jurado durante cinco años en los desfiles anuales del carnaval santiaguero y luego dejé de ser jurado para asesorar y dirigir junto con Juan García y Rolando Maceda la comparsa de San Pedrito, ubicada en la barriada del mismo nombre donde se edificó la primera fábrica de Ron Bacardí, de fama internacional.

La comparsa de San Pedrito, estaba entre las más antiguas y tradicionales del país, pero había perdido su naturaleza folklórica cuando el gobierno prohibió el uso de los disfraces y máscaras que eran la esencia del carnaval. Temían a las conspiraciones. En los desfiles esta comparsa ocupaba un quinto o sexto lugar cada año.

Puedo decir, sin ningún temor a que se me juzgue de inmodesto o exagerado, que gracias a las investigaciones realizadas sobre el carnaval y al rescate de las tradiciones y las llamadas "máscaras a pie", pasamos a ocupar el primer lugar año tras año en estas fiestas populares de la ciudad más caribeña de la isla, que además fueron las más famosas del mundo en una época. En 1990 fueron suprimidas a consecuencia de la crisis económica que azotó al país después del derrumbe del comunismo.

El afamado músico y compositor Enrique Bonne, uno de los organizadores de estas festividades, me invitó a formar parte del jurado por mis publicaciones sobre el folklore. Para entonces era ya un profesional que aportaba valores a la sociedad. Pero sépase que cuando un profesional dejaba de responder a los intereses políticos del régimen, todos sus méritos desaparecían de un plumazo. Estoy seguro de que se me ha escamoteado este triunfo y que ni siquiera se me mencionaría a la hora de las evaluaciones. Otros ejemplos traeré a colación en su momento oportuno.

Mi economía había mejorado. Ganaba a veces unos 800 pesos al mes por la suma de todos estos trabajos que realizaba, estaba entre los obreros mejores pagados y, sin embargo, mi nivel de vida era muy bajo y se limitaba sólo al ámbito nacional, pues no podía comprar en las tiendas que vendían productos por dólares, porque su tenencia era considerada ilegal y se castigaba con años de prisión al que lo portara.

No obstante, pese a los riesgos se compraba el dólar en el mercado negro a 80 y 100 pesos cada uno[9]; es decir, que mi alto salario se convertía en apenas 8 o 10 dólares al mes y esto ni siquiera alcanzaba para comprar un par de zapatos para mi hijo recién nacido.

Trabajar en la televisión me dio mucho prestigio social y también muchas oportunidades de conocer de cerca a dirigentes y altos funcionarios del poder político. Pero también me dio muchos sufrimientos. Pude comprobar que la televisión del país no era un medio para informar, hacer arte y entretenimiento, sino un medio para hacer propaganda política y tergiversar para confundir. Lo más importante era tenerlo todo controlado bajo la única opción de información posible que daba el partido. Cualquier cosa que se presentaba, hasta una simple receta de cocina, debía estar enmarcada dentro del adoctrinamiento orientado.

Siempre la dirección del canal era ocupada por un "cuadro político" promovido por el partido para este puesto, aunque éste no entendiera ni papas del asunto. Estos "cuadros políticos" no sabían nada de técnica y arte de televisión, más bien constituían un freno para el desarrollo.

Cuando empecé, el canal estaba dirigido por un señor bajito y grueso, de ojos redondos y saltones, negro de piel y de sentimientos, nombrado Antonio Palacio. En el fondo era un infeliz, que tenía más miedo de ser destituido que ganas de esforzarse para compensar en algo su escasa vocación para el trabajo que le habían encomendado. A todo decía que sí y al final nada resolvía.

Años después lo sacaron para empeorar más la situación, porque el nuevo director, un blanquito gordito de cachetes colorados y barriga sobresaliente, llamado Enrique Rizo, era un verdadero igno-

---

[9] El 14 de agosto de 1993 el régimen, con una economía al borde del colapso, se vio obligado a despenalizar el dólar para que los exiliados pudieran enviar dinero a sus familiares. Irónicamente el exilio creado por el tirano era quien ayudaba a mantenerlo en el poder con las remesas de dólares enviadas desde el extranjero. El dólar se llegó a cambiar por 130 pesos en el mercado negro. El cambio se estableció luego por el gobierno a 25 pesos por cada dólar. Ya nadie era sentenciado por tener un dólar en los bolsillos. Sin embargo los que estaban ya cumpliendo condena por este delito no fueron indultados.

rante, lo que se dice un neófito total en la materia. Él se pasaba más tiempo ocupado en mantener flamante su carro Lada, que en la oficina estudiándose con urgencia algún libro o catálogo sobre principios básicos de televisión, para saber, al menos, dónde estaba parado.

El blanquito gordito, no sabía nada de nada, pero como había sido enviado por el partido, teníamos que comérnoslo con o sin papas. Tuvimos que aceptarlo y soportarlo, pese a los constantes desarreglos que fue creando a su alrededor con la parsimonia de los que pegan sellos para completar su álbum. Lo habían enviado allí para cumplir la misión de arreglar lo que el otro había desajustado y el muy energúmeno se lo creyó como si se tratara de un simple juego. Cuando fui expulsado del canal en el año de 1991, todavía estaba allí coleccionando destrozos para la posteridad, más de lo que el otro había coleccionado. Se estaba ganando su salario a costa de un carnet del Partido Comunista y de su "probada fidelidad" al Comediante en jefe.

El Partido Comunista y El Estado, que es en sí una misma cosa bajo el gobierno de Barbatruco, donde se dice y se demuestra que "el partido es quien manda", mantienen el monopolio sobre todos los medios de información. Ponen en estos importantes puestos a comprometidos militantes incapaces de crear ni desarrollar alguna idea, y capaces hasta de matar a su madre con tal de mantenerse en sus puestos. Obedientes androides como éstos, son los que necesitaba el tirano, para usarlos como comisarios políticos. Los que querían actuar con cabeza propia inmediatamente eran decapitados.

Nunca tuve problemas personales con ninguno de estos "directores". Sencillamente me aceptaban, porque sabían ellos mismos de su ignorancia e incapacidad en la materia y medían las distancias en este sentido. Yo nunca los emplacé desde el punto de vista intelectual, pues en el fondo ellos también eran víctimas y me imagino que debían haber sufrido mucho sabiéndose tan incultos y desinformados en tan terrible misión partidista y con tantas presiones y exigencias desde arriba y desde abajo. Pienso que se sentirían como una hamburguesa dentro del pan en las garras de un oso hambriento. No me hubiera gustado para nada estar en sus zapatos.

Sólo cuando hablaban por boca del partido para cumplir las orientaciones del partido, podían sentirse personas importantes y capaces de actuar. Sólo en esos momentos eran eficientes. Eso lo pude apreciar cuando me hicieron en 1980 un juicio por haberme manifestado en contra de las llamadas Brigadas de Acción Rápida. En mi propio centro de trabajo tuve esa experiencia. Allí pude ver cómo el partido obligó a un grupo de obreros a una acción de repudio contra una periodista que había decidido abandonar la isla. Esta fue otra oleada migratoria que conmocionó a todos los de aquí y los de allá. Estos hechos todavía permanecen imborrables en mi memoria.

ACTO DE REPUDIO

Así lo hicieron con la conga al día siguiente de estar en las celdas tapiadas de Boniatico. Eso fue el día 25 de julio por la noche. Los esbirros estuvieron preparando, como de costumbre, la celebración del aniversario del asalto al cuartel Moncada. Habían cocinado una caldosa para dársela a los presos a las 12 de la noche, la víspera del asalto. A los presos sólo les interesaba comerse la caldosa y no el nefasto acontecimiento militar que costó la vida a tantos inocentes y a tantos jóvenes llenos de sueños de libertad.

A los huelguistas les habían confiscado todas las pertenencias, incluyendo los comestibles de las jabas, y las tenían guardadas en un cuarto lleno de ratas. Los huelguistas exigían su devolución dando golpes en las tolas metálicas de las puertas. Golpeaban también las tolas para sabotear la celebración de tan ominoso evento. El ruido alteraba los nervios de los represores que buscaban inútiles formas para detenerlo.

Como a la una de la madrugada se apareció el capitán Reinaldo en su celda. Quería que Ismael dejara de golpear la tola. Ismael le respondió que terminarían en cuanto devolvieran todo, pues ni siquiera les habían dejado el cepillo y la pasta dental. El capitán le prometió que eso se resolvería, pero que debían parar los toques inmediatamente, porque así no podían celebrar su fiesta.

El capitán trató de ser amable. Le preguntó que si quería tomar un poco de caldosa. Ismael le dijo que no, «para ustedes el 26 de julio es una fiesta y para nosotros un día de luto, porque los que murieron en esa acción de atacar el cuartel habían sido traicionados por el líder convertido en tirano».

El capitán se alteró más por la inesperada respuesta. Con el hambre que se estaba pasando, era absurdo rechazar una oferta así. Abrió más sus ojos grandes, redondos y oscuros, más oscuro en la oscuridad del encierro y la penosa situación de sentirse rechazado, más oscuros que su piel oscura, para mostrarse realmente tal cual era. Hubiera querido golpearlo allí mismo. Pero para hacerlo tendría que abrir la reja y encerrarse con él en la oscuridad, y su guapería quizás no le daba para eso. Sólo le dijo que era una falta de respeto lo que había expresado, y que eso le iba a costar muy caro. Sin embargo, su rostro cobrizo y pecoso se transformó con una media sonrisa, como si una macabra idea lo alumbrara.

—*Está muy buena la caldosa, después no te quejes. ¿Seguro que no quieres?* —*Insistió, pero fue demasiado abrupta, demasiado irónica su expresión.*

—*No* —*le contestó secamente.*

—*Tú te lo pierdes...* —*y desapareció rápidamente.*

Sus principios no le permitían aceptar lo que su estómago quería. Ismael pensó que hasta podría estar envenenada o con alguna sustancia que lo durmiera o quebrantara su voluntad. No sería la primera vez que eso ocurría. Por el momento tenía energía para golpear la tola. Protestar era su forma de celebrar.

Minutos después irrumpió la conga con sus frenéticos tambores y campanas. Los guardias organizaron un grupo de tocadores y lo llevaron a su celda para que lo insultaran. Enajenados por los toques y por alguna droga o algún alcohol, venían arrollando y gritando la consigna que el capitán Reinaldo y el primer teniente Jesús el manco les habían dictado: «Abajo Ismael, abajo Ismael, viva la revolución».

¡Qué estúpidos! Era un típico "Acto de repudio", sólo que, en lugar de agentes del régimen, estaban utilizando presos comunes, chantajeados por la oferta de un pedazo de pan adicional para el desayuno. Le pareció muy ridícula la idea del capitán. Estaban coreando su nombre, repudiando su persona, pero demostrando que les dolía la acción que los prisioneros políticos realizaban.

Estuvieron tocando y gritando un buen rato frente a su celda, al final del estrecho pasillo. Ismael los veía sudorosos, distorsionados en la semipenumbra, a través de los pequeños espacios que dejaban los barrotes del enrejado que cerraba la puerta, como si la música los embriagara. «¡Fuera, fuera, abajo la gusanera!».

No se arrinconó en el fondo de su celda. No se ocultó. Más bien se acercó para que lo vieran mejor y poder mirarles bien las caras transfiguradas por las manchas de luz y sombra. Vio en el grupo a algunos muchachos de su destacamento, algunos le llamaban padrino. Más bien trataron ellos de ocultarse, unos detrás de otros, ante sus ojos, quizás por pena, hasta que uno se acercó y le entregó un papel enrollado. Lo había enviado Enriquito Corona, otro prisionero político que había quedado en la retaguardia para darles información del exterior. Se había acercado con suma discreción y se cruzaron dos palabras.

Ismael se mostraba siempre sonriente, ecuánime y los dejó gritar hasta la saciedad. Luego les pidió que lo escucharan. Les dijo que todos estábamos presos por culpa del dictador, que «nosotros estamos luchando también por la libertad de ustedes, porque nos den una mejor comida y un mejor tratamiento. Muchos de ustedes están encarcelados injustamente y debemos todos hacer un coro para pedir nuestra libertad, la libertad que todos queremos».

Y entonces Ismael empezó a entonar «¡Libertad, libertad, libertad!» al ritmo de conga. Y los tambores sonaron más fuertes y los presos repitieron a una sola voz, en una gigantesca explosión de voces «Libertad, libertad, libertad» mientras se retiraban atronadoramente, rompiendo la quietud del lúgubre pasillo y la malsana intención de los sorprendidos y furibundos represores.

LA EMIGRACIÓN Y LOS ACTOS DE REPUDIO

Los actos de repudio que organizaron los comunistas contra los disidentes, opositores pacíficos, periodistas independientes y cualquier persona que intentaba emigrar, eran una constante y se hacían al estilo represivo de las brigadas creadas por el nazi-fascismo alemán. Siempre son más las semejanzas que las diferencias. Para realizar estos actos de reprimir y atemorizar, Barbatruco creó las llamadas "Brigadas de Acción Rápida".

Desde el mismo inicio de su gobierno los actos de repudio existieron, pero sólo se les conoció con este nombre en 1980 cuando la emigración masiva por El Mariel. Las Brigadas de Acción o Respuesta Rápida retomó la idea de los actos de repudio después del derrumbe soviético. Actuaban con absoluta impunidad frente a la ley y cualquiera podía ser una de sus víctimas. Los militantes del partido, agentes del Ministerio del Interior, de la seguridad del Estado, orientaban y participaban en ellas junto a fanáticos y adictos al régimen bien seleccionados. El caso de María Elena Cruz Varela, Premio Nacional de Poesía UNEAC en 1989, es un ejemplo notorio de lo que son capaces de hacer estas brigadas. Pero de esto hablaré más adelante.

El año de 1980 fue un año crucial para la historia de la emigración y para el desempeño reiterado y sistemático de estos actos de la barbarie política reinante. Después que un camión rompiera la portería y penetrara violentamente en la embajada del Perú en la capital, alrededor de once mil personas irrumpieron en sus jardines para pedir refugio político y largarse de la isla a como diera lugar. El gobierno retiró el custodio sin calcular bien las consecuencias después que la embajada se negó a entregar a los primeros refugiados. Esa invasión de refugiados, después de 20 años de represión, demostraba un rechazo rotundo al régimen.

Desde diferentes puntos del país fueron llegando a la capital familias enteras. Lo dejaban todo, hasta las más valiosas propiedades con tal de lograr la libertad. Fue una oportunidad inusitada que había que aprovechar. Los automóviles quedaban abandonados a pocas cuadras y sus propietarios se lanzaban a la precipitada fuga.

Estados Unidos declaró que daría refugio político a todos los que habían penetrado en la embajada. El hacinamiento se hizo brutal en los días de espera por la solución del conflicto. Como era poco el espacio, muchos se subieron a los árboles y al techo. Después de las conversaciones, el régimen anunció que podían regresar a sus casas sin riesgos de ser encarcelados hasta que se les diera una salida ordenada. Muchos así lo hicieron.

Entonces Barbatruco cobardemente desató los odios de sus lacayos contra los grupos de hombres, mujeres y niños que habían regresado a sus hogares confiando en las promesas de este Lucifer con traje de comediante. Surgieron así nuevamente y con más fuerzas los actos de repudio, pero ya con este nombre para tratar de neutralizar la voluntad popular y castigar a los que decidían emigrar.

Como resultado hubo muchos lesionados y hasta muertos. Incluso muchas personas fueron víctimas de esos bárbaros actos sin tener ninguna intención de abandonar el país, personas que nunca solicitaron irse. Tal fue el caso de un profesor de la Universidad de Oriente. Después los organismos políticos trataron de rectificar el error y le hicieron un acto de desagravio; es decir, un acto para pedir disculpas a aquel infeliz anciano que había sido golpeado y maltratado sin motivos, sólo porque alguien quiso hacer una maldad o un acto de venganza, y regó la bola de que se iba.

Muchos fueron los excesos cometidos en estas fiebres del odio, en estos actos de ignorantes o fanáticos que creen defender la revolución y sólo defienden la represión que los mantiene a ellos mismos como esclavos. Sin dudas éramos reprimidos por un alevoso asesino. Martí lo dijo: *"asesino, alevoso, ingrato a Dios y enemigo de los hombres es el que so pretexto de dirigir a las generaciones nuevas, les enseña un cúmulo aislado y absoluto de doctrinas y les predica al oído antes que la dulce plática de amor, el evangelio bárbaro del odio"*.

Confieso que al ver estos excesos sufrí mis peores momentos. Fui testigo ocular del salvajismo. Sufrí no sólo como víctima directa del desastre moral que vivió la nación; sino también, porque descubrí mi impotencia de no poder hacer nada por las miles de víctimas que tuvieron el valor de desertar. No podía luchar con mis armas. Entendí que la fuga era una opción disidente, un modo de protestar; sin embargo, no opté por ella.

Creí entonces que debía expresar mi punto de vista y así lo hice. Fui testigo junto a otros amigos, intelectuales y trabajadores de la cultura, de cómo una mujer en estado de gestación avanzado era acosada y corría despavorida, porque una turba armada con gritos, insultos y palos se le venía encima. La mujer se dirigía a la Plaza de Dolores ubicada entre las calles de Calvario y Aguilera, en el mismo centro de la ciudad. La cola que se hacía frente a las oficinas que atendían las solicitudes de los que querían emigrar, fue asaltada por un grupo que había desembarcado sorpresivamente desde un camión estatal. La gente trató de escapar.

Barbatruco reiteraba que estos actos de repudio, que estas Brigadas de Acción Rápida, como les llamó después, eran reacciones espontáneas contra los traidores enemigos de la patria. Pero es que yo y las demás personas que estábamos en el lugar de los hechos, yo y las demás personas que caminábamos pacíficamente por las calles preocupados siempre en cumplir con nuestro trabajo y en cómo conseguir "el pan nuestro de cada día", éramos también agredidos. Nosotros éramos también las víctimas, no sólo los que se registraban para abandonar el país. Nos hacía sufrir el simple hecho de presenciar tanto atropello contra ciudadanos indefensos. Estos hombres y mujeres sólo estaban tratando de ejercer su legítimo derecho humano de escapar por la puerta de la oportunidad que se les había presentado.

Nosotros éramos testigos excepcionales. Nosotros, que habíamos salido del trabajo al medio día para tomarnos un café en la Isabelica, éramos también abusados por las imágenes abusivas.

Sin dudas, éstos que atacaban a la mujer embarazada, eran personajes orientados y compulsados hacia el hecho vandálico, eran militares y militantes comunistas que cumplían con la orden de atacar impunemente a los pacíficos ciudadanos que esperaban su turno en esos puestos creados por el Ministerio del Interior.

Las turbas atacantes eran agentes y esbirros del tirano, y nosotros los indignados e impotentes ciudadanos frente al atropello. Por eso salimos en defensa de la mujer y tratamos de protegerla introduciéndola rápidamente en la cafetería y finalmente enfrentándonos a la turba con las únicas armas que disponíamos: nuestra convicción de que todo era ilegal y abusivo.

Pero, ¿y la policía? ¿Dónde estaba la policía que se supone debía cuidar el orden público? ¿Dónde estaba uno tan siquiera de los miles de policías asalariados del país que pudiera evitar tal desorden? Pensamos entonces en una solución. Mi querido amigo Ramiro Herrero, director del Cabildo Teatral Santiago, y yo, nos presentamos en un puesto del Ministerio del Interior a unos treinta metros con el ánimo de reclamar con urgencia la intervención de la autoridad. Pero recibimos para nuestro asombro la respuesta de que ellos (la autoridad), no se metían en eso, que eso era asunto del pueblo. ¡Qué impotencia, Dios mío, qué bochorno!

Tuvimos que salir con el rabo entre las piernas, y enfrentarnos sin el apoyo de los supuestos "agentes del orden", para poder salvar a la mujer. Afortunadamente el grupo se retiró en busca de alguna otra víctima con menos defensores y más fácil de agredir, pero dejaron injertado el terror en los desconcertados espectadores y sobre todo en la infeliz embarazada.

Lo que vi me dio asco y me hizo disentir aún más del terrorismo Barbatruco, quien para colmo ordenó que las prisiones y los manicomios fueran vaciados. Y tantos los locos como los delincuentes fueron obligados a emigrar. Incluso prisioneros ya liberados que habían cumplido alguna sanción fueron sacados de sus casas y empujados al exilio bajo amenaza de llevarlos nuevamente a la prisión. El Comediante en jefe quiso limpiar el país y crear una falsa imagen sobre la calidad de las personas que estaban emigrando. Con este truco, Barbatruco quería hacer ver a la opinión pública que los que abandonaban el país eran los delincuentes, era la escoria social.

Cuadra por cuadra el régimen recogió a todos los supuestos antisociales, a las prostitutas y a los homosexuales y los mezcló con los primeros grupos de profesionales, estudiantes, técnicos y gente que espontáneamente desde todas partes de la isla viajaron hacia la playa de El Mariel para tratar de escapar.

Mi excuñado Roberto Ferrándiz que había cumplido una condena de un año de privación de libertad por haber desviado recursos materiales en su trabajo, fue obligado a salir del país en los momentos en que su madre estaba muy enferma. Ella murió y no pudo ver al hijo que no era ningún delincuente, sino un trabajador y un estudiante universitario de la Escuela de Periodismo que había incurrido en un supuesto delito y había ya cumplido su sanción. Sin embargo, lo obligaron a emigrar basados en su reciente record criminal y bajo la amenaza de llevarlo de nuevo a prisión si se negaba.

La madre angustiada no pudo ver a su hijo nunca más, porque pocos meses después murió de un sorpresivo derrame cerebral relacionado con el disgusto y las desesperanzas acumuladas por la forzada separación de su hijo mayor.

Al mismo tiempo el dictador paralizó las fábricas y llamó a los militantes del partido y sus lacayos para realizar una manifestación de repudio frente a la embajada del Perú, para gritar consignas e insultos contra los que se refugiaron allí. Sin embargo, muchos de los que desfilaban aprovecharon la ocasión para penetrar en la embajada y pedir refugio también, porque ya habían puesto custodios y barreras en los alrededores y se había prohibido transitar cerca del lugar.

Una crisis diplomática y una crisis social se afrontaba al mismo tiempo y finalmente esto motivó uno de los más grandes éxodos masivos de la era Barbatruco, conocido como Éxodo de El Mariel, en el que abandonaron la isla rumbo a Estados Unidos, más de 125 mil personas.

Entre los meses de abril a septiembre el país vivió bajo la agonía de reiteradas marchas políticas y ataques contra todas las personas que querían emigrar aprovechando las oportunas condiciones. Finalmente el Tiranosaurio paró el impulso, pues a ese paso la isla se le quedaba vacía.

Muchos no atinaron a irse por miedo a ser una víctima más de la intolerancia. No eran todos los que estaban dispuestos a soportar las humillaciones de los facinerosos fanáticos. Otros se hicieron pasar por homosexuales con tal de ser aceptados rápidamente en los puntos de emigración que se crearon para estos efectos. Mi primo hermano Jorgito Haber se pintó los labios y se disfrazó muy bien de maricón para presentarse, pues les daban prioridad a los individuos de tal naturaleza.

Si se hubiera presentado como lo que era, un joven estudiante del tercer año de la escuela de ingeniería, no hubiera sido aceptado. Yo sencillamente decidí quedarme junto a mis hijos y aunque tuve en esos terribles días suficientes motivos para largarme, no me dio la gana de abandonar mi tierra, ni mi casa, ni al resto de mi familia.

Entendía muy bien que se nos había usurpado lo principal que tiene un hombre: la libertad. Pero no me dejé llevar por los deseos. Yo y toda la familia nos hubiéramos ido sin dificultades en ese climático momento, pues mi tío materno Victor Haber Haber que vivía en Miami y había desembarcado en Playa Girón, vino con su propia lancha dispuesto a llevarnos a todos. Toda mi familia, como ya he apuntado, era desafecta al régimen; sin embargo, sólo dos decidieron subir a la lancha, su hijo menor José Haber Fiol y su exesposa Norma. En muchos de nosotros había desaparecido la idea de la emigración.

Un año antes del éxodo del 80, mi primo Antonio Haber había ido a la prisión para cumplir tres años de privación de libertad por simplemente comentar que quería irse del país. Nunca fue sorprendido en la acción. En los momentos del gran éxodo estaba cumpliendo la condena y no se le liberó.

Este fue su peor castigo. Sólo vaciaron las cárceles de delincuentes para mezclarlos con toda intención con los que pedían emigrar.

Después que cumplió los tres años de condena fue citado e interrogado cada dos meses por la seguridad del Estado, hasta que un día fue encarcelado nuevamente por "Peligrosidad". Cumplió otro año de prisión. Ya no podía vivir con tranquilidad. Finalmente en el 84 pudo emigrar con la ayuda de un amigo y a través de una visa de Panamá. Pasó luego a Miami y un año después pudo sacar a su familia por la misma vía.

Otro primo mío Victor Haber Fiol, hijo mayor del tío que vino a buscarnos en su propia lancha, también se iría años después con su familia, pero reclamado por la familia de su esposa. Otros y otros seguirían cogiendo luego el mismo camino del exilio en forma legal o ilegal. Nuestra familia quedaba completamente desmembrada y regada por el mundo.

Después de los sucesos de El Mariel, las puertas de la emigración se cerraron nuevamente y como la represión seguía aumentando, la emigración ilegal también aumentó. Desde el 59 a la fecha han emigrado, usando diferentes medios y vías, más de un millón y medio de individuos deseosos de vivir en libertad, esto sin contar las decenas de miles que han perdido la vida en el intento.

Con anterioridad al éxodo del año 80, otros flujos migratorios habían ocurrido y hasta cierto punto tenían justificación para que ocurriera, pues los que emigraron en los primeros años de revolución habían sido afectados directamente o de alguna manera por las leyes del nuevo régimen en el poder. Es decir, que los que al principio emigraron fueron fundamentalmente los ricos, los despojados, los que habían apoyado el régimen anterior.

Pero resulta incomprensible este éxodo de El Mariel a 20 años de implantado el nuevo régimen. Este nuevo éxodo, el más grande de todos, surgió de la clase trabajadora. Algo fallaba en un gobierno que compulsaba a emigrar masivamente. No hay que ser un sabio para entender que el sistema político-económico del comunismo es el culpable de tales eventos.

Sin embargo, muchos de los que fueron afectados por el síndrome Barbatruco prefirieron quedarse en la isla para combatirlo. Muchos de estos optaron primero por poner a sus hijos a salvo del "terror rojo" y los enviaron al exilio con la esperanza de reunirse tan pronto como se normalizara todo.

Esto trajo como resultado un éxodo clandestino muy singular, un éxodo de niños entre 6 y 17 años. Desde diciembre de 1960 hasta el 22 octubre de 1962, el día en que se inició la "Crisis de los misiles", abandonaron la isla 14,048 niños y adolescentes en un programa sin precedentes en la historia de la nación, conocido y bautizado por la prensa extranjera como "Operación Pedro Pan"[10]. Después que el presidente de los Estados Unidos Dwight D. Eisenhower anunció la ruptura de relaciones diplomáticas con la isla el 3 de enero de 1961, no fue posible obtener una visa para viajar a este país[11] hasta diciembre de 1965 que comenzaron los "Vuelos de la Libertad".

---

[10] El famoso cantautor Willy Chirino fue un niño Pedro Pan. Léase la novela histórica *Operación Pedro Pan, El éxodo de los niños...*, de la escritora Josefina Leyva (Editorial Ponce de León, Florida, 1993) para que se entienda bien el significado de esa dramática emigración.
[11] La embajada norteamericana cierra sus puertas en la capital y Suiza queda a cargo de la representación estadounidense en la isla.

Los padres de estos niños recibieron la prioridad para viajar. Alrededor de 270 mil emigraron acogidos a las reglas de estos vuelos. Huir de la opresión que se vivía y se multiplicaba fue la solución inmediata para algunos, pero para otros no. Las olas migratorias daban la medida de que el régimen impuesto iba en clara decadencia.

La realidad vivida cuando el gigantesco éxodo de 1980 me dejó marcado para siempre. Algo se rompió completamente dentro de mí. Había tratado por todos los medios posibles de adaptarme a la sociedad y estaba trabajando para ella. Había llegado a renunciar a mi individualidad para subir al tren del proceso comunista. Había logrado hacer quizás una transición a favor de la revolución pensando que a lo mejor yo era quien estaba equivocado. Había destruido muchos poemas disidentes o contestatarios alentados por la poesía publicada por Heberto Padilla en su libro premiado *Fuera del Juego*. Había escrito una literatura apologética. Había entrado nuevamente en el juego y trataba de entender, de justificar, de cooperar.

Pero ya no daba más, ya no podía más y nuevamente se producía en mí la ruptura. Era imposible seguir apoyando un régimen que violaba tantos derechos y promovía tanta corrupción y tanta barbarie. No tenía que huir como huían otros. Hice honor a mi naturaleza rebelde. Empecé a entender que contra el engaño había que luchar desde adentro.

Hice campaña proselitista afrontando los riesgos. En la calle y en mi centro de trabajo criticaba las acciones vandálicas de los actos de repudio y la caótica situación social. Argumentaba con sutilezas que se le estaba haciendo daño a la revolución con tales procederes. Y en círculos más estrechos, buscaba solidaridad y fustigaba abiertamente la dictadura impuesta. Pero parecía inútil, la mayoría callaba, pocos se sumaron a mi voz. Había mucho temor.

Se presentó entonces un hecho insólito en el medio intelectual donde me movía. El partido y la juventud comunista reunieron a un grupo de obreros para hacerle un acto de repudio a una periodista de la televisión que se había marchado del país. Los comunistas estaban rabiosos y paralizaron el trabajo. Pusieron una guagua a disposición del grupo (unas 15 o 20 personas), para ir a la casa de la muchacha y cumplir con lo orientado.

Este grupo estaba formado por militantes del partido y la juventud y no todos los que participaron lo hicieron por voluntad propia, sino obligados por las "orientaciones partidistas". Conocía a desafectos que se incorporaron para evitar las represalias. Yo sencillamente me negué a ese asalto indigno, y expuse mis sólidos argumentos. Logré disuadir a algunos, pero otros se dejaron arrastrar. Comprendo que no tenían otra alternativa. Pero de la indiferencia y la cobardía se ceban las dictaduras.

Una hora después regresó la guagua, pero para nuestra sorpresa todos estaban empapados de agua. Algunos riéndose me explicaron lo ocurrido.

En realidad el acto de repudio se lo hicieron a la mamá de la periodista, pero esta los estaba esperando con dos cubos llenos de agua con hielo detrás de la puerta, y tan pronto como comenzaron a gritar las obscenidades, la vieja salió y sin mediar palabras le lanzó los dos cubos de agua con hielo. Tuvieron que retirarse congelados mientras dos o tres histéricos comunistas golpeaban la puerta, cerrada rápidamente sobre sus mismas narices.

Era como para morirse de risa y no pude menos que aprovechar y soltar mi buena carcajada. Terminó así en comedia lo que pudo haber sido una tragedia de dimensiones incalculables. Alguien de la televisión que conocía a la familia, había llamado por teléfono y había alertado sobre el acto de repudio que se estaba preparando, y la mamá entonces les dio el mejor recibimiento. Después de todo, los comunistas de nuestro centro que, por supuesto allí estaban rugiendo en primera fila, no tenían por qué lamentarse tanto por el baño de agua fría, porque peor hubiera sido que a la desamparada mujer se le hubiera ocurrido lanzarles agua hirviente.

Otros trabajadores de nuestro canal, entre ellos un director de programas, también se fueron por El Mariel cuando menos se esperaba. Pero éstos no dieron tiempo a que les hicieran actos de repudio, pues cuando se regó la noticia ya estaban a noventa millas de la costa y con nuevos planes futuristas en tierras de libertad.

DESNUDOS EN LA FIESTA DEL TIRANO

Después de 20 días en Boniatico sin grandes contratiempos con el adversario, los huelguistas fueron víctimas del mayor atropello imaginado. Eran presos políticos que exigían pacíficamente reconocimiento y mejores condiciones de vida. Lógico. Pero esto era demasiado pedir, y los represores no lo podían aceptar. Hicieron sus planes para derrotarlos, para desaparecerlos, y escogieron muy bien el día del ataque. Ese día fue el 13 de agosto.

Esta fecha no era cualquier fecha, era nada menos que el día del cumpleaños del tirano mayor. Años tras años se había creado la costumbre de que sus secuaces le celebraran la fiesta de su nacimiento en toda la isla. Esto era parte de su programa para exacerbar "el culto a la personalidad" del líder, muy bien orquestado, para envilecer más las mentes de los fanáticos, y darle al líder la categoría de Dios, omnipotente y omnipresente.

Temprano en la mañana invadieron las celdas. Un enorme grupo de guardias les quitaron por la fuerza todas las ropas y las pocas pertenencias que les habían finalmente devuelto para calmar en algo la rebelión. Al menos los represores descansaron por esos días de los prolongados toques sobre la tola de metal que cubría la mitad de las puertas enrejadas.

Les quitaron nuevamente todo, incluyendo el jabón, el cepillo y la pasta dental, también todas las ropas, incluso las que llevaban puesta. Estaban totalmente desnudos, sin sábanas siquiera para cubrirse del frío y los agresivos mosquitos.

A un numeroso grupo de huelguista se lo llevaron en fila india por el largo pasillo central, y los fueron distribuyendo en los destacamentos nuevamente. Viéndolos desfilar así, se podía rememorar las escenas de los judíos desfilando hacia los crematorios de la Alemania nazi-fascista. Fue bochornoso. Querían forzarlos a la rendición.

Fue realmente abusiva la represión. Combinaron la agresión física con la agresión moral. Lo hicieron con el objetivo de que se vieran obligados a ponerse nuevamente las ropas de preso común. La mayoría habían sido encarcelados por expresar sus ideas opositoras. Eran prisioneros políticos de conciencia, definidos así por Amnistía Internacional, Reporteros sin Fronteras y Human Rights

Watch. Estas prestigiosas organizaciones internacionales acusaban al régimen, que era sentenciado cada año en las cumbres de derechos humanos celebradas en Ginebra.

Los prisioneros políticos rechazaban vestirse como el preso común. Pero frente a la humillación de verse desnudos, algunos optaron por ponerse nuevamente el abominable uniforme, totalmente frustrados, hasta con lágrimas en los ojos. Sin embargo otros se mantuvieron firmes, indoblegables, hasta el final.

A ocho de ellos los dejaron en Boniatico. Cinco quedaron en la planta superior y otros dos en la primera planta, cerca de la celda donde tenían a Ismael. Los represores suponían que eran los más recalcitrantes y difíciles de someter. Y no se equivocaron.

Debían ejercer la mayor presión sobre ellos y así lo hicieron. Ese mismo día se declararon todos en huelga de hambre. Tenían esto previsto sólo para en caso de que se ejerciera sobre ellos alguna excesiva arbitrariedad. La nueva situación lo exigía. Frente al abuso no tuvieron otra alternativa que el necesario sacrificio a costa de la vida misma.

Al otro día les metieron un preso común en cada celda, con la orientación de evitar que golpearan la tola. El mismo día del ataque masivo comenzaron nuevamente los infernales toques, cinco veces al día, durante el día y la noche. Era una respuesta necesaria. Juan Carlos Castillo no estuvo de acuerdo al principio con esta acción provocada por la abusiva represión. Era de mediana estatura, de gruesa voz y muy pausado al hablar. Tenía demasiadas canas para su edad. Era un profesor de matemática y quizás por eso calculaba mucho todo. Pero había perdido también el miedo. Finalmente todos participaron en esa producción de ruidos infernales para descargar angustias, impotencias y quebrantos.

A Ismael le pusieron en la celda a un negrón enorme, como de siete pies, que era boxeador. Se llamaba Rolando Sagarra, pero le decían Roli; y resultó ser nada menos que sobrino de Alcides Sagarra Carón, el famoso entrenador nacional de boxeo, que siempre viajaba con el equipo de boxeadores a los eventos deportivos internacionales.

Al parecer todo lo habían diseñado y arreglado para que los huelguistas perdieran la pelea.

SE QUIEREN ENSAÑAR CONMIGO

Al parecer me tocaba ahora el turno. Me llegó una citación donde se me pedía que asistiera a una reunión en la oficina de nuestro director general de la televisión, el ya mencionado Antonio Palacio. No sabía cuál era el motivo ni cuál el tema a tratar, pues la citación no me brindaba mayores detalles. Pero a veces uno se huele dónde está la mala espina.

Comenté el asunto con una persona que era también militante comunista, pero que siempre me inspiró confianza. Esta persona conocía de la encerrona que se me estaba preparando y me alertó. Gracias a ella, de la que recuerdo muy bien su nombre, pero que por razones obvias no debo revelar, me preparé lo mejor que pude para hacer mi defensa.

No todos los militantes del partido son ciegos fanáticos servidores del régimen. Muchos llevan el carnet para obtener sólo los beneficios y las oportunidades que éste le brinda. Y aunque en los últimos tiempos muchos han renunciado a él, otros lo mantuvieron con tal de no buscarse más problemas de los que ya tenían.

A la hora y día señalados me presenté. La mañana estaba soleada y a pesar de que bullía en un volcán de intrigas y desórdenes públicos, pude encontrar la quietud espiritual en los mismos ánimos que yo me había inculcado. Soy optimista, pero no ingenuo. Había utilizado mis tácticas discursivas en reiterados enfrentamientos y la mayoría de las veces había vencido. De no tener este malgenio hereditario, producto del cruce de árabe con isleño, hubiera servido para diplomático. Mi plan era vencerlos con sus mismas armas.

Allí estaban todos los que dirigían y controlaban el trabajo, como fieras carnívoras frente a la carne apetitosa: el secretario del partido, la secretaria de la juventud, el funcionario de la seguridad del Estado, la directora de mi departamento y el secretario general de la sección sindical.

El director general fue quien comenzó la pelea. Estaba parsimonioso sentado detrás del gran buró. Enmarcado en un fondo verde oscuro de cortinas gruesas y plegadas sobre la pared, estaba un gran retrato del Comediante en jefe colgado de unos hilos invisibles que salían del cielorraso. Habló primero de mis cualidades como trabajador, de mi talento, de mi capacidad de trabajo (era un esquema que todos ellos utilizaban cuando querían dorar la píldora), y que era una lástima que hubiera caído en tantos errores en los últimos tiempos.

Luego entró en materia. Dijo que le habían llegado los rumores de que yo me oponía a los "actos de repudio" contra aquellos que traicionaban la revolución. Mencionó algunos ejemplos, y sobre todo el repudio que le hicieron a la "periodista desertora." Subrayó que los trabajadores del canal que habían desertado eran unos ingratos que se merecían nuestro repudio, porque en la televisión sólo pueden trabajar los revolucionarios y que yo no me estaba comportando como tal y que él lamentaba tener que tomar una decisión enérgica conmigo. «Pero tenemos que hacerlo, porque no podemos permitir debilidades, ni ninguna actitud que atente contra los principios comunistas y la defensa de la patria».

Poco faltó para que terminara con la frasecita esa de "Socialismo o muerte" que había inventado últimamente el Comediante en jefe para terminar sus redundantes discursos. Los otros hablaron con la misma monserga.

Los escuché atentamente, sin interrumpir, mirándolos fijamente, serenamente. Para eso me había preparado y estudiado bien mi papel. Fui la contrafigura de la función y viví plenamente el personaje del tigre que espera pacientemente para iniciar el ataque, a pesar de que me tasaban como un desdichado carnero rumbo al matadero.

No me alteré frente a la amenaza de expulsión. Más bien hice un gesto que pudo ser una afortunada sonrisa. Todo parecía indicar que era ya un hombre muerto en el pelotón de fusilamiento. Ellos me sabían un tipo temperamental capaz de discutir apasionadamente, muy ligado a la personalidad de Baratute, el personaje central de mi cuento "Tajada dulce": *"No se equivoque conmigo, compay, que yo lo mismo le hago un poema a la luna que le arreo un trompón a cualquiera. Si no quiere mi amistad mantenga la distancia".*

Sabían cómo manejar el juego, que no se me podía estar sofocando mucho, pero sabían también que yo estaba en desventaja y quisieron ensañarse.

A pesar de que llevaba sólo cuatro años trabajando con ellos, todos me conocían bien, pues no soy de los que dicen mentiras ni callan verdades. En las reuniones de trabajo era polémico hasta la saciedad cuando había que salirle al paso a la mediocridad. Y no es que sea alardoso, pues nací y me crie en el Tivolí, un barrio de negros, donde había que pelear muy duro para no dejarse mangonear.

También habló Juan Wong, el secretario de la sección sindical, miembro del partido. Era un chino grueso, alto y lento que arrastraba los pies al caminar y parecía no inmutarse frente al peor de los desastres televisivos. Cuando trabajaba con él me hervía doblemente la sangre, frente al desastre y frente a su inmutabilidad. Era de los que se adjudicaba el derecho de hablar del carácter de los demás tomando como patrón su falta de carácter. Incluso frente a su mujer quien trabajaba como jefa en el departamento juvenil y lo manipulaba como a un títere. Nunca entendí como se podían soportar uno al otro, porque eran temperamentos totalmente opuestos. «Espero que entiendas bien lo que se te dice, Sambra —apuntó moviendo con parsimonia su cabeza de poco pelo—. Siempre se está a tiempo para rectificar».

Todos dijeron algo o casi lo mismo. El problema se centraba en que yo estaba en contradicción con las orientaciones del partido, y no sólo yo, sino también el escritor y crítico de cine Rafael Carralero[12]. Él había manifestado cosas negativas y que si él no estaba en la reunión era porque andaba por la capital buscando películas para comentar en el programa de cine que tenía a su cargo. «Cuando regrese haremos con él lo mismo».

Finalmente, me dieron la palabra, o mejor dicho me dejaron hablar. Estoy seguro de que mi silencio los preocupó. Ellos sabían que yo no podía estar mucho tiempo callado. Tanto mi silencio como la suavidad de mi rostro y mis calmados gestos, los tenían sorprendidos. Quizás esperaban desde el inicio la guerra abierta. La réplica inmediata hubiera sido la lógica frente a tanto impudor. Pero no, les cambié el paso, recibí la descarga sin inmutarme para nada. Empecé a usar la técnica de "la pasta china" como calificaban los trabajadores al chino Wong cuando lo veían aparecer en el estudio, convertido, por obra y gracia de su carnet del partido, en director de espectáculos festivos de la televisión. ¡Increíble pero cierto! Con mi personaje les saqué ventaja.

Empecé diciéndoles que por favor no me interrumpieran, puesto que yo los había escuchado pacientemente sin interrupciones. Les dije que era lamentable que ocupando tan altas responsabilidades estuvieran tan mal informados. Y que pensaba que todos me conocían bien, pero que frente a las erradas valoraciones que habían hecho sobre mi persona, tenía que pensar lo contrario.

—Ustedes saben que yo soy un revolucionario —dije sin ironía al hacer el verdadero uso de la palabra revolución—, y esto lo he demostrado no sólo en mi vida privada, sino también, en mi vida intelectual a través de mis obras publicadas en periódicos y libros. Mi obra es el mejor testimonio de lo que soy. Mi pluma está al servicio de los revolucionarios en el más amplio sentido de la palabra.

---

[12] Rafael Carralero, flaco y con un mechón de pelo negro que sabía colocar muy bien sobre su frente para ocultar su calvicie, estaba a cargo de un espacio de cine comentado: "De cine se trata". Se refugió en México en ese raro exilio que adoptaron muchos intelectuales para no romper definitivamente con el régimen. Al principio, el intelectual que abandonaba el país era declarado inmediatamente traidor y sobre él caían infinidades de improperios y no se les permitía regresar. Este "exilio intelectual de nueva moda", como podríamos llamarle, al parecer creado por Abel Prieto, Ministro de Cultura, daba la posibilidad de mantener los vínculos con el régimen, siempre y cuando no se hicieran declaraciones públicas en contra.

Porque revolución significa, evolución, progreso, cambio progresivo. Los que no hacen culto a este significado son los contrarrevolucionarios...

Siempre es bueno en estos exordios ir haciendo pausas para ir valorando las reacciones. Así lo hice. Estoy seguro de que no estuvieron de acuerdo conmigo en la definición de la palabra revolución, pues para ellos revolución, patria y comunismo era una misma cosa.

—Sé que pueden expulsarme en cualquier momento de mi trabajo bajo cualquier pretexto. No hizo falta que me lo advirtieran. Pero sepan que si lo hacen por los motivos que me indican van a cometer la peor de las injusticias. Mi actitud de rechazo a "los actos de repudio" responde a que esta brutal acción ha dejado un saldo lamentable de heridos y muertos, porque se han equivocado los métodos. Si se sigue por ese camino se tendrá que lamentar mucho más...

Les puse varios ejemplos. Les hablé de la mujer embarazada que refugiamos en La Isabelica, les cité el caso del policía que mató de un tiro al hombre que lanzó su automóvil contra la turba que lo agredía. Puntualicé sobre las acciones contra personas inocentes que ni siquiera tenían intenciones de abandonar el país. Les dije que esos eran actos contrarrevolucionarios y antihumanos que atentaban contra la imagen de justicia que quería dar la revolución y que hacían muy mal si entendían eso como justo, que nosotros éramos un centro de trabajo de artistas y profesionales, de personas cultas, que sabíamos diferenciar muy bien lo malo de lo bueno y que no podíamos descender al nivel de los fanáticos que en nombre de la patria están atentando contra la patria e incluso que contradicen las palabras del máximo líder.

Y ahí mismo saqué de mi portafolio un folleto con entrevistas realizadas al Comediante en jefe y les leí el fragmento donde él decía que se respetaban a los que querían abandonar el país, que aquí no se obligaba a nadie a estar con la revolución, que "los que se quieran ir que se vayan..." porque "no los queremos, no los necesitamos." Por supuesto que yo sabía que esto era pura cháchara declarada frente a una acuciosa periodista norteamericana que terminó sacándolo de sus casillas con sus "preguntas capciosas".

Decidí usar estas expresiones de Barbatruco para demostrarles el error de las acciones de repudio emprendidas contra los que querían abandonar su barco[13]. Sin embargo, parecían sorprendidos

---

[13] Sus palabras fueron negadas por sus acciones, y sus discursos estaban llenos de contradicciones. Nunca ha cumplido con sus promesas, empezando por esta de hacer elecciones pluripartidistas cuando prometió que *"Los partidos políticos se organizarán dentro de unos 8 o 10 meses. En estos primeros tres meses de la liberación es un crimen lanzar al pueblo a la política. Es mejor trabajar febrilmente para reconstruir la nación"*. Preparaba su coartada. Ante las cámaras de la cadena de televisión norteamericana CBS que casi siempre aceptó su propaganda, declaró *"Si no damos libertad a todos los partidos para organizarse no seremos un pueblo democrático. Hemos luchado para dar democracia y libertad a nuestro pueblo."* Dijo que todo estaba garantizado con *"la opinión pública, nuestra palabra, nuestras intenciones. Porque somos desinteresados, porque es obvio que no ganamos nada no celebrando elecciones."* El muy ladino sabía bien lo que era democracia y montó su farsa fusilando y encarcelando a los que lo acusaban de comunista. Varios meses más tarde, ante las cámaras de los noticieros mundiales, repetiría en el "Club Nacional de Prensa" en Washington: *"Yo sé qué es lo que les preocupa a ustedes. Y quiero que quede bien claro. No soy comunista"*. Por estas y otras muchas razones lo he calificado como "el mayor cínico de la historia" en mi libro ensayo **El Único José Martí...**, donde demuestro que José Martí, el pensador de América, pronosticó la inoperancia del comunismo con sólo haber leído las aberraciones teóricas o las teorías aberrantes de su creador Carlos Marx.

ante las citas textuales y ninguno se atrevió a contradecirlas y menos a decir que eran contradictorias estas palabras, expresadas por quien había orientado la creación de las Brigadas de Respuesta Rápida, "para defender los principios de la revolución frente a los traidores" y donde paradójicamente "el pueblo tiene la palabra" como para que los esbirros empezaran a hacer lo que les diera la gana o lo que les había orientado el partido.

Con mi cita textual los neutralicé un poco, porque... «Esto que ustedes leen aquí —les indiqué—, esto lo dijo él, y se contradice con lo que está sucediendo en la realidad». Los atrapé con una de las técnicas usadas por los sofistas. «Así que les aconsejo que se estudien bien estos discursos, que se documenten bien, sobre quién dio esa orden de atacar brutalmente a mujeres indefensas, porque ése individuo está haciendo contrarrevolución y esto favorece al enemigo...».

Pensando en esto, me ataco de la risa, porque había que verles las caras de susto que pusieron, sobre todo cuando les recalqué que «El máximo líder es quien decide, ¿no es así? Él es el partido y el gobierno, y está sucediendo lo contrario. Luego vendrán las depuraciones de responsabilidades por los excesos cometidos. Y ustedes deben estar bien preparados. Pregunten bien, investiguen bien, y entonces si creen que no tengo razón, si creen que debo ser expulsado, porque decidí cumplir con estos pronunciados, entonces, allá ustedes...».

Estuve formidable en mi defensa y sé que todo lo dije mucho mejor que como lo pongo aquí. Me sentía seguro e inspirado, porque sabía que estos lacayos del régimen estaban llenos de dudas y de miedos. Además, creo que soy mucho mejor hablando que escribiendo, sobre todo cuando me siento así acorralado. Los dejé como náufragos en un mar de interrogantes y confusiones. Salí airoso de la encerrona donde supuestamente yo tendría que suplicar perdón por los errores cometidos. Ellos esperaban siempre eso y les cambié la rima. «Sepan que en cualquier momento el partido mismo mandará a detener estas bárbaras acciones que ya sobrepasan los límites del error».

SENTADOS EN UN BARRIL DE PÓLVORA

He podido constatar que la mayoría de estos seres que representan los intereses del régimen desde diferentes posiciones de mando, viven muy presionados, pues la mayoría tienen muy poca cultura y poca capacidad de razonamiento.

Con cuatro palabras bien manejadas se les pone rápidamente a la defensiva. Todos, sin excepción, quieren preservar el poder alcanzado. Todos tienen miedo de equivocarse y ser juzgados por ello. A causa de ese miedo constante a perder sus privilegios es que son fáciles de manejar por los de arriba y por los de abajo. Un dirigente comunista es en verdad un esclavo de su posición política.

Creo que lo que me hizo sobrevivir tanto tiempo dentro de este sistema, a pesar de mis rabietas y ataques vesiculares, fue la clara comprensión que tuve de esto. Todos estaban "sentados en un barril de pólvora" detrás del buró, tal y como me dijo el Viceministro de Transporte, en su lujosa oficina de la Avenida de los Presidentes en la capital.

Después de haber sufrido la amarga experiencia de viajar más de 24 horas en un "tren especial" de pasajeros, que nada de especial tenía, que más bien debíamos llamarle "Tren de angustia y excesivo calor", porque tenía hasta los aires acondicionados rotos, llegué finalmente a la capital. Tenía una cita con la Fiscalía General de la República para tratar sobre las posibles infracciones cometidas en el juicio de papá. Había planificado un viaje que sólo debía durar 12 horas. El tren debía arribar a la capital a las 6 de la mañana. Tendría la entrevista a las 10 a.m., y debía regresar en el tren de las 6 de la tarde.

Pero increíblemente el tren llegó a la capital a la hora que tenía que regresar. Había sido estafado, pues pagué pasaje de primera y se me había dado un servicio de quinta categoría. El lío que formé fue mayúsculo. Estaba bien indignado. Mostré mi carnet de periodista y dije que haría, además de una crítica en la prensa, una demanda de indemnización por daños y perjuicios en la Fiscalía de la República con la que precisamente tenía una cita ese día.

Aquello cayó como una bomba, y el jefe de pasaje del ferrocarril occidental fue sacado con urgencia de una reunión partidista para que atendiera mis reclamos. Reclamé además por la devolución de mi dinero. Fui el único de un tren de 12 vagones repleto de pasajeros que se enfrentó al desastre, a pesar de que había hablado con algunos que refunfuñaron y se lamentaron durante todo el trayecto en cada parada no programada, paradas interminables que hizo el supuesto "tren especial", pues le dio paso incluso a los trenes cañeros.

Los funcionarios me confesaron que era la primera vez que alguien se quejaba y que por eso no sabían qué hacer, que no tenían experiencia en este caso. La ley habla del derecho a la indemnización para compensar daños y perjuicios; sin embargo, no conozco a nadie que se haya atrevido a demandar por este concepto a las empresas o a los centros de servicios del Estado, que es el absoluto dueño de todo.

Finalmente, gracias a mi testarudez consuetudinaria, y al ellos ver que me había quedado literalmente en la calle, terminaron pagándome una habitación en el hotel Sevilla y las comidas en el comedor de la estación de trenes. Al otro día asistiría a una cita que me había concedido el Viceministro ante la inusual demanda.

Los pasajeros pensaban que sería inútil cualquier reclamación, por eso me abandonaron a última hora. Hasta ese extremo viven escépticos y decepcionados los consumidores que ven violados reiteradamente sus derechos. Nadie se siente seguro de tener éxito en sus reclamos. Todo lo contrario, temen ser catalogados de desafectos al demandar al amo. Yo mismo dudé si debía seguir adelante con mi plan. Entonces preferí resolver primero mi inmediata necesidad, porque me cerraron la boca con la nada despreciable oferta del hotel y las comidas. "Del lobo aunque sea un pelo", porque "es mejor pájaro en mano que cien volando". Por ser un fiel seguidor del refranero popular, he logrado muy buenos resultados con la aplicación de sus consejos.

Me trató muy bien. Se le veía impositivo pero amistoso en su lujosa oficina. Cortinas plegadas en las paredes. Amplio buró y al fondo un gran cuadro con la imagen de Adolfo Hitler; quiero decir, del Comediante en jefe. Era lo acostumbrado, la acostumbrada decoración utilizada por los altos funcionarios fascistas del partido y el gobierno. El mismo estilo para garantizar el cargo. Una hermosa mujer muy bien vestida con chaleco, minifalda y tacones altos, nos trajo café del bueno acabado de colar.

Después de oír las justificaciones del Viceministro, el cual le echaba la culpa del retraso al ferrocarril oriental y al ferrocarril central, y que ellos como ferrocarril occidental, no debían pagar las culpas de otros, llegamos al punto de las confesiones personales, y como yo no sabía a cuál de los tres ferrocarriles demandar terminamos amigos, porque me ofreció además, un pasaje de regreso gratis. Ellos eran dueños de todo y sabían muy bien cómo hacer las cosas con tal de que el "barril de pólvora" donde estaban sentados no se le explotara en las nalgas.

Donde quiera era igual. Los funcionarios vivían pataleando en el mismo fanguero y aunque algunos han tenido suerte y han "caído para arriba" después de haber creado el caos a su paso, otros han "caído en desgracia" y lo perdieron todo por no haber sido más cuidadosos en sus artimañas, administraciones y atribuciones. Sabían por experiencia que el Comediante en jefe vivía decapitando y juzgando los errores de los demás, porque él "nunca" cometía errores o al menos nunca se les había podido señalar, ni mucho menos juzgar por ellos.

AMOR AL ARTE

En ese litigio constante con el medio y con mis frecuentes decepciones, pude de alguna manera sobrevivir. Pasivo nunca. Después de la encerrona que me programaron en mi centro de trabajo y de mi triunfo inesperado, me mantuve lidiando doce años más en aquel nido gobernado por rapaces comisarios del régimen, y jamás pudieron doblegarme. Mis aceptaciones del juego fueron sólo pasos tácticos en mi estrategia de lucha. Nunca arriesgué mi dignidad. Nunca negocié a costa de ella.

Cada vez fui adquiriendo mejores niveles y mejor salario. Nunca tuve una ausencia, nunca se suspendió un programa por mi causa. Siempre defendí el trabajo creador. No hice política, ni propaganda a favor. Fui siempre polémico aun frente a lo inevitable. Desempeñaba sencillamente mis funciones sin caer en faltas que me perjudicaran ni perjudicaran a nadie. Participaba como cualquiera en las reuniones, en la guardia obrera, en los desfiles, en la preparación militar. ¡Claro! De esto nadie se podía escapar. Pagaba mi cuota sindical, "donaba" un día de salario al año para las Milicias de Tropas Territoriales (MTT). Cumplía con todo lo orientado, porque estaba forzado a ello; pero sin mostrar adhesión, sin dejar que anularan mi personalidad e hicieran de mí un robot. Otros fueron realmente despreciables en este juego de la doble moral. Y sentí mucho asco y mucha lástima por ellos.

Me gustaba mi trabajo y las posibilidades y el tiempo que éste me daba para estudiar y escribir. No quería perderlo. Trabajaba con calidad y no daba motivos a nadie para descalificarme. Todo lo contrario. A pesar de mi actitud contestataria, se veían obligados a los elogios sobre mi labor en las asambleas de chequeo de la calidad.

Fui eficiente y creativo no por compromiso, no por amor a la revolución, sino por amor al arte y por simple afición y amor a la eficiencia. Creaba nuevos programas de gran aceptación por la teleaudiencia. Escribía buenos guiones para programas nacionales que se producían en Santiago. Los directores de la capital me buscaban frecuentemente para estos casos especiales. Todo me iba bien por fuera, aunque no en mis adentros. Me sentía limitado, frenado, frustrado, pero tenía deseos de hacer más por mi trabajo, aunque las escaseces de recursos y los esquemas impuestos me ahogaban. Sufría, sí. Las constantes trabas me iban matando lentamente la ilusión. Se iban ahogando en mí los sueños.

Una vez me llevaron de urgencia al hospital, porque me había subido la presión, después que me suspendieron uno de mis más queridos programas. Estaba escribiendo y dirigiendo un programa cultural de mucha aceptación precisamente dedicado al arte y a la literatura: "Haciendo Camino". Aprobaron mi proyecto original y pasé más de dos años realizándolo y desarrollándolo. Fue un pedazo de mí mismo y me dediqué a él con todo mi potencial creativo. Sabía que podía hacer mucho y empecé a filtrar mi lenguaje disidente enfrentando riesgos.

Al principio me dieron el Estudio 2, que era muy pequeño y me ofrecía pocos recursos, con sólo dos cámaras en blanco y negro. Allí se hacían los programas de panel, usando láminas y fotografías. Luego nos "ganamos" el Estudio 1, más grande, mejor equipado, donde podía usar tres cámaras con las técnicas del color y el recortador de imágenes. Con esto mejoré mucho más la calidad del programa. Me dieron el Estudio 1 de tanto insistir en la importancia que el programa tenía para captar y formar culturalmente al público que ya nos había aceptado.

"Haciendo Camino" fue único en su género y estilo en todo el país. El programa comenzaba siempre con la canción de Juan Manuel Serrat: "Caminante no hay camino se hace camino al andar..., golpe a golpe, verso a verso", basada en el poema de Antonio Machado. El programa ganó respeto hasta en los técnicos que casi siempre se mostraban renuentes a hacer este tipo de programas. Todos nos íbamos entregando cada vez más al momento de la creación.

Nos llegaban muchas cartas. El público participaba.

Un día el programa se suspendió después de tenerlo todo ya listo para la transmisión en vivo y en directo. Había llegado una orientación del partido provincial de que se tenía que transmitir en ese horario el discurso del secretario del Partido Comunista en la provincia.

Esto mismo podía sucederle a cualquier programa en cualquier momento. Ese día le tocó al mío. Es decir, sacrificio de alfil para defender al rey del ajedrez. Y no sólo se perdió una importante pieza del tablero, sino una infinidad de recursos materiales y humanos, contratos, salarios, tiempo, para llegar de todos modos a la pérdida del juego. Ya habíamos hecho los ensayos reglamentados. Ya todo estaba listo para la transmisión cuando llegó la orden de suspensión.

Para colmo ese día dábamos los resultados de un concurso en su etapa final y el televidente esperaba. Cientos de televidentes habían participado a través de cartas. Todo se había preparado tan bien y con tanto amor que el anuncio de la suspensión nos derrumbó. Yo salí del estudio tratando de contener mis nervios y eso fue al parecer lo que por poco me mata.

Tuvieron que llevarme de urgencia al cuerpo de guardia del Hospital Provincial. Soy cardiópata isquémico y sufro de espasmo coronario. La presión me subió. El disgusto pudo haberme producido un infarto.

Chilín (Díaz Cominche), un excelente director de programas musicales, me lo decía siempre: «No se puede coger mucha lucha con esto, Sambra, tómalo todo con carácter deportivo». Tenía razón, pero uno siempre se cree que puede luchar contra lo imposible y le pone a cada trabajo su poquito de esperanza.

Tenía razón mi buen amigo Chilín, quien luego "cayó en desgracia" por haber hablado demasiado en uno de sus viajes de trabajo al extranjero. Se le olvidó que en esos viajes todos estaban vigilados y que había que callar y actuar con rapidez si se quería tener éxito en la fuga. ¡El pobre! perdió todo al final de la contienda, a pesar de no "coger tanta lucha" con la tribu de los Incas (de los incapaces). Así les decíamos a ésos que frenaban y creaban problemas en lugar de arte. Siempre me acuerdo de su mejor chiste cuando lo instaban a practicar deportes «Yo sólo practico dos deportes, el Highball y el levantamiento de jeba». Se refería al coctel con soda y ron, y a la conquista de mujeres, (sus únicos hobbies), y no había comunista capaz de sacarlo de ese paso.

Se burlaba de todo a pesar de que tenía un tío general que viajaba todos los años desde la capital para parrandear como padrino de la famosa comparsa-paseo La Placita, en los desfiles del carnaval. El general trataba muchas veces de comprarnos para garantizar el primer premio para su grupo, regalándonos a los miembros del jurado, algunas botellas de ron de exportación y algunas invitaciones especiales para que participáramos en las fiestas donde altos funcionarios del gobierno rememoraban cada aniversario del 26 de julio, día del asalto armado al cuartel Moncada. Era día de fiesta para ellos, pero en realidad día enlutado, donde decenas de jóvenes rebeldes ilusionados y soldados acuartelados perdieron la vida.

Con tantas trampas, tanto engaño, tanta corrupción, tantos impedimentos, cualquiera desistiría. Pero quería hacer más, decir más, minar aquello que me asfixiaba, aunque sin estirar demasiado la cuerda. Mi actitud era atrevida, pero calculaba bien mis movimientos. La Perestroika y la Glasnost en la Unión Soviética me daban la medida definitiva de que estaba viviendo bajo un sistema fracasado. Su derrumbe total finalmente lo demostró.

No podía ejercer la libertad de expresión, ¡claro!; pero busqué la forma de ser consecuente con mis ideas. En la pared de mi oficina comencé a poner carteles con pensamientos de José Martí, que hablaban de la libertad. *"Libertad es el derecho que todo hombre tiene a ser honrado, a pensar y a hablar sin hipocresía". "El hombre que no dice lo que piensa o no se atreve a decir lo que piensa no es un hombre honrado."*

Nadie podría censurarme abiertamente esto, porque eran las palabras de nuestro José Martí, y el gobierno en su propaganda decía seguir las ideas martianas. Estos carteles los llevé primero a la pantalla. Los mandé a dibujar al departamento de diseños para utilizarlos en mi programa "Haciendo Camino" todas las semanas. En todos sacaba algo de José Martí y explicaba sus ideas sobre la república que él quería. Citaba sus libros, su ejemplo, su inmensa obra escrita. Todo bien calculado y definido hasta el punto de que se lograra entender el sentido de lo que queríamos decir. Colábamos el mensaje subliminal para que el público lo contrastara con la realidad de censura y de represión que se estaba viviendo. El locutor del programa Asdrubal Caner, quien después fue uno de los miembros de El Grupo, era un destacado poeta y profesor de la universidad, y ambos nos poníamos de acuerdo para hacer los agudos comentarios.

Las ideas de Martí niegan en su esencia El Comunismo. El régimen de Barbatruco creó el Centro de Estudios Martianos en la capital para hacer creer que Martí era un comunista. Algunos intelectuales, con tal de complacer al tirano se atrevieron a interpretaciones que se alejaban totalmente de la realidad. A través de artículos y trabajos investigativos algunos intelectuales y estudiantes hablaron de un Martí comunista. Falso. ¡Falso!

Todo lo que estábamos viendo y viviendo se alejaba cada vez más de José Martí. Barbatruco calificó a Martí como "el autor intelectual del asalto al cuartel Moncada" y se autocalificó como martiano. Hipócritas y bien calculadas fueron sus palabras.

Martí es, sin dudas, hoy por hoy, su principal opositor, tal y como lo demuestro en mi libro ensayo *El único José Martí...* Barbatruco quiso respaldar sus acciones y sus ideas comunistas, tergiversando a Martí. Para eso creó no sólo el Centro de Estudios Martianos; sino también, el Seminario Nacional de Estudios Martianos. Ninguna "vaca sagrada" de la intelectualidad se atrevió a desmentir tal felonía y esto pesará siempre sobre la conciencia y la historia de los Fernández Retamar, los Cintio Vitier, los Luis Toledo Sande, entre otros, que desorientaron y mintieron para seguir complaciendo al amo y seguir gozando de ciertos privilegios.

De Cintio Vitier cuento mi propia experiencia cuando en uno de mis viajes a la capital me encontré por causalidad con él y su esposa en el Restaurante 1830. Estaban en ascuas, porque habían visto lo que les había ocurrido a otros intelectuales como Lezama Lima, Virgilio Piñera, Guillermo Cabrera Infante, Heberto Padilla, etc., a causa de sus expresiones y disentimientos.

Dos camarógrafos profesionales irrumpieron en el lugar y comenzaron a grabar a los presentes, incluyendo la mesa donde él y su esposa la poetisa Fina García Marruz se encontraban disfrutando del almuerzo. Cintio se paró y reclamó a los intrusos para que borraran la grabación que no había autorizado. Se veía muy nervioso, muy asustado, muy preocupado frente a la sorpresiva invasión. Los camarógrafos fingieron borrar el video, y yo tuve que intervenir, pues sabía de la única manera que eso se podía lograr. Había que retroceder la cinta grabada y volverla a grabar apuntando a la pared. Así vivían los famosos escritores. Era la primera vez que hablaba con estos temerosos ancianos.

Cintio nunca brilló como debía brillar, acorde con sus creencias y su posición ideológica y religiosa. Su actitud conformista o indiferente ante los desmanes del opresor, le restaron autenticidad intelectual. Su esposa fue un poco más audaz al final de su vida, al negarse a firmar una carta de repudio contra un grupo de intelectuales, liderado por la poetisa María Elena Cruz Varela, quienes pedían reformas políticas y económicas después del derrumbe del comunismo.

Yo sabía sin dudas que me estaba quemando en mi propia sartén. Pero me quemaba lentamente y con gusto. Divulgaba éstos y otros pensamientos martianos, porque sabía que resultaban subversivos para el régimen, porque sabía que con ello irritaba a los comunistas y complacía a la mayoría de los obreros quienes disfrutaban mi punzante mensaje.

Alguien un día se atrevió a quitar uno de los carteles. Algún rabioso fanatizado que se sentía aludido y no se atrevía a darme el frente. El cartel le dolía mucho seguramente, porque definía precisamente lo que es la libertad; pero sólo comenté sobre el vandálico hecho, sin ánimos de descubrir al culpable. Sencillamente opté por mandar a diseñar un nuevo cartel y quedó hasta mucho mejor diseñado. Como director de programas de tv tenía autoridad para hacerlo.

Sin dudas estaba surtiendo efecto mi "propaganda enemiga" que no podrían catalogar jamás de violatoria de la aberrante ley como para condenarme a prisión. Todo me iba saliendo bien en esa guerra sutil, no declarada, hasta que al fin encontraron el motivo para mi definitiva expulsión.

CAPÍTULO VI

SE DERRUMBA EL COMUNISMO

Cuando se derrumbó el comunismo la cosa se puso peor. La caída del muro de Berlín el 9 de noviembre de 1989, lo cual propició la unificación de Alemania, marcó el comienzo de una reacción en cadena que culminó con el derrumbe de esa perniciosa estructura de poder. En la isla los fanáticos comunistas se mostraron temerosos en los primeros meses y luego se fueron tornando cada vez más agresivos. En la televisión no se reflejaron nunca las imágenes de lo que estaba sucediendo en Europa del Este. Las informaciones eran tímidas y siempre calzadas con críticas hacia la revolución democrática que estaba ocurriendo.

Nunca se transmitieron los reportes de los corresponsales y agencias de noticias que desde el lugar de los hechos se enviaban a los medios masivos de todo el mundo. Estas informaciones sólo se consumían a nivel de gobierno y del Comité Central del Partido Comunista. Se convirtieron en "secreto de estado" y eran inmediatamente censuradas.

Las imágenes del derribo del "Muro de Berlín", calificado como uno de los grandes acontecimientos políticos-sociales del siglo, jamás fueron transmitidas. Sólo los interesados en conocer lo que en realidad estaba sucediendo buscaron en las transmisiones radiales de onda corta la información, y no todos tenían una radio con potencia suficiente para captar la señal de Radio España o de Radio Francia Internacional o la BBC de Londres con sus programas en idioma español.

La mayoría recurría a Radio Martí, que transmitía desde los Estados Unidos. Pero siempre quedaba la duda de si lo que se estaba diciendo era o no verdad, porque la campaña difamatoria del régimen acusaba a esta radio emisora de mentirosa y distorsionadora.

Los comunistas de mi centro de trabajo estaban que ni hablaban. Parecían sombras escurridizas dislocadas en los pasillos. Un silencio mortuorio invadió sus almas que a partir de entonces estuvieron colgadas de un hilo. ¿Qué va a pasar en la isla si todos los pilares se estaban derrumbando? Esta era la gran interrogante. A ninguno los vi de bravucón defendiendo los principios del sistema. Estaban más achurrados que una lombriz al sol. Los grandes generales del comunismo terminaron vapuleados o pegándose un tiro por temor a enfrentar el juicio que al fin les pediría cuenta por los excesos cometidos.

Fueron meses de incertidumbre y desconcierto frente a los sucesos del fracasado auto "golpe de estado" de los comunistas rusos y la orden que dieron de disparar contra los que se aglomeraron frente al Senado. Un viejo militante comunista, me dijo meses después «son unos pendejos, los tanques tenían que haber disparado y haberlos matado a todos».

Le vi tanto odio reflejado en su rostro, que me dieron deseos de abofetearlo. Pero era mi suegro, el padre de mi esposa, que se estaba cocinando desilusionado en su propio caldo. Me contuve, porque más bien sentí lástima, sentimos lástima, porque de pronto descubrimos que teníamos un monstruo en la familia, forjado en los seminarios políticos que impartía el régimen.

Como se sabe, gracias a la acción decidida del pueblo ruso, que se lanzó pacíficamente a las calles para ponerle barricadas a los tanques, y gracias al entendimiento casi milagroso de los tanquistas rusos que se negaron a cumplir la despiadada orden de disparar, se pudo evitar la masacre. Lo demás es historia que todos conocen.

Pero este hecho singular habla sobre la crueldad y el desprecio que sienten los comunistas por el pueblo. Se sirven sólo de éste para lograr sus fines de poder. En el fondo de cada fanático comunista late la mediocridad. El comunista quiere que el Estado haga por él lo que él es incapaz de lograr con su propio esfuerzo.

José Martí fue muy claro en este tema en varios de sus artículos, y en específico con su valoración sobre el ensayo del filósofo positivista Herbert Spencer **La futura esclavitud,** donde analizó el fracaso de esta doctrina antes de ser llevada a la práctica. Los que se fanatizaban con estas ideas marxistas, no querían entender estos análisis. Y esto es lo más grave de todo. Cuando ven en peligro sus intereses son capaces de cualquier cosa, y a eso le teme la gente.

Frente a los irremediables hechos del derrumbe, los comunistas definieron una estrategia y Barbatruco cambió su rutinaria consigna de PATRIA O MUERTE por la extemporánea de SOCIALISMO O MUERTE, en momentos en que el socialismo y la muerte eran lo mismo. Es decir, que no había opción, porque las dos palabras significaban extinción. Pedir más inmolaciones por la defensa de algo inútil no tenía sentido. Sólo una mente enferma pediría más sacrificios por algo fracasado en la práctica y ya condenado por la historia. Pero Barbatruco embebido en los delirios del poder lanzó a sus sabuesos a la pelea.

En mi trabajo se apareció un día el señor Pérez Bell, un conocido dirigente y activista político en su etapa estudiantil, a quien conocía personalmente desde esos tiempos. Venía para presidir una reunión en nombre del Partido Comunista. Este Pérez Bell (así creo que se escriben sus apellidos), quien había sido secretario general del partido en el municipio, quien había "caído en desgracia" y había sido sancionado por algún manejo turbio en sus desmesurados robos al erario público, llegaba ahora con su séquito para intimidar a los trabajadores de la televisión, un punto clave a controlar.

En su perorata este individuo, de poco pelo y un gran lunar o verruga en la mejilla izquierda, usó un lenguaje intimidatorio y grosero. Habló de los momentos difíciles que estaba viviendo la patria con el derrumbe del socialismo y dijo que no se iba a permitir nada que pusiera en peligro al partido y al gobierno, que «el que saque la mano se la vamos a cortar sin contemplaciones».

Estaban en zafarrancho de combate, asustados, angustiados, tratando de ajustar las riendas del control, y así se tornaban muy peligrosos estos engendros del mal. Habló de ciertos individuos que estaban hablando y haciendo su campañita en este centro de trabajo donde se generan las informaciones y orientaciones ideológicas. «Sabemos quiénes son y los tenemos bien vigilados», movió con furia su flaco cuerpo y su pequeña cabeza.

Yo estaba allí más quieto que un palo. Sintiendo la avalancha como si me estuviera retratando. Cuando llegó ni siquiera hizo un ademán por saludarme como otras veces, y yo, por supuesto, no hice el más mínimo alarde. Estaba como se dice en baja frente a ellos aunque en alta con mis principios. Ya había sobrepasado algunos límites y ellos lo sabían. Ya había dado nuevos pasos, mucho más claros y definitorios. Me encontraba al borde del patíbulo y sólo un tonto convencido como yo seguía avanzando.

Pérez Bell, no mencionó mi nombre, pero habló de los intelectuales que estaban tratando de confundir a los obreros con críticas y comentarios aparentemente ingenuos sobre los problemas del país. A medida que hablaba y movía sus pequeños brazos, me iba sintiendo más aludido. Hubo momentos en que me clavó la vista. La cosa estaba en candela. Pensé.

En lo adelante serían mayores los riesgos. ¿Debía suavizar mis impulsos? ¿Podía bajar en algo la tonada? Ya no tendría sentido. De cualquier manera mis días estaban contados.

GRUPO INDEPENDIENTE

¡Nunca te rindas! Inspirados y alentados por lo que había sucedido en Europa del Este con el socialismo, nos dimos a la tarea de crear en Santiago, en junio de 1991, el primer grupo independiente de escritores y artistas, que llamamos EL GRUPO. En el grupo estábamos conocidos artistas y escritores y otros no tan conocidos, pero con calidad y prestigio suficientes para hacer el arte que deseábamos, ése que no puede vivir alejado de la realidad ni de su entorno político-social.

El Grupo se creó precisamente para eso, para estudiar y debatir nuestras obras literarias; sobre todo, las que presentaban un enfoque revolucionario a la luz de los acontecimientos históricos del derrumbe socialista. Pretendíamos hacer una literatura orientada hacia el análisis y el cuestionamiento de nuestra sociedad, sin descuidar los parámetros estéticos. Éste era uno de los objetivos que perseguíamos y lo logramos. Entre los fundadores estaba también el premiado poeta y activista defensor de derechos humanos Nestor Leliebre.

No teníamos local y comenzamos a reunirnos, contra viento y marea, en una estrecha habitación de la Unión de Escritores y Artistas (UNEAC) en Santiago.

Poco a poco fue creciendo El Grupo. Pienso que todos los miembros entendieron enseguida la importancia de crear una agrupación literaria fuera de los parámetros que dictaba la línea oficial representada por la Unión Nacional de Escritores bajo el control del Comité Central del Partido.

Nosotros no éramos conspiradores y nunca en nuestras reuniones usamos el lenguaje de la conspiración o la subversión. Sin embargo, se nos entendió como tal. Sólo queríamos romper con los esquemas y la censura que nos imponía el gobierno con sus "filtros" en las publicaciones oficiales. Todos necesitábamos y queríamos cultivar la libertad de expresión.

Nuestra labor era puramente literaria, aunque en el trasfondo respirábamos un ambiente de disidencia política. Pero sólo nos manifestábamos en este sentido fuera de las reuniones, cuando caminábamos por la calle, porque el tema principal de las discusiones era los valores estéticos de nuestras creaciones. Nos reuníamos una vez por semana. Leíamos, sobre todo, los nuevos trabajos creados (poesías, cuentos, artículos) y hacíamos el taller de discusión mientras nos tomábamos algún té, café o vino casero fabricado por mí o algún ron o alcohol comprado en el mercado negro, porque de otra forma no se podía conseguir. Esto nos ayudaba a disfrutar más nuestros encuentros. Yo tenía mis buenos contactos y el dinero lo poníamos entre todos. De esta manera nos evadíamos de las angustias cotidianas y pulíamos nuestros "explosivos escritos". Esto no es una mera metáfora, porque la explosión de nuestro grupo no se pudo evitar.

Pensábamos que debíamos publicar nuestros trabajos. ¿Pero dónde, cómo? Ninguna revista o periódico se atrevería a ello. Debíamos entonces crear nuestra propia revista. Pero, ¿con qué recursos? Muchas publicaciones las habían clausurado. El argumento lo basaban en la escasez de papel y de recursos para mantener la impresión. Los comunistas disfrazaron con esto el motivo real, el de eliminar la posibilidad de publicación de trabajos críticos, que ya de muchas formas habían empezado a aparecer en las revistas estudiantiles de la universidad y la enseñanza media. Trataban de cortar los puentes de comunicación y frenar el desastre que les venía encima.

La censura se impuso también abiertamente. A las revistas Sputnik y Novedades de Moscú les prohibieron la entrada. Los artículos que aparecían en estas publicaciones importadas desde la desaparecida URSS venían cargadas de críticas al comunismo y sus desastres económicos y políticos. Eran artículos incendiarios, crónicas y testimonios de las terribles experiencias vividas bajo el totalitarismo, denuncias de los crímenes de Stalin. Y eso no le convenía a Barbatruco.

Estas revistas soviéticas y otras que antes se orientaban como lecturas y se vendían en los estanquillos y librerías, fueron consideradas inapropiadas. Mantenernos en la ignorancia, alejado de la verdad de los hechos, fue la meta principal.

Junto con la represión aumentaron también las escaseces de todo tipo, por la ausencia de importaciones que mayormente procedían del campo socialista y por la poca producción interna. Barbatruco frente a la cada vez más colapsada economía declaró el "Periodo especial" y amenazaba con aplicar su "Opción cero". Toda esta tragicomedia creada por el Comediante en jefe me daba risa y rabia a la vez, pues en eso sí que ha sido eficiente este despótico pirata, este despiadado Capitán Maraña, en eso de tejer su tela, su web, para atrapar ilusos, para devorar incautos. Era lo que se dice un experto en eso de inventar lemas y nombrecitos para sus episodios de crisis, porque éstos parecen títulos de novelas policiacas o de filmes de ciencia ficción. En fin, que algo de ciencia ficción estábamos viviendo mezclado con el surrealismo propio de las dolorosas pesadillas. ¿Y qué es el comunismo sino eso?

Teníamos que publicar nuestras obras de cualquier manera o de lo contrario dejaríamos de existir. Se nos ocurrió entonces la idea de conseguir papeles usados, que ya estaban impresos por un lado con informaciones, estadísticas y trabajos de oficina, que muchas veces ni se llegaron a usar. Pudimos conseguir los esténciles rapiñando por diferentes lugares y usamos la máquina de impresión del Municipal de Cultura, fuera del horario laboral. Quedaba yo responsabilizado con el diseño y la impresión.

La portada la diseñé dibujando las letras y las figuras directamente sobre el esténcil. Así preparamos y publicamos rápidamente el primer número de la revista literaria EL Grupo. Sabíamos que podíamos ir a la cárcel por esto, pero confiábamos en que tardarían en descubrirnos, porque todo estaba bien revuelto y para entonces muchas cosas habrían cambiado. En el prólogo de presentación quedábamos definidos con las más adecuadas y bien escogidas expresiones, para no asustar demasiado y al mismo tiempo para que algunas cosas quedaran claras desde la partida.

DESDE SANTIAGO... HE AQUÍ: EL GRUPO

Pasaron más que semanas, pasaron meses, tal vez años, y en esquinas, salones o parques de la ciudad, en esporádicos y a veces fugaces encuentros, varios escritores residentes en Santiago…, separadamente, hacían constar su molestia existencial por la ausencia de legítima comunicación, y por una falta de información de lo que no nos debe ser ajeno.

Un día, envueltos en una gran aureola mágica, se pusieron de acuerdo para reunirse. Sí, reunirse e intercambiar noticias y criterios, ejercitar la crítica, conocer sus obras, leer poemas, y más. Esta acción tentadora ha coincidido con la actual situación del país, que para los intelectuales y artistas es doblemente especial.

El 27 de abril de 1991, en la sede de la UNEAC, en el cercano caserón de la calle Heredia, logramos congregarnos Roberto Leliebre, Nestor Leliebre, Efraín Nadereau, Juanita Pochet, Alcibíades Poveda, C. I. Sambra y Marino Wilson Jay; y, de esta manera, entre las voces de una primera tertulia y las esperanzas de una dinámica y constructiva comunicación, quedó constituido El Grupo, que se integra en la diversidad de caracteres y estilos. No se identifica con escuelas, movimientos o tendencias; pero sí, y profundamente, con la creación humana y socialmente libre y con un sentido humanista de la vida cada vez más transparente y siempre perfectible.

En su tercera sección de trabajo, El Grupo decidió publicar una selección de obras literarias de sus nueve integrantes (luego se incorporaron Carlos Valerino y Carlos Cenzano).

He aquí, ahora ha visto la luz, y ahora la tiene usted entre sus dedos.

El Grupo, Santiago, Junio/1991

Habíamos nombrado como editor a Efraín Nadereau, un destacado y premiado poeta. Y es bueno señalar aquí que cuando la revista fue atacada por el escritor Joel James, director de la Casa del Caribe, durante una reunión con Armando Hart, Ministro de Cultura, nuestro amigo Efraín, defendió la revista a capa y espada, frente a los ataques hipócritas de este servil lacayo. Joel James, en medio de una de sus asquerosas borracheras, acusó la revista de "libelo contra revolucionario que había que barrer". Alguien dijo que no era para tanto, pero entonces la escritora de cuentos Aida Bahr, un ser abominable, racista y arribista, apoyó a Joel diciendo que "hoy hacen una revista y mañana ponen una bomba en un círculo infantil". («Me considero cristiano, pero me voy a morir sin perdonar esa frase», me dijo el escritor Roberto Leliebre, uno de los fundadores de El Grupo, en una hermosísima carta años después. Y yo lo digo también. Estas traiciones no se pueden nunca perdonar).

Lacayos como éstos se olvidan de cortar parejo frente a los derechos de la libre expresión. Éstos ignoran a los que la reclaman, cuando ven en peligro sus cargos o sus puestos alcanzados a base de chivatería y exterminio de sus colegas o cercanos competidores.

En diciembre de 1991 sacamos a la publicidad el segundo número, con obras de nuevos agrupados. En realidad era casi la única revista literaria que se estaba publicando. Enviábamos gratis los ejemplares, preferentemente a intelectuales del país y el extranjero. Nos interesaba difundir nuestras nuevas creaciones en el nuevo ambiente social. No nos importaban los esfuerzos, los gastos. Queríamos que todos nos conocieran y nos valoraran tal y como éramos: libres y polémicos a pesar de la censura, sugerentes y atrevidos a pesar de los riesgos.

Al mismo tiempo que nos reuníamos y publicábamos, hacíamos recitales. Ya tenía escrito la mayor parte de los poemas que conformarían la trilogía poética *Los ángulos del silencio*. Leí muchos de estos poemas, expresamente los más fuertes, y sus mensajes fueron captados y festejados con felicitaciones y estrechones de manos solidarias.

Con los demás poetas ocurría igual. El público entendía y participaba. Incluso aquellos que aparentemente eran adictos defensores del régimen se mostraban complacientes, quizás por ignorancia o quizás para ir preparando la retaguardia frente a la incertidumbre de la derrota.

Nuestro gran recital lo dimos en el Teatro Heredia con abundante público. Este teatro había sido recién inaugurado y presentaba un programa para desarrollar este tipo de actividades. Otro fue en la Casa Museo Heredia, donde nació nuestro gran poeta romántico. En un evento presidido por el viejo defensor del régimen José Antonio Portuondo, lanzamos nuestra diatriba. Este señor, natural de Santiago, que había sido profesor de la Universidad de Oriente, no salía de un asombro para entrar en otro, frente a las claras alusiones de nuestras obras.

Asdrúbal Caner tuvo un momento de dudas a la hora de seleccionar sus poemas entre los más contestatarios, pero finalmente aceptó el reto ante nuestra insistencia. Siempre el cabrón miedo nos estuvo azocando y en algunos hacía más efectos que en otros. Un caso típico y creo que incurable fue el del poeta Alcibíades Poveda que no infartó de puro milagro. El miedo lo paralizó totalmente después de haberse incorporado al grupo. En realidad no vale la pena ni mencionarlo. El ataque fue *exprofeso* y frontal frente al ilustre invitado.

El público entendió, disfrutó, quiso más. Estábamos como se dice dando la hora, en pleno apogeo, diciendo lo que todos esperaban oír. A eso nos atrevimos aquella noche memorable de la Casa Museo Heredia, en el marco de las celebraciones de la Semana de la Cultura Santiaguera a mediados del año de 1992. Allí leí, delante de José Antonio Portuondo y un nutrido público que apenas cabía en los espacios, mi poema "Respuesta Rápida", en el que condenaba las vandálicas acciones de las Brigadas de Acción Rápida o Brigadas de Respuesta Rápida, como también le llamaban, creadas por el Tiranosaurio para hacer actos de hostigamiento y repudio contra los disidentes y contra los que decidían abandonar el país.

RESPUESTA RÁPIDA

a María Elena Cruz Varela, a Néstor Leliebre y Carlos Valerino.

"La verdad tiene un lenguaje sencillo
que seduce a la más indiferente voluntad..."
José Martí

Representamos la más virtual y ostensible naturaleza.
Somos el amor de las colmenas en las manos del oso.

Entonces,
por qué nos van a acorralar y a golpear nuestros hermanos,
bajo qué nube, qué techo, qué ala de mariposa

puede ocultarse la mano homicida
en el país que nos tocó nacer.
Bajo qué designio maléfico
se orientó el puño,
la orientación que bajó como catarata turbia
a los flujos del pez.
Obcecados están los que no saben mirar por nuestros ojos
por sus propios ojos.
Malolientes los que se fuman las casas de sus hijos
y no saben qué hacer con los ojos del tiempo.
¡Qué no se repita la historia de voces
fusiladas en el paroxismo de su entrega,
qué no se repita un Lorca, un Babel,
un Bruno, un Galileo, un Plácido...
Para no hundirnos definitivamente "en un mar de luto"!
Mi palabra es así: mi palabra,
sencilla como tus pasos, como los míos:
Qué nadie te obligue a callar
para que no muera yerma y de penosa enfermedad.
Confía en mi escudo de hojas otoñales.
Vuelve a confiar en mí aun en la ergástula
sin el estoicismo del carnero
sin sus ojos suplicantes ante el cuchillo
que le arrebata el alma.
Nadie podrá martillarte las manos
al madero de tu puerta como un simple anuncio.
Nadie podrá amarrar tu lengua a tu cama
para dejarte luego transitar inerme por las calles.
Nadie podrá matar finalmente tu esperanza.

Agosto de 1991

Fue más que grande el acontecimiento y esta oportunidad de poder condenar públicamente el estado de barbarie en que habíamos caído. Todos los poemas fueron agónicos, terribles, crudos. Nos felicitaron, se nos sumaron. Nuestro grupo El Grupo crecía en popularidad. Éramos como una voz en el naufragio, en los momentos que se necesitaba, al menos, una voz.

GORILAS EN LA JAULA

A su hijo Guillermo (22 años) lo dejaron arriba, allí también estaban José Antonio Frandín Cribe (40 años) Diosdado Marcelo Amelo Rodríguez (42 años), Pedro Benito Rodríguez (43 años) y Manuel Benítez (34 años). En el piso de abajo estaban Juan Carlos Castillo Pastó (45 años), Leonardo Coseau (19 años) e Ismael (47 años).

Todos tenían la desagradable compañía de un preso común, pero a Ismael le pusieron al más corpulento de todos. Pensaron que le habían escogido al mejor contrincante para que perdiera rápidamente la pelea por knockout. Todos los comunes tenían la ventaja de estar con ropas y comiendo doble su miserable ración.

Roli era un negro de brazos anchos que tenía una voz estruendosa. Sólo de oírlo hablar sobrecogía los ánimos. Su cara era tosca y rectangular, pero de ojos grandes y mirada escurridiza. No hubo presentaciones ni agresividad inicial, fue más bien frío el encuentro. Puso sus pertenencias en el suelo y una sábana en la cama de arriba.

Desde que empezó la huelga, los políticos hacían sonar las tolas metálicas todo el día: a las seis de la mañana, a la una de la tarde, a las seis de la tarde, a las doce de la noche y a las tres de la madrugada. Así lo habían acordado y así lo cumplían. Eran los únicos recursos que tenían para quejarse y hacerse sentir.

Los represores querían eliminar los toques a toda costa, pero sin intervenir directamente. Para eso utilizaban a los presos comunes. Con los presos políticos se medían más a la hora de reprimir, porque las denuncias iban a parar no sólo al extranjero; sino también, a la fiscalía provincial. Eran más cautelosos, más calculadores, pero más impredecibles.

En un principio, los mismos represores actuaban directamente contra los prisioneros, violando los más elementales derechos. Después se cuidaron más. Querían evitar que sus nombres aparecieran en la lista negra de los esbirros dedicados a torturar y propinar palizas. Ismael sabía aprovechar muy bien estas circunstancias cuando sacaba al exterior los casos con nombres y apellidos de las víctimas y sus victimarios. Las denuncias eran sus mejores armas. Muchos esbirros controlaban su despótico actuar, pero otros no, pues «la naturaleza abusiva de los agentes de un régimen totalitario siempre está latente detrás de los disfraces adoptados». Decía.

Los presos comunes eran el elemento ideal a utilizar. Tenían instrucciones precisas para que atacaran a los políticos a cambio de beneficios, o de un poco más de comida. Todo quedaría entonces como simples reyertas entre prisioneros, en las que los represores no tendrían culpabilidad. Quedaba entonces a discreción de cada prisionero político la capacidad de poder lidiar o no con la sicología y la fuerza de los prisioneros comunes que se habían confabulado.

La inmensa mayoría odiaba infinitamente al carcelero, al represor, al policía, al guardia, al chivato, al gendarme de prisión. Sin embargo, los prisioneros se fingían adictos y cómplices cuando eran solicitados sus servicios, como éste de agredir a sus compañeros del suplicio. Pero en realidad sabían de qué lado estaba la razón.

Los prisioneros políticos que vivieron entre prisioneros comunes, demostraron una capacidad de resistencia superior e influenciaron positivamente en la conducta de la mayoría de los prisioneros. Los presos políticos fueron sus principales reeducadores. Muchos habían logrado llevar a los presos comunes por el camino de Dios y la religión. Les habían despertado la fe y enseñado el estudio de La Biblia y los principios bíblicos del bien, de la armonía, del trabajo, de la honestidad.

La convivencia forzada con los comunes, había creado una especie de efecto bumerán contra el represor. Muchos de los presos que salieron "rehabilitados" del delito común, se convirtieron en disidentes del sistema político, aunque ya de alguna manera eran disidentes, estimulados por la necesidad material más que por la adicción al robo, a la droga, al tráfico ilegal. Eran disidentes sin orientación, mucho antes de cometer el delito que los llevó a prisión.

Algunos se convirtieron en prisioneros políticos en la misma cárcel, al ser juzgados y condenados por escribir carteles y distribuir proclamas, o por descargar su impotencia con expresiones de insultos al tirano mayor. Los represores estúpidamente los habían procesado por "desacato", "propaganda enemiga", o por "delitos" contra El Estado y la nación.

Era muy difícil encontrar un prisionero común que defendiera al régimen. Quien lo hacía era por oportunismo, para ganarse la gracia y el perdón. El preso odiaba al régimen comunista no sólo por las necesidades y escaseces que engendraba, por la falta de comida, de ropas; sino también, por haber entendido la tragedia que asolaba al país, que obligaba al hombre a delinquir, que empujaba al hombre contra el hombre y ahogaba cualquier esperanza de un mejor futuro.

La mayoría de los presos soñaba con abandonar la isla y vivir en cualquier parte, sobre todo en los Estados Unidos, el país de las oportunidades. No eran casuales estas aspiraciones. Curiosamente la delincuencia y la criminalidad habían aumentado, se había multiplicado en los países que impusieron este nocivo sistema. Ismael, periodista al fin, percibía y definía el aumento como "evasión social", porque además de la necesidad material, existía la necesidad imperiosa que tenían los jóvenes de mostrar su rebeldía en un medio que les era totalmente hostil. Era una realidad que se ocultaba, un fenómeno político-social digno de estudios especializados que nunca se hicieron.

La inmensa mayoría de los prisioneros eran negros o mestizos, a pesar de que la mayoría en la isla era de la raza blanca. Se suponía que estos jóvenes "delincuentes" se habían formado con la llamada revolución que decía haber eliminado la discriminación racial y haberle dado oportunidades a los negros. Entonces algo debía haber fallado en los postulados y las doctrinas, para que existieran tantos delincuentes y tantas nuevas prisiones. Los acostumbraron a vivir en la hipocresía, en la doble moral y en la falta de comunicación, y algunos aparentaron haberse adaptado.

Cuando Ismael pudo conversar con Roli Sagarra, la cosa empezó a cambiar. Él lo escuchaba con absoluta atención, como si deseara que alguien le hablara de la manera en que Ismael le hablaba. Era un boxeador profesional y estaba preso por "robo con violencia". Ismael le dijo desde que entró en su celda, como para que no tuviera dudas de su determinación, «lo que te mandaron a hacer lo puedes ir haciendo ya, porque a la una de la tarde continúan los golpes en la tola».

Entonces el negro se le abrió de corazón y le dijo la verdad.

—Jesús el manco se cree que soy estúpido. Me dijo que me iba a perdonar y darme la libertad después que cumpliera la misión.

—¡Eso es falso! Él no puede darle la libertad a nadie.

Algunos de los presos que les habían puesto en las celdas eran presos castigados. Roli también le confesó que Jesús el manco lo había alertado que tuviera cuidado, porque «ese calvo es karateka». Ismael se rió mucho cuando oyó aquello. Le dio risa oírlo, incluso el tono en que Roli se lo había dicho.

—¿*Eso es verdad?* —*le preguntó muy preocupado.*

Ismael sólo movió la cabeza de un lado a otro antes de contestarle.

—*Este manco es un retardado mental.*

Se quedó por un instante pensativo. «¿De dónde habrá salido eso?». No se lo había dicho a nadie. La forma ingenua en que Roli se lo preguntó, le hizo saber que tenía frente a él, no a un gorila agresivo, sino a un negro ocurrente y bonachón.

—*Sí, conozco algunas llaves de autodefensa y te las puedo enseñar. Te pueden servir de mucho si las combinas con el boxeo.*

Se mostró interesado y esa misma tarde comenzaron las clases bajo la promesa de que no lo divulgara, porque «si algún preso lo llega a saber buscaría siempre la manera de atacarme a traición».

Con las primeras clases se hicieron amigos. El negro se había sentido más confiado y en un gesto de simpatía le entregó su toalla de baño para que se la enrollara en la cintura. Al parecer también se sentía incómodo frente a su desnudez. Le dijo que esto podría traerle problemas, y para evitarlo Ismael se la quitaba cada vez que el guardia le traía a Roli la comida. Incluso debía quitársela cuando la enfermera del hospitalito hacía su ronda para chequearle la presión arterial. Pero esto fue después de varios días de huelga de hambre, cuando los gendarmes ya sabían que iba en serio su determinación de vencer o morir.

La muy indiscreta se pegaba demasiado a las rejas de la puerta sabiéndolo desnudo detrás de ella. Cuando ella llegaba, él enseguida se acercaba para evitar el mal rato. Pero después, Ismael se sintió muy débil y no le daba tiempo cubrirse, y entonces la enfermera lo sorprendía tirado en el suelo como Dios lo trajo al mundo. «No te preocupes —decía separando más sus gruesos y húmedos labios—, ya estoy acostumbrada a ver hombres en cuero».

Acostumbrada estaba, sí, acostumbrada a llegar y asomarse con sigilo para descubrir su animal dormido. Cuando Ismael reaccionaba ya era demasiado tarde. A él le daba pena que una muchacha tan educada, gentil y bonita lo viera constantemente en ese estado, pero no tenía opción. Ella parecía indiferente y trataba de no fijar la vista entre sus piernas, ni siquiera le importaba saber que los presos se masturbaban desesperadamente detrás de las tolas metálicas cuando la veían entrar. Todas las enfermeras corrían ese riesgo en Boniatico, incluso esto les pasaba en los mismos destacamentos. Había algunos presos que ni siquiera se ocultaban para hacerlo y se sacaban la pinga delante de ellas, aunque después lo mataran a golpes por la cobarde exhibición.

Por un pequeño espejito, Roli vigilaba el largo pasillo y descubría rápidamente quien entraba. Los presos tenían algún pedacito de espejo escondido en algún lugar. Pero después que sacaron a Roli —porque descubrieron que no estaba jugando ninguna función y que más bien lo ayudaba—, se quedó sin espejo y sin toalla, y la enfermera lo sorprendió las veces que le dio la gana con los cojones al aire.

Esta era la que más lo visitaba. Se le notaban las caderas anchas y la cintura estrecha, a pesar de que las falseaba un poco debajo del uniforme. De ella se decía que tenía relaciones amorosas con el primer teniente Vázquez, el segundo jefe del orden interior, quien entró una vez en la celda para pedirle que abandonara la huelga, o quizás para comprobar por él mismo, las dimensiones que arrastraban a su amada a hacerle silenciosas visitas cada día.

Ismael notó que la enfermera le había cogido cariño y le pidió ayuda para algunas no muy importantes misiones, que ella llegó a cumplir sin que los guardias se enteraran, porque podía costarle el empleo y hasta su relación amorosa con el segundo jefe del orden interior. Respondía positivamente. Pero la misión que le dio de visitar a su esposa para tranquilizarla, no la llegó a cumplir, porque quizás algo sabía del trágico desenlace que a Ismael y a sus amigos les esperaba.

FIESTA DE ANIVERSARIO

Cuando celebramos el primer aniversario de la creación de El Grupo, en abril del año 92, estábamos muy preocupados y al mismo tiempo eufóricos por lo que habíamos logrado. Los que pensábamos que no duraríamos mucho tiempo, veíamos sorprendidos que ya cumplíamos un año de existencia.

Sin embargo, a pesar de que teníamos preparado el tercer número de nuestra revista, no pudimos publicarlo, puesto que el Municipal de Cultura se negó a prestarnos nuevamente la máquina impresora; y no sólo eso, sino que nos prohibieron usar esa dirección postal para recibir la correspondencia. Queríamos que las ediciones tuvieran un sello legal como era la costumbre, pero nos descubrieron el truco y empezaron por cortarnos el agua y la luz.

Las cosas al parecer se estaban complicando. Trataban de cercarnos, de presionarnos. No obstante celebrábamos el primer aniversario pese a los ataques y pese al "Periodo especial", pues conseguimos una caja de ron, pescado y carne y nos fuimos de cumbancha a celebrar la fiesta en la terraza de mi nueva casa del reparto El Modelo.

De todo lo que pudimos resolver para la fiesta lo más complicado fue la caja de ron, pues sólo se podía adquirir en el mercado negro y queríamos beber algo decente. Sin embargo, los almacenes estaban repletos de botellas, listas para la exportación, el turismo y las actividades del gobierno. Pero siempre uno tiene sus contactos, porque en cualquier responsable de almacén, y en el más fiel militante comunista, hay un especulador que se aprovecha de las necesidades para llenarse los bolsillos. Así que cargué con una caja de ron en el maletero de mi Dodge Coronet del 56 y atravesé toda la ciudad jugándome una prisión por estar traficando mercancía prohibida.

Son increíbles las cosas a las que uno se atreve con tal de salir adelante en un país donde sólo tienen derecho los altos funcionarios militares y del gobierno. Ahora confieso que después del triunfo de la circunstancial aventura me dediqué al negocito de la compra de ron para distribuirlo después en el mercado negro y de paso ganarme algunos pesos en la reventa. La fábrica era administrada por un miembro del buró del partido comunista de la provincia, íntimo amigo del abuelo de mis hijos.

En la terraza del segundo piso todavía almacenaba algunos materiales de construcción, pero teníamos todavía suficiente espacio. Puse unas sábanas entre los alambres de tender las ropas para cubrirnos del sol. Las frondosas copas de unas matas de coco completaban la decoración. La casa la fabricamos con nuestros propios recursos y nuestras propias manos. Hice su diseño con un concepto abierto de sala, cocina y comedor; es decir, sin paredes divisorias, dos cuartos en el primer piso y tres en el segundo. La levantamos poco a poco desde sus cimientos. Era de placa y quedó completamente terminada a mediado de los 80. El diseño sorprendió a la arquitecta de la ciudad, quien lo aprobó sin objeciones. Más bien, se mostró cautivada y me preguntó que de dónde lo había sacado. No podía creer que fuera mío. Sin saberlo, sin pretenderlo, había logrado algo futurista. Me estrenaba exitosamente como diseñador y constructor.

Mis padres vivían en el primer piso, y yo con mi segunda familia en el segundo. Teníamos jardín y árboles frutales sembrados alrededor: anón, guayaba, coco, naranja, lima, mango y varias matas de aguacate. Todo gracias al trabajo fundamentalmente de papá. Pero la envidia siempre asechaba detrás de las persianas, sobre todo donde no alcanzaban para todos las migajas que repartía el miserable controlador estatal. En varias oportunidades me mandaron la policía para saber de dónde sacábamos los materiales de construcción. Pero no pudieron sorprenderme, porque tenía los recibos de pago. Éstos también se vendían y se compraban. ¿Entonces teníamos que vivir en la miseria para no ser asediados? Los que progresaban un poco eran elementos sospechosos. El que se escapaba de los límites trazados, perdía doble: frente a la envidia y frente a la ley. La prisión asechaba también para los que aspiraban al confort de un techo apropiado y una mesa bien servida.

En la isla la miseria es una estrategia política del gobierno para tener a las masas sometidas, porque nos obligaba a luchar antes que todo por la supervivencia, a pensar qué se va a comer mañana si comíamos hoy. Esto es trágico, pero sabemos hacer chistes hasta de las peores tragedias.

Abrumado por la caótica situación, llegó un funcionario ante un grupo de trabajadores que no sabían ya que iban a inventar para comer y dijo: «Señores, traigo dos noticias, una buena y una mala». «Pues bien —le dijo uno del grupo—, cuenta primero la buena». «La buena es que el próximo año vamos a comer piedras». «Coño, compadre, cómo va a ser esa la buena noticia, esa debe ser la mala». «No, la mala es que no van a alcanzar para todos».

En nuestra fiesta evitábamos los temas políticos, porque teníamos nuevos invitados, y uno en especial, Pascual, alias Pini, bajo sospecha de trabajar para la seguridad del Estado. Pero no dejábamos de hacer chistes para evadir la realidad y cagarnos de la risa. Algunos de estos fueron contados por el propio Pini. En los centros de trabajo a los militantes comunistas les tenían prohibido hacer o escuchar "chistes contrarrevolucionarios", pero la mayoría no respetaba la orden y se dejaba arrastrar por "el choteo" como parte de nuestra idiosincrasia, donde hasta el mismo Comediante en jefe aparecía como personaje principal. Son muchos los chistes que la gente había inventado y, según dicen, esto lo ponía de muy mal humor.

- Pepito, ¿qué es el Capitalismo?, pregunta la maestra.
- Capitalismo es un basurero lleno de carros, juguetes y comida.
- Muy bien, Pepito, ¿y el Comunismo?
- El mismo basurero, pero vacío.

Cuentan que el difunto general Arnaldo Ochoa era el único que se atrevía a contarle los chistes inventados, sobre todo los de Pepito y Barbatruco. En el proceso del juicio a Ochoa por tráfico de drogas que lo condenó a muerte por fusilamiento, se le criticó la tendencia que tenía de usar estas jaranas en broma o en serio. La gente hacía caso omiso de la prohibición, porque bromeando es como mejor se dicen las grandes verdades.

- Estoy por creer que Adán y Eva eran de esta isla.
- ¿Y eso por qué, Pepito?
- Porque no tenían ropa, andaban descalzos, no los dejaban comer ni manzanas, y les insistían que estaban en el paraíso.

Hacía ya algunos años que me había mudado con mi familia. Mis padres estaban viejos y necesitaban apoyo. Pude finalmente permutar mi casa, mi casa colonial, la casa de El Tívolí donde nací y me crie y a la que dediqué el poemario *Hombre familiar o Monólogo de las confesiones* que resultó finalista del Concurso Casa de las Américas, 1984.

Nunca hubiera querido dejar mi casa de tantos años, de toda una vida. Tuve que abandonarla por muchas razones, entre otras, porque no podía llevar la vida viviendo al lado de mi doble enemigo (enemigo personal y enemigo político), y además jefe vitalicio de la cuadra. Irme de allí fue lo más sensato, porque al final pensé que si le partía la vida, le iba a dar a este individuo el valor que no tenía. Muchos me aconsejaron lo mismo. «Vete, Moro, no te embarres las manos con ese negro de mierda». Me fui de la casa sólo de la única manera permisible: permutándola, inventando una permuta; porque nada se podía vender o comprar sin la participación del gobierno.

La permuta era lo único que se permitía en forma legal; es decir, cambiar una casa por otra, independientemente de su tamaño o valor. Por eso la cambié por un cuartucho y un poco de dinero arriba. Con el dinero pude construir una nueva casa en el terreno de mis padres.

El Estado, dueño de todo, pagaba un precio miserable por cualquier propiedad o cualquier inmueble que se quisiera vender, un precio que no se correspondía en absoluto con el valor real, dado entre otras cosas, por la escasez de materiales de construcción y porque era mucho mayor la demanda que la oferta. Por ejemplo, si una pequeña casa estaba valorada en 50 mil pesos, El Estado pagaba sólo 10 mil y después la vendía en 40 mil. La mayoría de los propietarios preferían vender sus casas sin el obligado intermediario, a pesar de los riesgos, y El Estado inventaba más leyes arbitrarias para evitar las actividades independientes.

El gobierno no había respondido nunca a las necesidades de viviendas de la población y, sin embargo, cobraba altas rentas a los obreros que fabricaban casas con recursos del Estado en las llamadas Micro-Brigadas. Aún más, no fueron todos los obreros que tuvieron la suerte de ganarse el derecho a una vivienda. Muchos murieron antes de alcanzarlo. Durante 12 y 14 horas diarias trabajaban desaforadamente construyendo apartamentos con tal que le otorgaran uno después de exhaustivas evaluaciones de selección.

He vivido esta experiencia en mi propio centro de trabajo. Finalmente el único apartamento asignado para las decenas de trabajadores necesitados se lo entregaron a una militante del Partido

Comunista, considerada para tal beneficio por su "condición destacada en el cumplimiento de todas las tareas encomendadas por el partido" y porque vivía en una casa que se le estaba cayendo arriba. ¡Qué vergüenza!

¿Cómo es posible que una directora de programas que ganaba un alto salario, comparado con el de los demás, no pudiera comprar unas bolsas de cemento, aunque fuera en el mercado negro, para arreglar su casa? Es que se acomodaban descaradamente esperando por el paternalismo estatal a expensas de sus "méritos comunistas". Otros en la misma situación compraron los materiales y repararon sus casas. Así lo hice yo con mi casa colonial, que también se me estaba cayendo arriba, y se me hubiera caído si no hubiera puesto mi dinero y mi sudor para repararla. Hasta fabriqué con cemento y arena cada bloque con un molde inventado.

Ese oportunismo que ha creado el sistema donde los obreros trabajan para obtener "méritos comunistas", es lo que me revienta el hígado. ¿No sería más lógico y digno que cada hombre luche por lo que quiere, por su bienestar y no por un sistema que sólo lleva a la hipocresía y donde sólo unos pocos privilegiados disfrutan de lo creado por otros?

Pero aquí no queda la cosa. Después que le otorgaban el apartamento gracias a sus méritos comunistas, El Estado les cobraba hasta un 40 % de su salario, y esto mismo se hacía con todos los que habitaban la casa. ¡Invento macabro! ¡Chantaje legalizado!

A finales de 1959 el Comediante en jefe dictó su medida populista llamada Ley de Reforma Urbana que confiscó a los propietarios los inmuebles destinados a la renta. El Estado convirtió en nuevos propietarios a los que pagaron sus rentas durante diez años sin fallar un mes. Luego se salió con la ley de que esas casas y todas las que se fabricaron después, aun con recursos particulares, sólo podían ser vendidas al Estado.

Éste era nuestro caso entre cientos de miles. La casa que habíamos fabricado en nuestro propio terreno no era nuestra, sino del Estado; porque si queríamos venderla, teníamos que usar al Estado de intermediario, como único comprador y vendedor permitido. ¡Increíble!

Pero hay más, a todos los que decidían abandonar el país legal o ilegalmente, les eran confiscados todos sus bienes, incluyendo las casas. Absolutamente todo, desde los automóviles, refrigeradores y televisores, hasta los platos y las cucharas. Todo era inventariado con sumo cuidado desde el mismo momento en que se solicitaba la salida, y todo tenía que ser entregado íntegramente un día antes de la partida. Es decir, que los ocupantes tenían que ir a dormir a la calle o a casa de un caritativo vecino, porque todo tenía que entregarse, y de faltar cualquier objeto, un simple vaso, un simple adorno, sería suficiente motivo para que se les suspendiera el permiso de salida.

Todos cuidaban de esto. A la hora de entregar a estos ladrones eternizados en el poder, había que entregar hasta el plato roto, para poder escapar de la isla-cárcel. Años después tuvimos que pasar por esta indignante y degradante experiencia.

El Estado (léase siempre el gobierno) dueño absoluto de todo, incluyendo la propia vida, inventaba nuevas leyes para aumentar su absoluto control y el robo de los bienes particulares. Los ladrones callejeros asaltaban estas casas confiscadas. La gente se alegraba y repetía con sorna el refrán: "ladrón que roba a otro ladrón tiene cien años de perdón."

La celebración del aniversario de El Grupo la hicimos siempre con miedo de ser reprimidos. Allí, además de comida, bebidas y chistes oportunos, se hablaron cosas muy serias y definitorias. El simple hecho de estar reunidos era un desafío. Fue una fiesta celebrada bajo una atmósfera enrarecida. El barco se hundía con su Capitán Maraña aferrado al timón y a la proclamada justicia que no aparecía por ninguna parte. Más bien éramos las víctimas cotidianas de la desaprensión y el abandono.

BARRIOS MARGINALES

A principio de la revolución se destruyeron los barrios marginales. Con una sonada propaganda del gobierno se construyeron casas nuevas en el mismo lugar donde se levantaban casuchas de lata, palo y cartón. Al barrio construido en lo que fuera la Manzana de Gómez, le pusieron irónicamente el nombre de "Nuevo Vista Alegre", para que contrastara con el reparto Vista Alegre donde vivían muchas de las familias ricas, al extremo este de la ciudad.

¡Claro que acabar con el barrio marginal fue justo! Lo injusto vino después. Eliminaron el único barrio marginal existente en Santiago y pocos años después surgieron más, inevitablemente, espontáneamente, hasta en terrenos confiscados por el Estado, porque la ruina económica fue generalizada, porque no había otra forma de tener un techo para vivir.

Entonces el gobierno quiso ponerle fin a este fenómeno social, desalojando por la fuerza y destruyéndoles a los menesterosos habitantes las estrafalarias casitas hechas con menos recursos que los que se usaron antaño. ¿Pero a dónde iban a vivir los infelices, si el gobierno ni siquiera vendía terrenos, ni materiales para fabricar?

Desde allí mismo, desde la azotea del segundo piso de mi casa, veíamos a pocos metros uno de estos barrios marginales, construido precisamente en los alrededores del Callejón del Pozo, en las tierras que el gobierno le había entregado en usufructo; es decir, como "regalo", al excombatiente del ejército rebelde Cándido Jiménez, que de cándido no tenía un pelo. Era el mismo Cándido que por poco mata a papá con un machete y casi sale totalmente absuelto del juicio, y quien a pesar de su "reclusión domiciliaria", viajaba descaradamente a cualquier parte sin que la autoridad ni nadie le reclamaran nada.

Pero Dios es grande y "castiga sin piedras y sin palos". Un año después de la muerte de papá, el tal Cándido, abandonado y renegado por su esposa e hijos, terminó su vida ahorcándose, colgado de un palo del techo de la casa que había dividido y donde vivía en solitario. Quizás el espíritu infatigable de papá haya jugado en esto algún papel. Quizás.

Desde el segundo piso de nuestra casa dominábamos bien el panorama. Me vi obligado a hacer la historia a mis ilustres huéspedes para satisfacer la curiosidad y las interrogantes surgidas frente a las imágenes de las casitas destartaladas.

Este barrio marginal, tenía una característica especial. Sus terrenos fueron vendidos clandestinamente a bajo precio por el mismo señor Cándido, sin autorización ni derecho para hacerlo. Cuando el hecho fue denunciado o detectado, ya fue tarde. Unas 30 o 40 casuchas se habían levantado en pocos días y estaban completamente habitadas por hombres, mujeres, niños y ancianos, sin luz eléctrica ni agua potable, pero con la determinación de triunfar frente a los obstáculos burocráticos y la inevitable miseria social surgida como consecuencia del sistema político impuesto.

Entonces el gobierno dio la orden de destruirlo todo y desalojar a sus habitantes, que ni siquiera podían decir que habían comprado, pues no tenían documento alguno ni nada legal para demostrarlo, y si así lo declaraban, serían también juzgados por la ley, por comprar sin la participación del Estado. Fue una estafa total a estas personas que urgían por un lugar donde vivir.

En resumen, que todos habían perdido su dinero y todo lo demás, sin derecho a reclamaciones. Cándido declaró que no había vendido a nadie esas tierras, sino que las había prestado a los necesitados. Esto es sólo un ejemplo de los miles surgidos en todo el país durante tantos años de desgobierno y corrupción.

La orden de demolición fue dada y se cumplió al vencer el ultimátum que se les había dado a los habitantes del improvisado barrio. Un camión lleno de "trabajadores de la construcción" (convertidos en ese momento en trabajadores de la destrucción) junto a varios carros de la policía, irrumpieron en el lugar una buena tarde. Desembarcaron su terrífica carga destructiva y empezaron a demolerlo todo.

El escándalo fue mayúsculo. Muchos ancianos prefirieron que les callera la casa arriba, antes que abandonarla. Los niños se aferraban a las piernas de sus madres y las madres se aferraban a pedazos de paredes que eran derrumbadas sin contemplación.

Estaban allí presentes también miembros de la dirección del llamado Poder Popular y de los CDR como testigos de que sólo "estaban cumpliendo con lo que había dictado la ley." Allí estaba viviendo también junto con su mujer y sus hijos un compañero mío de trabajo, del Departamento Técnico de la televisión. ¡Pobres familias, acorraladas, desesperadas!

Me recordaba las imágenes de los desalojos campesinos reflejados en documentales y transmitidos por el cine y la televisión para demostrar lo mala que era la dictadura anterior. Los comunistas los usaban en su propaganda para decir que al país había llegado la justicia y que jamás aquello volvería a suceder.

Yo lo vi todo, lo oí. Me había subido a la azotea de la casa para ver el espectáculo. Y no pude soportarlo, y sin dar tiempo para más, bajé a hablar con los funcionarios que supuestamente dirigían la desagradable operación. Les expresé mi inconformidad con lo que estaba ocurriendo y les mostré mi carnet de la televisión, les dije que yo era testigo, que eso era un abuso, que me recordaba los tiempos pasados del desalojo campesino, que me quejaría a los niveles superiores del partido y el gobierno...

Estaban parados como seres indolentes en la misma entrada del Callejón del pozo, un callejón que no tenía salida, como el mismo callejón sin salida a donde había entrado la revolución con sus mareas destructivas y sus resacas autodestructivas. Allí estaban en la misma esquina donde terminaba nuestra propiedad.

El ambiente fue tenso entre mis interlocutores y yo. Sumé mi voz a la de otros que también reclamaban por el atropello. Los gritos y el ruido de la demolición se mezclaban con el calor casi asfixiante de un sol de mediodía. La tierra hervía y los ánimos también.

Al parecer mi intervención había jugado su rol en un momento decisivo, en un momento climático en que ya los mismos "obreros de la destrucción" habían pensado en el error del acto y decían que no podían continuar así el trabajo ante el peligro inminente de accidentar o dañar a los moradores. No podían seguir haciendo el trabajo asignado por los funcionarios del "Poder Popular" y los "agentes del orden". Había que parar y frente a la duda, frente a las protestas decidieron marcharse, pero con la promesa de que volverían con refuerzos para cumplir finalmente con la orden de desalojo.

Inmediatamente que los funcionarios, los policías y los "obreros de la destrucción" se fueron en sus carros, los vecinos salieron de sus chozas y se fueron aglomerando en la esquina donde estábamos. Les sugerí que escribieran una carta rápidamente con la firma de todos los vecinos perjudicados y que con ella se presentaran frente al edificio que ocupaba el Partido Provincial para hacer una manifestación de protesta...

—Manifestación de protesta no —tuve que rectificar cuando vi el espanto en el rostro de muchos, incluyendo mi compañero de trabajo—, quiero decir, que una representación de los vecinos lleve la carta para que se vea que tiene el apoyo de todos los perjudicados.

De esta manera mi amigo entendió mejor mi propuesta y la aceptó. La frase "manifestación de protesta" era muy cruda. La palabra protesta era un tabú en el contexto político si atendíamos al ambiente de represión que vivíamos. Cuando se trataba de alguna medida o dictamen del gobierno era mejor usar la palabra queja o sugerencia. Protesta era lo justo pero no se podía usar. Nadie tenía derecho a las huelgas sindicales ni a las manifestaciones de protestas de ningún tipo. La ley era determinante al respecto.

Una mínima queja podía ser considerada por las autoridades como un acto contrarrevolucionario. Las manifestaciones de protestas sólo se hacían cuando las orientaba el Partido Comunista para protestar contra El Capitalismo, contra los que atacaban al Comunismo, contra los que "traicionan a la patria", contra "el imperialismo, el injerensismo y el intervencionismo yanqui".

Les ayudé a hacer la carta con el compromiso de que no me mencionaran para nada. Sabía qué lenguaje utilizar para que fueran atendidos de inmediato.

La acción de queja dio resultado. Harían por esa vez una excepción. Se quedarían allí en sus "casas", pero con el compromiso de no permitir que otros se metieran y construyeran nuevas "casas". Los que quedaban autorizados pagarían al Estado por los terrenos y por las casas de lata y cartón que habían construido. Y como "la necesidad obliga" tuvieron que aceptar el chantaje estatal de pagar por segunda vez lo que ya habían pagado. De todos modos les fue mejor que a otros.

Allí quedaron las casitas. Allí las veíamos agrupadas y maltrechas desde nuestra azotea donde estábamos celebrando nuestra fiesta, la fiesta del primer aniversario de nuestro grupo, creado contra la voluntad de la dictadura para hacer una literatura crítica que reflejara estas y otras calamidades sociales. Nosotros tuvimos peor suerte que ellos, porque éramos intelectuales peligrosos, definitivamente merecedores de ser desalojados y perseguidos, totalmente eliminados de la palestra pública como hicieron con otros intelectuales, para sembrar el pánico.

Imaginábamos, ese día de la celebración, cual sería nuestro destino, porque de algún modo combatirían nuestro atrevimiento, nuestra decisión de ser independientes; pero no imaginábamos que la oportunidad la encontrarían tan rápidamente, ni que estuviéramos tan cerca del devastador final.

REACCIÓN CONTRA EL INTELECTUAL

Otros escritores y artistas se agruparon, pero no para escribir y publicar literatura crítica; sino para pedir reformas democráticas a un sistema caduco que intentaba mantener su mismo esquema inoperante y represivo. Así lo interpretaron los de arriba, los del poder, y por eso atacaron sin tregua a los que protestaron.

Un grupo de 10 escritores y artistas de la capital, miembros de la UNEAC, entre los que se contaban los autores premiados María Elena Cruz Valera, Manuel Díaz Martínez, Raúl Rivero, escribieron y firmaron un documento en el que proponían cambios para tratar de paliar la crisis política y económica del país.

La respuesta fue agresión. Todos fueron acusados de contrarrevolucionarios y contra ellos lanzaron las "Brigadas de Acción Rápida" y la maquinaria partidista de la dirección nacional de la UNEAC, institución oficialista presidida por Abel Prieto, un miembro del Buró Político del Partido Comunista, la más alta posición creada para gobernar en el país bajo el control directo de Barbatruco.

La prensa oficial se vio obligada a reflejar los acontecimientos aunque tergiversándolos totalmente, al extremo de declarar que quienes habían firmado la carta no eran escritores ni artistas, sino delincuentes, vendidos al enemigo americano, que querían desacreditar la revolución. Siempre el mismo truco político. Todos los que se oponían a la dictadura eran unos parásitos, agentes al servicio de la CIA, mediocres sin valor alguno para la sociedad.

La prensa oficial publicó sobre el asunto cuando ya el mundo entero conocía, a través de Radio Martí y otras fuentes de información extranjera, lo que estaba ocurriendo con estos valientes intelectuales que habían decidido unirse y sugerir fórmulas que buscaban soluciones.

La líder del grupo, María Elena Cruz Varela, fue el centro de la descarga principal. Ella fue víctima de un brutal acto de repudio. Se le metieron en su propio apartamento y a la fuerza le hicieron comer los papeles que había escrito. Fue golpeada cobardemente delante de toda su familia y fue arrastrada por los pelos, sacada a la calle e introducida en un carro de policías para ser llevada a prisión. A esta mujer se le condenó a dos años y medio de privación de libertad por haber liderado un grupo pacifista llamado Criterio Alternativo y haber emitido su opinión en un documento conocido como "La declaración de los diez".

Esta mujer no era un parásito social, era una poetisa que había ganado un premio nacional con su libro *Hija de Eva*. Esta mujer es inteligente, digna y merece toda nuestra admiración y respeto como poeta y como mujer. Todos nos estremecimos de indignación con la noticia. Pero la advertencia gubernamental quedaba clara: no permitirían la más mínima sugerencia, la más mínima protesta de nadie.

Todos debían entenderlo y marchar como corderos disciplinados en el rebaño hacia el matadero. No habría cambios en el país, no habría reformas. El dictador seguiría dictando su voluntad aunque el país se hundiera. Para eso estaban sus lacayos ubicados en los más altos puestos y sus lacayos debían de cuidar del dictador para poder mantenerse en sus puestos también.

Eso precisamente fue lo que hizo el presidente de la UNEAC, Abel Prieto, un narrador de muy escasa obra literaria y sin premios, pero de una ya muy larga e hipócrita carrera política hacia la cima del poder. No desaprobó en lo más mínimo las acciones de violencia cometidas contra estos miembros de la organización nacional, contra estos diez intelectuales (después se sumaron dos firmas más a la carta), contra estos miembros de la UNEAC, organización que fue creada por el gobierno para dirigir y controlar a la intelectualidad.

Abel Prieto permitía el abuso, se acomodaba en su nuevo trono y jugaba su papel rector junto al Tiranosaurio. El movimiento intelectual que se supone marcha en la vanguardia social de todo país, y al que tanto teme Barbatruco, quedaba así neutralizado con este perro, cancerbero taimado y servil, promovido a la alta esfera de la nación.

A Abel lo había conocido personalmente muchos años antes en Santiago con motivo de un encuentro competitivo de narradores. Allí leíamos y comentábamos nuestras obras. Yo había presentado mi relato *"Alarma en el Capitolio"* que después obtendría un premio en el Concurso Nacional de Narrativa de Amor, celebrado anualmente en la ciudad de Las Tunas. Ese año el jurado estuvo integrado por el exitoso narrador Senel Paz y el día de la premiación me topé la sorpresa de que mi querido amigo y condiscípulo universitario, Francisco López Sacha, había sido también premiado.

Esto fue exactamente en el mes de febrero del año de 1984. Ese fue un buen año para mí, porque acababa de ser seleccionado como finalista del internacional concurso Casa de las Américas, donde compitieron más de cuatrocientos poetas de todo el mundo. Mi libro *Hombre familiar o Monólogo de las confesiones* había sido propuesto y nominado para el premio por el poeta español José Agustín Goytisolo, miembro del jurado.

El entonces muy joven Abel Prieto (más joven que yo) estaba allí en la UNEAC de Santiago leyendo también su cuento. Nos conocimos y mantuvimos una amistad. Me confesó que le había gustado mucho mi relato, y para mi asombro me comentó algunos de sus pasajes tiempo después. En mis viajes a la capital yo visitaba la sede de la UNEAC y nos vimos un par de veces cuando Nicolás Guillen era aún el presidente de esta institución. Estas cosas tan importantes en las relaciones humanas parecen olvidarlas los serviles fanáticos comunistas cuando agarran el poder.

DIGO DEL POETA NACIONAL

Siempre fui amistoso con los de arriba y los de abajo. En mis visitas a la UNEAC en la capital me encontré con algunos amigos, y entre ellos a Joaquín Santana, un muy noble y excelente personaje, ayudante o asistente personal de Nicolás Guillen. También me encontré con Nicolás Guillén el cual murió quizás sin darse cuenta de los errores del régimen que defendió.

Nicolás Guillén, llamado "poeta nacional", quizás porque era mestizo y tocaba estos temas pletóricos de alabanzas al régimen, había reflejado en su poema ***Tengo***, dedicado a la revolución, las siguientes erráticas ideas.

Tengo, vamos a ver,
tengo el gusto de andar por mi país,
dueño de cuanto hay en él...
(...) Tengo, vamos a ver,

> que siendo un negro
> nadie me puede detener
> a la puerta de un dancing o de un bar.
> O bien en la carpeta de un hotel
> gritarme que no hay pieza,
> una mínima pieza y no una pieza colosal,
> una pequeña pieza donde yo pueda descansar...
> (...) Tengo, vamos a ver,
> tengo lo que tenía que tener...

Nicolás murió a tiempo, o más bien sin tiempo para arrepentirse, o mejor dicho, antes de arrepentirse y maldecirse por lo que había escrito, porque en la realidad nada de esto tuvimos después de tantos años de sacrificio, donde cada vez éramos más discriminados y explotados. Al pobre Nicolás le pasó lo mismo que a muchos intelectuales que esperanzados e inspirados en las promesas de justicia de la revolución, escribieron sus obras. El tiempo siempre se encarga de mostrarnos la verdad cuando no fuimos capaces de descubrir a tiempo los caminos que nos llevaban a ella.

Guillen estaba demasiado viejo y enfermo para rectificar. Además, de nada le hubiera valido renunciar a este poema, a su carnet del partido, y haber expresado su frustración, porque se le hubiera tildado de eso precisamente, de viejo y enfermo.

Tengo, vamos a ver..., que tengo un despótico gobierno. Tengo que "los pueblos tienen los gobiernos que se merecen", según dijo el célebre Abrahán Lincoln. No tengo entonces lo que tenía que tener...

En uno de estos viajes a la capital hacia 1987 me encontré con Guillén. Yo estaba esperando por Santana en el recibidor de la UNEAC cuando lo vi aparecer en un auto con su chofer. El auto se detuvo a un lado del edificio que daba a un amplio jardín. Entró por el mismo pasillo donde yo estaba sentado. Inmediatamente me paré y fui a su encuentro. «Maestro —le dije—. ¡Qué alegría me da verlo! ¿Cómo se siente?».

Nos habíamos conocido a través de Joaquín Santana quien nos presentó una noche de celebraciones cuando un grupo de amigos nos disponíamos ir a mi casa para seguir la fiesta que iniciamos en la sede del coro Orfeón Santiago. La fiesta fue con motivo del aniversario del coro fundado por Electo Silva, un fanático de la poesía de Guillen quien estaba entre los ilustres invitados al evento, entre otros funcionarios del gobierno y del partido. Quise invitarlo para que se incorporara a nuestro grupo, porque si Guillén no iba, Joaquín Santana tampoco podía ir, pues debía cuidar siempre de él. Ese era su trabajo. Entonces durante el brindis, después de disfrutar del hermoso recital del coro que interpretó algunos de sus poemas, me di a la tarea de convencerlo.

No estaba seguro de poder lograrlo. Pero pensé en un simple argumento que siempre motiva a los poetas. Le dije que yo vivía en un lugar muy pintoresco, en un barrio que le decían El Tivolí, que fue fundado por los franceses y que al fondo de mi casa tenía un balcón de estilo colonial desde donde se dominaba toda la bahía de Santiago, con una vista espléndida y única. «Maestro, créame, usted no debe irse de Santiago sin conocer esta parte excepcional de la ciudad».

Lo había convencido. Estaba decidido a asistir. Aceptó con esa sonrisa bonachona que siempre tenía y pienso que mantuvo hasta el día de su muerte. Ya éramos un buen grupo, entre los que se encontraban funcionarios de la televisión y la cultura y también el director del ICAI Julio García Espinosa, quien no sólo me dijo que le gustaba mucho bailar con la música del grupo Son 14 por entonces de moda, sino que lo demostró.

Por la bebida no había problemas. Yo tenía mi propia fábrica de vino y nunca me faltó para brindar en cualquier circunstancia. Yo tenía por costumbre invitar a mis colegas a mi casa y casi hice de esto una tradición. Hasta de madrugada tocaban a mi puerta y yo les hacía pasar para formar "la descarga". Mi amigo Arturo Estable, escritor, escultor y músico, fue quien más abusó de este derecho. A cualquier hora tocaba a mi puerta después de haber deambulado por esta parte inolvidable de calles, callejones y casas antiguas, encima de las lomas, para mostrarles a los turistas el espléndido paisaje y el esplendor nocturno de la bahía. Llegaba con su guitarra y formábamos el coro. Ese día también estaba entre los invitados.

Todo prometía una gran velada. Todos dispuestos salimos del local en busca de los Ford-Falcón que había brindado el gobierno para mover a los célebres personajes.

Pero la suerte a veces traiciona. Nicolás Guillén, embriagado por las reverencias de la selecta multitud o por las declinaciones que producen los años, se cayó sobre su voluminosa barriga en los escalones de la salida, y aunque aparentemente no se hizo daño, quedó muy nervioso y con más deseos de ir a dormir que de fiestear.

Todos estuvimos alarmados y Joaquín tuvo que llevárselo sin más remedio para el hotel. Nos perdimos la compañía siempre grata de un gran personaje y sobre todo la posibilidad de poder compartir con mi querido Joaquín Santana. Se perdieron de una buena fiesta que duró hasta casi las 5 de la madrugada sin que el presidente del CDR de mi cuadra se atreviera a interrumpirla para reclamar por la falta de autorización, tal y como estaba establecido, y ni siquiera para ordenar que bajáramos la música a esas altas horas de la noche cuando ya casi nos sorprendía el amanecer.

No se atrevieron a interrumpir la función, porque los Ford-Falcón de color negro parqueados frente a la puerta de mi casa, eran la mejor señal de identidad y advertencia de que no se debía molestar la diversión de mis ilustres huéspedes. Estos carros eran sólo utilizados por el gobierno para sus protocolos.

Nos divertimos. En ese tiempo vivía sólo. Estaba recién divorciado de mi primera esposa y compartía ese momento con una linda muchacha que estaba becada en la universidad y que ese día me confesó que era virgen. La había visto curioseando en la puerta del evento, la invité a pasar y seguimos juntos la cumbancha.

La noche fue espléndida con bebidas y bailes a todo furor, pero la dejé marchar finalmente con su virginidad intacta, porque me rogó que, por favor, hiciera cualquier cosa con ella menos que le rompiera el himen, porque «no puedo darle ese disgusto a mi mamá que es inválida y le queda poco tiempo de vida». No siempre aparece una muchacha que sabe cerrar bien las piernas y respetar las doctrinas familiares, pero tampoco aparece siempre un caballero como yo que la respete.

Guillen fue un excelente poeta y un gentil amigo, muy amistoso, muy atento y cordial, estas características son poco comunes en personajes que como él llegan a la cumbre de la fama. Por eso, cuando entró en la UNEAC ese día, fui a su encuentro.

Recordamos aquella funesta noche en que tuvo la caída y se perdió la fiesta. No fue nada grave. Después se sintió bien. Sólo un poco de cansancio y pocos deseos de ver, desde mi balcón, la excepcional vista panorámica de la bahía. Me di cuenta que los años no pasan ni pesan por gusto, y hacen perder encantos e ilusiones hasta en los mejores poetas. Por eso hay que vivir intensamente los buenos momentos que nos da la vida —pensaba siempre—, porque siempre son más los malos que los buenos momentos. "No dejes para mañana lo que puedas hacer hoy", seguía al pie de la letra ese sabio refrán popular.

—No importa, maestro, será otro día —le dije.

—Cuando yo vuelva a Santiago me llevas.

—¡Claro que sí!

Pero desafortunadamente ese día no llegó, porque la muerte siempre les llega primero a los que se ilusionan demasiado, para truncar sueños y planes muchos más importantes que éstos de apreciar una fantástica vista nocturna de la ciudad.

Siempre risueño, fue displicente conmigo. Me reconoció. Me recordó. Entonces le dije que estaba esperando por Santana. Y sin más preguntas ni explicaciones me dijo: «Ven conmigo».

Cogimos por el pasillo central de la mansión y llegamos a un elevador pequeño, que resultó ser su elevador personal donde apenas él cabía. Subimos dos o tres pisos casi pegados por las barrigas. La mía era bastante regular. Fue un momento engorroso y traté de buscar con urgencia un tema de conversación.

La Gaceta de la UNEAC acababa de publicarme un artículo sobre Emilio Bacardí Moreau junto a cinco cartas inéditas de importantes personajes de nuestra historia (Máximo Gómez, Bonifacio Byrne y Luisa Pérez de Zambrana) dirigidas a este insigne intelectual y político oriundo de Santiago, y creador de la compañía Ron Bacardí, de fama internacional. Guillen había autorizado la publicación, porque "le gustaba mucho editar importantes cartas inéditas", según me había dicho Luis Marré, editor de la revista.

Pues bien, cuando apenas habíamos iniciado el tema, se abrió la puerta del elevador y nos enfrentamos a una mujer que al parecer lo esperaba. «Aquí está Sara» me dijo y trató de hacer un chiste con ella que no entendí muy bien. Se marchó dejándonos solos.

Me di cuenta entonces que hubo una confusión. Le expliqué a la amable señora lo ocurrido y me dijo: «Nicolás ya no oye bien, Santana trabaja en otra oficina». Nicolás había confundido el nombre Santana con el de Sara. Todo fue embarazoso tanto para ella como para mí.

Meses después Nicolás Guillén moría a los 87 años de edad en 1989, pocas semanas antes del derrumbe total del comunismo y cuando ya se escuchaban cerca los ruidos de la avalancha del cambio que amenazaba con arrasarlo todo. Pero ya quizás no oía ni entendía lo que estaba pasando. Quizás.

Afortunadamente murió a tiempo. Los poetas sufrimos mucho cuando descubrimos nuestros errores emocionales convertidos en poesía. Fue mejor así. Había nacido en la provincia de Camagüey en 1902 y la capital del país le dio la despedida. Descansa en paz.

Barbatruco lo nombró un día miembro del Comité Central del Partido Comunista después de haberle entregado personalmente su carnet del partido, dicen que nunca aspiró a tal distinción. Tanto Nicolás Guillen, como su sucesor Abel Prieto, fueron piezas movidas con astucia por el tirano para que le ayudaran a mantener la imagen pública de su poder con la impredecible intelectualidad.

Quizás Guillen no hubiera permitido que se abusara tan cobardemente de una mujer como María Elena Cruz Varela, tal y como lo hizo el imberbe Abel Prieto, quien además se había prestado para otros muchos juegos y rejuegos bajo las peligrosas patas del Tiranosaurio. Como por ejemplo, ése de erigirle a John Lennon un monumento. Porque el genial miembro de los Beatles, después de tantos años de ser censurado, ya no era un loco enajenado por el capitalismo como decían ellos antaño. ¡Qué cínicos!

Todos los firmantes de la "Declaración de los diez" fueron calumniados y perseguidos, al extremo de que todos se vieron obligados a abandonar el barco y marchar al exilio, todos excepto uno, que merece nuestra devoción: el poeta Raúl Rivero, quien se mantuvo en la isla a sangre y fuego, para luego fundar la agencia de prensa independiente que le ha dado donde le duele al tirano. Pero no fue por mucho tiempo, porque años después sería llevado a prisión con una larga condena junto a otros periodistas independientes. Para él mi absoluto respeto y reconocimiento. Él también tiene poemas dedicados a la revolución que todos soñamos, de los cuales se debe estar arrepintiendo siempre.

Como demuestran estos sucesos, ser miembro de la UNEAC, titulada como organización no gubernamental, cosa totalmente falsa (así mismo ocurre con todas las ONGs del país inevitablemente controladas por el gobierno), no les sirvió para nada. La UNEAC como organización no los protegió. Todo lo contrario. Hacia ellos fueron lanzados otros escritores y artistas de la organización y muchos fueron obligados a firmar una contracarta de repudio a estos diez colegas que habían disentido. ¡Qué bochorno!

Por eso, y por otras cosas, nunca me interesé en ser un miembro de una organización totalmente gobernada por afiliados oportunistas, aunque reunía ampliamente todos los requisitos exigidos para ser aceptado no sólo en la sección de literatura (tenía ya dos libros publicados y sólo exigían tener uno), sino también en la de teatro o en la de cine, radio y televisión. No me daba la gana de tener que pagar dinero por una membresía que nada me iba a aportar que no fuera dependencia y sumisión. Acepté sólo la membresía de la "Brigada Hermanos Saíz", porque fui miembro fundador y luego directivo de esa Asociación Nacional de Jóvenes Escritores y Artistas, y eso porque el presidente de la asociación me entregó el carnet de miembro sin habérselo solicitado.

Más bien preferí finalmente fundar nuestra propia organización de escritores y artistas independientes, tal y como hicimos en abril de 1991 con El Grupo, un grupo de intelectuales unidos en la profesión y en las ideas, donde no existía posibilidad de traición. Por eso el partido y la UNEAC arremetieron contra nosotros. ¡Claro! No podían permitir nada que les oliera a independencia.

El GRUPO BAJO ATAQUE

Nunca me podré explicar cómo es que pudo existir tanta indiferencia o tanta cobardía frente a la brutal represión desatada por los comunistas y sus agentes en el poder. Escribí estos versos no sólo para liberar mis angustias reprimidas.

ORGIA DEL MIEDO

Todos tenemos miedo
bajo esta lluvia que ha comenzado a caer.
Se nos hizo un nudo en la garganta
la flor que un día inventamos como niños
y no deja pasar la primavera.

Alguien está tocando a la puerta de mi casa.
Viene a provocarme los auxilios rezagados
a citarme para el gran festín de los pensantes.
Y yo no abro.
Me quedo suspirando todavía enmudecido
todavía con los huesos dislocados
con los huesos que se han negado a sostener
mi voluntad.

Alguien me llama también desde adentro
y me atormenta con el derrumbe
de las cosas
que soñé.

Alguien me persigue por la casa
a la hora del baño, a la hora de las comidas,
a la hora de los hijos, a la hora
de dormir con mi mujer
que también me persigue con su miedo.

Traté de definirme y sobreponerme a mi infortunada existencia. El miedo imperante, el miedo a no poder respirar fuera de las limitaciones ofrecidas en el único espacio posible, con todas las puertas cerradas en una sociedad cerrada, definía nuestras vidas. Por haberlo entendido así pude romper su inercia y salir de la reinante pasividad. Fue necesario desgarrar los frenos, partir las ataduras, levantar las velas de la voluntad y lanzarme al vuelo. Todos debimos actuar al mismo tiempo. ¿Pero cómo? ¿Con qué recursos? Un grupo de amigos nos habíamos comprometido para preparar una conciencia de cambio. Queríamos actuar honestamente, sin mucho ruido.

Pero frente al atropello cometido contra la poeta María Elena Cruz Varela, no pudimos seguir con nuestros planes. Tuvimos que reaccionar abiertamente. Decidimos enviar cartas al Buró Político para expresar nuestra inconformidad con lo que había sucedido. No sería una única carta firmada por todos los miembros de El Grupo, que quizás hubiera sido más fácil, pero mucho menos efectiva y mucho más riesgosa para nuestra incipiente organización. Decidimos que cada uno hiciera su carta y la enviara por separado. Pensamos que tendría más efecto así, porque quizás desde todo el país llegarían cartas similares de protestas y entonces sería una protesta generalizada y no podrían acusarnos de conspiración. Hacía falta solidaridad.

El destinatario sería el mismo: Sr. Abel Prieto, presidente de la UNEAC y Miembro del Buró Político del Partido Comunista. Envié mi carta. Enviamos nuestras quejas.

La respuesta no nos llegó del propio Abel, sino a través del escritor Ariel James presidente de la filial de la UNEAC en Santiago. Inmediatamente fuimos expulsados de los salones donde nos reuníamos. El escándalo se armó. Los lacayos cumplían automáticamente con lo ordenado. De todos modos la emprendieron contra El Grupo. No se quiso ver como una protesta personal de cuatro de sus miembros aunque éramos los principales promotores.

Entonces escribí una segunda carta, quizás más dura, a este mismo personaje ubicado en la cabeza del aparato rector del país. Ni una letra como respuesta. Los mecanismos estaban creados para dar un escarmiento y neutralizar también a los intelectuales de mi ciudad, la segunda ciudad de importancia en el país. Usaron otros métodos más sutiles que los de hacernos comer literalmente nuestros papeles, tal y como le habían hecho a María Elena.

Pero el objetivo fue el mismo, demostrar que éramos unos enemigos que debíamos ser repudiados hasta por nuestros colegas de profesión. Pero aquí les falló esta vez la coartada. Nuestros amigos miembros de la filial de la UNEAC no firmaron la contracarta de repudio. Santiago tiene particularidades humanas que no tiene la capital. En una reunión memorable se habló de nuestro caso y se pidió en nombre de la UNEAC y el sindicato de trabajadores de la cultura condenar nuestras acciones. El texto fue leído por Zara Fernández miembro del Partido Comunista y secretaria general del sindicato de la cultura en la provincia, la cual pidió encarecidamente que todos los presentes la firmaran al final de la reunión.

El texto inquisidor quedó triste y solitario sobre la mesa, porque nadie lo firmó, nadie se acercó para firmar y apoyar aquella infamia. Estoy seguro que más bien nuestros colegas admiraron nuestra valentía y hubieran deseado hacer algo para defender a la poetisa mancillada.

Con los intelectuales de Santiago fue diferente el manejo. Sépase así. Los políticos y lacayos trataron de usarlos en nuestra contra, pero no lo lograron. El silencio fue una buena respuesta. De todos modos los funcionarios del partido no se dieron por vencidos y como todo es una misma cosa bajo un pérfido control, comenzaron con el hostigamiento directo en nuestros centros de trabajo. Todos fuimos expulsados. Pero voy a exponer sólo mi caso, ya que podría sintetizar de alguna manera el de todos.

CAPÍTULO VII

EL DIABLO CON EL PODER LABORAL

Ya hemos dicho que El Estado es el único comprador y el único vendedor. Pero además es el único empleador y esto es lo peor que pueda sucederle al obrero y al campesino en cualquier parte del mundo. Este monopolio del empleo es sin dudas la peor esclavitud. José Martí, con sus conocimientos sociológicos y su asombrosa visión de futuro, nos dijo en el artículo que valora el ensayo *La futura esclavitud*, del filósofo y sociólogo inglés Herbert Spencer, el cual hace un estudio de las ideas socialistas:

> *El hombre que quiere ahora que el Estado cuide de él para no tener que cuidar él de sí, tendría que trabajar entonces en la medida, por el tiempo y en la labor que pluguiese al Estado asignarle, puesto que a éste, sobre quien caerían todos los deberes, se darían naturalmente todas las facultades necesarias para recabar los medios de cumplir aquellos. De ser siervo de sí mismo, pasaría el hombre a ser siervo del Estado...*[14]

Martí nunca vio las teorías de Carlos Marx como una solución a los problemas sociales existentes. No era de ningún modo un marxista como nos hicieron ver en las escuelas. El Estado comunista controla todo y a todos y no hay por donde escapar. Si un obrero es expulsado de un centro de trabajo, porque El Estado así lo determina, su vida queda totalmente anulada. No podrá ir a ninguna otra parte. Esto nadie me lo contó. Esto lo viví.

Fui llamado a la oficina del director de la televisión una vez más. Se me informó que había quedado "disponible" (éste era el nombrecito que utilizaban, no decían "estás desempleado"), porque se estaban haciendo reajustes en la nómina de empleos y había que hacer reducciones de trabajadores de mi especialidad.

Éramos ocho asesores o analistas de programas y debían sólo dejar cuatro, así que yo y tres más quedaríamos sin empleo. De los otros no hablaré. Sólo diré que dos eran también escritores premiados y que uno de ellos Marino Wilson, era miembro de nuestro grupo literario independiente El Grupo. Por otro lado, tres de los afectados éramos miembros permanentes de la comisión de evaluación de la televisión y yo era su presidente. Imposible que fuéramos nosotros los que sobráramos.

---

[14]—, La futura esclavitud. La América, Abril de 1884, O.C., Editorial de Ciencias Sociales, 1975, T 15, p 390, 391. Es realmente asombrosa la claridad con que Martí lo visionó todo. Tal parece como si hubiera vivido las prácticas de la sociedad comunista, pues esto que previó fue lo que ocurrió muchos años después de su muerte. Vio, al igual que Spencer, que este "estado socialista que sería a poco un estado corrompido, y luego un estado tiránico" serviría únicamente para esclavizar más al hombre, porque "el hombre pasaría a ser siervo del Estado". En fin, que Martí nunca vio como una solución a los problemas sociales existentes, la aplicación de las ideas del marxismo.

Éramos los más capacitados profesionales del centro, pero teníamos el inconveniente de no tener un carnet del partido que nos respaldara. Los que quedaron en sus puestos de trabajo sí tenían su carnet. Eran personas confiables, nosotros no.

Pero la peor violación la cometieron al no tener en cuenta el orden de El Escalafón para hacer esta purga. Esto significa que existía un orden de prioridad que aseguraba el empleo según la antigüedad. Yo tenía el uno en El Escalafón y otro de los "disponibles", un reconocido poeta, tenía el dos. De nada nos valió el aval.

Entonces me ofrecieron dos opciones. Una era irme para la casa, cobrando durante 6 meses sólo el 60 % de mi salario, (186 pesos al mes, unos 7 dólares U. S). Mientras tanto debía conseguir otro trabajo. La otra opción era que si encontraba otro trabajo dentro del sector de la cultura, ellos podrían pagarme el salario completo de 280 pesos mensuales.

Me parecía difícil que me dejaran trabajar en las cuestiones culturales después de lo que había ocurrido, pero de todos modos hice el intento para que mi caso no quedara sin solución por falta de gestión.

Fui a ver a Ramiro Herrero, que seguía como director artístico, actor y director general del Cabildo Teatral Santiago, y enseguida él estuvo dispuesto a emplearme pues siempre quiso que yo volviera a trabajar en el teatro. Tenía mucha confianza en mí y me lo manifestaba siempre que coincidíamos como actores en alguna telenovela o serial de la televisión. Éramos buenos amigos. Él quería que regresara, pero ya yo había quemado esa nave y buscaba otros horizontes en la televisión después de mi graduación. Mi retorno respondería sólo a las nuevas necesidades.

Encontré su apoyo personal. Todavía recuerdo sus palabras «Eres actor, y el teatro es lo tuyo». Sus intenciones fueron sanas, pero el inconveniente estaba en que él no tenía un puesto habilitado con un salario para pagarme; es decir, que yo no podría cobrar dinero en el teatro. Él necesitaba actores y directores para su grupo, pero El Estado no le había asignado aún dinero para nuevos contratos. Así que él no podía contratarme. Le dije que en mi caso no habría problemas, pues la televisión me seguiría pagando.

Todo arreglado. Trabajaría en el teatro y me pagaría la televisión, en definitiva el dueño empleador es el mismo en todo: El Estado. Entonces quedé en espera de que él resolviera los trámites con sus superiores para hacer oficial mi traslado. Lo fui a ver un par de veces más para preguntarle por los resultados y me decía que estaba esperando la autorización. Era inútil esperar más.

En ese lapso de tiempo, unas dos semanas después, me encontré en la calle con mi buen amigo Roberto Sánchez el director general del Ballet Folklórico Cutumba, de gran prestigio internacional, y le expliqué mi caso.

—Si es así —me dijo—, puedes trabajar conmigo, yo necesito un asesor folklórico en mi grupo.

—¿Pero no tienes que consultarlo con nadie?

—Mira, Sambra, nosotros somos un poco independientes, porque actuamos como una compañía con contratos directos en el extranjero aunque estemos controlados por el Ministerio de Cultura.

Vi enseguida el cielo abierto y un poco más de posibilidad para mí. Me puso de inmediato a trabajar en unas investigaciones para apoyar un proyecto en el que el famoso coreógrafo Jorge Lefebre participaba. En un par de meses debía de estar todo listo pues el grupo estaba programado para hacer una larga gira artística por Europa. Roberto necesitaba a alguien de confianza y con capacidad para ocupar esta plaza de asesoría folklórica en su grupo. Nunca había podido llenar este vacío, entre otras cosas, por no haber tenido salario asignado para este puesto de trabajo.

Ningún grupo cultural, aun los que recaudaban divisas, tenía independencia para crear sus plazas y pagar salarios. Es más, los dólares recaudados en el extranjero iban a parar al Estado y sólo un por ciento ínfimo lo manejaba el grupo.

Le hablé claro a Roberto de las posibles dificultades que encontraría en mi caso, pero él lo que necesitaba era a un profesional que le resolviera el problema de inmediato y pensaba que conmigo ya tenía lo que buscaba, porque además venía con el salario asegurado. Pensó que no le pondrían objeciones. Hizo la carta de solicitud a la dirección de la televisión y de inmediato la presenté. «No hay problemas todo está en orden», me dijeron en el Departamento de Recursos Humanos de la televisión.

Comencé a trabajar en el proyecto. Asistí durante una semana a los ensayos, revisaba los materiales que ya se habían proyectado y trabajaba con relación al ambiente y las definiciones del escenario y el vestuario. Recuerdo que algunos pedidos de origen africano me resultaron fáciles de proyectar puesto que ya los había presentado para la comparsa de San Pedrito en los desfiles del carnaval. Conservaba valiosos datos de mis estudios sobre bailes, disfraces y máscaras, muchos de los cuales ya los había publicado en revistas y periódicos. Me sentía que encajaba perfectamente en mi nuevo trabajo y me ilusioné con sus perspectivas.

Por otro lado siempre tuve buenas relaciones personales con el productor y otros miembros de su grupo. Nos unía el respeto, la admiración y la amistad. Esto lógicamente me ayudó. Las buenas relaciones humanas dentro de un grupo artístico son un factor primordial para su adecuado desarrollo. Algunos bailarines habían sido alumnos míos en clases de superación cultural. Es decir, que encontré apoyo, aceptación y buena voluntad.

Roberto pensaba que había encontrado al profesional ideal y yo además pensaba haber encontrado un jefe entusiasta y talentoso. Siempre jovial y comunicativo, de sonrisa fácil y sincera, de gestos que encajaban perfectamente con su humildad. Estaría a la sombra de un buen amigo. Él me conocía bien. Habíamos trabajado juntos en un proyecto para fundar el primer grupo de teatro de variedades en Santiago en el que también participaba el famoso mago Alberto. Para tal reto, me basaba en los resultados de mi tesis de grado sobre los espectáculos en Santiago y tenía además escrito el guión escénico: "La nave de la fortuna". Sin embargo, los frenos burocráticos encontrados por entonces nos hicieron desistir. Pero bueno, ya eso era agua pasada, aunque conservo aún el manuscrito con el que tanto nos ilusionamos.

Tenía ahora una oportunidad de salir adelante. Pensaba que en el Ballet Folklórico Cutumba había encontrado el lugar apropiado. Pero un mes después chocábamos con la triste realidad.

EL PARTIDO ORIENTA Y LOS SICARIOS CUMPLEN

Me he puesto ahora a pensar que el 14 de febrero tiene muchos significados para mí. Me han sucedido muchas cosas ese día tan especial. Es el día de San Valentín, el Día de los Enamorados, el día del travieso niño lanzador de flechas y cazador de corazones, del niño llamado Cupido en la mitología romana. Las cosas que suceden cualquier día uno las puede olvidar, pero las cosas que suceden en días tan señalados como éste, son imposibles de borrar. Es por esto que puedo escribir aquí el día y el año en que me reuní con el representante del diablo en la esfera laboral.

Ese día, 14 de febrero de 1992, se iban a definir muchas cosas para mí. A las 2 de la tarde fue el encuentro con María Elena Castañeira, directora de cultura en la provincia y miembro del Buró Provincial del Partido Comunista. A María Elena la conocía. Había compartido con ella en diferentes actividades culturales para festejar fechas con escritores y artistas, en las que siempre terminábamos con comida y alcohol. Para estos eventos del gobierno no había Período especial.

Creo que María Elena no llegaba a los 50 años de edad. Era gorda y dicharachera. Usaba batas anchas y largas quizás para disimular sus escasas curvas corporales o sus curvas fuera de lugar. Cuando se daba unos tragos le gustaba hacer chistes picantes, de esos que le ponen a uno la cara colorada y que por eso creo que se les llama "cuentos colorao". Es decir, que ella no era un personaje impenetrable como otros de los que se sientan detrás de un buró y se creen dioses.

No tenía por qué estar nervioso con el crucial encuentro. A ella la podría saludar dándole un abrazo y un beso. Y eso fue lo que hice cuando entré, porque además tenía doble motivo para hacerlo. Ese día era su cumpleaños.

Cuando Roberto me dijo la fecha del encuentro me advirtió del acontecimiento. Entonces decidí comprar un ramo de flores naturales, que por cierto lo tuve que comprar en el mercado negro, porque las tiendas del Estado nunca tenían flores suficientes, ni eran para cualquiera.

El ramo lo dividí en dos. Una parte para María Elena y otra para mi esposa Martha. Y seguían las coincidencias. Este también era el día de su cumpleaños. Mi esposa también había nacido un 14 de febrero pero de 1963, y quien a pesar de su timidez y poco arresto para enfrentar las fatalidades que nos acechaban, decidió echar sus raíces en mi sombra y seguir mis pasos aunque éstos fueran a dar al mismo infierno. Yo decidí echar mis raíces también con ella no sólo por su resuelta determinación de estar siempre a mi lado, sino también porque es una gran mujer.

Le entregué las flores y la felicité. Conseguir flores resultaba casi siempre una odisea. Iniciamos un preámbulo donde hubo ocasión para explicarle cómo las había conseguido., «porque también es el cumpleaños de mi esposa», le dije. «¡Qué coincidencia!», me dijo.

Todo era sonrisa y regocijo. El ambiente fresco y ameno rebotaba en las paredes de su pomposa oficina. Pero enseguida entramos en materia y la cosa se puso tan seria como caliente.

Me explicó que estaban haciendo recortes en los empleos y terminó diciendo que por ahora no podía autorizar a que se me diera ese empleo ni tampoco el de actor, sencillamente porque había otras personas en el municipal de cultura que también habían quedado "disponibles".

—Hasta que no los reubiquemos nuevamente a todos, no podemos darle trabajo a nadie de otro lugar.

—Pero nosotros pertenecemos al mismo sindicato de la cultura.

—Sí, pero es como te digo. Yo te aviso si sobra algo.

Entonces le hablé claro.

—Mira, María Elena, yo sé cómo son las cosas aquí, éstos son empleos específicos que cualquiera no puede ocupar. Tú sabes que cualquiera no es actor de teatro, ni cualquiera puede ser asesor de un conjunto folklórico. Dentro de una semana pierdo el salario si no encuentro un empleo. Ustedes me conocen bien y sé que no me vas a hablar claro. Veo cosas que no concuerdan. Pienso que no me van a dar trabajo ni ahora ni después, aunque tú quieras dármelo como persona, porque esa es la orientación que te han dado en el Partido...

Inmediatamente ella se puso a la defensiva diciéndome que no, que así no era la cosa, que ella me iba a explicar mejor, que no me preocupara, que ella me estaba diciendo la verdad, que si yo quería que fuera a preguntar al del partido provincial que atendía la cultura, para que me explicara mejor lo que estaba pasando.

Terminamos entonces el encuentro, porque ya me estaba molestando tanto descaro y tanto engaño. Y a pesar de su efusivo abrazo de despedida, me fui de su oficina más convencido que antes de que todo estaba perdido, que jamás volvería a conseguir un empleo en ningún lugar.

Cuando se venció mi plazo, me presenté nuevamente en la oficina de la jefa de "recursos humanos" de la televisión. La mujer, una militante del partido, me miró con ojos tristes como quien se sabe delante de un cadáver en su propio funeral. Su estilo era la indiferencia. Siempre hablaba como si tuviera el estómago vacío. Con sus gruesos labios y su nariz aplastada, me dio a escoger entre los únicos empleos disponibles para mí: mozo de limpieza, vigilante nocturno, o cocinero. Tenía que elegir o irme para la casa con el 60% de mi salario por algunos meses, después tendría que buscar trabajo por mi cuenta. ¿Pero adónde ir, si todo era lo mismo bajo el control del gobierno, del Estado, del partido? El Ministerio de Trabajo sólo estaba ofreciendo empleos agrícolas en el campo, pagando míseros salarios y con preferencia para los jóvenes.

Le dije que aceptaba trabajar en cualquier cosa.

—Como mozo de limpieza puedo empezar, lo importante es no perder mi salario. Tengo familia que mantener.

—No. Esa plaza es preferentemente para mujeres, y la de vigilante nocturno tampoco, porque está controlada por el Ministerio del Interior. Hay que usar un arma de fuego y en tu caso veo difícil que te la autoricen.

—¿Entonces...?

—En realidad sólo tengo una plaza, la de cocinero, pero no es de aquí, sino que depende del INDER.

No me importaba el tipo de trabajo. No quería perder el vínculo laboral después de tantos años. Pero tenían bien preparado el juego macabro de no tener nada que ofrecerme. Querían humillarme y llevarme a la desesperación. Era todo demasiado evidente.

—OK, trabajaré como cocinero.

—¿Pero tú eres cocinero? —Se le pusieron más grande los ojos y se le estiró más la bemba, siempre de un rojo chillón—. Además se necesita una evaluación... ¿Tú la tienes?

—Yo soy cocinero y de alta cocina —le respondí con absoluta seguridad, dispuesto a hacer mi propio juego—. Puedo someterme a prueba.

Había que verle la cara. Siempre llena de coloretes, con la pasa estirada y teñida de amarillo y grandes argollas colgándole de las orejas, a pesar de su avanzada edad. Todo un personaje de la alcurnia laboral. Nunca la vi conversando amigablemente con los obreros. Se sentía superior por el carnet y la tan alta responsabilidad que le había dado el partido. Se paseaba entre nosotros moviendo sus voluminosas nalgas sin siquiera dar los buenos días. Se quedó alelada y no supo que decir después de mi fulminante respuesta.

—Está bien, está bien. Ellos decidirán... —dijo tratando de ocultar una macabra sonrisa.

Fue hipócrita la salida, porque pensó que no pasaría la prueba. Se lo descubrí en el tono y en la escurridiza mirada. Entonces me mandó a que me presentara en unas oficinas debajo del estadio de pelota Guillermón Moncada. Esperaban mi fracaso y desde ya lo festejaban.

En la entrevista con el INDER, repetí lo mismo. Vieron mi terquedad y para no hacer largo el debate me enviaron a la escuela de pelota para que hiciera el ridículo al estrellarme contra el fogón, y así quedara demostrada mi "incapacidad".

La escuela estaba ubicada cerca de la Loma de San Juan, donde los españoles fueron derrotados en una de las últimas batallas libradas contra los insurrectos mambises. Éstos estaban apoyados por las tropas americanas, y juntos lograron finalmente la independencia de la isla como colonia de España. La entrada estaba a pocos metros del puente de hierro de la carretera que conduce a la playa Siboney.

El puente quedó clausurado y convertido en histórico después que Barbatruco pasó con su caravana para asaltar el cuartel Moncada en su supuesta guerra de liberación nacional. La carretera completa, de varios kilómetros, fue declarada histórica hasta la Granjita Siboney donde estuvieron acuartelados los insurrectos. La historia se cuenta a la manera de aquellos que triunfan en las guerras. El alto puente de hierro quedaba como reliquia frente a su inminente derrumbe estructural. El tránsito fue desviado sobre un pequeño puente de concreto que casi siempre quedaba cubierto ante cualquier aguacero por las aguas contaminadas de un pequeño río.

Mientras arribaba a mi destino pensaba en lo inútil que había sido la guerra, después de tanta sangre derramada por las balas de enemigos y traidores, pues fuimos a parar desgraciadamente a una mierda. Las revoluciones violentas nunca han dejado saldos positivos en sociedades sacudidas por el odio y la desidia, sólo venganza y muerte sobre la tierra arrasada.

En la escuela tendría que cocinarles a los jóvenes estudiantes que entrenaban para hacer futuro en el béisbol, el deporte nacional. Unas 130 personas entre alumnos, administrativos y profesores me esperaban. Un nuevo reto. Comenzaría en un trabajo que jamás había realizado. Tuve que prepararme para el combate con más puntos para perder que para ganar.

CONFIANZA EN MI MISMO

Tenía conocimientos básicos de cocina y ciertas buenas influencias. Mi mamá era buena cocinera, y mi primera y mi segunda esposa también. Tuve suerte porque soy fanático a la buena cocina. Me gusta ver la mesa bien servida, lo que se dice mesa completa. Entrantes, plato fuerte, acompañantes y ensalada. Prefiero la comida de casa a la de los restaurantes. Soy muy exigente con la calidad y la presentación. La comida del mar es mi favorita. La paella de mariscos es mi especialidad. Ellas me decían que yo era buen cocinero. Y me lo creía. Sabía cómo hacer las cosas en mi casa. Viví cinco años solo, después de nueve mal acompañados con la mujer más celosa del mundo. Después de mi divorcio pasé mi propia escuela con mis fantasmas queridos, mis recuerdos anhelados y mis anhelos reprimidos en una casa grande y bien amueblada, pero realmente vacía: *"no hay escape/ como la mariposa que muere buscando la luz que la mata/ busco en los rincones tu abrazo/ por las calles de mi casa/ por los parques de mi casa/ por la ciudad de mi casa/ donde me he perdido."*

Por entonces escribí mis mejores poemas. Lo creo así. La soledad inspira más que la compañía. Al menos ofrece más tiempo para pensar sobre lo bueno y lo malo de estar vivo, *"¡qué soledad tan llena de seres que no me acompañan! / surges siempre tú/ con el recelo y la desconfianza/ tú pudorosa y airada/ mi tierna mujer/ tonta de ti que no comprendes/ que si me faltas/ me quedo solo." Hombre Familiar...* ha sido el mejor, el más favorecido y el más arriesgado de mis libros. Lo creo así.

Sabía cómo cocinar para mí y para la familia. Pero no era lo mismo que cocinar para tantas personas. De eso estaba consciente. Tenía que vencer los obstáculos. No tenía otra salida para poder asegurar mi salario, al menos, por unos meses hasta que se venciera el nuevo plazo que me habían dado. Era un problema de "Patria o Matao", como dicen aquí cuando hacemos bromas del trágico lema del tirano que nos condenó a muerte con su redundante opción, de poca opción, en realidad sin ninguna opción, de "Socialismo o muerte". Pero confiaba en mí.

Durante el fin de semana me leí algunos libros de cocina con consejos útiles y algunas recetas para el hogar. Al menos quería estar bien en la teoría. Mi esposa estaba más preocupada que yo, pero me veía optimista. Ella al menos se mantenía trabajando y algún dinero entraba.

Se había graduado como médico estomatólogo (dentista) y después de hacer el Servicio Social durante cinco años en la lejana ciudad de Mayarí, trabajaba en una clínica cerca de nuestra casa, en el poblado de El Caney. Estuvo primero trabajando donde El Estado la ubicó, para que pagara también con sus servicios y su bajo salario los estudios que había recibido. Ya hemos dicho que los estudios se pagaban de muchas maneras, aunque Barbatruco repetía siempre que eran gratuitos.

Sin embargo, con su nuevo salario, que era de los más elevados que se pagaba a los profesionales (unos 340 pesos al mes), no podríamos mantener a nuestros hijos. Eso equivalía a unos 4 dólares americanos mensuales. El cambio ya estaba a cien por uno y todo se vendía por dólares. La inflación aumentaba más y más.

Nuestra situación era caótica. Teníamos dos hijos: una hembra y un varón, y teníamos además a mi hijo Maurice, de mi primer matrimonio. Es decir, cuidábamos tres hijos y no podíamos fallarles. Nos preocupábamos, claro; pero sin embargo, sabíamos que cientos de miles estaban en una peor situación.

Fue un lunes mi primer día de trabajo, o mejor dicho, de mi "reto suicida". Temprano en la mañana me vestí elegantemente como si fuera a mi oficina. Hacía buen tiempo, aunque no sé si decirle así al excesivo día de sol de mi ciudad. A pesar de los pesares, una brisa mañanera me inyectaba valor. Subí a mi automóvil rojo y blanco, bien reparado (era de los mejores carros que estaban aún rodando en la isla), y salí dispuesto al ruedo. Llegué con los documentos apropiados a la oficina central. Ya me estaban esperando. Me llevaron a la cocina y me presentaron al toro, quise decir, al enorme fogón con sus enormes calderos afilados.

—Este es el nuevo cocinero —dijeron a los ayudantes reunidos frente a mí y sé que ninguno se lo creyó, sobre todo la negra que ocupaba ese puesto provisionalmente. Me torció los ojos y engurruñó demasiado su enorme nariz, ladeando un poco hacia la izquierda su cabeza desgreñada.

Podía comprender. Tenía yo aspecto de cualquier cosa menos de maestro de cocina. Además no tenía uniforme y me faltaba barriga. Todos estaban como sorprendidos. El momento del combate me obligaba a adoptar tácticas y estrategias diferentes. Pero chocar con la realidad me hizo dudar.

UNA COMPETENCIA RAZONABLE

Una mujer, negra, delgada y algo mayor me lanzó la primera embestida. Su rostro reflejó el desconcierto de los que temen la llegada del desastre, y enfiló sus cuernos. No era para menos. Tenía frente a ella a su distinguido y elegante rival. Apenas esbozó una sonrisa. Ella aspiraba a quedarse con el empleo, porque como moza de limpieza ganaba mucho menos, sólo unos cien pesos al mes.

Cuando me vio, parecía que había visto al mismo diablo. Lógico. Se sentía destronada. Estas cosas las trato de entender y las entiendo. Con mi llegada, pasaría a ser ella mi ayudante y seguiría ganando sus estúpidos 100 pesos al mes. Pero he aprendido a ser gentil, paciente y persuasivo en los momentos que más funcionan estas virtudes.

La comida que se hacía la seleccionaba un jefe de abastecimiento que tenía la llave del cuarto frío. Nos entregó la comida del día: un poco de pescado, arroz, repollo, un vasito con manteca. Todo con medidas y pesos exactos de acuerdo con el nuevo sistema de racionamiento dictaminado por el Período especial. Debíamos hacer una sola comida al día y dividirla en dos, una parte para el almuerzo y la otra para la comida. Un cucharón para cada persona. Apenas seis cucharadas de arroz.

Se supone que los deportistas debían estarse alimentando bien por el intenso entrenamiento a que eran sometidos. Sin embargo, como podía comprobar, la alimentación era nula en vitaminas y bajísima en calorías y proteínas. Éstos todavía eran estudiantes y no importaba mucho mantenerlos apropiadamente. No son todos los que llegaban al final de la contienda. Eran jóvenes y podrían aguantar cualquier vicisitud.

Este tipo de comida la repetíamos frecuentemente y nunca nos pusieron carnes en la dieta. Sólo de vez en cuando el llamado "Picadillo de soya", que era un compuesto molido de soya y subproductos de la vaca: orejas, tripas, panzas, y todos los etcéteras del animal. La papa era lo más abundante, pero sólo en los tiempos de la cosecha. Los vegetales eran pocos, algunos repollos, berenjenas y guineos verdes que hervíamos como si fueran plátanos. Nada frito, porque la manteca que nos daban era sólo para echarle un poco al arroz, pues la otra mitad se la llevaba el cocinero o algún empleado de la cocina.

A veces sacábamos un poquito para hacerle un sofrito al potaje de chícharos que era lo más común, puesto que cuando daban frijoles negros o colorados, era sólo un puñado para hacer congrí. Yo sabía hacer de todo y tenía práctica en el fogón y los calderos de mi casa, pero no en aquel fogón de petróleo que no sabía siquiera encender, ni con aquellos enormes calderos de aluminio, renegridos por el uso descuidado. No podía mostrarles mi falta de conocimiento. Así que adopté una táctica.

Junto con la cocinera trabajaba un joven que era una especie de técnico de dietas; es decir, era el que hacía los cálculos dietéticos. Ese puesto de trabajo nunca lo llegué a entender, pues el muchacho no tenía que hacer ningún cálculo, porque no había opciones, por eso se ponía él mismo de ayudante para hacer algo, al menos pelando guineos o yucas.

Tenía entonces dos ayudantes a mi disposición y debía saberlos manejar. Les dije que prepararan la comida como siempre lo hacían que yo sólo los iba a orientar en caso necesario. Les confesé de entrada que mi tiempo allí sería bien corto. Sólo mientras me apareciera un nuevo empleo. La moza de limpieza respiró aliviada y se mostró más abierta conmigo después de mi estratégica confesión.

Como maestro de cocina yo debía hacerlo todo y dirigirlo todo, pero les dije que siguieran haciendo lo que hacían, que yo les podría enseñar algunas técnicas, sobre todo a la mujer, para que pasara bien su evaluación. Mientras tanto, era yo el que estaba aprendiendo.

Aprendí cómo encendían el fogón de petróleo, cómo utilizaban el horno y seleccionaban las vasijas, cómo distribuían los escasos alimentos, cómo lo servían. El ayudante era yo y no ellos. Entonces les mostré algunas de mis habilidades. El arroz les quedaba casi siempre empelotado y el potaje era un agua salada sin color, porque eran muy pocos los frijoles que nos daban para hacer ese plato.

Les dije que el arroz empelotado no se arregla cocinándolo más para secarlo, sino agregándole más agua. No quisieron creerlo. Entonces saqué el arroz del fogón y lo puse a enfriar. Luego comencé a moverlo con un tenedor mientras le rociaba suficiente agua para irlo aflojando. El efecto se vio de inmediato. Después lo puse en el horno para calentarlo. Otras veces lo lavaba con mucha agua y después de escurrirlo lo calentaba. Era un arroz muy difícil de cocinar.

Para espesar el potaje de frijoles, le agregaba un poco de harina blanca disuelta primero con un poco de caldo de los mismos frijoles hervidos. Y para arreglar la comida salada, la hervía con unas papas peladas, pues la papa absorbe mucha sal. Como no nos daban salsa de tomate, ni salsa de soya, preparé yo mismo una salsa violácea hirviendo la cáscara de la berenjena morada. Después le agregaba un poco de vinagre, comino y sal. Así cuando me tocó hacer repollo con pescado le pude dar color y sabor con la salsa inventada. Yo fui el primer sorprendido, porque la salsa la inventé allí mismo en un momento de inspiración culinaria. La imaginación sin dudas me ayudaba, y era realmente lo que nos estaba ayudando para poder llevar algo decoroso a la mesa. Nada de esto sabía la "cocinera". Todos aplaudieron mi magia. Iba ganado prestigio con estas y otras acciones por el estilo que había aprendido de la sapiente y devota cocinera que me trajo al mundo.

Imagino que así fue como surgieron el "picadillo de cáscara de plátano", el "pan de harina de boniato", el "cuesco de mamoncillo sancochado", el "palmiche verde compuesto", "la colcha de trapear empanizada" y un largo etcétera que dejaba chiquita a Nitza Villapol, la maestra de cocina de la televisión nacional, quien se empecinaba en demostrar cada domingo al medio día que la cocina típica nacional era una pesadilla de locos, cuando cambiaba estoicamente sus propias recetas con "los ingredientes que fueran apareciendo".

Es decir, toda una falta de respeto al llamado "arte del ama de casa", convertidas en reales esclavas de la cocina, porque no tenían ni con qué encender el fogón. Si Villapol hacía y deshacía como le daba la gana en la televisión, por qué no yo en mi estado ignoto de la desesperación.

Siempre he dicho que para triunfar hay que generar ideas de locos. Eso fue lo que hice con mi cara bien dura para ser aceptado, para impresionar. Me creyeron, me apoyaron, confiaron. Ya era yo el que cocinaba y los demás, sin salirse del asombro, aprendían de mí.

La calidad de la comida había mejorado. Todos opinaban bien sobre mi trabajo. Lo principal lo había vencido. En lo adelante sólo me quedaría "organizar" el robo de los alimentos, porque mi objetivo no fue eliminarlo, sino organizarlo, porque de este inevitable pecado capital yo también me beneficiaba.

Pronto me pude percatar de que de todos los productos que nos daban para la comida sólo llegaba al caldero una parte. Los propios empleados a cargo de la manipulación de éstos, se despachaban, a dos manos, pequeñas y hasta grandes porciones. Era como una reacción en cadena, o mejor dicho, encadenada, como si la comida se fuera desgastando expuesta a la intemperie, al pasar de mano en mano, igual que el hielo.

La cadena empezaba con ésos que tenían a cargo la distribución, pasando por los transportadores, el jefe de almacén y por último el cocinero y sus ayudantes. Al final lo que llegaba a las bocas de los comensales era menos que lo ya escasamente asignado.

Hubo un día en que de las 5 cebollas que nos dieron para condimentar la comida sólo apareció una, y yo que pensaba llevarme al menos algo para mi casa, no pude hacerlo. Ya era demasiado el relajo y decidí hablar con mis compañeros no para prohibirles robar, porque eso hubiera sido imposible e injusto, sino para tratar de organizarnos lo más posible. Con el arroz, con el pescado, con los frijoles, con todo estaba sucediendo lo mismo.

—Miren vamos a ponernos de acuerdo en esto. Cuando necesitemos algo de aquí es mejor que lo hagamos compartidamente. Todos no podemos "coger" el mismo día y al mismo tiempo; porque de lo contrario va a llegar el momento en que no vamos a tener nada para poner en el caldero, nada para cocinar y esto nos va a traer problemas.

No se sorprendieron mucho cuando les abordé el tema. Traté de escoger las palabras lo mejor posible para no herir los sentimientos. Por ejemplo, no utilicé nunca la palabra robar, dije coger, pues todo se hacía como algo normal, sin siquiera pensar que eso de coger las cosas por nuestra cuenta y riesgo se llama robo. Entonces les dije que yo no iba a detener a nadie, pues yo sabía la necesidad que teníamos todos de sobrevivir.

—Yo lo que quiero es organizar esto, compañeros, que seamos consciente de que todos tenemos que coger algo, pero no todos los días.

Y distribuí el robo a dos veces por semanas para cada uno en días alternos tratando siempre de que fuera en pequeñas cantidades para que no se notara mucho, pues eran cada vez menos los productos que nos daban para cocinar. Los responsables del almacén y los que distribuían podrían robar más pues manejaban mayores cantidades. Nosotros no. Entonces todos los días se robaba, pero era más la cantidad que llegaba a las bocas de los comensales.

Así quedamos todos conformes y en santa paz. Mi responsabilidad en el asunto estaría salvada momentáneamente. Nadie diría nada, nadie reclamaría nada, porque todos estábamos comprometidos, todos éramos culpables ante la ley y ante Dios. Nuestros pecados quizás podrían tener absolución, pero eso sería una cuenta a saldar en el momento de definir nuestra entrada al paraíso, no en el momento de apremios que nos imponía este involuntario tránsito por el infierno axiomático que vivíamos. Entonces en la isla todos somos plausibles pecadores que de alguna manera merecemos en su momento la piedad de nuestro Señor.

CONDICIÓN ROBÓTICA

A la hora de las comidas le llevaban a Roli una bandeja bien repleta. Se sentaba en el piso y se lo comía todo. De esa forma le pagaban. Tenía un apetito voraz. Tenía que tenerlo para poder comerse esa basura. Él quería brindarle algo de comer a Ismael con la promesa de que nada diría. Ismael sabía que hubiera cumplido su promesa. Pero le decía que no, que su posición era una posición moral, que no le permitía tocar ningún alimento. Le decía que después de tantos días sin comer era peor para ellos si probaban aunque fuera una cucharada de arroz. Su cuerpo ya se había acostumbrado y después del mareo de los primeros días, ya ni hambre sentía. Él entendió y se comía con pena su doble ración frente a la inapetencia de Ismael, que sólo tomaba pequeños sorbos de agua.

Roli estaba dispuesto a seguir jugando su papel de controlador del fuego, para que le siguieran dando un poco más de comida. Ismael no quería que se perjudicara. Roli le había contado que Jesús el manco le dijo "negro pendejo", porque no había sido capaz de neutralizarlo, porque los toques en la tola seguían. «No, yo no soy un pendejo, Jesús. Tú sabes que él no es fácil. ¿Por qué no vas tú y se lo prohíbes?». Y Jesús sólo le contestó «Ese calvo de pinga, me va a volver loco».

Entonces Ismael le dijo lo que debía responder la próxima vez que le reclamara por lo mismo. «Mira Jesús, esto es poco a poco, de los cinco toques que daban, sólo están dando tres. Ya hemos eliminado al menos dos». Ismael se reía con los cuentos. Los dos se reían por la cara de tonto acorralado que Jesús ponía cuando culpaba a Roli del fracaso de la operación.

El boxeador parecía ejercer control sobre los demás prisioneros que habían introducido en las otras celdas. Los conocía bien. Desde el primer día los llamó por sus nombres, y les advirtió que se abstuvieran de agredir a alguien.

—Esto es suave aquí, muchachos, todo tranquilo, no vamos a hacer nada. Esta gente está defendiendo nuestros derechos también.

—Sí, tranquilo, tranquilo, de acuerdo —respondieron.

Los otros prisioneros políticos también jugaron su papel para convencer a sus acompañantes de que los represores querían utilizarlos de punta de lanza para no verse involucrados. Todos los políticos actuaban con inteligencia y tenían suficientes argumentos para convencer. Fueron reduciendo el número de golpes contra la tola, no sólo para apoyar la cuartada de Roli y los demás; sino también, porque ya las fuerzas se iban agotando.

Los presos comunes participaban, aunque muy discretamente. También golpeaban la tola. Los toques se prolongaban por casi media hora y se oían en toda la prisión, sobre todo en horas de la noche y la madrugada.

Un día Lester, el pasillero, le dijo a Ismael que a su hijo Guillermo le iban a meter a otro preso en la celda que había sido condenado por violación de menores, con la expresa orientación de que lo violara a él también si seguía con los toques. Aquello lo horrorizó. Sabía que eran capaces de recurrir a todo. Pero salió rápidamente de su angustia, porque pensó que podría tratarse de "una bola" para que se asustara y cediera.

—Mira, mi hijo es hombre, yo lo crie como un hombre y él sabe lo que tiene que hacer.

—No, yo te lo digo, porque eso fue lo que les oí decir a los guardias...

—Díselo a mi hijo a ver que te responde. Pero mi respuesta es esta, van a tener que violarnos y después matarnos, porque esto no para.

Llevaban varios días sin probar alimentos, varios días de toques sobre la tola. Hasta que una noche se apareció en la celda el teniente Galindo que tenía fama de abusador y golpeador de presos. Amenazó. Impuso su presencia, su actitud agresiva. Su misión era evitar a toda costa que Ismael siguiera procediendo de esa manera. Se paró frente a él y, en posición de atención militar, se llevó la mano derecha a la frente y le dijo con voz gruesa y sobrada autoridad.

—En nombre de la revolución y de la patria, entrégame las chancletas —dijo exhalando un fuerte olor a alcohol.

A Ismael le pareció extraño, pensó que no estaba oyendo bien, que se trataba de la representación de alguna comedia, de alguna broma, al verlo allí parado como un monigote, con su cuerpo erguido, envalentonado por su jerarquía y su fama. Pero no, la cosa era muy seria, iba bien en serio.

—¿Qué es eso de que te entregue las chancletas, Galindo? —le preguntó, no sólo porque no entendía ni media palabra; sino también, para tomarse tiempo y poder reflexionar.

—No hay explicaciones, sólo cumplo órdenes, entrégame las chancletas o te las quito a la fuerza.

—Bueno, pues me la vas a tener que quitar a la fuerza, si no me quieres explicar.

Y se preparó para recibir el ataque. Se sentía un poco débil, pero aún le quedaba alguna fuerza para defenderse, para no dejarse golpear impunemente. Tuvo esto siempre como divisa, desde el principio.

El teniente trató de acercarse más y pegarle su carota redonda, trató de imponerle su condición robótica. Era más alto y más joven. Hubo un silencio. Bufaron gordo. Él como militar frente a la aceptación del reto con su instinto abusador, y el político, como hombre al fin, indefenso, muy débil, pero decidido a todo. Se midieron las intenciones. Finalmente el llavero, que también había entrado a la celda, intervino con suavidad.

—Mira Ismael, los demás presos la entregaron, sin problemas... tú debes de entender que no es para nada malo, el problema es que se quiere evitar que ustedes sigan golpeando la tola con las chancletas.

—¡Ah, es por eso...! Nosotros no golpeamos con las chancletas, porque son muy blanditas. Nosotros golpeamos con los puños, miren...

Y comenzó ahí mismo a golpear la tola para hacerles la demostración.

—Con las chancletas no sirve, miren... miren... —cogió una chancleta y le dio golpes a la tola también—. ¿Ven la diferencia…? Toma las chancletas y verán que los toques van a continuar y ahora más frecuentes y con más fuerza.

Y se quitó las chancletas bruscamente, y tuvo Galindo que inclinarse para recogerlas del suelo como un perro faldero.

Cuando se iban, les pudo gritar todavía lleno de ira.

—Galindo, recuerda que estás en la lista negra de los torturadores de esta prisión. Vamos a ver dónde te vas a meter cuando esto se caiga.

Tenía los pies desnudos, pegados ahora sobre el granito húmedo y frío. Tenía la debilidad acumulada por tantos días sin comer. Pero tenía la fuerza hermosa de la dignidad. "Hasta hermosos de cuerpo se vuelven los hombres que pelean por ver libre a su patria". Esa misma noche, a las doce en punto, tronaron las puertas. Los toques sobre la tola metálica de las celdas tapiadas de Boniatico estremecieron nuevamente todos los rincones del penal.

EL PECADO QUE NOS CONDENA Y NOS ABSUELVE

El robo era un problema serio en la isla. Todo el mundo robaba, porque la necesidad se había repartido a partes desiguales. Sin embargo, nos prometieron que todo sería a la inversa, "que todo se repartiría a partes iguales", pero a sabiendas que los que repartían cogerían siempre la mayor parte. Unos necesitaban más que otros, unos aguantaban más que otros, unos tenían más posibilidades que otros, unos temían más que otros. Pero en la isla todos robábamos no por afición, sino por necesidad.

Si nos fueran a evaluar la entrada al paraíso, sólo por el cumplimiento del sexto mandamiento bíblico de "no robar", todos o la gran mayoría seríamos condenados al fuego eterno, porque todos o la gran mayoría nos encontrábamos completamente embadurnados del pecado capital.

Como El Estado era el dueño absoluto de todo, no se tuvo otra alternativa que robarle al Estado. Los recursos estatales eran inmensos y El Estado los distribuía a su conveniencia. Dejaba para el país lo mínimo y exportaba casi al 100 % los productos que tenían alta demanda internacional. En realidad todo se exportaba, hasta las medicinas.

Los niveles sociales estaban dados de acuerdo a las jefaturas y según las jerarquías. Los funcionarios que administraban y distribuían tenían más oportunidades para robar que un simple obrero. Los jefes vivían mejor y junto con los militares de alto rango eran considerados grandes personajes de la sociedad. Tenían carros modernos y les sobraba la ropa y el alimento. Hacían así honor al refrán popular: "El que reparte y reparte se queda siempre con la mayor parte".

Los que tenían la oportunidad de robar en grandes cantidades no sólo podían comer mejor, sino hasta especular con lo que les sobraba, para luego venderlo a precios elevados en el mercado negro.

Así todo el mundo era una suerte de vendedor-comprador. Todos tenían que vender, comprar y revender algo para sobrevivir, y la mayoría de las cosas que se vendían, se compraban o se revendían, procedían del robo.

Las religiones confrontaban una crisis con sus fieles después de haber sobrevivido a las guerras que el comunismo ateo les había declarado. A pesar de que sus fieles se multiplicaban al buscar refugio y consuelo en las iglesias, las circunstancias adversas les impedían cumplir a cabalidad los mandamientos bíblicos. El deterioro moral iba alcanzando niveles insospechados y se hacía muy difícil ponerle fin.

Los comunistas decían que las fábricas que fueron confiscadas o intervenidas eran para el pueblo, decían literalmente que "todo era del pueblo" y el pueblo había interpretado este slogan al pie de la letra, y sencillamente "cogía todo", se auto distribuía sin que nadie les diera nada, porque era el "dueño". Cogía furtivamente o legalmente a manos llenas cualquier cosa que necesitaba, cuando la necesitaba y hasta cuando no la necesitaba. Muchos se preguntarán cómo se pudo sobrevivir tanto tiempo en un medio tan hostil y con tanta escasez de todo lo necesario para sobrevivir. Pues aquí mismo está la respuesta: haciendo estos malabarismos entre muchos malabares. Robar ya era parte inseparable del *modus vivendi*.

Si lo asumimos así, tendríamos al menos la esperanza de ser perdonados, para que San Pedro nos abra las puertas del cielo cuando nos llegue el momento, para evitar los castigos de "el más allá" después de haber vivido en el absurdo de "el más acá", éste del "socialismo o muerte" que nos impuso el mismísimo Satanás en la tierra que había arrasado.

¿Robar era un pecado? Pues no, porque nos podría consolar también este recurrente refrán: "Ladrón que roba a otro ladrón tiene cien años de perdón". El Estado comunista ha robado todas las riquezas que fueron creadas, y lejos de multiplicarlas trataba de sostenerse con las propiedades confiscadas (más bien robadas) a sus legítimos dueños; es decir, a los que con sacrificio y talento empresarial las crearon.

La propiedad privada, según la doctrina marxista, debía desaparecer completamente. Esta doctrina divulgada por sus agentes transmisores del desorden, repetía que todo era para el pueblo; todo, hasta la miseria que habían generado ésos que suministraban y administraban nuestras vidas desde el poder. Este desastre existencial se agudizó con el derrumbe del comunismo, pero ya desde mucho antes existía. Se robaba con absoluta naturalidad sin pensar que el robo era un pecado capital y además un delito punible. Por este descrédito o abandono intencionado muchos han ido a parar a la prisión; es decir, al infierno del infierno.

Todos hemos sido obligados a robar y los que se excedieron fueron a parar tras las rejas acusados de múltiples delitos relacionados con la producción y la economía; otros, los más metódicos, se mantuvieron robando sin grandes problemas, porque en la isla se robaba también con autorización.

El mismo sistema de planificación de los productos destinados al consumo a través de tarjetas o talonarios de racionamientos o abastecimientos, había conllevado a ello. Un pantalón, una camisa, un par de medias, un par de zapatos asignados per cápita al año, se convirtió en una provocación. Pero tengamos en cuenta que después de una larga cola, "lo asignado", no alcanzaba para todos. Así fue, y todo se volvió patético por su permanencia indefinida.

Sin embargo, pese a los esfuerzos realizados para manejar el problema, ni El Estado, ni las religiones, cada uno con sus métodos y sus intereses, pudieron detener el robo. Los miles de policías y guardianes que custodiaban "las propiedades del pueblo"; es decir, del Estado, no dieron abasto para evitar que el pueblo cogiera lo que nunca se le había dado.

Cuando los policías y vigilantes nocturnos descubrían a alguien en la acción del robo, disparaban a matar. Estaban autorizados a ello. Ya eran incontables los casos de jóvenes que habían muerto a tiros en diferentes partes, en el intento de llevarse algún racimo de plátano, un animal o cualquier producto de alguna granja estatal.

Eran asombrosas las cifras que se presentaban. Decenas de miles cumplieron prisión por el pecado-delito del robo en todas sus acepciones: Robo con fuerza, Robo con violencia, Robo al descuido, Robo a mano armada... Por esta y otras razones era muy difícil encontrar alguna familia que no hubiera tenido uno de sus miembros en la cárcel.

El ganado vacuno sufrió las consecuencias directas del hambre y la necesidad. El Estado ejercía absoluto control sobre estos animales y también sobre el caballo. El 95 % lo adueñaba El Estado. Eran muy pocos los "dueños" de vacas y caballos. En realidad no eran los dueños, puesto que El Estado les prohibía sacrificarlos para comer, aunque el "dueño" se estuviera muriendo de hambre[15].

El campesino que sacrificaba su propia vaca o caballo podía ser condenado a 15 o 20 años de prisión. Matar una vaca costaba más años de cárcel que matar a un hombre. Pero a pesar de las leyes que prohibían el sacrificio de estos animales, la gente seguía robando y matando caballos y vacas para comer y mercadear.

El que compraba corría el riesgo de comprar cosas robadas, o mejor dicho, la mayoría de las cosas que se compraban eran cosas robadas, y el que compraba y comía cosas robadas no sólo era un pecador, sino también un infractor de la ley llamada "Receptación" que condenaba a multas o a privación de libertad a los infractores.

No obstante la gente sobrevivía gracias a la compra clandestina de un pedazo de carne robada que muchas veces no sabía qué clase de carne era. Se conocieron casos de intoxicaciones y muertes por consumir carnes contaminadas. El caso del león que murió en el zoológico de Santiago fue famoso. Su carne se llegó a vender, y los consumidores se enteraron de que habían comido león después que lo defecaron.

Otro caso insólito, registrado por la prensa oficial, pues habían detenido al culpable, fue el de la venta de "bistec de carne" empanizada con huevo y harina, que al final resultó que no era carne empanizada, sino pedazos de colchas de trapear pisos con algo de condimento. ¡Increíble pero cierto!

Cualquier cosa podía ser vendida como carne comestible. Los perros y los gatos eran animales ya casi extinguidos. La estafa y el robo eran hechos cotidianos. De mi casa se robaron el bombillo que alumbraba el corredor. Entonces decidimos no reemplazarlo, pues se conseguían muy caros en el

---

[15]Las estadísticas registran que antes del año 1959, cuando éramos seis millones de habitantes, existían más de seis millones de cabezas de ganado vacuno. Cincuenta años después con once millones en la isla, sin contar los dos millones que se fueron al exilio, apenas alcanzaban una pata de vaca por persona. Las riquezas robadas por El Estado se fueron deteriorando y perdiendo con el tiempo. Aquí se cumple el viejo refrán de que "lo mal habido se lo lleva el diablo".

mercado negro, y sólo El Estado los vendía en las tiendas habilitadas para comprar sólo con dólares. Un tiempo después se robaron también el zócalo donde estaba el bombillo. Cortaron los cables eléctricos sin miedo a morir electrocutados y sin miedo al vigilante que hacía la guardia nocturna del CDR, armado con un machete o una mocha de cortar caña, o al menos con un palo. Quizás fue el mismo vigilante quien se lo robó. ¡Quién sabe!

Las calles y las casas ya no tenían bombillos. Entonces quedábamos a oscuras no sólo con "los apagones" programados y los no programados por el gobierno para ahorrar petróleo. En realidad seguíamos a oscuras hasta en el momento de "los alumbrones".

El petróleo era la única energía que se usaba para generar electricidad y en la isla no hay petróleo, al menos buen petróleo. Los apagones eran el plato fuerte y, como se sabe, en la oscuridad trabaja siempre mejor el ladrón y el atracador.

A mi vecino le robaron una macha que estaba preñada. Era de un semiciego que con ayuda de sus hijos traía de los campos animales, viandas y frutas para revenderlas. La macha se la llevaron de noche. Y cuando mi vecino se despertó, sólo encontró las tripas y los machitos muertos. El hombre por poco se vuelve loco por la pérdida y por la imposibilidad de saber cómo fue posible que esto sucediera sin que la macha gritara. Todo parecía indicar que le dieron algo para dormirla.

La policía sólo tomó nota del robo cuando se hizo la denuncia y ni siquiera fue al lugar de los hechos. Los policías, sin embargo, se movilizaban rápidamente y con todos los recursos y técnicas, hasta con perros rastreadores de huellas, cada vez que aparecían panfletos regados en las calles, y cada vez que aparecían carteles pintados en las fachadas de las casas con lemas y condenas al gobierno. "Abajo Barbatruco". "Queremos pan y libertad".

LOS NIVELES SOCIALES

El carnicero, el bodeguero, el panadero, el almacenero, el cantinero pasaron a ser personajes importantes en la sociedad. Una mujer podía estar más interesada en tener relación de pareja con ellos que con un médico o con un ingeniero o con cualquier otro profesional. Sabía que, al menos, la comida y el dinero estarían asegurados. El concepto de conseguir un "buen partido" para la novia había cambiado.

Estos "importantes" personajes robaban también. Las pesas eran mecánicas y la mayoría estaban alteradas para robar algunas onzas de los escasos productos que vendían por la "Tarjeta de racionamientos". La mayoría de los clientes no sabían cómo funcionaban estas pesas, y era hasta mejor no saber, o "hacerse de la vista gorda" cuando descubríamos el fraude.

Un día cometí el error de reclamar por el peso de unos repollos. El bodeguero me tenía cansado con el constante robo. Él debía darme unas cinco libras para los cinco miembros de la familia. El muy ladino no se conformó con algunas onzas de menos, sino que quería robarme casi la mitad. Me di cuenta porque aprendí a leer las pesas que marcaban en kilogramos por la parte que era visible para el cliente.

Cuando se sintió descubierto, en vez de disculparse y agregar lo que faltaba, se volvió agresivo y tiró los repollos nuevamente al piso detrás del mostrador y me dijo que no me despachaba nada. Había otros clientes en la cola. Tenía testigos de la actitud irrespetuosa del bodeguero que salió luego con un cuchillo para quererme intimidar, porque le dije que reclamaría mis derechos y que a mí no se me podía robar como él les robaba a los demás.

Empezó por darme empujones. Traté de sujetarlo pero no pude. Mi paciencia tuvo un límite y antes de que me tirara contra unos tanques vacíos, lo tiré yo a él al medio de la calle de una sola trompada. Y ni el cuchillo, con el que casi me mata, apareció.

Inmediatamente salí para continuar la pelea, pero el público intervino. El hombre, de fuerte complexión física, estaba furioso, bufaba, rabiaba, pero con su bemba negra llena de sangre. La gente se puso de mi parte y entonces le pedí a un militar que lo condujera a la estación de policía, porque lo íbamos a acusar por ladrón y por intento de asesinato.

La estación de policía estaba a unas cinco cuadras, y mientras caminábamos el bodeguero trataba de disculparse, pero no acepté sus disculpas. Cuando expliqué los hechos, el policía empezó de inmediato a escribir el acta de acusación.

El bodeguero me pidió, casi con lágrimas en los ojos, que por favor no lo acusara, que tenía que mantener cinco hijos, que me prometía que no iba a tener problemas con él, que me llevaría bien con los productos, que me daría más de lo que me tocaba por la libreta. «Por favor, porque voy a perder mi trabajo». Entonces ante la lastimosa escena, decidí cancelar y le dije al policía que sólo firmaría un acta de advertencia, y que, en caso de que la situación se repitiera, procedería a hacer la acusación. Todo quedó al parecer solucionado.

Son muchas las presiones que tenía que confrontar el consumidor, desde el hecho de tener que aceptar en mal estado un producto (porque no había otro), hasta el hecho de evitar que nos robaran a la hora de pesarlo. Además siempre existía el riesgo de que se terminara el producto mientras se hacía la enorme cola para comprarlo. Cuando nos llevábamos finalmente la comida a la boca, estábamos realmente estresados por las tribulaciones que se habían tenido que sufrir.

A todo esto había que sumarle el reto de cómo y con qué cocinarlo. El hermano de mi nuera tuvo un día que romper el cielorraso de su casa para usar la madera como leña y poder cocinar la comida del día. Ya había tenido que romper las puertas y las divisiones también. A ese paso se iba a quedar sin casa, porque un saco de carbón podía costar hasta cien pesos y un paquete de palos de monte, cincuenta, y no siempre aparecía a tiempo.

La escasez de combustible, tales como el querosén y el gas licuado, extraídos en las refinerías de petróleo, obligaba a utilizar la leña y el carbón. Apenas un cinco por ciento de la población tenía acceso a una cocina de gas. Sólo tenían cocinas de gas aquellos que lograron conseguir un certificado médico como asmáticos, y aun así la cantidad asignada de gas no les alcanzaba para cubrir las necesidades de todo un mes. La leña y el carbón vinieron a suplantar cualquier producto energético para encender las cocinas.

En los balcones de los edificios se podían ver las señales del humo negro que producen en los techos estos improvisados fogones, pero nadie lo tomaba en cuenta, pues lo más importante era poder cocinar, a cualquier precio.

Del consumo eléctrico, ni hablar. Baste decir que muy pocos se atrevían a usar cocinas eléctricas o quemadores eléctricos inventados, pues hasta el consumo de kilowatts-hora estaba planificado. La compañía eléctrica, que es también del "pueblo", le cortaba la electricidad a quien consumía más de la cantidad asignada por el gobierno.

Entonces no había otra alternativa que vivir como los primitivos, quemando cualquier cosa que se pudiera quemar para poder cocinar. Se talaron bosques enteros en los alrededores de las ciudades y era muy difícil encontrar algún palo seco en los basureros. En fin, que indudablemente para medir y comprender la capacidad de resistencia y sumisión que tiene un ser humano, había que vivir en la isla.

CAPÍTULO VIII

COMIENZA MI REBELIÓN

Tres meses después de estar trabajando como cocinero en la escuela de béisbol, los funcionarios de la televisión me fueron a buscar para expulsarme de mi ya loable ocupación. Ya me había acostumbrado y notaba que hasta me convenía más trabajar como cocinero, que como director y asesor de televisión; pues de esta manera, en contacto directo con los productos alimenticios, podía hasta llevar, de cuando en cuando, algo para comer en casa. En la televisión era distinto, sólo manejaba papeles, esténciles, cintas de máquina, bolígrafos y cosas por el estilo; y aunque estos accesorios podían servirme en algún momento para abastecer mis necesidades materiales como escritor, el momento no estaba para frases tropológicas ni esotéricos romanticismos.

Como el gobierno no vendía y sólo distribuía estos materiales en sus oficinas, yo era uno de los beneficiados, y yo mismo separaba mis pequeñas porciones casi todos los meses. Así había logrado algunas reservas para mi consumo personal. Apropiarme ocultamente de estos enseres me ayudaba solamente en mi labor profesional.

Entonces me convenía más estar ubicado donde podía sustraer un poco de arroz y un poco de frijoles para sostener la familia, que estar entre papeles y cosas que no se comen. Estoy seguro que hasta mis excompañeros de oficina ya me envidiaban.

Cuando me fueron a buscar, ya había logrado cierto prestigio como cocinero de una cocina creativa y puntual. Nunca falté a mi trabajo. Un mes después de haber comenzado me hicieron una inspección sorpresiva y no tuvieron más remedio que felicitarme. Todo estaba funcionando hasta mejor.

Sin embargo, los funcionarios de mi centro de trabajo me dijeron que ya no podían seguir usando mi salario de la televisión para pagarme. Habían hablado previamente con el director y el administrador de la escuela para ver si ellos me podían pagar. Pero era el mismo dilema de siempre, me aceptaban, querían que me quedara, pero no podían pagarme como cocinero por no tener la plaza asignada para tal función. Entonces me ofrecieron dos opciones: la de irme a casa con un 60% del salario o irme a trabajar al campo como obrero agrícola.

Ellos esperaban mi fracaso total, pero ellos fueron los que fracasaron. La maquinaria burocrática lo frenaba todo. Y tuvieron que sacarme del lugar donde me habían "acomodado". Yo estaba decidido a hacer cualquier cosa. Lo más importante para mí era no dejarme eliminar tan fácilmente, no dejarme excluir de la vida laboral. Llevaba 16 años trabajando para la televisión y había realizado todo tipo de trabajo en ese medio, hasta llegar a ser un director de programas. Todo se me había derrumbado, todo me lo habían hecho sumamente difícil para evitar que siguiera laborando en los medios de comunicación. Todo estaba perdido, pero me sentía en la obligación de buscar, de agotar todas las posibilidades para defender mi status social y el de mi familia.

Existen leyes y normas que regulaban la vida laboral y lo que se estaba haciendo conmigo era un procedimiento de eliminación gradual amparados en los mecanismos legales que se habían establecido y que supuestamente le daban derechos al obrero. El gobierno; es decir, el Partido Comunista, El Estado, siempre maneja las cosas con los sindicatos obreros de manera que pareciera que se están aplicando leyes justas para proteger el derecho laboral de los trabajadores, pero todo lo hacen a su modo y conveniencia. Todo lo que finalmente se aplica ya viene orientado desde arriba.

El gobierno ejerce directa e indirectamente absoluto control y los sindicatos son una mera fórmula, pues no juegan ningún papel a la hora de defender derechos laborales. Es el partido quien decide, y las regulaciones, normas y leyes pueden ser violadas a discreción. Los supuestos beneficios llegan a manos de los obreros como si fueran limosnas y no derechos. Si alguna vez son debatidas las leyes entre los obreros, éstos no pueden hacer otra cosa que aceptarlas y por unanimidad. Los obreros aprueban lo ya aprobado, y lo que supuestamente se discute para su aprobación final es sólo una burda representación.

Además, el voto directo y secreto no existe en ninguno de los casos. El obrero sólo puede votar levantando la mano delante de todos, delante de la representación del partido. El que disienta de alguna ley es acusado de contrarrevolucionario y hasta de ser un agente de la CIA. El obrero es un robot. El esclavo del siglo XIX del colonialismo español, pudo ser mucho más libre que un obrero del comunismo. Al menos a estos esclavos los tenían bien alimentados y les dejaban hacer sus celebraciones, manifestar libremente su cultura y sus creencias religiosas.

Por otro lado, las leyes que beneficiaban al gobierno perduraban indefinidamente, eran eternas una vez que se aprobaban "por unanimidad" aunque hubieran pasado las circunstancias que las motivaron. Por ejemplo cuando Barbatruco creó las Milicias de Tropas Territoriales (MTT) en el Segundo Congreso del Partido Comunista en 1980, creó al mismo tiempo el plan para que cada obrero "donara" anualmente un día de salario con el objetivo de comprar armas a la Unión Soviética.

Según el periódico Granma Internacional Digital, del Partido Comunista, del 23 de marzo del 2001, "esta contribución ascendió a 574,4 millones de pesos desde 1982 hasta el 31 de diciembre del 2000". Después de la desaparición de la Unión Soviética, los obreros seguían pagando "voluntariamente". Sabían de este absurdo, pero callaban para no buscarse problemas.

Cuando a mediados de 1990, casi un año después del derrumbe soviético, decidí oponerme a esto, sabía a lo que me estaba exponiendo. En plena asamblea expresé que yo no pagaba más, que cómo era posible que aún se estuviera descontando un día de salario al obrero para comprar armas cuando ya no existía la Unión Soviética. «Es mejor que se invente otra cosa», dije.

Esto causó una conmoción. Todos entendieron la gran verdad. Era la verdad que todos callaban. Ni siquiera los comunistas encontraron respuesta. Fui felicitado a escondidas, pero nadie alzó la voz para apoyarme. Me quedé sólo en el desierto, pero no me rajé.

Este truco de los pagos por conceptos de apoyo o membresía tenía esquilmado a los obreros y a los campesinos del país, quienes tenían que pagar "voluntariamente" cuotas para el sindicato (CTC), cuotas para la Juventud y el Partido Comunista, cuotas para la Federación de Mujeres (FMC), cuotas para los Comité de Defensa de la Revolución (CDR), cuotas para la Asociación de Agricultores Pequeños (ANAP), etc., etc., organizaciones a las que se le denominaban no gubernamentales, aunque todas fueron creadas por el gobierno.

En la isla funciona todo como en un gran feudo. Todo es del señor feudal. Todo es del partido, del gobierno y de El Estado; es decir, todo es un truco de Barbatruco.

Cuando un obrero empieza a entender todas estas cosas y decide actuar con dignidad tiene que inevitablemente romper con el régimen y eso significaba la ruina.

Yo había entregado una carta para renunciar a la sección sindical obrera de la Central de Trabajadores (CTC). En la carta planteaba mi desacuerdo con las fragmentaciones que se habían hecho en nuestra sección sindical, porque «esto nos debilita aún más como organización».

Por orientación del partido se dividieron los sindicatos en secciones más pequeñas aún, para evitar cualquier reunión masiva de obreros. Apenas éramos 15 los miembros entre asesores y escritores del centro. Fue un descaro para tenernos más divididos y mejor controlados. Lamentablemente no tuve seguidores. Todos prefirieron esperar para ver qué pasaba conmigo.

Empezó el acorralamiento a pesar de que planteaba mis quejas bajo argumentos de que yo era un revolucionario, que mi intención era de ayudar a rectificar los errores del pasado. Pero, ¿quién carajo era yo para hacer estas lógicas correcciones? No sólo fui acorralado, sino que finalmente fui empujado al barranco. Mi acción fue suicida. Pero es que estaba tan recabrón con todo, tan harto de todo, que nada me importaba. Quería quedar bien conmigo mismo y resistí la embestida.

Un amigo, casi un hermano de la infancia, a quien llevé a trabajar a la televisión y que fungía como Jefe de Personal, fue el primero que me alertó de las terribles consecuencias que me traería tal actitud. Él era militante del partido y miembro del consejo de dirección. Defendía al régimen ciegamente. Él sabía que contra mi persona se tomarían medidas coercitivas y represivas para aplastarme y me quiso "ayudar".

—Te estás perjudicando tú mismo y no podré hacer nada para ayudarte —me dijo.

Mi respuesta fue la misma de siempre.

—Si algo me ocurre a causa de esto, podrás comprobar que el sistema que defiendes no sirve para nada.

Pero no reaccionó a mi favor, sino que me viró la espalda. Tuvo que decidir entre su partido y nuestra amistad. Y no sólo se peleó conmigo, sino con toda mi familia, hasta con mamá que lo quería y trataba como a un hijo. Duele mucho vivir estas decepciones. Pero no debemos sorprendernos, porque los hay peores. Los fanáticos comunistas no creen ni en la madre que los parió y son capaces de aplaudir el fusilamiento de toda su familia si esta se opone al partido y le critica su obcecada afiliación.

Cuando se hizo efectiva mi renuncia, empecé a pagar las consecuencias. En el párrafo final puntualizaba: *"He sido combativo en las asambleas y creo que sirvieron en su momento mis opiniones y rabietas. De todos modos necesito "una tregua". ¡Ah! Y para los que me han dicho o piensan que con esta actitud "me señalo", les digo como digo en mi poema "Definición": "soy un amante de la polémica, me gusta discutir y convencer".* (Archivo personal)

Finalmente me tenían en sus manos. Mi futuro dependía de lo que ellos decidieran ofrecerme y de lo que yo fuera capaz de aceptar.

Fui entonces a trabajar al huerto agrícola asignado a la televisión. Tenía que sembrar y limpiar las tierras confiscadas por el Estado en los "Huertos de auto consumo". Me empujaron al abismo, ¡claro!, y no tuve otra salida que la de manifestar mi rebelión.

INVENTOS MACABROS

1992 sería un año terrible para mí. Lo fue también para todos en diferentes aspectos. La mayoría de las fábricas se cerraron y el país tendía hacia la paralización total. Los productos escaseaban y los precios subían cada vez más. Sin embargo, al Estado, bajo las peores circunstancias, le conviene mantener a los obreros trabajando. En parte para tenerlos bajo control y en parte para evitar el desempleo masivo y la consecuente explosión social que esto podría generar. Esto que los comunistas exponen como un logro del sistema no es más que una trampa donde se practicaban las doctrinas de la nueva esclavitud.

Por eso, al tener cerradas las fábricas, el Comediante en jefe inventó el trabajo de los "huertos de auto consumo" y el trabajo de "construcciones de refugios militares". Así el país entero se convirtió de pronto en un campamento agrícola-militar.

Lo del invento agrícola se podría justificar. En definitiva la isla siempre fue eminentemente agrícola, con un rico suelo, de tres y cuatro cosechas al año, un país que llevaba siempre a sus mercados la fruta fresca, el maíz y la vianda. Sin embargo todo fue decayendo a medida que los comunistas confiscaban tierras y a medida que centralizaban el poder y la economía.

La destrucción de la agricultura es un fenómeno que merece un estudio aparte. Baste sólo adelantar que a causa de los mecanismos establecidos por el gobierno para controlar las siembras y las tierras cultivables, el campesino fue perdiendo el interés por su labor y muchos abandonaron los campos y se fueron a vivir a la ciudad.

La agricultura decayó estrepitosamente a causa de la inoperancia del sistema creado y del asfixiante control estatal, a tal extremo que se hizo difícil conseguir un boniato o una calabaza para el consumo.

Antes de Barbatruco estos productos comunes eran tan abundantes y baratos que los campesinos los sembraban y utilizaban para criar sus puercos. Ahora no aparece siquiera un boniato para que los hombres coman y cuando aparece hay que pagarlo a precio astronómico. ¡Pobre de los que quieran seguir creyendo que la culpa de esto la tiene el embargo norteamericano!

Como en la isla todo se hace cuando el Comediante en jefe lo dicta, dondequiera se empezó a sembrar cualquier cosa, hasta en los jardines y patios de las fábricas. Pese a todo, la escasez era alarmante. Esto demuestra el tremendo hoyo en el que estábamos metidos antes de la crisis comunista.

En resumen la agricultura ha sido el talón de Aquiles del imperio Barbatruco. El mismo diablo que disparó la flecha mortal con sus confiscaciones y fracasados planes como el "Cordón de la capital" para sembrar café Caturra o el de cegar la Ciénaga de Zapata para sembrar arroz o el de clavar decena de miles de postes de concreto para cultivar uvas en tierras tropicales, etc.,

etc., ocasionaron cuantiosas pérdidas a la economía y cero ganancias en la millonaria inversión. Pero el pueblo siempre pagaba las consecuencias.

Por otro lado, con el invento macabro de las "construcciones de refugios militares" la cosa fue peor. El país se llenó de túneles y agujeros profundos que no guardaban siquiera las más mínimas reglas de seguridad y protección. Santiago, por ejemplo, es una ciudad de grandes riesgos sísmicos. Los temblores y desplazamientos de tierras son continuos; sin embargo, no quedó excluida del tenebroso proyecto.

En jardines y parques, en cada rincón insospechado de la ciudad, se construyeron pozos profundos, incluso muy próximo a los cimientos de casas y edificios, para luego continuar y comunicarlos entre sí a través de túneles. Toda una red subterránea prácticamente inservible. Tiempo y recursos materiales y humanos despilfarrados.

El centro de la ciudad de Santiago está completamente hueco por debajo y los temblores de tierra están siempre amenazando con derrumbes masivos. No será extraño de que algunas calles se hundan repentinamente por un temblor de tierra de gran intensidad, con todos sus pobladores y visitantes, el día menos pensado. Todas las ciudades las han llenado de inútiles refugios o fosas comunes para masivos entierros.

La hipótesis de que los americanos iban a invadir militarmente ha servido de pretexto para llevar adelante esta maratónica acción que tuvo sólo el objetivo de tener ocupado a los trabajadores que habían quedado desempleados después del cierre de las industrias y fábricas. El Estado pagaba los mismos salarios a los obreros, ingenieros y técnicos para que abrieran huecos, sin importarle el dinero invertido, porque sabía que después ese dinero podría recogerlo subiendo los precios de los escasos productos que le vendía a la población. La inflación se multiplicó.

En los mercados creados por el propio gobierno con este objetivo, una libra de frijoles podría costar hasta diez pesos y una libra de carne 20. Como El Estado comunista es dueño de todo, es el quien decide los precios de los productos sin discreción. No existe la competencia y el obrero no tiene otra opción que pagar el precio que le pide el único empleador, el único productor y vendedor. El precio jamás se correspondía con el valor real de la mercancía. Esta era otra mezquina forma de explotación.

Por eso nada que da el gobierno es gratuito. Es gratuito sólo de nombre. Es una farsa política la gratuidad en un país donde están pervertidos los valores. El obrero siempre paga con su sudor, pero además paga con su forzado silencio, con su sumisión a los dictámenes del dictador. No tiene más alternativas que las de obedecer y callar.

TODO POR LA FUERZA

Ismael fue sacado de la celda, con urgencia. Después de 14 días sin comer lo llevaron cargado al pequeño hospital de la prisión, totalmente desfallecido. Lo vistieron a la fuerza con las ropas del preso común. Ya no tenía la suficiente energía para impedirlo. Era pleno día y los presos se precipitaron hacia las ventanas de los destacamentos adyacentes, para verlo pasar. Oyó que algunos gritaban su nombre, pero ya no tenía tampoco voluntad para contestar. Su estado físico era deplorable.

Había perdido muchas libras, pero aun así rompió sobre su cuerpo la abominable camisa. Con esto demostraba que aún estaba viva su rebeldía.

Ya otro de los ayunistas, Juan Carlos Castillo Pastó, había sido ingresado y lo tenían en otro cubículo. También tenían a Manuel Benítez, alto y delgado, más aún después de tantos prolongados ayunos. A Ismael lo llevaron para la sala principal y lo mantuvieron todo el tiempo separado de los demás. A todos los que iban goteando los fueron poniendo en cubículos aislados en una sala de reciente construcción.

Su presión arterial se mantenía muy alta y cuando los médicos recomendaron ponerle sueros, él los rechazó. Entonces se aparecieron en el hospital, ya por la noche, el coronel Cobas Duzú, director de la prisión, una enfermera con una botella de suero y cuatro guardias más que portaban unas esposas metálicas en las manos.

—Mira Ismael, aquí no estamos jugando, el suero te lo vamos a poner quieras o no, a las buenas o a las malas, por los dedos, por la oreja, por los ojos, pero te lo vamos a poner —dijo el obcecado coronel.

Pero Ismael le repitió su determinación de no permitir que le pusieran sueros sin que aceptaran primero sus demandas.

—¡No!

—Lo que están haciendo es inútil.

—Esto es un abuso y no me voy a rendir.

—Esta guerra la gano yo —dijo con arrogancia el jadeante coronel.

—Está bien, si es así, entonces ya la ganaste.

Y trató de darles la espalda. Trató de voltearse en la cama para dar por terminada una conversación tan cargada de intimidaciones.

Entonces los guardias se le abalanzaron y lo sujetaron por las piernas y los brazos, para esposarlo a los barrotes de la cama. Forcejear con ellos era inútil. Eran cuatro hombres dispuestos a cumplir la orden del jefe. Lo tenían totalmente apolismado y lo peor de todo era que de esta forma se estaban aprovechando para maltratarlo. No tuvo otra alternativa que quedarse quieto, porque la enfermera también quería cumplir con su trabajo. Le había dado varios pinchazos y no atinaba a cogerle la vena. Entonces pidió casi ahogado que lo soltara, que se iba a dejar poner el suero. Lo dejaron en la sala crucificado y muerto de impotencia. Antes de salir le advirtieron que recurrirían nuevamente a la fuerza si se lo quitaba.

—Esto es algo muy serio, y aquí se hace lo que yo digo.

Lo dejaron así inmovilizado, muy adolorido, con la desidia alimentándose de su desmedrado cuerpo, con la rabia comiéndole el estómago, los intestinos ya completamente vacíos.

VALOR DE LA INFORMACIÓN

Es muy importante conocer y analizarlo todo. El Estado comunista se preocupaba mucho de que sus medios de información (léase medios de desinformación) dieran otra idea de nuestra realidad.

Todos los programas de televisión y radio estaban diseñados sobre el principio ideológico de demostrar lo mal que estaba el mundo y lo mucho que avanzaba la isla en todos los terrenos. Por eso el régimen se esforzaba en tratar de eliminar o neutralizar a los periodistas independientes que a través de sus agencias informaban al exterior lo que ocurría.

La censura impuso como "secreto de estado" cualquier información que atentara contra los intereses del gobierno. Los medios de difusión consultaban primero a sus superiores la conveniencia o no antes de divulgar una noticia. Se hacía muy lenta y equívoca la dinámica informativa. Por eso Radio Martí la daba primero. La fórmula era simple: esta radioemisora y todas las del mundo democrático estaban regidas por la libertad de prensa.

A pesar de las leyes que prohibían el libre acceso a la información, a pesar de la campaña de descrédito y difamación que se ejercía contra Radio Martí, el público siempre se conectaba. Se prohibió la orientación de las antenas de televisión hacia zonas desde donde transmitían canales extranjeros, como la Base Naval de Guantánamo. Se prohibió el uso de antenas parabólicas y direccionales. El gobierno gastaba decenas de miles para tratar de bloquear las señales, sobre todo, la de Televisión Martí. El gobierno quiso imponer su monopolio de la información durante décadas obligando a consumir un producto informativo totalmente tergiversado. Así había impuesto su Cortina de Hierro al estilo ruso, mostrando sólo la cara que favorecía su propaganda directa o subliminal.

Mientras la gente aprende, la ignorancia pierde y cada día la mentira muere frente a la verdad. Yo mismo pude entender muchas cosas que no entendía, pues hubo un momento en que llegué a creer, de tanto oírlo, que el futuro era inevitablemente para los comunistas y que el mundo caería de rodillas ante sus garras.

Vivía mi amargura, vivía mi decepción, mi frustración, pero todo lo expresaba a través de la literatura y en algunos círculos muy estrechos. «Contra lo imposible no se puede luchar», pensaba. Esto lógicamente me hizo adoptar cierta posición conformista ante lo que parecía inevitable. Pensé, como muchos, que sería inútil la lucha contra el despotismo que nos había tocado vivir.

Como ávido lector de las revistas Sputnik y Novedades de Moscú en su etapa de Perestroika y Glasnost, mis convicciones alcanzaron un nuevo rumbo en la esperanza perdida. Finalmente, con los acontecimientos que llevaron al derrumbe del campo socialista, el horizonte de la libertad quedó abierto. El globo había reventado. Mijail Gorbachov había activado sin quererlo la chispa detonadora. Pienso que él trató sinceramente de arreglar los errores del sistema y que en el intento todo se le fue de las manos, porque estaba todo demasiado deteriorado.

Mijail Gorbachov, la cabeza más representativa del comunismo, había comprendido la realidad y la expresó con pocas palabras en una de sus conferencias: "el capitalismo es malo, pero aún no se ha inventado nada mejor". El mundo tendrá mucho que agradecerle a este personaje, el más grande del siglo XX.

Todo el desplome, la historia y los hechos fueron reflejados sin exageraciones en las radios emisoras que transmitían en español, incluyendo la BBC de Londres. Me informaba también con relación a los grupos de oposición. A través de Radio Martí, Radio Mambí, la Voz del CID y la Voz de la Fundación, me enteraba noche a noche del trabajo realizado por los cada vez más numerosos periodistas independientes.

En los círculos intelectuales los sueños de libertad florecían y los intelectuales y funcionarios que habían mostrado adhesión a los comunistas, empezaron a justificarse y a hablar en un lenguaje diferente como para protegerse frente a la inminencia del derrumbe total.

En mis viajes a la capital, en noviembre de 1989, para asistir como invitado al Primer Coloquio Internacional de Literatura Infantil, y luego en diciembre de ese mismo año, para formar parte del jurado del V Festival Nacional de Cine, Radio y Televisión Caracol UNEAC, pude conversar con varios escritores importantes y funcionarios ubicados al frente de la cultura y conocer así sus ideas con relación a lo que estaba ocurriendo en la URSS.

Muchos especularon sobre la necesidad de cambios y me mostraron poemas, sonetos, artículos, piezas teatrales, obras en general de corte contestatario. A veces con un lenguaje tropológico y muchas veces con expresiones directas, mostraban sus esperanzas de cambio y libertad. Muchos de estos seguían ocupando altos puestos en el gobierno, en espera del momento adecuado para dar el salto. Mientras tanto vivían su doble vida de aparente conformidad.

Yo, bien decepcionado, rompí sencillamente el esquema y di el salto definitivo a la dignidad, pero tal atrevimiento me llevó a ser procesado con muy pocas posibilidades de ganar.

EL PRECIO DE LA LIBERTAD

El día que me fueron a buscar los agentes del dictador, era domingo, y yo estaba en casa sin saber adónde ir. Mi esposa y yo teníamos dos motivos para estar de fiesta; y sin embargo, la pasábamos aburridos. Fue el mismo 14 de febrero de 1993, día de San Valentín, Día de los Enamorados. Habíamos hecho la costumbre de celebrar este día tan significativo por ser un día que todos de alguna manera celebramos, y porque ese mismo día era además su cumpleaños.

Traté infructuosamente de reservar en algún otro restaurante para tener una comida adecuada a la ocasión, porque El Rancho Club en la loma de Quintero, nuestro lugar favorito, ya no era para los nacionales. Nuestro acostumbrado rincón de celebraciones estaba ya dedicado y reservado totalmente para el turismo extranjero. La bahía y el hermoso paisaje de la ciudad que desde su terraza se podía captar, era lo que más nos atraía del entorno. Siempre nos parecía distinta su fotografía y la hermosísima puesta de sol sobre el agua y las montañas. Pero ya ni eso podíamos disfrutar. Sólo nos quedaba el grato recuerdo de lo que fue y nunca más será.

El día que llegaron los agentes, yo no los esperaba, aunque sabía que en cualquier momento vendrían por mí. Mi hijo Guillermo llevaba ya justo un mes de encierro bajo intensos interrogatorios en los calabozos de Versalles, un centro de detención, de torturas y violaciones a cargo del DSE.

Al otro lado de la carretera, casi al frente, estaba el Motel Versalles, con cabañas, club, restaurante y piscina. Desde el motel se dominaba un excelente panorama sobre el lado este de la ciudad. Santiago está rodeado de lomas y montañas y desde cualquier ángulo y sus instalaciones aparecía el gran espectáculo mutante de luz, forma y color. Pero este motel también estaba dedicado al servicio exclusivo del turismo extranjero.

Después que mantuvieron a mi hijo incomunicado por 20 días, me permitieron visitarlo. Me hizo señas de que su tío, Alberto Ferrándiz, que había sido apresado junto con él, estaba confesándolo todo. Entonces me di cuenta de que ya todo estaba perdido para mí y aumenté mis precauciones. Suponía que los del DSE estaban siguiendo mis pasos y previne de ello a todos los amigos y miembros de nuestro grupo para que, en caso de producirse mi detención, se sintieran bien confiados de que yo no los delataría bajo ningún concepto.

Esperé entonces por ellos, y advertí a mi esposa quien no conocía nada de lo que estábamos haciendo, aunque me dijo muerta de miedo que «algo yo me estaba imaginando».

Finalmente fui el penúltimo hombre apresado y en mí se rompió la cadena, pues yo era el único que conocía a los demás integrantes de las otras células y no sólo supe callar, sino que supe confundir a mis torturadores en los interrogatorios.

Fueron apresadas 15 personas en total, de las cuales yo conocía a tres. Dos eran de La Maya y el otro era de Santiago. Los de La Maya me conocían sólo como "el periodista" y fueron apresados por una delación que se produjo en su grupo después de una acción de distribución de propaganda. El de Santiago era Alberto Ferrándiz quien también tenía su grupo.

Todos fuimos acusados y procesados en una sola causa por el delito de "Propaganda enemiga"; es decir, por escribir y/o distribuir panfletos en las llamadas elecciones de 1992. "No por Barbatruco, vote por la Libertad, abajo la dictadura" decían algunos de los volantes que imprimíamos y regábamos en las calles. Era un intento de hacer nuestra campaña electoral a favor de la Libertad que había sido suprimida, y fuimos condenados a prisión sólo por el hecho de defenderla. Posteriormente se radicó la causa como "Rebelión pacífica" para poder condenarnos a más años de cárcel.

Nuestra campaña tenía sentido de acuerdo al momento que estábamos viviendo. Era necesario despertar una conciencia popular que estaba dormida o aletargada. Al existir sólo un partido para las elecciones de la nación, el Partido Comunista, y un sólo candidato, Barbatruco, nosotros proponíamos que el voto fuera un voto simbólico para La Libertad.

Los mecanismos electorales establecidos en el país no permitían que otro candidato saliera elegido. No había opción, no había partidos de oposición. El pueblo no era quien elegía su líder, sino el grupo de comunistas que rodeaba al dictador. Son los mismos fieles lacayos del régimen a los que el líder convertido en tirano les brindaba especiales privilegios, seguridad y poder.

En la isla no había voto secreto y directo para elegir al único candidato. El dictador se había adueñado de por vida, tal y como hicieron otros dictadores y líderes comunistas en Vietnam, en Corea, en Rusia, en China. Estos líderes jamás han sido constructores del socialismo, sino sus fieles y más directos destructores. Han impuesto su personalidad y han arrastrado al ignorante tras sus caprichos y errores garrafales. Stalin, Hitler, Mussolini, Ho Chi Min, Mao Zedong, Kim Il Sung, Barbatruco, eran de la misma estirpe con pequeñas diferencias que los hacía peculiares en la misma esencia. No teníamos otra opción que la protesta, y la protesta era considerada un acto ilegal.

Habíamos organizado en la clandestinidad un grupo grande de opositores pacifistas, decididos a trabajar sobre la base de la propaganda para llamar a la reflexión, incluso a los altos dirigentes del gobierno y el partido, sobre la necesidad del cambio democrático. Operábamos en pequeñas células de tres personas conocidas o afines y firmábamos las propagandas con la palabra Generación. Y también con CID, que era la organización que había creado en Miami el excomandante de la revolución Huber Matos. Grupo Generación CID.

Nuestro grupo crecía y ya habíamos logrado conectar la ciudad de Santiago con La Maya y con Guantánamo. Mi hijo mayor y yo hicimos la conexión. Él también establecía los contactos con su tío quien había inventado unos cuños para imprimir volantes, y esto nos hizo más rápido y fácil el trabajo que habíamos iniciado.

Imprimíamos al principio los volantes en esténciles con un mecanismo inventado por el campesino Victor Bressler Villasán, el padre de mi nuera. El proceso de impresión era muy rústico, pero respondía a las necesidades del momento. Se hacía imposible conseguir alguna impresora profesional para hacer estos trabajos, pues todas sin excepción estaban en poder del Estado y sobre ellas se ejercía el más riguroso control.

La mayor distribución simultánea de volantes la hicimos el día 31 de diciembre de 1992 a las 12 de la noche, en diferentes puntos de la ciudad y sobre todo en el lugar donde se estaba celebrando el acto político por el aniversario del triunfo de la revolución.

En la tarima, ubicada frente al Ayuntamiento en el parque de Céspedes, estaban sentados varios miembros del Buró Político del Partido Comunista. La operación del parque de Céspedes fue la más arriesgada de todas, pues suponíamos que el lugar estaría muy bien vigilado por los agentes de la seguridad del Estado.

La orientación dada para esta área era que se lanzaran los volantes en las calles de las cuatro esquinas del parque por donde pasarían las personas allí congregadas. Pero mi hijo Guillermo, encargado de la operación junto a otros dos, no cumplió con lo orientado, sino que de manera temeraria regó los volantes en el mismo centro de la actividad e incluso pegado a la tarima donde los funcionarios políticos hacían sus discursos.

Afortunadamente pudieron hacerlo todo sin ser descubiertos. Los otros que operaban con él, tampoco fueron descubiertos en la acción, por eso no diremos sus nombres.

Mi hijo Guillermo cuenta que se divirtió mucho cuando vio a los agentes de la seguridad recogiendo desesperadamente del suelo los volantes, y acto seguido apresaban allí mismo a las personas que les resultaban sospechosas. Tiraban las sillas plegables al piso con brusquedad para seguir en esa acción de recogedores de volantes subversivos.

Los volantes fueron regados en el momento mismo que se estaban lanzando los fuegos artificiales para recibir la llegada del año nuevo, y fueron detectados cuando ya la algarabía estaba pasando, cuando el aparente júbilo de los sicarios se tornaba repentinamente en amargura, porque la estabilidad y el orden habían sido alterados.

Los que estaban en la tarima se percataron de lo que ocurría abajo, pues los espectadores se apartaban o eran apartados bruscamente por los agentes cada vez que descubrían un grupo de volantes regados en el suelo. No querían que nadie los recogiera.

Fue un divertido espectáculo, según cuenta mi hijo, quien finalmente ha comprendido que fue una locura de juventud lo que hizo, pues de haber sido descubierto seguramente lo hubieran matado allí mismo a golpes o a tiros. Pero tuvo mucha suerte de no ser apresado, porque llevaba la evidencia que lo delataba. Cuando llegó a casa descubrió que le quedaban aún algunos volantes en sus bolsillos.

Desde una de las esquinas lo había contemplado todo con absoluta naturalidad. Lejos de haberse retirado inmediatamente del lugar, se quedó allí para disfrutar de los efectos que la acción causaba. Todo salió bien, gracias a Dios. Pero fue demasiado el riesgo.

En otros puntos de la ciudad se había hecho lo mismo y la acción alcanzó hasta el poblado de El Caney. Cientos de volantes se regaron al mismo tiempo en calles, parques y hasta en las estaciones y terminales de ómnibus y ferrocarril, en el centro y en los cuatro puntos cardinales de los alrededores de la ciudad. Gracias a nuestra discreción en los interrogatorios no fue capturado nadie del grupo que operó esa noche. Sólo mi hijo Guillermo y yo fuimos a prisión. Pero, ¿cómo fue que nos descubrieron?

UN NÚMERO BÍBLICO

Siete hombres habían quedado ingresados en el hospital. Siete hombres se mantuvieron inquebrantables, y en realidad no hacían falta más que los que allí quedaban para que se mantuviera la protesta, porque éstos que se quedaron, estuvieron dispuesto a soportarlo todo, dispuestos a triunfar o morir.

Del grupo que se habían llevado para los destacamentos sólo Diosmel Rodríguez mantuvo el ayuno. Había dejado de tomar agua para acelerar su deterioro, hasta que finalmente lo sacaron desfallecido para llevarlo al hospital.

Su pequeña estatura y su cuerpo enclenque hicieron dudar de su capacidad de resistencia. Su determinación fue superior a sus condiciones físicas. Su fortaleza radicaba en sus convicciones y en su voluntad, y estas a la larga lo fortalecieron.

Sin embargo, uno de los que habían dejado en Boniatico, Leonardo Coseau, flaqueó a los pocos días, quizás atormentado por la idea de no salir con vida de la dura empresa. Convicción política le sobraba. Era más joven y más fuerte que Diosmel, pero no resistió el suplicio. Cinco días después Ismael oyó su voz resquebrajada pronunciando su nombre en el cavernoso espacio del infierno. Le dijo que se retiraba, que no aguantaba más. «Lo siento mucho, Ismael, pero no puedo más». Era de mediana estatura, de mirada ingenua, muy enérgico, pero era demasiado joven para lanzarse a jugar con una muerte segura —pensó.

Por más que Ismael insistió, no pudo convencerlo. Pidió las ropas del preso común, y lo sacaron de la celda para llevarlo directamente a su destacamento, sin siquiera recibir una mínima atención médica. Esa fue una forma de humillarlo más. Después vendrían otras.

A Juan Carlos, quien también le pedía a Leonardo que resistiera, se lo llevaron dos días después. Estaba desmadejado. Ismael se había quedado solo nuevamente en su celda del primer piso. Los que quedaron en el segundo piso, resistieron, con la excepción de Diosdado Marcelo Amelo Rodríguez quien a los 18 días de total ayuno también se retiró.

Marcelo era un mestizo rechoncho de cara redonda y nariz gruesa, que arrastraba la letra R al hablar, pero que sabía muy bien discutir sus derechos. Cumplía una condena de 9 años por Rebelión. Años después fue liberado. Fundó el Comité de Exprisioneros Políticos en Santiago y siguió luchando en defensa de los derechos humanos. Lo llevaron nuevamente a prisión y lo condenaron a

3 años más, bajo un nuevo cargo de "Desacato a la autoridad", por discutir con un policía que no lo dejaba entrar al Hotel Casa Granda, destinado sólo para el turismo extranjero.

Estuvo muy enfermo y lo dejaron morir en prisión por falta de asistencia médica a finales de Mayo del 2001, después de tener autorizada una visa para viajar a los Estados Unidos junto con su esposa y sus tres hijos. Fue un rebelde, fue un valioso compañero de lucha. Descansa en paz. No le alcanzó la vida para ver el triunfo de sus ideas.

Ismael lamentó mucho su ausencia en el grupo. Tenía muy buena afinidad con él. Era simpático y un aguerrido luchador. Fue siempre oportuna su contribución.

Entonces quedaban sólo siete que se mantendrían firmes hasta el desenlace final. Sí, quedaron sólo siete para imponer un nuevo record en la isla en días de rebelión.

Días después les quitaron los sueros; porque, según les dijeron, no les estaban haciendo ningún efecto positivo. Ismael tenía los brazos totalmente inflamados y las venas se le habían endurecido. Las agujas que les ponían no eran de las recomendadas para el tratamiento. La enfermera le puso unas bolsas de hielo para bajarle la inflamación y poder canalizarle nuevamente las venas en caso necesario.

Mientras estuvieron en el hospitalito les dejaban la bandeja junto a la cama, con una comida mejor elaborada que la que se comía en la prisión. Y ellos ni la miraban. Lo mismo pasó en el hospital militar, a donde trasladaron a Ismael de urgencia. La enfermera le llevaba la nueva bandeja de comida mucho mejor preparada y servida y mucho mejor que la del hospitalito de la prisión. Pero Ismael ya ni la miraba. Más bien sentían asco de sólo olerla.

—No pierda su tiempo, señorita. Esa tortura ya no funciona.

—Comprendo, pero yo sólo cumplo con lo que me ordenan hacer.

Resistieron esto, resistieron todo, hasta los más inverosímiles diagnósticos, hasta los más despampanantes chantajes. Eran en realidad siete candidatos a la muerte, siete cadavéricos cuerpos que se fortalecían de una misteriosa luz que deambulaba a menudo por los pasillos, sólo para encontrarse con ellos, sólo para que ellos la vieran, para darles valor, resistencia y vida. Porque por alguna razón divina sólo eran siete —pensaron.

Siete eran los colores del arcoíris, siete los días de la semana, siete las notas musicales, siete un número bíblico, siete eran siete. Eran los ayunistas de la prisión de Boniato que llevaban ya veintiséis días de ayuno sin señales claras de que pudieran triunfar, cuando de pronto, se abrieron las rejas como por arte de magia.

DISCIPLINA ES LA MEJOR OPCIÓN

Trece días después de nuestro exitoso trabajo, Alberto Ferrándiz salió por su cuenta y riesgo, en su motor, a realizar el suyo. Él había conocido lo que hicimos el 31 de diciembre, porque mis hijos le contaron. Todo Santiago había amanecido el día primero de enero del año 1993 con la noticia de que en el parque de Céspedes y en otros puntos de la ciudad se habían regado proclamas impresas contra el dictador, y en los círculos de confianza se hacían los comentarios. Todo un éxito. Seguíamos golpeando donde más daño se le hacía al régimen: en la propaganda.

Yo mismo, varios días después, pude calibrar los efectos de nuestra acción en conversaciones sostenidas con algunos vecinos de la barriada de El Tivolí, donde aún vivía parte de mi desmembrada familia. Conocer las reacciones al respecto me llenó de regocijo, porque además Radio Martí había dado la noticia sin nosotros haberla reportado. Esto significaba que alguien del periodismo independiente lo había hecho.

El ambiente quedó bien revuelto y los del DSE estaban irritados. Mi hijo me contó que el agente Evelio le dijo lleno de odio en uno de los interrogatorios «Nos jodieron la fiesta y por eso la van a pagar de verdad». Se refería a las fiestas de fin de año que estarían celebrando cuando fueron acuartelados y le dieron plazo de 48 horas para capturar a los responsables. El día primero de enero de cada año celebraban siempre el aniversario del triunfo de la "involución".

De no ser por la acción irresponsable de Alberto trece días después de nuestra acción bien organizada y encubierta, no nos hubieran apresado. Alberto, tenía un temperamento irracional, se entusiasmaba con facilidad y se deprimía de igual manera, dependiendo de las circunstancias. Se le ocurrió distribuir las mismas proclamas casi a la luz del amanecer, mientras viajaba con su esposa en su motor rumbo al trabajo. Le tomaron fácilmente el número de la placa, y el día 14 fue detenido en la casa donde vivía mi hijo Guillermo con su mamá y su abuelo.

Registraron todo completamente en busca de algún elemento, de alguna prueba acusadora; pero no encontraron nada, ni siquiera los cuños utilizados. Estuvieron escondidos en sus propias narices y no los vieron. Si Alberto no hubiera cedido bajo las torturas de los interrogatorios no hubieran podido obtener ninguna prueba que lo condenara.

Alberto, un joven delgado y pálido, de mediana estatura, sensible a los reclamos del arte, nunca imaginó verse indefenso tras las rejas. Y el choque fue devastador. Disfrutaba oyendo la música de los más célebres compositores e intérpretes del mundo. Vivía orgulloso de su tocadiscos y su colección de discos de los grandes clásicos. Era amante del alemán Ludwig Van Beethoven y devoto al poeta y pensador de América, José Martí. Era honesto y laborioso, pintaba cuadros y hacía trabajos de diseños para el INTUR, organismo que promovía el turismo.

Su padre era policía de Batista y fue asesinado. Un grupo rebelde tomó el hospital militar el día del asalto al Cuartel Moncada. Se llamaba Roberto y no estaba de servicio ese día, sino ingresado en el hospital después de haber sido sometido a una operación quirúrgica. En su misma cama de enfermo convaleciente lo mataron.

Pero cuando eso ocurrió, Alberto sólo tenía 4 años de edad y no hubiera podido recordar lo ocurrido. Su posición disidente no le venía por los deseos de vengar la muerte del padre, sino por la comprensión de que el líder de esa criminal acción convertido en dictador había asesinado su libertad y arruinado la isla. Razón de sobra tendría para conspirar.

Cuando lo llevaron a prisión junto con su esposa no tuvieron en cuenta de que dejaban abandonado un hijo de 5 años. Ni a los tribunales les importó nada de esto para condenarlos respectivamente a doce y seis años de privación de libertad, sólo por regar proclama acorde con la libre expresión del pensamiento en el momento de unas elecciones, donde no había nada que seleccionar que no fuera el continuismo de un sistema político dictatorial que lo cercenaba todo sin contemplaciones, sin ninguna compasión.

UN JUICIO SIN DEFENSA

Casi tres meses después de nuestra detención se celebró el juicio en el Palacio de Justicia de Santiago en la sala de los delitos contra la Seguridad del Estado. Sabíamos de ante mano que estábamos condenados, pues no asistiríamos a un juicio imparcial. La presidenta del tribunal, Magaly Vaquero, era una militante comunista y miembro del buró provincial del partido. Hay una expresión popular que dice que "no se puede ser juez y parte al mismo tiempo"; sin embargo, en la isla los jueces son parte del gobierno, y más que parte son del partido; es decir, que representan y militan en el Partido Comunista adueñado del poder.

Ya hemos dicho que la mayoría de los trabajadores jurídicos, jueces, fiscales y abogados se formaron y entrenaron para servirle al Partido Comunista. Desde que se abrió en las universidades la Escuela de Derecho, los únicos alumnos admitidos fueron los miembros de la juventud y del partido y los oficiales del Ministerio del Interior.

Algo parecido sucedió con los que estudiaron Sociología. Los aspirantes eran pasados por diferentes niveles de selección en los que estos factores de militancia o filiación política determinaban. Tropecé con estos obstáculos insalvables cuando quise estudiar para abogado. Ya tenía la convicción de que ejercitar el derecho en el comunismo era sencilla y llanamente imposible, puesto que lo primordial no existe: Estado de Derecho. Los que lograron el título se convirtieron en obreros asalariados. Los que lograban obtener un empleo debían responder plenamente a los designios políticos de su único empleador.

Cuando mi hijo Guillermo fue detenido por los agentes del DSE, inmediatamente fui a buscar a un abogado capaz de defenderlo. Pregunté por el más hábil y decidido. Finalmente la recepcionista me recomendó a Rolando Martí Díaz, que tenía apenas un año de ejercer como abogado defensor, pero que había estado 12 años ejerciendo como fiscal.

Lo que me hizo dudar no fue su escasa experiencia como defensor, sino su militancia en el Partido Comunista. La recepcionista me lo dijo como si esto fuera un buen aval o como si se tratara de un cuño de garantía o calidad. Quería influenciar de esta manera en mi selección, sin saber que precisamente esto sería para mí el primer obstáculo.

Pero cuando sopesé los pros y los contras en la misma balanza, decidí verlo. Pensé que su experiencia como fiscal más bien ayudaría. No le di detalles. Sólo le dije que mi hijo había sido detenido por los agentes del DSE y que no me permitían comunicarme con él. Aceptó el caso. Fue amable y pareció entender el reto que se le presentaba. Andaba buscando clientes y fuentes de emociones para su nueva ocupación. Por eso aceptó.

Después de firmar el contrato me dijo que según la ley yo tenía derecho de ver a mi hijo once días después de su detención. Concertamos una cita para después de vencido el plazo, y así él tendría todos los documentos arreglados para exigir y comenzar a jugar su rol.

Como él no disponía de cuota de gasolina para visitar a los clientes en su moto, acordamos que yo lo llevaría en mi carro. Sabía cómo llegar al DSE, pues ya lo conocía desde que decidí ver a mi hijo tres días después de su detención; porque, según un amigo, ese era el límite que tenía yo que esperar. Fue inútil mi intento. Más bien me querían dejar prisionero a mi otro hijo, a Maurice de 18 años de edad, que había insistido en acompañarme.

El primer teniente Evelio le dijo que quería hablar con él. No tuvo otra alternativa que aceptar. Quería mezclarlo en el caso, pero Maurice negó todo con absoluta seguridad. Yo ya lo había alertado. Fue angustiosa mi espera hasta que una hora después me lo devolvieron.

El abogado me restableció la esperanza perdida. Iba pensando que, tal como me había prometido, me dejarían hablar con Guillermo. Quería verlo y darle ánimos, de que resistiera, de que confiara.

Tenía razones para estar preocupado. Sabía de lo que eran capaces de hacer los del DSE con los prisioneros. Sabía de personas torturadas e incomunicadas durante meses sin ninguna protección de la ley. Se hablaba de cuartos oscuros llenos de ratas, alimañas e insectos, de gavetas metálicas congeladas y de planchas metálicas calientes. Se hablaba de descargas eléctricas en las partes más débiles del cuerpo, de electrochoque, de aplicaciones de fármacos y drogas, de perros lobos amaestrados, sin dientes y con dientes, para asustar o devorar a cualquiera, de prisioneros desnudos metidos en tanques de agua podrida hasta el cuello o metidos en sacos de goma y brutalmente golpeados con palos para no dejarles huellas, de personas que se declaraban culpables sin serlo con tal de salir del infierno de torturas físicas y sicológicas que le habían creado.

Los que pasaron por esto hacían las historias. De allí no se salía nadie sin antes confesar. Ellos tenían todos los métodos y todo el tiempo que querían para lograrlo, incluyendo la impunidad. A estos lugares del DSE el pueblo jocosamente los había bautizado con el nombre de "Todo el mundo canta", rememorando el título de un programa de la televisión nacional que buscaba cantantes entre los aficionados al canto.

Dejamos el carro a un lado del camino, cerca de la portería metálica donde un joven uniformado y armado con ametralladora hacía la guardia. Después de varias comprobaciones telefónicas pudimos entrar a una caseta pequeña cerca de la entrada. Allí nos encontraría el oficial de la seguridad que atendía el caso.

Casi dos horas de impaciente espera. El abogado aprovechó para ordenar o estudiar los documentos que debía presentar, algunos de los cuales me había mostrado. Todo estaba en orden. Me impacientaba y miraba a las otras personas que también esperaban por algo o alguien. Sus rostros estaban bien congestionados y había una mujer que sollozaba recostada en los hombros de su acompañante. Nadie hablaba. Nadie sonreía. Parecía una sala mortuoria.

El oficial apareció. Era el mismo que me había atendido anteriormente. El abogado y el primer teniente Evelio se reunieron. Aumentó mi angustia. A pesar de que tenía la promesa de que esa mañana vería a mi hijo, siempre me asaltó la duda. Era como un raro presentimiento. En nada se podía confiar. Aprendí a vivir con esta permanente idea o con este quejumbroso fatalismo. Siempre usaba esta filosofía "espera siempre lo peor para cuando llegue lo bueno lo puedas disfrutar doble".

Media hora después el abogado me daba la razón.

— ¡Vámonos, que no se puede hacer nada!

Traté de preguntarle, de indagar; pero salió delante de mí sin darme tiempo a más.

—¿No podré verlo?

—No.

Guardé un respetuoso silencio frente a su obcecado cambio espiritual. Le vi el disgusto en su cara tostada. Sus facciones finas estaban totalmente alteradas. Caminaba presuroso como si quisiera volar del lugar antes de que le estallara la ira. Una vez en el carro reanudamos la conversación.

—Tenía una idea de la justicia cuando trabajé como fiscal, ahora veo como abogado defensor la diferencia.

—¿Y no podemos hacer nada?

—Nada. Esto es una violación de la ley…

—¿Y de qué se le acusa?

—De hacer propaganda contra el gobierno. Lo tienen incomunicado.

Guardé silencio. No quise hacer preguntas innecesarias. Lo noté muy preocupado, tanto o más que yo. Me dijo que era un caso bien difícil de manejar.

—¿Cuándo puedo verlo?

—Sólo cuando ellos decidan, ni siquiera a mí me lo dejaron ver.

De regreso tuve nuevamente la oportunidad de presenciar la hermosa vista de Santiago que se dominaba desde la loma de Versalles. Soy un eterno enamorado de mi ciudad, de su bahía, de sus calles enredadas, pero apenas le eché el ojo. Mis nervios no me dejaban ni respirar. Hubo un largo silencio que rompí en el momento que creí oportuno.

—Creo que a partir de ahora usted empezará a saber cosas que no sabía. El caso de mi hijo le dará esa oportunidad. Él es un prisionero político, un caso que no podrá defender.

No me contestó. Ni siquiera me miró. Tenía la vista fija en la carretera. Finalmente me contó la historia de un joven que estuvo preso allí más de tres meses sin que nadie lo pudiera ver.

—Terminó declarándose culpable de haber asesinado a su esposa. Ese caso lo atendí. Pero todas las pruebas demostraron que él era inocente.

Hablamos de otras historias, de las historias que conocía del tenebroso lugar y terminé diciendo con cierto tacto.

—En este país tienen que cambiar muchas cosas, empezando por las leyes.

Siguió a mis palabras un largo silencio que supe respetar.

Al día siguiente me di a la tarea de buscar un abogado para Alberto Ferrándiz. Preferí que fuera uno diferente para que le hiciera la defensa por separado. Visité varios Bufetes Colectivos[16] y siempre recibí una respuesta negativa. Nadie quería coger el caso. Hubo un abogado que me dijo que sólo aceptaba casos que pensaba que podía ganar. Otros cuando les exponía el de Alberto Ferrándiz rehusaban defenderlo, pues daban por perdida la causa de antemano, y también porque no querían buscarse problemas con el DSE.

---

[16] Son oficinas administradas y sostenida por el gobierno para tener controlado el servicio de los abogados. Ningún abogado puede ejercer por cuenta propia. El gobierno les paga un ridículo salario.

La búsqueda no fue fácil. Este delito apenas era defendible. La seguridad del Estado determinaba a los culpables y dictaba el veredicto. Los jueces sólo cumplían con lo ya determinado por éstos órganos represivos.

El abogado me llamó días después, para decirme que me darían finalmente la primera visita para ver a mi hijo. Fui con su mamá y con su esposa que llevaba en brazos a mi nieta de unos cinco meses de nacida. No fue una visita humanitaria, eso lo entendería después, sino "exploratoria". Tres agentes de la seguridad, el teniente coronel Robinson, y los primeros tenientes Juan A. Cámbara y Evelio Fernández, estuvieron presentes todo el tiempo y me advirtieron que no podía hablar con él nada referente a su detención.

Debía escoger bien las palabras si quería saber algo. Ellos querían comprobar algo con mi presencia allí y prepararon el escenario.

Lo vi bastante pálido y ojeroso. Después que lo abracé y lo besé le adiviné en la mirada y en la expresión el aire del fracaso. Todo estaba perdido.

Su esposa y su mamá le llevaron una comida, pero dijo que no podía comer.

—¿Por qué? —le pregunté.

—Me está doliendo una muela desde hace días y no me han llevado al médico.

Habló con irritación, casi sin deseos.

—No sabemos nada de eso —dijo el teniente coronel Robinson después que lo miré con aire interrogativo.

— ¡Mentira! Se lo dije a Evelio y me dijo que si no colaboraba con ellos no me iban a atender. Llevo tres días que no duermo.

Era una forma más de tortura. Inexplicablemente a Guillermo le empezaron a doler las muelas sobre todo una que había quedado sellada temporalmente por falta de amalgama para su restauración. Me prometieron que lo atenderían.

Al parecer ya todo estaba declarado y el nuevo objetivo era yo. Le pregunté a mi hijo por su tío.

—No sé de él —dijo como si no quisiera hablar del asunto y luego me hizo un gesto que llegué a entender.

El tío Alberto estaba hablando, estaba confesándolo todo. Lleno de pánico se estaba hundiendo y hundiendo a todos los demás que se habían relacionado con él. Ellos mismos pusieron fin al encuentro. Duró media hora. No le dejaron llevar las cosas de comer y apenas las probó. Salí del lugar con la convicción de que pronto llegaría mi turno. Entonces frente a la opción de huir, decidí alertar al resto de mis compañeros y esperar tranquilamente mi captura.

DOBLEMENTE ATRAPADO

Cuando me arrestaron ya era casi de noche. Tan pronto como subí al automóvil, mis captores se transformaron en bestias. Habían aparentado cierta amabilidad delante de mi familia, y el tal Evelio, con sus dientes demasiados blancos para un alma y un rostro tan negros, me dejó ver su mueca de odio y repentina satisfacción.

—Te tengo agarrado por aquí y por aquí —me dijo mostrándome sus dos manos al tiempo que las iba cerrando como si con ellas me estuviera triturando.

Traté de mostrarme sereno y pese al ímpetu de su gesto ni siquiera perdí la calma. Más bien sonreí. No sabía lo que quería decir con aquellas palabras, pero algún fundamento tendría. Después de los primeros interrogatorios y en la soledad de mi celda, fue que vine a interpretar lo que quiso decirme. Me tenían realmente agarrado por dos lugares, por el grupo de Songo-La Maya y por el grupo de Santiago. Yo era la conexión.

El grupo de Songo-La Maya también había explotado. De eso me enteré después cuando traté de hacer contacto con Victor Bressler Villasán para alertarle de lo que había ocurrido. Tenían prisionero a dos de su grupo, a Molina y a Frandín, y en los interrogatorios había salido a relucir mi participación en las reuniones. A Molina sólo lo vi una vez en casa de Victor, no sabía mi nombre, pero me conocía como "el periodista" y los del DSE cayeron en la cuenta de que se trataba de mí. Por otro lado Alberto había confesado que me había dado los cuños para imprimir los mismos volantes que él había lanzado desde su motor el 13 de enero, los mismos que habían sido tirados en la fiesta del 31 de diciembre. Ni siquiera tuvo el valor de echarse la culpa de ambas acciones. Me tenían agarrado por dos lugares, claro. Entonces el hombre clave era yo y me dejaron para lo último, para seguir mis pasos. Pero ya yo sospechaba que sería así.

Eran causas independientes, pero al estar yo relacionado con los dos grupos, prefirieron unirlas como si se tratara de una sola causa, la número15 del año 1993, por los delitos de Rebelión Pacífica y Propaganda Enemiga.

En los interrogatorios me preguntaron por mis conexiones con la CIA. Daban por hecho mi vinculación y que de esta central de inteligencia americana yo recibía las órdenes. Lo preguntaban con absoluta seguridad y me causaba risa. Siempre tenían en mente que detrás de toda acción de protesta o rebeldía estaba la mano de la CIA. Pero lo hacen para confundir. Es parte de su estrategia ideológica.

Cuando me preguntaron por los volantes que se distribuyeron el 28 de septiembre, día de las fiestas de aniversario de los CDR, dije que no sabía. No me hablaron más del asunto. Pero cuando comprobaron mi participación a través de las declaraciones de los detenidos, no tuve más remedio que reconocer mi autoría con tal de no involucrar a otros de mi grupo. El propio teniente coronel Robinson, jefe del departamento del DSE, me dijo convencido que yo no había sido el autor del "panfleto contrarrevolucionario".

—Detrás de eso está la CIA —dijo uniendo sus cejas tupidas y adelantando el cuerpo sobre la estrecha mesa para pegarse más al mío.

Entonces me sonreí y hasta lo miré con lástima.

—Mire, teniente coronel, parece mentira que usted crea que un ciudadano de este país no sea capaz de pensar y actuar con cabeza propia.

Y entonces le di una conferencia de casi media hora de los hechos que motivaron el derrumbe del imperialismo soviético, le argumenté sobre la razón de mis escritos y además sobre lo inevitable que era el cambio a la democracia.

—Dime la verdad, para ver si te puedo ayudar.

—Esa es la verdad, eso es lo que pienso de lo que va a pasar aquí. Usted es un funcionario del departamento de la seguridad del Estado, y si no se excede en sus funciones no tendrá culpas que pagar. De todos modos haga la diferencia entre lo que es un militar de escuela y un esbirro de la tiranía.

Creo que el teniente coronel oyó con sobrada atención y sorpresa mis explicaciones y si en ese momento no me replicó con agresividad, como era la costumbre, fue porque quedó bien preocupado con mis detallados vaticinios. En el fondo, todos estaban preocupados. Al parecer se podía conversar con él, porque vi que a pesar de estar presionado por el riguroso compromiso profesional, le sobresalían algunos rasgos de fibra humana. Quizás formaba parte de su cuartada.

Sin embargo, no puedo decir lo mismo del primer teniente Evelio Fernández. Desde el principio se mostró arrogante y abusivo, y en los interrogatorios destiló veneno desde todos los ángulos como un clásico esbirro y fiel lacayo. Del teniente Juan A. Cámbara tampoco puedo decir lo mismo, aunque había sofisticado un poco más sus métodos represivos-coercitivos, para dejar expuesta la personalidad del cínico, que casi siempre termina haciendo el mismo daño que el lacayo incondicional.

Una vez me sacaron de madrugada para los interrogatorios (creo que era de madrugada, pues perdíamos a veces la noción del tiempo). El guardia me metió en una habitación con aire acondicionado. Estaba súper frío. Mi celda era sumamente pequeña y calurosa y el cambio de temperatura me estremeció. El frío me hizo trepidar como una hoja vapuleada por el otoño, y traté inútilmente de adaptarme.

En un lateral estaba situado el potente aparato de fabricación soviética. Me acerqué y le bajé la graduación al mínimo. El escenario había sido preparado. Una mesa y una silla estaban situadas en ambos extremos del local. Yo debía suponer que la silla pegada a la pared del fondo era mi lugar y la silla situada detrás de la mesa era la del interrogador. Como creí haber adivinado el macabro plan, determiné romperlo y acerqué mi supuesta silla a la mesa, y me senté a esperar por la entrada del incógnito interrogador. Posiblemente estuvieran chequeando mis reacciones y movimientos, pues dos o tres minutos después entró el teniente Evelio reclamándome por haber bajado el nivel del aire y por haber cambiado la silla de su lugar.

—Mira —le dije—, así no se puede conversar con nadie. ¿Qué es eso de que yo voy a estar allá pegado a la pared y tú vas a estar aquí preguntándome? Si la cosa es así mejor me llevas otra vez para mi celda, que ya me siento hasta con fiebre.

Como le rompí su teatro, ya no sabía ni que decir, porque este Evelio tenía el mismo espíritu histriónico del Comediante en jefe, aunque en el fondo era más estúpido, mezquino y presuntuoso que él.

La vez que me dio la visita con mi esposa lo pude comprobar. Yo mismo la suspendí porque mi esposa se puso tan nerviosa a causa de sus constantes interrupciones y amenazas, que terminó llorando sin control. Teníamos que hablarlo todo delante de él y apenas pudimos hablar. Insistió en que ella había participado en los hechos aunque siempre lo negué. Querían involucrarla a la fuerza y dejarla detenida. Todo un abuso de la autoridad. Se sentían con impunidad para violar derechos.

Aquello no fue una visita, sino un descarado interrogatorio a base de torturas sicológicas. Cuando me paré de mi asiento la dejé destrozada, pero fue la única manera de poner el punto final al abuso. Ella se quedó con la idea de que acabarían conmigo y yo me retiré con la sensación de que la dejarían presa a ella también.

Él se mostró altamente represivo y me empujó contra la pared antes de abrir la puerta para llevarme al calabozo. Estaba irritado porque no me dejé vencer. Siempre me mostré sereno. Y esto lo exasperaba más.

—Cuando esto se caiga no vas a encontrar donde esconderte, Evelio.

—Ustedes ya llevan 30 años diciendo lo mismo y esto no se cae.

—Mira lo que pasó en la URSS cuando menos se esperaba.

—Los rusos son unos pendejos, a mi hay que cogerme a tiros.

Y me empujó con más rabia y me pegó la cara a la pared para registrarme.

Entré a la celda bien preocupado. Seguro que la emprendería con ella también. Habían ido deteniendo e interrogando a todos los miembros de la familia sin ninguna prueba y sin ningún derecho. A mi hijo Maurice lo tuvieron tres días bajo intenso interrogatorio. Siempre negó su participación. Su tío Alberto dijo que estuvo con él en una reunión. A su abuelo de 65 años también lo detuvieron y a su mamá también. Tiraban a ciegas para ver si pescaban a alguien más y de paso creaban el terror.

—A todo le llega su momento…

—Ya llegó el tuyo.

—La próxima visita no la voy a coger si eres tú el guardián.

Tiró en mi cara la pesada puerta metálica.

—A lo mejor no te damos ninguna más.

Su voz de hiena se quedó retumbando en el estrecho y húmedo pasillo.

EN EL OSCURO LABERINTO

Estuve al principio con otro preso que llevaba más de dos meses, acusado de "Tráfico de dólares." Tener dólares era un delito que llevaba a prisión con largas condenas según la gravedad. Me contó con admiración sobre otro preso político que estuvo con él en la celda. Se llamaba Luis Alberto Pita Santos. Era bajito y casi calvo. Lo encerraron allí porque había iniciado una huelga de hambre junto a otros presos políticos de la prisión de Boniato. Protestaban por el mal trato recibido y por las amañadas elecciones que se celebraban en la isla con un solo candidato y un solo partido.[17]

---

[17] Los prisioneros políticos vieron en la prensa el anuncio de la visita de Barbatruco al poblado de Boniato junto a Vilma Espín y Robertico Robaina, miembros del Comité Central del Partido Comunista. Barbatruco se había "postulado" en esa zona donde se encontraba enclavada la prisión de Boniato en la que estuvo preso. Esto motivó la idea de la protesta, porque era inaudito de que existieran elecciones presidenciales con un solo partido, un solo candidato y con cientos de opositores y líderes políticos en las cárceles. Los carceleros tapiaron las ventanas del hospital donde se encontraban los ayunistas para que sus voces no fueran escuchadas por tan "ilustres visitantes".

Alrededor de 48 prisioneros políticos fueron a la huelga. Inicialmente el ayuno fue convocado por tres días; pero, después que trasladaron a nueve de los supuestos líderes para la prisión de máxima severidad de Kilo 8, en Camagüey, el ayuno se extendió. Cinco de ellos a petición de Pita Santos terminaron la huelga a los doce días. Otros cuatro decidieron continuar para exigir la libertad: Robier, Luis Grave, Alberto Aguilera y Roberto Mure Justas. Estuvieron 30 días sin comer y aunque no le dieron la libertad, al menos lograron que los mantuvieran a todos juntos en la misma celda, separados de los presos comunes.

Robier y Luis, junto a otros dos, habían sido condenados por haber escrito un panfleto que pedía reformas y cambios democráticos. El encarcelamiento de estos científicos, trabajadores de la Academia de Ciencias, tuvo repercusión internacional. Este grupo que había introducido en la isla el sistema de "Lluvias provocadas" para hacer llover las nubes, ya tenía contrato firmado para aplicar sus métodos en Brasil.

Estuvieron encerrados mucho tiempo en los calabozos aislados de Kilo 8. Estaban prisioneros y desterrados. Quisieron ensañarse con ellos, humillarlos, doblegarles la voluntad. Con la represión sólo lograron mayor rebeldía.

El prisionero que me encontré en la celda, de unos 20 años, blanco, espigado y de nariz afilada, me hablaba de Pita Santos con admiración y simpatía. Había quedado impresionado por su acción y su personalidad. Hablaba de su inteligencia y valor frente a sus represores, y esta historia me dio la medida de muchas cosas.

Pita Santos fue profesor de Economía Política del Instituto Superior Pedagógico de Educación Técnica y Profesional de la universidad de la capital y había fundado una agrupación opositora llamada Asociación Defensora de los Derechos Políticos (ADDEPO). Su agrupación había lanzado una convocatoria al pueblo para hacer una manifestación en la Plaza José Martí, llamada después Plaza de la Revolución.

Él y sus compañeros de grupo fueron encarcelados por esto. Posteriormente fue condenado a cinco años de prisión por el delito de "Desacato" al comediante Barbatruco. Su crimen fue el haberlo acusado ante los tribunales de "32 delitos contra la nación". Todos pensaban que estaba loco y el tribunal determinó encarcelarlo por su loca osadía de acusar al dictador.

El preso me contó todo y que además le hablaba del cambio que se avecinaba y de cómo era que se podía resistir una huelga de hambre largo tiempo. En la huelga estuvieron muchos días sin comer nada, sólo tomando pequeños sorbos de agua.

Poco después trasladaron al preso para otra celda y quedé solo, hasta que llevaron a otro prisionero que trabajaba en el bar del Motel Bucanero, también exclusivo para turistas extranjeros. Era un negro, gordo, bajito, muy ocurrente. Me divertía con él cuando me hablaba de sus miedos o se ponía a regar en la celda un polvo que la familia le daba en las visitas "para vencer los malos espíritus" que lo habían metido en la prisión. Se llamaba Reinaldo y le decían Tato. De él obtuve la historia de mi cuento "Las jineteras también se casan", que luego fue premiado en un concurso internacional en México.

Él estaba preso por intentar sacar unos dólares del motel. Se los había ganado como propina. Estaba siendo encausado por esto y ya le hablaban de confiscarle todos sus bienes, su casa, sus equipos electrónicos y hasta un automóvil del año 53. Esto lo tenía muy angustiado. Lo amenazaban con esto, lo chantajeaban y quizás lo llevaron a mi celda para cumplir allí una misión a cambio de alguna recompensa. Quizás. Era miembro de la Unión de Jóvenes Comunistas.

No sé cómo fue que surgió la conversación, pero me habló de alguien que en la pared de su celda había dibujado con un clavo una Virgen de la Caridad del Cobre, la santa patrona de la isla. Me contó sorprendido sobre lo bien que había quedado, con todos los detalles y atributos. Y que cuando el joven llegó, trazó en la pared un calendario para ir contando los días. Me dijo que esto lo había impresionado, pues estaba hablando con alguien dispuesto a todo y sin miedo a nada.

Me dijo que lo sacaban a cada rato para los interrogatorios y que a pesar de que era muy joven se le veía resuelto y firme cada vez que regresaba. Cuando me lo describió quedé pasmado. Caí en la cuenta de que se trataba de Maurice, mi hijo menor de mi primer matrimonio. Lo habían apresado. Los muy asesinos lo estaban torturando de diferentes maneras para que confesara su culpabilidad en la distribución de propaganda. Pero la virgencita me lo ayudó.

Los esbirros manejaban variados métodos represivos para conseguir sus fines, desde la coerción sicológica hasta el maltrato físico. El detenido que caía en sus garras no tenía ninguna protección y sabía que estaba sujeto a los antojos de sus torturadores. Una noche (creo que era de noche, aunque un bombillo de alto wattage alumbraba siempre la celda), sentí que alguien gritaba desesperado. Pude asomarme por una rendija que había logrado abrir al separar de su marco el borde inferior de la puerta metálica. Pude ver cómo le entraban a golpes a un muchacho de piel oscura, delgado, de unos 15 o 16 años de edad. El muchacho estaba sentado en la esquina de una mesa y el interrogador se mantenía de pie frente a él mientras lo sacudía por los hombros y lo abofeteaba sin compasión. El muchacho lloraba y decía que no, y repetía que no, cuando el agente lo golpeaba.

Mi celda estaba al final de uno de los pasillos y al frente había una especie de oficina o cuarto de interrogatorios que tenía una puerta de madera. La puerta estaba abierta. Después el agente sentó al muchacho bruscamente en una silla y se plantó delante de él poniendo su nalga en el borde de la mesa. Le hablaba mientras le pegaba fuertes golpes con las dos manos.

Ver aquello me encendió la sangre. El agente acercó su rostro áspero y moreno a la cara llorosa y ceniza del muchacho. «Te vas a podrir aquí, come mierda» le dijo y algo más que no pude escuchar bien. Mi compañero de celda se puso muy nervioso al verme esforzado en abrir más la rendija para ver mejor. Al principio me ayudó y después tuvo miedo continuar en ese trajín. El ángulo que obtenía me permitía mirar la abusiva escena, quizás preparada expresamente para mí. Aquello podría ser una advertencia para que yo saliera de mi obstinado mutismo de no querer confesar lo que sabía, de no querer confesar "mi culpabilidad".

Al principio yo no sabía que ya todo estaba declarado y aclarado. Mi aceptación de los cargos sólo era cosa de rutina. Así me lo hacían saber mis torturadores.

—Si tú quieres no confieses pues ya lo sabemos todo.

—¿Entonces para qué quieren que yo hable?

—Para que salgas mejor. Si ayudas al esclarecimiento de los hechos será menor la condena.

La escena del muchacho golpeado delante de mi celda la entendí. Estaban hablando demasiado conmigo y en cualquier momento podrían tornarse agresivos también. Esa escena me decía de lo que ellos eran capaces de hacer con cualquiera. Pero no me importó.

En mi calabozo había dos camas, una encima de la otra, pero pegadas con bisagras y con unos sostenedores con cadenas fijadas a la pared. Las camas tenían el mismo largo de la pared. Estaban hechas con un marco de metal y un fondo de maderas atornilladas al marco. Sobre estas habían colocado unas delgadas colchonetas de lana. Yo dormía en la de arriba casi pegado al techo. En la pared, sobre la cabecera de la cama había una ventanita sellada con persianas de concreto, colocadas estas de tal manera que no permitían mirar al exterior. Tenía unas 15 pulgadas de ancho. Por entre las piezas de concreto entraba el aire débilmente y un enjambre de enormes y agresivos mosquitos. A veces me entretenía matándolos y poniéndolos sobre las páginas del libro que intentaba leer. Los mosquitos formaban parte de las torturas. Eran tantos que uno no sabía si espantarlos o matarlos o servirles mansamente de alimento. De cualquier forma se perdía el tiempo y la paciencia.

Todo parecía indicar que tenían criaderos especiales para reproducirlos y propagarlos. Eran mosquitos de patas muy largas y de largos aguijones que se pegaban en cualquier parte del cuerpo en forma suicida. En mi vida había visto tantos mosquitos juntos y atacando con tanta ansiedad. Teníamos que taparnos completamente la cabeza para poder dormir. Entonces el calor nos ahogaba y apenas podíamos respirar. Pero yo al menos prefería morir ahogado que desangrado por sus voraces picadas. Lo mejor era que todo terminara para poder salir de allí.

En la celda de unos dos metros de ancho por dos y medio de largo había una pequeña pared intermedia que separaba el baño. Había un pequeño hueco en el centro para orinar y defecar. En días alternos anunciaban el baño y un chorro de agua salía durante tres o cuatro minutos desde un tubo empotrado en la pared. Teníamos que apresurarnos si queríamos tirarnos un poco de agua encima. Muchas veces uno de los dos quedaba todavía enjabonado. Con la misma agua que caía era que se limpiaba algo el agujero lleno de mierda y orine. El agua que salpicaba mojaba también toda la celda, pero no teníamos con qué secar.

La puerta tenía una tola gruesa de hierro. Hacía tremendo estruendo cada vez que la abrían y esto podía suceder a cualquier hora. Para las comidas abrían una estrecha compuerta en el centro de la tola para introducir las bandejas.

El agua potable era sólo con cada comida. Los jarros y bandejas de aluminio teníamos que devolverlos inmediatamente después. Me autorizaron tener un jarro de agua para poderme tomar las pastillas del corazón, tres veces al día. Cuando me arrestaron mi esposa me preparó rápidamente jabón, cepillo y pasta de dientes que fue lo único que me permitieron llevar. Las pastillas me daban dolor de cabeza, sueño y flojera después que las ingería.

En la primera visita mi esposa les pidió que al menos me dieran un vaso de agua de azúcar en cada dosis. El teniente coronel Robinson estuvo presente esa vez y dijo que mejor me las daban con un vaso de leche. Pensé que podía ser una ironía de su parte y le dije que con un vaso de agua de azúcar me conformaba.

Sin embargo, al otro día me llevaron la pastilla con un jarro de leche fresca y dudé si tomármela o no. Tomé la mitad y le di el resto a Reinaldo. Pensé que mis hijos no tenían leche fresca para tomar, porque el gobierno sólo permitía comprar una cuota de leche fresca para los niños hasta los dos años de edad, y luego esta era sustituida por leche en polvo hasta los siete años. Reparar en esto me irritó mucho. ¿Cómo era posible que los agentes de la seguridad del Estado tomaran leche fresca y que nuestros hijos no?

Luego por la tarde volvieron a hacer lo mismo y les dije que no quería que me dieran más leche, porque a los niños se la habían quitado, que yo no tenía por qué estarla tomando sabiendo que a mis hijos no se la dejaban tomar.

Horas después me fueron a buscar para los interrogatorios.

El oficial Juan A. Cámbara, quien también atendía la causa, me preguntó que por qué yo no quería coger la leche. Le volví a repetir lo mismo y le dije que precisamente por eso era que estábamos luchando, para acabar con los privilegios que habían alcanzado los militares y funcionarios del gobierno.

—Deme un vaso de agua de azúcar que así tendré mi conciencia más tranquila.

El oficial sólo se sonrió. Estoy seguro que ellos no me soportaban, que hubieran querido machacarme, porque no les di a demostrar en ningún momento debilidad ni flaqueza de espíritu. Y esto, junto con mi posición intelectual, les hacía meditar muy bien cada paso. Al principio, cuando me negaba a reconocer los cargos, me dijeron que si colaboraba con ellos me pondrían en una celda más limpia y con tela metálica para que no entraran los mosquitos. Yo les pregunté que si tenían celdas así allí y me dijeron que sí.

—Aquí hay de todo. Las tenemos hasta con aire acondicionado.

Entonces les respondí indignado por su tono irónico, que eso a mí no me importaba, que me llevaran si querían a una celda peor, que lo duro de la prisión no eran sus malas condiciones, sino el injusto encierro y la ausencia de derechos para defenderse.

—Mira aquí, ni siquiera he podido traer un abogado que me represente.

—Tienes razón —me contestó con su desquiciante ironía—, pero así son las leyes aquí y las leyes hay que respetarlas.

—¡Claro!, por eso es que esto no sirve, ni nunca servirá.

A veces me dedicaba a darles conferencias sobre los cambios inevitables que se aproximaban, sobre los hechos que motivaron el desmoronamiento del socialismo. Quizás por esto trabajaron en mi caso cuatro oficiales, incluyendo al teniente coronel Robinson, jefe del departamento. Todos mostraban interés en mis explicaciones incluso Evelio Fernández, el más incapacitado de todos. La idiotez se le notaba sólo de oírlo hablar.

El teniente Juan A. Cámbara, de fuerte complexión física, pero más suave y sofisticado que Evelio en sus reclamos, pareció entender mis razones sobre el jarro de leche. Frente a mis argumentos le descubrí cierto aire de bochorno en su rostro cuadrado. No obstante siguió montado en su personaje de tipo duro. No podía hacer otra cosa aunque quisiera.

Hubo otro oficial de los que me interrogaron que pareció entender y hasta reaccionó mucho mejor frente a mis disertaciones. Era otra mente. Creo que poco le faltó para decirme que él sabía que todo lo que estaban haciendo con nosotros era injusto. No lo dijo, pero sus gestos y reacciones me lo daban a entender. Su pena fue mayor cuando me habló de mi hijo Maurice. Mis hijos tuvieron la misma impresión de él. Lo veíamos como decepcionado, como si estuviera haciendo su trabajo a disgusto. A este no lo volví a ver y no debo decir su nombre porque algo en él se había resquebrajado. Tiempo después supe que lo habían ingresado en el manicomio. Mi hijo Maurice se lo encontró en una de las terapias psiquiátricas donde fue atendido de urgencia después que los agentes del DSE lo liberaron.

Casos similares nos encontraríamos durante los años de prisión, incluso entre altos oficiales. No todos estaban dispuestos a apoyar la tiranía. No todos tenían alma de esbirro. Por eso muchos habían desertado.

Con el primer teniente Cámbara parecía que se podía conversar, pero a veces reaccionaba de forma muy rara y contradictoria. Le pregunté finalmente, que si ya todo estaba terminado, que hasta cuándo nos iban a tener allí. Ya llevaba más de un mes de encierro y mi hijo Guillermo y su tío Alberto llevaban más de dos. Entonces me dijo como contrariado que todo se había detenido otra vez, porque Alberto estaba loco, que ahora estaba hablando de dos cuños más que me había dado para hacer volantes y que eso no tenía que haberlo dicho, porque eso no constaba en ninguna parte.

—Hasta que no aparezcan esos cuños la cosa se detiene.

Me quedé sorprendido. No lo esperaba.

—Es verdad, Alberto se ha vuelto loco —fue lo único que se me ocurrió decir.

Ya sabía que Alberto Ferrándiz había intentado ahorcarse en la celda enrollándose una sábana en el cuello. Fue descubierto cuando ya le faltaba poco para expirar. Ellos mismos me lo habían contado. Recuerdo que al principio oí su voz desesperada pidiéndole a uno de los de su grupo, nombrado Luis la O, que confesara todo rápidamente para poder salir de allí. Estaba aterrado. Entonces, le grité, que no había que hablar nada, que había que aguantarse la lengua, que por estar hablando tanta mierda había mucha gente presa, incluyéndome a mí.

No me contestó. Se quedó callado. Parecía sollozar. Me lo imaginé replegándose en la celda como un animal acorralado y herido. Lo llamé nuevamente por su nombre, pero no me habló más. A lo mejor se apenó de que me tuvieran allí también detenido por culpa de su delación. Entonces, hablé con el tal Luis La O, a quien no conocía, pero que estaba en una celda más próxima a la mía. Oía más claro su voz. Me dijo que ya Ferrándiz lo había dicho todo. Después nos enteramos que al tal Luis La O, lo habían liberado y que Alberto sospechaba de él como de alguien que se había infiltrado en su grupo. El tal Luis La O, a pesar de haber participado en los hechos, no fue llevado a juicio.

El miedo es algo terrible. Por culpa del miedo una persona puede hasta perder totalmente la voluntad. El miedo llevó a Alberto a involucrar a toda la familia y a otros que eran ajenos al caso. Su poca fortaleza física y su desarreglo emocional le hicieron caer en ese error. Quizás se metió en todo sin medir sus fuerzas y sin calibrar las consecuencias en caso de ser descubierto. Víctima de las torturas llegó a pensar quizás que se podía salvar si confesaba. Pero se hundía más y nos hundía cada vez más a todos. Le dieron dos bofetadas para que hablara. Y después tuvieron que darle veinte para que se callara.

Sus torturadores lograron penetrar en su sicología como en la de un niño desamparado, para destruirlo moral y espiritualmente, al extremo de empujarlo a la idea del suicidio como la única salida. Ellos tenían métodos y recursos para penetrar en la mente del detenido y trastornarle la conducta.

Estos métodos fueron copiados de la KGB de los rusos y mezclados con los de la Gestapo nazi y la STASI de la Alemania Oriental.

Los calabozos donde nos encontrábamos tenían el mismo diseño arquitectónico de los calabozos rusos. Respondían a esos signos del terror. Era una cruceta con cuatro largos pasillos sin salida. En el centro estaban las oficinas y locales de torturas. En los pasillos se alineaban los tétricos calabozos. El primer piso repetía con exactitud el diseño del piso subterráneo. Es decir, que los calabozos formaban una cruceta de dos pisos, con uno totalmente bajo el nivel de la tierra, sin ventanas. De acuerdo a los casos aplicarían las técnicas de la asfixia o el garrote, o ambas a la vez.

Desde que a uno lo introducían en el laberinto empezaba la tortura. Recuerdo que cuando llegué me cambiaron de ropas y me metieron como en un túnel totalmente oscuro, con la advertencia de que caminara bien pegado a la pared para que no tropezara con nada. ¿Es que se podría tropezar con algo, caer dentro de algo? ¿Pero con qué, dónde? Caminar así sin saber dónde está el abismo ya es tortura. El piso era un plano inclinado y sentía que estaba caminando en el vacío. Mantener los ojos abiertos era inútil, pero no podía cerrarlos porque se veía como una raya blanca y horizontal en la distancia, a donde supuestamente nos dirigíamos. Yo llamaba inútilmente al oficial que iba delante. Él no me respondía. Sólo me dijo una vez «no te detengas para nada» y otra vez «ten cuidado». ¿Pero cuidado de qué? No dijo más. Sólo oí sus pasos al principio, después no. Fueron pocos minutos que me parecieron una eternidad.

Yo veía que la raya blanca iba bajando cada vez más, y cuando vine a reaccionar ya la tenía bajo mis pies y mi cuerpo tropezaba con el oficial. «¡Cuidado! Te dije que tuvieras cuidado». Después, todo fue nada, simplemente el oficial empujó la puerta que tenía delante casi pegada a mi nariz, y me golpeó la intensa luz artificial.

A veces me sacaban a un pequeño espacio con el techo enrejado y unos bancos de cemento pegados a la pared. Al menos pude ver un pedazo de cielo en los casi dos meses que estuve allí. La primera vez fue cuando me dieron los espasmos en el corazón y tuvieron que llevarme con urgencia al hospital militar. Eso fue de noche, como dos semanas después del total encierro. Me sacaron porque mi compañero de celda empezó a gritar y a pedir auxilio al verme pálido y doblado del dolor precordial. Me llevaron al enrejado y pude respirar un aire menos enrarecido mientras preparaban un carro.

Me inyectaron, tenía la presión arterial muy baja y después de un tiempo de observación me volvieron a meter en el calabozo. Ellos supieron desde el principio de mi enfermedad cardiaca, pero no fue impedimento para tenerme allí encerrado hasta que les dio la gana. Después del ataque me sacaron una vez por semana durante el día y pude hasta coger algún pedazo de sol de los que se filtraban a través de las rejas del techo.

Yo me pegaba a las paredes a donde daba el sol y trataba siempre de atraparlo. Nunca me hizo tanta falta el astro luminoso. Se escurría con rapidez como burlándose de mis ansias de retenerlo. Las cuatro paredes del pequeño patio enrejado estaban llenas de letreros que habían escrito los prisioneros. Me entretuve leyéndolos. Había uno que decía "Soy un campeón, llevo más de seis meses aquí". Otro "Soy inocente y no me quieren creer". Eran tantos letreros y tan pegados que no daba tiempo a leerlos todos en los 10 o 15 minutos que me daban.

Un día leí "Alberto resiste, te quiere Xiomara", y junto vi dibujado un corazón. Aquello me conmovió. Era la esposa de Alberto Ferrándiz quien le estaba enviando este mensaje de valor y fe. Pero fue inútil, porque Alberto no tenía ya ojos para leer el mensaje, ni nervios para aguantar su derrumbe interior. Su esposa le pedía el valor que él ya había perdido en el oscuro laberinto de sus incontrolables emociones.

Pobre mujer. Su único delito fue haberle brindado café a los que se reunieron una vez en su casa y haber acompañado al esposo el día que éste regó las propagandas. Se ensañaron con ella. Xiomara no sólo sufrió las torturas en los interrogatorios, sino también muchos tormentos en sus años de encierro en la prisión para mujeres de Aguadores, cerca del Motel Versalles y el DSE. Fue golpeada. Fue violada. El abandono de su hogar, la separación de sus hijos, el abusivo trato, el ataque de las otras prisioneras expresamente enviadas, trastornaron sus sentidos y terminó por pegarse fuego, acostada en su cama, entorchándose el cuerpo con la tela del mosquitero.

La salvaron a tiempo, pero quedó marcada para siempre en su piel negra y en su espíritu aturdido. No supo explicar por qué lo hizo. Fue algo muy raro que se le empozó en el pecho y le invadió los sentidos. Me dijo. La habían condenado sin razón a seis años de suplicio en el mismísimo infierno creado para castigar mujeres de todo tipo.

DOS PÁJAROS DE UN TIRO

Me llevaron muchas veces a los interrogatorios a pesar de que lo tenían todo aclarado. Frente a las evidencias había aceptado los cargos y todo estaba por concluir. Pero mis confesiones las haría por escrito. Me trajeron lápiz y papel y en un pequeño párrafo, pensando bien las palabras, expliqué mi participación y luego lo firmé. Les dije que era para ahorrar tiempo y estar seguro de que no me le agregarían nada a lo dicho. Mi petición no les gustó, ni tampoco mi párrafo, pero tuvieron que aceptarlo. Sabían que no me arrancarían ni una palabra demás.

—De esta única manera obtendrán mi confesión —les dije.

—Bueno, vamos a salir ya de esto, porque hasta que no declares no podemos cerrar el caso —dijo el teniente Cámbara que al parecer me lo habían asignado permanentemente después del fracaso estratégico del teniente Evelio. Venía con una nueva técnica, la de la persuasión. Le dije al teniente coronel Robinson lo que pasó en la visita de mi esposa y que no quería que Evelio se involucrara más, porque me iba a tener que matar allí mismo. Y parece que me creyó.

Mi objetivo principal no era el de escribir mi declaración, sino el de poder obtener lápiz y papel para escribirle una nota a un miembro de nuestro grupo que tenía en su poder los cuños que no se llegaron a utilizar. Pero de un tiro maté dos pájaros. Llegué a escribir la nota. "Rubén, todo está perdido. No usen los cuños pues los descubrirán enseguida."

Casi terminaba de doblar el papel cuando abrieron la celda y nos sacaron para hacernos una requisa. De momento pensé que me habían descubierto en la labor a través de alguna cámara oculta. No era de extrañar. Cámaras y micrófonos sofisticados las usaban con estos fines. Incluso en los interrogatorios donde hasta expertos en el trabajo de imitar voces grababan textos acusatorios en los que se inculpaba al detenido para ir creando la confusión.

Mi hijo Maurice me dijo que le pusieron una grabación que se le pareció a la voz de su tío Alberto donde éste lo acusaba de haber participado en la acción, pero que no se confió y no aceptó nada. «Mira, Mauri, aunque te veas en un video no reconozcas nada. Di que se parece a ti, pero que no eres tú». Gracias a esta doctrina lo sacaron del potaje y lo soltaron tres días después. El tal Evelio por poco infarta de la rabia, porque mi hijo le hizo repetir la grabación muchas veces alegando que no se oía bien. «¿Pero tú no oyes tu nombre, cojone?». «Repítelo, repítelo otra vez». Hasta que finalmente se cansó y de un tirón agarró la grabadora y se fue.

La nota quedó debajo de la colchoneta donde se une la madera con el angular metálico, y tuve miedo de que la encontraran y quedaran involucradas otras personas a causa de ella. Pero afortunadamente no la encontraron a pesar de que lo revolvieron todo, quizás buscándola expresamente. Fue casi un milagro, porque cuando levantaron la colchoneta la nota cayó a la cama de abajo a través de la rendija. Cuando no la encontré donde la había puesto, sufrí mucho pensando que por mi culpa caería en prisión una de las células de mi grupo. Después la encontré debajo, enredada entre las sábanas de la cama de Reinaldo, y mi esposa pudo cumplir felizmente la misión.

Sentía estar en un abismo cuando se trataba de reconocer la participación de alguien en los hechos. La cabeza se me reventaba y me entraba como un calambre por todo el cuerpo en el esfuerzo de querer romper yo mismo la línea de mi propia voluntad. Cuando reconocí la participación de mi hijo Guillermo fue el peor momento. Estaba sentado delante del teniente coronel Robinson, fue el 24 de febrero en horas de la madrugada. Recuerdo que Robinson se refirió a la fecha, por ser el día de la reanudación de la guerra para obtener la independencia de la isla de la corona española, y estábamos nuevamente en guerra, le dije.

Me mostraron un documento supuestamente firmado por Guillermo donde se confesaba culpable y decía que las propagandas se las había entregado yo. Pero no se bastaban con eso, sino que querían oírlo de mí y martillaban sobre el asunto para que yo lo reafirmara. Le pedí que me dejara verlo y me dijo que lo haría después de mi confesión.

—Esto me cuesta trabajo decirlo —le dije.

—Lo sé... —me dijo como si ya me conociera bien y en algo se compadeciera.

—Ya no tiene sentido callar por más tiempo —y fue como si se me fuera derrumbando una pared por dentro.

—Adelante...

Entonces la pared se acabó de derrumbar y me entró un mareo fuerte cuando intenté apartar los escombros que aún me bloqueaban las palabras.

—Sí, es verdad.

Me quedé un rato callado para dejar que la sangre me volviera a circular. Robinson no habló, parecía comprender el momento por el que estaba pasando. Luego me hizo dos o tres preguntas más a las que dije siempre sí y cuando le pedí que me lo dejara ver me dijo rotundamente «no». Y me sentí peor que un hombre miserable frente a su engaño y su represalia.

A pesar de que justifiqué muy bien que todo lo habíamos hecho mi hijo Guillermo y yo, con tal de salvar a los demás, incluso a mi otro hijo, no me creyó.

Me dijo sarcásticamente que yo era un hombre de muchas manos, porque fueron muchos los volantes y muchos los lugares donde aparecieron.

—Sólo tengo dos manos, pero también tengo una Berjovina.

Sabía que podían confiscarme la moto por haberla utilizado en la acción, pero no me importó la posible pérdida.

—Entonces usaste la motocicleta.

—Sé que me la pueden confiscar, pero eso te lo digo para que acabes de entender que todo lo hice yo.

La moto no me la llegaron a quitar, porque era pequeña y de poco valor. La moto que utilizó Alberto Ferrándiz sí se la confiscaron, porque era mucho más grande y algún jerarca ya le habría echado el ojo. La tenían allí prisionera también junto al despojo quejumbroso de su legítimo dueño y a las penurias de nuestros cuerpos abatidos en el aislamiento y el desamparo.

LETREROS EN LA CIUDAD

Llegué al DSE cuando ya todo estaba declarado y aclarado, y de algunas cosas me salvé. Ya otros de los del grupo habían pasado por las sesiones más duras de torturas sicológicas y físicas. Llegué cuando apenas hacía falta mi declaración. Me pusieron incluso las grabaciones de los que habían confesado. Eran demasiados los datos que aportaban a la investigación para creer que no eran auténticas.

Me las estaba dando de guapo y de hombre duro innecesariamente. En fin, que estaba haciendo el ridículo. No tenían necesidad de emplearse a fondo conmigo. Tampoco tuvieron necesidad de utilizar todos sus recursos ni tratarme con las mismas rudezas que a otros. Tampoco les hizo mucha falta aplicar todos sus métodos y torturas para lograr las confesiones de los detenidos, tenían todo el tiempo del mundo para eso, y así nos lo hacían saber. «No tenemos apuro, aquí se van a podrir si no hablan».

Sabíamos que nuestros delitos no eran tales delitos en ninguna parte del mundo democrático. Cualquier persona digna hubiera reaccionado igual frente a las impugnaciones que ellos consideraban como graves crímenes y que nosotros considerábamos sólo como nuestro legítimo derecho a la libre expresión.

Alberto Ferrándiz resultaba una cabeza principal y aflojó enseguida frente a las mínimas presiones. Manuel Molina era un panadero de Songo-La Maya que tampoco supo establecer límites a la hora de "esclarecer los hechos". Estaba viejo y acabado. No me pareció idóneo para estos trajines la primera vez que me topé con él. Ambos dijeron hasta lo que no tenían que decir.

Al menos no mostraron arrepentimiento de sus acciones subversivas. Al menos mostraron convicción. En el fondo todas estas "debilidades" se podrían justificar, porque en realidad lo que hacíamos era "propaganda" a la que ellos llamaban "enemiga". Era nada más y nada menos que el ejercicio de un derecho humano defendido por la Declaración Universal de los Derechos Humanos y por todas las naciones democráticas y civilizadas del mundo. El hecho de tirar a la cara de los represores estas verdades, no dejaba de producirnos, al menos hablo por mí, cierto regocijo y hasta cierto placer desmesurado. Esto nos hacía superiores frente a ellos, aunque se sintieran envalentonados al saber que éramos sólo pacíficos disidentes incapaces de darle un tiro a nadie por más que se lo mereciera.

Sabíamos que la verdad estaba de nuestro lado. Ellos con su exagerado y represivo proceder frente a nuestras acciones, nos daban la medida de que lo que hacíamos era muy importante, muy efectivo. Quizás si le hubieran dado menos importancia a nuestro "delito", hubiéramos creído menos en la fuerza que llevábamos. Ellos nos hicieron ver que éramos muy dañinos para el régimen que respaldaban. Con este conocimiento de causa actuábamos.

Yo mismo a veces me sorprendía al ver con la seriedad y la obstinación con que estos desmoralizados Sherlock Holmes de la dictadura, asumían su despreciable papel. Actuaban como si se tratara de la investigación del más horrendo de los crímenes. Para una simpleza como la de escribir con un carbón o cualquier otro material "Abajo Barbatruco" en las paredes de las casas, los esbirros de la tiranía movilizaban decenas de efectivos, carros patrulleros, carros con equipamientos técnicos, carros con cámaras de videos, carros con perros amaestrados, fotógrafos, chequeadores, detectores, calculadores, medidores, etc. Se presentaban en el lugar del hecho rápidamente para tratar de descubrir al culpable que por lo regular nunca aparecía. Finalmente sacaban una lata de pintura y terminaban haciéndole un manchón a la pared para tratar inútilmente de tapar el acusador letrero, porque la tinta utilizada no se borraba ni con gasolina. Era un producto salido de la imaginación criolla, una mezcla de diluentes, poliespuma y llantas quemadas.

Una vez pintaron un letrero en la pared de un taller de autos que estaba frente a los estudios de la televisión. Cuando llegué como a las 8 de la mañana a mi trabajo me topé con el espectáculo de los heroicos guardianes de la dictadura, preguntando, buscando, raspando, oliendo, midiendo, comparando, filmando, fotografiando el explosivo letrero: "QUEREMOS LIBERTAD." Los perros amaestrados también olfateaban la pared y se movían ansiosos entre los curiosos. Muchos de mis compañeros al igual que yo se divertían frente a la exclusividad del acto. Nos habían llevado la noticia a la puerta de la casa y sin embargo, los funcionarios no les daban la orden a los periodistas para que registraran el suceso. No era de extrañar.

Estoy seguro que ni a los "periodistas" ni a los funcionarios pagados por el régimen les pasó tan peregrina idea por sus testas. El que se atreviera a hacerlo o simplemente a proponerlo, era "hombre muerto". Así funcionaba el periodismo asalariado dominado por el único empleador.

Finalmente los policías terminaron pintando varias veces la subversiva pared y se retiraron pensando que el trabajo había felizmente concluido. Falso. Cuando la pintura se secaba, se podía todavía leer el explosivo mensaje "QUEREMOS LIBERTAD" y estuvo así irradiando un buen tiempo a pesar de otros esfuerzos para tratar de opacarlo. Ni siquiera tenían una buena pintura para este insólito trabajo.

Yo mismo hacía el comentario ingenuamente y enseñaba el terco letrero de la terca pared. Entonces hacía la historia completa. Sabía que divulgando aquello ponía mi granito de arena a una noticia que nunca se llegaría a publicar, y ponía en ridículo a las autoridades, a los frustrados investigadores. Todos hacían lo mismo que yo y la noticia llegaba a todos. Radio Martí ponía el resto a través de los periodistas independientes. Esta simple "propaganda amiga del pueblo" cundía el pánico entre ellos.

Los opositores hicieron acciones casi suicidas como esa de pintar "Barbatruco traidor" en la misma pared de la estación de policías más famosa de Santiago. A esta estación se le conoció popularmente como "El Palacete de Doña Bella", rememorando una telenovela brasileña de mucha teleaudiencia, en la que una hermosa mujer hacia fiestas en su gran casona sólo para los hombres ricos que la codiciaban. Todo Santiago comentó y disfrutó la noticia, porque esto fue como pintarle la nariz al león o ponerle el cascabel al gato. Si hubieran descubierto al autor lo hubieran molido a golpes o fusilado allí mismo. Muchos especularon que bien pudo haber sido un policía asqueado de tantos abusos.

El caso de "El Carbonero" fue famoso. Luis Lamote, un joven de 18 años, pintaba letreros por el estilo en las paredes y muros con un pedazo de carbón vegetal durante la noche. Botaba el carbón en los tragantes y enseguida se lavaba las manos, no como Poncio Pilatos, sino como el carbonero que no quiere que le descubran las manos tiznadas de carbón. Todo lo tenía calculado. Durante el día escondía los pedazos de carbón y el agua cerca de la pared seleccionada. Durante meses estuvo realizando esta misma operación y tenía locos a los de la seguridad del Estado y a toda la policía que salían expresamente en camiones para realizar sin éxito la llamada "Operación carbonero" en el afán de capturar al escurridizo escritor de paredes.

Finalmente fue apresado con las manos en la masa y por poco lo matan. Lo conocí en la prisión de Boniato y nos reíamos muchísimo cuando nos contaba sus historias. El veía desde un banco de la Plaza de Marte algunos de estos camiones llenos de policías que salían a hacer la operación de búsqueda y captura. Las veces que lo detuvieron nunca le encontraron huellas de nada. En una oportunidad a él mismo le preguntaron por el sospechoso cuyos rasgos dados en las descripciones ni siquiera se le aproximaban. Hablaban de un negro alto y él era casi blanco y bajito.

—Sí —les dijo—, lo he visto pasar corriendo por esa esquina.

El Carbonero se dirigía entonces a otro punto para repetir la hazaña. Había noches en que ponía tres y cuatro carteles en distantes puntos de la ciudad.

El muchacho estaba cumpliendo su condena, y estaba muy delgado y enfermo, con problemas serios en los riñones. A pesar de su buen ánimo para los cuentos, su palidez y sus ojeras eran alarmantes. Aun así se vio obligado a realizar varias huelgas de hambre por el injusto tratamiento recibido. Estuvo varias veces al borde de la muerte.

Su sanción se había excedido incluso del límite de la ley por la que había sido juzgado: "Propaganda enemiga", artículo 103 del código penal vigente, que condena hasta 8 años de prisión como máximo al que hiciera en forma oral o escrita, críticas al régimen. Sin embargo, el tribunal lo condenó a 14 años, porque el objetivo era dar un escarmiento y resarcir los ingentes esfuerzos policiales por lograr su captura.

Se ensañaron con este joven que había "perturbado la tranquilidad ciudadana" con sus alucinantes letreros. Con la sanción quisieron asustar a cualquier otro que intentara imitarlo. La enorme cantidad de años que pesaban sobre el desmantelado cuerpo del muchacho no bastaron para reducirlo ni doblegarlo y ni siquiera para reducir o doblegar a otros disidentes que seguían regando letreros anti-gubernamentales por todas partes.

Por este mismo "delito" nos tenían también encarcelados. Fueron muchas y diferentes las acciones realizadas. Algunos supimos mantener la dignidad más que otros en los interrogatorios. Los represores querían obtener a toda costa nuestro arrepentimiento, bajo la promesa de que serían más benévolos al juzgarnos. Usaban cualquier recurso para doblegarnos incluso hasta las drogas.

En algunos momentos me sentí bien atontado a la hora de responder a algunas de las preguntas de los torturadores. Sobre todo la madrugada en que el teniente coronel Robinson me interrogó. Estaba empecinado en convencerme de que yo era un agente de la CIA y que recibía órdenes directas de ellos para hacer mi trabajo. Finalmente me devolvieron a la celda sin haber obtenido la absurda confesión. No pude dormir más ni tampoco mi compañero de celda, porque me puse a cantar como un estúpido sin saber cantar y sin saberme la canción. Ni los guardias me mandaron a callar esa vez, porque sabían que estaba endrogado y refrescando la embriaguez.

UNA VISITA INESPERADA

Las condiciones eran pésimas en mi calabozo, y ya tenía información de que los había peores. Por el agujero del piso donde orinábamos y defecábamos, subía un asqueroso mal olor que nos hacía imposible la respiración normal. Casi estábamos al borde de la asfixia todo el tiempo.

Una mañana un guardia metió la mano, presuroso, por la pequeña compuerta metálica y nos entregó una botella que contenía creolina mezclada con agua, para que la echáramos en el hoyo, porque había llegado una visita de inspección.

Reinaldo quiso echar el contenido de inmediato, pero no lo dejé. Le dije que más bien teníamos que orinar los dos para que subiera más la fetidez que nos estábamos tragando a diario. Así lo hicimos. Sentíamos cómo se abrían y se cerraban una a una las pesadas puertas metálicas de las otras celdas hasta que por fin se abrió la nuestra con el mismo ruido estruendoso de siempre.

Un general apareció rodeado de seis temblorosos secuaces. Entró en la celda y dijo haciendo una mueca repulsiva.

—Esta tiene el mismo olor que las demás. ¿No lo sienten?

Los secuaces adelantaron sus narices y trataron de justificar el hecho al parecer con los mismos argumentos anteriores. Dijeron que las tuberías podrían estar tupidas por algún lugar, pero que eso lo podrían resolver fácilmente. Quizás el general se estaba lamentando de su visita. ¿Sería todo una farsa montada por ellos mismos? ¿Estarían dispuestos realmente a remediar el problema? A ninguno les interesaba para nada la falta de higiene, pues todo el escenario estaba engalanado con el repugnante ambiente, y esto formaba también parte de las torturas.

El general preguntó por el tiempo que llevábamos allí. Mi compañero fue quien contestó primero. Entonces se dirigió a mí.

—¿Y tú?

—Ya llevo más de un mes tragándome día a día esta pestilencia, más de un mes con la misma ropa y la misma sábana y mire, hace unos minutos nos dieron esta botella de creolina para que la echáramos, seguramente para que usted no se sintiera mal —le dije y le mostré la botella.

El general me miró con curiosidad y frunció el ceño. Los agujeros de su nariz se dilataron más.

Yo también lo miré expectante, pero por encima de los lentes que usaba para leer. Tenía aún un libro en mis manos. Siempre un libro fue mi fiel compañero y me lo dejaron tener después del ataque cardiaco.

—¿Por qué estás detenido? —me preguntó. Su expresión parecía sincera.

—Por regar propaganda contra el gobierno durante las elecciones —le dije con deliberada ingenuidad.

—¡Ah sí! ¿Y que decían las propagandas?

—Vote por la Libertad. ¡Abajo la dictadura!

Le contesté en el tono del que dice algo trivial, sin importancia ninguna. Pero en la última frase alcé más la voz como si estuviera repitiendo una consigna.

Entonces el general pestañó inseguro como si le golpearan las palabras. Trató de reponerse preguntándole a sus secuaces.

—¿Quién es el oficial que atiende este caso?

Los demás muy nerviosos dijeron dos nombres que al parecer no significaron nada para el general. Luego se volvió hacia mí y me preguntó por mi nivel escolar y mi ocupación.

—Soy graduado universitario y escritor.

Luego se volteó nuevamente a los secuaces con altanería, como tratando de alzarse en su reducida figura o de crecer todo lo que había disminuido ante mí.

—Ustedes ven, esto es un ejemplo a los que hay que darle una respuesta política.

Y trató de escapar casi arrollando a sus seguidores que permanecieron todo el tiempo detrás de él. Pero antes de que saliera tuve tiempo aún de preguntarle por su nombre. Se detuvo, se volteó a media, casi en el instante en que la mitad de su cuerpo desaparecía en el marco de la puerta. Me miró nuevamente como si dudara la respuesta. Finalmente dijo con obstinación, muy secamente.

—Orestes.

En su rostro arrugado y casi triangular descubrí que algo no coordinaba con el tono de su voz. Rugió nuevamente la puerta metálica al cerrarse con más violencia que la habitual.

Cuando miré a Reinaldo estaba como espantado, ya no era un negro redondo el que me miraba, sino un negro casi cenizo con redondas gotas de sudor cubriéndole la cara.

—Compadre tú estás loco, ¿cómo le dijiste eso al general?

—A esta gente hay que hablarle sin miedo, así es como mejor te entienden —le respondí y me senté en mi cama para seguir la lectura.

En realidad debía estar loco o haber enloquecido. Después fue que nos enteramos con el hombre que nos trajo la comida, que el general que nos había visitado no era Oreste, sino nada menos que el general Abelardo Colomé Ibarra, Ministro del Interior. Cuando Reinaldo me lo dijo, no podía creerlo, pero era verdad.

—Ahora se van a ensañar con nosotros.

Entonces debía estar preparado. De haber sucedido esto en los primeros tiempos del régimen, hoy no estuviera contándolo. Los esbirros habían sofisticado más sus métodos represivos. En persona no lo pude reconocer, hacía poco que había sido nombrado para el cargo, aunque advertí que su cara me era algo familiar. Estoy seguro de que él no se olvidó de este encuentro. Yo tampoco lo he olvidado, por eso te lo cuento aquí también.

CONSULTA PSIQUIÁTRICA

Reinaldo terminó por preocuparme y hacerme sentir el miedo de los inocentes cuando me dijo que a partir de ahora las cosas podrían ser peores para mí. En verdad no entendí bien lo que el general había querido decir con eso de darme una "respuesta política". Podría ser una frase eufemística que encerrara detrás todo un tenebroso significado. De todas maneras yo me preparaba para lo peor. Éramos animales indefensos distribuidos en jaulas tapiadas para ser devorados en cualquier momento por engendros imperiales.

Al otro día de la visita casual me sacaron de la celda. Fue después del almuerzo. Sin darme ninguna explicación me llevaron a un cuarto y me entregaron mi ropa de civil para que me cambiara. Pensé en cualquier otra cosa menos en que me iban a dar la libertad. Media hora después me montaron en la parte de atrás de un carro Lada con dos custodios y las manos esposadas. Descendimos la loma de Versalles directo hasta la calle Trocha. No pasamos por el centro, sino por calles periféricas. Por un momento pensé que me llevarían a mi casa. Pero no, tomamos por otro rumbo hasta parquear en una casona del reparto Vista Alegre.

Era una especie de cuartel militar de la seguridad del Estado. Allí tenían un consultorio psiquiátrico. Un guardia armado con ametralladora custodiaba la puerta. Me llevaron a una oficina donde una doctora al parecer me aguardaba. Me explicó que debía pasar por unas pruebas sicológicas para comprobar mi capacidad mental. Me entregó los test después de una pequeña introducción. Me había hablado con dulzura y por eso me dejé convencer.

Los test debía completarlos en media hora. Al principio empecé por lo más fácil. Le pedí al custodio que me quitara las esposas. Accedió a hacerlo después que la doctora se lo pidió también. Iba marcando las respuestas, pero al mismo tiempo notaba que se me hacía difícil la interpretación y en varias oportunidades tuve que preguntar. No estaba razonando bien y me sentía agotado. El sudor me cubría completamente una hora después de haber comenzado. La doctora me dijo que podía continuar si pensaba que podía responderlo todo. Apenas había completado la mitad del examen.

El guardián impaciente salió del cuarto y entonces aproveché para hablarle a la doctora de mi situación. Entendí que ella estaba cumpliendo con su trabajo profesional y que nada tenía que ver con las intenciones de los agentes, aunque trabajaba para ellos.

—Me quieren hacer pasar por loco, doctora, para aplicarme electroshock.

—No. Eso no es así...

Le conté sobre los motivos de mi detención.

—A otros opositores les han hecho lo mismo y los han vuelto locos de verdad.

—Y por qué lo hiciste, una sola golondrina no compone el verano —lo dijo con una mezcla de compasión y reproche.

—No estoy solo. Hay otras golondrinas como yo haciendo lo mismo y siempre alguien tiene que empezar.

Era muy joven, bonita y de buena figura, pero jamás pude verle flexibilidad en sus expresiones. Sin embargo, mostró interés y la noté alentada como quien acaba de tomar una determinación. Cuando el guardia entró nuevamente al cuarto, ella recogió presurosa mis papeles a pesar de que no había terminado. Me dijo que no me preocupara y salió.

Minutos después me sentaron frente a una comisión de cinco médicos entre hombres y mujeres, y empezaron a hacerme preguntas sobre los motivos que me movieron a la protesta. Les expliqué los hechos. Me sentía turbado, pero traté de hablarles con serenidad y sobre todo argumentándoles sobre la realidad opresiva que estábamos viviendo en el país y la necesidad de urgentes cambios. Todos me hicieron preguntas discretas y se miraban como consultándose después de mis agudas respuestas. Estaban serios y circunspectos.

Media hora después el guardián recogía los papeles con los resultados. El diagnóstico final reflejaba por escrito de que yo era un hombre sano, que gozaba de plena facultad mental.

Había vencido, pues querían declararme loco para restar credibilidad pública a mis acciones y convicciones. El mismo oficial Cámbara que me había llevado allí, se lamentó.

—Si se hubiera diagnosticado tu locura hubieras salido favorecido ante el tribunal. Ahora será más duro para ti.

—¿Ah, sí...? —le respondí con sorna y una ligera sonrisa—. Ahora es que estamos mejor.

—No, ahora tu sentencia se multiplica a la pena máxima…

—Mira Cámbara me da lo mismo ocho que ochenta, sobre todo, porque sé que no voy a cumplir completa la sanción.

—¿Y por qué estás tan seguro?

—Porque antes algo tiene que pasar.

Les rompí la cuartada. Los desarmé. A ninguno del grupo lo pasaron por la comisión psiquiátrica. El objetivo era yo, el intelectual, el escritor. Ni siquiera a Alberto Ferrándiz, que había intentado suicidarse, lo presentaron a la comisión para diagnosticar su enfermedad. Éste era el mensaje que había dejado el general. Esta era su orden. Esta era su "respuesta política". Entonces puedo decir que esta fue mi primera victoria después de mi aparente derrota.

Ni las drogas que me dieron para embotarme el cerebro, ni la presión de tener detenido a mis hijos, ni la amenaza de encarcelar a mi esposa, ni las represiones y torturas recibidas, pudieron destruir mi fe. Había descubierto la verdad y esto me hacía ver con claridad y optimismo la importancia del camino que había tomado. La verdad me hizo libre.

DÍA DE LA VIRGEN

Pero ese día que se abrieron inesperadamente las rejas de los cubículos del hospitalito no fue un día cualquiera, fue para que los huelguistas se reunieran por primera vez. Los represores tenían la esperanza de que, dado la imposibilidad de usar los sueros, todos se rindieran frente a la inminencia de la muerte. El día que se abrieron las rejas como por arte de magia, nadie vio a ningún guardia en esa operación. Fue el 8 de septiembre, día de la Virgen de la Caridad del Cobre, patrona de la isla, en la que muchos devotos confiaban y millones le profesaban amor y fe.

Repararon en la fecha cuando ya estaban reunidos y sacaban la cuenta de los días de ayuno y de los días que podían aún resistir. Entonces al descubrir la coincidencia y significación de la fecha, se pusieron a rezar el "Padre Nuestro" y el "Ave María" con los ojos aguados por la emoción. ¡Qué mayor señal de protección podían esperar! Llenos de esperanza, le pidieron a la Virgen y a Dios todo poderoso para que los salvara de todo lo malo, para que les diera fuerzas para seguir en el empeño y alcanzar la ansiada victoria. "Padre nuestro que estás en el cielo, santificado sea tu nombre, ténganos en tu reino, hágase señor tu voluntad..."

Al parecer se hizo el milagro, porque a pesar del estado deplorable en que estaban, a pesar de las disímiles presiones que se ejercían sobre ellos, a pesar de que usaron, engañaron y atormentaron a sus familiares para que les hicieran desistir, nunca pudieron lograrlo. A Ismael le llevaron hasta el hijo totalmente demacrado y ojeroso, para que le pidiera que abandonara la huelga, «porque tu papá se va a morir —le dijeron—, y tú puedes evitarlo». Ya no les ponían sueros, porque no lo asimilaban o porque querían asustarlos o porque preferían dejarlos morir, antes que ceder y aceptar sus humanas demandas.

Ya llevaban veintiséis días sin comer y no sabían cuántos más podían estar. Ismael le pidió a Manuel Benítez que abandonara la huelga, y todos lo apoyaron, no sólo porque lo veían muy mal, puesto que estaba demasiado flaco, demacrado y débil por las tantas huelgas de hambre que había realizado; sino también, porque ya le faltaban sólo dos meses para cumplir la sanción impuesta de seis años de privación de libertad. Pero Manuel Benítez dijo que no, que no abandonaba, que «en todo caso si alguien se debía retirar de la huelga ése serías tú Ismael, que tienes más edad y estás enfermo del corazón». Finalmente ni él ni nadie se retiró.

Aunque todos se veían mal y podría surgir un trágico desenlace en cualquier momento, se mantuvieron firmes; porque todo había pasado ya a un plano de orgullo personal y a una acción de grupo. Cada vez que recordaban las humillaciones y atropellos a que fueron sometidos, y a las que tendrían que sufrir si se rendían, pensaban que la muerte sería la mejor alternativa. Dios había escuchado sus ruegos y les daba la señal que le habían pedido. Se sentían guiados y alumbrados por el Todo Poderoso, por el creador del universo y se transmitían unos a otros esa fe.

El mismo Manuel Benítez sacó la cuenta e hizo su pronóstico: «Dios no permitirá que estemos en ayuno más de cuarenta días. Porque cuarenta días estuvieron de ayuno Moisés y Cristo en el desierto». ¡Bendito sea Dios! Amen. La huelga siguió hasta el final, aunque algunos no lo esperaban. La suerte estaba echada.

DESNUDOS FRENTE AL FISCAL

Cuando nos sacaron de las mazmorras de Versalles nos enviaron para la prisión de Mar Verde. El hacinamiento era enorme, y además resultaba demasiado lejos para los familiares dada la falta de transporte público. A pesar de que la prisión era de reciente construcción tenía filtraciones por dondequiera y muchos teníamos que poner nylon como protección, pegados al techo, para evitar que el agua nos cayera encima. Los baños estaban dentro de las mismas celdas que medían unos cinco metros cuadrados. El agua la sacábamos de unos tanques oxidados. Cuando escaseaba, la peste no se podía soportar.

Cinco de los del grupo estábamos mezclados con los presos comunes en la misma celda: Alberto Ferrándiz, Victor y Emilio Bressler, mi hijo Guillermo y yo. Al resto lo llevaron directamente para la prisión de Boniato. Querían mantenernos divididos.

En los días que salimos al patio pudimos contactar con otros prisioneros políticos recién apresados, también por distribuir "Propaganda enemiga." Nos sentíamos optimistas a pesar de las calamidades y el injusto encierro. Juntos nos dábamos ánimo, comentábamos noticias y hacíamos proyectos para la lucha.

Sin embargo, queríamos que nos trasladaran para Boniato cuanto antes, pues allí estaba el mayor número de prisioneros políticos. Además, los presos nos decían que tenía mejor construcción y mejores condiciones. Sin dudas pensábamos lo mismo puesto que fue construida antes de la era Barbatruco. Empezamos a hablar de un plan de huelga de hambre para protestar por la mala comida y las infrahumanas condiciones de vida. No teníamos intenciones reales de hacerla, sólo queríamos regar el rumor, para que los represores se apresuraran con el traslado. No teníamos donde guardar nuestras pertenencias. Nos robaban a cada rato, sobre todo cosas de comer. La comida era muy mala y muy poca y el hambre mucha. Pensábamos, aunque erróneamente, que Boniato sería una mejor solución.

Un día en el recuento perdí el conocimiento. Sentí que el mundo se me iba para los pies. No estaba bien de salud. Llegué a la conclusión de que mi organismo estaba reaccionando extrañamente bajo los efectos de la resaca, después de dos meses bajo el estrés y las drogas suministradas por los agentes del DSE. Tenía, al parecer, afectado el cerebelo pues no lograba mantener bien mi equilibrio al caminar y cuando me acostaba y doblaba el cuello hacia los lados me invadía un fuerte mareo que me obligaba a enderezar la cabeza y a levantarme rápidamente, pues sentía deseos de vomitar. Mi cervical tampoco estaba bien.

Ese día del desmayo me llevaron para la enfermería de la prisión y el médico me remitió para el hospital militar. No descubrieron lo que tenía. Debían chequearme, pero no lo hicieron. Yo tenía una fuerte complexión física y mucha energía, pero sentía que el cuerpo me pesaba a pesar de que había perdido varias libras. En general todos íbamos padeciendo de algún sorpresivo malestar y fuimos adquiriendo varias enfermedades, algunas motivadas por el contagio y por la falta de higiene.

Al mismo Alberto Ferrándiz se le veía muy pálido. Casi ni hablaba. Se pasaba todo el día tirado en la litera durmiendo, sin ánimo ni para ir al comedor para comerse las cinco cucharadas de arroz blanco y el cucharón de agua caliente que llamaban sopa. En el desayuno nos daban sólo un jarrito de té y un pedacito de pan de unos nueve centímetros cuadrados. Era abusivo. Nos llegó a preocupar la actitud de Alberto. Estaba desplomado en sí mismo y movía como un sonámbulo su cuerpo chupado y amarillento. Yo había pensado en un principio reprenderlo fuertemente por lo que había hecho y dicho, primero por su indisciplina, y luego por su blandenguería de no aguantarse la lengua. Pero al verlo así tan derrumbado y con esa expresión de abatimiento, cambié mi decisión, porque más que reproches necesitaba ayuda. Imaginé que estaba pasando momentos de bochorno frente a nosotros, sus compañeros de causa, por haber enredado tanto la madeja con sus declaraciones.

Incluso quedó hasta involucrado en un asunto de falsificación de cuños para bonos de gasolina. Logró imitar tan bien las letras y el diseño de los cuños originales, que los mismos investigadores no pudieron diferenciar cual era el cuño falso y cual el verdadero. Por este delito le pedían tres años de prisión y una sanción conjunta de 14 años de privación de libertad. Sufría pensando que eran demasiados años de condena, que no iba a salir con vida de la prisión. Temíamos que fuera capaz de atentar nuevamente contra su vida.

A mi hijo y a mí nos apenó mucho su situación y tratábamos de darle ánimos para que resistiera. Ahora la cuestión era diferente, se trataba de poder prepararnos bien para el juicio. Debíamos ser coherentes y precisos en nuestras declaraciones, convertirnos de acusados en acusadores. Teníamos la esperanza de que en la vista pública jugara un mejor papel, pues poseía inteligencia y cultura. Era importante que se recuperara y saliera de ese marasmo espiritual en que lo habían metido sus torturadores. Finalmente lo logramos.

Al abogado de mi hijo lo tomé también para mí y fue a vernos a la prisión. Mi esposa le había llevado mi mensaje junto con unos bonos de gasolina para que pudiera dar el viaje sin el problema de tener que comprarlos en el mercado negro. Quería evitar que pusiera como pretexto la falta de gasolina para no hacer el viaje. Necesitaba hablar con él, consultarle algunas ideas que tenía. Sabía que no podría hacer mucho por nuestra defensa, pero al menos quería evitar que surgieran contradicciones. Mi hijo y yo deberíamos estar representados por el mismo abogado. También me empujó el hecho de que ya lo conocía personalmente y me había inspirado cierta confianza. Sabemos que no todos los que tienen un carnet del Partido Comunista son siervos incondicionales del comunismo.

Me había estudiado el Código Penal vigente y los delitos por los que seríamos juzgados. Mi objetivo era defenderme, pero acusando al gobierno de obstaculizar mi libre expresión, pues había un artículo del código que sancionaba a "privación de libertad y/o a multas a aquellos individuos o funcionarios que trataran de obstruir la libertad de expresión". Esta ley del código penal era pura demagogia al igual que la propia Constitución de la República redactada por los comunistas en 1976 después que derogaron la Constitución de 1940. Esta Constitución del 40, reflejaba muy bien los principales anhelos del mundo democrático y por esta constitución lucharon los jóvenes que asaltaron el cuartel Moncada. Sin embargo, nada se cumplió. Todo fue un engaño de Barbatruco.

Esta Constitución del 76 reformada en 1992 después del derrumbe comunista, dice en el artículo 53 que: "Se reconoce a los ciudadanos libertad de palabra y prensa conforme a los fines de la sociedad socialista..." ¿Qué clase de libertad es esta tan limitada? Y en el artículo 54 dice que "Los derechos de reunión, manifestación y asociación son ejercidos por los trabajadores, manuales e intelectuales, los campesinos, las mujeres, los estudiantes y demás sectores del pueblo trabajador, para lo cual disponen de los medios necesarios a tales fines..."

Esta constitución o ley de leyes es una farsa y sufro mucho cada vez que la leo. Ya desde su primer artículo se aprecia la mentira cuando dice que éste "es un estado socialista de trabajadores, independiente y soberano, organizado con todos y para el bien de todos, como república unitaria y democrática, para el disfrute de la libertad política, la justicia social, el bienestar individual y colectivo..."

Leer esto es indignante, porque la frase de José Martí "con todos y para el bien de todos" que aquí se utiliza, dice de la república que él quería. "Con todos" significa con todas las fuerzas vivas de la nación, con todos los partidos y todas las creencias políticas y religiosas que existan en la nación "para el bien de todos". Eso que dice este artículo primero de que "el país es un estado socialista... para el disfrute de la libertad política..." es la más diabólica de las mentiras, porque no existe tal libertad política ni siquiera para hacer campaña política como hicimos nosotros a favor de nuestro candidato: La Libertad. Puesto que no se permite la creación de ningún otro partido político ni de la más mínima expresión política que difiera de la del dictador. Todo esto es realmente un bochorno para todos.

Pero no obstante, tracé mi plan y así se lo hice saber al abogado para que enfocara el asunto de nuestra defensa desde estos puntos que reflejan la ley y la Constitución del país.

—Imposible —me dijo el abogado—, eso no se puede hacer, no podemos acusar al gobierno.

—Pero está escrito así en estos artículos de la Constitución de la República y en el Código Penal —le respondí.

Y le leí la ley que además dice apoyarse en la Constitución de la República.

—Tienes razón —me dijo tercamente, mucho más asustado que antes—, pero no funciona así, eso no lo puedo hacer.

—Entonces es una mentira esta ley que dice sancionar a los funcionarios que obstruyen la libre expresión. Mira, eso hace este gobierno, obstruir, y yo acuso al gobierno y sus agentes y al mismo "Estado socialista" por obstaculizar nuestra libre expresión —le dije desesperado y enfatizando cada frase.

—Eso sólo se refiere a los que obstruyen las expresiones de las ideas comunistas —señaló como buscando una justificación.

—Pero esto no está especificado en la ley del Código Penal, sino en el artículo 53 de la Constitución y no existe tal libertad de expresión si sólo la pueden ejercer los comunistas para defender su poder.

—Tienes razón —al menos reconoció—, pero sólo me ajustaré al delito que se les imputa. No puedo hacer otra cosa. Compréndame. Trabajaré sobre los atenuantes para que les rebajen la condena.

La petición fiscal todavía no nos había llegado, pero suponíamos que se nos estaba conden por el delito de "Propaganda enemiga" que contempla un máximo de ocho años de privaci libertad, y de quince años si la propaganda se hacía utilizando los medios masivos de comuni como la radio, la presa y la televisión y éste no era nuestro caso...

—Mire abogado, eso de las atenuantes puede estar bien y todo lo que a usted se le ocurra nuestra defensa, pero lo que nosotros buscamos no es un técnico en leyes para que nos reb de prisión, sino un hombre osado frente a la aberrante ley y que sea capaz de decir estas y otras muchas cosas que están reflejadas en la ley y en la Constitución y no se cumplen.

Se fue con el agotamiento del abogado que nada puede hacer para defender la verdad, del profesional que tiene que sacrificar su ética, del personaje obligado a mentir para poder sobrevivir. Me quedé con la sensación del que se queda desnudo frente a los ímpetus del fiscal que representa la más abyecta filosofía del terror y el desamor.

DESNUDOS FRENTE AL TRIBUNAL

Un día antes de la fecha de la huelga anunciada, nos trasladaron sorpresivamente para la prisión de Boniato. Así tuvo éxito nuestro plan. Lo hablábamos en alta voz para que las ratas soplonas nos denunciaran. Ellos temían que le revolviéramos la prisión de Mar Verde, la cual estaba súper repleta de presos comunes mal alimentados. Estaba todo tan tenso que en cualquier momento podía surgir una revuelta. A los carceleros no les convenía una huelga creada por prisioneros políticos, pues podría convertirse en una protesta generalizada. Por eso determinaron sacarnos de inmediato del escenario.

En Boniato estaríamos bajo el régimen penitenciario de "prisión provisional", pues aún no se nos había celebrado el juicio. Esperábamos, pero sin ninguna esperanza de absolución. Sabíamos que seríamos condenados y sólo nos quedaba poder mostrar un poco de dignidad ante los jueces, porque estábamos sin legítima defensa. Pensábamos que no sería un juicio a puertas cerradas, y que el público debía quedar convencido de nuestra justa causa. Nos preparamos para esto.

Aunque nos tenían en diferentes destacamentos buscábamos siempre alguna forma de contactarnos. Nos pasábamos mensajes, nos veíamos incluso en las visitas que nos daban una vez al mes con algunos familiares. Logré en una oportunidad hasta entrar en el destacamento número 6 que era donde tenían a Alberto Ferrándiz y a Miguel Angel Clemente, otro de los inculpados a quien no conocía y que pertenecía al grupo de Ferrándiz. Mi objetivo era hablar con ellos y atraerlos hacia esta idea de hacer un juicio fuerte para acusar a Barbatruco de traidor a los ideales de la revolución.

Alberto había mejorado su ánimo. Lo vi convencido y con menos miedos. Me había enterado ya de muchas cosas de su grupo. No era en realidad un grupo activo aún, apenas tuvieron una reunión. Hablaron de cosas diferentes sin concretar ninguna. Alguien habló de realizar sabotajes en los tendidos eléctricos y de cosas por el estilo, pero de nada que tuviera que ver con armas o explosivos.

Finalmente prevalecieron las ideas de lucha pacifista basada en la confección y distribución de propaganda para ir formando una conciencia de desobediencia civil en la población, para ir formando la clamada sociedad civil. Alberto mostró sus cuños y seguro pensaron todos que tendrían efectividad, pero no concretaron ningún plan. Ni siquiera se conocían bien entre sí.

Lo llamativo de todo era que ninguno de los otros integrantes del incipiente grupo hizo nada que infringiera la ley. Se les apresaba y procesaba sólo por haberse reunido. Algunos no calcularon bien las consecuencias de tal osadía y cuando chocaron con las rejas, les sobrevino el descontrol emocional. El caso más penoso y lamentable fue el de Clemente. El miedo le invadió totalmente y no quería podía reaccionar positivamente. Los meses de encierro en los calabozos lo habían trastornado completamente. Sería capaz de hundirse y hundir a otros, pues sus torturadores lo convencieron de que si se mostraba arrepentido ante los jueces, podría salvarse de la condena.

Clemente aseguraba que mi hijo Maurice estuvo en la reunión. Mi objetivo era hacerle desistir de esa idea, de que en el juicio declarara lo contrario o que ni siquiera lo mencionara, pues la participación de Maurice fue casual. Contra Maurice se había dictado "Acto de sobreseimiento provisional", lo que quería decir que no sería juzgado directamente en la causa, pero que quedaría pendiente para cuando se presentaran evidencias mayores en su contra. Si Clemente frente a los jueces declaraba sobre la participación de Maurice en esa reunión, el tribunal podría ordenar su detención.

Apenas pude convencer a Clemente para que midiera sus palabras con relación a mi hijo, tuve hasta que amenazarlo de que si lo mezclaba en el asunto se las tendría que ver conmigo dentro de la prisión. Este Clemente era de un temperamento fácil de sugestionar y se le podía intimidar. Así seguro lo vieron sus torturadores. Había sido un policía al servicio del régimen de Barbatruco y por circunstancias que aún no tengo claras fue expulsado del Ministerio del Interior. Al parecer estaba resentido por lo que le había sucedido y se propuso realizar su venganza pasándose a la fila de los disidentes. Su enfrentamiento al régimen se entendía como un asunto personal.

Después que lo conocí puedo asegurar que este individuo no hubiera servido nunca ni para los intereses de Barbatruco como miembro de su cuerpo represivo, pues era demasiado bonachón, más bien flemático, ni mucho menos para nuestra causa en la defensa de los derechos civiles, pues no tenía el más mínimo concepto ni la más mínima convicción política. Era como se dice un miedo con dos pies.

El día del juicio mostró de qué clase de material estaba fabricado. Pese a nuestros ruegos y amenazas declaró casi llorando su arrepentimiento y fue manejado como un títere por el fiscal y los oficiales de la seguridad, para que dijera que se había desviado y confundido en su forma de actuar por culpa de las transmisiones de Radio Martí, que se había confundido con las noticias que esta emisora transmitía hacia la isla. Demasiado preparado se vio todo.

Hablaba como si estuviera hipnotizado. Todo lo dijo tan bajito que casi ni se le escuchó ni se le entendió. El fiscal parecía conocer la clase de respuesta que Clemente le iba a dar. Su imagen era la de un hombre irremediablemente derrumbado, no porque se le hubieran roto las estructuras; sino, más bien, por carecer de ellas. Quizás a este infeliz le hicieron creer que con su actitud lastimosa y su enclenque y desnutrida figura, los jueces terminarían por perdonarlo. Muy lejos de la verdad estaba. Después de haberse arrastrado como lo hizo, la sentencia contra él fue igualmente injusta y brutal. Nueve años de privación de libertad es demasiada condena para alguien que sólo cometió el error de participar en una reunión de jóvenes desafectos. Clemente nunca pudo superar su miedo y los años de prisión los vivió como un animalillo enfermo y perdido en un basurero.

Alberto Ferrándiz sin embargo, logró sobreponerse a su crisis inicial creada por el encierro y las torturas. Lo de Alberto fue diferente, porque en él existía la inteligencia, el conocimiento y la convicción, y nos fue relativamente fácil devolverlo a la vida. En el juicio oral pudo demostrarlo y erguirse y declarar contra el principal culpable de nuestros males: Barbatruco. Éramos quince encartados arbitrariamente en el proceso. Éramos dos mujeres y trece hombres indefensos ante un tribunal compuesto por militantes del Partido Comunista, que responde exclusivamente a los intereses del poder.

Todos con la excepción de Clemente supimos defender de alguna manera nuestras convicciones. Pero quien lo hizo mejor fue Alberto Ferrándiz. Lo dijo todo, acusó al régimen, acusó a Barbatruco con mucho valor y mucha coherencia sin dar tiempo a que le interrumpieran y le mandaran a callar.

Fue un juicio esquemático donde tuvimos una sola oportunidad de declarar y ser interrogados. El fiscal era el único que hablaba y atacaba. Después los abogados decían que no tenían nada que preguntar. Es decir, que fue un juicio donde los abogados sabían que cualquier esfuerzo de la defensa sería inútil y sólo hablaron y muy poco en las conclusiones finales en las que pidieron clemencia para sus defendidos, en lugar de tolerancia y respeto a la libre expresión, a la libertad de reunión y asociación. Esto se dice y no se cree, tener que pagar por un servicio de abogados defensores que son totalmente dependientes del régimen implantado, abogados que temen perder el empleo, que tienen miedo de ser enjuiciados al utilizar palabras no gratas a los oídos del dictador. ¡Qué vergüenza!

El único abogado que se paró a hacer preguntas fue el mío y no fueron las preguntas que yo le había indicado. Este, sin embargo, fue la excepción, no porque fuera un abogado decidido a jugar su papel, sino porque yo se lo había pedido como condición del contrato.

Le había indicado algunas de las preguntas que debía hacerme para yo entonces responder y tener oportunidad de hablar. Pero muchas las omitió. También le pedí que me hiciera cualquier otra pregunta que él considerara importante para la defensa. Pero las preguntas que él seleccionó fueron de una ingenuidad pasmosa.

Me preguntó que si yo era casado, que cuántos hijos tenía, que si yo tenía antecedentes penales, que si yo había tenido alguna vez problemas en mi trabajo, etc. Estas cosas por supuesto las contesté con el esquema de un sí o un no, y frente a la pregunta de las circunstancias que me llevaron a la protesta pude explicar en síntesis mi proceso, hasta la expulsión de mi centro de trabajo por sólo expresar mi inconformidad con lo que estaba sucediendo «de ver a mi país hundiéndose cada día más por los caprichos de un sólo hombre adueñado del poder, por los caprichos de un dictador».

Hablé de mis sufrimientos, de que mi esposa, allí presente, era testigo de todo lo que yo sufría frente a la impotencia de no poder tomar parte y mucho menos decidir con mi voto y participación libre en los destinos de mi país, por no existir un Estado de Derecho, ni respeto al pensamiento, ni a la libre opinión. «No podía mostrarme indiferente porque *"ver en calma un crimen es cometerlo"* como dijo José Martí». Puntualicé que nuestra acción era justa, que era nuestro derecho, que yo era martiano, porque Martí quería una patria *"con todos y para el bien de todos"*, no con una parte del pueblo contra la otra como estaba sucediendo.

El fiscal entonces me atacó en una segunda intervención. Apenas me había dejado hablar. Se encargó de especificarme que sólo debía responderle con un sí o con un no. Sus nuevos ataques me demostraron que les había dado una fuerte estocada con mis declaraciones y tenían que neutralizar en algo el efecto que podrían haber causado mis palabras.

Quiso hacer un discurso para demostrar que la revolución me había dado estudios, la oportunidad de haber ido a una universidad, que me había dado un lugar en la sociedad como escritor y que yo con mi actitud le estaba pagando mal a la revolución, y no sólo eso, sino que además estaba influenciando en mis hijos para que conspiraran contra el sistema que me lo había dado todo.

Finalmente me hizo una pregunta sobre los años que llevaba trabajando en la televisión y dos o tres boberías más que se respondían con dos palabras y dio por terminada su intervención, dejándome con los deseos de poderles decir otras tantas cosas, sobre todo con relación a esa diatriba de que yo tenía que agradecerle mucho a la revolución.

El tribunal me mandó a sentar. Quise agregar más, pero insistió en que me sentara, porque el fiscal ya había terminado conmigo.

Miré a mi abogado situado junto a los otros abogados detrás de una larga mesa situada a mi izquierda, como pidiéndole protección y no movió ni un dedo. Me miró ligeramente y logré interpretar en su demudado rostro una señal de que debía obedecer y volver a mi asiento. Había hablado mucho, había dicho muchas cosas, pero aún me sentía con deseos de seguir defendiendo nuestra causa. Me senté porque pensé que tendría alguna otra oportunidad para decir lo que me faltaba por decir, sobre todo para replicar ese ataque de que yo había involucrado a mi hijo en la conspiración.

El banquillo de los acusados estaba situado frente al tribunal y de espaldas al público. La sala era bastante grande y estaba repleta sobre todo de militares uniformados, unos pocos familiares habían logrado entrar y ocupar los asientos. Sólo a familiares les permitieron la entrada. Pero allí estaban también dos o tres luchadores de la disidencia interna. Entre estos María Antonia, activista del Comité Nacional de Derechos Humanos a quien sólo conocía de nombre. Algunos habían quedado afuera y se amontonaban detrás de una ventana de estrechas persianas desde donde algo se podía ver y oír. Era más del medio día y un fuerte olor a sudor y a papeles viejos invadía el recinto.

El juicio estaba ya por terminar. Un caso notorio también lo fue Victor Bressler. Era el suegro de mi hijo Guillermo y tenía antecedentes penales. Había estado en prisión años atrás por lo mismo. Fue condenado en la causa número 45 de 1984 a 4 años de privación de libertad como autor de un delito de "Propaganda enemiga". Estuvo enrolado en un grupo que intentaba hacerle un atentado al hermano menor de Barbatruco, jefe del ejército, desde posiciones establecidas en su finca, por donde atravesaba la carretera que conducía a la ciudad de Guantánamo. Por ahí debía pasar el hermano con su comitiva. La arriesgada conspiración fracasó y encontraron las armas ocultas en sus tierras. Afortunadamente pudo negar esta responsabilidad, pero lo condenaron por poseer propagandas impresas contra el gobierno. Era el único reincidente del grupo y no mostró el más mínimo temor frente a las evidencias señaladas. Fue sentenciado a 12 años de privación de libertad por sólo imprimir las proclamas en un rústico equipo inventado por él.

En el grupo había también un hombre que, a pesar de su poca participación en los hechos, tenía una petición fiscal de 7 años de privación de libertad y finalmente fue condenado a 12 años. Era militante del Partido Comunista y un funcionario al servicio del gobierno en la esfera de la educación. El fiscal se ensañó con él, pues dijo que era inadmisible que un militante del partido estuviera conspirando contra el máximo líder. Con valentía José Antonio Frandín Cribe explicó ante el tribunal por qué fue que decidió luchar contra lo que defendió en los primeros años. Habló de su toma de conciencia frente a la realidad abusiva de un partido que oprimía al pueblo con una doctrina que había fracasado, habló de la falta de libertad.

El fiscal también lo atacó duramente por ser negro y haber atentado contra un gobierno que "había eliminado la discriminación racial" y le preguntó que por qué no había planteado en las reuniones del partido sus inquietudes y quejas. Frandín le respondió que sabía que no podía hacerlo, porque hubiera sido catalogado como contrarrevolucionario y lo hubieran expulsado sin remedio, que él sabía que como militante del partido sólo tendría que acatar orientaciones y órdenes y que no tenía ninguna posibilidad de disentir.

Frandín era un profesional, educado bajo las doctrinas del marxismo-leninismo, y sin embargo, había desertado y se había comprometido con la lucha pacífica de la oposición, arriesgando sus privilegios alcanzados como alto funcionario al servicio del gobierno comunista. Tenía instrucción universitaria y sabía muy bien defender sus convicciones. Él fue otro de los miembros del grupo que demostró firmeza en su actuar, al extremo de poner en peligro su vida en el afán de exigir respeto para sus ideas y su integridad física y moral.

Dos de los oficiales de la seguridad que trabajaron en el caso declararon; y uno de ellos, Juan A. Cámbara, arremetió contra mí sorpresivamente puntualizando el hecho de haber yo influenciado en la actuación de mi hijo Guillermo. Me mostré impaciente al oírlo. Los abogados hicieron sus conclusiones sin nada digno de señalar. Ni siquiera mi abogado me defendió de este ataque a pesar de que yo le había alertado sobre esto. En los interrogatorios me hicieron preguntas de este tipo, de por qué yo había involucrado a mi hijo en el asunto. Siempre les di una respuesta adecuada.

Mi abogado más bien se mostró tímido al hablar y dijo entre otras cosas que él estaba identificado con el proceso de la revolución y que él era un militante del Partido Comunista. ¡Qué bochorno! Estaba cagado de miedo, se estaba limpiando descaradamente antes de iniciar su trabajo en nuestra defensa.

De nada me valió el haberlo aleccionado sobre las cosas que yo necesitaba que dijera. Fue un cobarde al actuar, porque sé que su posición era contraria a las violaciones que se cometían. Quizás deba estarse arrepintiendo hoy día de no haber jugado un mejor papel. Al menos me hizo una visita antes del juicio, porque los otros abogados ni siquiera visitaron o hablaron con sus defendidos. Al menos pude conversar con él de algunas cosas. Los demás abogados les vieron la cara por primera vez a sus clientes el mismo día del juicio. Fueron allí a improvisar, a jugar un papel para el que no se habían documentado. Sencillamente no mostraron compromiso con la defensa de sus clientes ni con la verdad. Estaban aterrados.

Ninguno hizo o dijo nada osado ni arriesgado para tratar de defendernos. Puros esquemas expresivos que desdicen de sus actuaciones en defensa, al menos, de la ética profesional. No nos sorprendimos por ello, esperábamos resignados algo así, porque es una vergüenza la jurisprudencia en nuestra isla.

Ellos fueron: Lic. Judith Garbey Bisset representando a Luis Alberto Ferrándiz Alfaro; Lic. Ibrahím Zambrano Sigüenza representando a Moisés Raúl Cintra Pacheco, a Rodolfo Molina Franco, a Miguel Angel Clemente Gómez, a Douglas Trobajo Casín, a Victor Bressler Villasán y a Emilio Bressler Cisneros; Lic. Deisy Sánchez Binent, representando a Xiomara Aliat Collado; Lic. Rolando Martí Díaz representando a Cecilio Sambra Haber y a Guillermo Sambra Ferrándiz; Lic. Marcelino Vera Cruz representando a Eduardo Rafael Ceiro Rodriguez, a José Antonio Frandín Cribe y a Samuel Marzo Clemente; Lic. Pablo A. Pérez Guzmán representando a Casto Sorribes Benítez; Lic. Omar Jiménez Babastro representando a Ernestina González Sánchez. De estos seis "abogados defensores" el que mejor papel jugó fue el Lic. Marcelino Vera Cruz quien pareció querer ir un poco más allá de la cosa técnica en sus alegaciones, pero también estuvo por debajo de lo que se esperaba de un abogado defensor.

En las conclusiones finales, el fiscal se mantuvo en sus peticiones y después de un discurso ofensivo y absurdo donde citó el código penal de México del año 30 para justificar como algo internacional el delito de rebelión, por el cual se nos condenaba, terminó por atacarme duramente calificando como algo criminal el hecho de que yo como padre desviara la conducta de mi hijo hacia la subversión y que por lo tanto merecía un castigo mayor.

Ya veía que el juicio se estaba terminando y que no tendría otra ocasión para hablar. Entonces comencé a levantar insistentemente la mano para pedir la palabra. Finalmente el tribunal me la concedió con la advertencia de que sólo podría usarla si era para agregar algo nuevo. Les dije que sí, que eran cosas que se me quedaban por agregar. Quise dar unos pasos para pararme frente al tribunal como en mi intervención anterior, pero la presidente Magaly Vaquero me dijo que hablara desde el mismo banquillo de los acusados. Entonces tuve que alzar un poco más la voz para que me pudiera oír.

En pocas palabras dije que mi hijo como joven tenía el derecho de actuar según sus ideas, que si en algo había yo influenciado en él era sobre las mejores conductas y conceptos humanos, que como intelectual sabía muy bien cómo educar a mis hijos, pero que, sin embargo, lo exoneraba de cualquier responsabilidad, pues reconocía haber sido yo quien lo había convocado a la lucha por la defensa de sus propios derechos.

Pero que esto no era ningún crimen como han querido señalar el Sr. fiscal y el oficial de la seguridad. «Esto no puede quedar sin respuesta, porque esas abusivas palabras están influenciando negativamente a los aquí presentes y en los miembros de este tribunal. ¿Dónde está el crimen? Yo no le dije a mi hijo vamos a robar ni vamos a matar, yo sólo le dije con todo derecho, ¡vamos hijo a luchar por la libertad de nuestro país, por nuestra libertad!, tal y como han hecho otros padres con sus hijos en la historia, tal y como hizo Mariana Grajales con sus hijos, tal y como hicieron Carlos Manuel de Céspedes, Máximo Gómez, Emilio Bacardí y otros patriotas con sus hijos y familiares que han luchado y hasta muerto por la libertad y la independencia de la nación, que han luchado y ...»

Entonces la presidenta del tribunal me interrumpió.

—Acusado... Acusado... ¿Es que acaso usted se quiere comparar con estos héroes de la patria...?

—No —grité desesperado—, sólo me estoy comparando como padre que soy para demostrar que mi actitud no puede ser catalogada como un crimen. Ahí está el ejemplo de familias enteras que fueron a la lucha como la familia Loinaz del Castillo. Esto que hicimos lo puede hacer cualquiera con su legítimo derecho...

La presidenta interrumpió nuevamente, esta vez dando campanazos sobre el buró, porque la gente murmuraba para romper el orden.

—El juicio ha terminado y queda concluso para sentencia.

—Señora presidente, aún no he terminado con mis declaraciones, todavía no he dicho todo lo que tengo que decir...

—El juicio ya terminó —gritó frenética mientras se ponía de pie—, lo que quiera agregar me lo dice en mi oficina.

—Pues se lo digo en su oficina.

El tribunal abandonó el salón por una puerta lateral pegada al estrado. Todos se pusieron de pie. El alboroto fue grande. Inmediatamente los guardianes se abalanzaron sobre nosotros para esposarnos y sacarnos del local.

Me negué, y pedí que me llevaran a la oficina de la presidenta, que ellos oyeron bien cuando lo dijo. Entonces fueron a preguntarle y me llevaron esposado ante ella.

Se aglomeraban en los pasillos las gentes que no habían podido entrar a la sala. Pero abrieron paso. Pude ver la cara de mi esposa totalmente aterrada y a otros miembros de mi familia que habían asistido que no pudieron entrar al gran salón porque todo estaba ocupado. Allí estaba también un amigo de la UNEAC, un fotógrafo profesional, Gerardo Gutiérrez, largo, negro, circunspecto, pero sin su cámara fotográfica. Me imagino que no se la dejarían pasar y quizás ni siquiera lo habría intentado, porque lo tenían prohibido. La mayoría de estos "fotógrafos" pasan menos riesgos fotografiando paisajes o manifestaciones convocadas por el régimen. Ni siquiera para conservarla como recuerdo personal me hubiera podido tomar una foto.

Los guardianes me cubrían y apartaban al público con brusquedad hasta que me entraron en la oficina. La presidenta me esperaba de pie, detrás de su buró.

—Diga ahora lo que quiera decir —dijo con algo de altanería.

—Sé que lo que diga aquí no tendrá mucho valor. ¿Por qué no me dejó hablar en el juicio?

—Porque usted quería utilizarlo como tribuna para revolver a la gente.

—Usted sabe que tengo derecho a declarar, porque estoy siendo procesado por mis ideas y esto no es delito.

—Bueno diga lo que tiene que decir que no tengo mucho tiempo.

Más que altanera se mostraba despectiva. Su duro rostro, su piel canela, su posición de presidente, su carnet del partido, le daban esa presunción y se aprovechaba de eso.

—Quiero que usted tenga sólo claro que no es un crimen lo que ha querido hacer ver el fiscal en mi contra y que ni siquiera es un agravante. Y no lo digo para que me rebaje años de prisión, porque "me da lo mismo ocho que ochenta". Le digo esto para que sepa que conozco muchos ejemplos históricos que me justifican y le puedo decir más, que un padre como Emilio Bacardí le pidió en una carta a su hijo que quería verlo *"luchar por la libertad de la nación bajo el mando de Antonio Maceo"* y el hijo luchó por convicción y por complacer a su padre. Usted sabe que esto es muy humano. Sin embargo, si con mi declaración puedo salvar a mi hijo de la prisión, le pido que me vea a mí sólo como máximo responsable de su actuación y que no dude en sumarme a mí la condena que a él le quite.

—¿Ya terminó?

—Ya terminé y espero que me haya entendido. Usted es un militante del Partido Comunista y no tendrá otra opción que condenarnos, aunque quizás entienda lo contrario.

Ni siquiera hizo ademán de responderme, pero descubrí que me había entendido. Los guardianes me sacaron nuevamente al pasillo y me unieron al grupo que habían metido en una celda. Nos llevaron inmediatamente a los carros jaulas que estaban a la entrada del edificio. Había un gran despliegue policial, un gran alboroto en los pasillos y en el exterior; sin embargo, ninguna noticia de esto saldría en la prensa. Estos temas son vedados para el periodismo oficial. Sólo los periodistas independientes, arriesgando sus vidas, reportarían la noticia al extranjero. Nos querían sumergir en el silencio a toda costa y querían con ello intimidar a los demás. No obstante me sentía bien espiritualmente, sentía que al menos me había desahogado y me mostré sonriente. Mis familiares y amigos pudieron verme siempre así, lleno de optimismo y confianza en mí mismo.

Cuando salimos al exterior, mucho público nos estaba esperando en la calle para saludarnos con gestos amigables y hasta con signos solidarios de victoria. Yo saludaba a pesar de que nos lo tenían prohibido. Íbamos de dos en dos esposados por una mano y con la otra, hacía la V de la victoria. Los demás hacían lo mismo. No éramos héroes, pero habíamos dado una buena lección de dignidad. Muchos nos miraban con respeto y admiración. Al menos éramos un ejemplo que los esbirros del régimen querían ocultar. Cualquier cosa que se haga para protestar siempre será más digno que el silencio. Esta misma idea me acompañaría siempre durante los años que pasé en la prisión y me hizo cosechar buenos resultados.

CAPÍTULO IX

EL FUSIL DEL TIRANO MAYOR

Cosa extraña. No hubo ningún guardia que lo interceptara. El hospitalito estaba repleto y las rejas continuaban abiertas. Ni siquiera había enfermeras en los alrededores. Era como una expresa invitación para que Ismael saliera. Mientras caminaba repasaba los últimos acontecimientos a pesar de su debilidad. Después del derrumbe del comunismo, el tirano mayor estuvo mucho tiempo sin hablar en público. Era adicto a los aplausos y a los largos discursos. Finalmente apareció para lanzar la consigna de "Socialismo o muerte". Al parecer su rabieta no lo dejaba hablar o quizás temía que le pasara lo mismo que al dictador rumano Nicolae Ceausescu, y a su esposa y mano derecha, Elena, quienes fueron abucheados en la plaza, y ejecutados después de un juicio sumarísimo ante un tribunal militar. "Fueron pasados por las armas tras una sentencia condenatoria por delitos de genocidio, demolición del Estado y acciones armadas contra el Estado y el pueblo, destrucción de bienes materiales y espirituales, destrucción de la economía nacional y evasión de mil millones de dólares hacia bancos extranjeros." En la prensa internacional se apuntó que "las imágenes del mitin transmitido por la televisión, son ya parte de la historia de la caída de un tirano cuyo hundimiento ha producido un baño de sangre en Rumanía sin precedentes en la posguerra europea."

El tirano mayor, podía haber sido procesado por esos mismos delitos y por muchos más. Pero tomó sus precauciones, porque no se bastó con lanzar la redundante consigna, sino que hizo desfilar por toda la isla una caravana con su fusil de mirilla telescópica. Los militares tenían que saludar el arma como si saludaran a un jefe militar.

Se trataba del fusil que había utilizado durante su guerra de guerrilla, según anunciaron los medios oficialistas. El objetivo era intimidatorio. Pero también exploratorio para medir las reacciones. En realidad esto aclaraba un poco más las cosas, porque explicaba el hecho del por qué nunca el tirano mayor fue alcanzado por una bala enemiga.

Lógico, pues nunca mostró el cuerpo en el combate, pues se la pasó en la retaguardia disparando con su fusil de mirilla telescópica como un "franco tirador" que para divertirse mata liebres a mansalva. El uso de esta arma más bien demostraba su espíritu criminal. Siempre le disparó al enemigo a gran distancia, a sangre fría, porque así es como se dispara con un rifle con mirilla telescópica, para practicar la puntería. Él mismo confesó que en el ataque al cuartel del Uvero, donde murieron muchos de sus hombres de la vanguardia, hizo el primer disparo con su fusil para desactivar la radio. ¡Qué desfachatez!

Ni un sólo rasguño se hizo el tirano mayor. Sus más cercanos colaboradores como el comandante Huber Matos, dijeron que nunca participó a la vanguardia de ningún combate. Las

29 heridas de bala que recibió Antonio Maceo, son las que hablan de la osadía de este héroe de la Guerra de Independencia.

Ismael lo analizaba así, y éste fue su gran descubrimiento. Ése fue el mensaje que recibió cuando se topó con la caravana que pasaba frente a él, en la avenida Garzón, una de las más céntricas de la ciudad. El absurdo desfile del absurdo fusil lo sorprendió. Este anacrónico desfile fue una muestra de prepotencia, una muestra de que el líder convertido en tirano, nunca participó realmente en el combate. Su objetivo número uno fue proteger su pellejo, mientras sus hombres entregaban la vida en las más arriesgadas posiciones. Así pasó en el asalto al Moncada y así durante toda la guerra. Ismael lo analizaba así. En una entrevista que le hizo a Mario Chanes de Armas, el preso político más antiguo del mundo, éste le confesó que cuando huían por el monte después de la derrota del Moncada, el tirano mayor le pidió que se entregara para salvarlo a él que era salvar la revolución. Su egocentrismo mezclado con su cobardía no tuvo límites.

Si José Martí, el líder de la Guerra de Independencia, hubiera salido a combatir en la última fila, hubiera llegado vivo a la victoria. Martí no fue un militar, no tenía ni entrenamiento ni vocación para serlo. Por eso fue herido de muerte en su primer combate. Pero como dijo "a la hora de montar monto", cumplió, y fue al combate como uno más. Esta es la verdadera dimensión del héroe.

Ismael no pudo ocultar su indignación pensando en estas cosas, al ver como las sirenas de los motores patrulleros encabezaban el infausto y azaroso desfile ante las miradas atónitas de los circunstanciales transeúntes. Parecía más bien una marcha fúnebre donde nadie aplaudía, donde nadie sonreía, donde nadie celebraba, pues era como un símbolo de la misma muerte asaltando los angustiados corazones, y enrareciendo más la atmósfera de guerra que siempre gravitó en toda la isla desde que el tirano mayor tomó el poder con la idea de eternizarse en él.

Ismael regresó nuevamente a su cubículo sin que ningún guardia lo interceptara. Todas estas ideas giraban en su cabeza. «Esto me duele mucho», murmuró. Son las angustias del silencio sumadas al trato abusivo que recibía. Todo era incierto. «La vida no tiene valor cuando se vive en la mentira», concluyó. Sus compañeros de causa quedaban atrás, después de la inesperada reunión, en el otro pabellón, con la misma incertidumbre del comienzo. Pero habían acordado continuar la protesta hasta vencer. ¿Qué más podría pasar?

Nadie lo vio salir de su cubículo, nadie lo vio regresar. Todas las camas estaban ocupadas. Cuando regresó le pareció que todos los enfermos dormían o aparentaban estar dormidos a pesar de que era aún de día. Colgó la botella de suero en el soporte y mientras reflexionaba sobre sus decepciones, sobre los abusos que su generación había vivido y que finalmente lo empujaron a la rebelión, se quedó dormido. Se sentía muy extenuado. Su consunción se aceleraba y lo mantenía siempre como en un letargo que lo hacía flotar y repasar una y otra vez los avatares de su vida. Sufría mucho, pero apenas había comenzado su martirio.

CHOQUES EN LA PRISIÓN

La Prisión de Boniato es considerada de máxima seguridad. Históricamente ha sido la prisión que ha utilizado el régimen de Barbatruco para internar a los prisioneros políticos. Está ubicada en las afueras de Santiago a unos doce kilómetros. Consta de cinco grandes edificios de dos pisos cada uno, dispuestos paralelamente y atravesados por el mismo centro por un largo pasillo exterior que los comunica perpendicularmente con otro edificio más pequeño donde se encuentran las oficinas y la recepción. En cada edificio hay cuatro destacamentos con salidas al pasillo exterior central. Cada destacamento tiene más de cuarenta celdas individuales, excepto los del primer edificio donde las celdas son más amplias, diseñadas originalmente para dos reclusos. Los edificios estaban separados por grandes espacios que hacían la función de patios donde a veces sacaban a los prisioneros a tomar el sol.

Desde que la prisión fue construida en los años 40, nunca fue ocupada en toda su capacidad. Sin embargo, bajo el gobierno de Barbatruco[18], no sólo se llenó, sino que se desbordó. Internaba cinco veces más reclusos que lo que admitía su diseño original.

En las celdas individuales —de metro y medio de ancho por tres de largo—, colocaron literas de tres camas y en las celdas para dos —de dos metros y medio por cuatro—, fueron colocadas cuatro literas de tres camas. En total más de tres mil prisioneros entre políticos y comunes malvivían en perenne hacinamiento y con falta de las más elementales condiciones higiénicas y de alimentación.

A veces se llenaba tanto que los reclusos tenían que dormir en los pasillos o tirados en el piso dentro de las mismas celdas, entre las literas. Las enfermedades abundaban e iban desde las llamadas venéreas hasta las virales, pasando por las neuritis que vuelven inválidos y ciegos a los afectados. Esta enfermedad es motivada fundamentalmente por la desnutrición o mal nutrición. En el hospitalito de la prisión no cabían los enfermos.

Bajo condiciones infrahumanas llevé la vida. Nunca pensé en la muerte; pero, dado mis problemas de salud, supe que en cualquier momento me sorprendería. Viví siempre con esperanzas y me propuse ocupar el tiempo con la mejor medicina natural. Desde el primer día hasta el último, la prisión fue para mí un nuevo campo de batalla y de estudio. Se me iban las horas leyendo y escribiendo.

Empecé en el destacamento número 9 junto con mi hijo Guillermo. Fuimos muy buenos compañeros de celda y de lucha. Estábamos decididos a cumplir con la disciplina penitenciaria, pero sin que se vieran afectados nuestros principios. Nos sentíamos mejor, pero el primer choque lo tuvimos cuando nos cambiaron la ropa de civil por el uniforme gris oscuro, casi negro, que era el designado para el preso común. El uniforme amarillo que nos habían dado en los calabozos de Versalles nos lo quitaron a la salida.

Después supimos que estos uniformes amarillos eran los usados por los primeros presos políticos creados por el régimen. Éstos eran overoles de uso, casi desteñidos, pero que lucían más elegantes y tenían mejor significado, porque nos diferenciaban de los comunes. No tuvimos otra alternativa que ponernos los uniformes grises, pues así lo exigía el nuevo reglamento.

El otro choque fue cuando nos vimos mezclados y conviviendo con los presos comunes que habían cometido violaciones, robos y asesinatos. Es decir, íbamos pensando que nos tendrían a todos

---

[18] Barbatruco construyó muchas prisiones, porque estas no daban abasto para los más de 125 mil prisioneros encarcelados por delitos comunes y políticos. Antes de 1959, existían solo 14 prisiones y unos 200 centros de detenciones. Bajo su régimen aumentaron a más de 600. A pesar del incremento vertiginoso, el hacinamiento era brutal.

los prisioneros políticos en un mismo destacamento; pero no fue así, sino que nos distribuyeron y mezclaron con toda intención entre los 20 destacamentos de la prisión. Estas eran señales directas de que no se tomarían en cuenta las diferencias.

Cuando Barbatruco y su grupo fueron puesto en prisión bajo el régimen del dictador Fulgencio Batista, después del ataque al cuartel Moncada, todos pudieron gozar de muchos privilegios entre los que se contaba el de convivir todos juntos en un salón del hospital del Presidio Modelo, en Isla de Pinos. Estos prisioneros, después de ser juzgados y condenados a irrisorios años de privación de libertad, fueron respetados en sus derechos ciudadanos y fueron tratados con benevolencia en todo momento. Sin embargo, bajo el régimen de Barbatruco, sus opositores cumplieron largas condenas por "delitos" de mucho menos envergadura que los de asaltar un cuartel militar,

Él mismo escribió cartas desde la prisión en las que decía que estaba disfrutando de sus mejores años. Ese bienestar que él sintió en sus 20 meses de presidio, pues gozó además de una amnistía que lo libró de cumplir los 15 años de su sanción, se lo negó a sus oponentes encarcelados. Todo lo contrario. Su objetivo era ser "cruel y despiadado con sus enemigos", como escribió después de citar a Marx y a Lenin, y que pasaran tras las rejas los años más negros de la vida. Era su forma mezquina de pagar el buen trato que recibió. Era su venganza y su odio congénito a todo tren.

Baste decir que su régimen creó al preso político más antiguo del mundo: Mario Chanes de Armas, quien llegó a cumplir 30 años de encierro de los treinta a que fue condenado. Otros han cumplido entre 20 y 28 años y para ellos nunca hubo siquiera libertad condicional. Ya hemos mencionado el caso del comandante de la revolución Huber Matos, condenado a 20 años de prisión por desenmascarar las ideas comunistas de Barbatruco. Muchos más ejemplos significativos pudiéramos citar de ésos que lograron escapar de ser ejecutados por un pelotón de fusilamiento.

En el destacamento nos tenían mezclados con los prisioneros que habían sido ya sancionados y con muchos reincidentes en los mismos delitos. Desde allí empezamos a sufrir los primeros envistes de los represores. Según el régimen penitenciario, debíamos estar ubicados en el destacamento número 6 donde estaban los prisioneros pendientes de juicio o concluso para sentencia. Sin embargo, desde el principio se violaron estos reglamentos y se nos llevó a vivir junto a delincuentes sumamente peligrosos. Ningún tribunal o fiscalía hubiera sido capaz de velar porque se cumplieran los reglamentos y se sancionaran las violaciones.

La conducta y la sicología del preso ya condenado eran muy diferentes a la del preso que aún estaba pendiente de un proceso judicial, pues siempre quedaba en éstos una esperanza de absolución. El que está ya condenado y el reincidente viven una vida acomodada a las depravaciones y vicios que inundan la prisión. Los pendientes y primarios pagaban la novatada y tenían que doblegarse casi siempre a los que ya conocían el terreno y habían construido sus propias trincheras de defensas y ataques.

Afortunadamente nos encontramos con otros dos prisioneros políticos que inmediatamente trataron de orientarnos. Uno fue el ya mencionado Luis Lamote (alias el Carbonero) condenado a 14 años por escribir con un carbón letreros anti-Barbatruco en las paredes, y el otro fue Pedro Benito Rodríguez condenado a 18 años por los delitos de "Propaganda enemiga" y "Daños a la economía de la nación"; es decir, por haber regado algunas propagandas y haber quemado un campo de caña de azúcar. Así se ensañaba el dictador con sus opositores, con excesivas condenas y total descrédito. Éramos lo peor de la sociedad, una basura más en el basurero y como tal debíamos ser tratados.

NUESTRO SEGUNDO RETO

Vivir entre presos comunes fue nuestro primer reto, pues esto formaba parte del castigo. El segundo reto fue el de estar custodiados por represores al servicio del Ministerio del Interior y el ejército, muchos de ellos con fama de ser muy crueles con los prisioneros.

Cuando entramos a la prisión de Boniato el teniente Galindo, un blanco demasiado blanco, de cara redonda, alto y fuerte, nos recibió con esta frase: «Acaban de llegar a Boniato así que vayan preparándose para lo que viene». Él no sabía cómo diferenciarnos dentro del grupo que esperábamos para ser ubicados. Habíamos viajado todos mezclados en los carros-jaulas desde la prisión de Mar Verde. En definitiva para él éramos lo mismo: prisioneros, carne fresca y apetitosa para ser devorados.

El mismo Barbatruco manifestaba cínicamente en entrevistas y discursos que en el país no había presos políticos y nos llamaba presos CR; es decir, presos contrarrevolucionarios, enemigos de la patria. Es indignante oír tan descarada tergiversación de la realidad. Para los fanáticos del régimen —y allí los había—, seríamos el blanco principal de sus ataques y el bocado predilecto de sus comidas. Fuimos conociendo poco a poco a cada uno de los esbirros de la represión institucionalizada.

A nuestro destacamento entraba a menudo, con un trozo de palo gordo y recio en las manos, el teniente Silva que era jefe de la sección formado por cuatro destacamentos en el mismo edificio. El teniente Silva tenía fama de golpear salvajemente con el palo a los presos que no les simpatizaban. Todos se mostraban temerosos con su presencia. Era de regular estatura, de piel cobriza. Algunos mechones de canas le moteaban el pelo negro y lacio. Físicamente muy fuerte. Usaba espejuelos oscuros y caminaba con prepotencia y altanería haciendo chocar el palo de guayabo contra el granito pulido de los pasillos.

Un día pude presenciar la golpiza que le daba a un prisionero. Era un negrito encorvado de tan delgado que era, que estaba pidiendo detrás de las rejas del pasillo que lo llevaran al médico, pues se sentía muy enfermo. Yo estaba pegado al enrejado que separaba el patio, al lado opuesto del pasillo central. El negrito cansado de suplicar dijo de pronto.

—Por eso es que los presos se están muriendo aquí y me voy a quejar al coronel.

El teniente Silva estaba conversando, con otro guardián de menor jerarquía. Al parecer, cualquier asunto era más importante que el preso enfermo. Por eso trataba de no prestarle atención a los urgentes reclamos de atención médica. Pero cuando el teniente oyó la frase retadora, abrió la reja y sacó al enfermo a empellones. Allí mismo, delante de todos, le cayó a palos. Le dio tantos palos, patadas y trompones, que si el otro guardián no lo para a tiempo, lo hubiera matado.

Yo no pude contenerme frente al abuso y le grité para que detuviera de inmediato la golpiza. Otros presos trataron de disuadirme diciéndome que dejara eso, porque el teniente la podría emprender conmigo también. Afortunadamente intervinieron otros y al muchacho se lo llevaron para el hospital con urgencia para poderle curar además las heridas sangrantes a causa de la golpiza. Ya hacía pocos meses que yo estaba allí y de alguna manera este teniente me conocía bien desde la primera visita que me dieron con mis familiares cuando me negué a ponerme pantalones largos para asistir al público, tal y como me estaban exigiendo. Éste fue mi primer choque directo con los represores. Nadie me auguraba poder ganar esta pelea. Pero peleamos.

PANTALONES CORTOS Y MENTES ESTRECHAS

Sabíamos que teníamos la razón y sobre esa base actuábamos dispuestos a no permitir humillaciones. Como aún estábamos pendiente de sanción, las visitas con familiares nos tocaban cada 21 días y los "pabellones conyugales" con la esposa cada dos meses. Resultaba contradictorio que el gendarme que nos fue a buscar para llevarnos al público, nos exigiera usar pantalones largos. «De lo contrario no pueden salir a la visita», dijo. ¿Cómo eran posibles estas exigencias si sólo nos habían dado una muda de ropa: un pantalón corto y una camisa sin mangas.

El guardián nos sugirió que pidiéramos un pantalón largo prestado a cualquiera de los otros presos que lo tuviera. Nosotros nos negamos y exigimos que así como estábamos debíamos asistir a la visita, porque ése era el uniforme que nos habían dado.

Acudimos al mismo teniente Silva para que atendiera nuestro caso, pero no tuvimos éxito alguno. Entonces frente a nuestra negativa determinaron quitarnos la visita. Hablamos con otro oficial que pasaba por el pasillo central. Era el capitán Reynaldo Ramírez Maceo, jefe del orden interior, el cual también tenía fama de abusador. Era un jabao estirado, con una piel cobriza llena de pecas bien oscuras en su cara y en su cuello, que quería aparentar educación, cuando en realidad se le veía la costura de la ignorancia sólo con abrir la boca. Sin embargo, sorpresivamente nos prestó atención.

Al parecer entendió nuestros razonamientos. No era cosa de pelearse con nosotros por un asunto tan evidentemente a nuestro favor. Era imposible salir con pantalones largos si sólo nos habían dado pantalones cortos. ¡Ni que fuéramos magos!

Después de un rato, que al parecer usó para consultar niveles superiores, un guardián nos vino a buscar para llevarnos al salón. Perdimos una hora en aquel jaleo hasta que por fin vencimos. Éramos los primeros que salíamos en shorts al público en la prisión de Boniato, pero después de este encontronazo, no seríamos los únicos. Otros prisioneros hicieron lo mismo.

La realidad imponía un cambio en los reglamentos. Nuestra protesta resultó. Tiempo después aquello se convirtió en la generalidad, y la mayoría salía en shorts a las visitas sin que nadie los detuviera. Las escaseces de todo tipo invadían la prisión. La escasez de telas para hacer los uniformes cada vez era mayor y por eso habían adoptado la medida de fabricar pantalones cortos y camisas sin mangas. Así ahorraban tela.

El otro problema lo enfrentamos cuando llegó la hora de finalizar la visita. Sólo habíamos tenido media hora de las dos que nos daban, y querían sacarnos del salón. Nos quejamos. Debían darnos al menos un tiempo más para comernos la comida que nos llevaba el familiar. Tuvimos suerte, nos dejaron un rato más en el salón. La verdad siempre triunfa por más que se le pongan obstáculos en el camino. Ellos querían hacernos daño, castigarnos, pero entre ellos mismos se temen y nadie quiere pagar las culpas frente a las reclamaciones. Ya sabían que estaríamos dispuestos siempre a exigir nuestros derechos. Aprendí rápidamente como manejarlos y ponerlos a chocar unos contra otros.

Habíamos cambiado el reglamento del penal con nuestra lógica protesta. Las cosas cambiaron, sobre todo después que hicimos llegar una carta al coronel Israel Cobas Duzú director de la prisión. En la carta le explicábamos lo que nos había sucedido y le reclamábamos además por otro incidente ocurrido con el "pabellón conyugal" el cual no pudimos obtenerlo en la fecha que se nos había señalado y nuestras esposas tuvieron que retirarse, porque «no hay ni capacidad ni tiempo para más», dijeron.

En la carta nos quejábamos de la siguiente manera: "¿Es que no se pudo prever esto con antelación a pesar de las listas que se confeccionan o se poseen en los archivos de este penal, sobre todo para que nuestras esposas no sufran estas incomodidades de última hora? Ellas se nos quejaron del tratamiento recibido. Tenga en consideración, además, que nuestros familiares conservan aún intactos todos sus derechos civiles y constitucionales. No deje usted que estas cosas pasen para hacer mucho más penoso nuestro injusto encierro", (Sic. Archivo personal) Esta carta la firmamos mi hijo y yo el 13 de mayo de 1993. Esta carta nos traería graves problemas.

La mayoría de los gendarmes o guardianes de la prisión tenían muy bajo nivel escolar y cultural. Esto los hacía más incomprensibles y crueles, pero al mismo tiempo nos daba cierta ventaja y superioridad y lo supimos aprovechar. Nos veían constantemente leyendo, estudiando, escribiendo.

Aunque llevábamos las mismas ropas que los presos comunes, nos diferenciábamos de todas maneras. Los comunes se las pasaban matando el tiempo en juegos de damas, barajas y dados para entretenerse o para ganarse la vida en las apuestas. Nadie podía poseer dinero. Estaba prohibido. Las monedas eran el cigarro y el azúcar. Las cosas se compraban y vendían por cigarros o vasos de azúcar prieta. El tráfico era constante.

Los hechos de sangre surgían también a causa de los negocios, los robos, el hambre, el sexo, el juego y las drogas. Las drogas también se vendían, sobre todo las pastillas sedantes. Las traficaban los mismos presos que trabajaban en el hospital, muchas veces en combinación con los guardianes. También los militares y los familiares de algunos prisioneros contribuían al tráfico introduciendo la mariguana y otros estupefacientes.

Las requisas eran constantes y minuciosas. Los asaltos nocturnos de los gendarmes eran sorpresivos. Alguien denunciaba que se estaba jugando o consumiendo drogas (casi siempre se hacían estas dos cosas al mismo tiempo), entonces los guardianes entraban por sorpresa al destacamento y repartían palos a derecha y a izquierda entre los sorprendidos jugadores. Los golpes, las amenazas y las celdas de castigo eran insuficientes para controlar a los enviciados y corruptos prisioneros. Los represores tenían informantes entre los presos de cada destacamento y esto les facilitaba el trabajo, pero aun así los presos seguían haciendo lo que estaba prohibido y les pagaban a algunos para que vigilaran mientras hacían de las suyas.

Nosotros preferíamos permanecer dentro de nuestra celda a pesar de la falta de iluminación. Dependíamos de una sola luz que alumbraba pobremente el pasillo. No tenían ni siquiera bombillos que poner para mejorar el alumbrado y controlar las depravaciones. Querían ahorrar electricidad a costa de la sangre. Cuando ocurría un "apagón" —y éstos eran cada vez más frecuentes—, estábamos hasta noches enteras sin luz, porque ni siquiera la planta eléctrica de emergencia funcionaba por falta de petróleo o rotura del equipo. En estas situaciones infrahumanas el maléfico recinto se nos hacía cada vez más infernal.

LA CELDA MUSEO DEL COMEDIANTE EN JEFE

A los pocos días de haberle hecho llegar nuestra carta al jefe de la prisión, nos llegó la respuesta. Llegaron dos guardianes al destacamento con la orden de trasladarme para otro lugar. Separarme de mi hijo era la intención. Cuando pregunté por él, me dijeron que sólo tenían la orden de trasladarme a mí. Me negué a salir y me advirtieron que lo harían a la fuerza. Mi hijo me sugirió que aceptara. Recogí mis cosas con la esperanza de que todo se arreglaría.

Me ubicaron en el destacamento número 3, en la segunda planta del primer edificio. También allí había reincidentes, pero la mayoría eran presos primarios como yo. Las celdas eran más grandes y me tocó vivir en una de las que tenían cuatro literas de tres camas cada una. En total éramos doce y me tenían una cama de abajo ya reservada, pegada a la gran reja que lindaba con el amplio pasillo central.

Casi frente a mi celda estaba la celda donde estuvo confinado Barbatruco después de su asalto armado al cuartel militar de la ciudad. Esa celda no estaba ocupada por nadie. Allí había un gavetero pequeño y una cama vacía que supuestamente había usado el egregio asesino capturado y sentenciado. También había una bandera junto a su fotografía colgada en la pared. Habían convertido la celda en un museo. ¡Qué comodidad! Él solito en una celda del mismo tamaño que la nuestra donde dormíamos 12 prisioneros y algunos de estos condenados por asesinato. Un mulato alto, de cejas gruesas y poco hablar, que había matado con un cuchillo a su mujer y a su suegro y herido de gravedad a su suegra, me creó, desde el principio, serias dificultades de convivencia.

En el frente de la celda-museo habían colocado una tarja bronceada con las indicaciones pertinentes sobre el significativo lugar. Éste era frecuentemente visitado por altos oficiales del ejército y funcionarios del Partido Comunista. En esos momentos no podíamos ni asomar la cabeza al pasillo, pero yo lo hacía con bastante discreción y veía a estos lacayos del régimen frente a la celda en posición de firme, saludando militarmente, como si estuvieran frente al Comediante en jefe del ejército; es decir, frente al susodicho Barbatruco.

Era todo puro teatro, porque los visitantes creían que estaban frente a los objetos utilizados por él en los días que estuvo allí recluido. A ninguno le decían que ya hacía más de un año que el preso político Jesús Chambert (alias Chemba) en un acto de rebeldía y protesta le prendió candela a todo y que a causa de su suicida acción fue golpeado brutalmente y desterrado a Kilo 8, una prisión de máxima severidad.

Los presos me hicieron la anécdota. Fue un verdadero espectáculo sobre todo cuando se quemó la cama con su colchoneta de lana. Así que si en algún momento fue realidad la exhibición de objetos usados por el aludido personaje, las cosas cambiaron después. Lo que se exhibía perteneció a cualquier otro prisionero, quizás a un violador de niños, y no a Barbatruco.

Los militares que visitaban la celda-museo para saludar militarmente los símbolos del Comediante en jefe, estaban haciendo sencillamente el ridículo, y los prisioneros lo sabían y se burlaban constantemente de tales payasadas. A ese extremo llegaba el fanatismo de los lacayos comunistas, a hacer culto a la personalidad del líder a través de objetos falsos que ni siquiera fueron usados por él.

Los altos oficiales del ejército y el partido programaban constantemente estas visitas a la celda del Comediante, visitas que molestaban mucho, porque nos obligaban a permanecer encerrados en nuestras celdas todo el tiempo en que los visitantes hacían sus teatrales reverencias y juramentos de fidelidad. Esta también era una forma de adoctrinamiento político, de "culto a la personalidad" del líder ya convertido en histriónico y malévolo dictador.

PRIMERA HUELGA

La separación de mi hijo me parecía una sanción adicional. Aunque habían mejorado en algo mis condiciones carcelarias, me sentía muy mal pensando que mi hijo estaba peor, porque lo habían trasladado a él también, pero para un destacamento de delincuentes multireincidentes.

Cuando vi que pasaban los días sin que atendieran mis reclamaciones, me puse de acuerdo con él y decidimos hacer una huelga de hambre para que nos unieran. Durante la huelga nos pasábamos el día en la cama y no asistíamos a ninguno de los tres recuentos ni a nada. Una protesta es una protesta. Por otro lado, para la comida que nos estaban dando era hasta mejor no comerla por lo mala que estaba en todos los sentidos. Sólo tomábamos pequeños sorbos de agua.

Sabía los riesgos y dudé al principio frente a este paso debido a mi delicada y rápidamente deteriorada salud. Y a pesar de mi cardiopatía isquémica diagnosticada y medicamentada llegué a la conclusión de que no teníamos otra alternativa que la protesta, incluso para evitar más humillaciones en el futuro. Eran diez años de prisión los que tendría que cumplir y apenas llevaba tres meses. Me impuse la idea que era mejor morir que estar anulado como persona y pensamiento en manos de mis represores.

Al principio nos ignoraron y luego me dijeron que atenderían nuestro caso pero sólo si desistíamos de la huelga, porque no iban a admitir presiones de ningún tipo. A los 9 días de huelga a mi hijo se lo llevaron para el hospital desmadejado y con fuertes dolores de barriga. Le pusieron suero con sedantes en el hospital de la prisión, pero los dolores no cesaban. Le detectaron una úlcera en el duodeno que según el diagnóstico de los médicos, debía ser atendida de inmediato.

Dudé. Entonces me fueron a buscar para llevarme a la oficina del jefe de la prisión. El coronel Israel Cobas en persona me informó de la situación que tenía mi hijo, que tenía suero puesto, pero que no quería comer y eso era peor para su salud. Me dijo que era mejor que dejáramos la huelga y me prometió que pronto nos iban a reunir nuevamente, que como yo sabía eran los agentes de la seguridad del Estado quienes determinaban sobre nosotros y que haría su gestión con ellos.

Frente a las circunstancias no tuvimos otra alternativa que confiar en la promesa. Era cierto, los del DSE eran los que decidían sobre nuestras vidas y ningún jefe de prisión por muy coronel que fuera podría determinar por él mismo lo que debía hacer. Esto es importante que se sepa. Esto quería decir, que ellos, los agentes del Estado, fueron quienes decidieron mantenernos separados para hacer más duro nuestro encierro. El coronel me dijo una verdad que ya sabíamos o al menos intuíamos.

Era la primera vez que me reunía con el coronel en su oficina. Pero no sería la última. Me pareció una persona taimada, cautelosa que conocía muy bien el trabajo de mediador para el que había sido encomendado. Fue respetuoso y quería sin dudas causarme una buena imagen de gente comprensible y dispuesta a ayudar. Para eso lo habían entrenado, según supimos, en la Unión Soviética. Pero después el coronel sacó las uñas.

Ese mismo día dejamos la huelga con la condición de que no se tomara ninguna represalia en contra de nosotros, pues éramos reclusos dispuestos a acatar la disciplina; pero que sabríamos vigilar por nuestros derechos. El coronel quedó impresionado con mi franqueza y mi forma sencilla de actuar y aprovechó para hacerme algunas preguntas sobre la crisis. Se notaba preocupado. Le hablé claro. Sé cómo dar una conferencia aun entre personas conocedoras del tema. Se mostró interesado en conocer mis puntos de vistas sobre el inevitable cambio que se avecinaba. Seguiríamos luego conversando, me dijo. Parecía que funcionaban en él mis peroratas políticas. No parecía que era su enemigo contrarrevolucionario tal y como nos calificaban.

DENUNCIA POR MALTRATO FÍSICO

Dos meses después a finales de junio me volvieron a trasladar de destacamento. El reeducador, el teniente Yaver, me mandó a recoger mis pertenencias y me llevó para el destacamento número 12 que era para presos multireincidentes. Con esta medida me quisieron atemorizar para quebrantar esta manía que tengo de estar protestando. Al principio pensé que me iban a llevar junto a mi hijo. A pesar de haber sido trasladado más cerca de su destacamento nunca lo pude ver.

Con el cambio se alteró mi programa de visitas. Cada destacamento tiene una fecha para esto. La fecha para los pendientes de sanción coincidió con el cumpleaños de mi hijo Guillermo. El 30 de junio celebramos sus 23 años de edad en la visita familiar. Ese día le dije a mi esposa que volviera el día 8, día que le correspondía la visita al destacamento donde me encontraba. Tuve la autorización para hacerlo. Mi esposa vendría con un documento del banco para que yo la autorizara a extraer dinero de mi cuenta. Fue la solución que encontramos pues ya ella no tenía suficientes recursos para mantener a los niños y atender mis visitas. Cada vez era más difícil conseguir alimentos y cuando aparecían tenía que pagarse a precios elevadísimos en el mercado negro.

Para la comida de la visita anterior tuvo que pagar cien pesos por un pescado de apenas tres libra. El dólar ya se estaba cambiando por más de 80 pesos y llegó a estar en pocos días a 130 y a 140. Mi esposa entonces como médico estaba ganando menos de tres dólares al mes, pues su salario era de 340 pesos. Imposible que pudiera mantenernos con esa miseria.

En reiteradas ocasiones había pedido que me llevaran al banco para poder arreglar el problema, pero nunca se resolvió nada. A cualquier otro preso lo hubieran llevado con un custodio, incluso al más peligroso asesino, pero a mí no. Ni siquiera se me llevaba a la consulta médica de cardiología a pesar de que los médicos del hospital de la prisión me habían remitido con urgencia a causa de mis reiteradas crisis.

Finalmente la solución encontrada por el banco fue esa, la del documento firmado por mí y por un funcionario de la prisión. La visita extra había sido autorizada para hacer esto. Ni siquiera mi esposa llevaría la reglamentada jaba de comida que era lo que estaba alimentando al preso, porque la comida del penal empeoraba cada día más.

Nos sacaron al patio y nos fueron llamando cada vez que llegaba un familiar al salón. Pasaba el tiempo y a mí no me llamaban. Mi esposa era siempre de las primeras en llegar, pero ya eran las 12 del día y nada. Le había dicho al teniente Silva lo que me ocurría y me dijo, casi sin deseos de hablar, que me estuviera quieto que cuando mi esposa viniera ellos me llevaban. Todo fue un engaño, porque mi esposa llegó y pasaron las dos horas designadas para la visita sin que me llevaran al salón.

Entonces le reclamé al teniente Silva y al sargento Landa y a empujones y golpes me sacaron del patio y me subieron al destacamento ubicado en el segundo piso, como si hubiera sido todo orientado o como si se hubieran puesto de acuerdo para hacerlo. Todos presenciaron el maltrato. Se alteró mi presión y me volvió el dolor precordial.

De no ser por los llamados de auxilio y por la determinación de los presos de sacarme cargado, me hubieran dejado morir. Me bajaron casi sin conocimiento y cuando intentaron llevarme directo para el hospital, el teniente De la Cruz ordenó que me dejaran en el suelo, que ellos se encargarían de todo.

Me vi de pronto tirado a unos pocos metros del teniente De la Cruz y oí cuando le dijo a otro guardián «Déjenlo ahí, que él está fingiendo». Finalmente el guardián se compadeció de mí al comprobar mi mal estado y me llevó al hospital que quedaba a unos 200 metros del destacamento. Los médicos me dejaron ingresado.

Fue un mal día para mí ese 8 de julio de 1993. No pude ver a mi esposa. No pude firmarle el documento. Recibí una golpiza y por poco pierdo la vida. Tendría que esperar un mes más para poder resolver mi problema. Tendría que esperar diez años para poder salir del infierno. Se haría más pesado mi suplicio si aguantaba callado. Entonces decidí jugármela.

Escribir una carta a la fiscalía provincial con copia a la dirección del penal denunciando el atropello. Traté de ser lo más elocuente y exacto posible para que se interesaran en mi caso. No tenía muchas esperanzas. Conocía de otros intentos inútiles, que más bien recibieron como respuesta una mayor represión. Adopté mis medidas y en la carta no dije nada sobre mi condición de prisionero político. Sabía que si conocían esto *a priori* apartarían de inmediato mi caso.

Logré sacar la carta del penal a pesar de la vigilancia establecida para frustrar intentos como el mío de sacar denuncias sobre las atrocidades que a diario se cometían. Radio Martí las divulgaba constantemente y nadie sabía cómo era posible que a pocas horas de los hechos se estuviera dando la noticia.

Teníamos nuestros contactos y métodos para lograrlo. Los presos comunes y hasta los mismos guardianes y empleados nos ayudaban en el objetivo. Aprovecho para rendir un homenaje póstumo al teniente Rodolfo quien murió años después a causa de un extraño infarto masivo. Los prisioneros políticos sentimos mucho su desaparición física, pues con su muerte tuvimos una sensible pérdida en muchos sentidos. Era de los buenos, que nunca maltrató a nadie, que más bien ayudaba a los prisioneros. A él le debía su compasión y su ayuda incondicional para estos menesteres.

Mi esposa recibió la carta manuscrita, la pasó a máquina y la llevó personalmente a la fiscalía. Le firmaron la copia como constancia de entrega. Así se lo había orientado. No tendrían más opción que al menos leerla. En una de sus partes finales decía: *"Deben ustedes saber que estoy dispuesto a cumplir con los deberes y las obligaciones del recluso en esta prisión, pero que también voy a reclamar siempre por mis derechos aun a costa de mi propia vida, porque cada hombre trae su estrella y al parecer esta es la mía..." (Sic. Archivo Personal)*

Meses después me llamaron a una oficina y me entrevistaron. Una fiscal y un alto oficial del Ministerio del Interior me hicieron muchas preguntas, y me dijeron que investigarían sobre los hechos denunciados, que hablarían también con el teniente Silva y que me darían luego una respuesta. Se mostraron amables, el oficial parecía que era el jefe, la mujer que se presentó como fiscal sólo seguía sus pasos.

Les hablé de las posibles represalias que podría recibir a causa de mi denuncia, pues en otros casos había ocurrido así. Les dije que me separaron de mi hijo y que necesitaba que estuviera a mi lado para cualquier urgencia. Me dijeron que quedara tranquilo que ellos iban a investigar. Y al parecer todavía están investigando y por eso nunca le dieron respuesta a mi denuncia.

ENTRE FIERAS ENJAULADAS

*E*n la isla, el que era condenado a privación de libertad por delitos políticos lo perdía todo: presente y futuro. Y de nada valdría un pasado de integración y de aportes a la sociedad. El presente era rejas y humillaciones, y el futuro, acorralamiento y persecución por culpa del pasado delictivo; es decir, que sería un reo el resto de su vida, doblemente condenado: condenado por la ley vigente y por el régimen totalmente validado por la ley y la injuriosa nueva constitución. Entonces al exrecluso sólo le quedarían dos caminos: el de la sumisión absoluta o el del exilio. Así de simple.

La prisión era castigo multiplicado. El condenado a privación de libertad estaba condenado a varias otras privaciones. Eran condenas accesorias que nunca fueron dictadas por ningún tribunal, pero que quedaron implícitas. El tribunal no escribía en la sentencia estas otras adicionales condenas a que el reo estaba sometido. El acta de condena a privación de libertad sólo contemplaba la privación del derecho al voto, y esto no era una gran pérdida, porque ser un votante donde había un solo partido y un solo candidato, no significaba nada.

En cualquier parte del mundo democrático un reo conserva intactos sus derechos, sus derechos a ser atendido clínicamente, a ser alimentado, a ser educado, a tener un trabajo, un estudio, a tener visitas de amigos y familiares, a definir una conducta, una moral, a prepararse nuevamente para su reincorporación a la sociedad. Las prisiones deben ser escuelas especiales de reeducación para el condenado, más que centros de torturas y castigos. Y los gobiernos que no cumplan con esto, deben ser sentenciados por violadores de derechos.

El prisionero común se mostraba resignado a su destino y cuando vivía estas accesorias condenas, sencillamente expresaba «no importa, esto es para sufrir». Tal fatalismo eliminaba cualquier ánimo de protesta y se aceptaban con estoicismo las penalidades extras.

La reeducación como tal no existía, el preso sólo adoptaba una posición autodefensiva ante los métodos reeducativos del sistema carcelario. El preso era obligado a actuar de una manera oportunista. Luego, a espaldas de los reeducadores y jefes militares, volvía a ser como era antes o aún *peor. Su deterioro moral crecía en la medida que adoptaba varias posiciones morales, sin definir ninguna que le favoreciera. Su anhelo era la libertad que es el anhelo de todos los condenados a causa de sus errores. Pero aún después de su excarcelación seguía preso dentro de los esquemas de un régimen político-social que le obligaba a fingir. El Estado, dueño de todo, fingía que le paga al obrero y entonces el obrero fingía que trabajaba. Por eso no existía la productividad.*

El trabajo se ofrecía no como un derecho inalienable, sino como una obligación, y por ese principio absurdo, que emana de la misma esencia represiva del sistema, surge el rechazo. Porque además era un trabajo mal remunerado en una nueva forma de esclavitud. El recluso, como no había tomado conciencia ni mejorado su conducta en la prisión, volvía a delinquir para palear la pobreza espiritual y material en que había quedado.

El prisionero que ha cometido un delito común, incluso algunos de los que han cometido delitos políticos, se veían obligados a fingir una conducta para poder escapar del infierno. Las garras del totalitarismo habían penetrado dañinamente en las prisiones con ensañamiento y alevosía. Los presos en los recuentos y actividades recitaban consignas del partido, daban vivas al Comediante en jefe y al comunismo, delante de los visitantes civiles y militares de alto rango, quienes interpretaban esto como buenas señales en el camino de la rehabilitación.

Estos tontos después de pasarle revista a la tropa de prisioneros parados en posición militar, preguntaban que si tenían alguna queja. Nadie decía nada, nadie caía en esa trampa. Primero, porque eran demasiadas las cosas que había que decir, segundo, porque se habían dicho ya demasiadas veces y seguía lo mismo; y tercero, porque se temían las represalias. «No vale la pena reclamar —decían—, si hablas te señalas y después te cierran más las rejas».

Ismael sufría cuando los guardias alertaban sobre las inspecciones «no se estén quejando delante de los visitantes, que ellos después se van y ustedes se quedan con nosotros». Las reglas del juego quedaban claras, el que se quejaba era oído en ese momento, pero luego sobre él caía la venganza. Entonces los prisioneros frente a los visitantes y frente a sus represores aparentaban ser animalitos dóciles y bien adiestrados, pero luego seguían siendo lo que eran: fieras enjauladas capaces de devorar y devorarse ellos mismos. Y esto no es una metáfora, porque en el círculo vicioso de la desesperación y la degradación, muchos terminaban autoagrediéndose.

Sin embargo, muchos prisioneros políticos seguían viviendo con su filantropía a cuesta y preferían perder su tiempo haciendo reclamaciones, para, por un lado, darse gusto restregándoles en la cara a los represores los problemas generados por el mismo sistema inoperante que defendían, y por otro lado, para justificar ante éstos los motivos que lo empujaron y empujaban a la rebelión.

Los prisioneros comunes veían en los políticos a los defensores de sus derechos, independientemente del delito cometido. Esto demostraba que Ismael y otros prisioneros políticos, no eran prisioneros comunes, sino prisioneros de conciencia capaces de manejar ideas, leyes, y hurgar en la llaga que al régimen le dolía.

Un día frente a una visita de altos oficiales, alguien dijo que se necesitaban escobas y trapeadores para la limpieza. Los oficiales trataron de justificarse, pero Ismael en un tono irónico intervino «El problema es, que el barco que venía con las escobas y los trapeadores fue confiscado por el bloqueo americano y por eso no tenemos ni escobas ni trapeadores en el país».

Todos entendieron el chiste y la risa fue unánime. Pero siempre hay quien no capta las ironías o las capta demasiado tarde. «Y por qué se tiene que comprar escobas y trapeadores a los americanos, si tenemos aquí suficiente guano y palos de monte para fabricarlos». El preso lo pierde todo, menos el sentido del humor, y más cuando se trata de fustigar a estos "pícaros tontos" que repetían como papagayos, para justificar su inoperancia, que la culpa de todo la tenía el dichoso bloqueo.

Los prisioneros políticos tenían respuestas adecuadas frente al mañoso adoctrinamiento de los llamados reeducadores. Eran una contrapartida. Eran un elemento de choque. Aprovechaban estar mezclados con los comunes para jugar un papel desestabilizador. Los primeros prisioneros políticos creados por el Comediante en jefe, estaban separados de los comunes y no tuvieron esta oportunidad. Los nuevos eran presentados como delincuentes y los ponía a vivir bajo el mismo régimen penitenciario que tenían los asesinos, los ladrones y los violadores.

Los políticos se rebelaban pacíficamente contra esta arbitrariedad, mientras iban minando la prisión con el virus de la protesta constante. Demandaban a las autoridades para que se les considerara prisioneros políticos, y que como tal, se les tratara y, al mismo tiempo, aprovechaban la oportunidad que se les había dado, para hacer ver las raíces de los problemas sociales y políticos que los había incitado a delinquir, que la culpa del desastre que se vivía la tenía el dictador y no el imperialismo yanqui con su bloqueo o embargo comercial.

Pero los análisis y las reclamaciones eran inútiles. Ellos estaban decididos a que todos los prisioneros políticos pasaran por las mismas humillaciones impuestas a los prisioneros comunes. Les imponían un "plan reeducacional" con la perniciosa idea de que había que fingir para poder sobrevivir; es decir, les inoculaban el síndrome de la doble moral.

El prisionero político estaba inmerso también en este juego. Aceptar esto era una humillación, era como aceptar otra violación de sus derechos, y frente a esto no les quedaba otro camino que la viril protesta. Y para la gran protesta se fueron preparando a pesar de la estrecha vigilancia a que estaban sometidos.

ROBAR Y TRAFICAR PARA SOBREVIVIR

Me remordía la conciencia. Me sentía impotente ante la afrenta decretada. Injuria absoluta a la condición humana se podía catalogar al ambiente paupérrimo que nos habían creado. Miraba alrededor y veía las paredes desconchadas y mugrientas. Eran tétricas áreas por falta de luz natural o artificial. El olor a hierro oxidado, a humedad y a sudor de otros me quitaba el sueño. El calor era demoledor. La lucha por la supervivencia era brutal. El hambre y las enfermedades eran desbastadoras. Un preso podía vender su moral de hombre por un vaso de azúcar prieta o un pedazo de pan viejo. Vi hombres casados y con hijos caer en la más desvergonzada perversión por un poco de comida. Ponían las nalgas pegadas a las rejas para ser penetrados sin contemplación después de recibir la anhelada recompensa.

Los delincuentes más connotados imponían sus reglas. Tenían el control de los alimentos y ocupaban los escasos puestos de trabajos existentes. Muchos de los militares entraban en negocios sucios con ellos. Traficaban jabones de lavar y de baño, pasta dental y comida a cambio de cigarros, tabacos y la promesa de sacarlos a trabajar o darles un pase a la casa. Muchos hasta vendían los pases.

El teniente Yaver, reeducador del destacamento número 3, donde estaba la celda-museo del Comediante en jefe, fue denunciado a causa de esto. Un preso lo acusó porque no recibió lo que el teniente le había prometido a cambio de tres mil pesos. Yo mismo lo orienté en cómo hacer la denuncia a la fiscalía militar. El teniente le prometió reducirle la condena y sacarlo rápidamente de libertad condicional. Este "reeducador" llevó al preso de conduce a su casa y delante de la esposa recibió el dinero. Se las daba de gran comunista y se ensañaba con los prisioneros políticos mientras entraba en contubernio con los delincuentes y los instaba a que nos atacaran. Con él tuve varios tropiezos y él mismo me trasladó arbitrariamente para el destacamento número 12, con delincuentes connotados y multireincidentes, porque tenerme como inquilino le resultaba muy peligroso para sus turbios manejos.

Otros militares reeducadores construían sus casas con el trabajo esclavo de los presos. Y los presos, con tal de salir de la enrarecida atmósfera de las rejas, trabajaban como bestias para estos abusadores sin ganar un centavo.

En los alrededores del penal había también criaderos de cerdos y terrenos sembrados que eran atendidos por los presos. Éstos trabajaban gratis para que los jefes militares celebraran sus fiestas y se llevaran parte del producto para sus casas. Veíamos incluso cómo de noche sacaban sacos de comida del penal y hasta de la misma cocina, pero nadie denunciaba, nadie decía nada, porque todos hacían lo mismo.

En la prisión de Boniato había también grandes criaderos de conejos, chivos y ovejos atendidos por los presos, quienes jamás pudieron disfrutar de estos alimentos. Al preso que se le cogiera comiéndose un plátano hervido de los que él mismo sembraba, era inmediatamente encerrado y hasta puesto en celdas de castigo. Muchos fueron acusados por el delito de robo y condenados a más años de encierro.

Sin embargo, el hambre era tanta que no solamente seguían robando para comer, sino que se arriesgaban más aún para traficar el producto y venderlo por cigarros, muchas veces apoyados por los guardias, quienes también llevaban su ganancia en la operación. Yo pude comer plátanos y tomates sustraídos de la granja gracias a este tráfico. Los pagaba bien caros con cajas de cigarros, porque no soy fumador. Contra eso nadie podía. El que no era ladrón se volvía ladrón por la misma imperiosa necesidad de sobrevivir.

El prisionero común robaba de la jaba a otro preso para comer o para fumar. Era como si perdieran la cabeza y los sentidos frente a la determinación de robar para comer o para pagar las deudas. Vi a presos entregar una jaba completa los días de las visitas, porque sencillamente estaban endeudados por haber adquirido productos para pagar después con intereses acumulados. El consumo de un vaso de azúcar era pagado por tres. Vi a presos golpeados por otros salvajemente por haber sido sorprendidos de madrugada "con las manos y la boca en la masa", le daban golpes por estarse comiendo la jaba de otro y éstos no se defendían de los golpes, se dejaban pegar mientras seguían comiendo. Eran escenas atroces. Parecían fuera de toda realidad.

A un negro flaco, alto y encorvado, que le decían "Calderito" lo machacaron sin piedad mientras se metía desesperado los pedazos de dulces de harina dentro de la boca. La tenía ensangrentada por los golpes que le daban y los pedazos se esparcían mezclados con la sangre.

Las escaseces de todo tipo llevaban al recluso a delinquir constantemente. La dirección del penal casi nunca les vendía cuotas de cigarros a los presos y las veces que lo hacía era a precios del mercado negro. El dinero era depositado por los familiares para este fin. Algunos no tenían dinero depositado y no podían comprar cigarros, y entonces vendían su cuota a la mitad a otros que tenían dinero depositado en sus cuentas. A los presos les cancelaban sus libretas de racionamientos de alimentos y cigarros inmediatamente después de que caían en prisión. Los familiares se veían obligados a comprar cigarros en el mercado negro con tal de que el prisionero que fumaba pudiera al menos tener este aliciente.

Tal estado llevaba al preso a la desesperación y trastornaba grandemente su conducta. Muchos perdían la cordura frente a la inactividad, el hambre, las largas horas de espera inmersos en la nada, el encierro, el chantaje, las promesas no cumplidas, las violaciones de derechos, la pérdida de la esperanza de salir con vida, y terminaban por autoagredirse físicamente con cuchillas y otros objetos punzantes.

Hacía mucho tiempo que esto ocurría en toda la isla, y los funcionarios no habían encontrado una solución. Esto era deprimente. Presos que se enterraban clavos en la cabeza como ese negrito de apenas 23 años de apellido Heredia, que murió a causa de la lesión que se ocasionó en el cerebro; presos que se enterraron alambres en el abdomen, que se tragaron pedazos de cucharas y muelles con el objetivo de ser operados de urgencia y poderse pasar algunos días en el hospital comiendo un poco mejor y fuera de la obstinante soledad de rejas.

Conocí de jóvenes que se enterraron agujas en los ojos para quedarse ciegos, que se cortaron los tendones de Aquiles para no caminar, que se tasajearon con cuchillas de afeitar, que con jeringuillas improvisadas se inyectaron una mezcla de orine, petróleo y mierda para infectarse alguna parte del cuerpo y ser ingresados. Conocí a uno que se acuchilló la cara porque no le atendieron un dolor de muela.

Muchos lo hacían como una forma de protesta, pero la mayoría lo hacían movidos por la depresión, por la desesperante vida que llevábamos.[19]

En la Prisión Moscú un joven se cortó las dos orejas y se las echó a un perro que merodeaba. En Boniato hubo un preso llamado Martín Calderín que se cortó la lengua. Fue preso común y luego le hicieron una causa política. En mi cuento "Propaganda Enemiga", escrito en la prisión, recojo su verídica historia. Cuando le pregunté por qué lo hizo, me respondió. «Me echaron un montón de años por decir la verdad. ¿Para qué quiere uno lengua donde no se puede hablar?».

---

[19] Un caso singular lo fue el del joven Jorge Luis Rodríguez Mir, natural de la capital, condenado a pena de muerte (causa número 48/99) por el presunto homicidio de un policía. No hubo pruebas, nunca se declaró culpable y fueron tantas las torturas físicas y sicológicas para que lo hiciera, que terminó amputándose las dos manos. Su hermana Juanita hizo campaña, apoyada por la CCF de Canadá y Amnistía Internacional, entre otras organizaciones y fundaciones proderechos humanos que defendieron su caso y gracias a esto se logró al menos detener su fusilamiento.

Estas cosas podrían parecer cosas de locos, pero lo que llamaba la atención era que ninguno de los que hacían estas cosas estaba diagnosticado como loco, y los que lo hacían bajo crisis emocionales ni siquiera recibían tratamiento psiquiátrico.

Sin embargo, esos que presentaban trastornos mentales y tenían certificación de locos no se autoagredían. Habían cometido delitos menores, como robo, estafa, etc., y los mantenían abusivamente entre rejas en vez de ingresarlos en un sanatorio. La mayoría no agredían a nadie, pero había otros que sí, que eran terribles a la hora de las confrontaciones.

Pero estas "locuras" quedaban como menores si las comparábamos con las de inyectarse sangre de los prisioneros enfermos con SIDA, con el objetivo de ser después trasladados junto a éstos, porque se comía un poquito mejor.

Se daban más los casos de autoagresión que los de agresión. Los hechos de sangre eran frecuentes, sobre todo en las prisiones que usaban herramientas para el trabajo, como machetes, cuchillos y cuchillas o piezas de metal que convertían en armas letales.

Fue muy famosa en Santiago la prisión de San Ramón donde los presos eran llevados al trabajo forzado para que cortaran la caña de azúcar. Con la misma mocha de cortar la caña entablaban las reyertas y los lesionados surgieron por montones. Hubo quien perdió algún miembro del cuerpo en las espeluznantes batallas y hasta muchos perdieron la vida. Aquello era una carnicería y pese a las quejas, la prisión siguió por mucho tiempo funcionando. Los reclusos de otras prisiones que tenían un mal comportamiento eran amenazados de trasladarlos a la prisión de San Ramón; es decir, que se tenía esta prisión como un lugar para castigados.

Estas y otras muchas violaciones fueron las que nos lanzaron a la desobediencia pacífica y finalmente a una prolongada huelga de hambre que sólo pararía la muerte o el cumplimiento de nuestras demandas. Pero antes fuimos uniendo fuerzas y aprovechando algunas de las experiencias de otras rebeliones realizadas en la prisión.

FORMAS DE PROTESTA

La única posibilidad que tiene un prisionero político para hacerse oír en las cárceles y prisiones de la isla es la huelga de hambre. Una huelga de hambre es una arriesgada pero digna forma de protestar. A nadie en el mundo le gustaría ver cómo una persona o un grupo de personas se van muriendo lentamente por no querer ingerir alimentos.

Esto es una manera de llamar la atención, de conseguir simpatizantes y apoyo; es la manera más racional, el arma política más efectiva para reclamar pacíficamente un derecho. Como es una acción de sacrificio, nos da la razón *a priori*. Si no hay razón no hay triunfo en este trance o juego impredecible con la muerte. Lo más eficaz que tiene el prisionero político contra el represor es la huelga de hambre. Esto lo pude comprobar en persona.

Cuando empezamos no teníamos ninguna experiencia. Habíamos recibido algunos consejos sobre cómo resistir, pero siempre uno tiene sus dudas. La huelga de hambre es la mejor forma pacífica para presionar en cualquier escenario, bajo cualquier régimen.

Los primeros tres o cuatro días de ayuno son los más difíciles de soportar. Uno cree que no podrá vencer y lograr el objetivo, pero llega el momento en que la comida causa repulsión sólo de olerla o mirarla. El mejor manjar puede ser rechazado con facilidad después que uno se pasa varios días con la firme determinación de no ingerir ningún tipo de alimento. El factor sicológico es primordial.

Comer la asquerosa comida que nos daban en la prisión era una tortura y eran muchas las veces que prefería no comer, o sólo comer de lo que nos quedaba en la jaba. Por eso nuestros estómagos se iban reduciendo. Desde el principio la comida no inspiraba, no atraía. Uno empezaba a comer la comida de la prisión más por inercia que por deseo. Comer es una necesidad, pero también es un placer. El momento de las comidas era un momento de tortura, y frente a esto uno iba perdiendo la apetencia, hasta llegar al rechazo total. Si los represores tuvieran conciencia, prestarían mucha atención a los alimentos que le daban al prisionero. Pero no, porque esto también formaba parte del castigo.

En contenido, las comidas nunca reunían las suficientes calorías, vitaminas y proteínas que necesita el organismo humano. De la forma, ni hablar. Los perros amaestrados del cordón de seguridad que rodea la prisión, comían mejor que los presos. Los presos que salían a trabajar a la perrera me contaban que preferían comer la comida que cocinaban a los perros, pues era mejor cocinada y mucho más nutritiva.

El impacto de la comida carcelaria fue para mí traumatizante, por poca y por mala. Los momentos más terribles que pasé en la prisión fueron a la hora de este enfrentamiento. Cuando anunciaban la llegada de la comida y sentía el ruido de los calderos y las bandejas, era como si me dieran un golpe en el estómago y otro en la cabeza. De sólo pensar en ese encuentro infructuoso me dolía todo el cuerpo. Nada más que de imaginarme el choque con esa humillante realidad, palidecía y sudaba. Lo que podría ser una agradable sorpresa para los sentidos de la vista, el olfato y el gusto, se convertía en un tormento.

Cada comida me dejaba exhausto. Algunos resignados ante el cotidiano suplicio cerraban los ojos y tragaban sin oler y sin mirar. La repulsión estaba bien fundamentada. Los calderos entraban al destacamento soltando olores desagradables y la mayoría de las veces oliendo a podrido. El descubrir gusanos y toda clase de alimañas y basuras en ellos era lo más común. Algunos prisioneros se entretenían en mostrarlos. Otros, ya acostumbrados, se lo comían todo, sin siquiera respirar.

Hubo un tiempo en que para poder comer yo miraba primero una lámina en colores con un puerco asado y otros platos exóticos alrededor, que yo había recortado de una revista que promovía el turismo. Imaginándome que lo que me comía era un plato similar, podía al menos comer algo de la inmundicia que nos daban. Porque de lo contrario la comida se me atragantaba y me hacía mala digestión. Los demás presos me miraban incrédulos en esa acción contemplativa. Algunos sólo me creyeron cuando lo experimentaron. Mirando la fotografía uno se olvidaba de todo.

Recuerdo que el prisionero político Pedro Benito Rodríguez hizo un muestrario. En un pedazo de cartón enganchó con puntillas los gusanos, los frijoles picados y las alimañas que día a día iba encontrando en las comidas. Le escribió fechas y notas con lápices de colores a cada elemento coleccionado. Preparó todo con la paciencia y la dedicación del coleccionista de sellos o de mariposas disecadas.

Un día llegó desde la capital una visita de altos funcionarios militares para hacer un trabajo de "control y ayuda" y, según dijeron, "para ver cómo estaban viviendo los reclusos y ayudar a superar las deficiencias". Pedro Benito se presentó ante ellos. Cuando los visitantes tuvieron en sus manos la singular colección, se alarmaron. La sorpresa los sacudió y se negaron a creer que aquello fuera realidad; sobre todo, porque quien presentaba la denuncia era un prisionero político, "un contrarrevolucionario" en quien no se debía confiar aunque presentara suficientes pruebas del desastre.

Pero todos los prisioneros dijeron «sí, es verdad» a una sola voz, que aquello era algo muy común en las comidas. Entonces escribieron y prometieron resolver el asunto. Total para nada, porque la cosa siguió igual o peor y al final la culpa de todo la tenía el "bloqueo imperialista de los yanquis".

Al principio tuve que comer de esa comida común que cocinaban en grandes tanques para casi tres mil hombres: un cucharón de un agua con sal que llamaban sopa, alternado con un cucharon de agua de frijoles que llamaban potaje, una harina de trigo revuelta con tripas y otras cosas molidas a la que llamaban "pasta alimenticia" y los presos llamaban "Bollo de vaca", porque ahí se molía hasta esa parte abultada y trasera por donde la vaca orina. A veces nos daban cuatro o cinco cucharadas de arroz viejo con cáscaras, gusanos y piedras o en su lugar papas hervidas que repetían días tras días hasta el aburrimiento en las épocas de cosechas de este producto agrícola, o en su lugar macarrones hervidos o una masa prieta y apestosa que preparaban con la sangre de los animales sacrificados en los mataderos a la que agregaban demasiada sal para tratar infructuosamente de que no se pudriera.

Afortunadamente tiempo después, a causa de mi hipertensión, pude obtener una comida sin sal que le llamaban eufemísticamente "dieta" y que traían en un carro aparte. La cocinaban separada, pero era en esencia el mismo perro con diferente collar. De todos modos era imposible ingerirla con facilidad y la mayoría de las veces la regalaba casi completa, y prefería comerme un pedazo de pan o un dulce viejo de la jaba que al menos le dejaban traer a mi esposa cada dos meses.

Entonces una huelga de hambre no significaba mucha pérdida, pues vivíamos en perenne huelga de hambre día a día por el rechazo constante que hacíamos a las combinaciones repugnantes que ellos llamaban comida. En fin, que era más saludable para el cuerpo y para la mente no comer que comer.

En la primera huelga sólo tomábamos pequeños sorbos de agua para evitar que los riñones dejaran de funcionar y para que el organismo se fuera adaptando poco a poco a la nueva situación. Fueron éstos los consejos que recibimos de aquellos que ya habían tenido la experiencia, y vimos los resultados. En un ayuno es importante el factor sicológico. Si uno piensa que no podrá resistir, esta idea predomina y vence. El control emocional es decisivo. Para lograr llevar una huelga de hambre hasta el final se necesitan estos factores: voluntad, conciencia y control.

En cualquier lugar que se haga una huelga de hambre será más factible que en una prisión. El hostigamiento sobre el huelguista prisionero era constante. Las amenazas y los chantajes de todo tipo se tendrán que soportar. Los represores se disgustaban mucho cuando se lo anunciaban y más en los tiempos en que el periodista independiente, bajo riesgo de ser también encarcelado, reportaba en el extranjero los hechos que al periodista oficialista no se le permitía reportar.

MUERTES PROVOCADAS

Ismael sabía bien lo que era una actitud de rebeldía y que esta podría terminar en una huelga de hambre. Había realizado tres y todas tuvieron un sólido fundamento. En un ayuno voluntario o huelga de hambre, el huelguista, además de la vida, se jugaba la moral. Pero no sólo en la prisión se hicieron huelgas de hambre para protestar por los abusos del dictador. Fue un caso muy renombrado el del psicólogo y periodista independiente Guillermo Fariñas quien hizo una huelga en su propia casa para pedir la libertad de los prisioneros políticos enfermos y como protesta por la muerte de Orlando Zapatas Tamayo. Por la presión pública internacional fueron liberados 116 prisioneros. Fariñas resultó galardonado, el 21 de octubre de 2010, con el «Premio Sajarov» a la Libertad de Conciencia del Parlamento Europeo.

El huelguista que se rindió o que no fue capaz de hallarle una salida negociada y digna a su protesta, cayó en el total descrédito, perdió el prestigio y fue humillado para siempre. Ismael lo había experimentado. Siempre existían riesgos. Pero quien se mantuvo firme en su decisión de no comer hasta que se le resolvieran sus demandas, podría triunfar.

El caso del poeta Pedro Luis Boitel, excandidato a la presidencia de la Federación Estudiantil Universitaria, fue realmente conmovedor. En el intento de exigir respeto para su condición de prisionero político se lanzó a una huelga de hambre y lo dejaron morir. El caso de Orlando Zapata Tamayo de 46 años de edad, a quien también dejaron morir después de 86 días de huelga, tuvo resonancia internacional. Lo dejaron morir, pero el régimen pagó un alto precio político por este crimen, y recibió la enérgica condena de las grandes naciones que defienden la democracia y el derecho a la vida. Ambos eran prisioneros de conciencia; es decir, prisioneros a causa de sus ideas políticas.

A Pedro Luis Boitel lo dejaron morir irresponsablemente después de 53 días de ayuno, el 24 de mayo de 1972, cuando ya su estado se hizo irreversible en esta su más larga y última huelga de hambre. La realizó junto a otros compañeros de la prisión. La huelga alcanzó repercusión internacional tardíamente.

El caso de Orlando Zapata también despuntó. Frente al silencio cómplice de sus represores que no atendieron sus demandas, más bien fueron capaces hasta de suprimirle el agua, se alzó vigorosamente la dignidad de este valeroso joven que prefirió la muerte antes que ceder frente a los hostigamientos recibidos. Por su justa posición de protesta, Pedro Luis Boitel y Orlando Zapata Tamayo, son mártires, fueron símbolos y fuentes de inspiración y respeto para ésos que le dieron valía a la dignidad y se enfrentaron a la ignominia de esos tiempos tan difíciles para la supervivencia humana. Esta determinación de vencer o morir estuvo presente en todo y en todos los que se lanzaron a la lucha contra lo que parecía imposible de derrotar. Los represores supieron, después del sacrificio de Boitel y luego de Tamayo, que no podían jugar con la conciencia del hombre que prefiere morir antes que dejarse ultrajar inmerecidamente. Estas muertes y otras muertes por fusilamiento de aguerridos luchadores, pesarán sobre los hombros del tirano mayor para hundirlo más en los recónditos vericuetos del infierno.

La huelga que realizó Ismael, protagonista de esta historia, y otros que junto con él se lanzaron a la protesta, merece una especial atención. Algunas de sus demandas fueron atendidas, aunque después se infringieran los más importantes acuerdos. A esa engañifa también estaban expuestos los huelguistas.

Una huelga de hambre ha jugado siempre su papel en la opinión pública y mucho más cuando se realiza para que sean respetados los derechos que fueron conculcados. En una huelga juegan muchos factores en contra y a favor, incluso el factor suerte. El huelguista debía tener bien fundamentada su decisión, sobre todo cuando se reclamaba la libertad, las libertades, los derechos humanos y/o mejores condiciones de vida.

Durante el gobierno de Gerardo Machado, el joven comunista opositor Julio Antonio Mella protagonizó una huelga de hambre en la que exigía su libertad a cambio de su propia vida, y Machado terminó por liberarlo después de 19 días de ayuno. Al menos no lo dejó morir este dictador que mereció de un poeta de ese tiempo el calificativo de "asno con garras".

El general Gerardo Machado, derrocado por una huelga general en 1933, fue una pesadilla para la república, por sus desmanes y crímenes políticos, al igual que Fulgencio Batista. Pero el tirano mayor, "el mayor cínico de la historia", quien impuso su despotismo hasta el último día de su existencia, superó con creces a sus antecesores. Con mucha más sangre fría y cálculos diabólicos, fue asesinando física y/o estratégicamente a sus opositores, para quedar como el tirano más sanguinario, arbitrario y perverso que tuvo la isla.

LA FUERZA DE LA VERDAD

Los presos me llamaron con urgencia para que viera por la ventana del comedor un espectáculo singular. Jesús el manco, a quien le decían así porque le faltaba la mitad de la mano derecha a causa de una bomba que le explotó cuando servía como soldado en la guerra de Angola, se llevaba para Boniatico a un prisionero común. Lo empujaba y lo arrastraba. Lo había sacado a la fuerza del hospitalito de la prisión donde estaba ingresado.

El preso iba sangrando, estaba sin camisa, con un vendaje todo manchado alrededor del abdomen. Por un costado se le salía un pedazo de tripa y por ahí también sangraba. El muchacho de unos 20 años apenas podía caminar. Al verlo me horroricé.

—Teniente, ¿usted no ve que ese hombre está sangrando? —le grité verdaderamente impactado.

—Sí ¿y qué? —respondió a ciegas y con rabia contenida hacia la ventana por donde salía mi voz.

Desde afuera él no podía saber quién le hablaba, porque además en todas las ventanas estaban parados los presos del destacamento número 3 mirando la abusiva escena.

—¿Pero por qué está sangrando?

—Porque tiene la tripa afuera, ¿no lo ve? —me respondió sin detener sus pasos.

—Pero, teniente, ese hombre no puede ir así para la celda de castigo.

—¿Pero, quién es el que está hablando ahí? —Vociferó histérico alzando su mano mutilada y cortando el aire como si su mano fuera una espada—. ¿Quién me está hablando? Ahora voy a subir a ver qué pasa.

Cuando así dijo todos los presos salieron corriendo asustados y se metieron en sus celdas. Yo me quedé sólo en la ventana y pude agregar.

—Usted sabe, teniente, que ese hombre se puede morir.

Ya esto último lo dije casi gritando para que me oyera, pues ya andaba lejos casi a la entrada de las celdas tapiadas del famoso Boniatico.

También me fui para mi celda a esperar lo que fuera. Al menos había dicho lo que quería y debía afrontar las consecuencias. Unos minutos después oí que llamaban a formación y todos salieron. Salimos los más de cien hombres a formar las filas de tres en fondo a lo largo del pasillo. Jesús el manco había entrado junto con el llavero que custodiaba las rejas. Se paró en el mismo centro, frenético. Su cuerpo alto y moreno parecía que echaba chispas por encima de la tela verde olivo de su uniforme militar.

—¿Quién fue el que habló conmigo por la ventana? —rugió.

Esperé unos segundos antes de contestar para ver si algún preso me delataba. Nadie habló. Sólo siguió un exacto silencio a su colérica interrogación.

Yo estaba a un extremo de la larga fila casi pegado al comedor ubicado en el fondo del destacamento y desde allí estudié la situación. No hubo respuesta, o mejor dicho, la respuesta fue el profuso silencio.

—Dije que, quién fue el que me habló por la ventana...

No lo dejé terminar la frase.

—Fui yo, teniente... —y me separé de la formación para que me viera bien.

Su cabeza se volteó enseguida hacia mí. Me detuve en el espacio vacío que quedaba a lo largo del pasillo y las celdas de enfrente.

—Bueno, recoge todas tus cosas que te vas conmigo para Boniatico también.

—Mire teniente... —trate de ser respetuoso, pero me ignoró.

Se plantó de inmediato frente a los prisioneros para soltar una arenga frenética.

—Aquí no se va a permitir ningún acto de protesta contrarrevolucionaria. Ustedes son revolucionarios y estos contrarrevolucionarios que están aquí con ustedes no pueden arrastrarlos a la desobediencia. Aquí hay que respetar. No se olviden que ustedes están presos...

—Déjeme decirle algo teniente —insistí cuando me pareció que había terminado—, aquí hay muchos que quisieran contarle sus problemas y no lo hacen porque le tienen miedo.

—¿Quién me tiene miedo?

—Usted tiene fama aquí de maltratar a los prisioneros. Pero yo les digo a todos que usted no es ningún león que se come a la gente, porque usted es un ser humano que seguro tiene sentimientos y también tiene problemas como cualquiera, que tiene su familia, que es inteligente y puede entender las cosas que aquí suceden.

—Bueno, yo..., en realidad... quiero decir que...

—Mire teniente, yo le pregunté por ese preso que usted se llevó para el castigo, porque era mi deber como ser humano que soy. Y usted sabe que un hombre en esas condiciones no puede estar en otro lugar que no sea un hospital...

Entonces fue él quien me interrumpió.

—Mira, mira... —hizo un gesto de abatimiento antes de continuar—, a ese muchacho yo lo voy a volver a llevar para el hospital, yo sé que está enfermo, pero usó una frescura conmigo y por eso me lo llevé. Yo sé que ustedes están sacando mi nombre por Radio Martí, pero a mí no me importa. Yo soy un militar y un revolucionario que cumple con su deber...

Había disminuido en algo su ímpetu, pero su arrogancia persistía.

—Eso pienso, pero como tal, usted debe actuar.

Su monólogo entonces se fue suavizando en argumentos defensivos como para justificar sus abusivas actuaciones.

Pronuncié algunas palabras intercaladas con las suyas, a veces de elogios o a veces de censura. Ésa era mi técnica que yo llamaba diálogo del Judo. Es decir, que después que lo levantaba con frases de elogios, lo dejaba caer desde arriba.

—Sí, yo lo voy a devolver al hospital, pero antes...

—Usted ve, usted ha demostrado que es un ser humano capaz de rectificar y que con usted se puede conversar —le dije antes de que hiciera alguna errada conclusión.

Finalmente se despidió del destacamento con una actitud menos belicosa y sin siquiera acordarse de que me había dicho que recogiera mis pertenencias para llevarme también a las celdas de castigo.

Esa fue la primera vez que discutimos y sé que esa vez triunfó el poder de la razón y no su razón de poder. El simple hecho de que dijera que no le importaba que su nombre estuviera saliendo por Radio Martí, era un buen síntoma de que las denuncias que sacábamos de la prisión estaban surtiendo su efecto, y de que sí le preocupaba que su nombre estuviera saliendo, de que se le estuviera señalando como el decano abusador de la prisión y el esbirro número uno de las celdas tapiadas de Boniatico. Los tiempos estaban cambiando a nuestro favor.

Cualquier violación que los presos comunes descubrían, enseguida me llamaban para que yo la denunciara. Los presos sabían del papel que estábamos jugando. Sus familiares en las visitas, les comentaban las noticias y las denuncias sobre la prisión de Boniato que salían por Radio Martí, y les decían que habían oído mi nombre y venían preguntando para ver si era real lo que habían oído y si yo realmente existía. Esto era una prueba evidente de que la población estaba al tanto de las informaciones que estaban transmitiendo esta y otras emisoras desde los Estados Unidos.

Ya los presos comunes amenazaban a los represores con denunciar a nuestro Comité de Unión de Prisioneros Políticos, los reiterados abusos

Me contaron que un preso que le decían Cañita se puso a gritar mi nombre por la ventana de una celda de Boniatico para que yo lo salvara de la golpiza que le daba Jesús el manco, y el propio Jesús el manco le respondió «¿Quién carajo es Sambra? Sambra no es nadie aquí, es un preso igual que tú». Pero mientras más golpes Cañita recibía, más gritaba «Sambra ayúdame». Esta era otra medida del prestigio que habíamos logrado a pesar de que éramos también prisioneros. Todo gracias a nuestro activismo en defensa de los derechos humanos. Aun tras las rejas jugábamos nuestro osado papel a favor de la libertad y la justicia.

CAPÍTULO X

CONFIANZA EN LOS DEMÁS

Al otro día en la mañana lo subieron a una camilla y en una ambulancia del hospital provincial lo llevaron de urgencia al hospital militar. Al principio Ismael pensó que lo estaban trasladando de prisión. Pensaba que en cualquier momento usarían ese recurso entre los muchos que tenían para desarticular protestas como esta. Pero al parecer entendieron que sería inútil y hasta corrían el riesgo de regar la semilla a otras prisiones, y eso era precisamente lo que los huelguistas querían. Cierto, mudarlos hubiera sido inútil. Habían hecho el compromiso de continuar la huelga de hambre, aunque los trasladaran a otras prisiones. La protesta continuaría hasta que el represor cumpliera las demandas o la muerte los sorprendiera en la arriesgada empresa.

En la ambulancia iba Jesús el manco, muy serio, al lado del chofer, y además una doctora del hospital provincial a quien pudo explicar las cosas que estaban ocurriendo. Ella se quitó los lentes y sacudió la cabeza. Tenía el pelo corto y rubio. Casi no creía lo que Ismael le contaba. Él le pidió que no lo dejara solo, porque algo malo le podría suceder. Se puso nuevamente los lentes, con nerviosismo, porque se percató que Jesús el manco no le quitaba la vista de encima. Ismael le explicaba, le imploraba. Se mostró muy solidaria con él. Ella misma hizo su ingreso, dejó orientaciones precisas para que lo atendieran bien y además contactó con su familia.

Durante los años que estuvo preso hizo muchos contactos positivos entre los médicos y el personal clínico que lo atendieron, y entre los mismos militares de la prisión. Estos contactos le daban fuerzas para seguir el duro camino que había tomado. Estas personas sabían que eran justos sus reclamos y lo apoyaban. Pero no todos estaban dispuestos a pasar por las mismas vejaciones que implicaba declarase opositor al régimen. Por eso callaban. Era más cómodo fingir una conducta ante el opresor y esperar a que fueran otros los sacrificados para después recoger, sin riesgos ni sacrificios, la cosecha.

Así le dijo su gran amigo Carlos González cuando Ismael le pidió que formara parte de su grupo de agitación y propaganda, cuando le dijo «tenemos que hacer algo a pesar del quietismo y la indiferencia de muchos». «No te metas en nada —le respondió—, es mejor esperar a que otros lo hagan». «¡Increíble, mi amigo! ¿Cómo puedes decirme eso?». «¡Claro, Ismael! Si dicen que esto se va a caer, mejor es esperar a que esto se caiga». No podía creer que su mejor amigo le hablara de esa manera tan fría y descarada.

Y en esa espera se quedó todo. Fue una posición errónea que muchos asumieron. Muchos pensaban que el régimen impuesto colapsaría por sí mismo, inevitablemente, junto con el colapso de la economía. La misma prensa extranjera había vaticinado la inevitable caída del tirano, atendiendo a lo que ocurría en Europa del Este. "El colapso económico se avecina", "El tirano pierde los millonarios subsidios de los soviéticos", "La caída del tirano es inevitable", "el final viene llegando". Hasta el salsero exiliado Willy Chirino lo cantaba. "Ya viene llegando y todo el mundo lo está esperando".

En conclusión, que en esa espera del derrumbe inevitable se quedó todo. ¡Claro! Si los que sabían aseguraban que se iba a caer solito, sin que nadie lo empujara. Entonces, lo lógico era esperar a que esto sucediera, sin arriesgar nada. Eso fue lo que se hizo, esperar, esperar, no hacer nada o muy poco para provocar esa anunciada caída.

Sin embargo, la crisis seguía. Las protestas y los disidentes aumentaban, pero la represión aumentaba también. El robo, la especulación y la delincuencia eran el pan nuestro de cada día. Se había derrumbado el comunismo mundial. ¡Claro! Todos esperaban lo mismo en la isla, pero esto se alargaba demasiado. El tirano mayor cerraba sus puertas y se aferraba más al poder. Por eso duró tantos años.

El tirano mayor sería capaz de cualquier cosa para aplastar una explosión social, en caso de que ocurriera. Muchos comentaban, pero desconfiaban, decían que los túneles militares que habían fabricado en las ciudades eran para encerrar a los que se rebelaran, en caso de que los estadios deportivos no dieran a basto.

Cuando el desembarco por Playa Girón, encerró en los estadios deportivos a miles de personas sospechosas de posible sedición. Usó esta forma abusiva y violatoria, para que en caso que el desembarco triunfara, poder fusilar rápidamente a todos los disidentes encerrados allí y limpiar así la retaguardia de toda posibilidad de apoyo. Ismael hablaba siempre de lo ocurrido en la Plaza de Tiananmen en China, donde los comunistas lincharon a cientos de jóvenes estudiantes que se habían aglomerado pacíficamente. El capitán Maraña haría lo mismo. Hundiría su barco, hundiría la isla en un mar de sangre, antes que entregarse.

Después de las frases pancistas de su mejor amigo, frases que tuvieron ahí mismo su merecida respuesta, Ismael perdió la confianza en su amistad. Ismael llegó a pensar que sus amigos debían, al menos, adoptar una posición de apoyo a lo que él hacía. Muchos así lo hicieron y algunos se le unieron rápidamente. Pero muchos estaban muy lejos de emprender alguna acción donde se arriesgara tanto el pellejo.

No siempre salen tan bien las cosas como en Rumania o en Polonia. La duda y el miedo han gravitado siempre, como la espada sobre la cabeza de Damocles. Cuando los pueblos callan los tiranos se ceban más en sus poltronas. El miedo a la acción y el miedo al cambio se unieron en el mismo miedo y el tirano mayor se encargó de propagar este terrible síndrome a través de sus tenebrosos aparatos represivos, a través de sus mañosos y tétricos discursos.

La isla languideció. Se vivió contagiada además en su agonía por enfermedades espirituales y morales antes que ocurriera la destrucción del régimen y aún muchos años después.

Pero las ironías que juega la vida a veces sorprenden, porque Ismael se encontró a Carlos en la prisión de Boniato dos años más tarde, condenado a cinco años de privación de libertad por un delito común que tenía que ver con sus desesperados "movimientos ilícitos" para poder sobrevivir en el Período especial que se había decretado. Fue sorprendido en otra provincia, involucrado en un contrabando de café. Estaba tremendamente angustiado, deprimido, lleno de dudas, de miedos, de arrugas y sin poder creer aún la pesadilla que estaba viviendo.

Él era alto y rubio, de agradables facciones y maneras. Pero no parecía ser ya el mismo. Hablaron, confiaron por primera vez después de tanto tiempo de ruptura indeseada. Ismael le tendió la mano, su sincera amistad. Las mismas desgracias padecidas crean oportunas y apremiantes reconciliaciones. Lo vio totalmente desplomado en sí mismo. Carlos le contó su historia, le dijo finalmente que si hubiera sabido que la prisión era su destino, «yo hubiera preferido que fuera por un delito como el tuyo», le dijo, y en esta parte se le quebró la voz. Le dijo que se había puesto muy cabrón cuando se enteró lo que le había sucedido, que su primera intensión fue lanzarse al mar para escapar, pero que tampoco tuvo valor para eso, que sintió mucho miedo, y después muchos deseos de seguir sus pasos, de hacer algo también. «Pero no pude, Ismael, no pude, porque no encontré a nadie como tú en quien confiar».

COMISIONES EN MISIONES

Me habían ingresado en un cubículo reservado para los altos funcionarios militares. Tenía capacidad para dos camas, pero sólo había una, la mía. Una comisión de médicos me hizo una primera entrevista. Me dijeron que se proponían no dejarme morir, pero que tenía que empezar a comer de inmediato, porque había llegado a un límite peligroso para mi salud.

Después de chequeos físicos y análisis de los signos vitales, los cuatro médicos se miraban y hacían gestos y movían la cabeza como para mostrar preocupación. Sólo los observaba y trataba de descubrir hasta qué punto podía ser cierto todo lo que me decían. Querían que yo me preocupara por mi vida y hubo un momento en que exageraron la actuación.

Yo en realidad no me sentía tan mal. Había rebajado enormemente de peso, tanto que ya podía unir los dedos de mis manos cuando rodeaba con ellas la parte más ancha de los muslos. Ésa era la medida que yo tomaba para saber cuánto de grasa y músculo iba perdiendo día a día.

El Dr. Germán, un cardiólogo especializado, encabezaba la comisión. Era negro, alto, delgado y militante del Partido Comunista. Tenía grados de capitán. Me hablaba pausado. Las enfermeras que me atendían me dijeron que era un buen cardiólogo, pero yo lo veía flemático, poco animado y demasiado lento en sus movimientos para catalogarlo como tal. Creo que una persona así no puede ser nunca bueno en nada. Sin deseos de hacer algo, nada funciona. Se necesita gusto y pasión para actuar hasta en lo más insignificante que tiene la vida. Bien dijo Confucio, el filósofo chino ante de Cristo, "elige el trabajo que te guste y no tendrás que trabajar nunca más".

Instalaron de inmediato un aparato electrónico dentro de la habitación, que registraba minuto a minuto mi ritmo cardiaco. Me pegaron cables por todo el pecho y yo podía ver en el monitor, dentro de un esquema cuadriculado, un punto verde que subía y bajaba de acuerdo a mis pulsaciones. A esto se le sumaba un ruidito muy punzante que sólo contribuía a no dejarme dormir.

—Tienes que mantenerte con esto puesto, porque es lo único que por el momento podemos hacer para chequear tu evolución —me explicó—. ¿Cuándo empiezas a comer?

—No me interesa la comida. Sólo quiero que atiendan mis quejas.

—De todos modos te la pondremos sobre esa mesa por si te decides.

—Dije que no quiero.

—Es lo que está orientado.

La comida fue sorprendente, venía ya servida en varios platos que colocaban en una gran bandeja. La primera vez que la trajeron me quedé observándola lleno de curiosidad. Tenía buen olor y era lo que se dice una comida completa, porque hasta un plato de ensalada con tomate y lechuga traía.

Muchas veces era congrí, carne en salsa o pollo o pescado frito, puré de malanga o plátanos hervidos o tostones. Es decir, lo mejor de lo mejor que se podría comer.

Le pregunté a la enfermera que si esa comida la habían hecho especialmente para mí. Me dijo que no, que esa era la comida que se hacía para todos. No le creí, porque dos años antes había estado ingresado en el hospital civil de la provincia por mis problemas cardiovasculares, y la comida que nos daban era bochornosa. Poca y mala. Mi esposa tenía que llevarme todos los días comida de la casa. No sólo comida, sino también sábanas para tender la cama y taparme, y hasta toalla y jabón para el baño. El piyama era el mío, porque no había nada disponible para los ingresados.

Sabía que era así y cada día peor. Entonces, ¿por qué eran las cosas diferentes en este hospital? Enseguida encontré la respuesta. Era un hospital militar que atendía exclusivamente a los militares y sus familiares. Para estos personajes no había Período especial de escaseces y privaciones. Más bien disfrutaban privilegios y atenciones especiales.

Lejos de sentir entusiasmo por la comida excelente que me estaban ofreciendo, lo que sentí fue más indignación, más rabia al conocer estas insolentes diferencias. ¡Pobrecita mi gente de a pie! Pero todavía los había quienes a pesar de estas, entre otras evidentes discriminaciones, apoyaban al régimen. Nada, que "de que los hay, los hay..." Y, como dijo Martí, "hay hombres que son peores que las bestias, porque las bestias necesitan ser libres para ser dichosas..."

Sin fuerza de voluntad y absoluta determinación cualquier podría resquebrajarse y chocar con un plato de esta insultante comida, y devorarla hasta la saciedad, hasta el último grano, y pasarle después la lengua, pues ni en casa se podía comer mejor. Pero no me dejé seducir por estas veleidades. Me estaba jugando el todo por el todo y quería triunfar.

EL MANCO VIENE A CONVERSAR

Dos o tres días después recibí la visita del primer teniente Jesús el manco. Lo habían llamado de urgencia al hospital, porque yo me había quitado todos los aparatos, las mangueras y los cables que me habían puesto. Todos los médicos se mostraron muy alarmados ante mi descabellada actitud.

—La culpa de esto la tuvo el Dr. Germán —le dije.

El Dr. Germán me hacía los rutinarios chequeos cada día. Él seguía insistiendo en que me veía muy mal y que debía inmediatamente empezar a comer.

—Doctor, usted no entiende o parece que no quiere entender —le había dicho.

Hubo un momento de la conversación en que me volvió a preguntar por qué yo estaba haciendo la huelga, como si él no supiera o se hubiera olvidado de mi explicación inicial. Le expliqué todo nuevamente, pero con más detalles y argumentos.

Le hablé sobre el maltrato diario que estábamos recibiendo, le hablé de las golpizas, de las torturas, de cómo los presos se auto-agredían para protestar, cortándose ellos mismos con cuchillas, quemándose el cuerpo con nylon derretido, inyectándose barbaridades en el cuerpo, tragándose diferentes objetos para que lo llevaran a una mesa de operaciones.

Le pregunté que si él sabía de esto. Me dijo que no, con absoluta frialdad, como quien no cree o no le importara lo que le estaba contando. Le hablé de nosotros los prisioneros políticos, de las humillaciones que sufríamos, de que nos dejaron sin ropas para que nos matara el frío y la humedad, de que me llenaron la celda de agua para que ni siquiera pudiera caminar en ella, de que nos habían quitado las sábanas y la colchoneta, de que nos dejaron tirados como perros en el suelo, de que utilizaban a los presos comunes para que nos golpearan, de que nos torturaban y atropellaban física y mentalmente....

—Sí, todo eso lo entiendo, pero…

—Esta huelga la hacemos porque no tenemos otras armas para protestar, doctor. La hacemos por nosotros y por los miles de prisioneros abusados.

Pensé que con todas estas explicaciones y argumentos reaccionaría, al menos, como un ser humano; pero me equivoqué. Después de escucharme con impaciencia y hasta con cierta indiferencia, moviendo la vista de un lado a otro como si le costara trabajo prestarme atención, me dijo finalmente.

—Sí, pero con esa actitud que han adoptado no van a conseguir nada.

La expresión me llenó de pavor. Parecía como si me hubieran introducido espinas en las venas.

—¿Qué no vamos a lograr nada? —le dije con la desesperación del que se siente de pronto empujado al vacío—, entonces mejor es morirse.

Y me arranqué de un tirón todos los cables que me habían instalado en el cuerpo, y hasta la manguera que me daba oxígeno, porque me dijeron que me estaba muriendo, que estaba cianótico, que tenía las uñas moradas y eso era síntoma de falta de oxígeno en la sangre.

Germán se horrorizó cuando me vio y trató de impedir mis acciones, pero no pudo. Entonces salió corriendo, muy asustado, para buscar ayuda. La enfermera y los dos guardias que siempre vigilaban la puerta intervinieron también para que me dejara poner los aparatos nuevamente. Y dije que no, que el Dr. Germán tuvo la culpa, que no me iban a convencer de ninguna manera. Y que se llevaran esa comida de mierda que todos los días me ponían en el cuarto para torturarme, que cuando la volvieran a poner la iba a tirar...

Cuando Jesús el manco llegó junto con el jefe del hospitalito, un negro casi azul, recortado, introvertido, de apellido Martínez, de nariz aplastada y ojos medio dormidos, me encontró conversando con la enfermera que se había quedado para persuadirme.

El manco me preguntó con una exagerada amabilidad paternal nunca antes vista, que por qué me había quitado los aparatos. Al parecer le habían aleccionado para que se transformara de diablo inquisidor en ángel consolador; pero, a pesar de tanto esfuerzo, siempre se le salía el diablo.

Algunos miembros de la seguridad del Estado hacían rondas frecuentes por el hospital para chequear mi evolución, pero no daban la cara. Sólo chequeaban y decían lo que se debía hacer conmigo. El envío de este Satanás con lana de carnero, respondía a esto.

Le dije que no perdiera su tiempo, porque no me iban a convencer y menos él en quien ni yo ni nadie confiaba. En el mismo tono paternal le respondí.

—Creo que te escogieron mal, Jesus, eres bueno para cualquier otra cosa, menos para diplomático.

Y cuando le dije que no iba a tomar ni siquiera agua, abrió más los ojos de víbora y me dijo que eso no.

—No, no, eso no lo puedes hacer, que será peor…

—Ustedes serán los responsables, porque ya saqué una carta denunciándolos a todos.

En la carta los responsabilizaba por lo que me pudiera ocurrir, por todo lo que me habían torturado. Les mostré la copia.

> *Acto de testimonio y última voluntad*
> *Dado en la prisión de Boniato, a los 29 días de agosto 1994, después de muchos días de ayuno total y haber sufrido espasmos coronarios y al ver en peligro inminente mi vida. Yo el recluso Cecilio Sambra…, hijo de Ismael y Odórica, responsabilizo al gobierno… y a los aparatos represivos de mi país (…) con cualquier desenlace trágico que pueda surgir de este ayuno (huelga de hambre) como protesta por los abusos, maltratos físicos y humillaciones impuestos sobre mi persona, la de mi hijo Guillermo y demás compañeros del presidio político. No se respetó nuestra voluntad de no querer usar las ropas del preso común. Queremos que se reconozca nuestro status de presos políticos ante el mundo, pues eso es lo que somos: presos por ideas políticas de querer para nuestro país un gobierno mejor y democrático. Las humillaciones llegaron al límite cuando nos arrebataron las ropas blancas que usábamos y nos tiraron desnudos en celdas de castigo, sin colchón ni sábanas, a dormir en el suelo como animales, y luego nos metieron un preso común en las celdas con orientaciones de que nos maltrataran. Condicionamos así nuestras vidas a la rectificación de tal barbarie…* **(Sic. Archivo personal)**

Jesús el manco no lo podía creer. ¿Cómo era posible que hubiéramos sacado algún documento de la prisión si sobre nosotros se estaba ejerciendo la más estricta vigilancia y control? Se lo repetí con tanta seguridad y detalles que terminó por creerlo.

Aún con el papel en las manos, se tiró como desplomado en un asiento que atinó a arrastrar hasta pegarlo a mi cama. Trataba de buscar nuevos argumentos. Lo noté algo ansioso como quien se sintiera responsable de alguna misión que por su incompetencia hubiera fracasado. Era evidente que la seguridad del Estado le había encomendado hacerse cargo de nosotros desde el principio y él aceptó con jactancia la responsabilidad. Jesús el manco creía saber cómo controlar la situación y cómo hacernos claudicar.

En definitiva había alcanzado notoriedad como sicario y déspota durante años. Imagino que le estarían exigiendo pagos por el error, y para que tratara de arreglar lo que había desarreglado con sus famosos métodos, porque el mundo sabía la noticia y el régimen seguiría apareciendo en el banquillo de los acusados como violador de derechos humanos cada año en las cumbres de Ginebra.

El teniente Martínez balbuceó incoherente unas palabras mientras Jesús el manco trataba de calmarme cambiando el giro de la conversación. Paseó la vista hasta que la detuvo sobre los platos de comida que se enfriaban sobre una mesita al lado de mi cama.

—Martínez, mira eso —dijo—, Sambra no se lo quiere comer. ¡Ese bistec me tiene puñetero!

Lo dijo como si le saliera del corazón, como si estuviera ansiando comerse el bistec de res frito con cebollas que habían colocado encima de un plato de arroz congrí con unos tostones y una ensalada de tomate al pie y hasta con un postre de queso con dulce de guayaba.

En verdad que el bistec estaba soberbio y seguía desprendiendo un provocativo olor. Parecía estar muy bien aliñado y cocinado. Era enorme y grueso y casi cubría por completo la forma del plato. A mí me importaba un bledo verlo allí, había superado cualquier apetencia ante el mejor y más subyugante manjar. Si no lo había tirado al suelo aún era porque esperaba primero una respuesta a mi requerimiento.

—Si quieres cómetelo, o divídanlo entre los dos —dije sin apuros y algo irónico mientras me tapaba con los dedos los orificios de la nariz—. A mí me huele mal. Los médicos vienen y a veces se lo comen delante de mí. Pero dicen luego que ellos se lo comieron para que nadie piense que fui yo.

Pero no se atrevió a tocar el bistec por más que lo mataran las ganas de devorarlo. Al teniente Martínez también se le iban los ojos para la comida.

—Sí que huele bien, teniente.

En el hospital todos me hablaban de comida. Ése era el plan trazado. La enfermera un día me preguntó por mi dulce favorito y yo cometí el error de decirle que era el Flan. Al otro día me estaba llevando un Flan de huevo y leche expresamente confeccionado para mí. Fue después de la hora del almuerzo, como merienda. El Flan entró en sus manos tapadito y me dio la sorpresa.

—Mira lo que te traigo.

Yo no podía creer lo que veía. Me sorprendió con el Flan ya frente a mí, amarillito y chorreando caramelo por los lados. Era grande como para cinco personas con deseos de comer. La enfermera me pidió que por lo menos probara una cucharadita al ver mi negativa. Yo sacudía la cabeza diciendo que no, mientras la cucharita avanzaba, como en cámara lenta, con el Flan vibrátil, meloso, oloroso, hacia mí.

—Comprenda que no puedo...

Lo veía acercarse, cada vez más. Sólo tenía que abrir la boca para que se deslizara suavemente entre mis labios, para que chocara con mi lengua y cubriera de pronto mi paladar.

—Anda, que nadie se va enterar, pruébalo nada más.

Me daba lástima ofenderla si le decía rotundamente que no, porque me hablaba con tanta dulzura que se me aflojaron las piernas, tanto por el dulce como por su voz, aún más melosa que el Flan. Sus dedos finos de uñas bien arregladas aunque sin pulir, se movían con estilo imperial. Parecía que todo se había perdido. Me sentí casi derrumbado. Pero me quedó una pizca de valor en el último instante para levantar mi mano de dedos muy gruesos, de uñas bien recortadas con mis dientes, y apartarle la suya delicadamente, después de ver la cucharita tan cerca de mi cara, casi chocando con mis labios, en el justo momento en que sólo me faltaba abrir la boca para dejarla entrar. Quedé fuera de balance, tembloroso, casi sin respiración, con el sabor desagradable que produce en la mente y en el cuerpo lo que se quiere y se rechaza. Todo en mí se agitaba por el tamaño esfuerzo. Ella trató de esbozar una media sonrisa de labios gruesos sin pintar.

Finalmente aceptó su derrota y tuvo que irse sin lograr su objetivo. Dejó el Flan sobre la mesita como le tenían orientado, quizás con la esperanza de que luego a solas con mi querido manjar, ahora convertido en mi odiado adversario, yo terminaría abrazado a su poder para terminar definitivamente con el mío.

Les hice el cuento del Flan a Jesús y a Martínez para que se acabaran de convencer de mi determinación y les pregunté que si después que finalizara la huelga me seguirían llevando bistec frito y Flan a mi celda. Me dijeron cínicamente que sí, que eso se podría arreglar.

No podía creerles, claro. Simplemente chasqueé la lengua y moví mi cabeza a los lados, tanto por mi ingenua pregunta como por la patética respuesta. Ya no sabían qué expresar ni que otro truco podían inventar para disuadirme. Le asignaron un papel que no podían representar, pues siempre les afloraba la torpeza de los que no saben actuar con sinceridad.

Ese día del Flan fue también significativo para mí, porque Thompson, un mayor de la seguridad del Estado, que chequeaba personalmente nuestro caso en el hospital militar, le prohibió a mi esposa la entrada.

A este Thompson lo conocía bien. Era muy famoso en los medios intelectuales, porque era el que vigilaba a los escritores y artistas en las oficinas de la UNEAC. De ese tiempo lo conocía y del tiempo después cuando me lo topé en los calabozos de Versalles durante los interminables interrogatorios.

Era arrogante, de voz pausada y engolada. Alto, trigueño, ancho, pero algo encorvado, con una sonrisa que se le iba siempre hacia un lado. Me dijo descaradamente, con sobrada perfidia, que ya venía siguiendo mis pasos desde hacía tiempo y que desde ya sospechaba que en nada bueno yo podía andar. Era un ser presuntuoso y absolutamente abominable.

Pero gracias al doctor Orestes, miembro de la comisión médica que me atendía, mi esposa fue finalmente autorizada. Ella entró en mi cuarto junto con el médico. Me besó desencajada, muy trémula, casi desfallecida. Él quería convencerme para que comiera el Flan y en ese momento dejara la huelga. Tenían trazado un plan. Cuando entró, amplia sonrisa en su cara granosa, me preguntó que si yo recordaba a qué fecha estábamos.

—Hoy es 14 de septiembre —le respondí—. Hace 32 días que estamos en huelga.

Pensé que sería para recordarme los días que llevaba ingresado. Pero me equivoqué.

—¿Y esta fecha tiene algún significado para ti?

—Claro, le dije, es el cumpleaños de mi hijo Yasiel.

A Yasiel me lo dejaron ver en días anteriores. Era un encanto, un muñeco encantador. Rubio de ojos negros, inquieto y sorpresivo como un terremoto. Estaba hecho un "mulo-cotón", como yo le decía, parafraseando la palabra melocotón y relacionándola con su energía de mulo. Rollizo y ocurrente, una delicia. Orestes lo recordaba bien, sobre todo el día en que le dijo que le enseñara el pipí para ver si era de verdad varón, y Yasielito se bajó rápidamente los pantalones, se agarró el pito con las dos manos y se arqueó hacia adelante para mostrárselo. Nos morimos de la risa.

Era muy divertido y acababa de cumplir tres años de edad. Me dolía pensar en esto y perderme la oportunidad de festejarlo y apretarlo entre mis brazos. Era lo que se dice un primor, un puto caramelo, mi "rubio de ojos negros".

—Entonces —dijo el médico—, vamos a celebrar su cumpleaños con este Flan.

Mi esposa estaba que ni hablaba. Había logrado verme gracias al Flan y al cumpleaños de Yasiel y se dejaba guiar por el director de escena que intentaba mover los hilos de sus personajes para llevarse finalmente los aplausos del éxito.

El médico no insistió más en lo mismo y canceló la función frente a mi desgano y mi rotunda reticencia, casi infantil. Sólo cuando se convenció de que nada se podía hacer para lograr el feliz desenlace, determinó suspender la función para darle el Flan a mi esposa para que celebraran el cumpleaños en casa. Fue siempre muy amable y amistoso con nosotros y con el niño. Fue el mejor y más comunicativo del equipo médico. Estas cosas nunca se pueden olvidar. Estas cosas nunca perderán su valor.

Martínez y Jesús el manco terminaron por entender con estos ejemplos que no probaría bocado alguno, ni con el mejor bistec del mundo, ni con nada que me pusieran delante para quebrar mi osada testarudez.

—Ya vieron de lo que fui capaz de despreciar. Tomen todo esto con seriedad y preparen mi entierro.

Les dije que no me pondría más los aparatos, porque era mi vida y al menos todavía me pertenecía para hacer con ella lo que yo quisiera. Tuvieron que irse con el fracaso como recompensa, y me quedé un poco acongojado, a solas con mi orgullo, mi desolación, mi angustia y mi condena.

UN ESBIRRO MÁS PARA NEGOCIAR

Días después me visitó el oficial de la seguridad que se encargaba de los presos políticos en la prisión de Boniato. Un tal teniente Rizo que siempre vestía con ropas de civil. Era un blanco pálido y recortado, de mirada cínica y ojos claros. Se las daba de sabio y poderoso frente a mí. Las veces que me mandó a buscar a su oficina, me habló con arrogancia y siempre con una mediocre sonrisa en los labios. Empezaba preguntándome por mi salud.

Un día se atrevió a decirme que mi situación podría cambiar si yo colaboraba con ellos. Por curiosidad le pregunté que de qué forma podría yo colaborar siendo un prisionero, y estrené también mi prosaica sonrisa para estar a tono. Trataba de actuar de la misma forma burlona o burlesca en que él actuaba. Me dijo de la manera más ingenua.

—Hablando con nosotros. Informándonos cuando se planeen huelgas o protestas, y diciéndonos los nombres de los líderes que la convocan.

Era tan insulso este tipo que ni siquiera se daba cuenta que yo le estaba siguiendo la corriente y que me estaba burlando literalmente de él.

—¿Ah sí? —exclamé—. Eso es un trabajo muy fácil.

Rizo resplandeció como si creyera en el triunfo de su diatriba. ¿Cómo era posible que se atreviera a hacerme semejante propuesta, a un hombre que había demostrado rebeldía y convicción desde el principio?

—Dime entonces, ¿cuándo va a ser la próxima?

Estuvo casi a punto de detonar sus fuegos artificiales.

—Cuando ustedes la convoquen —le respondí ya muy serio y secamente para apagarle los júbilos.

—¿Cómo, cómo…?

Su rostro se transformó súbitamente.

—¡Claro! porque ustedes son los que la provocan, con sus violaciones. Así que empiecen por inculparse y encarcelarse ustedes mismos, porque ustedes son los verdaderos instigadores.

Se le cuajó la auténtica sonrisa en la cara picoteada por pequeñas cicatrices. Parecía echar candela y lo vi a punto de volarme arriba. Era mucho más joven que yo, pero no mucho más fuerte. Si me hubiera golpeado lo hubiera estrangulado con facilidad, porque al parecer estábamos completamente solos. Pero no le di tiempo y sólo se quedó en el gesto, porque me puse enseguida de pie.

Le pregunté tranquilamente que si quería saber algo más, porque ya me quería ir.

—Te va a pesar todo esto…

Lo dijo entornando los ojos y echando el resto de la espuma venenosa que lo ahogaba.

—Ya me está pesando, porque tengo que pasarme 10 años aquí lidiando con ustedes.

—Lidiando nosotros con ustedes que no es lo mismo…

—¡Claro! Pero para eso le pagan bien, ¿o no? Mis años aquí son de gratis. ¡Ah! Y no me llames más a tu oficina para "entrevistas" como estas, porque no voy a venir. Van a tener que traerme a rastra. Y así será más difícil negociar conmigo. Ya van dos veces en la misma semana…

—¿Cómo dices, cómo…?

—Si quieres saber sobre cómo va mi salud, pregúntele a los médicos, que ellos te dirán lo bien jodido que estoy. ¿Quién puede sentirse bien entre tanta mierda?

Desde esa vez no lo vi más, hasta el día en que se me apareció en el hospital militar, siempre con su mediocre sonrisa. No había aún escarmentado conmigo y pensó que tendría una oportunidad más ventajosa para triunfar frente a mi delicado estado, cerca de mi lecho de muerte. Venía con nuevos bríos y tácticas mal adiestradas, realmente viejas.

—¡Qué, Sambra, me dicen que ya estás comiendo…!

Ése fue su saludo. Hablaba como para hacerse el distraído, el hombre que al parecer había olvidado el encuentro anterior. Me chocó verlo.

—¡Ah sí, mucho! —le dije casi en el mismo tono—, hace un minuto me comí dos bandejas llenas y me sobró ésa que ves ahí.

Sonrió desarmado. Yo sabía cómo actuar frente a ellos, sabía cómo estirar la soga frente a estos arrogantes y mediocres personajes de la seguridad del Estado. Lo más que podían hacer era pegarme un tiro y no lo harían, porque aún actuaban a la defensiva y tenían demasiados recursos represivos a su favor para caer en esa gastada vulgaridad.

—Vamos a hablar en serio... ¿no te gusta esa comida? —Hizo una forzada transición.

—Sí me gusta, pero prefiero las comidas del mar, una buena langosta, unos buenos camarones entomatados.

Se lo dije muy serio, porque me dijo que íbamos a hablar en serio. Entonces él mismo se sorprendió con la seriedad que le respondí, pero no me creyó.

—¿Me estás hablando en serio?

—Sí, te hablo serio, ¿no dijiste que íbamos a hablar en serio?

—¿Entonces, si te consigo unos camarones te lo comes?

—¿Unos camarones entomatados?

—Sí, sí, sí... entomatados...

—Sí, pero... tienen que ser de esos que ustedes le quitan al pueblo para vendérselos a los turistas en los hoteles, de esos que se pagan sólo con dólares.

Se lo dije súbitamente, de carretilla, como para romperle en pedazos la ilusión.

—¡Ah, no jodas, Sambra!, contigo no se puede hablar.

Y diciendo esto salió como un bólido por donde mismo había entrado. Yo me quedé todavía metido en los hechizos de la inapetencia y en los trapecios del infructuoso diálogo. No me quedaba mucha energía y este tipo de esfuerzo me dejaba exhausto. Ahora sé por qué los niños son tan ocurrentes y tan malcriados cuando están enfermos.

FAMILIAS DESESPERADAS

Estuve dos días sin tomar agua y mi situación empeoró. Mandaron nuevamente a buscar a mi esposa para que tratara de disuadirme.

Acepté que me pusieran oxígeno y tomé agua.

Ella estaba desesperada y mis hijos también. Me los llevaban casi diariamente para que me convencieran o para que padecieran los tormentos junto conmigo. Los informes que les daban sobre mi estado de salud eran funestos. Un día, antes del sorpresivo final, le dijeron a mi esposa en la misma puerta de entrada al hospital. «No nos gusta dar malas noticias..., pero en este caso no tenemos más remedio, señora..., a su esposo le acaba de dar un paro cardiaco».

Mi esposa rompió a llorar. Ya me había recuperado de la afección y, sin embargo, no empezaron el tema por ahí, sino que se lo dijeron de sopetón con el propósito de atormentarla o de infartarla también.

Toda mi familia sufría. Ellos también hicieron huelga de hambre, pues no comían casi nada pensando en que nosotros no queríamos comer. Desde el principio usaron este método de echarnos a los familiares encima. Nos daban más visitas que nunca, siempre esperanzados de que de esta forma nos harían ceder.

Días antes llevaron a mi esposa hasta mi cama. Yo me había negado a recibirla, porque sabía de lo nerviosa y débil que era. No quería que me viera tan mal para no hacerla sufrir más. Entonces se aprovecharon y me la llevaron con toda malsana intención.

Era la primera vez que la mujer de un preso entraba a la sala de enfermos del hospitalito. Para hacer esto tuvieron que sacar a los demás prisioneros y llevarlos para otro cubículo mientras durara la visita. Yo estaba con suero y con muy mal aspecto. Mi esposa me lloró y me rogó casi hasta el desmayo y por poco quien se desmaya soy yo de tanto oírla y de tanto hablarle para convencerla.

—Piensa en tus hijos. No pienses sólo en ti...

—Lo que hago es pensando también en ellos, porque se van a sentir muy mal si conocen que su padre se dejó humillar por estos esbirros.

No me entendió, sólo entendía su sufrimiento, el peligro de perderme para siempre. Finalmente llamé al guardián para que la sacaran de la sala. Rechacé su visita por estarme llorando por anticipado, como si ya fuera un cadáver. Fui duro con ella, lo sé, pero no tuve otra alternativa que imponerme para que no sufriera más e hiciera más duro mi sufrir.

Cuando salió les dije a los guardias que no quería que me volviera a visitar, que no la dejaran entrar más, porque iba a ser mucho peor mi reacción.

No podíamos permitirlo. Nuestros familiares eran vilmente usados. Como yo me negaba a salir a recibirlos, entonces me los llevaban hasta la cama. Desde el día en que me llevaron engañado a la oficina del hospitalito, tomé mis precauciones. Pensé que era para un encuentro con el médico. Pero era mi hermano el que me esperaba.

Él había tenido una entrevista con el director de la prisión y los agentes de la seguridad. Luego lo convencieron para que tratara de convencerme. Mi hermano les dijo que trataría, pero les hizo algunas advertencias, y una anécdota de cuando éramos niños y recibíamos los bestiales castigos de mamá y papá. Nos ponían de rodillas en el patio y teníamos que sostener unos ladrillos con las manos alzadas. Si bajábamos los ladrillos nos pegaban con un cinturón de cuero. Les dijo «Miren, yo pedía perdón primero, pero él prefería desmayarse antes que pedir perdón». Trigueño, de ojos rasgados y de pelo negro como mi madre, mi hermano menor me había caracterizado brevemente, y esto pudo haber jugado un adecuado papel en las mentes de los represores. Eran terribles esos castigos, expuestos al sol, sobre el suelo rugoso, con minúsculas piedrecitas que se me incrustaban en la piel. Él era casi de mi tamaño, más alto que mi padre y que mi madre. Su débil complexión física se debía a que nunca le gustaron las prácticas deportivas.

Cuando me contó lo que hablaron, recordamos nuestra niñez, llena de bellaquerías, regaños y castigos atroces. Mi padre sin saberlo me fue forjando un carácter rebelde, casi indomable. Mi hermano les dijo que sospechaba que yo no iba a ceder en nada, y tuvo toda la razón. Cuando le expliqué las razones que teníamos para rebelarnos me entendió, y sólo me dijo. «En esta te puedes morir de verdad si no cedes a tiempo, pero yo confío siempre en Dios y le pido mucho por tu protección». Era más religioso que yo, más devoto. Era menos fiestero que yo, pero más agraciado según me decían mis amigas.

Yo estaba seguro de que si cedía sería peor para mí, para todos, y estoy seguro que estuvo de mi lado a pesar de su diferente temperamento. Pude apreciar que tenía mucha confianza en mí, aunque nunca seguiría mis pasos.

Con todos mis compañeros en huelga usaron el mismo ardid, pero conmigo se ensañaron más, porque seguían creyendo estúpidamente que si yo me retiraba, los demás lo harían también. Los represores se equivocaban, recurrían a los sentimientos de nuestros familiares para que nos sacaran del abismo en que ellos mismos nos habían metido. Pero ya era demasiado tarde, porque era demasiado grande el dolor que producen los abusos desmedidos, demasiado profundo los quebrantos.

Todas sus tretas fallaban. Decían que de todos los ayunistas era yo el que más riesgos corría de tener un desenlace fatal. Esto fue en lo único que no se equivocaron.

VÁLVULAS DE ESCAPE

Ismael lo suponía. Durante los días de rebelión y ayuno muchos acontecimientos significativos ocurrieron. Uno de éstos fue la decisión de abrir las puertas para todo el que quisiera emigrar.

El nuevo éxodo masivo lo creó el tirano mayor para librarse de desafectos asqueados de su régimen, porque la isla estuvo a punto de estallar. Con esto creó una válvula de escape y al mismo tiempo presionó a los Estados Unidos para que negociara un acuerdo migratorio que le favoreciera. La decisión formaba parte de un nuevo chantaje para obligar al gobierno norteamericano a pactar.

Las protestas y los continuos acontecimientos surgidos en El Malecón cuando varios grupos abordaron lanchas para abandonar el país, así como la espontánea manifestación violenta en las calles capitalinas, habían marcado el clímax de la crisis. El nuevo éxodo fue la culminación de meses de tensión política. Muchos observadores vaticinaron la llegada del colapso del comunismo en la isla. Los huelguistas en la prisión así lo presentían, y mientras analizaban los últimos acontecimientos y la reacción en cadena del derrumbe en Europa del Este, surgía la esperanza.

El día 19 de Agosto de 1994, como respuesta al éxodo inesperado, el gobierno norteamericano ordenó a los guardacostas evitar que los indocumentados alcanzaran sus aguas territoriales. Entre el 19 de agosto y el 15 de septiembre fueron interceptados 50,000 emigrantes y llevados a la base militar americana en Panamá y a la de Guantánamo en la isla. Entonces la ciudad de Santiago fue el punto más cercano a la base naval, y en pocos días se lanzaron miles al agua, ansiosos de libertad. Desde todos los rincones llegaron nuevos aspirantes con la intención de cruzar después a la base a como diera lugar.

Muy cerca del hospital militar donde a Ismael lo habían ingresado de urgencia, las lanchas se alistaban para zarpar. Los terrenos del hospital se extendían hasta la misma orilla de la bahía y hasta cerca de los muelles de Los Cangrejitos, un barrio de pescadores donde vivía parte de su familia. Las lanchas y los botes zarpaban a cualquier hora. Desde su cubículo Ismael percibía la agitación, la bulla de los que querían emigrar. La policía y el ejército intervinieron para evitar las sobrecargas de pasajeros. Las colas eran inmensas y muchos desesperados decidieron lanzarse por su cuenta y riesgo desde las playas ubicadas más al este de la ciudad.

En la base naval de Guantánamo las necesidades inmediatas crecieron producto del hacinamiento. Se habilitaron tiendas de campaña para albergar a hombres, mujeres y niños. La explosión amenazaba con alcanzar proporciones insospechadas como en el año 80. A Los Estados Unidos no le convenía otro Mariel, 14 años después de aquella hecatombe migratoria.

El día 9 de septiembre se firmaron los acuerdos para poner fin a estos provocados eventos. El resultado favoreció al dictador quien cínicamente había pedido que Estados Unidos aumentara el número de visas a 100 mil cada año. Pero finalmente se acordaron unas 20 mil, y esta debilidad de los gringos se presentó erróneamente como una victoria en las negociaciones.

Con esta válvula de escape, se reducían las posibilidades de una explosión social. Puestos en la balanza los pros y los contras, el régimen saldría favorecido. En lo adelante cada ciudadano viviría con la esperanza de ser uno de los 20 mil seleccionados. Cada año se hacía la selección a través de sorteos. Los ganadores obtenían las visas y escapaban así del famoso "paraíso" sin correr demasiados riesgos.

Los exiliados de Miami pidieron a Bill Clinton que no se dejara chantajear y abogaron por un bloqueo naval a la isla. Esta hubiera sido quizás la adecuada medida frente al chantaje del dictador. El acuerdo impedía la salida ilegal e incluía hasta los 6,000 emigrantes que habían cumplido con los requisitos de emigración y estaban en una lista de espera para viajar. Este acuerdo señalaba que "a los inmigrantes rescatados por mar no se les permitirá entrar en Estados Unidos, sino que serán llevados a instalaciones de refugio fuera del territorio norteamericano", y que se tomarían medidas para eliminar el uso de la violencia por parte de los que desvían embarcaciones y aviones en la isla con el propósito de emigrar.

Las fuentes del régimen anunciaron el fin del éxodo masivo que ellos mismos habían avivado y dieron un plazo de 72 horas, hasta el día 13 de septiembre, para que recogieran botes y balsas usados con este fin, bajo la amenaza de que serían confiscados. A pesar de esto, cerca de 2,000 balseros más escaparon aprovechando el último plazo dado.

El jefe del "parlamento", fue quien negoció los acuerdos y lo calificó desfachatadamente como "un paso positivo alcanzado". El vocero de la Casa Blanca se apresuró en decir que no habría conversaciones futuras mientras no se apreciara un patrón de reformas políticas y económicas en la isla. ¡Pura cháchara! De todos modos ya le habían preservado el poder al tirano. El chantaje funcionó y el tirano tendría que agradecerle una vez más a los gobiernos del Partido Demócrata y en especial a Bill Clinton el haberle salvado la partida.

No podremos decir que el gobierno norteamericano se haya enfrentado nunca al tirano más terrorífico del caribe. En todo caso sólo se le han enfrentado los gobiernos republicanos, porque, según Ismael le explicaba a sus compañeros, fueron los únicos que hicieron algo efectivo para derrocarlo, y los que han empleado mejores y más coherentes estrategias aunque no hayan sido siempre las más eficaces.

Los gobiernos del Partido Demócrata que alternaron con los del Partido Republicano, en los casi cien años en que el tirano y su familia estuvieron en el poder, le han dado siempre beneficiosas treguas que este astuto diablo expulsado del infierno por el mismo Lucifer, supo aprovechar para fortalecerse.

En una sola palabra, el tirano se ha burlado de la democracia estadounidense. Otros gobiernos en el mundo aceptaron su juego donde el único gran perdedor fue siempre el pueblo.

El dictador sobrevivió al mandato de muchos presidentes norteamericanos. Incluso algunos, como el primer presidente negro Barack Hussein Obama, lo favorecieron descaradamente, eliminando leyes y restricciones que castigaban al dictador. Todos prometieron acabar con la dictadura y ninguno cumplió, porque los procesos que iniciaron unos, fueron quebrantados por otros. Y en esto estoy de acuerdo con Ismael también, porque la falta de coherencia y sistematicidad han sido factores determinantes en el fracaso de las políticas utilizadas. Y el colmo de los colmos se vio en el caso del niño balsero Elián González y la actitud entreguista de Bill Clinton, quien decidió devolverlo a la isla-cárcel, después que su madre perdió la vida en el mar en el intento de liberarlo.

Al tirano incluso se le permitió entrar en los Estado Unidos en 1996, y allí, a pesar de haber criticado y minado la defensa moral del capitalismo, fue respaldado y agasajado por magnates capitalistas que, sin ninguna clase de escrúpulos, presionaron para que se suspendiera el embargo decretado sobre la isla y poder hacer rápidamente sus inversiones de capital.

Como se ve, se hizo más dura y larga la lucha antes de alcanzar el triunfo definitivo, porque se hizo muy difícil luchar al mismo tiempo contra enemigos y traidores, donde fueron más los traidores que los enemigos. Como dijo Ismael en su artículo Luchando contra enemigos y traidores, publicado en Nueva Prensa Libre (New Free Press), el periódico trilingüe de Canadá, fundado por él en los primeros tiempos de su exilio.

Con los acuerdos migratorios el tirano y su régimen quedaran momentáneamente como ganadores, y paradójicamente la ayuda les vino de los Estados Unidos, su enemigo declarado. La historia hubiera sido muy diferente si el republicano Richard Nixon hubiera salido electo en lugar del demócrata John F. Kennedy en esas reñidísimas elecciones de 1960 cuando los comunistas acababan de tomar el poder de la nación. Por lo menos la invasión a Playa Girón no hubiera sido un rotundo fracaso.

Se sabe que John F. Kennedy, les negó a los invasores el apoyo aéreo y artillero acordado. La brigada 2506 con sus 1,500 combatientes fue abandonada a su suerte después del desembarco y sobre ella cayeron más de 60, 000 efectivos que jugaron "el tiro al blanco" con los viejos barcos mercantes utilizados para desembarcar todo el arsenal de guerra. Con la traidora acción de Kennedy vino la derrota y se abandonó a su suerte una isla que navegó contra la corriente por decenas de años, siempre por un rumbo equivocado, de fracaso en fracaso, con su despótico capitán Maraña al timón.

El tirano hizo ver siempre que Estados Unidos era el único culpable de sus ruinas económicas y políticas. Provocó la implantación del bloqueo, porque esto le convenía. Incluso provocó su arreciamiento con el derribo de las dos avionetas de "Hermanos al rescate" en aguas internacionales, el 24 de febrero de 1996, en los momentos en que el presidente americano decidía sobre la aprobación o no de la ley Helms-Burton.

El tirano escogió un enemigo grande para hacerse grande y aparecer siempre como víctima de su poderoso enemigo, y este truco le funcionó muy bien. Podemos decir pues, sin temor a equívocos, que gracias a los Estados Unidos el tirano se mantuvo demasiado tiempo en el poder, a pesar de sus injusticias y olímpicos errores, que lo convirtieron en el más célebre campeón de las metas malo-

gradas. Sí, se mantuvo activo demasiado tiempo, y eso le permitió nombrar sucesores de su propia familia, para morir después tranquilamente con todas las comodidades y atenciones que había creado en su enorme poltrona imperial, en lugar de haber sido ajusticiado por sus crímenes, tal y como se merecía.

Ismael así lo analizaba cuando hablaba con sus amigos y sus compañeros de causa. Era bien locuaz en sus análisis, aun cuando se debatía entre la vida y la muerte, con muchas probabilidades de perder esta batalla. Pero tuvo suerte. Se le había presentado nuevamente la oportunidad de escapar de la isla-cautiva. Sólo tenía que salir al jardín del hospital, hacer la cola y subir a uno de los botes sorpresivamente autorizados para emigrar, porque al parecer los que lo vigilaban a todas horas a la entrada del cubículo, habían abandonado la guardia para darle esa posibilidad. Y la hubiera aprovechado fácilmente. ¿Pero, estuvo entre sus planes la cobarde fuga?

PARO CARDIACO PRECIPITA DESENLACE

Mi estado físico empeoraba día a día. El cardiólogo me explicó, después de un chequeo, que tendría que ponerme una inyección muy peligrosa, porque la presión arterial no se me controlaba y casi estaban unidas "la máxima" y "la mínima." Eso, al menos, entendí. Yo había aceptado tomar tazas de café, pero sin azúcar; porque era lo único que, según el médico, podía regularme la presión arterial. Seguía con el oxígeno puesto y habían empezado nuevamente a ponerme los sueros.

Teníamos 39 días de ayuno cuando me llevaron a mi hijo Guillermo al hospital. Le habían dicho que me quedaba poco tiempo de vida y que debía verme antes de morir. Los médicos me avisaron que mi hijo había llegado. Me dijeron que me preparara para verlo, que no debía experimentar ninguna emoción que pudiera alterar mis pulsaciones, que debía estar tranquilo. Pero que debía dejarme poner nuevamente los aparatos para estar pendientes de mi evolución durante el encuentro, porque de lo contrario no podían permitirme la visita.

Acepté el trato, porque pensé que lo hacían de buena voluntad. Cuando ingresé en el hospital militar, planté mi bandera frente a la comisión de médicos que me atendía. Les dije que yo era un opositor al régimen y que estaba preso por ser un disidente declarado.

—Sé que ustedes son militares y miembros del Partido Comunista al servicio del gobierno. Sé que mi vida queda en sus manos. Pero pienso que ustedes son ante todo médicos que deben responder a una ética profesional por encima de cualquier ideología.

Les hablé claro y creo que todos me comprendieron, con excepción del Dr. Germán que no movió un sólo músculo de su enjuto rostro. Lo noté demasiado callado para un momento de definición crucial. Todos se comportaron siempre como médicos y sólo me hablaron de mi salud, de mis libros y de mi familia, hasta con cierta simpatía, respeto o admiración. Incluso me llevaban las noticias de lo que estaba ocurriendo con la nueva ola migratoria y con las gentes que zarpaban muy cerca de aquí. «Imagino que la bulla del gentío no te deja dormir». «Yo ya no duermo, les respondía, son pequeños desmayos los que sufro cada vez que cierro los ojos».

Me hablaban de las colas que se hacían, de cómo se amontonaban y todos querían ser los primeros, de que los lancheros vendían las capacidades, de que las gentes preparaban sus balsas y se lanzaban desde playas más cercanas a la base naval de Guantánamo, de que sabían que muchas personas llegaban desde la capital y desde otras partes de la isla, porque por mar era mejor que por tierra, porque atravesar por los campos minados de los alrededores de la base era casi imposible. El régimen la había cercado con miles de explosivos para evitar la emigración por esa zona. Muchos habían volado en pedazos en el intento.

La gente desesperada acudió para aprovechar la ocasión, esta vez sin actos de repudio, ni ataques directos, lo que demostraba que el gobierno era quien preparaba y autorizaba estos bárbaros actos contra los que disentían o sólo querían escapar. Hasta a mí me ofrecieron la posibilidad de la fuga, porque una noche los dos guardias que custodiaban la puerta desaparecieron.

Entonces salí al pasillo y caminé con dirección a la salida. Todo estaba solitario, nadie vigilaba o hacía guardia. Pensé que podía ser una invitación para que me fugara, una invitación para que yo me mezclara y huyera junto con los grupos que a pocos metros de aquí lo hacían.

Cualquiera podía hacerlo sin que nadie le pidiera cuentas, sin tener que registrarse. Tenía una buena oportunidad para fugarme y al parecer me la estaban dando. Esos mismos guardianes que abandonaron sus puestos me habían hablado sobre lo que estaba sucediendo y uno de ellos me lo dijo.

—¿Y por qué tú no aprovechas y te vas también del país?

Yo le dije que no era mi intención, que tiempo atrás yo pude haberlo hecho fácilmente y que, sin embargo, me quedé, porque lo que hay es que luchar para establecer la democracia para el bien de todos.

—En tu situación es mejor salir, ahora hay facilidades. En Boniato les están dando pase a los presos comunes para que aprovechen el momento.

Al parecer el guardia me estaba informando de la situación con todo propósito y lo demás yo debía interpretarlo. ¿Lo hacía porque simpatizaba conmigo o porque así se lo habían orientado? Escapar era una posibilidad y ahora la tenía.

Pero quien debe irse es el tirano y no la gente. Sería todo más fácil de arreglar. Cuando mi hijo fue arrestado yo tuve tiempo suficiente para desaparecer de alguna manera y; sin embargo, me quedé en la casa esperando pacientemente a que en cualquier momento me fueran a arrestar. Estar en una prisión por mis ideas políticas, formaba también parte de la lucha, porque demostraba ante el mundo la infamia del represor.

No, sencillamente la fuga no estaba en absoluto dentro de mis planes. Nunca me gustó huir ni evadir enfrentamientos, era parte de mi personalidad. ¿Por qué iba a hacerlo ahora que estaba tan comprometido?

La vez que un individuo me empujó en la cafetería de San Félix y Enramada para arrebatarme unas tazas de café, no evadí el abusivo enfrentamiento. Todo lo contrario, reclamé nuestros derechos a utilizar las tazas que estaban disponibles sobre el mostrador. El tipo se mostró desde el principio prepotente y me empujó para sacarme del local. Reaccioné como una fiera al verme pisoteado y lo golpeé en la mandíbula. El impacto lo hizo caer de espaldas en la calle.

Cuando vi que todos en la cafetería empezaron a gritar y a huir, no supe qué hacer. El hombre se había incorporado y sacaba una pistola. Me quedé esperando la agresión. Podía haber corrido como los demás; pero me pareció inmoral hacerlo. El hombre logró pegarme con la punta del arma en la cabeza y me sentí con el tiro dado. Echaba mucha sangre. Me llevaron detenido para la estación de policías y a mis amigos también.

El agresor y sus dos amigos resultaron ser militares, pilotos de la fuerza aérea. De eso nos enteramos después. Nosotros éramos jóvenes sospechosos, porque usábamos pantalón estrecho y pelo largo. Contra ellos nada se podía hacer. Podían atropellar a cualquiera. Se sentían dueños de todo y de todos.

De no ser por un señor que había presenciado el espectáculo y que se presentó en la estación para defendernos, de seguro que nos hubieran encerrado en los calabozos. El hombre, alto, de educados ademanes y barriga abultada, habló algo con el oficial y mostró un carnet, y esto bastó para que nos soltaran. Nos dijo que era ingeniero agrónomo y que se había indignado mucho al ver el atropello.

Huir nunca. Ese era mi lema y siempre había salido airoso de los encontronazos que me salieron al camino.

Después de meditar por unos instantes, sobre la desaparición de los dos guardias que me custodiaban y sobre las posibilidades reales que tenía para escapar, decidí regresar. Pensé también que todo podría ser una trampa preparada para que yo cayera en ella. Sería una vergüenza que me cogieran escapando después que tanto exhorté a mis amigos a resistir, a no rendirse nunca. Con qué moral iba yo a reclamar derechos, en caso de que me dejaran vivo.

Entré nuevamente a mi cubículo completamente desfallecido. Me recosté en la cama mientras seguía escuchando la algarabía de los que en lugar del desafío, preferían la fuga.

A mi hijo Guillermo le habían dicho que mi muerte era inminente. Estaba allí, mirándome con los ojos hundidos en sus cavidades. Lo tenía frente a mí totalmente demacrado, ojeroso, muy delgado. Su aspecto me causó pavor. Me imagino que él se asustaría también al verme. Mi pobre muchacho, tan joven y lleno de ilusiones, demasiado joven para semejante tránsito hacia la muerte. Me abrazó y me besó. A través del abrazo y el beso siempre transmití a mis hijos la confianza y mi amor de padre, y ellos siempre me correspondían. Era una costumbre que les había inculcado desde niños, día a día.

Ante los ojos del desamor y la indolencia, esta acción pudo ser la primera muestra de nuestros nobles sentimientos cristianos. No éramos bestias rebeldes, éramos seres capaces de crear amor y repartirlo, capaces de laborar para que otros aprendieran que el amor construye puentes y el odio los destruye.

A lo mejor me estaba muriendo de verdad y yo no lo sabía. A lo mejor todo era un nuevo truco de los represores para hacernos desistir. Uno siempre tiene sus dudas con las cosas que dicen, con lo que hacen; porque siempre nos han tratado de engañar.

Ya hacía unos días que habían ingresado a Diosmel Rodríguez. Los represores me dijeron que él había abandonado la huelga, que estaba comiendo y que gracias a eso se había salvado. Pero era mentira. Traté de contactar con él. Hablé con una anciana negra casi calva, que limpiaba el cubículo, para que le llevara una nota de mi parte. Dijo que sí, que se la iba a llevar. Pero la nota nunca llegó.

La infeliz me delató a los guardias y les entregó mi nota. Traidora. Algunos contactos a veces fallaban, por miedo, o porque estaban infiltrados al servicio de la seguridad para hacer ese trabajo.

Mentirosos. Trataban de debilitarnos. Nos decían mentiras para crear la duda. Trataban de desacreditarnos y dividirnos. Gracias a que los conocíamos bien, desconfiábamos siempre de las informaciones que nos daban. Pero mi caso parecía distinto. A lo mejor me estaba muriendo de verdad y la puta muerte me sorprendería cuando menos lo esperara. Mi estado físico podría ser muy grave. La presencia de mi hijo quizás me lo confirmaba. ¿Lo habían llevado para que me diera el último adiós? ¿Pero estaría aún a tiempo de retroceder? ¿Era ya irreversible mi caso?

El monitor alteró su sonido y traté de calmarme los ánimos. Respiraba con dificultad, la vista se me nublaba.

—Papá, me dijeron que te estabas muriendo y yo no lo quise creer.

Su voz me llegaba desde muy lejos como si volviera muy lentamente del eco.

—No te preocupes, m'hijo, que aún no me toca. Uno sabe cuando uno se va a morir.

Me sentía en la obligación de que me viera animado y de darle ánimos, de que no me viera ningún síntoma de abatimiento aunque pareciera totalmente abatido.

—Papá, si tú te mueres yo me muero también.

—No, entonces tú tendrás que vivir para contarlo todo…

Nos habíamos metido juntos en la empresa y saldríamos victoriosos juntos, después de tantos juegos y malabares con la única vida de la única existencia.

Muy cerca estaba el cuerpo de guardia para casos de emergencias. Hubo madrugadas en que escuchaba los gritos de alguien que lloraba por alguien que de repente perdía la vida, y pensaba en las ironías que tiene la vida, porque nosotros la estábamos desperdiciando, la estábamos tirando por la borda, sin contemplación.

Pero es que ya habíamos llegado a un punto en que no podíamos retroceder. Eso es lo que uno siente cuando alcanza ese estado al que nosotros habíamos arribado, casi sin saberlo. Los riesgos transitados, las ofensas recibidas, espoleaban nuestro orgullo y nuestro valor. Fueron demasiado lejos esta vez, y esos sentimientos empantanados no nos permitían volver atrás. Aunque quisiéramos retroceder sentíamos que ya no podíamos hacerlo, que ya era demasiado tarde.

Viviendo tal experiencia fue cómo entendí por qué el opositor y poeta Pedro Luis Boitel murió, por qué fue que prefirió morir antes que abandonar su prolongada huelga de hambre en la prisión del Castillo del Príncipe. Antes de morir nos dejó este hermoso mensaje: "Los hombres no abandonan la lucha cuando la causa es justa". Sus represores no comprendieron nunca el secreto que lo animaba. Quizás estuvieron seguros hasta el último momento de que con los métodos represivos utilizados, lo harían claudicar, y por ese error y esa prepotencia irreverente lo mataron.

Yo resistía a pesar de mi gravedad, yo me afirmaba más frente a los sorpresivos acontecimientos. Pero todo tiene un límite. Delante de mi hijo perdí el control al parecer y me fui del aire. Había sufrido un paro cardiaco o respiratorio. No sé bien. Pero los médicos al parecer lo esperaban y actuaron con rapidez. ¿Había sido real o había sido todo preparado, provocado, para asustarme, para asustarnos?

Las señales quedaban claras, la huelga continuaría hasta el final, aun a expensas de un desenlace fatal, aun a costa de perder la vida.

MISIÓN URGENTE

Una semana antes de mi crisis le mandé con mi esposa un mensaje a Miriam Bressler, la esposa de mi hijo Guillermo. Había pensado en un plan que podría dar buenos resultados. Las emisoras radiales en el extranjero habían dejado de dar noticias sobre nuestra huelga, porque el primer plano lo ocupaba el nuevo éxodo masivo a través de la base naval americana.

Caímos en la cuenta de que si no hacíamos algo con urgencia nuestro sacrificio pasaría inadvertido y los represores no se sentirían presionados para atender nuestros reclamos. Del logro del plan dependían quizás nuestras vidas.

En el mensaje le pedía a Miriam que viajara con urgencia a la capital y se reuniera allí con los grupos de la disidencia interna y el periodismo independiente para que se volviera a hablar de nuestra situación. Le entregué unas notas sobre nuestras demandas y sobre las cosas que debía decir y puntualizar. Le dije también a mi esposa que le diera mil pesos de nuestros ahorros para los gastos del viaje y los días de estancia.

No viajaría en avión puesto que eso implicaba registrar su nombre y, como activista de derechos humanos, su nombre estaba circulado por el DSE. Burlaría la vigilancia que sobre ella y otros disidentes se ejercía. Iría por carretera cambiando de transporte y haciendo escalas. Viajó en autobús hasta Camagüey y desde allí cogió un camión de carga particular que se dedicaba clandestinamente a llevar pasajeros. Por 160 pesos la llevó hasta la capital.

Había hecho sus contactos previos. Se vería con María Antonia en el Paseo del Prado. María Antonia, activista de derechos humanos, la llevó hasta la casa de Elizardo San Pedro Marín, otro activista, quien hizo los contactos con los periodistas de Radio Martí. Se pusieron de acuerdo.

—¿Tú lo dices o lo digo yo?

—Como tú quieras —le respondió Miriam.

—Entonces hazlo tú, pero quiero que sepas que esto te puede llevar a la cárcel.

—No me importa, lo voy a hacer.

—¿Quieres improvisarlo o prefieres escribirlo?

—Prefiero escribirlo para dejarte la denuncia por escrito.

Miriam se preparó mientras esperaban la llamada telefónica del periodista. La llamada llegó y Miriam narró todo lo que habíamos pasado y estábamos pasando. Explicó los motivos de la huelga y finalmente responsabilizó al Comediante en jefe y a los funcionarios del DSE de nuestra inminente muerte y que si algo malo nos pasaba tendrían que matarla a ella también.

Su denuncia fue impactante. Todo el país y parte del mundo la escuchó, escuchó su testimonio, sus lágrimas, su fervor.

Cuando días después por fin pudo regresar a Santiago, tenía tres citaciones para que se presentara en el DSE en la loma de Versalles. El entonces primer teniente Juan A. Cámbara en persona la reprendió fuertemente por lo que había hecho y le dijo que le había levantado un "Acta de peligrosidad" para meterla en la cárcel; pero Miriam me contó que se negó a firmarla. Ese era el método que estaban utilizando para silenciar a los opositores y activistas de derechos humanos. Los acusaban de delitos comunes registrados en el código penal.

Su denuncia surtió el efecto esperado, volvíamos a ser noticia, ahora con mucha más fuerza, pues era cada vez más peligrosa y delicada nuestra situación.

REUNIÓN DE DESAGRAVIO

Al día siguiente de mi paro cardiaco o respiratorio fueron citados con urgencia los familiares de los ayunistas. Los fueron a buscar. Los represores habían recibido la orden de parar la huelga de inmediato, pero de la forma que ya nosotros pedíamos; es decir, en presencia de nuestras familias, porque ellas habían sufrido demasiado y tenían también derecho a negociar.

Al principio se negaron a aceptarlo, pues nunca antes había ocurrido, de tener que rendirles cuentas a nadie sobre sus malos tratos a los prisioneros.

La noche del mismo día 21 de septiembre, horas después que sufrí la crisis, el coronel Cobas, hizo llevar hasta su oficina a los cinco ayunistas que habían quedado en el hospitalito de Boniato. Les informó que al otro día se reunirían con todos y además con los familiares que estuvieran disponibles.

Les dijo que si querían, podían empezar a comer, que les había mandado a preparar un caldo de pollo para que fueran entonando el estómago. Pero la respuesta fue enérgica, no comerían nada hasta que se llegara a un acuerdo.

En la tarde del día 22 de septiembre a los 40 días justos del ayuno, se hizo la reunión. Pero ni a Diosmel ni a mí nos dejaron participar debido a nuestro delicado estado de salud. Eso fue lo que argumentaron para justificar nuestras ausencias. Yo no supe nada puesto que nada me dijeron y me vine a enterar de todo ya de noche con Manuel Benítez cuando lo ingresaron también de urgencia en el hospital militar.

Por la parte de los represores participaron el coronel Cobas Duzú, un extraño oficial que sólo escribió el acta y un representante de la reeducación penal de la provincia.

Por nuestra parte participaron los cinco ayunistas y algunos familiares que, según dijeron, pudieron localizar a tiempo. No se citó a ninguno de los miembros de la familia Sambra. La omisión fue deliberada y abusiva. Los familiares de Frandín vivían mucho más lejos, en el municipio Songo-La Maya a unos 40 kilómetros de Santiago, y sin embargo, los fueron a buscar.

El coronel, comenzó explicando que en la historia de la prisión de Boniato, nunca se habían tropezado con un caso así como el nuestro, que reconocían que se habían excedido, que aceptaban la culpabilidad por el indebido tratamiento que nos habían dado.

—Nos equivocamos —dijo quizás abochornado, aunque uno nunca sabe cuándo esta gente dice la verdad—. Nos sorprendieron con su fuerza de voluntad. Pensábamos que se rendirían al final, pero nos equivocamos. Aceptamos hoy la petición que nos hacen de que reconozcamos nuestro error y así lo hacemos. Se les dará un tratamiento adecuado a la situación. Y les prometemos que esto no se volverá a repetir.

—Parecía que hablaba con sinceridad, Sambra —me dijo Manuel Benítez apenas sin ánimo para hablar.

—¿Pero pudieron puntualizar bien las cosas?

—Sí. Todos expusimos nuestros puntos de vista.

El hermano de Antonio Frandín, que había renunciado a su militancia en el partido, estuvo muy preciso en su intervención. El director y los demás funcionarios trataron de ser convincentes. Pero sé que son los campeones de la demagogia y la cínica autocrítica. Ése fue el estilo, la doctrina que respiré en las escuelas desde que era un estudiante. Por eso no me sentí sorprendido con estas patéticas expresiones. Tampoco me sentí confiado.

La presencia de un representante de la provincia no jugó ningún papel. El hombre no dijo ni media palabra. Finalmente el coronel Cobas señaló.

—Hay algo que no podemos aceptar, porque no depende de nosotros. Esto lo hemos registrado aquí y será objeto de análisis de la instancia superior; se necesita una autorización del gobierno para que los presos políticos puedan usar uniformes diferentes a los presos comunes.

Sorpresivamente el experimentado coronel usó la expresión "presos políticos" para referirse a nosotros, y no "presos CR o contrarrevolucionarios", como estaban acostumbrados a decirnos. Sabíamos que sería difícil que nos aceptaran esta parte de las demandas, que dependía de las altas instancias del poder, del gobierno, porque querían hacer ver que éramos delincuentes, mezclándonos así con los prisioneros comunes.

Pienso que no me dejaron participar en la reunión, no para cuidarme la salud; sino para evitar que ejerciera mi criterio. Quizás hasta esperaron el momento de mi crisis final para justificar mi eliminación en las negociaciones. Los médicos me quitaron ese placer por orden de la seguridad. De haberme enterado de la reunión, seguro hubiera presionado de alguna manera para asistir. Mi fanatismo es la opinión, ejercitar este derecho es mi religión, aunque en ello lo arriesgue todo, hasta mi último aliento.

Somos seres racionales, que pensamos, que actuamos de acuerdo a como pensamos. Esto es uno de los principales derechos que tenemos los humanos, el derecho a la libre expresión, porque de ahí dependen y se ejercen todos los demás derechos. *"...Puedo haber sumado, en fin, /las horas perdidas,/ crisis, ayunos, interrogatorios, torturas, hospitales,/ llamadas sorpresivas,/ celdas de castigos, traslados de prisión/ y ser aún el mismo en diferentes formas y matices./ Como que esperan verme finalmente arrepentido/ me arrancarán la lengua, inventarán mi máscara./ Consultarán sicólogos, siquiatras y amañados tribunales,/ declararán así mi muerte clínica/ en diez en veinte años nuevos de embuste y felonía./ Mas, seguiré siendo inevitablemente el mismo,/ en el intento, en la protesta, en la postura/ en la ética al desnudo de cierto/ lenguaje elemental."* (Retórica en el presidio, del libro *Los ángulos del silencio*).

En la reunión se comprometieron a no ejercer más la violencia contra nosotros, a no tomar medidas de represalia por la huelga, a no considerarla como indisciplina. Se comprometieron a atendernos clínicamente, a brindarnos los recursos necesarios para nuestra pronta recuperación. Se comprometieron a darnos una "comida especial", más adecuada a nuestras necesidades orgánicas, a autorizarnos visitas de los familiares todos los días o cada vez que se quisiera.

La reunión estuvo bien. Pero, aunque los puntos esenciales fueron aceptados y se cumplieron, no me sentía conforme. Hubo cosas que quizás no se puntualizaron. Esto del uniforme debió de haberse discutido más, aclarado mejor. Hubiéramos usado nuestra ropa blanca, mientras se debatiera el asunto. A nadie hubiéramos perjudicado con esto. Pero no estuve allí para negociar y uno siempre piensa que todo pudo haber sido mejor.

De todos modos fue un triunfo aunque a medias, un triunfo al fin frente a la soberbia y la acostumbrada intolerancia de los represores. Por primera vez habían reconocido públicamente su derrota. Lástima de que no se hubiera podido reflejar en la prensa oficial. Hubiera sido un éxito absoluto si al menos una fría nota hubiera salido en el periódico Granma, el órgano oficial del partido. Pero hasta ahí no llegarían, y las palabras se las lleva el viento. En blanco y negro estas autocríticas y estos compromisos hubieran sido más difíciles de violar, aunque hasta los documentos firmados ellos los incumplían. Para ellos nada era difícil, porque no tenían una contraparte reconocida, una oposición legalizada. Hacían y deshacía a su libre albedrío, sin rendir cuentas a nadie. He aquí una de las diferencias entre la democracia y el totalitarismo.

No es que fuera desconfiado, es que nos tenían acostumbrados a la desconfianza, prometiendo y prometiendo sin cumplir. Nos sembraron la represión, la censura, la duda, el miedo y cosecharon nuestro escepticismo, nuestras decepciones, nuestra rebelión.

Un mes después, cuando apenas nos recuperábamos, fueron violados todos los acuerdos y nos sacaron por la fuerza del hospital sin aviso previo, sin haberse concluido con nuestro tratamiento clínico. Aparentemente se había firmado la paz, pero de pronto nos vimos inmerso en el mismo círculo, porque la guerra nuevamente había comenzado.

FALLÓ EL APOYO

Era cierto que nos habían fallado algunas cosas mientras estuvimos en huelga. Nos faltó apoyo. A veces, mientras agonizábamos, nos ilusionábamos con la idea de que nuestros amigos de causa, se incorporaran a la protesta con las mismas demandas. Pero no fue así, muchos de nuestros compañeros desde el primer momento dieron por perdida la batalla, y muchos de los que participaron se retiraron con el sabor de la derrota.

Pero más no se podía pedir, porque éramos seres totalmente indefensos frente a los extremismos. Tal como decíamos: "Esto es una pelea de mono contra león y mono amarrado". Pero todo hubiera sido muy distinto si, al menos, los presos políticos que fueron llevados desnudos a los destacamentos se hubieran reagrupados y se hubieran lanzado nuevamente a la pelea al ver que nosotros no nos habíamos rendido. Hubiera sido incontenible el oleaje si todos hubieran participado. Si se hubiera vuelto a la carga, el triunfo hubiera sido inminente, más rápido y total.

Pero lamentablemente no sucedió. Habíamos enviado un mensaje a Enrique que nos prometió responsabilidad con la retaguardia, mantener los enlaces y preparar nuevos grupos para obligar a las autoridades a negociar rápidamente en sus intentos de evitar una rebelión generalizada.

Sin embargo, Enrique no quiso o no pudo hacer nada. Él tenía idea de incorporarse desde el inicio en la vanguardia; pero otro prisionero político, Arquímiedí, que convivía con él en su celda, lo tenía influenciado, sugestionado o desalentado, y no lo dejaba accionar para que nos apoyara. Arquímiedi tenía la filosofía del quietismo o del miedismo. Nos hizo bastante daño, y en honor a la verdad, nos costó mucho trabajo lograr la unión, porque su filosofía justificaba la inactividad de los acobardados. Luis y Robier como hemos dicho, mantuvieron una actitud digna, pero no podemos decir lo mismo de Arquímiedi ni de Carloro. Les sobraba convicción, pero les faltaba quizás la madera que alimenta la hoguera de la rebeldía. Más bien mostraron una actitud quietista con tal de acomodarse lo mejor posible a las desgracias del infierno, escudados detrás del conformismo y la indolencia. Carloro, el más joven de los cuatro, por ejemplo, obtuvo beneficios en el taller de dibujo y propaganda comunista de la prisión. La mamá era dirigente del partido e influyó mucho para que se le diera este trabajo privilegiado.

Son cosas dolorosas, pero reales. No todos estuvimos dispuestos siempre al sacrificio, no todos fuimos activos en las nuevas circunstancias de nuestra lucha. Unos más, otros menos. Al menos, Carloro no se metía en nada, ni a favor ni en contra. Pero Arquímiedi no sólo no nos apoyaba, sino que se ponía a aleccionar a los demás para que no participaran en ninguna protesta o reclamación. Es decir, que nos estaba creando siempre la contra. Y esto nos restó fuerzas.

Pienso que no era un preso que se había puesto al servicio de la seguridad del Estado, aunque eran muchos los que pensaban eso. Pienso que más bien sentía mucha inseguridad a pesar de su tamaño y fortaleza física. Pienso que de alguna manera trataba de ocultar su miedo con la teoría de que era mejor la obediencia que la rebelión. Pero ya lo sabemos. Con el silencio y la sumisión no se construyen caminos que fundamenten la paz. La guerra es a veces necesaria para lograrla. Estas cosas nos debilitaron más todavía en los momentos difíciles que estábamos pasando los siete ayunistas.

Arquímiedi era un gigantón de unos seis pies de estatura que había adelgazado alarmantemente y que trataba de sobrevivir a toda costa, incluso a costa de su propia imagen pública. Se convirtió en un "petífero" como se le dice en la prisión a los comilones. Se comía hasta las cáscaras de las viandas y las frutas muchas veces sin lavar. Al parecer sus nervios lo traicionaron.

La prisión empuja a hacer barbaridades a quien no logra tener mesura en sus reflejos. Quien no sabe controlar sus emociones vive esclavo de ellas. Cuando queríamos hacer algún ayuno de protesta, él se oponía y decía que era mucho mejor protestar comiéndose «un plante», que era una mezcla de harina de trigo con azúcar y agua que los presos cocinaban clandestinamente quemando papeles en los rincones para paliar en algo el hambre. Su apetito era voraz y trataba de justificar sus reales debilidades con esta filosofía.

Tenía sugestionado a Enriquito, que era un muchacho noble y con mucha fe en Dios. Nos dijo un día que quería ser un cura católico para practicar las ideas del cristianismo. Arquímiedi no le permitía participar ni que nos apoyara en nada. Logró imponerle su criterio de portarse bien para obtener beneficios.

Enrique estaba condenado a 10 años de prisión por sólo estar presente en un grupo que gritó "¡Abajo Barbatruco!", desde la azotea de una casa donde había una fiesta. Creo que hicimos mal en confiar en él para que se encarga de organizar el segundo grupo de protesta. Pero no teníamos otra opción. Los principales activistas ya se habían incorporado y ninguno de nosotros quisimos quedarnos para un segundo grupo.

Amnistía Internacional había hecho una fuerte campaña pidiendo nuestra liberación, y nos había enviado una carta donde Enrique aparecía entre los nombres de una lista de nueve prisioneros de conciencia a los que se les tramitaba prioritariamente la libertad a través del gobierno de España.

En la lista aparecía el nombre de Arquímiedi, el "majámasgrande", como le decíamos. La carta estaba dirigida a mí nombre y yo aparecía como primero. Curiosamente la carta me fue entregada abierta en el salón de visitas familiares, tres días antes de la fecha acordada para nuestra pacífica rebelión. El agente de la seguridad del Estado que nos atendía, me la entregó, apenas ocultando una sarcástica sonrisa.

Me pareció muy sospechosa esa entrega, porque la carta nos exhortaba a mantenernos tranquilos en la prisión, ya que el gobierno ponía como objeciones los "problemas de indisciplinas y la participación en protestas y huelgas de algunos de los prisioneros políticos." (Archivo personal)

Pienso que nunca se me hubiera entregado esa carta de no estar escrita en esos términos de exhortación a la tranquilidad. A la seguridad del Estado le convenía mucho que nos mostráramos disciplinados y conformes con nuestras condenas.

Escribimos inmediatamente una respuesta donde les agradecíamos la gestión y poníamos nuestros puntos de vista basados en la necesaria protesta diaria por las injusticias cometidas. La carta la firmé junto con mi hijo quien también aparecía en la lista. La huelga se haría de todas maneras, porque además eran muchos los que confiaban en nuestra participación.

El grupo de apoyo falló, y no se hizo nada para ayudarnos. Nos dejaron solos y perdimos la fuerza, pero no las esperanzas. No todos confiaban en el éxito de nuestra acción, aunque nosotros insistíamos en que el objetivo de la protesta no era la de obtener un éxito inmediato para beneficio de nosotros mismos; sino de, al menos, hacer que la atención del mundo se centrara en los infortunios que estábamos viviendo los prisioneros de la isla-cárcel.

Seguir en esa batalla era una cuestión de honor, porque si renunciábamos a ella seríamos para siempre humillados y en ello también iba el prestigio del presidio político de los nuevos tiempos, que jamás debe ser empañado por el comportamiento de dos o tres egoístas o cobardes que donde quiera los hay. "Nuestro deber es la protesta y nuestro derecho la libertad" habíamos enunciado como principio básico en nuestro "Testamento político" y la mayoría del presidio entendía este enunciado.

Cuando me ubicaron en el destacamento donde estaba Arquímiedi pensé que seríamos buenos amigos, porque había escuchado por la radio la noticia de su injusto encarcelamiento. Todas estas cosas contrarias a nuestros intereses de grupo le restaron valor a nuestra amistad. Cosas así siempre son lamentables.

Pero no se trata de lo que hubiera podido lograrse, sino de lo que se logró. Los represores quedaron advertidos que no podrían jugar indiscriminadamente con la voluntad de los prisioneros, porque éramos de los que no aceptaban humillaciones.

VIOLENCIA PROVOCA NUEVAS LESIONES

Nos mantuvieron unos tres días más en el hospital militar. Después nos llevaron para el hospitalito de la prisión. A Manuel Benítez le dieron la libertad dos días después a pesar de que le faltaban unos 20 días para terminar su condena. Nuestro querido y solidario Manuel Benítez fue un ejemplo de dignidad para todos. Hasta los represores tuvieron que inclinar la cabeza frente a su heroica decisión de mantenerse hasta el final.

Estuvieron varios días tratándonos bien y cumpliendo con lo acordado. Siempre tuve mis dudas, nunca me confié totalmente. No se puede vivir confiado ni seguro donde se burlan las leyes y donde no existe una cultura de la legalidad que asegure el respeto a los derechos ciudadanos.

Un par de semanas después el coronel Cobas Duzú, director de la prisión de Boniato, fue sustituido por un capitán llamado Miguel. Esto formaba seguramente parte de la estrategia que ellos habían trazado. El coronel Cobas tenía solicitado su retiro como militar y en ese tiempo le había llegado la sustitución. Con él se iría el compromiso de su palabra y desaparecían los derechos que habíamos logrado. Ése fue el mensaje. Ésa fue la trampa que nos prepararon.

Al menos el coronel Cobas con todos sus defectos era un profesional experimentado en los asuntos de cárceles y prisiones, que había pasado escuelas de preparación en la extinta URSS. Pero este capitán Miguel que entraba a sustituirlo era un novato presuntuoso sin disposición ni escuela para respetar ningún acuerdo de los que el anterior jefe había pactado. Al menos con Cobas se podía conversar y al menos parecía que escuchaba hasta con mucho interés nuestros puntos de vista. Algo en él ya olía a cambio.

Recuerdo que una noche, durante la huelga, se apareció en el hospital militar para hacerme una visita. Entró en mi habitación y los guardianes de la puerta se retiraron, parece que por orden suya. Me dijo que sólo iba a estar unos minutos, porque su carro tenía la batería dañada y lo había dejado encendido. Fue unos días después de la visita que me hizo Jesús el manco.

Hablamos de diferentes temas además del tema de la huelga. Trató de ser amistoso y me hizo algunos chistes y entre éstos, uno sobre Jesús el manco relacionado con su mano mutilada que me llenó de estupor a pesar de que reímos. Adiviné que no se llevaban bien. Aproveché y le dije que había sido un error el haber confiado en Jesús el manco para que sirviera de intermediario, porque tenía más vocación para esbirro que para mediador.

Me confesó que fue el propio Jesús quien insistió en asumir la situación pues se creía capacitado plenamente para acabar con nosotros rápidamente. Me confesó otra serie de cosas que no debo contar. En fin que quiso demostrarme en todo momento que él no era malo y que se veía precisado a actuar como lo hacía, porque el caso de nosotros no lo determinaba él. Ya lo sabíamos.

—Sólo cumplo órdenes.

—Sí, pero para algo se es el máximo jefe de una prisión.

Pero parecía que para nada servía ser jefe sobre todo en el caso de los prisioneros políticos. Finalmente me dijo que había presentado su retiro como militar por el tiempo de servicio acumulado y que pasaría a dirigir una empresa mixta en el turismo, creada por el gobierno con los métodos capitalistas, después de haber criticado tanto el Capitalismo. De todos modos, cualquiera que hubieran sido sus reales intensiones, me dejó en la incertidumbre de considerarlo o no una buena persona, que quizás, tuvo la valentía de ir a verme por su cuenta y confesarme ciertas cosas en los momentos de su despedida. Tomé eso como una muestra de respeto, como una muestra de simpatía, o quizás lo hacía para proteger su retaguardia en caso de una derrota. No tenía por qué hacerlo. No tenía por qué justificarse, pero quizás también algo en la conciencia le remordía.

En su tono confidencial noté su admiración por los hechos que estábamos protagonizando. En ningún momento me habló con presiones y ni siquiera me pidió que abandonara la huelga. Interpreté que sólo quería conversar y que yo lo escuchara, que supiera que él no era el máximo responsable del abuso cometido. Claro que sabíamos eso, y el día que mandó a ponerme los sueros se lo grité en la cara: «No se esté echando la culpa que no tiene, que esta guerra no es suya». Claro que lo sabía, pero siempre agrada que se lo aclaren a uno. Fue como una confesión de sus pecados, del adicto pecador que busca al final una absolución para morir en paz.

Durante mis días de encierro muchos guardianes de la prisión se me acercaron para aclararme de que ellos no eran de los que maltrataban a los prisioneros, y eso nos alentaba a seguir en nuestra humana labor de velar por el respeto de los derechos humanos, que, indirectamente nos convirtió en jueces mediadores y hasta en fiscales acusadores para juzgar y condenar en defensa de los desvalidos.

Nosotros hablábamos de que teníamos confeccionadas listas negras con los nombres de los guardias del régimen que abusaban de los prisioneros y que se excedían en sus funciones. Y esto incidió mucho en la disminución de los abusos. Jugábamos nuestro papel y éramos bien visto por la mayoría.

Cuando estaba en el destacamento número 3, subió un guardián a verme. Su intención era sólo saber lo que pensaba yo sobre su labor como guardián de prisión.

—Recuerde, Sambra, que yo no le pego a ningún preso.

—Lo sabemos, teniente Moraga —le dije con sinceridad y hasta con cierta efusión como para que quedara bien convencido—, no se preocupe que nosotros sabemos bien quiénes son aquí los malos.

Algunos de estos militares eran también víctimas del régimen y si no renunciaban a su empleo era porque no sabían o no podían hacer otra cosa. Otros, sin embargo, disfrutaban y exageraban su papel de represor, porque se sentían resaltados en su ego y se veían respaldados por la esencia represiva del sistema que defendían y los defendía. Éste era el caso del capitán Miguel, el nuevo director de Boniato, quien nunca tuvo disposición ni intención de dialogar. Lo lanzaron a esta posición como punta de lanza para que jugara bien su represivo papel.

El capitán Miguel, gordito, recortado, moreno y de cejas muy gruesas, nos había mandado a suspender las frecuentes visitas especiales que nos daban con nuestros familiares. Eso había formado parte de los acuerdos.

Gracias a que nuestras familias nos llevaban alimentos nos fuimos realmente recuperando, porque la supuesta "comida especial" que nos prometieron, nunca fue nada especial, aunque sí era un poco mejor, que la que le daban a los demás enfermos del hospitalito. La tal "comida especial" nunca respondía a nuestras reales necesidades alimentarias con la excepción de unos vasos de leche que nos daban de las vacas especiales que ordeñaban en "la granjita" de la prisión para servirles al coronel y su familia.

Aumentamos algunas libras rápidamente, pero nuestra presión arterial no lograba equilibrarse y nos ponían algunas inyecciones y tratamiento para esto. No estábamos aún recuperados. Comenzaban a aparecer las secuelas de todo lo sufrido.

A mi hijo Guillermo se le agudizó la úlcera en el duodeno, y a algunos la hemorroide, y debíamos ser tratados con sistematicidad. Fueron muchos días que estuvimos sin defecar y nuestros intestinos estaban dañados.

Aún no teníamos el alta de los médicos cuando nos anunciaron de pronto que recogiéramos nuestras pertenencias para ser trasladados. Vestíamos aún las ropas de enfermos del hospital, una especie de piyama blanca confeccionadas con sacos de harina que nos cambiaban todas las semanas. Nos sentíamos bien con esa ropa blanca y pensábamos que bien podíamos habernos quedado así, pues sabíamos que la autorización de usar un uniforme para diferenciarnos de los comunes, no nos llegaría.

Nos pusimos en contacto con la doctora que dirigía el hospitalito de la prisión. Era una mujer delgada, morena y entrada en años. Se notaba muy frágil hasta en la manera de hablar. Ella nos atendía directamente de cuando en cuando. Le explicamos que querían sacarnos del hospital a pesar de no estar completamente recuperados. La muy infeliz nos dijo sin ninguna convicción que ya teníamos el alta. La vimos seria y esquiva frente a nuestras interrogantes. Se veía que actuaba bajo presión, porque no fue o no quiso ser convincente en su diagnóstico. Era de esperar.

El día antes nos había indicado un nuevo tratamiento a base de nuevas inyecciones. ¿Cómo era posible entonces que nos sacaran del hospitalito? Fue obligada a declarar que había terminado nuestra recuperación. Estos médicos civiles actuaban allí no con ética profesional, sino bajo los dictámenes y caprichos de los jefes militares. De lo contrario perderían fácilmente el empleo.

Trataron primeramente de dividirnos, de sacarnos uno a uno de la sala con diferentes pretextos. Juan Carlos Castillo Pastó aceptó salir con un militar para tratar de dialogar con el nuevo director sobre nuestro estado de salud y no regresó más. Diosmel Rodríguez salió al pasillo y se tiró en el suelo como símbolo de resistencia pasiva, entonces se lo llevaron cargado, casi a rastras. El resto no nos movimos de los cubículos y esperamos pacientemente el envite de la bestia. Queríamos que primero nos dieran una explicación.

La explicación llegó minutos después en forma de carros de policías de alguna unidad de policías de la ciudad. Parquearon detrás del hospital como si se tratara de un peligroso operativo. Sentimos el ruido de los frenazos y vimos por las ventanitas de las celdas la aparición de la jauría. Soldados y policías se unieron en la acción comando. Entraron con violencia en la sala y se dirigieron hacia mí. Traté de resistirme, de forcejear. Mi hijo trató de interceder, pero fue inútil. Me esposaron las manos y me cargaron en peso por todo el pasillo del hospital hasta sacarme al exterior. Me metieron de cabeza en uno de los carros. Yo no dejé de gritar insultos durante el trayecto. Me ahogaba la impotencia. «Asesinos, esbirros, abusadores, las van a pagar».

En el carro me encontré a Juan Carlos también esposado. Había otros dos carros más. Un guardia me lanzó un golpe con fuerza con intenciones de noquearme. No lo logró. Le di una patada como respuesta. Seguí defendiéndome con las piernas ya dentro del carro. Me atraparon la pierna derecha y me la halaron con fuerza hasta desprenderme el ligamento de la rodilla. El dolor fue intenso. Chillé. «Hijueputa, me zafaron la pierna».

Me esposaron entonces por los tobillos. Las esposas metálicas se me incrustaron en la carne y me hicieron sangrar. Había quedado en una posición muy difícil dentro del carro. Tenía las piernas torcidas completamente. El chofer del Lada, vestido con el traje azul de la policía, me las apartó levantándolas por las mismas esposas con toda intención. Se me incrustó más aún el metal. Le dije que su cara no se me olvidaría, que le pediría cuentas algún día por el abuso. Intentó sonreír, pero le salió una mueca de indiferencia y odio. Ya no podía hacer nada más. Aún estaba indignado, pero totalmente rendido.

El carro partió levantando polvo. Juan Carlos, pegado a la ventanilla trasera, se mantenía impávido, como si nada estuviera pasando a su alrededor. Todos no tenemos el mismo temperamento ni reaccionamos de la misma manera frente al atropello.

NUEVA HUELGA EN NUEVA PRISIÓN

Pensábamos que nos llevarían para la prisión de máxima severidad Kilo 8. El destierro era lo habitual para aquellos que protestaban. Llegamos a la prisión de Palma Soriano, a unos 57 kilómetros de Santiago y allí dejaron a Juan Carlos. Pensé entonces que me llevarían a mí sólo para Kilo 8. El capitán Vázquez, segundo jefe del Orden Interior, iba en el asiento delantero. Le pedí que me quitara las esposas de los pies. No lo hizo. Estaba completamente adolorido y sangrando.

No le pregunté a dónde me llevaban. Me daba lo mismo el peor lugar. Llegamos a Contramaestre a unos 82 kilómetros de Santiago. Estábamos en la famosa prisión Moscú, a varios kilómetros del poblado. Tenían cientos de prisiones para escoger. Me desterraron en esta, la más distante.

Todavía no se había hecho de noche cuando me metieron en la enfermería totalmente desfallecido. Tenía los dolores precordiales y la presión arterial muy alta. No podía caminar por el dolor de la pierna. La rodilla estaba ya hinchada. La enfermera me remitió de urgencia para el hospital general. Me dejaron allí hasta casi la media noche. No había comido. No quise comer.

Me devolvieron a la prisión de madrugada y metieron mi cuerpo en un calabozo a medio construir, totalmente oscuro. Un metro de ancho por dos metros de largo. Piso de tierra. Lleno de mosquitos, cucarachas, ratas, alimañas de todo tipo, con un olor penetrante a mierda seca mezclada con el orine. Dos planchas de cemento empotradas en la pared hacían la función de camas. La de abajo estaba cubierta por una paja seca y apestosa. Tuvieron que alumbrarme con un candil para colocar mi cuerpo totalmente desmadejado.

Afortunadamente traía mi mosquitero y dos sábanas limpias que me llevó mi esposa, porque durante la huelga todo me lo robaron, quizás los presos, quizás los mismos guardianes que controlaban las llaves del local donde estuvieron nuestras pertenencias secuestradas.

Rechacé la comida. Les anuncié que estaba nuevamente en huelga de hambre. Me sentía muy débil, pero no tenía otra solución que volver a la protesta. Un castigo atroz. No lo merecía. Eran demasiado los abusos y las violaciones.

Cuatro días después el capitán Roberto Pompa, director de la prisión, me fue a ver. Ya nos conocíamos de cuando fue jefe por un tiempo en la prisión de Boniato. Trató de ser amable y entró a mi celda. Se sentó en la cama de cemento. Apenas pudo enderezar el torso. Era un blanco alto y gordo, quizás por esto le decían Robertón. Quiso disuadirme de la huelga. Me habló de lo malo que estaba el lugar para vivir. Me vio la pierna hinchada.

—Si dejas la huelga te saco de este calabozo.

—Aquí me siento bien —le dije con sinceridad.

Creyó que bromeaba. Lógico. Ningún preso quería estar encerrado en esas abominables condiciones. Los presos lloraban para que lo sacaran del castigo, del total aislamiento. No lo aguantaban. Maldecían no sólo de un lugar tan execrable como ése, sino de celdas como las de Boniatico que eran pequeños palacetes en comparación. Los presos castigados terminaban autoagrediéndose para que lo sacaran. Al menos en la enfermería podrían respirar.

Los castigos tenían un mínimo de 21 días. Muchos no resistían ni la mitad. Negros gigantes lloraban como si fueran niños de pecho, para que lo perdonaran.

—Aquí no se puede estar nunca bien —agregó Robertón con voz cavernosa, quizás también por el eco que producía la cueva de ratón que me habían asignado.

—Prefiero estar solo —le dije sin alardes.

Pero no podía creer que yo prefiriera la soledad y el ambiente virulento de la ratonera. Me habló de llevarme para el mejor destacamento, con las mejores condiciones. Me negué rotundamente y entonces creyó en mí.

—Está bien, está bien, como quieras, pero ahora tenemos que darle un poco de condiciones a estos calabozos, tenemos que pintarlos, cementarles el piso... Después que se terminen te volvemos a traer si quieres.

Estaba buscando un pretexto para sacarme, por eso inventó lo del arreglo. ¿O era verdad? Allí había otros presos en otras celdas. Le pregunté que si los iban a sacar a todos para hacer los arreglos. Me dijo que sí. Pensé entonces que era cierto. Me habló de llevarme provisionalmente para la enfermería. Allí había cuatro camas para enfermos. Allí estaría solo con otro preso que estaba encargado de la limpieza. Acepté.

La prisión estaba rodeada de planchas prefabricadas de concreto de casi cuatro metros de altura. La enfermería estaba casi pegada al portón de salida, en la parte más alta del terreno. Desde allí se dominaba el paisaje campestre por encima de los muros.

Por primera vez reparé en la brillantez del sol deslizándose entre las palmas, sobre todo al amanecer, con sus gamas de colores. Los árboles de los alrededores se llenaban de pájaros y algunos inocentemente sobrevolaban el muro y entraban al cerco que formaba la prisión. Sus cantos me despertaban. Venían juntos con el olor del monte y enredados con la brisa y el ruido de las ramas.

Soy un fiel devoto de la naturaleza. Sé que me gusta la vida, que la disfruto, que no quiero la muerte. Pero también sé que una vida inútil no vale la pena. Por eso decidí seguir en la protesta. Debía hacer respetar mis derechos, para ser, no sólo partícipe, sino también merecedor de este fabuloso mundo que Dios nos ha creado.

En la mañana el compañero de cuarto me llevó el desayuno. Había que salir a buscarlo al comedor ubicado en otra nave no muy lejos. Se lo habían orientado así y él cumplía con lo orientado. Un vaso de té y un pan bon picado a la mitad era mi cuota. No lo cogí. Por la tarde, después del almuerzo, volvió a verme el capitán Roberto, me dijo que pensaba que nos habíamos puesto de acuerdo para que dejara la huelga. Le dije que yo no me comía esa comida, que allí la comida estaba peor que en Boniato, que yo tenía una dieta médica.

Choqué entonces con la realidad del lugar. Se cocinaba una sola comida con sal para todos, enfermos o no. Me dijo que mandaría a que me sacaran la mía primero, antes de que se le echara sal.

—De todas maneras tendrán que ponerle algo más para reforzarla.

—Mandaré a que lo hagan.

Querían complacerme. Conocían de mi determinación. Me trataban con tacto para llevarme a sus terrenos, para que no les creara nuevos problemas. Abogué también por la dieta de los demás, porque imaginaba que otros tenían similares padecimientos. Así fui creando condiciones. Otra huelga de hambre indefinida me llevaría sin dudas a la tumba.

—Bien, empezaré a comer; pero con la comida que me traiga mi esposa de la casa.

A los siete días dejé la huelga. Mi esposa y mi hijo Maurice me trajeron una comida apropiada. Ella había viajado a la prisión inmediatamente después que se enteró de mi traslado y no le permitieron verme. Le dijeron que yo estaba nuevamente en huelga de hambre. Me enteré de esto porque otros presos me pasaron el mensaje de que la habían visto. Los presos son muy solidarios cuando se trata de defender los derechos de los familiares a las visitas.

Se me ocurrió entonces esta idea y así fue como los pude ver. El día 25 comí con ellos, a una semana justa de mi llegada. Increíblemente había pasado el día de mi cumpleaños, 22 de noviembre, en huelga de hambre. Me sentía muy débil pero feliz de poderlos ver, de que me vieran. Ya habían sufrido demasiado. Nuestros familiares sufren más que nosotros la prisión. Nosotros nos acostumbramos mucho más rápido a las desgracias del inmerecido encierro.

Me vieron pálido, demacrado, pero optimista. Mi objetivo era que se sintieran tranquilos. En la visita estuvo presente todo el tiempo un agente de la seguridad del Estado vestido de civil. Yo estaba aún con el piyama blanco que me dieron en el hospitalito de Boniato. Estuvimos dos horas. Me sentí mejor.

La pierna me dolía y aún estaba hinchada. Cojeaba al caminar. Tomaba unas tabletas indicadas por el médico y me ponía paños de agua tibia todos los días, pero apenas podía moverme. El médico me había dicho que tenía el ligamento lesionado y me indicó para que me viera un ortopédico en el hospital. No me llevaron. Yo era el único preso político encerrado allí y tenían que pedir autorización para esto, para todo.

Estuve casi seis meses en la enfermería, esperando porque arreglaran el calabozo para volver a ocuparlo. El calabozo nunca fue arreglado. En la enfermería estaba mejor, ¡claro! Me daban las visitas cada dos meses con mis familiares, siempre separado de los demás presos. Cada tres meses me daban un pabellón de dos horas con mi esposa. Era lo reglamentado. Leía, escribía, estudiaba y seguía usando mi ropa blanca, short y pullover. Pensé que habían por fin aceptado mi demanda, de no usar el uniforme gris oscuro del preso común.

Pero esto no se echaba a ver, porque la mayoría de los presos allí vestían ropas de civil. Eran pocos los que usaban el uniforme, porque sencillamente no había uniformes suficientes para todos. No se metían conmigo. Parecía que se hubiera firmado la Paz, en secreto, sin escribir ni decir esa bendita palabra.

Pero, como dice el refrán, "poco dura la felicidad en casa del pobre." El 10 de marzo de 1995, en horas de la tarde, el capitán Roberto me citó al local de consulta de la enfermería. La enfermera estaba presente. Me preguntó primero por mi salud. Me tomaba las pastillas diariamente y mi sistema estaba controlado. Le dije. Sólo la pierna me dolía al caminar a pesar de que ya había cedido la hinchazón.

—Te llevaremos al especialista para que te la vean —me dijo—. Tú papá murió.

No pude entender lo que me decía. Me lo dijo tan bruscamente que pensé que no había oído bien.

—¿Cómo, cómo?

—Se murió y está en la funeraria.

Mi dolor fue grande. Sabía que estaba muy enfermo, pero no esperaba tan pronto la noticia de su muerte. Padecía del Mal de Parkinson desde hacía años, desde antes de mi encarcelamiento. Pasaba ya dos años sin verlo y de repente me vino la noticia de su muerte. Murió de un ataque al corazón a los 76 años de edad. Mi pobre padre, sé que sufrió mucho mi ausencia, probablemente más que mi madre. Me quería, sé que me quería, a pesar de mis diabluras, y yo a él también, a pesar de sus brutales castigos.

Robertón observaba mis reacciones. La enfermera se acercó a mí y me puso apresuradamente el aparato de tomar la presión. Estaba demudado. Lloré.

—¡Pobre papá!

—Te podemos llevar a la funeraria si quieres —me dijo.

—Claro que quiero, para verlo al menos por última vez —no dudé en responder.

Mi respuesta fue casi irracional. Sin pensar en nada.

Después de unos minutos volví a mi habitación y me tiré en mi cama. Me dijo Robertón, que me vendrían a buscar para llevarme. A los pocos minutos el oficial de guardia me llevó un uniforme de preso común completamente nuevo.

—¿Para qué es esto? —pregunté.

—Para que te lo pongas. Cuando termines de vestirte nos vamos.

Evidentemente, esperaron el momento oportuno para el ataque.

—Yo no me pongo ese uniforme.

—La orientación es que tienes que ponértelo para poder salir.

No acepté el chantaje. ¿Por qué tuvieron que esperar este momento para exigirme el uso del uniforme? Dije que no, que no me lo pondría, que no iría a la funeraria si esa era la condición. No respetaron siquiera mi congoja para dejar de presionarme y torturarme.

Me sentía impotente, sin saber qué hacer. El uso del uniforme no me importaba ya, puesto que nunca me ilusioné con la idea de que nos autorizaran ropas diferentes. Sin embargo, ellos mismos me dijeron que mandara a buscar a la casa ropas de civil, pues era lo que allí se estaba usando por la escasez de tela, y así lo hice. Sólo quería que me dejaran en paz, que no me siguieran atormentando, que no me provocaran más. Imposible. Tenía que sufrir multiplicadamente mi condena.

Que yo cumpliera los diez años de sentencia no era suficiente para ellos. Querían que yo los agonizara, que los pasara doblegado, humillado, que sintiera que ellos eran los que mandaban, los que tenían el poder, porque yo había cometido el más horrendo de los crímenes al declararme opositor.

Me quedé tirado en la cama. Una hora después la enfermera fue a verme. Habíamos hecho muy buena amistad.

—Sambra —me dijo con suma dulzura, cerrando un poco sus grandes ojos y arqueando sus cejas gruesas—, a tu padre lo van a enterrar y no lo vas a ver más, tu familia incluso necesita de ti...

Le dije del chantaje que me estaban haciendo, que eso no era justo.

—No importa. No les haga caso. Tú vales más que todos juntos. Tu familia vale más que todo.

Me habló lindo como si lo que me sucedía le estuviera también doliendo. Siempre fui correcto y amable con ella, con todos, y sabía que me estaba hablando con sinceridad. Me quedé pensando y pesando los pros y los contras de mi determinación.

Un rato después mandé a buscar al oficial de guardia. Le dije que lo prepararan todo, que me pondría el uniforme de preso común, que aceptaba el chantaje, porque como dice el refrán, "la ropa no hace al monje". Quería darme ánimos yo mismo. Mis principios políticos iban por dentro y eso sí que nadie me los podrá negar. El oficial llamó a los agentes de la seguridad del Estado y les dio la buena noticia.

Una hora después llegaban en un Lada soviético. Salí desplomado al encuentro. Me sentía ridículo, totalmente desarmado. Los tres agentes ni siquiera me dieron el pésame por la muerte de mi padre. Me esposaron y me llevaron al funeral.

Al menos cumplieron con esto. No me hacían ningún favor. Era lo que estaba establecido en el reglamento en caso de muerte de un familiar cercano al prisionero. Más bien se estaban aprovechando de la oportunidad que se les había presentado para descargar sobre mí nuevas dosis de veneno.

TRASLADADO CON PRESOS COMUNES

Los represores no descansaban. Se turnaban. Se alternaban. Eran muchos pensando al mismo tiempo para descubrir las intenciones de sus víctimas, para neutralizar, someter, aplastar voluntades. Eran muchos planeando los métodos menos imaginables, más crueles y más sutiles. Muchos trabajando fanatizados, con los mejores recursos y los mejores salarios para sofisticar cada vez más sus trampas y envestidas contra los enemigos ocultos o declarados. Fueron tiempos muy difíciles. Todavía se desconocen muchas de las atrocidades cometidas. Tendrán que pasar cincuenta años más para poder recopilar toda la necesaria información, porque muchos de los archivos fueron destruidos después de la muerte del tirano mayor. El aparato represivo que lograron fue muy grande, efectivo y variado.

El Departamento Técnico de Investigaciones (DTI) y el Departamento de Seguridad del Estado (DSE) crecieron a diario a pesar de la crisis económica que azotaba al país. La Policía Nacional Revolucionaria (PNR) había también aumentado su nómina en un 30 %. Cientos de jóvenes (la mayoría campesinos) ingresaron en el Ministerio del Interior, no por afición o adhesión al régimen, sino porque encontraban en este sector una fuente de trabajo cómodo y seguro. Además les habían aumentado el salario.

Un agente de los cuerpos represivos (no sólo los de alto rango) ganaba tanto o más que un médico, y obtenía mucho más beneficios materiales y políticos. El tirano se vio precisado a estos incrementos, porque las deserciones estaban aumentando. Como buen tirano sabía que sólo podía mantenerse en el poder por el uso y abuso de la fuerza.

En cada esquina de cada calle de cualquier ciudad se podía ver un par de policías uniformados o con ropas de civil, vigilando y acechando. En el país, sin contar el ejército regular, existía la reserva militar, las milicias y los grupos paramilitares, en fin, sobradas fuerzas represivas para intimidar y controlarlo todo. De esta forma pagaba también el pueblo los llamados beneficios que daba El Estado. La vigilancia absoluta fue el plato común de cada día.

Los comités de defensa (CDR), a pesar de que tenían cada vez menos adeptos, siguieron jugando su papel cuando su hermano menor tomó el poder y realizó algunos cambios cosméticos para tratar de consolidarse. Fue una rígida dinastía dictatorial. Tres o cuatro militantes vigilaban y sometían a los más de cien vecinos de cada cuadra. Ismael y un miembro de su grupo, parados en las cuatro esquinas del barrio, hicieron un recuento sobre los posibles disidentes, indiferentes y desafectos, y llegaron a la conclusión que eran sólo unos pocos los que simpatizaban con el régimen. El país quedaba cuadriculado bajo un control total.

La federación de mujeres, los miembros de la juventud, los del partido, los sindicatos, las organizaciones obreras, campesinas y estudiantiles también formaban parte directa o indirecta de la maquinaria represiva.

Pero, pese al férreo control, la censura y las leyes arbitrarias, la disidencia organizada creció. Lo peor fue que la delincuencia y el crimen crecieron también, sobre todo en los años de aguda crisis que obligó al régimen a abrirles las puertas a los turistas para recaudar dólares. El laboratorio del llamado "hombre nuevo" se les derrumbaba. Las cárceles y prisiones no dieron abasto.

Se recluyeron hasta las Jineteras (prostitutas modernas). Porque estas se habían diseminado sobre todo en los parques, a pesar de la prohibición. Ismael conocía a una chica del barrio que había sido encarcelada por casarse con un extranjero, y a pesar de las reclamaciones del acaudalado marido, ella continuó prisionera.

El mismo aumento constante de presos políticos y comunes impuso la construcción acelerada de nuevas prisiones o la adaptación de locales para estos fines. Así convirtieron en prisiones lugares que no registraban la más mínima seguridad. Un ejemplo de esto fue la prisión Moscú. Esta prisión fue el resultado de la adaptación de un campamento construido para albergar técnicos rusos y equipos pesados en los tiempos de la construcción de la represa de Contramaestre.

Estaba formada por cinco grandes naves de unos seis metros de ancho por cuarenta de largo, con paredes de bloques y techos de tejas de fibro-cemento. Las rejas de hierro de las puertas eran sólo un símbolo; pues resultaba muy fácil romper cualquier teja del techo. Algunos lograron escapar y otros en el intento murieron balaceados impunemente por los guardianes que, sobre garitas elevadas, vigilaban las 24 horas con órdenes de disparar a matar. En su libro Cuentos de la prisión más grande del mundo, escrito durante sus años de presidio político, Ismael describió escenas espeluznantes allí ocurridas.

La prisión Moscú era una especie de campo de concentración al estilo nazi o ruso, pero rodeada de muros o tapias de piezas prefabricadas con hormigón armado de unos cuatro metros de altura. Todas las instalaciones estaban encajadas en un área de aproximadamente unos diez mil metros cuadrados.

La prisión fue adquiriendo fama rápidamente por los métodos represivos que se utilizaban, por las defunciones a causa de las enfermedades y la desnutrición, y por los prisioneros balaceados que intentaban con o sin éxito la fuga. Los prisioneros eran castigados severamente a la vista de los demás. Eran esposados desnudos o semidesnudos, a las cercas intermedias, bajo el sol y el sereno, con un mínimo de agua y comida. Eran castigos atroces con el fin de atemorizar a los cada vez más rebeldes y asustados prisioneros.

Muchos se autoagredían, muchos enloquecieron sin remedio, y frente a esto nada podían hacer los familiares. Pronto la prisión tomó el sobrenombre de "Moscú no cree en lágrimas", rememorando el título de una película rusa exhibida en los cines. La prisión Moscú no era para prisioneros políticos. Pero dentro de ese rectángulo de desolación y muerte, estuvo Ismael, sufriendo su arbitraria y multiplicada condena.

Sus carceleros, bajo un plan preconcebido, se propusieron hacerle claudicar. Encontraron la oportunidad para obligarlo a usar nuevamente el uniforme del preso común y frente al rechazo comenzaron las represalias.

VIAJE A LA FUNERARIA

Llegamos avanzada la noche a la funeraria Bartolomé. Me quitaron las esposas en la misma sala mortuoria, delante de mis sufridos familiares, delante del sarcófago de mi padre. Bloquearon las salidas. Soy un "criminal" muy peligroso, además vestido con shorts y camisa sin mangas, gris oscuro, casi negro, lo parecía de verdad. Me sentía abochornado, grotesco. Estuvieron siempre temerosos de que yo pudiera contactar con alguien, que formara allí mismo una revuelta. Me advirtieron. Estuvieron vigilantes siempre de mí y de las personas con quien hablaba.

Lloré sobre las piernas de mi madre que estaba sentada en uno de los balances. Se veía desplomada. Allí estaban mi esposa, mis suegros, algunos vecinos, parte de mi mermada familia. Hacía dos años que no los veía, que no me veían. Parecía que el tiempo no había transcurrido. Allí estaba la cara pálida de papá debajo del cristal, muy serio y arrugado, con sus ojos claros entreabiertos.

Fue un buen hombre. Cumplió con lo que estaba escrito. Vivió para su familia y murió en el seno familiar, querido y respetado siempre. ¿Qué mayor recompensa puede desear un hombre en los últimos años de su vida que el tibio y sincero hogar que logró crear con amor y sudor? No hizo otra cosa que sacrificarse para lograrlo. Vivió una vida de trabajos duros, desde el principio hasta el fin. Trabajó para él y para su familia y por eso fue un hombre social y servicial.

Sabía muy bien del valor que tiene la independencia, la libertad, y supo conquistarlas. Se negó a trabajar para El Estado comunista por sentirse traicionado por una revolución que ayudó a triunfar. Sus amigos de la lucha clandestina lo fueron a buscar para recompensarle con un puesto de trabajo en el gobierno. Pero nunca aceptó, porque entendió finalmente la verdad que al principio se negó a entender, aunque ya sabía lo que era el comunismo. Leía mucho, sobre todo las revistas *Selecciones*, con sus artículos que describían los horrores del comunismo en Rusia y otras partes del mundo.

Las tenía guardada como un tesoro en una vitrina que ni yo mismo podía tocar. Pero la curiosidad me hacía romper las normas y terminaba leyéndolas siempre a escondidas a expensas de recibir severos castigos. Fue un devoto y fiel lector. Fue celoso con su colección de Selecciones, con sus instructivas y adoradas revistas; las mismas que tuvo que quemar luego en el patio por temor a ser sorprendido y enjuiciado después de dictada la censura. ¡Cuánto debió haber sufrido frente a la pira incendiada de sus esperanzas y su colección favorita!

Puedo decir que su único hobby fue la lectura y su único fanatismo fue el trabajo. No fumaba, no tomaba, no jugaba. Se abrió camino solo y jamás cayó ni en el vicio ni en la depravación. Murió frustrado y traicionado en sus ideales. Murió sabiendo que su hijo estaba injustamente preso por la revolución que defendió y se jugó la vida.

Fue vigilado y perseguido el resto de su existencia en la tierra que lo vio nacer. Siempre fue un elemento sospechoso para los comunistas. El simple hecho de no querer trabajarle al Estado lo hizo sospechoso. Y fue visto como un delincuente, como un parásito social, como un elemento negativo de la sociedad.

Recuerdo el día en que intentaron meterlo en la UMAP para obligarlo a trabajos forzados en esos terribles campos de concentración creados por Barbatruco para castigar a los vagos, a los disidentes y a los homosexuales. Mi padre no fue ningún antisocial y mucho menos un vago. No he conocido nunca a un hombre más abnegado para el trabajo que él.

Fue siempre un luchador desde que quedó huérfano de padre y madre a la edad de seis años, desde que escapó de la tutela del tío que lo criaba y maltrataba. Caminó cientos de kilómetros a pie, de norte a sur, por la parte más ancha de la isla, desde Gibara hasta la base naval de Guantánamo, porque le dijeron que allí podía encontrar empleo, porque esta base estaba en construcción. Atravesó campos comiendo sólo frutas y cañas, porque no tenía un centavo para pagar comida ni pasaje. Pero llegó y trabajó.

Fue trabajador y honrado. Murió sin deudas, sin deberle un centavo a nadie, lleno de riqueza espiritual. Si de algo hubiera tenido de qué arrepentirse, además del apoyo que le dio a la revolución, sería el de no haberse tomado nunca ni un día de vacaciones o de irse al menos un día a un hotel en una playa y olvidarse en ese instante de sus cotidianos deberes.

Es dura, pero gloriosa una vida así cuando se ha logrado una familia de bien, de hijos sanos de mente y fuertes de espíritu, sobre la base de predicar con el ejemplo.

No llegó a ninguna parte después de haber caminado y trabajado tanto. El comunismo anuló sus iniciativas, cortó sus alas, su talento para los negocios, atentó contra su naturaleza humana. Pese a todo, supo encontrar siempre una vía honrada para merecer el oxígeno que le daba vida.

Su amor por la tierra quedó demostrado. Comió y vivió de su propia siembra y su propia cosecha. De pequeño comerciante pasó a pequeño agricultor y aun así siguió siendo perseguido y vigilado. Pero su férrea voluntad lo hizo siempre triunfar frente a los peores obstáculos.

Descansa en paz querido padre, pero sígueme guiando con tu infatigable espíritu donde quiera que estés y entiendas que esta sería mi mejor ayuda. "El triunfo de mi lucha será tu recompensa". Te dedico estas líneas como despedida, como único epitafio...

De regreso, inmerso en la fría madrugada de la carretera, fui repasando las imágenes del funeral, el rostro inerme de papá, el momento en que cerró los ojos completamente, como si hubiera esperado verme para irse completamente de este mundo y recibir el descanso eterno. Mi hijo Maurice me comentó impresionado este acontecimiento que no podíamos creer. Pero era cierto. Veía también las caras disidentes de mi desmembrada familia, mis primos, mi tío Guillermo, el menor de los hermanos. Él se encargó de resolverlo todo para enterrar a papá en el panteón de la familia. «Cuida a mamá —le dije al despedirme—, que yo regresaré también por ella».

Fui repasando como en un filme silente las cosas que viví junto a ellos, desde niño. Las manos de papá ofreciéndome algún fruto de su cosecha. Sólo me acordaba de sus cosas buenas, de su bondad, nunca de sus maltratos. Esos los comentaba a veces como si fuera un chiste y todos nos lamentábamos, pero reíamos. A las 8 de la mañana sería su entierro y me hubiera gustado despedir así su duelo. Creo que era el más indicado para hacerlo. Iba triste y silencioso rumbo a la prisión.

BAJO CHANTAJE

Después de la huelga siguió rechazando el uniforme del preso común. Pero utilizaron la muerte de su padre como coartada para obligarlo a vestir nuevamente el uniforme si es que quería que lo llevaran al funeral. Fue un chantaje bien calculado.

A su regreso ya le tenían preparado su traslado para uno de los destacamentos a pesar de que no había cama disponible. Ponerlo a vivir nuevamente con los presos comunes era el plan. Doblegarlo y humillarlo era la meta.

A Ismael se le veía completamente desplomado. Necesitaba recuperarse después de tanto estrés y contrastes emocionales. Pero la orden había llegado y sus represores tenían que cumplirla. Optaron por moverlo con la misma cama que usaba en la enfermería. Era una cama individual de madera. Apretaron más los espacios entre las literas, para colocarla casi en el centro, bajo el único bombillo existente. Las literas eran de dos y de tres camas y se alineaban contra la pared, a ambos lados, para formar un estrecho pasillo central.

En la cabecera le quedaba una ventana tapiada con adoquines de cemento por la que se filtraba un poco de luz y mucha agua cuando llovía. Fueron ventanas transformadas en rejas. No tenía taquilla donde colocar sus ropas. Nadie tenía. Las pertenencias iban en el suelo, de cemento semipulido, pegadas a la pared. Debía empezar a luchar por imponer orden en un lugar donde predominaba el desorden, el abuso de los más fuertes contra los más débiles, y ninguna seguridad personal.

Los represores quisieron hacerlo participar en las obligaciones y bajo las reglas que rigen la vida del preso común, como la de asistir a la formación para los recuentos, pararse en atención militar delante de algún oficial de la prisión o de alguna visita, cantar a coro consignas del partido y dar vivas al tirano, tal y como estaba orientado. Se negó. Sin embargo, tenía que marchar en fila india para asistir al comedor tres veces al día si quería comer. Comenzó, con su presencia allí, una guerra sicológica y física. Era preferible mil veces el aislamiento antes que soportar tales humillaciones.

OTRA VEZ LA GUERRA

La guerra se ha presentado
en todos los rincones
y reparte su desastre, sus despojos
de ancianidad
de vieja guerra.
La guerra de los que quieren vivir la muerte
herida por herida
se ha presentado sin disfraz
y ya nadie duda de su color
nadie de sus costillas mal olientes:
La puta guerra se ha presentado
como siempre de espaldas al amor
y yo no sé qué puedo hacer. (Orgía del miedo, libro I)

Hacía mis planes. Cuando regresé a la prisión, me quité el uniforme gris oscuro del preso común y me puse inmediatamente mi ropa blanca. Sabía que comenzaba nuevamente la guerra.

CAPÍTULO XI

RETIRADA A TIEMPO

Pocos días después se aparecieron el capitán Roberto y el primer teniente Mustelier, jefe de reeducación. Fueron directo al grano. Sin rodeos le pidieron que les entregara la ropa blanca que estaba usando. Debía empezar a usar solamente la ropa de preso común. Ismael les dijo que el uniforme lo había regalado y que no tenía intención de entregarles su ropa blanca.

—Si la quieren, tendrán que quitármela a la fuerza, si es que le dieron esa orden.

Se quedó sentado en su cama esperando el ataque. Habían sacado para el patio a todos los presos del destacamento. No querían testigos de lo que fuera a ocurrir. Sólo dos o tres presos se habían quedado en sus camas porque estaban enfermos. Serían testigos excepcionales.

Este capitán Roberto siempre se caracterizó por ser duro con los prisioneros; sin embargo, en sus conversaciones a puerta cerrada, Ismael había logrado detectarle ciertos desajustes ideológicos con el sistema. No era un fanático que se dejaba arrastrar por absurdos lemas y esquemas militares. No era de los que confiaba ciegamente en las doctrinas totalitarias. Había sido por eso sancionado. A pesar de su corpulencia, su voz era más bien suave y su discurso pausado. Tenía unos 35 años de edad y fama de haberse acostado con todas las mujeres militares que trabajaban bajo su mando, incluyendo las mujeres casadas.

De pelo oscuro, de cara fina y lisa, tenía el aire perenne de quien prefiere disfrutar de los placeres de la vida, antes que cumplir con los deberes militares. Es decir, que a pesar de que había pasado escuelas y entrenamientos en la desaparecida URSS, era de los que vivían aprovechándose de la oportunidad que le brindaba el cargo para desviar recursos y templarse a "María santísima".

Le dijo que estaba cumpliendo con una orden que le habían dado y que no tenía más alternativa que cumplirla. Con esto se estaba justificando. Ismael, firme, pero sin aire de arrogancia, le dijo entonces que actuara, si consideraba que la orden no era arbitraria. Le dijo también que él era un militar que había estudiado, que no era bruto, que podía pensar con su propia cabeza, y le puso como ejemplo algo que había leído en una revista soviética.

Stalin había dado la orden de destruir todos los bosques de los alrededores de una ciudad asediada por los alemanes para que éstos no tuvieran lugar donde ocultarse. El general que recibió la orden sencillamente no la cumplió; porque entendió que había sido una orden arbitraria. Gracias a su responsable decisión pudo vencer más tarde, y reconquistar la ciudad, porque ocultos con sus soldados, en el mismo bosque que Stalin mandó a destruir, pudieron protegerse, hostigar y desalojar finalmente a los alemanes que los había invadido con una fuerza muy superior.

El teniente Mustelier, algo mayor que Roberto, pero más bajito y delgado, no era tampoco ningún estúpido ni esquemático militar y había entendido muy bien el mensaje. Ni el capitán

Roberto ni el teniente Mustelier eran militares que se embarraban las manos por cumplir órdenes arbitrarias y abusivas de los superiores. Ellos sabían que ya Ismael había sufrido demasiado, que era injusto su encierro, que la razón estaba de su parte. Y además ellos sabían que él no se dejaría atropellar tan fácilmente.

Eran militares diferentes, aunque no tanto en la manera en que otros militares lo fueron. Sobre todo en la manera osada en que habían actuado, como el capitán Reina cuando se le sentó en la cama y le confesó su disgusto, no sólo por la injusta prisión que Ismael sufría; sino también, por lo que estaba sucediendo en el país. Este capitán, que era muy querido por los prisioneros y del que nunca se oyó una sola queja en su contra, necesitaba desahogarse con alguien confiable y quería mostrarle a Ismael su simpatía.

Hubo un momento de la conversación en que Ismael sintió miedo de que él fuera escuchado por alguien y fuera denunciado. «Baje un poco más la voz, capitán». Pero siguió en el mismo tono como si ya nada le importara. Le confesó que estaba pensando seriamente en su renuncia y en buscarse otro trabajo. Tiempo después, Ismael imaginó que había renunciado o que lo habían trasladado, porque no lo volvió a ver.

Muchos miembros y oficiales del Ministerio del Interior estaban trabajando disgustados con el sistema, pero tenían miedo de hablar o actuar, porque los cuerpos de vigilancia a los militares y la contra inteligencia interna estaban siempre de cacería, para provocar, para acusar y encarcelar.

Muchos militares habían sido fusilados, miles fueron condenados a privación de libertad en varias prisiones especiales, por delitos muchas veces infundados. Había inevitablemente mucho más que miedo en los mismos cuerpos represivos. Había terror.

El teniente Mustelier, que tenía fama de ofuscado y mal genioso, intervino en el momento en que el capitán Roberto creía haber tomado una determinación. Vaciló. Parecía reflexionar. Se miraron. Calcularon los ímpetus. Tenían que cumplir la orden a como diera lugar, incluso aplicando la violencia. Pero Mustelier detuvo en ese instante su acción. «Vamos afuera, capitán». Se lo llevó, porque así le dijo, insistentemente. «Vamos, vamos». Mientras salían le prometieron a Ismael que volverían a la carga. Pero no volvieron.

EL GENERAL ORDENA.

Mi hijo Guillermo había sido trasladado para la prisión de Bahía Larga, en la carretera que va a Chivirico, pegada a la costa oeste de Santiago. No sólo se había mantenido vistiendo su ropa blanca, sino también se había dejado crecer el pelo y la barba. Era respetado y querido por los presos comunes de la prisión, construida al estilo de la prisión Moscú. Los presos que llegaban de traslado me informaban, y uno me contó lo que le había pasado a mi hijo.

Un general llegó de visita a la prisión. No era un general cualquiera entre los tantos generales que había en el país, sino un alto jefe militar de la provincia. El general Marcos, algo anciano ya para trajines y encontronazos con el presidio, mandó a que le cortaran el pelo a mi hijo y lo afeitaran a cualquier precio. ¿Porque, quién carajo era Guillermo para estar así y no pararse en firme frente a un flamante general como él?

Al otro día trataron los represores de cumplir la orden y utilizaron al Capitán Drangué. Este capitán llevó a un preso que fungía como barbero para que hiciera el trabajo. Pero el barbero se negó argumentando que él no podía pelar ni afeitar a nadie a la fuerza. Entonces el capitán y otro guardia, después de aclararle a mi hijo que actuaban «por orden del general Marcos», se lanzaron sobre él, lo amarraron a una silla y le picotearon el pelo; es decir, lo mal pelaron y mal afeitaron. Todo lo hicieron por la fuerza, por el simple placer de la tortura, abusando de la autoridad y del poder asumido. El maltrato físico y el atropello fueron más que evidentes. A pesar de la resistencia de Guillermo, sus insultos y sus forcejeos, los guardias cumplieron con la orden del general.

Este mismo general Marcos visitó la prisión Moscú días después de dejar sus fatídicas huellas en Bahía Larga. Las exhaustas filas de prisioneros permanecían en posición de atención militar frente al general y su comitiva. Los presos formaban líneas de tres en fondo entre las literas.

Yo por cortesía me senté en la cama, siempre leyendo, siempre estudiando o escribiendo. Eso era lo primero que hacía después del desayuno. Regaba los libros sobre mi cama y me ponía a trabajar el día entero. Permanecía así rodeado de voluminosos libros, sobre todo de las obras escritas por José Martí. Ya para esos meses había comenzado a escribir mi largo ensayo *El único José Martí*...

Los días de encierro me dieron suficiente tiempo para poder estudiar las obras completas de nuestro héroe independentista y descubrir que en su obra había pronosticado el derrumbe del comunismo al conocer sus postulados, y mucho antes de que estas funestas teorías se llevaran a la práctica en Rusia después del golpe de estado comunista liderado por Vladimir Ilich Lenin. Pude, en fin, reafirmar y demostrar que José Martí era el principal opositor que tenía el tirano en su contra.

Mi cama llamaba la atención a cualquiera que llegaba al destacamento; primero, porque era distinta a las demás y, segundo, por estar siempre yo sobre ella bien atareado en mis apuntes y lecturas, excepto cuando oscurecía, porque la luz del único bombillo era muy pobre.

El general Marcos y todo el que llegaba al destacamento tenía que hacer una parada obligatoria en el centro del pasillo, casi frente a mi cama, para poder dirigirse a la larga hilera de prisioneros.

En su recorrido de inspección, el general echó una ojeada a mi rincón. Hizo un furtivo saludo que pude responder. ¿Acaso me conocía? Quizás tuviera información previa de mi existencia. Miró atentamente mis libros y luego a un gran retrato de José Martí que había dibujado a lápiz y color con la bandera de la nación de fondo.

Me había quedado excelente (dibujaba a veces para entretenerme, a pesar de que hacía mucho tiempo que había dejado de hacerlo). Debajo del cuadro tenía escrito su pensamiento acusador: *"Libertad es el derecho que todo hombre tiene a ser honrado, a pensar y a hablar sin hipocresía"*. No podrían censurarme, porque eran las palabras de José Martí. Además mi cama daba gusto verla por lo limpia y bien arreglada con sábanas que mi esposa me había llevado. No supo qué decir.

Finalmente me preguntó por mi salud. Le dije —por decir algo— que andaba mal, que aún tenía la pierna afectada, porque no había recibido tratamiento médico y que apenas podía caminar. Con su cara cínica, estrujada, extenuada y flácida le reclamó al director de la prisión y le ordenó, para que todos lo oyeran bien, que me llevaran al médico. Me imagino que luego en la oficina daría una orden contraria, porque nadie me llevó a ningún lugar.

Lamentablemente cuando hablé con el general aún no conocía sobre su orden arbitraria contra mi hijo. De haber sabido con anterioridad de su abuso lo hubiera increpado y se hubiera tenido que ir dejando otra orden. No de que me pelaran a la fuerza, porque ya no me quedaban pelos en la cabeza, sino de que se me diera una buena paliza o un buen balazo en uno de sus tétricos calabozos de torturas. Estoy seguro de que algún lacayo podría estar dispuesto a cumplir la orden, para ganarse los favores del general.

De todos modos, cuando me enteré de lo ocurrido le escribí una carta, con copia a la fiscalía militar, donde le reclamaba por la orden abusiva que como general había dictado contra mi hijo, y por la contraorden de no cumplir con su orden de llevarme al hospital. Nunca obtuve una respuesta. Le pediría cuentas algún día por tales abusos.

Pero un día vinieron a verme para llevarme al médico. Quizás por mi carta o quizás porque alguna fuerza externa empezaba a actuar a mi favor. No fue un acto de bondad lo que los impulsaba a cumplir. Pero esto lo supe después. Vinieron con el mismo chantaje que utilizaban siempre. Tenía que entregarles algo a cambio. Debía ponerme nuevamente el uniforme del preso común si quería ir al médico.

Después de atiborrarme de indignación vino la calma. No tenía otra alternativa que dejarme extorsionar. Pero no les salió todo tan redondo como pensaban. Me ponía el uniforme cada vez que iba a la consulta y me lo quitaba inmediatamente después que llegaba a la prisión. Cumplía con ellos a media para poder cumplir importantes misiones; pues de pronto descubrí que, con estas salidas al exterior, podía encontrarme con buenos amigos afines a nuestra causa.

EL PUEBLO DESORDENA

Mis salidas al hospital civil de Contramaestre me sirvieron de mucho. Rompí el aislamiento en que me tenían y pude hacer campaña proselitista en cada viaje. Los médicos conocían de mi existencia y me preguntaban. Pude establecer contacto con muchas personas. Muchos ya me conocían y hablaban de un preso político que los guardias llevaban al hospital una vez al mes. Con el uniforme de preso llamaba más la atención en cada recorrido. Iba a las consultas del cardiólogo y también a las sesiones de fisioterapia para atenderme la rodilla. Médicos, técnicos y enfermeras se interesaban en mi caso y me ayudaban de muchas maneras. También me conocían por las noticias que oían en Radio Martí.

Algunos de los guardias que me custodiaban se identificaron conmigo y hasta se arriesgaron para llevarme a casa de unos familiares de mi esposa que vivían en Maffo, un pequeño poblado por el que teníamos que pasar antes de llegar al hospital de Contramaestre. Los presos y los familiares de los presos regaban la bola. Parte del tramo lo hacíamos a pie y parte en camiones, carretas o cualquier clase de vehículo que pasara por el lugar.

Cuando entrábamos al poblado de Maffo y atravesábamos el parque o caminábamos por las calles, los vecinos me saludaban, y enseguida avisaban a otros y a los familiares de mi esposa para que me vieran pasar. La mayoría de las veces me llevaban esposado, pero algunos guardias me quitaban las esposas para que me moviera mejor y subiera a los vehículos con más facilidad. Muchos ni me esposaban ya, pues sabían que en mí no estaba la idea de la fuga.

Un día unas jovencitas se me acercaron mientras esperábamos en el parque un transporte para regresar a la prisión. Venían con unas empanadillas en las manos. El guardia al principio se negó a que yo las aceptara, pero finalmente lo permitió ante la dulce insistencia de las muchachas. Ellas me señalaron a su padre que estaba vendiendo frituras y empanadillas en un carro ambulante en una de las esquinas del parque. En ese tiempo ya el gobierno permitía estos pequeños negocios para tratar de aliviar la crisis. Lo saludé y acepté con mil agradecimientos el regalo. Me las comí allí mismo y le brindé al guardia. Estaban deliciosas. Las manos privadas hacen milagros con las cosas que llevan al mercado con tal de que sean aceptadas. Trabajan arduamente en la calidad de los productos que ofrecen para poder competir y triunfar sobre los demás competidores. Así la calidad se impone. Se trabaja con más amor y con más deseos de trabajar cuando se palpa el fruto del trabajo para bien personal y de la familia.

Otro día pude conversar con el vendedor y me dijo que sabía de mí por las noticias del extranjero, y me mostró su simpatía abiertamente. Me sentí tan confiado con su amistad que a través de él pude enviar y recibir mensajes. Incluso recibí dinero en efectivo que algunos me enviaban y con esto pude comprar comida para mí y para los guardias que no tenían dinero ni para comerse un pan o tomarse un café. También pude ir al correo y echar mis cartas y hasta enviar telegramas. Con motivo del Día de los enamorados le envié un telegrama a mi esposa cuyo texto usé al final del poema "Telegrama y desespero".

...Aunque esté distante, no me sientas perdido;
más bien son otras las carreras de mi ausencia. Dios
solo sabe cómo me dueles. Oh, Dios, del sacrificio que me cuesta
ser digno en mis ideas y perderme tus sabanas,
las copas de aniversario, las sorpresas de Yasmine y Yasiel en la mejor edad.

Mujer de las tres virtudes: deja que me llegue siempre tu urgente llamado,
tu entrega espontánea, ingenua, discreta,
y tu manera de raíces y esponjas
—manera de arena—
de arena propicia en mi naufragio…

Amada
a fuerza de tu amor hiciste el mío (punto)
No me faltes (punto)
Si te pierdo —digo— habré perdido la guerra.

Prisión Moscú, año 95

De los guardias que me custodiaron, unos me eran más confiables que otros, pero en general todos me ayudaron a riesgo de ser descubiertos y castigados.

En una ocasión que salía del hospital, un cochero nos hizo señas para que subiéramos a su coche. Veníamos el guardia y yo caminando por la acera. Llevaba a otros pasajeros, pero el cochero había dejado expresamente un espacio para nosotros dos. Insistió para que subiéramos sin costo alguno. Le di las gracias y le dije que prefería caminar. Caminando tenía oportunidad de ejercitar la pierna, alargar el viaje y hasta sentarme en el pequeño parque para hacer mis contactos. Entonces le pidió permiso al guardia para entregarme un rosario que alguien de la iglesia me enviaba. No pudo darme muchos detalles. Agradecí el gesto y le di mi bendición.

Era un rosario nuevo, blanco, muy bonito, dentro de un celofán sellado. El Cristo crucificado se destacaba en detalles de color dorado. Se despidió también dejándome la bendición de Dios. El guardia revisó el regalo y finalmente me lo entregó. Me hizo la advertencia de que seguramente me lo quitarían en la requisa a la entrada de la prisión. Me prometió ayuda para poder pasarlo y cumplió.

Recé el rosario en varias ocasiones hasta que en una de las requisas sorpresivas me lo quitaron y nunca más lo pude recuperar a pesar de mis reclamos. «Búscalo bien, que seguramente algún preso te lo ha robado», me dijeron.

Siempre fuimos censurados en nuestras prácticas cristianas. Al padre Francisco, que estuvo visitando Boniato una vez al mes, se le prohibió de pronto la entrada pese a nuestras continuas reclamaciones. La mayoría de los que asistíamos a los encuentros religiosos éramos prisioneros políticos. En esos encuentros teníamos la oportunidad de mantenernos en contacto, y a los represores no les convenía esto. Constantemente en las requisas se nos ocupaban los textos religiosos y hasta las Biblias. Éstos eran considerados textos subversivos al igual que la Declaración Universal de los Derechos Humanos. Teníamos que esconderlos muy bien, después de lograr introducirlos en la prisión.

En varias oportunidades revisaron y confiscaron mis papeles. Nunca tuve éxito para lograr su devolución. Las cartas que me enviaban eran revisadas y, cuando tenía la suerte de que me las entregaran, estaban ya abiertas. Yo prefería enviar las mías por vías no oficiales a alguna otra dirección que no fuera la mía, porque la dirección de mi casa estaba bajo control.

Con estos trances teníamos que vivir. El 80% de las cartas y postales que desde todas partes del mundo me enviaron a casa y a la prisión, desaparecieron. Pese al estricto control no pudieron evitar que al menos un 90% de mis cartas llegaran a su destinatario.

No sólo pude tener atención médica, sino que pude establecer contacto con el mundo desde mi enrejado rincón. Ellos pensaban que ganaban, pero en realidad quien ganaba era yo. Jamás hubieran atendido mis problemas de salud. Gracias a estas salidas pude hacer mucho, incluso hasta contactar con algunos compañeros de mi grupo que se mantenían activos y viajaban expresamente para verme.

Gracias a la ayuda que me brindaron muchas personas desconocidas pude seguir activo. Agradezco a todos los que de alguna forma pudieron vencer el miedo y se jugaron sus puestos y hasta sus vidas por ayudarme. Estas son cosas que nunca podré olvidar y algún día les mostraré personalmente mi gratitud. Ese día tendrá que llegar.

EL FRACASO DE LA REPRESIÓN

Cuando me fue anunciado el traslado les pedí primero ver a mi hijo. Me llevaron directamente a la prisión de Bahía Larga para verlo. A ellos les convenía que lo convenciera para que abandonara su posición de rebeldía.

El primer teniente Mustelier nos acompañó más amable que nunca. Cuando llegamos, fuimos directo a la oficina del director, el capitán Enrique Tomás. El olor a mar me llegó enredado en la brisa nocturna, porque la prisión estaba casi pegada a la costa. Habían preparado el escenario para el recibimiento. Sin embargo, el ambiente tétrico y descuidado de las instalaciones me recordaba que se trataba de una prisión y no de un hotel para turistas. Asistió también el coronel Robinson, quien fungía como jefe de la seguridad del Estado en esa zona del poblado de Chivirico. Había sido ascendido de rango y allí estaba también con su cara perfilada, jugando nuevamente su papel de fiel servidor y adiestrado magnate del crimen.

Estábamos todos sentados y en charla apacible cuando apareció mi hijo. Se paró en la puerta del local y miró a todos los uniformados con cierta frialdad. Su estatura se me hizo gigante. Se mostraba muy serio y ariscado. No le habían dicho que se trataba de mi visita. Nunca nos informaban nada. Por no ser nunca informados, era que siempre nos movíamos así, ariscos y cautelosos cada vez que éramos llamados por algún guardia. «Para nada bueno será», pensábamos. La atmósfera de incertidumbre creada cuando vociferaban sorpresivamente nuestros nombres a cualquier hora, formaba parte del plan desestabilizador, del hostigamiento y las torturas.

—Pasa, m'hijo, que no hay ningún problema —le dije usando los más tiernos tonos de mi voz.

Hacía casi dos años que no nos veíamos y traté de que se sintiera bien. Tenía deseos de abrazarlo, besarlo, felicitarlo por su arrojo y su actitud rebelde, pero me contuve. Tenía la cabeza rapada y unos bigoticos arreglados a su manera. Sus ojos verdes estaban bien abiertos y su expresión era de asombro o más bien de desconfianza. Seguía pálido y ojeroso. Conocía su temperamento y siempre temí por su salud mental. Es frecuente que los prisioneros salgan locos o llenos de traumas de la prisión. Habló poco y con suma sequedad.

Mi objetivo era verlo y pedirle que abandonara la rebeldía, porque ya no tenía ningún sentido ni jugaba ninguna función estar solos en ese empeño. Se quedó parado en la puerta como estudiando aún el terreno. Imponía respeto su presencia, a pesar de su baja estatura y su corta edad.

—Pasa y siéntate, Guillermo —dijo Enrique Tomás, un moreno canoso y lleno de arrugas, de unos 55 años, tratando de ocultar su displicencia detrás de una amabilidad que estaba muy lejos de sentir.

—Han cambiado las cosas, Guille, mi liberación está muy próxima y puede que la tuya también —le dije para relajar un tanto sus tensiones y meterlo en la conversación.

La reunión fue en términos amistosos y se fueron perdiendo poco a poco los retraimientos del comienzo. Estaba orientado todo para que fuera así. No parecía que éramos prisioneros en ese instante. El coronel Robinson se mostró locuaz cuando recordó nuestra conversación cuatro años atrás durante los interrogatorios en los calabozos de la seguridad del Estado en la loma de Versalles.

—No se me olvida cuando me dijiste que cada hombre trae su estrella en la vida y que esta era tu estrella —dijo como para anotarse algo a su favor y a mi favor.

—Esto no lo dije yo, coronel, sino José Martí —dije secamente sin ánimo de restarle mérito a su acotación.

Trató de ser afable y comunicativo frente a la parquedad de mi hijo y la oportunidad que tenía de dialogar para disipar rencores.

—Me hablaste de los cambios que vendrían y tuviste razón...

—Muchas cosas más tendrán que cambiar y podrá comprobar que nuestra prisión es injusta…

—Eso lo determinaron los tribunales. Nosotros nos debemos a las leyes... Pero no estamos aquí para discutir nada de eso…

Hablaba pausado, como meditando cada frase. Quizás se sentía en desventaja a pesar de su jerarquía. Su piel trigueña y sus finas facciones, su voz engolada y sus suaves maneras contrastaban con el tono ligeramente adusto que le daba a sus palabras. Era su estilo.

—Las leyes también cambiarán porque son arbitrarias. Se va demostrando que no estábamos errados. Mire lo del Mercado Libre Campesino, tuvieron que volverlo a poner después de haberlo prohibido...

—Las cosas se están haciendo al menos, ¿no?

—Claro, porque no hay otra alternativa, coronel. Le digo coronel, porque veo que lo han ascendido de gradación, imagino que por el buen trabajo...

—Me tocaba también el ascenso...

Hubo una sonrisa unánime, algo forzada, pero que ayudó a relajar un poco más el ambiente. No éramos enemigos en definitiva, y no había por qué estar tirándonos de las greñas a cada momento. Éramos en última instancia opositores políticos.

Esto siempre se los hice ver, y lo predicaba con el ejemplo. No nos impulsaban odios, ni rencores, ni deseos de revancha. El concepto quedaba bien claro, porque el dictador les inculcaba a sus agentes la idea de que éramos enemigos, no sólo de ellos; sino también de la patria, y que debíamos ser aplastados sin misericordia.

—Se hacen cambios, pero no con el ritmo que deben hacerse, el país necesita más...

Reiteré mis conceptos al respecto y no obtuve réplicas ni impugnaciones. Quizás lo entendían así también o no querían entrar en controversias innecesarias. Siempre les mostré plena convicción y a veces me escuchaban sin interrupciones.

— ¡Claro, claro! —se llevó las manos entrelazadas hasta los gruesos labios como para esconder alguna expresión de complicidad que lo delatara, o para asumir poses de superioridad o jerarquía. Estos personajes actúan guiados por un patrón común de conducta, de puros esquemas personalizados.

—Recuerdo muy bien lo que le dije, coronel. Le dije que los cambios vendrían, no porque fuera un adivino, sino basado en la observación de la historia. Pero aún faltan cambios inevitables, cambios mucho más importantes, y arriesgados para los que quieren mantener el poder a toda costa.

Hice con todo propósito una pausa larga. Esperaron pacientemente. Era evidente que ansiaban escuchar mis vaticinios nuevamente. Me las daba de sabio ante ellos, sin serlo; porque las cosas casi se caían de la mata de tan maduritas que estaban, aunque muchos no las veían por la costumbre de pensar y actuar sólo con lo que el Comediante en jefe les dictaba. En realidad también le tenían miedo a su histriónica furia. El Comediante nunca tuvo amigos. De todos desconfiaba y había demostrado mano dura fusilando hasta sus más cercanos generales.

Habíamos hablado que en el país se necesitaba la circulación libre de la divisa, y meses después, el uso del dólar fue legalizado; habíamos hablado del importante aporte que daría a la economía la aceptación de los negocios privados, y algunos negocios privados fueron autorizados; habíamos hablado de lo importante que era abrir las puertas a la inversión extranjera, y después se legalizaron las inversiones de capital extranjero para sectores como la industria y el turismo… Puros cambios cosméticos al menos se hacían, aunque los principales cambios nunca lo podrían hacer estos personajes en el poder, porque eran los mismos personajes que habían creado los problemas.

Y todo se había hecho, no porque le gustara al dictador, sino porque eran de inevitable inmediatez para sostenerse y ganar tiempo y continuar con sus malévolos planes. Se hicieron algunos cambios no por una conciencia de cambios, sino por pura actitud oportunista. Los cambios profundos no se hacían, ni lo harían jamás. Antes preferían que la isla se hundiera en la miseria. El paso a la democracia, al pluripartidismo y a la libertad económica y de expresión, brillaba por su ausencia.

Entonces, ¿cuál sería ese cambio tan importante que se pedía? El país necesitaba libertad económica y política, eso era sabido; pero a esto se resistía el régimen, porque esto lo llevaría inevitablemente al derrumbe. Ahí estaba el ejemplo de lo ocurrido en la URSS. Con la apertura les vino el colapso del sistema. No, esto no lo haría el astuto y sanguinario Barbatruco. Buscaría siempre alejarse lo más posible de esta vía, de lo que realmente necesitaba la isla para salir de la ruina en que él la había sumergido por más de medio siglo. La libertad era su peor enemigo. Él lo sabía.

Había poca luz en el recinto. Hice mi preámbulo y no me interrumpieron. Necesitaban oír esto y mucho más. Necesitaban que alguien les hablara sin dobleces, que les dijera sobre la realidad de los fenómenos que se estaban viviendo y muchas veces por miedo o bajo nivel cultural no llegaban a interpretar.

—¿Y cuál será el próximo cambio? —Movió una mano hacia el lado más oscuro de su cabeza, listo para recibir lo anunciado.

—El próximo cambio es la descentralización de la economía, porque la economía de producción centralizada no sirve para nada —le dije sin ostentaciones, fijando mi vista en su rostro ceñudo, el mismo rostro de los interrogatorios de Versalles, aunque algo circunspecto, cuando me dijo que no, después que me prometió dejarme ver a mi hijo—. Ya oirán hablar de esto.

No hicieron comentario alguno. Nadie rebatió mis argumentos. Simplemente escucharon y eso me bastó para saber que me creían, que había penetrado en sus conciencias de alguna manera.

La reunión duró poco menos de una hora. La mayor parte del tiempo fue ocupada por el coronel Robinson y por mí, porque los demás apenas hablaron. Ante un jefe grande casi siempre estos militares enmudecían, como dice el vulgo, se meten la lengua en la nalga. Dejan de tener voz y voto. Pero cuando estaban con sus subalternos, como déspotas al fin, se la desquitaban. Todos confrontaban esa realidad. Así se formaba una cadena donde los menores siempre temían al furor de los mayores.

—¿Ya comieron? —dijo Enrique Tomás como para decir algo.

Entonces aproveché para crearles la duda y les hablé de la comida, porque me trajeron una bandeja con sopa y arroz blanco para que comiera y apenas la probé. Estaba desabrida y poca. Los puse en ridículo delante del jefe máximo. Podía notar que era una de las causas de la desnutrición que mi hijo padecía.

Dije que en la prisión de Moscú la comida estaba mejor aunque con sus fallas. El jefe de la prisión de Bahía Larga quiso justificarse de alguna manera diciendo que estaban trabajando para mejorarla. El jefe de reeducación de la prisión Moscú, ensalzado por mi comparación, sonrió ampliamente y miró con el rabillo del ojo a su adversario. Mi elogio era tremendamente tendencioso, porque en realidad en las dos prisiones todo iba de mal para peor y en cualquier momento podría surgir una rebelión de prisioneros a causa del maltrato y la mala comida. Ya se habían dado algunas en la isla, como en la prisión de Ciego de Ávila, con saldo de muertos y heridos entre presos y militares. Fue una enorme rebelión que ningún noticiero nacional se atrevió a reportar.

Hice la comparación de las comidas para echarle más leñas al fuego, porque sabía que estas cosas funcionaban. Rivalizaban unos con otros en el mismo fanguero para ver quién estaba más sucio y pataleaba más. Usé la técnica de siempre, para ridiculizarlos delante del coronel. Todos los lacayos quieren ser gratificados por sus superiores; pero éstos eran de los peores, porque se conformaban con diplomas y medallas. Por eso estábamos tan jodidos en todo, porque vivían emulando, alterando las estadísticas, los reportes, y engañándose unos a otros para mostrar quién luce peor.

Dejé también en claro los errores que se habían cometido con mi hijo, conmigo, con nosotros. El coronel Robinson reconoció el haber equivocado los métodos usados contra él, porque chocaron con su voluntad, con sus convicciones y con los principios que siempre le inculqué desde que era un niño.

Primero intentaron hacerlo colaborar con ellos. Un día lo sacaron de Boniato y se lo llevaron nuevamente a los calabozos de Versalles para proponerle el chantaje. Su respuesta fue su rebeldía, declararse en huelga de hambre y golpear de día y de noche la puerta metálica que sellaba su celda. Lo llevaron a los calabozos de la seguridad del Estado violando la ley y sus derechos como prisionero ya sancionado. Tuvieron que devolverlo nuevamente a Boniato sin conseguir el objetivo, pero con la advertencia de que la pasaría muy mal por haberse negado a colaborar.

Cuando lo trasladaron para Bahía Larga, después de la huelga de 40 días, lo encerraron en una celda de castigo. Allí estuvo ocho meses en solitario. Le prohibieron las jabas de comida, le prohibieron la visita de su esposa y su pequeña hija. Pensaban que con este aislamiento y arbitrario encierro lo harían pedir clemencia. Pasaron los primeros meses y no escucharon ni un gemido de él, allí donde los más fuertes, los más terribles y experimentados prisioneros lloraban y pedían perdón para que los sacaran.

Mi hijo no lloró, no se dobló, no perdió la razón, más bien se creció en su estatura. Cuatro meses después fueron a sacarlo de la celda para llevarlo a un destacamento. Entonces se negó. «¿Quién les dijo a ustedes que yo quiero salir de aquí?», fue su repuesta. Y allí se estuvo cuatro meses más, porque le dio la gana, por el simple gusto de demostrar que contra su voluntad fracasaría cualquier castigo.

Cuando salió impuso sus reglas y su rebeldía, ante los ojos asombrados de los represores que no lograban entender el fracaso de sus métodos. Claro que se habían equivocado. Claro que se equivocaron, señor Robinson. No éramos cualquier clase de reclusos como querían hacer ver. Éramos prisioneros políticos de conciencia y nuestras conciencias estaban modeladas con la arcilla de la libertad.

Mi querido hijo. Con mi visita quise dejarle el camino despejado y la advertencia de que yo sería siempre su celoso guardián. Lo besé y abracé fuertemente antes de despedirme. No pude evitar la emoción y mis ojos se humedecieron. Le murmuré al oído «resiste». Me sentía orgulloso de él y para un padre esto es realmente inmenso. Es grandioso ver crecer con éxito el fruto de la semilla que se ha plantado, es descomunal sentir sus jugos y disfrutarlo, disfrutarlo, disfrutarlo hasta la saciedad.

NUEVAMENTE EN BONIATO

Cuando llegué a Boniato ya era la media noche. El teniente Tabares tenía instrucciones de ubicarme en el destacamento número 4. Yo le dije que me llevaran directamente para una de las celdas aisladas de Boniatico. Me dijo que no.

—Entonces no cuenten conmigo para cumplir con los reglamentos establecidos aquí.

Les dije que no iría a recuentos, que no iría a formación frente a las visitas, que era mejor que me llevara desde ese momento para el castigo, porque no iba a admitir ninguna violación, ni humillación de nadie, ni ensañamiento sobre mi persona.

—Consultaré con la dirección —dijo como quien recibe una bofetada en el momento menos esperado. Sólo atinó a pasar sus dedos nerviosamente por su pelo negro y algo ondulado.

Me dejó sentado en uno de los sillones del recibidor para ir al teléfono. Paseé la mirada por el amplio salón de la entrada. Todo estaba igual. Ni siquiera los muebles habían sido cambiados, ni siquiera la pintura amarilla de las paredes, ni siquiera el gran letrero acotado del Comediante en jefe, dibujado en la pared frontal del pasillo que conducía a los destacamentos: *"Es difícil encontrar un sistema penitenciario más racional, más humano en el sentido del tratamiento, de las condiciones de vida, que el que tenemos."*

¡Qué demagogia, qué cinismo! No existe un sólo hombre o mujer que haya pasado por las prisiones que con honestidad pueda dar notoriedad a este discurso. ¿De qué condiciones de vida hablaba, de qué tratamiento humano? Quizás para decir esto el Comediante en jefe pensó en la etapa que vivió cuando estuvo prisionero en el Presidio Modelo de Isla de Pinos, condenado por su asalto sanguinario al Cuartel Moncada. En una de sus cartas escribió *"Me van a hacer creer que estoy de vacaciones"* y cito aquí parte del texto:

Me voy a cenar spaghetti con calamares, bombones italianos de postre, café acabadito de colar y un H Upman 4. ¿No me envidias? Me cuidan, me cuidan un poquito entre todos... No le hacen caso a uno, siempre estoy peleando para que no me manden nada. Cuando cojo sol por la mañana en shorts y siento el aire del mar, me parece que estoy en una playa, luego en un pequeño restaurante de aquí. ¡Me van a hacer creer que estoy de vacaciones! ¿Qué diría Carlos Marx de semejantes revolucionarios? (Apud, Mario Mencía, La Prisión Fecunda, p.76).

En otra de sus cartas también expresó:

"...la limpieza corresponde al personal de la prisión, dormimos con la luz apagada, no tenemos recuentos ni formaciones en todo el día, nos levantamos a cualquier hora; mejoras estas que yo no pedí desde luego, agua abundante, luz eléctrica, comida, ropa limpia, y todo gratis. No se paga alquiler. ¿Crees que por allá se está mejor? Visitas dos veces al mes. Reina ahora la más completa paz. No sé sin embargo, cuánto tiempo más estaremos en este "paraíso"... (Apud, Mario Mencía, La Prisión Fecunda, p.149).

El Comediante fue amnistiado después de 20 meses de presidio, a pesar de sus crímenes. Saber estas cosas le ponen a uno la sangre a hervir. ¡Qué monstruosa mi agonía!

A los pocos minutos el teniente Tabares con su cara pálida, pero muy contraída, regresó y me dijo que hablaría con el reeducador del destacamento, porque debía dejarme allí, que esa era la orden que tenía. No puse ninguna otra objeción.

—Pero bueno, aclárlo bien todo —le dije—, para evitar discusiones.

Evidentemente parecía que me dejarían en paz y que cesarían las torturas.

Al otro día en la tarde me fueron a buscar. Me llevaron a la dirección. Querían hablar conmigo. El mayor Thompson (lo habían ya ascendido a mayor de la seguridad del Estado) y el capitán Reynaldo, que estaba provisionalmente como director en sustitución del mayor Elio Ávila Codina, me esperaban. Querían estar seguros de que no les revolvería nuevamente la prisión, que me iba a mantener calmado.

—Espero que las cosas hayan cambiado aquí —les dije—, han pasado tres años.

Me aseguraron que sí, que las cosas habían cambiado. Les mostré mis dudas y volví a repetir mi posición de no dejarme humillar ni atropellar por nadie. Me mostré ariscado, tal como se presentó mi hijo cuando llegó a la inesperada reunión.

—No entres por el techo —me dijo Thompson con la misma arrogancia de siempre—, entra por la puerta.

—Ya verás cómo va a ser todo —dijo Reynaldo más convencido en su nuevo rol de director.

Increíblemente parecía que vendrían tiempos favorables para mí. La campaña internacional por mi liberación funcionaba. Pero no me decían ni una palabra de esto. La orden había llegado para que todos fueran indulgentes conmigo, que atendieran a mis quejas, y simplemente estos esbirros cumplían las órdenes como fieles siervos del amo. ¿Pero hasta dónde podrían llegar con lo pactado?

LAVADO DE CEREBRO

A principios de febrero llegó el coronel Nelson para entrevistarme. Era un funcionario de la dirección nacional de la seguridad del Estado, era quien atendía, desde la capital, las operaciones relacionadas con los presos políticos y con la disidencia interna. Era bajito, canoso, de cuello hundido entre sus hombros, y brazos demasiados cortos. Se reunió conmigo en la oficina del reeducador ubicada en la misma entrada del destacamento. Llegaba directamente con instrucciones del Comediante en jefe para atender mi caso. Quería conocer detalles sobre mi persona, sobre mi capacidad sicológica y mis convicciones. Me di cuenta de esto y no lo dejé avanzar mucho en sus propósitos. Fui conciso y reservado por primera vez desde que caí en prisión.

Quiso penetrar, incluso en mi conciencia, y me mostró un esquema de cómo estaban funcionando en el país la disidencia interna y los grupos de oposición. Me dio nombres de líderes y finalmente me dijo que se estaban robando los dólares que le enviaban desde el exilio las agrupaciones creadas para derrocar al gobierno. Me dijo que alquilaban taxis para moverse de un lugar a otro y que llevaban una vida de ostentaciones y privilegios.

Lo dejé avanzar hasta donde quiso, porque además me convenía saber lo que estaba pasando aunque fuera desde su punto de vista. No servirían mis réplicas para nada. El coronel venía, como robot al fin, ya programado, para decirme esas cosas y lavar mi cerebro. Simplemente sonreía mientras lo escuchaba y a veces me hacía el sorprendido como que me estaba enterando en ese momento de lo que ocurría. Fui soltándole cordel para que se ilusionara con la idea de que iba sacando buenos resultados de su encomienda.

Le hice sólo una pregunta, sin que se notara mucho mi ironía, sobre cómo estaba el servicio de transporte en la capital. Fue en el momento que me estaba hablando de los taxis que alquilaban los opositores. Me dijo con su cara dura que el transporte público estaba bueno, que estaban utilizando para el transporte urbano unas rastras de cargar productos, con muy buenos resultados. No quise contrariarlo. Quizás él imaginaba que por estar yo encerrado no estaba bien informado del desastre que asolaba al país.

A estas pocas rastras, adaptadas con asientos, el público con razón las llamaba Camellos, no sólo por lo incómodas, sino también por las jorobas del techo. No cubrían ni siquiera las necesidades elementales. El coronel tenía su carro propio con asignación abundante de gasolina y no necesitaba ni coger Camellos ni pagar taxis con dólares para poder ir a su trabajo y demás entretenimientos. El régimen le cubría todas "sus necesidades". Y dicho sea de paso, sólo con dólares era que se podía coger un taxi, pues sólo estaban al servicio de los turistas extranjeros.

Los disidentes declarados, cuando caminaban o se movían en bicicletas (el transporte que le habían asignado a la población), eran asaltados fácilmente por delincuentes bajo la orientación de los agentes de la seguridad, quienes después de una golpiza se las arrebataban. Estos líderes opositores, a pesar del reconocimiento y el apoyo internacional, eran constantemente acosados, golpeados y encarcelados cuando menos lo esperaban. En fin que no estaba para polémicas con cerebros estrechos, ciegos y sordos.

Nos despedimos sin discusiones. En el informe que rendiría a sus superiores sobre los resultados de su visita escribiría finalmente, que yo parecía un individuo comedido, bien educado, que sabía escuchar tanto como hablar, pero que sólo hablaba cuando lo creía necesario. Monté mi personaje y así me salió, mejor de lo que yo pensaba.

Adjunto entregaría una copia completa de mi voluminoso expediente carcelario con anotaciones muy específicas, de que había plantado una compañía completa de presos comunes para que rechazaran el alimento putrefacto, de que había revuelto la prisión en varias oportunidades con huelgas de hambre y protestas agrupadas, de que había protagonizado una rebelión masiva de presos políticos durante 21 días, culminada con la más larga y numerosa huelga de hambre durante 40 días, de que forzó a las autoridades a negociar también con los familiares de los huelguista la terminación de la huelga, de que hizo además otra huelga de siete días para que lo dejaran ver a sus familiares, de que había sido encerrado reiteradamente en celdas de castigos, de que se había resistido al arresto y traslado de prisión, de que se negó a salir de la celda de castigo que le habían asignado después de la gran huelga, de que se había negado a usar el uniforme del preso común, de que había quebrantado reiteradamente las reglas y la disciplina, de que se había opuesto a dar vivas a "la revolución" a la que llamaba "la involución", de que había rechazado el plan de reeducación, de que había denunciado los atropellos y violaciones de la prisión ante la fiscalía provincial y la prensa extranjera, de que era un rebelde consuetudinario y consumado. En fin, que era un tipo sumamente peligroso, maniático y taimado que no debía salir a la calle nunca más. Y esto era lo que yo pedía, que se me diera la libertad inmediata en mi tierra, la libertad que me habían robado, la libertad entera. Y esto era lo que se pedía en las campañas realizadas a mi favor.

En resumen, que era una "escoria social" tal y como ellos definían a los que se rebelaban. No, no les convenía darme la libertad en mi tierra, por más que la pidieran gobiernos y prestigiosas organizaciones internacionales. Para ellos el destierro era la solución. Para mí un nuevo castigo, porque me excluía de la lucha interna, porque incluía la separación de mis familiares y de mis buenos amigos.

NUEVAMENTE EN CASA

Unas semanas después el teniente Tabares me fue a buscar y me dijo que me vistiera que íbamos a hacer un viaje fuera del penal. Se veía agitado, algo eufórico. Me puse un pullover blanco y un short gris oscuro. No puso objeción. Ya apenas me ponían objeciones en nada. Cuando salíamos me encontré sentado en el salón de espera a José Antonio Frandín que ya había dejado la rebeldía y había sido nuevamente trasladado para Boniato. Todavía estaba muy delgado. Su tez morena y sus ojos grandes resplandecieron al verme. No se lo esperaba. No tuvimos oportunidad de hablar.

Lo habían sentado allí con todo propósito, para que me viera salir acompañado por el teniente Tabares y el capitán Quintín, otro miembro de la seguridad que se encargaba de la disidencia y de los prisioneros políticos. Querían con esto crear la confusión. ¿Por qué y para qué un prisionero salía de la prisión acompañado por dos agentes de la seguridad? ¿Estará colaborando con ellos? De eso hablamos Frandín y yo después. Lo citaron para la dirección con ese objetivo. Pero sobre mí nunca podría haber dudas de esa clase, por más que intentaran crearlas, porque siempre yo actuaba como un libro abierto, de letras claras y fácil lectura.

Me sentaron en el sidecar de una moto, sin decirme adónde me llevaban. No me esposaron. No cogimos rumbo a la ciudad, sino por una carretera que nos alejaba de ella. No pregunté.

—Sabes a dónde vamos —me dijo finalmente Quintín ladeando su rostro moreno y ajado.

—No tengo idea —respondí con indiferencia.

—Vamos a tu casa, para que veas a tu familia.

No me emocioné con la noticia o mejor dicho no les mostré ninguna emoción. Seguí mirando la carretera zigzagueante que lleva al poblado de El Caney por la parte de atrás, por las lomas siempre tan empinadas. Por esa zona la vegetación es muy espesa y verde. Hay muchos árboles frutales. Abunda el mango, el marañón, el tamarindo, el mamoncillo, el anón, el zapote, la cañandonga. Frutas muy dulces y jugosas. Las famosas frutas del Caney.

Entramos al poblado. La misma ruindad de siempre aunque algunos carritos vendían a sobre precio frituras y empanadillas y otros dos vendían Granizados de un solo color y un solo sabor en las esquinas desoladas del parque. El sirope que agregaban al hielo granizado era sólo una melaza de agua con azúcar prieta quemada, nada de frutas ni de sabor a frutas. Era lastimoso que fuera así precisamente en una zona conocida internacionalmente por sus fértiles tierras y por sus variedades de árboles frutales.

Frutas, ¿quién quiere comprarme frutas?
Mangos, de mamey y bizcochuelo.
Piñas, piñas dulces como azúcar
Cosechadas en las lomas de El Caney...

Así sonaba un famoso pregón de los tiempos en que la fertilidad de la región servía de inspiración a los poetas. Ya ni siquiera las frutas pertenecían a los pobladores. Se decía que España había comprado todas las cosechas, sobre todo las de mango. En el punto de control, situado a la salida de la carretera que conduce al centro de la ciudad, chequeaban los carros y las guaguas, y decomisaban las frutas a los pasajeros. Nadie podía llevarse a la ciudad ni siquiera una jaba con mangos de la mata de su patio. Pero me ahorré cualquier comentario irónico de las cosas que decían que habían cambiado. A veces también las frustraciones acumuladas, me volvían mudo.

—Vamos primero a avisarle a tu esposa ¿Está en su trabajo?

—Pienso que sí...

El capitán Quintín era quien decidía y trazaba el rumbo. Mi esposa todavía trabajaba como médico en la clínica dental del poblado. Parqueamos a la orilla de la carretera, a unos cien metros de la clínica, casi frente a la estación de policías, y el teniente Tabares fue a buscarla. Al parecer no conocían con exactitud el lugar y tuve que indicarles.

A los pocos minutos llegó con ella. Venía con sus ojos grandes y verdes, su pelo rubio y largo, su cuerpo esbelto y bien formado, envuelta en su bata de médico, pero pálida y en un solo temblor. La montaron atrás y Quintín se subió conmigo, pero casi en el guardafangos del sidecar.

—Mis compañeras te mandan saludos —me dijo—, míralas allá arriba, sobre la placa.

Miré en la dirección indicada y vi un grupo de médicos de la clínica, hombres y mujeres, parados sobre el techo de placa de la edificación que sobresalía por encima de las casas, haciéndome señas y agitando las manos. Mi saludo fue efusivo. No pude hablarles pues estaban algo distantes, pero a algunos los reconocí, a pesar de que habían pasado más de cuatro años. Mi esposa tenía muy buenos compañeros de trabajo que la apreciaban y apoyaban en todo. Siempre mantuve buenas relaciones con ellos.

Cuando entramos al reparto El Modelo, ubicado a mitad de la larga carretera, sucedió lo mismo. Todos me saludaban cuando me veían y veían a mi esposa conmigo, pues llamábamos la atención fácilmente. Esquivábamos los baches y a las personas que caminaban casi por el centro de la calle con el asfalto destrozado. Supe que mi prisión fue todo un acontecimiento en mi barrio y en mi círculo de amistades.

Además, los episodios de nuestra huelga de hambre y nuestra actitud rebelde transcendieron y eran del dominio público a pesar de que los periódicos del oficialismo nada dijeron. Muchos me enviaban saludos, mensajes de esperanza y fe, y hasta algunas golosinas preparadas por ellos mismos. Mi esposa me las llevaba en la jaba de comida. Incluso los mensajes y regalos venían de personas que apenas conocía o recordaba. Estos actos solidarios fortificaban mi espíritu y era una medida de que no estábamos olvidados, de que nos querían y consideraban.

Me veían pasar. Me saludaban. No les importaba siquiera estar delante de los agentes de la seguridad. Los agentes estaban vestidos de civil, pero el motor pintado de verde olivo era fácil de identificar, pues eran los motores rusos que usaban los militares y esbirros del régimen para hacer su trabajo.

Tan pronto se regó la voz de que yo estaba en casa, muchos fueron a visitarme. En la misma portería de entrada, tuve que detenerme y recibir a algunos que me abrazaron y no me dejaban pasar. Tenía que atravesar unos 15 metros de jardín, desde la verja de entrada hasta la puerta, pero apenas pude moverme en los primeros minutos del encuentro. Llegaban unos tras otros a demostrarme la alegría de verme nuevamente.

Nuestra bonita casa, diseñada y construida por mí, con mi sudor, con mis propias manos y recursos, aún se mantenía en pie. Mi madre vivía sola en la primera planta y tuvo que salir para poder abrazarme, porque los reiterados encuentros apenas me permitían moverme. Se aglomeraron todos a mí alrededor, en la misma verja de la entrada, y los agentes de la seguridad nada pudieron hacer para impedirlo. Más bien se replegaron. Incluso, jóvenes del barrio, que habían colaborado en las actividades de nuestro grupo, se me acercaron sin miedo y me abrazaron. Me vieron más joven, más gordo, más colorado. Sin barba, claro que me veían diferente.

Uno se ve más joven bien afeitado. La última vez que me vieron usaba una barba tipo candado bien arreglada. Durante muchos años me vieron así. El día que me rasuraron en la prisión de Mar Verde, yo mismo ni me reconocí frente al espejo. Era como si viera a otra persona. Estaba totalmente cambiado. Tantos años usando barba me hicieron hasta olvidar mi rostro. Imagino que ellos recibieron la misma impresión.

Me mostraba risueño, lleno de optimismo. Les mostraba que no me había dejado vencer por los años de encierro, por las torturas y la mala alimentación. Había causado en ellos el efecto que deseaba causar. Me mostraba afable, efusivo con todos, tal y como siempre fui. Los niños del barrio, no tan niños ya, se me acercaron con las frases de afecto que tanto me gustaba oír. Los mayores me decían Moro y los niños me decían tío. «Llegó el Moro», gritaban. «Llegó mi tío», gritaban más, y corrían la voz, y pronto fueron llegando otros vecinos durante las casi dos horas que estuve de visita en mi casa. Los agentes le dijeron a mi esposa que cocinara, que podía comer algo antes de irnos. Yo mismo estaba sorprendido con el recibimiento que me habían dado, e imagino que los agentes también lo estaban.

Mi mamá subió con nosotros al segundo piso, había adelgazado y envejecido demasiado y no sabía que decir. Estaba llorosa, pero feliz de verme nuevamente. Mi esposa también. Yo también. Sólo faltaban mis hijos. Quería que me vieran nuevamente llenando los espacios del hogar. Pero era medio día y aún estaban en la escuela.

Mis guardianes le dijeron a mamá que dentro de poco me darían pase para que me lo pasara en casa. Mi mamá lo celebró con humildad a pesar de que ellos se lo anunciaron con bombos y platillos como si fuera una gran cosa, como para que se desmayara de la emoción.

—Señora, la próxima semana su hijo se pasará unos días con ustedes.

—¡Qué bueno! —dijo mamá sin mucho entusiasmo, sin más agradecimientos que los estrictamente protocolares.

Claro, lo que necesitaba era mi libertad, la libertad que me habían usurpado, y no unos días de pase como dijeron. Durante el viaje, el capitán Quintín me había dicho que tenía una buena noticia para mí. Esperé en silencio la anunciada buena noticia, porque nada bueno podría salir de sus mentes confabuladas en la maldad.

—Te vamos a dar el "Plan Reeducacional —finalmente dijo después de estudiar mis reacciones.

No le contesté. Seguía impávido. Era como si nada me hubiera dicho.

—¿Qué, no te pones contento? —agregó como esperando de mí una mejor reacción.

—No —le dije secamente—, contento me hubiera puesto con la noticia de mi libertad.

Obtener el "Plan Reeducacional" era lo que muchos deseaban como primer paso para la obtención de la "Libertad Condicional". Estos planes se lo daban sólo a quienes mantenían una buena conducta. Y mantener una buena conducta significaba cumplir a cabalidad con lo reglamentado y con todo lo orientado.

Entonces, ¿cómo era posible que me dieran a mí un plan que no me había ganado? Porque desde el principio estuve siempre protestando, sin participar en nada, mucho menos en actividades políticas, como ésas de formar coros hablados y cantados. Eran coros inauditos compuestos por ladrones, asesinos, violadores para dar vivas al partido, a la revolución y a Barbatruco. Muchos presos adoptaban una actitud oportunista. Tenían el objetivo de salir del encierro para después seguir delinquiendo, por adicción o por culpa de las mismas apremiantes necesidades que lo empujaron a delinquir.

Fingían una conducta. De esta forma obtenían dos o tres días de permiso cada mes. Algunos no regresaban más. Algunos eran balaceados en la operación de su captura. Otros aprovechaban el pase para robar y regresar sin dejar huellas. Muchos se arrastraban, hasta parecer perritos amaestrados, con el objetivo de ganarse el plan, y a mí me lo estaban dando inmerecidamente. Mis indisciplinas eran demasiadas, mis constantes rebeliones me definían.

Se ganaba el plan, fingiendo apoyo al régimen, fingiendo un sentimiento que se estaba muy lejos de sentir. Ya lo he dicho. Era evidente que querían congratularme, que querían tenerme contento, que querían dar la imagen de que estaba siendo bien tratado. Aceptar el plan y festejarlo sería como aceptar y festejar una nueva humillación. Era inaceptable, inconcebible.

En el fondo sentí cierto regocijo, porque era evidente que la campaña por mi liberación estaba funcionando, que alguna orden superior los obligaba a actuar así, que cada vez se acercaba más el día de mi salida del infierno enrejado.

SE CONCRETAN LOS ACUERDOS

Mi esposa había sido citada por la embajada de Canadá para ser informada de las gestiones que se hacían a mi favor. Tuvo que asistir a dos encuentros. Se negoció para que se me diera la libertad dentro de mi país, pero frente a la negativa, quedaba sólo imponerme la expatriación. Era considerado un rebelde peligroso como para liberarme y dejarme andar libremente por las calles.

Barbatruco determinó, cuando obtuvo el reporte del coronel Nelson en sus manos, que sólo me sacaría de la prisión si me marchaba al exilio. Es decir, que me conmutaría la sanción de privación de libertad por la sanción del destierro. ¿Me haría un favor? Complacería por un lado la petición hecha por el gobierno canadiense a través de su Ministro de Relaciones Exteriores, y al mismo tiempo se quitaría de encima a un opositor declarado, suelto en sus predios.

No lo acepté cuando me lo informaron. Ellos no podían creer que mi negativa de marchar al exilio iba en serio. Sólo lo hubiera aceptado si me permitían salir junto con mi familia. Dejé clara mi determinación y ése fue el mensaje que mi esposa llevó a la segunda entrevista en la embajada de Canadá ubicada en la capital de la isla.

Yo tenía sobrados ejemplos de prisioneros políticos que fueron compulsados al destierro para luego prohibirles a los familiares la salida. El tirano mayor gozaba con esta trampa de la que muy pocos habían escapado. Era su venganza, su castigo, obstaculizar la reunificación familiar.

Tenía el ejemplo reciente del científico Luis Grave de Peralta, que después de salir de la prisión hacia los Estados Unidos, por gestiones directas de un senador norteamericano, no le permitieron luego reunirse con su esposa y sus hijos, a pesar de que éstos habían obtenido los correspondientes visados para viajar. Aún en el momento en que escribo estas líneas, Luis Grave de Peralta luchaba para poder reunirse con sus hijos.

Debo señalar que, paralela a la campaña política del Comediante en jefe para llevar al niño Elián González de vuelta a la isla, el niño que milagrosamente salvó su vida y que con su historia conmocionó al mundo, porque su madre murió ahogada en el Estrecho de la Florida tratando de llevarlo a tierras de libertad, Luis Grave de Peralta realizó su propia campaña para lograr la liberación de sus dos hijos menores. Sin embargo, Elián González fue devuelto y los hijos de Luis Grave de Peralta siguieron secuestrados, porque en la isla-cárcel se violan a mansalva los derechos y la propia constitución.

Por eso me mantuve firme. «Tu esposo se volvió loco», le dijo el teniente Tabares a mi esposa, «no quiere salir de la prisión». Prefería quedarme preso antes que marcharme sin mis hijos y mi esposa. Mi petición finalmente funcionó gracias a la bondad y las gestiones del gobierno canadiense. Esto fue un acontecimiento sin precedentes en la historia política de Canadá y sus relaciones con la isla.

Antes de partir pasé seis días en casa junto a mis familiares.

Serían como las 11 de la mañana cuando me sacaron de la prisión. El calor era demasiado. Santiago, región sísmica del caribe, se caracteriza por ser una de las ciudades más calientes de la región. Los oficiales Tabares y Quintín, me hicieron una invitación mientras viajábamos en la moto. Dijeron que se habían ganado como estímulo una reservación en el Hotel Meliá Santiago, de cinco estrellas, de 15 pisos, de reciente construcción. Me pidieron que los acompañara para tomarnos unas cervezas en la piscina y celebrar mi liberación.

—Prefiero tomarme las cervezas con mi familia.

Pero insistieron. Les pedí que me dejaran ir a casa. Pero insistieron.

—Nosotros te llevamos después —dijo Quintín—. Vamos adentro para que veas que bonito está el hotel. ¿Tú lo has visto?

—No. Vayan ustedes, yo los espero aquí.

Dijeron que no podían dejarme afuera, que aún yo estaba preso, que sólo estaría libre cuando pusiera un pie en el avión. Me cayeron muy mal esas palabras que me sonaban a malsana humillación. El capitán Quintín las dijo con prepotencia y odio. Su rostro de pómulos salientes y mejillas flácidas, se endureció al instante. Siempre tenía una sonrisa impúdica clavada, pero al parecer no pudo esta vez formularla. Se le cuajó en una horrible mueca represiva.

No tuve otra alternativa que acompañarlos. Nunca había entrado al hotel. Era el único de cinco estrellas, recientemente construido sólo para turistas extranjeros. Había mucho lujo en las decoraciones. Me sentía extraño. Estaba usando ropas de civil desde que me sacaron del penal y me pusieron a vivir durante algunas semanas en una casita fuera del cordón de seguridad junto con otros presos que trabajaban en la cocina militar y atendían los servicios del agua y la electricidad.

Al principio me negué salir, pero luego me convencieron de que allí estaría mejor y más seguro. Querían, al parecer, garantizar mi vida, que nada malo me pasara rodeado como siempre de connotados criminales. Parecía ser finalmente algo importante para ellos, un prisionero político y no un preso común como anunciaban. No hacía nada. Leía y a veces caminaba un poco por los alrededores. Las reglas disciplinarias habían desaparecido. Sólo esperaba por el momento de mi liberación y los días me parecieron meses. Estaba fuera de las rejas y me daban más y mejor comida. Querían que engordara. ¡Qué cinismo, qué ignominia!

Cuando entramos a la piscina, después que se identificaron y hablaron con el gerente del hotel (el gerente es otro agente de la seguridad del Estado al igual que la mayor parte del personal de servicio de estos hoteles), me invitaron a sentarme en una de las mesitas cubiertas por sombrillas playeras. El sol como siempre estaba radiante. Todo era brillo y luz y color en los cristales y en los semblantes de mis solícitos anfitriones. Se esforzaban en ser amistosos y el ambiente excepcional los ayudaba.

Una música suave iba de fondo cuando los ruidos de copas y botellas de cerveza llegaron de repente a la mesa. En la piscina se bañaban escasos turistas. Me señalaron a unas muchachas bien delineadas en sus bikinis que cogían sol y se tiraban al agua. Una rubia sonriente de pechos abultados y cintura muy estrecha se nos acercó. Habló algunas palabras con Tabares. Se conocían. Quizás trabajaba para ellos.

Nos presentaron. Se me mostraba amable y complaciente. La picardía se le salía por unos ojos sesgados y golosos. Tan pronto entramos al área de la piscina ellos hicieron comentarios acerca de las bañistas. Querían atraer mi atención y meterme a toda costa en ese círculo. Me mostré cortado.

Después que el camarero trajo la bandeja con cervezas Hatuey, la exclusiva cerveza de los viejos tiempos, destinadas totalmente a la exportación y a los dólares de los extranjeros, insistieron en que me sentara. Me quedé de pie y sin tocar ninguna. Ella fue invitada a beber, pero rechazó la oferta. Quizás ella esperaba que yo insistiera con la invitación. No dije nada.

—Él no quiere beber —indicó Tabares con sus dedos largos abriendo más la mano al tiempo que agarraba y se daba un buche de la botella.

Quizás querían emborracharme para que hiciera el papelazo.

—Estoy muy desnutrido para estar bebiendo sin comer.

—Vamos a pedir algo —impuso Quintín siempre autoritario.

Llamaron al cantinero y pidieron bocaditos de jamón y queso. De verdad que no entendía muy bien la tanta atención de estos torturadores convertidos de repente en cordiales anfitriones. Pensé que obedecían a un plan, que todo era un teatro expresamente montado para tomar algún video que mostrarían después como argumento para sus chantajes. Conocía ese trabajo. Sabía cómo podían hacerse estas cosas con cámaras ocultas, sin que se advirtiera su presencia.

Miré hacia las ventanas del hotel, las que daban a la piscina. Eran todas de grandes cristales azules, relucientes. Detrás de alguna de ellas podría estar oculto el incógnito camarógrafo, y con el poderoso zoom-in tomar insospechados detalles de la escena para luego en las ediciones de video lograr los objetivos.

Entonces lo exhibirían como muestra de lo bien que me estaban tratando, o lo mostrarían a los disidentes para crear la confusión y la sospecha, para mostrar de que yo era un colaborador al servicio de la seguridad, y poder así desacreditarme. ¿Qué otra cosa podría ser? ¿Qué otro sentido tenía lo que estaban haciendo? Trataba de adivinar, al tiempo que tomaba mis precauciones.

Quise cambiarles el escenario, por si acaso. Les dije que el resplandor del sol me molestaba, que prefería estar bajo techo detrás de los cristales protectores que separaban la piscina del bar. Insistieron en que nos quedáramos allí, que teníamos una vista mucho mejor.

Pero aceptaron. Recogimos las cervezas. Quizás estaban pensando en que adentro me relajaría un poco y me tomaría alguna. Ellos bebían con ansiedad, como aprovechándose de la ocasión de tenerlo todo gratis una vez más. Imagino que sus jefes tendrían alguna asignación especial para estos casos como parte del trabajo de infiltración y reclutamiento. En definitiva quien pagaba siempre éramos nosotros. Pedí sólo un vaso de agua. Me mostraba hosco aunque no descortés. Estaba desesperado por llegar a casa.

Cuando me presentaron la chica, los agentes ya me habían comentado sobre su protuberante trasero. Era lo habitual para tantear el terreno. Pero al ver mi laconismo y constante desinterés finalmente la despidieron. Podría ser otra de sus trampas pues seguro conocían de mi gusto por las mujeres hermosas. Me había casado dos veces y había vivido con dos más en concubinato, sin contar las circunstanciales. En realidad era bella, pero no les di la oportunidad de que agregaran otra más a mi lista. Eran demasiado los riesgos.

A los pocos minutos se nos acercó un individuo algo grueso vestido de civil a quien ellos llamaron coronel. Se pusieron de pie para saludarlo. Estaban ante el jefe. Yo seguía de pie y sin beber. Jamás lo había visto. Era el coronel Walter, jefe de la seguridad del Estado de la provincia. Se dirigió a mí con efusividad mientras me daba la mano como si me conociera de siempre.

—¿Pero, Sambra, por qué no estás tomando? Yo pensé que a esta hora ya todos estarían borrachos.

Fue el capitán Quintín quien contestó por mí.

—No ha querido probar una sola cerveza, coronel.

—¿Pero, por qué? Eres nuestro invitado especial.

Tuve que volver a repetir las escusas del principio. El coronel se mostraba muy afable.

—Además no me siento muy bien de salud —dije finalmente.

—Tómate al menos una. A lo mejor un día de éstos eres tú quien nos invita a nosotros en este mismo hotel, cuando vengas como turista.

Lo miré fijamente como queriendo descubrir las verdaderas intenciones de sus gestos y palabras. Su rostro tan arrugado, estrujado y quemado contrastaba con el brillo de unos ojos oscuros y difíciles de entender. Tenía coagulada la sonrisa si es que se le podía llamar sonrisa a su desagradable pantomima.

—Mire, coronel —moví una silla y me senté a su lado, tratando de ser confidencial—, yo sé que me quedan pocos días aquí y quisiera pasármelos con mi familia. Se ve que usted es una persona educada. Quiero que me comprendan todos. A cualquier prisionero le gustaría tener este trato que ustedes me están dando ahora. Pero en todo este tiempo sólo he recibido atropellos y torturas físicas y psicológicas. No crean que esto lo hago por rencor. Yo no me siento a beber con ustedes, no por ustedes, sino por lo que ustedes representan. Cuando vivamos en democracia podremos beber juntos aunque sigamos siendo opositores políticos. Y usted sabe mejor que yo que sólo podré volver al país cuando eso ocurra...

Me puse nuevamente de pie decidido a ponerle punto final a la fiesta.

—Quédate sentado —trató de detener mi acción con cierto tono impositivo de quien está acostumbrado a dar órdenes y a ser obedecido.

—Entonces, por favor quisiera irme.

Me quedé tieso frente a él ignorando su reclamo, en espera de una respuesta. Sus cejas gruesas parecieron unirse. Me pareció en ese momento un hombre reflexivo y al mismo tiempo conmocionado. Me miró fijamente desde su asiento. Extendió lentamente su mano hasta unirla con la mía.

—Te comprendo —dijo casi para que nadie más que yo lo oyera—, yo también haría lo mismo.

Luego ordenó que me dieran unas cervezas y unos bocaditos para que me los llevara. Traté de ser bien sincero con él, de ser yo mismo. Quizás logré arrastrarlo a su mínima expresión de sinceridad.

Me dejaron marchar solo. Me avisarían cuando todo estuviera listo para viajar a la capital y luego a Canadá. El propio jefe de la prisión, el mayor Elio Ávila, me había llevado días antes en su carro al Departamento de Emigración para que me hicieran el pasaporte. Todo estaba listo.

El 11 de mayo de 1997, día del cumpleaños de papá, y segundo domingo de Mayo, "Día de las madres", subimos al avión. Dejé a papá en su tumba. Dejé a mamá llorando. Pero ambos felices de ver lograda al menos esta clase de liberación.

CAPITULO XII

SUELTO POR UNOS DÍAS

Debía aprovechar el tiempo al máximo. Podía estar con mi familia, pero también trataría de contactar con algunos amigos. Algunos con lágrimas en los ojos dijeron estar de mi lado antes de despedirse. Siempre tuve la preocupación de que a mi salida, dada las circunstancias cada vez más represivas, mis amigos mermaran. En mi largo poema-prosa "Los viejos amigos (Discurso sin tribuna desde esta plaza)", lo planteaba.

I

¡Qué extraños veo a los viejos amigos!: Más gordos. ¿Más gordos? Frágiles, ¿más viejos? Cuatro años apenas de ausencia y ya son otros los mismos amigos. ¿Seré otro yo también? ¿Será otro mi rostro ausente en sus pupilas, otro mi yo en sus recuerdos? Los amigos saben que existo, pero que estoy en días abismales, que me han muerto la pública palabra, mis costosas palabras de diez años de prisión: carísimas, atrevidas, sinceras. Las mismas que fueron primero poemas y después proclamas clandestinas. Las palabras que tú, Sacha, pusiste como ejemplo en un examen de gramática cuando fue fama mi poema "Los poetas llegan tarde a clase" ¿Recuerdas? El poema ofendido pero premiado, jocoso pero muy serio que por poco me cuesta la expulsión de la escuela, el "poema diversionista" como dijeron aquellos fanáticos y airados militares de Verde Olivo, y del cual yo debía arrepentirme –dijeron. ¿Recuerdas? "Los poetas no se llaman sol, no se llaman cruz, no tormenta…"

VII

*"Y no sé si vale la pena de vivir después que el país
donde se nació decida darse un amo."*
José Martí

Quiero descubrir a los mismos amigos, poderles estrechar las manos a mi salida (si hay salida). Debo pensar además en el exilio (nunca seré libre en la prisión más grande del mundo). Pero quiero pulir mis pasos si transito nuevamente mis calles, si tropiezo por azar con los viejos amigos. Sabré quién es quién pues ya conocen mi estrella, ya no soy una duda con dos pies. Llegarán a mí los sinceros, los ocultos, los huérfanos, los sin voz. ¿Serán más los amigos o menos los amigos? Espero que para entonces otra sea la historia. / Prisión Boniato, Diciembre del 96.

(Del libro *Los ángulos del silencio. Trilogía poética*, p. 124).

Pero eran más los amigos y esto me daba muestra de que las cosas estaban cambiando en la conciencia de todos. No éramos visto como traidores por más que se esforzaba el régimen en tratar de demostrarlo.

Recorrí las calles de mi querida ciudad como despidiéndome de cada rincón. Todo estaba cada vez más triste y arruinado. Las fachadas de las casas estaban desteñidas y desconchadas. Algunas apuntaladas con estacas de madera para evitar su desplome total. Visité mi viejo barrio enclavado en la loma del Tivolí. Allí vivían aún algunos de mis familiares. Vi nuevamente mi vieja casa frente al callejón, la número 162. Su fachada no había sido transformada. Saludé a los muchachos que aún me decían tío. Respiré el aire de la bahía con sus escasos barcos mercantes, con sus montañas alzadas desde la otra orilla, y me grabé para siempre su PAISAJE.

Delante tengo la llama perenne de la refinería/ más allá los muelles/ los barcos quietos como sobre hielo/ ciudad/ este golpe de calor y tono que traes de las montañas/ y este sol/ estas aves blancas que buscan el sol y esta puesta/ de sol rompiendo el gris de la tarde/ estas lomas y estas casas encaramadas/ y ese mar desde estas casas.../ ciudad/ ¡qué fortuna vivir en Santiago y ser poeta!

junio 77 (Paisaje. Del libro Hombre Familiar...)

Viajé a la prisión de Bahía Larga para buscar a mi hijo. Atendieron a mi petición y lo autorizaron a pasarse esos últimos días conmigo. Recorrimos la ciudad. Fuimos al parque Céspedes. No estaba muy concurrido, pero algunos turistas tomaban cerveza de importación sentados frente a las tiendas en los bajos de la catedral, las tiendas exclusivas que vendían por dólares sólo a los turistas extranjeros. Eran hombres muy maduros y tenían algunas muchachas muy jóvenes sentadas sobre sus piernas. Eran dueños y señores. La prostitución se esparcía y había llegado a los parques centrales de cada ciudad. Las jineteras, prostitutas modernas, pululaban por las calles y avenidas principales.

La escena nos avergonzó. Algunos de los que atravesaban el parque, miraban de soslayo la ofensa pública de nuestras mujeres; pero nada podían hacer, porque los que invitaban tenían el dólar y todo estaba envuelto en una fiebre loca por alcanzarlo. Las muchachas querían al menos comer bien alguna vez y a cambio obsequiaban por una bagatela sus más íntimas ternuras. Nos paramos en una esquina casi frente al Ayuntamiento.

Mientras caminábamos recordamos la noche del 31 de diciembre de 1992. Los fuegos artificiales despidiendo el año viejo y recibiendo el nuevo. Mi hijo me describió cómo fue que regó las proclamas frente a la tribuna que ubicaron en el medio de la calle Aguilera, frente a la misma fachada del antiguo ayuntamiento municipal. Me indicó los puntos donde estuvieron situados los demás, y luego el lugar que escogió él para observar los efectos que causaba en los presentes la atrevida acción. Le reproché nuevamente el haberse expuesto demasiado, por haber ido más allá de lo que se le había orientado.

Nos paramos en la esquina de San Pedro y Aguilera. Por esa entrada del parque circulaba la mayor cantidad de personas. Pequeños grupitos de homosexuales llenaban puntos claves. Nos llamó la atención de que la mayoría eran negros y muy jóvenes.

Algunas Jineteras vestidas con extravagancia y ridiculez se les unían, intercambiaban mensajes, señas, contraseñas, y salían a la caza de nuevos "Pepes" cargados con los dólares de la salvación. No les importaba las miradas inquisidoras, ni las amenazas de ser llevadas a la cárcel. Donde antes jugaban niños fantasiosos y esperanzados, rodaba el vicio y la depravación. Las personas que se consideraban decentes no tenían nada que buscar en ese lugar. El parque central de mi ciudad se había convertido en un prostíbulo al aire libre.

Visité también a algunos disidentes y activistas de derechos humanos. Mi vieja amiga María Luisa Bernal fue de las primeras. Pequeña y menuda, pero de grande corazón. Fui su compañero de trabajo en mis tiempos de actor del Cabildo Teatral Santiago donde, con talento y su estilo inconfundible, diseñaba los vestuarios de las obras que representábamos. Siempre fue muy cariñosa conmigo. Me llamaba Mickey, no sé por qué motivo. No dejó de atenderme, de atender a mi familia mientras estuve preso.

Tomé mis precauciones, pues imaginaba que me seguían, que estaría muy vigilado. Fui a la casa de Nicolás Rosario activista de Derechos Humanos y del Dr. Desi Mendoza Rivero, presidente del Colegio Médico Independiente de Santiago, el médico que se atrevió después a revelar en un informe, publicado en el extranjero, que la ciudad estaba siendo azotada por la fiebre epidémica del Dengue, que había cobrado ya varias víctimas fatales por falta de reconocimiento y atención. Este acto de valentía profesional le costó al doctor la expulsión de su trabajo. Fue detenido el 25 junio de 1997 bajo el cargo de Propaganda enemiga y condenado a 8 años de privación de libertad.

Una de mis primeras visitas la hice al local de la UNEAC, ubicado en la famosa calle Heredia. Recuerdo las "Noches Culturales" cuando leía en público mis poemas. Recuerdo que mi largo poema "¡Qué gran invento el parque!" era recitado de memoria en tertulias y eventos públicos por el carismático Pascual (Pini), actor del teatro Guiñol, de quien siempre teníamos la sospecha de que colaboraba con la seguridad del Estado. Y no estábamos lejos de la verdad. Su actitud siempre fue poco clara. Le gustaba mucho este poema, me decía. Me imagino que más nunca lo pudo recitar, porque además su mensaje era evidentemente tendencioso.

II

En un parque se pueden dar mítines
se pueden concertar huelgas
pancartas
se puede conspirar
protestar por los precios
la inflación
el robo
los senadores y políticos
(sólo me refiero a los parques democráticos)
por eso digo que el parque es un punto de partida

pero abajo Pinoché si en Chile
abajo Somoza si es en Nicaragua
abajo... si es en Brasil

abajo... si es en Costa Rica
el Salvador Perú Guatemala Venezuela...
abajo... abajo...abajo... toda... la... dictadura
estos son los parques que lamentablemente abundan en el mundo

VIII
Al parque también van los policías
los policías representan la política del Estado
y algunos velan de que nadie destruya los parques
o hagan de ellos una cosa sólo a su manera
porque ya sabemos que un parque es un factor común

pero cuando la policía va al parque
con una misión distinta
y lleva además garrotes y dientes
entonces al parque no va nadie
y un parque vacío ya deja de ser un parque

IX
A veces me pregunto
cómo será un parque en tiempos de guerra
es decir
       cómo
             quedará
                    un
                           parque
¿un parque con sus árboles derribados
sus pájaros
sus estatuas
sus bancos
su gente?
porque la gente es parte del parque
y aunque todo lo material quede
sin la gente
qué será del parque

X
La poesía es un parque
la paz es el parque universal.
                    Año 1980" (Del libro Hombre familiar…)

Eran aproximadamente las cuatro de la tarde cuando entramos a la UNEAC. Allí me encontré con Pascual, con Marino, con Horrutinier, con Frómeta, con Guarioné y algunos antiguos miembros de El Grupo. Fue un encuentro improvisado, sin previo acuerdo. Iban llegando y se iban sumando. Compartimos saludos, recuerdos. Los miembros podían beberse un trago en el mismo local, pese a la escasez. Nos sentamos en una de las mesas del patio cerca de la cantina. Compré una botella de ron y varias cervezas. Logré sacar todos mis ahorros de otra cuenta de banco, usando un viejo carnet de identidad que había logrado conservar. Invitaba yo.

El cantinero, de unos 60, era el mismo de años atrás, aunque con algunas arrugas extras y más quemado por el sol. Alto y jovial. Se mostró bien complaciente con mis pedidos. Siempre le dejaba propina. Al grupo se incorporó Garzón quien nos ofreció sus canciones. Su voz falsete no envejecía. Su afabilidad tampoco. Seguía siendo un negro candoroso y servicial. Había sido miembro del coro Orfeón. Fue nuevamente fantástica su interpretación de "Yesterday", de los queridos Beatles. Todos recordamos, todos cantamos, todos coreamos con él.

Lino Verdecia Calunga mi antiguo condiscípulo y luego profesor de la escuela de letras, se incorporó también. Nos unían muchos afectos, buenos y malos recuerdos del estudiantado, desde los tiempos en que fueron expulsados aquellos cinco estudiantes de ingeniería por el año 68, porque le enviaron una carta a Barbatruco catalogándolo de autócrata, entre otras analogías y acusaciones. Había entre ellos una muchacha y eran de los mejores expedientes académicos.

Barbatruco en persona fue a la universidad y reunió a los estudiantes en las canchas de baloncesto y allí los emplazó, y finalmente convirtió la reunión en un acto de repudio contra estos jóvenes valientes, los cuales inmediatamente fueron expulsados del recinto académico. Sería bueno describir con detalles estos hechos, para que se conozca hasta qué punto había llegado la farsa del Comediante en jefe. Curiosamente años después, uno de ellos fue asesinado en su propio cuarto y nunca apareció la mano asesina.

Mi buen amigo Lino. Me gustó saber que había sido elegido por sus compañeros como presidente de la UNEAC. Pero pensé que era demasiado noble para tal cargo, rodeado de oportunistas ansiosos de poder y méritos políticos. Brindamos todos por los viejos tiempos y por los nuevos.

Mi hijo Maurice también me acompañaba. Mis hijos se sintieron bien acogidos, como en familia. Recibí muchas muestras de admiración y respeto. Respondimos bien a las preguntas. Todos querían saber. Hicimos anécdotas, chistes. Fueron duros los años de prisión, pero no apagaron en nosotros el optimismo de siempre. Me desearon suerte. Fue una buena velada de despedida. No hubo reservas, no hubo miedo. Los tiempos estaban cambiando y los hombres también. Los viejos amigos seguían siendo buenos amigos.

EL VUELO ESPERADO

El teniente Tabares, ligeramente vestido, me fue a buscar a casa para llevarme en avión a la capital. Le dieron esa encomienda. Nunca lo vi con uniforme. Vestía a la moda quizás para confundirse entre los jóvenes no alertados. Hablamos de varios temas mientras volábamos, sobre todo de la situación en que se quedaba mi hijo Guillermo. «No lo provoquen —le dije—, estaré muy pendiente de lo que le ocurra». Me prometió que nada malo le pasaría. ¿Podría confiar en esta promesa? No. Pero como sabía que nuestro caso ya era algo diferente, que estaba siendo atendido directamente por el Tiranosaurio bajo los requerimientos de Canadá, viajaba tranquilo con la idea de que, al menos, se cuidarían de rayar nuevamente en los excesos. El tratamiento que nos habían dado en los últimos días así lo mostraba. No era de extrañar que también existiera un cambio favorable hacia él.

El vuelo llegó de noche y en el aeropuerto nos estaba esperando, con su Lada y su cuello hundido entre los hombros, el coronel Nelson. Cruzamos saludos. No me dijeron a donde me llevaban. No me dieron información de nada.

—Coronel —le dije mientras rodábamos la carretera de Rancho Boyeros rumbo a la ciudad—, nadie me ha dado información sobre nada —me hice el tonto, el ingenuo, sentado en el asiento trasero del auto—, apenas sé lo que va a pasar conmigo. ¿Cuál es el misterio en el país de los misterios?

Hubo un silencio. Todo lo que yo sabía era por las informaciones que me había dado mi esposa, y todo lo que ella sabía se lo habían dicho en la embajada de Canadá. Sabía por ella que nos reunirían en el aeropuerto antes de subir al avión, pero aún no sabía el día ni la hora exacta del vuelo.

—No hay ningún misterio —dijo secamente y quizás algo molesto por mi tono irónico—, vas a viajar a Canadá.

—¿Cuándo?

—No sabemos. Ahora te llevamos para la prisión.

—¿Cómo que a la prisión? —pregunté sorprendido—. Tengo aquí donde ir. Yo pensé que pasaría este tiempo en cualquier otro lugar que no fuera una prisión.

—No —dijo secamente—, sólo cuando pongas un pie en el avión quedarás en libertad.

La misma frasecita. En sí me dijo lo que ya yo sabía. Me llevaron a una prisión al este de la capital llamada "Micro 4". Era una prisión pequeña, con mejores condiciones, donde recluían a los familiares de funcionarios del gobierno que habían delinquido, y habían sido recomendados por éstos para que ellos la pasaran lo mejor posible.

Me metieron directo en un calabozo aislado. Me sentí incómodo por el brusco cambio. Protesté y me dijeron que lo hacían para garantizar mi vida, para que nada malo me fuera a pasar, que esa era la orden que tenían. Me pareció falso, pero traté de controlar mi ansiedad. Evidentemente no querían que contactara con nadie.

Pero los presos siempre tenemos modos de comunicarnos. Un preso político llamado Marcos Hernández García me hizo llegar un papel con una denuncia sobre su compañero de prisión a quien habían dejado morir recientemente en el Combinado del Este. *"Aurelio Riscart Hernández. 55 años. Murió de cirrosis hepática después que se declaró un foco de hepatitis en el penal. Estuvo declarado con la enfermedad y no le dieron la extrapenal ni fue bien atendido. Fue militar y estuvo encarcelado por sacar al extranjero informaciones sobre las matanzas de [realizadas por] los pelotones de fusilamientos creados por el régimen."*

La denuncia la llevaría conmigo para evitar el encubrimiento y la impunidad de este crimen.

En las pocas horas que estuve allí, me enteré de otras muchas cosas y de las características y condiciones del lugar. Lo tenían como modelo de prisión para mostrarles a los visitantes que los presos vivían bien. Al menos la comida estaba mejor.

Apenas dormí. Me torturaba también la idea de que se pudieran perder mis escritos, libros inéditos y libros publicados que había logrado ordenar rápidamente para sacarlos al extranjero. Manos amigas los pusieron a buen recaudo. Dieciséis libros inéditos, y entre éstos el ensayo que escribí en la prisión sobre el pensamiento político de José Martí, se me hubieran perdido sin remedio de no haber sido por la gentil y eficiente labor de estos amigos.

Día y medio después, a las cinco de la mañana un carro de la prisión me llevaría al aeropuerto de Varadero. Todo lo tenían ya coordinado.

Mi esposa había viajado tres días antes a la capital por requerimiento de la embajada de Canadá, porque aún se necesitaba realizar algunos trámites burocráticos relacionados con su documentación y la de mis dos hijos menores. Se quedaron durante dos días en una casa habilitada por la embajada. Fue muy bien tratada y considerada en todo, especialmente por el señor embajador, la señora Nobina Robinson y el señor Pepe quienes atendieron directamente nuestro caso.

Estuve todo el tiempo impaciente mientras la esperaba. Su equipaje fue revisado minuciosamente por los agentes de la seguridad del aeropuerto. Buscaban algo especial en nuestro único equipaje, un pequeño maletín de mano. Todas nuestras pertenencias la habíamos repartido entre los familiares y amigos que dejábamos atrás. En el maletín sólo llevábamos ropa interior y unas pocas copias de mis escritos. Los escritos fueron revisados uno por uno. A esto se debía el retraso.

Estos papeles no significaban nada para mí si lo hubieran confiscado, pues como imaginaba que serían leídos, puse las copias manuscritas de libros menos problemáticos. Los utilicé como señuelo para despistarlos. Porque el grueso de mis escritos iba por otra vía, y gracias a este ardid pude salvarlos. Al menos para algo me sirvieron los poemas de la etapa en que cantaba loas a la revolución.

Minutos antes de salir el vuelo, nos unieron. Nos abrazamos fuertemente como si hubiéramos temido que nunca llegaría este momento. Estaban con nosotros dos representantes de la embajada canadiense y dos agentes de la seguridad. A partir de ese instante todo fue protocolar. El consejero de la embajada fue muy atento conmigo. Me hizo sentir bien y seguro de que todo saldría bien, porque uno siempre tiene temores hasta en el último momento.

Fueron a despedirnos algunos familiares. Los vi de lejos a través de un cristal. Entre ellos estaban mi cuñada Carmen y mi hijo Maurice que tenía la misión de salvar mis libros. Su presencia me indicaba que la primera parte del plan se había realizado. Me fui con la esperanza de poder reunirme con él muy pronto. Sabía que lo dejaba en un gran peligro y con la amenaza siempre de ser apresado y enjuiciado. Dejaba muchas cosas significativas atrás, pero no tenía otra alternativa que partir.

Nos reservaron asientos en un vuelo de la aerolínea Royal donde viajaban de regreso a su país turistas canadienses, ignorantes quizás de lo que estaba ocurriendo en "el paraíso" que les habían ofrecido sólo para sus codiciados dólares. Repartieron comida y celebramos con vino blanco el "Día de las Madres" y el primer día de nuestra libertad.

RESPALDO INTERNACIONAL

El Instituto de Integración Cultural (IICCA) creado en la isla pese a la censura, lo nombró Presidente de Honor en octubre de 1995, y al igual que Amnistía Internacional, Periodismo sin Fronteras y el PEN Club de Escritores de Canadá, entre otros, hicieron una eficaz campaña para lograr su liberación. Este Instituto entregó un documento oficial al Consejo de Estado y al Ministerio de Justicia donde se anunciaba los principios que motivaron su creación y en el cual comparaba el encarcelamiento de Ismael por "propaganda enemiga" con las actividades similares por las que nunca fue encarcelado el tirano mayor cuando era un simple opositor del anterior tirano. El documento al final pedía encarecidamente la libertad inmediata de Ismael, y estaba respaldado con la firma de los 21 integrantes del consejo de dirección del IICCA y una larga lista de personalidades de la cultura como Pedro Luis Ferrer, Gloria Stefan, Celia Cruz, Willy Chirino, Carlos Varela, José Feliciano, entre otros. (Ver fotocopia de este documento en su libro Cuentos de la prisión más grande del mundo, publicado en USA, 2015)

Gracias al trabajo sistemático de estas y otras organizaciones no gubernamentales que vigilaban el tratamiento que se les daba a los periodistas independientes y a los prisioneros políticos, el régimen, que había sido condenado por sus violaciones en reiteradas ocasiones por la comisión de derechos humanos de Naciones Unidas, actuaba con cierta hipócrita cautela frente a los opositores más destacados y la disidencia interna.

Después que el tirano mayor negó durante meses la existencia de Ismael y su condición de prisionero político, aduciendo que no tenía ningún escritor en sus cárceles, no tuvo otra alternativa que reconocerlo ante las evidencias mostradas por estas organizaciones y por algunos gobiernos como los de España y Canadá.

El PEN de Escritores de Canadá, una organización internacional que defiende la libre expresión, jugó un papel decisivo en la campaña al nombrarlo miembro honorario y al recurrir directamente al gobierno canadiense para que intercediera en su caso.

Finalmente Canadá prosperó en sus gestiones cuando en enero de 1997 el Ministro de Relaciones Exteriores Mr. Lloyd Axworthy, abogó por su liberación en las conversaciones que sostuvo en la isla con el tirano mayor.

Ismael había observado un cambio en los represores a la hora de ser tratado. Dejaron de hostigarlo y estuvieron más pendientes de que se cumpliera con los conduces al hospital para darle atención a su cada vez más deteriorada salud. Los partes noticiosos internacionales revelaban que su vida estaba en peligro por ser un cardiópata que no estaba recibiendo atención médica. Después que Ismael conoció de estos eventos, estuvo seguro de que la decisión de que lo llevaran al hospital no salió de la orden de un general que había visitado la prisión, sino por una orden directa de la más alta esfera del gobierno, que se vio compelido a un mejor trato gracias a la campaña internacional que se realizaba para lograr su liberación.

A través de su esposa conoció todo y se sintió más confiado. Personajes que llegaban a la isla desde diferentes países, visitaron su casa con mensajes y gestos fraternales. Le llegó incluso ayuda de alimentos y medicinas que se sumaron a los 30 dólares mensuales que recibía su familia a través del Sr. Elizardo Sánchez Santa Cruz, presidente de la Comisión Pro Derechos Humanos y Reconciliación Nacional, para solventar en algo las necesidades.

Estas ayudas lo alentaban y le hacía sentir que no estaba solo, que el mundo democrático se preocupaba y velaba por él. Aunque tampoco se hacía muchas ilusiones, porque todo era impredecible y hoy podían parecer que respetaban y mañana podían caer sobre cualquiera con saña despiadada y absoluta impunidad.

Sin embargo, Ismael notaba que los represores, cuando se dirigían a él, lo hacían con mucho tacto. Sus quejas comenzaron a ser atendidas de inmediato y, sorpresivamente, comenzaron a usar un lenguaje casi paternal para pedirle paciencia frente a los abusos propios del sistema.

En diciembre de 1996, después de casi tres años de destierro en la ciudad de Contramaestre, se le envió nuevamente a Boniato. El teniente Juan Carlos Tabares, un joven paliducho, bien afeitado y bien adiestrado para jugar su cínico papel en eso de fingir buen trato y buenos modales, lo fue a buscar. Era el nuevo sicario encargado de los asuntos de los prisioneros políticos en la prisión, y hacía ingentes esfuerzos para mostrarse muy atento.

Al parecer se iba aproximando lentamente el fin de su cautiverio, de sus días de angustias, de sus luchas frente a los hostigamientos, las medidas coercitivas, las torturas y las arbitrariedades.

Necesito organizar los documentos encontrados y revisar nuevamente mis apuntes, resultado de mis investigaciones sobre tantos años de oprobios y orfandad que llevaron al derrumbe de la dinastía de poder más longeva que tuvo la isla. Quizás me quedan algunos meses de vida, pero dejaré todo en orden para que, al menos, otros puedan aportar algo más a esta historia y hacer sus conclusiones sobre este escritor rebelde, sobre este líder, que fue, sin dudas, junto a otros líderes de su grupo opositor, uno de los fundadores de la sociedad civil de la prisión más grande del mundo.

Sólo me resta decir, que Ismael nunca perdió su esperanza. Se mostró siempre muy perseverante y optimista. Las organizaciones internacionales le habían salvado la vida gracias a la fuerte campaña que desarrollaron a su favor. Siempre fue solícito ante las preguntas de los periodistas. En una entrevista que le hice para el periódico Excalibur de la Universidad de York cuando yo era un estudiante de periodismo, declaró sentirse agradecido y definió el agradecimiento como "la más grande virtud que tiene el hombre". Ismael, que en hebreo significa "Dios escucha", cumplió su sueño de salir con vida del injusto encierro para contarle al mundo la verdad de lo que ocurría en la isla-cárcel, la isla-cautiva, que durante casi un siglo y pese al desastre acumulado y al deterioro moral de muchos de sus habitantes, algunos seres impíos insistieron en llamarle "Paraíso".

TORONTO A LA VISTA

Fue muy estimulante sentir la proximidad de la tierra que me daba abrigo. Pensaba que luego del aterrizaje comenzaría para mí y para todos los míos, una vida nueva. Por primera vez volaba hacia otro país y esto me creaba encontradas emociones. Había sido liberado del encierro, pero me dirigía irremediablemente al destierro. Conocería otra cultura, otras costumbres. ¿Me adaptaría a las nuevas circunstancias? Comenzaríamos en cero. Surgiríamos de la nada, de las cenizas como el ave Fénix. Siempre uno tiene sus miedos. Siempre sobrecoge un poco el cambio. Siempre existe la duda.

Mi esposa me dejó ver su preocupación desde el principio. ¿Cómo la pasaríamos? «No tenemos nada», me dijo. «Tenemos los deseos de vivir», le dije. «No tenemos dinero, lo perdimos todo». «Sí, pero ganamos el futuro». No quise empezar a preocuparme por el después. Preferí disfrutar el bello momento y comenzar a respirar el aire de la libertad desde el mismo avión que nos llevaba a ella. ¡Por la libertad! Hicimos mi esposa y yo el primer brindis cuando la aeromoza nos trajo unas copas con vino blanco.

El avión completo estaba de fiesta. Los turistas regresaban alegres de sus vacaciones con nuevos ánimos para el trabajo. Sus rostros resplandecían y el vino ayudaba al resplandor. Por lo general el turista se olvida del mundo cuando viaja. O mejor dicho, quiere pensar sólo en las cosas buenas que le rodean para así deleitarse mejor. Ninguno o casi ninguno pensó en la discriminación que sufre la gente de mi tierra mientras estuvo vacacionando, y si lo pensó trató rápidamente de olvidarlo frente al aroma de un plato de langostas o un buen enchilado de camarones bajo el radiante sol y la fina arena.

"La isla es un paraíso", pensaron, pensaban. Disfrutaron de sus playas, pues para eso viajaron. Pero siempre hay alguien que piensa, que sabe, que ve la realidad detrás de las apariencias. A esos los respeto más que aquellos que ladean la cabeza para no ver ni pensar.

Para los nacionales no existía la posibilidad de vacacionar en hoteles, ni en los mejores centros turísticos, porque todos los servicios estaban para complacer a los turistas extranjeros. Muchos turistas desconocían o no reparaban en estas cosas. El que va como turista a mi tierra es un egoísta, aunque involuntario, de cualquier manera lo es, porque además de hacerle el juego a lo inicuo, corre el riesgo de ser asaltado y asesinado en cualquier parte por algún ciudadano rencoroso, cansado de la miseria y de tanta discriminación. Existe una campaña internacional contra el turismo que visita la isla-cárcel.

El avión iba pleno de risas, copas y recuerdos. Ellos venían de pasarlas bien y mi familia y yo de pasarlas mal en el mismo territorio saturado de carteles con propaganda política y divisiones clasistas. Ellos tenían el dó-lar para gastar, y nosotros el do-lor de tener que emigrar. Ellos regresaban a su país democrático con libertad para viajar a cualquier país y nosotros escapábamos de un país totalitario, de represión, de explotación, desde donde nunca podíamos viajar. Ellos brindaban por los días pasados y nosotros brindábamos por los días futuros. Todo el avión era una fiesta. Pero mi familia y yo éramos pasajeros diferentes, capaces de brindar con tristeza un momento de alegría, y no por esto nos sentíamos anulados. Por el contrario, hablamos con algunos de los pasajeros y conocimos de sus experiencias y ellos conocieron de las nuestras.

—¡Ah! Eres de la isla ¡Es maravillosa!

— Mucho sol. Beautiful weather!

—That's a wonderful place.

—It is a paradise. Es un paraíso.

Les decía que yo había sido un procesado en ese "paraíso" y había sido condenado a 10 años de prisión por expresar mis ideas. Y algunos no se sorprendieron, porque sabían de esa contrastante realidad que otros preferían ignorar para seguir disfrutando de veleidades paradisiacas de sentirse bien donde millones se sentían mal.

—For vacations, for a while, only for vacations. But not to live. No para vivir, porque es una prisión gigante —les explicaba.

Desde el avión, con un cielo totalmente despejado, pudimos divisar la ciudad de New York antes de entrar a Canadá. Algún día visitaré la capital del mundo. Era uno de mis sueños. Después de cruzar el enorme lago Ontario, la espectacular vista de Toronto nos hizo estallar de alegría. Se veía inmenso, sorpresivo. Ya volábamos sobre la ciudad. Nos acompañaba un gentil personaje, muy atento. Había sido designado para que nos guiara durante todo el trayecto. Regresaría pronto para ocupar un importante cargo en la embajada canadiense. Hablaba muy bien el español y el lenguaje de los sufridos. Fue muy afable, muy fino. Al hablar reflejaba un acento francés. Era alto, de pelo ligeramente ondulado y porte elegante y bien definido. Con él también brindamos. Nos reveló varios aspectos de la vida canadiense. La pasábamos bien. Pero la pasamos mejor cuando aterrizamos, después de hacer un círculo enorme hacia el oeste. Los pasajeros se inclinaban para ver por las ventanillas el exclusivo paisaje. Estirábamos el cuello para evaluar mejor el irradiante brillo que desprenden las cosas desconocidas y apreciadas. Disfrutamos de infinitos colores y variadas estructuras, de enormes edificios, torres y amplias carreteras mientras volábamos a baja altura. Aquí la torre de comunicaciones más alta del mundo, la CN Tower. Aquí el más grande estadio deportivo bajo techo, el Sky Dome.

Los pasajeros rompieron en aplausos cuando las ruedas tocaron la pista. Estaban felices, sanos y salvos. Estábamos ansiosos, jubilosos y agradecidos, como se debe estar cuando se recibe más de lo que se esperaba.

Era el Pearson Airport of Toronto. Nos esperaban buenos amigos, personajes de elevada humanidad y posición social, como la Dra. Lorna Marsden, presidenta de Wilfrid Laurier University, rubia, con sus ojos grandes y su nariz perfilada, el Sr. Doug Dunnington, agente de inmigración, pequeño, pero resuelto en su estatura, la Sra. Isabel Harry, pelo corto y castaño, menuda, directora política del PEN Canadá y Lesley Krueger, delgada, rubia, sencilla, de amable sonrisa, del Comité de Escritores en Exilio del PEN Canadá.

Fue un recibimiento discreto sin intervención de la prensa. Todo estuvo al parecer manejado como para que el periódico The Globe and Mail se llevara "la exclusiva", porque cuando llegamos a nuestro primer punto de ubicación, una residencia de la Universidad de Wilfrid Laurier en Kitchener-Waterloo, me esperaba una entrevista telefónica con Paul Knox, periodista destacado de este diario nacional. La entrevista me fue anunciada por una de nuestras acompañantes, la señora Lesley, que resultó ser la esposa de Paul. Así se manejaron las cosas, pero todo funcionó.

Al otro día salió la noticia de nuestra llegada a Canadá en The Globe and Mail con mis primeras declaraciones. "Ha sido como una pesadilla, como salir del infierno y caer de repente en el paraíso..." "El país necesita un cambio fundamental: la salida del tirano del poder..." "Él es la principal causa de que las cosas estén mal..." "Me considero un revolucionario, la palabra revolucionario no quiere decir comunista como nos hacen ver...", "No puedo ser indiferente ante las cosas terribles que están sucediendo en la isla-cárcel..." "Es muy importante denunciar los abusos que mi pueblo está sufriendo..." "Mientras tenga vida continuaré dando al mundo mi testimonio..."

A partir de ese momento fue que se supo la noticia de mi llegada y la prensa del mundo entero reflejó el acontecimiento. Me hicieron incontables entrevistas telefónicas y personales. Día por día llegaban a la residencia de la universidad, donde nos habían alojado, para tomarnos fotografías y videos para la prensa y la televisión. Tuve la necesidad de un intérprete, pues mi inglés era muy elemental para expresar todas las cosas que necesitaba expresar, todo lo que habíamos sufrido y todas las emociones que estábamos viviendo. Marcela Cristi, una inteligente y simpática chilena, profesora de la universidad, hizo la labor. Era delgada pero bonita, blanca de cuerpo y blanca de espíritu. Se ganó inmediatamente mi simpatía, y al parecer yo la de ella. «Tu honestidad —me comentó días después—, me hizo cambiar la percepción que sobre la isla tenía. Estaba totalmente confundida». Desbordaba seguridad y profesionalismo. Logró transmitir la pasión que yo sentía. Las entrevistas duraron semanas y siempre se mostró diligente y servicial. La prensa del mundo libre quería conocer cada vez más detalles de mi liberación.

El mundo noticioso quería trasmitir mis experiencias y de cómo se habían logrado las negociaciones. Era la primera vez que el gobierno canadiense ofrecía asilo a un prisionero político de la isla. Era la primera vez que un prisionero político viajaba a Canadá con su familia.

El Ministro de Relaciones Exteriores había sido entrevistado y declaraba que mi liberación era un resultado de lo productivo del diálogo entre la isla y Canadá. Mi caso se manejó como un asunto de entendimiento político entre los dos gobiernos. ¡Qué pena! Las declaraciones del ministro no me gustaron. Había un error de apreciación que me propuse aclarar con urgencia. Canadá podría jugar un buen papel protagónico para forzar al régimen a una transición pacífica hacia la democracia, y esta idea la convertí en la esencia de mis declaraciones y en la meta de mis gestiones.

En la primera entrevista personal con el ministro y otros funcionarios de su ministerio, lo dije sin rodeos. Le agradecí su labor política para lograr mi liberación, pero le expresé mi desacuerdo, porque con un tirano no se puede ni se debe dialogar. Porque no se puede hablar con alguien que sólo hace monólogos, con alguien que no respeta acuerdos, porque nadie se puede entender con alguien que no quiere oír, que truequea para ganar tiempo y perpetuidad, porque no se puede dialogar con un pirata desalmado que ha escamoteado la libertad de todos, la Libertad, que es lo más valioso que tiene una nación que quiere prosperar.

El tiempo me daría la razón. Canadá rectificaría luego sus maneras de establecer estas clases de relaciones. Mientras tanto mi caso ayudaba a sentar bases para que el gobierno canadiense lograra otras liberaciones de prisioneros políticos.

En mi reunión con el ministro abogué por la libertad de un grupo de prisioneros destacados, y en específico por la libertad de mi hijo. «Ningún padre puede vivir en libertad sabiendo que su hijo sigue injustamente encarcelado», le dije.

Realicé una intensa campaña por su liberación. Un año después el gobierno canadiense daría refugio político a otros prisioneros que fueron liberados a pedidos de El Papa Juan Pablo cuando estuvo de visita en la isla en enero de 1998. En ese grupo debería estar incluido mi hijo, pero no fue así. Fue eliminado de la lista con todo propósito. El gobierno canadiense tuvo que intervenir directamente en su caso para tratar de salvarlo. El secretario de estado me llamó sorpresivamente por teléfono para informarme que su gobierno estaba trabajando para lograr su liberación. Me dijo que no me preocupara, que todo se estaba resolviendo favorablemente, pero que mantuviera el secreto por el momento, que no comunicara nada de esto a la prensa. Y eso le prometí y me gusta cumplir lo que prometo. Y esto es otra cosa que tengo que agradecer infinitamente, que tengo que exponer una y otra vez para que todos sepan lo agradecido que me siento en este país donde se tiene mucho que agradecer, donde se puede agradecer, ser escuchado y ser gratificado.

COSAS VIVIDAS

Así quedó escrito: *"aflorando de vida en el empuje de las ramas/ como cuando jugábamos con el color de las semillas/ en el traspatio donde alguna reventaba por azar; /o festejábamos el corte de la luna en las terrazas/ cuando fuimos comprensivos, luego arrepentidos tú y yo, /al despedirte esa noche frente a la puerta de tu cuarto..."*

Así quedó escrito, después que empezamos a descubrir como reales las cosas soñadas. Así le dije a mi esposa con el corazón alumbrado por inmortales luciérnagas, *"aflorando de vida en el empuje de las ramas"*: «Dime, Martica, ¿en qué planeta hemos aterrizado?». Así le dije dos meses después que llegamos como desterrados a nuestra nueva patria.

Tengo cosas vividas y una cabeza para pensar. Sé que hay quien no la usa, y entonces actúa con la cabeza de otro. Eso quieren los tiranos, que todo gire a su alrededor. *"Uno sólo piensa y los demás se mueven. Retazo de un periódico/ arrojado a la cuneta. Quejas en la ausencia. /Una hembra en celo como la jirafa encendida de Dalí/ es la hipocresía del guardián. La nada..."*

Pienso y saco mis conclusiones. Tengo la doble virtud de decir lo que pienso y de pensar lo que digo. Nací con cierta vocación para apreciar el arte y esto me llevaría a entender la revolución de otra manera. No soy su fruto como me hicieron creer. Soy un fruto perdido o encontrado en mí mismo, con altas y bajas, por haber vivido atrapado entre inesperadas redes. Viví conscientemente mí tiempo. Saqué mis conclusiones y tengo cosas que contar con absoluto sentido de responsabilidad.

Como viví desde el principio una revolución que todo lo cambió, pude medir los cambios en los tránsitos de mi propia vida. Viví lo que vivió la sociedad, compulsada por la violencia, la atmósfera de guerra y los dictámenes de un comediante que nos hizo gritar ¡paredón!, ¡paredón! para aquellos que se rebelaron, porque habían descubierto y denunciado, bajo muchos riesgos, la mentira. El Comediante en jefe nos pintó la historia de un sólo color, del color de su sangre, y será recordado no como un creador de bienes, abonanzas y armonías, sino como un creador de problemas, confrontaciones y reveses. Será recordado como "el mayor cínico de la historia".

Tengo, vamos a ver, que viví los primeros años del triunfo como muchos, con ilusiones y con fascinante placer.

Tengo que participé como maestro en la campaña de alfabetización. Tengo que trabajé incondicionalmente para la revolución, pero que fui un joven de la "Década Prodigiosa", de Los Beatles, genios que invadieron el mundo con su magia musical. (Aquí puede escucharse de fondo *Don't let me down,* y subir a un primer plano en cada pausa, y luego bajar a segundo plano para que se pueda escuchar con firmeza mi voz. Créanme que bajo esta atmósfera bitleriana se podrá digerir mejor esta parodia del frustrado poema de Nicolás Guillen, el poeta nacional).

Tengo que tuve que decir que estos famosos cantautores ingleses eran locos enajenados del capitalismo, para poder estudiar en la universidad.

Tengo que fui un joven que quería estar a la moda, usar pitusa y pelo largo, y que por eso fui perseguido y encarcelado.

Tengo lo que sufrí y lo que otros sufrieron por no obtener lo anhelado, que soy también culpable por culpa de mi signo zodiacal.

Tengo los desaparecidos y los que fueron llevados al pelotón de fusilamiento o a los campos de trabajo forzado.

Tengo que viví bajo amenaza, lejos de mis sueños, que fui un hombre común donde querían fabricar el "hombre nuevo" del comunismo, que a los 16 quise irme de mi país, porque quise ser como Los Beatles, cuando la revolución impuso "ser como El Che", después de su fracaso, traición y muerte en Bolivia.

Tengo que me pude escapar de las nocturnas redadas policiales, de los asaltos a los parques, a las calles, a las casas, a nuestras fiestas. Corriendo mucho pude escapar, aunque no siempre por más que corriera.

Tengo que conocí el dolor de las torturas físicas y sicológicas, mezcladas con el orine y la mierda de los calabozos de mi amada ciudad, de mi país, donde ir a la iglesia y creer en Dios eran pecados.

Tengo, vamos a ver, heridas que lavar y barcos que echar a la mar, que tengo lo que se logró destruir y lo que no se pudo lograr, que estudié en la universidad cuando había que renegar de Dios para poder entrar, que fui actor de teatro y que luego fui asesor, guionista, actor y director de la televisión, que fui un doble actor social, porque decidí fingir y hasta sobreactuar para poder sobrevivir, que usé la doble moral y llegué a las heredades del tirano con cara de ángel y manos de gavilán.

Tengo que fui expulsado y compulsado, que fui una voz cuando muchos callaron, no porque tuviera alma de héroe, sino porque no aguantaba más, ¡cojones!, porque golpear y meter en la cárcel a una poetisa me hizo saltar. Duele en cualquier hombre ver una turba golpeando a una mujer, que además no es cualquier mujer, sino un premio de poesía nacional.

Tengo que también fui a dar con mis quejas a la prisión, por sólo denunciar la estafa del comediante dictador durante las llamadas elecciones de 1992.

Tengo que soy un desterrado. Soy uno más de esos más de dos millones que abandonaron la isla y andan esparcidos por el mundo.

En fin, que creí cuando todos creíamos, pero que abrí los ojos como muchos, estos ojos, mis verdes ojos que saben llorar y brillar con esperanza aun en los momentos de agonía, estos descubridores ojos, abiertos antes de volver a vivir en este nuevo planeta donde habíamos aterrizado.

«Llorarán lágrimas de sangre cuando se conozca la verdad», sentenció mi abuela antes de morir, rabiando por los crímenes y atracos de Barbatruco, el líder estafador, el pirata más terrible de estos mares, el Capitán Maraña, el Tiranosaurio, el Comediante en jefe, el Coma-andante, la Momia-andante, quien se fue desmoronando pedazo a pedazo, disecándose en su propia labia, consumiéndose en su ignominia, antes y después de su pública caída, de su última histriónica aparición en su lecho de muerte, en sus cenizas paseadas por toda la isla frente a sus víctimas afligidas o incautas, de proa a popa, como epílogo de un final que irremediablemente tenía que pasar, después de sufrir mucho, muy mucho su descalabro, su pronosticado naufragio.

Y tenía sapiencia mi noble abuela, porque *"no hay razón para nacer en el barranco del absurdo/ y descubrir a punto nuestro espectro/ donde un gato lo acorrala…"*

¡Ah, mi querida, mi ilustrada, mi clarividente abuela, que predijo todo, todo, con su español de acento árabe, con sus lágrimas de ojos azules, con su manera de irse de este mundo expresando su dolor! «hijeputa», «sharmuta».

Porque *"¿Quién le dijo que no a la palabra? / Amiga aquí te tengo/ aquí te reproduzco/ aquí te alcanzo/ digo de mí del alcohol del dolor del odio del amor/ del golpe... yo no sé/ pero digo que esta especie de poética que es tu nombre/ existe sin el mío/ camina sola/ anda sola/ álzate sola...",* libérame. Así lo dije, así lo digo, *"mi palabra*

hierba que crece inadmisible sobre la piedra

polvo que se eleva y nadie lo define

sino cuando se posa en los muebles de habitaciones vacías...", porque creo que tengo razones para contar y rabiar, llorar y llorar "mi diablura".

Pero... *"¿Quién ha visto llorar a un pez? / Sus lóbulos vítreos,/ iris de roca,/ pupilas de algodón:/ sutiles pentagramas sin respuestas,/ se van cruzando con otros/ ocelos por escamas en la piel del aire/ y en los pliegues del espacio./ Ojos del futuro serán sus ojos..."*

EPÍLOGO

UNA ISLA A LA DERIVA

Cuba es "una isla sin mapa" que navegó muchos años a la deriva desde que fue abordada por un despiadado monstruo marino. Fue en realidad más que un monstruo, fue el más devastador pirata del Caribe, autotitulado capitán de capitanes. Esta aberración-andante tomó el timón y usó en sus pérfidos ensayos a toda la tripulación, quienes como animales legendarios, arrastraron enormes grilletes y cadenas.

Este demonio de una cabeza con dos caras y muchos brazos con garfios afilados y duras manos, era soberanamente aterrador. Podía asesinar y después pronunciar largos discursos capaces de confundir a los más letrados. Este Error-andante, que adquirió el sobrenombre de Coma-andante por sus largos años vividos en estado putrefacto y comatoso, que fue incluso más feroz que el famoso capitán Morgan quien saqueó sin misericordia las pequeñas islas circundantes, creó su devastador imperio a sangre y fuego después que ganó la guerra.

Cuentan que la isla, conocida también como isla-cárcel, fue una rica nación sumergida en la pobreza o más bien una pobre nación que había derrochado riquezas con los satánicos actos de su codicioso, obsesionado y disoluto Comediante en jefe, conocido también como Capitán Maraña, por todos los enredos y trucos que formaba a su alrededor con tal de salir a flote.

Pese a todo, los turistas que llegaban a la isla, más por curiosidad que por disfrutar placeres, le llamaron Paraíso tropical, la cual se le pudo ubicar finalmente, gracias a las notas dejadas por un aventurero, en los 80/20 grados del hemisferio norte, al sur de la Florida, de la que se decía era su más cercano rival, donde se habían refugiado millones de seres que habían logrado escapar en rústicas naves clandestinas o balsas flotantes.

La isla, también conocida como isla-cautiva, aunque otros a pesar de la destrucción de sus tradiciones y estructuras más elementales le siguieron llamando Cuba, se convirtió en un enorme laboratorio de doctrinas, antes, durante y después de la caída del imperio comunista ruso.

Cuba es un término aborigen que su descubridor, el navegante genovés Cristóbal Colón, utilizaría para referirse a la isla, la cual describió en su diario como "la tierra más hermosa que ojos humanos han visto". Sus primeros habitantes, indios siboneyes y taínos, fueron exterminados por los conquistadores y reemplazados por negros traídos del África. El 60% de la población descendía de españoles y el 11% de africanos. Un 22% eran mulatos, una mezcla de español con negro. Antes de desaparecer, ocupaba un área de 110, 860 kilómetros cuadrados, y era considerada la mayor de todas las islas del Caribe. Cuando desapareció, llevaba una tripulación que había sobrevivido huracanes, sismos, ataques piratas, guerras civiles, invasiones, intervenciones, golpes de estado, revoluciones, crisis económicas y políticas.

A pesar de ser la última nación de Hispanoamérica en hacer su guerra de independencia, finalmente la logró en 1898 después de un tercer intento y con ayuda USA. Su tierra fue un mar de confusiones. Practicó y mezcló el catolicismo y la santería, el comunismo ateo y los cultos de Dios. Vivió del azúcar y el tabaco, y en los últimos tiempos del "paraíso" que les habían creado a los turistas, mientras los nacionales padecían todo tipo de calamidades, discriminaciones, epidemias, hambre y desolación, a veces como resultado de erróneas políticas, y a veces como política programada con toda intención para doblegar cualquier atisbo de rebeldía.

Los que creían conocerla dijeron que era la antesala del infierno. Otros, que el mismísimo infierno, o una tierra baldía perdida en sus propios abismos. No se podía confiar en aquellos que sólo iban de visita y aseguraron conocerla. Muchos regresaron a sus países despavoridos, desconcertados, decepcionados, y juraron no volver nunca jamás. Los que en realidad la conocieron fueron aquellos desclasados que vivieron y sufrieron sus miserias.

Muchos aseguraban que no había tenido suerte, que había navegado siempre de una a otra tiranía, y que sus habitantes se lanzaban temerariamente al mar, a pesar de las escasas probabilidades de triunfo.

No tenía velas ni motores. Fue perdiendo su energía con los años. Pero su insidioso capitán, conocido también como Barba-truco, manejaba bien el látigo y muchos esclavos modernos movieron grandes remos para tratar de moverla en alguna dirección, pero sin ningún éxito. Nadie podía salir. Nadie podía entrar sin ser pesquisado minuciosamente.

En su palo mayor, un descolorido paño rojo anunciaba que a bordo azotaba una epidemia y culpaban a un animal externo del desastre interno, que los comunistas llamaron "Bloqueo imperialista", y los analistas llamaron "Bloqueo unipartidista a todas las libertades pluripartidistas".

Los músicos le cantaban una canción para despistar a los represores y alertar a los nacionales sobre la inútil espera de todo lo que se les había prometido, "Conoz-ca Cu-ba pri-me-ro y al ex-tran-je-ro des-pués..."

Cuentan que un buen lector encontró la canción dentro de una botella que flotaba entre las olas del Atlántico, y que impactado por el hallazgo lo leyó pletórico de emociones. Cuentan que estos versos fueron registrados luego por su autor en la trilogía poética Los ángulos del silencio.

CONOZCA CUBA PRIMERO...

"Hay, madre, un sitio en el mundo,
que se llama París..."
C. Vallejo

Hablemos sin temor a los dilemas. Como canta
el estribillo: "Conozca Cuba primero y al extranjero después..."
Shakespeare puede ser o no ser la clave.
Quizás un Cristóbal Colón con gafas.
Esta es la historia o la última vez que se me escapa.
Porque hay razón para la espiga y el retoño:

el abrojo, la madera y todo lo demás.
Pero... me gustan los regalos: que me recuerden
que los recuerdo.
Y es que gozo con traer un poco más que mi experiencia en cada viaje.
Llevo y traigo la naturaleza de mi país, mi envidia
de sellos y postales. Vitral en mis ojos.
Fresquísimo espejo de ríos y montañas. Reflejo.
Sombrero bajo el sol. ¿Quién lo niega?
Verde sobre verde bajo azul. ¿Quién lo niega?
La piña, el mango, el mamoncillo...

Pero... ¿Cómo será París
con su torre deslumbrante, sus luces, sus fuentes, sus arcos?
¿Cómo temblarán de agua mis dedos en Venecia,
mis poros en Madrid, mi capa londinense,
mi impermeable sobretodo y todas las cosas. Mis fosas nasales?

Quiero conocer el ruido de la nieve
que coman en mi mano palomas de otros parques
mi cautiva necedad.

Quiero tomarme un chocolate o comerme una hamburguesa
en México, en Moscú, en Nueva York
en Tokio o en Egipto, Italia, España o Canadá. Allí
tendrán otro misterio soberano.

De ciudad en ciudad
escogeré mi tiempo
entre fotos y poemas.
Pero... el caimito, el marañón, la cañandonga...

¿Cuándo será el después...?
Se van los años en maletas que retornan vacías.
Oh, mundo, creo que moriré sin conocerte.

El lector conocía que un poeta desesperado preparó una rústica balsa con trozos de madera y llantas infladas y se lanzó al mar, que durante 40 días estuvo perdido en el océano con toda su familia, sin comer ni tomar agua, hasta que llegó por fin a estas tierras del norte totalmente deshidratado.

Pero esta es otra historia que pienso contar también, porque el poeta que escribió estos versos no fue un balsero, fue sacado por el gobierno de Canadá de la prisión política de la isla. Su osada *rebelión despertó mucha simpatía, y la prensa y los periodistas de todo el mundo reflejaron la noticia. Esta es la historia que les voy a contar, con todo respeto y honor a la verdad.*

"Cuban writer finds home in Canada" (The Globe and Mail, mayo 12, 97), "Cuban writer takes refuge at WLU" (The Record, mayo 13, 97), "Jailed Cuban dissident wins freedom to Canada" (The Toronto Star, mayo 13, 97), "A peaceful rebel" (The Record, mayo 13, 97), "Dissident Cuban author arrives in Canada after five years in prison" (Miami Herald, mayo 15, 97), "Escritor disidente se refugia en Canadá" (El Nuevo Herald, mayo 15, 97), "Cuban dissident describes long road to jail" (The Globe and Mail, mayo 16, 97), "Disidente: Me obligaron a renunciar a Dios por Marx" (El Nuevo Herald, mayo 18, 97), "University welcomes Cuban writer-in exile" (LauriersNews, mayo 27, 97), "Cuban exile considers a new home at Laurier" (CordNews, mayo 28, 97), "Cuban writer-in exile rejoices in Canadian freedom" (Christian Week magazine, julio 15, 97), "Exiled Cuban's new Canadian life is a gift from God" (The Catholic Register magazine, agosto 11, 97).

También reportaron las agencias Canadian Press, France-Presse, EFE, CubaNet, entre otras: "Internationally respected writer makes way from Cuba to Waterloo". "Exile writer safe at Laurier". "Imprisoned Cuban author arrive at Ont. University". "Cuban writer arrives in Waterloo." "Gobierno canadiense se congratula liberación escritor cubano". "Freed Cuban dissident poet comes to Canada".

Su improvisado discurso pronunciado en el PEN Club de Canadá, salió publicado en el periódico nacional The Globe and Mail (junio 17 de 1997) con el titular "Out of Cuba, and able to talk freely", y además en el periódico The Record, de Kitchener-Waterloo (junio 19 de 1997), con el titular "Cuba is the biggest prison in the world".

Posteriormente tuvo también la oportunidad de recorrer el país para impartir conferencias en diferentes universidades sobre temas de literatura y sobre sus experiencias como periodista y escritor: "The reality of writer in Cuba and in exile" y "Literature and reality of the writer in Cuba and in exile".

El PEN Club Canadá asesoró y programó sus viajes. Fue muy bien recibido en todas las universidades y lugares adonde llegaba. Los estudiantes y demás participantes se interesaban en el tema y le hacían muchas preguntas. Al final tenía que pasar por la oficina para recibir un cheque, que al principio se negó aceptar. Era la primera vez que recibía un pago por sus conferencias. No podía quejarse, todo le iba saliendo bien y cumplía con muchos objetivos al mismo tiempo, como el de divulgar la verdad de lo que ocurría en su isla-cautiva.

Así fue conociendo sus hermosas, prósperas y limpias ciudades: Ottawa, Winnipeg, Edmonton, Hamilton, Halifax, Vancouver, North York. Sus presentaciones las hicieron destacados escritores: Charlotte Gray (Chair of Writer in Prison Committee of Pen Canada and author of Mrs. King: The Life and Time of Isabel Mackenzie King), Greg Hollingshead (author of the 1995 Governor General's Award-winning The roaring girl), Carol Shields (winner of the Pulitzer Prize for The stone diaries, and author of the novel Larry's party), Dr. Juan Browing (Author and professor of Literature, Arts & Science Programme in McMaster University), J.A. Wainwright (poet and author of A deathful ridge: A novel of Everest (Mosaic Press, 1997), Nino

Ricci (author of Where she has gone), *winner of the Governor General's Award for* Lives of the Saints, *and past president of PEN Canada).*

Todo lo fui organizando, lo fui archivando desde que me interesé en este personaje. Los testimonios y escritos encontrados me llevaron a comprender su carácter, su capacidad intelectual y su activismo político. Conversé también con un hombre, ya muy anciano, que fue estudiante de periodismo de la Universidad de York y que había asistido a una de sus conferencias magistrales. Él tuvo la oportunidad de entrevistarlo y reunir algunos materiales que ahora me sirven para contar parte de esta historia.

El novelista Greg Hollingshead, ganador del Governor General's Award 1995, por su recopilación de cuentos The Roaring Girl (La chica que ruge), expresó, frente a un nutrido público, su consternación y su condena a la represión desatada contra los periodistas e intelectuales de la isla. Estas fueron sus palabras de presentación en la conferencia que ofrecía este escritor en uno de los grandes salones de la Universidad de Alberta:

> *...The Cuban government continues to arrest writers and to hold them in prison longer than almost any other government in Latin America. The Cuban Constitution of 1976 asserts that "it is only the State that holds the right to inform." In Cuba censorship is a fine and practised art. Writers can criticize the regime only within certain shifting and arbitrary limits, never knowing when they will be detained for interrogation, threatened or beaten, members of their family threatened, their home searched, themselves imprisoned, their travelling privileges removed, or themselves exiled altogether. For just the three months June, July, August 1997, for example, PEN has record of three dozen such incident, ranging from detaining to imprisonment. Cuban writers have said they feel like hostages, like marginal, like "internal exile." Ismael Sambra has described Cuba as "the biggest prison in the world." there is the constant harassment by intimidation, threats, and short-term detention; there is the Kafkaesque never-knowing-what-the-real-limits-are-because-they-are-not-set-down-anywhere-and-are-constantly-changing: there is the vague new law, introduced in this decade, against "dangerousness," which provides for anyone thought likely to be a danger to society to be jailed for up to four years (they do not need to have committed a crime, only be a thought likely to commit one); there is the government control of travel so that writers —who value being able to go abroad to buy a books and meet publishers and other writers— are kept quiet and obedient lest they lose that right... (Sic. Archivo personal).*

> *...El gobierno cubano continúa arrestando a escritores y encarcelándolos más tiempo que cualquier otro gobierno en América Latina. La Constitución cubana de 1976 afirma que "sólo el Estado tiene derecho a informar". En Cuba la censura es un arte fino y muy practicado. Los escritores pueden criticar al régimen sólo dentro de ciertos límites cambiantes y arbitrarios, sin saber cuándo serán detenidos para ser interrogados, amenazados o golpeados. Los miembros de su familia son amenazados. También ellos son encarcelados. Sus hogares son requisados, sus derechos a viajar o a emigrar son*

eliminados. En sólo tres meses, junio, julio, agosto de 1997, por ejemplo, PEN tiene registrado tres docenas de incidentes de este tipo, que van desde la detención hasta el completo encarcelamiento. Los escritores cubanos han dicho que se sienten como rehenes, como marginados, como en un "exilio interno". Ismael Sambra ha descrito a Cuba como "la prisión más grande del mundo". Existe un constante hostigamiento, intimidación, amenazas y detenciones por corto tiempo; existen los kafkianos que nunca saben cuáles son-los-límites-reales-porque-no-están-establecidos-en-ningún-lugar-y-son-constantemente-cambiantes: existe una vaga ley, introducida en esta década contra la "peligrosidad", que establece que cualquier persona que se considere un peligro para la sociedad sea encarcelada por un período de hasta cuatro años (no es necesario que haya cometido un delito, sino porque es probable que lo cometa). El gobierno controla los viajes para que los escritores —quienes son evaluados antes de ir al extranjero a comprar libros y reunirse con editores y otros escritores— se mantengan callados y obedientes, pues de lo contrario pierden ese derecho... (Sic. Archivo personal).

Por su parte el novelista italo-canadiense Nino Rici, ganador del Governor General's Award 1990, y un Betty Trask Award, autor de Lives of the Saints (Vidas de Santos) de gran éxito comercial y crítico, que ganó el Books in Canada First Novel Award, expresó en su presentación en York University, el 31 de marzo de 1998 (etapa final de la gira por diferentes universidades que comenzó el 12 de enero del mismo año), ante un grupo de estudiantes y relevantes personalidades de la cultura:

...Finally in May 1997, through the efforts of PEN Canada and the intervention of the Canadian Ministry of Foreign Affairs, Ismael Sambra was freed, after serving over four years of his sentence. The same day he was released, he and his wife and two young children boarded a plane for Canada. A condition of his release is that he does not have the right to return to Cuba.

It has been customary in Canada and in many European countries to perhaps overlook or excuse some of the excesses of the Castro regime because of the obvious progress that Cuba has made under him in such areas as literacy and health and because of the tremendous distorting effects of ongoing US hostility and of the US embargo. But it seems to me that what defines the basic human right such as the right to free expression is exactly the fact that it is not subject to the whim of social circumstance. We have before us today someone for whom the question of free expression is not an abstract one, and who has paid dearly in fighting for his belief in it. Please join me in welcoming poet, journalist and screenwriter and current writer-in-exile at York University, Ismael Sambra. (Sic. Archivo personal).

...Finalmente, en mayo de 1997, a través de los esfuerzos de PEN Canadá y la intervención del Ministerio de Relaciones Exteriores de Canadá, Ismael Sambra fue liberado después de haber cumplido más de cuatro años de condena. El mismo día en que

fue liberado, él y su esposa y dos niños pequeños abordaron un avión rumbo a Canadá. Una condición de su liberación es que no tienen derecho a regresar a Cuba.

Se ha hecho una costumbre en Canadá y en muchos países europeos, pasar quizás por alto o excusar algunos de los excesos del régimen de Castro debido a los obvios progresos que Cuba ha hecho en áreas como la educación y la salud, y debido a los tremendos efectos de distorsión de la continua hostilidad de Estados Unidos y el embargo. Pero me parece que lo que define el derecho humano básico, como el derecho a la libertad de expresión, es precisamente el hecho de que no está sujeto al capricho de la circunstancia social. Hoy tenemos ante nosotros a alguien para quien la cuestión de la libre expresión no es una cosa abstracta, a alguien que ha luchado y pagado grandemente por creer en ella. Por favor, únanse a mí en la bienvenida al poeta, periodista y guionista y actualmente Escritor en Exilio en la Universidad de York, Ismael Sambra. (Sic. Archivo personal).

El tirano mayor negó la existencia del poeta encarcelado durante mucho tiempo, aduciendo cínicamente que en la isla no había ningún escritor en prisión. Sin embargo, el buen lector sabía que el poeta estuvo al borde de la muerte a causa de las constantes torturas, las celdas de castigo y la falta de atención…

Quiero comenzar esta historia así, por el final, con una mezcla de ficción y realidad, utilizando muchas de las informaciones que otros investigadores y escritores han logrado acumular.

Todavía se cuentan muchas cosas un siglo después… Se cuenta que el buen lector, después de leer el poema, defendió la lógica rebeldía de su autor, y que como un ángel salido de El Paraíso, abrió los brazos de enormes alas, tomó del espacio su energía globular y expresó su efusiva indulgencia: «Un poeta que arriesga así su vida no puede morir sin lograr sus sueños».

El buen lector puso el poema en la botella, y cuando la echó al agua se cumplió la profecía. Entonces la isla surgió otra vez del fondo del mar para ser nuevamente la tierra más hermosa que ojos humanos han visto…

FIN

AGRADECIMIENTOS

Mi especial agradecimiento a la Donner Canadian Foundation y a las personas que me dieron sus testimonios para el argumento de estas páginas:

David Levy (Argentina), John Conrroy (Canadá), Liliana Rodriguez (Rumanía), Neyla Porrás (Colombia), Wilfredo Serrito (El Salvador), Xiomara Aliat Collado, Luis Alberto Ferrándiz, Guillermo Sambra (mi hijo), Miriam Bressler (mi nuera), Diosmel Rodríguez, Pedro Benito Rodríguez, Alberto Benítez, Marcos Hernández García, Comandante Huber Matos, Luis Lamote, Jorge Haber Haber (mi tío), Abrahan Sambra Machin (mi tío), Ismael Sambra Machín (mi padre), Mario Chanes de Armas, Antonio Frandín Cribe, Tony Haber Haber (mi primo), Dr. Desi Mendoza Rivero, Lic. Luis Alberto Pita Santos, Lic. Robier Rodríguez Leyva, Lic. Luis Grave de Peralta, Maurice Sambra (mi hijo), Nicolás Rosario, Juan Ramírez, Alejandro Mustafá Reyes, Martha Ríos (mi esposa), Bernardo Pestano, Manuel Benítez, Asdrubal Caner, María Haber Haber (mi abuela), Guillermo Haber Haber (mi tío), Hilda Haber Haber (mi tía), Odórica Haber Haber (mi madre).

ANEXOS

TRIBUNAL PROVINCIAL POPULAR SANTIAGO DE CUBA
SALA DE LOS DELITOS CONTRA LA SEGURIDAD DEL ESTADO
SENTENCIA BOLETO CATORCE

JUECES:

MAGALYS VAQUERO CASTILLO
SONIA ROMANIDY MADRUGA
PEDRO CALUE MOYA
ROSA E. CUBA FERNANDEZ
AURELIO MAYA GARCIA

En Santiago de Cuba, a veinticinco de abril de mil novecientos noventa y cuatro.

VISTA en juicio oral y público ante la Sala de los Delitos Contra la Seguridad del Estado del Tribunal Provincial Popular de Santiago de Cuba, la causa número QUINCE de mil novecientos noventa y tres, seguida por un delito de REBELION y otro de PROPAGANDA ENEMIGA DE CARACTER CONTINUADO en la que figuran como acusados LUIS ALBERTO FERRANDIZ ALFARO, con carné de identidad número 50082508149, hijo de Ramón y de Adalgiza, de cuarenta y dos años de edad, natural de Santiago de Cuba, provincia de igual nombre, desocupado, con instrucción de doce grado, estado civil soltero y vecino de Calle República número ciento treinta y tres Reparto Marimón municipio y provincia de Santiago de Cuba, defendido por la Lic. Judith Garbey Bioart, designada y en prisión provisional por esta causa; MIGUEL ANGEL CLEMENTE GOMEZ, alias La Tropa, con carné de identidad número 50030110487, de cuarenta y dos años de edad, natural de Santiago de Cuba, provincia de igual nombre, desocupado, con instrucción de doce grado, estado civil casado, vecino de Edificio 11 Escalera 3 apartamento 10 Reparto Abel Santa María, municipio y provincia de Santiago de Cuba, defendido por el Lic. Ibrahim Zambrano Siguenza, designado y en prisión por esta causa; XIOMARA ALIAT COLLADO, con carné de identidad número 62050113037, hija de Pedro y de Moraima, natural de Santiago de Cuba, provincia de igual nombre, de treinta años de edad, desocupada, con instrucción de séptimo grado, estado civil soltera, vecina de Calle Cuarta número setenta y tres Marimón y provincia de Santiago de Cuba, defendida por la Lic. Dayad Sánchez Montes, designada y en prisión provisional por esta causa; GUILLERMO LA SOMBRA FERRANDY, con carné de identidad número 70063012046, hijo de Ramón y de Adalgiza, de veintiun años de edad, natural de Santiago de Cuba, provincia de igual nombre, desocupado, con instrucción de décimo grado, estado civil casado, vecino de Los Maceos, número cuatrocientos cuarenta municipio y provincia de Santiago de Cuba, defendido por el Lic. Rolando Martí Díaz, designado y en prisión provisional por esta causa; EDUARDO RAFAEL CHIRO RODRIGUEZ, con carné de identidad número 62051309940 hijo de Rafael y de Lirian, de treinta años de edad, natural de Santiago de Cuba, provincia de igual nombre, de ocupación relojero, con instrucción de doce grado, estado civil casado y vecino de Bloque A-12 apartamento 3 Distrito José Martí, municipio y provincia de Santiago de Cuba, defendido por el Lic. Marcelino Vera Cruz, designado y en prisión provisional por esta causa; DOUGLAS ENOBAJO CASIN, con carné de identidad número 71110612269, hijo de Horacio y de Gladys, de veintiun años de edad, natural de Santiago de Cuba, provincia de Santiago de Cuba, de ocupación mecánico de televisión, con instrucción de décimo grado, estado civil soltero, vecino de San Antonio número ciento nueve, municipio y provincia de Santiago de Cuba, defendido de oficio por el Lic. Ibrahim Zambrano Siguenza y en libertad por esta causa; SAMUEL MARZO CLEMENTE, con carné de identidad número 70021510761, hijo de Miguel y de Evangelista, de diecinueve años de edad, natural de Santiago de Cuba, provincia de igual nombre, de ocupación recluta del Servicio Militar General, con instrucción de octavo grado, estado civil soltero y vecino de Edificio B-7 apartamento 1 Distrito José Martí, defendido por el Lic. Marcelino Vera Cruz y en libertad por esta causa; CASTO CORRIBEL BENITEZ alias "Catico", con carné de identidad número 48060208682, hijo de Casto y de Teresa, de cuarenta y cuatro años de edad, natural de Santiago de Cuba, desocupado, con instrucción de noveno grado, estado civil casado, vecino de Paseo de Martí número quinientos cuarenta y uno, Reparto Sorribes, municipio y provincia de Santiago de Cuba, defendido por el Lic. Pablo A. Pérez Guzmán designado y en libertad por esta causa; EMILIO BRESSLER CISNERO, con carné de identidad número 68071812747 hijo de Víctor y de Lidia, de veinticuatro años de edad, natural de Santiago de Cuba, provincia del mismo nombre, desocupado, con instrucción de noveno grado, de estado civil soltero, y vecino de calle 8 número diecinueve Reparto Mariana de la Torres, municipio y provincia de Santiago de Cuba, defendido de oficio por el Lic. Ibrahim Zambrano Siguenza, en prisión provisional por esta causa; CECILIO ISRAEL SALBRA HABER, con carné de identidad número 47112208628, hijo de Ismael y de Odorica, de cuarenta y cinco años de edad, natural de Santiago de Cuba, de ocupación Asesor de Televisión, con instrucción universitaria, de estado civil casado, vecino de Calle A número dos, Reparto El Modelo, El Caney, municipio y provincia de Santiago de Cuba, defendido por el Lic. Rolando Martí, designado y en prisión provisional por esta causa; VICTOR BRESSLER VILLASAN con carné de identidad número 41122708600, hijo de José y de Juana, de cincuenta y un años de edad, natural de Santiago de Cuba, provincia de igual nombre, de ocupación agricultor, con instrucción de noveno grado, estado civil soltero, vecino de Entrada de Ti Arriba sin número La Maya, provincia de Santiago de Cuba, defendido de oficio por el Lic. Ibrahim Zambrano Siguenza y en prisión provisional por esta causa; JOSE ANTONIO FRANKIN URIBE con carné de identidad número 52130708928, hijo de Pedro y de Feliciana, de cuarenta años de edad, natural de Songo, municipio La Maya, provincia de Santiago de Cuba, de ocupación dirigente, con instrucción universitaria, de estado civil casado, vecino de Pedro Ivonnet número 126 La Maya, provincia de Santiago de Cuba, defendido por el Lic. Lancelino Vera Cruz, designado y en prisión provisional por esta causa; ERNESTINA GONZALEZ SANCHEZ, con carné de identidad número 41030907071, hija de Rafael y de Josefina, de 51 años de edad, natural de Santiago de Cuba, provincia de igual nombre, de ocupación Planificadora y Controladora, con instrucción de doce grado, estado civil divorciada, vecino de Edificio A apartamento 4 Reparto Luz Bengo, La Maya, provincia de Santiago de Cuba, defendido por el Lic. Omar Jimenez Babastro designado y en libertad por esta causa; RODOLFO MOLINA FRANCO, con carné de identidad número 40041708740, hijo de Manuel y de María, de cincuenta y dos años de edad, natural de Santiago de Cuba, de ocupación maestro panadero, con instrucción de septimo grado, estado civil casado, y vecino de Francisco Rodalin número 689 La Maya, provincia Santiago de Cuba, defendido por el Lic. Ibrahim Zambrano Siguenza, designado y en prisión provisional por esta causa; MOISES RAUL CINTRA PACHECO con carné de identidad número 52090411142 hijo de Juan y de Cristina, de cuarenta y un años de edad, natural de Alto Songo-La Maya, provincia Santiago de Cuba, de ocupación mecánico, con instrucción de doce grado, estado civil casado, y vecino de Francisco Rodalin número 689 La Maya, provincia de Santiago de Cuba, defendido por el Lic. Ibrahim Zambrano Siguenza, en prisión provisional por esta causa.------

ESTA SEGUNDA SENTENCIA SE DICTA EN SUSTITUCION DE LA NUMERO 23 DE FECHA 5 DE JULIO DE 1993 DEL TRIBUNAL PROVINCIAL POPULAR DE SANTIAGO DE CUBA, LA QUE FUE CASADA Y ANULADA POR LA NUMERO UNO DE FECHA 12 DE ENERO DE 1994 DEL TRIBUNAL SUPREMO POPULAR.----------

SIENDO PONENTE LA JUEZ DRA. SONIA ROLANDIN MADRUGA.----------

- 10 -

prevista en el artículo 55-1-2-4 a, en cuanto a Bressler Villasán, por haber sido ejecutoriamente sancionado con anterioridad por un delito de la misma especie y del 55-1-3-4a en cuanto a Emilio Bressler Cisneros y Moises Raul Cintra Pacheco por haber sido ejecutoriamente sancionado por un delito de distinta especie al juzgado. Asimismo se tuvo en cuenta las características individuales de los inculpados, los móviles innobles de los mismos, el grado de participación que cada uno de ellos tuvo, la peligrosidad social que entrañan pues tratan de confundir a personas de nuestro pueblo y atentan contra el sistema social que los cubanos quieren y defienden hasta sus últimas consecuencias tal como quedó demostrado en las recientes elecciones, en que en forma casi total y con excepción de un pequeño número de electores entre los que podemos contar a los acusados, votaron por nuestros dirigentes máximos y por todos los propuestos, que integran nuestro gobierno, reafirmando la convicción que tenemos de que este sistema es el único justo para todo el pueblo que también ha demostrado su decisión de mantener a toda costa la revolución y el sistema socialista, a través de tantos enfrentamientos que hemos tenido contra el imperialismo, en todos estos largos años de lucha y fundamentalmente en estos momentos en que nos tratan de ahogar con un inhumano bloqueo, tratando de mellar la firmeza revolucionaria del pueblo valiéndose de individuos como los acusados que con sus mentes estrechas se unieron, creando dos grupúsculos clandestinos ilegales para hacerles el juego a nuestros enemigos empleando principalmente como medio ilícito la forma de muelegresa y la propaganda enemiga escrita para luego, como se refleja en los cargos convidadas a diferentes personas revolucionarias, hacer un llamado a la lucha, y haciendo preguntas tendientes a distorsionar nuestra hermosa realidad dada por nuestra revolución, en que con una amplia democracia todos tenemos iguales deberes y derechos en todos los órdenes de la vida, donde no existe la discriminación racial, ni la injusticia, ni los vicios y lacras del capitalismo, ni el hambre, pues no obstante estar decursando por un período especial obligados como se ha dicho por el bloqueo yanqui, que interfiere en los convenios comerciales que nuestro país trata de realizar con otros países del mundo, lo que tenemos se reparte por igual a todo nuestro pueblo.- -

FALLAMOS: Sancionamos a los acusados LUIS ALBERTO FERRANDIZ ALFARO, JOSE ANTONIO FRANDIN URIBE, VICTOR BRESSLER VILLASAN, CLICILIO ISMAEL SAMBRA HABER, MIGUEL ANGEL CLEMENTE GOMEZ, MOISES RAUL CINTRA PACHECO, GUILLERMO ISMAEL SAMBRA FERRANDY, XIOMARA ALIAT COLLADO, EDUARDO RAFAEL CEIRO RODRIGUEZ, DOUGLAS TROBAJO CASIN, ERNESTINA GONZALEZ SANCHEZ y RODRIGO MOLINA FRANCO como autores de un delito de REBELION a DOCE AÑOS de privación de libertad; para Ferrandiz Alfaro, Frandin Uribe, y Bressler Villasan; a DIEZ AÑOS de privación de libertad para Sambra Haber; NUEVE AÑOS de privación de libertad para Clemente Gómez y Cintra Pacheco; OCHO AÑOS de privación de libertad para Sambra Ferrandy; SIETE AÑOS de privación de libertad para Aliat Collado; Ceiro Rodríguez, Trobajo Casin, González Sánchez y Molina Franco; al acusado EMILIO BRESSLER CISNERO; como autor de un delito de Propaganda Enemiga a SEIS AÑOS de privación de libertad; y a SAMUEL MARZO CLEMENTE y CASTO SORRIBE BENITEZ, como autores de un delito de Otros Actos Contra la Seguridad del Estado; a UN AÑO de privación de libertad para MARZO CLEMENTE y DOS AÑOS de privación de libertad para Sorribes Benítez sanciones que cumplirán en el establecimiento penitenciario que designe el Ministerio del Interior con las accesorias del artículo 37-1-2 del Código Penal; la de privación de derechos públicos consistentes en la pérdida del derecho al sufragio activo y pasivo; así como el derecho a ocupar cargos de dirección en los órganos correspondientes a la actividad político-administrativa del Estado, en unidades económicas estatales y en organizaciones sociales y de masas, por un término

Sektion der Bundesrepublik Deutschland e.V.
Bezirk 3580 Gruppe 1190
Claus Unger
Augustastr. 55 D-5800 Hagen 1 Tel. 02331/33 76 24

 amnesty international

CECELIO I. SAMBRA HARET

PRISION DE BONIATO

SANTIAGO DE CUBA. CUBA.

SR. SAMBRA.

Nuestra organización ha seguido de cerca su situación y la de otros presos políticos que junto a Ud, el Gobierno de Cuba mantiene encarcelados por el sólo hecho de pensar diferente a la ideología oficial.

Gestiones realizadas por nosostros a través del Gobierno de España, han permitido que éste interceda ante las autoridades cubanas y en estos momentos se adelantan esperanzadores acuerdos en interés de lograr sean puestos en libertad, y vía España viajen a los EE.UU los que así lo deseen.

Las objeciones a los casos presentados al Gobierno Cubano han estado referidas sólo a problemas de indisciplinas y participación en protestas y huelgas de algunos de los presos políticos. Es nuestra intención, que sin menoscabo de sus principios e ideales políticos, contribuyan a evitar y no promover situaciones que puedan ser utilizadas como pretexto por la parte cubana para no acceder a LAS PETICIONES DE LIBERTAD Y SALIDA DEL PAIS que actualmente se gestionan.

Los casos que actualmente se tramitan en prioridad son :

- Cecelio I. Sambra Haret
- Diosmel Rodriguez Vega
- Marcelo Diosdado Amelo Rodriguez
- Jose A. Frandin Cribe
- Alexis Leyva Alvarez
- Guillermo Sambra Ferrandiz
- Arquímides Ruíz Columbié
- Carlos C. Orue Caballero
- Enrique Corona López

Sólo la acción común e inteligente de ustedes y nosotros unida al apoyo de Gobiernos amigos permitirá que muy pronto concluya la Prisión y el sufrimiento.

Claus Hansen
Ejecutivo.

Prisión de Boniato. Santiago de Cuba.
23 de Julio de 1994

Sr. Claus Hasse
de Amnistía Internacional.

Una sorpresa muy agradable me causó su carta. Agradezco también en nombre de mi hijo Guillermo Sambra Ferrándiz, el interés que muestran ustedes al abogar por nuestra liberación. Quisiéramos que sus esfuerzos en tal sentido se concretaran; porque la vida en las prisiones políticas de los Castros, se hace cada día más asfixiante, y más muerte; porque a nosotros no nos han condenado solamente a privación de libertad, sino también a la desintegración de nuestras familias por lo abusivo del régimen penitenciario, y a sufrir humillaciones, represiones y a morir de enfermedades y desnutrición por la falta de medicinas y alimentos. Si nuestra sanción es ya injusta, por que fue como castigo a nuestras ideas políticas opositoras, lo es más aún por lo exesiva, arbitraria y violatoria del derecho humano en estos tiempos de democracia y libertad. Sabemos que el mundo no mira con indiferencia esta situación, pero podría hacerse mucho más en el "caso Cuba", si se exagerara menos el lenguaje protocolar, y basados en la experiencia del engaño soviético y el engaño Europa del Este, presionaran más para que el engaño Cuba también desaparezca y fracase este intento de hacer perdurar aún los últimos reductos de la mayor estafa política del mundo.

Sabemos ya que un país no puede hablar de democracia sino posee un estado de derecho y se protejan y desarrollen las libertades fundamentales del hombre. Si el esquema cubano intenta ahora mantenerse con estas violaciones a cuesta y el mundo democrático se lo permite con impunidad se habrá cometido uno de los errores políticos más costoso de la historia. El pueblo cubano tiene miedo porque para eso fue diseñada la maquinaria del totalitarismo y la centralización del poder, para aplastar la iniciativa y la voluntad política de los pueblos, y este al estilo Castro ha sofisticado los métodos.

Estimado señor nosotros estamos aquí presos por nuestras ideas, y estamos convencidos de que tenemos la razón histórica por el hecho de estar luchando contra una tiranía, de que tenemos la razón generacional por el hecho de estar luchando por las libertades fundamentales del hombre, y de que tenemos además la razón política porque luchamos también por los cambios revolucionarios inevitables, urgentes y necesarios, acorde con la tónica de los nuevos tiempos, el progreso y la nueva realidad que vivimos.

Agradecemos el esfuerzo que ustedes hacen a favor de los presos políticos, pero no aceptamos el razonamiento de que el gobierno cubano ponga como obstáculo problemas de indisciplinas al contrario, somos de los más disciplinados al compararnos con los presos comunes con los que nos tienen mezclados para hacernos la vida más difícil aún. Lo que ellos llaman indisciplina no son más que nuestras justas protesta, protestas pacíficas por nuestros derechos y por las constantes violaciones que cometen los represores con nuestra persona y en las demás. Ellos trabajan constantemente para desmoralizarnos y para que claudiquemos y al final nos convirtamos en agentes sumisos de la Seguridad del Estado. Por eso no podemos aceptar y ustedes tampoco, esas condiciones humillantes de llevarnos al quietismo, a la cobardía, y la traición para que nos den a cambio el "favor del destierro". Nuestro deber es la protesta, nuestro derecho la libertad. Tenemos que reiterar siempre nuestra inconformidad para ser dignos merecedores de la libertad.

Estimado Señor, soy un hombre enfermo (cardiopatía isquémica con espasmos coronarios, hipertensión arterial y gastroduodenitis crónica). Pero como yo hay otros que presentan delicado estado de salud, y usted solo ha puesto nueve nombres en la lista que usted me escribe como priorizados. Los más de 100 presos políticos de esta prisión de Boniato, la mayoría presos por sus ideas políticas, tenemos derecho a la libertad o a que se nos alivie en parte nuestra injusta condena. Pero si para ello tengo que claudicar y aceptar con indiferencia las violaciones y humillaciones de que somos objeto a diario, preferiré morirme en la prisión tratando de cumplir estos 10 años de muerte que cayó sobre mis espaldas la tiranía de los Castros en el país que me vió nacer. Mi hijo me dice que le diga lo mismo de su parte y yo me siento orgulloso de él y se lo escribo.

Sabemos que nos esperan días más difíciles en la prisión, días de sacrificio y de rebeldía. Pero nos alienta este pensamiento de nuestro José Martí:"...El déspota cede a quien se le encara, sea su única manera de ceder que es desaparecer: no cede jamás a quien se le humilla. A los que lo desafían, respeta: nunca a sus cómplices."

Le escribo esta carta en vísperas de una acción de protesta, donde nos declaramos Presos Políticos Plantados, exigiendo reconocimiento y libertad, con la cual ya nos hemos comprometido. Esperamos que usted entienda y apoye nuestra actitud.

Afectuosamente
Ismael Sambra Haber
Guillermo Sambra Haber
Presos Políticos Plantados.

(copia fiel del original)

Convocatoria pro-libertad

El Comité De Chillón de Presos Políticos de la Prisión de Boniato convoca a todos los presos políticos de Cuba, a incorporarse al Movimiento Nacional de Presos Políticos Abutados, conocido por las iniciales MA.

Este Movimiento, que no es más que una acción de protesta generalizada por la libertad, plantea el rechazo del régimen penitenciario y el uniforme del preso común en el presidio político. Es decir, vestir una ropa blanca, con su significado de pureza, paz y libertad, que nos identifique como Presos Políticos Plantados (PP) en la decisión de no aceptar las condiciones bochornosas del régimen carcelario con su chantaje de "reeducación política" y doble moral.

Este movimiento tiene como objetivo fundamental el de hacer un llamado a la conciencia nacional e internacional, en favor de los Presos Políticos cubanos, que por expresar sus ideas políticas de cambio o por demostrar de alguna forma su odio a la opresión y a la tiranía, hemos sido condenados a privación de libertad. El mundo no debe mirar con indiferencia sino más bien atender y protestar por la demagogia y la falta de respeto del tirano Castro cuando dice que este es "el país más democrático del planeta" y mantiene en sus cárceles a un enorme por ciento de prisioneros por expresar sus ideas políticas opositoras.

Este Movimiento, reclama en su acción, la atención urgente de los países democráticos y organizaciones mundiales, para resolver la situación de los presos políticos cubanos que no sólo estamos condenados a privación de libertad, sino además a la desintegración de nuestras familias, a sufrir humillaciones y represiones y a morir de los maltratos y enfermedades por la falta de alimentos y medicinas; lo que hace que este sea el presidio político más angustioso de nuestro tiempo.

Este Movimiento de Presos Políticos Abutados, que no es más que una acción de sacrificio y rebeldía, contará con el apoyo de familiares, activistas de derechos humanos, partidos políticos de oposición, el exilio, y de todos los que de alguna forma luchen por las libertades fundamentales del hombre o entiendan de lo injusto y arbitrario de nuestro encarcelamiento.

Sabemos que esta acción de rebeldía, nos impone nuevos sacrificios; pues nuestros represores pudieran suspendernos las visitas de nuestros familiares y la ayuda de medicamentos y alimentos que ellos nos traen para garantizarnos un mí-

el saber, que exigiendo nuestra libertad nos hacemos dignos merecedores de ella.

El Comité de Unión de Presos Políticos (CUPP) en su Declaración No. 3, emitida el 30 de junio del corriente, en la prisión de Boniato, expresa en sus párrafos finales.

Por tanto, la libertad no la podemos aceptar a retazos, ni como migajas, a través de "Planes reeducativos" o "amañada libertad condicional." Nos la quitaron entera y tendrán que devolvérnos la entera, sin condiciones. Porque aceptar lo contrario significa claudicación, humillación, y traicionar a las tres razones que nos asisten en esta lucha: la razón histórica, la razón generacional y la razón política.

Hacemos esta convocatoria, seguros de que esta acción nos adelantará en el camino hacia la libertad. Por ella convocamos sacrificio y rebeldía, y pedimos reconocimiento y libertad para los presos políticos cubanos. Yo Boniato está Montado.

CUPP Stgo de Cuba. Prisión de Boniato
a los 24 días del mes de julio de 1994
211 aniversario del natalicio de
Simón Bolívar, El Libertador.

c.c.- Amnistía Internacional
- Roberto Cuellar, director
Instituto Interamericano
de Derechos Humanos (Costa Rica)
- Prensa Internacional.
- A las demás Prisiones del país con presos políticos.

<u>Acto de testimonio</u> y <u>última</u> voluntad. Dado en el hospital de la Prisión de Boniato, a los 29 días de agosto 1994, después de 17 días de ayuno total y haber sufrido <u>espasmos coronarios</u> y al ver en peligro inminente mi vida.

Yo el recluso Cecilio Ismael Sambra Haber, hijo de Ismael y Odórica, responsabilizo al Gobierno Cubano y a los aparatos represivos de mi país (Cuba) con cualquier desenlace trágico que pueda surgir de este ayuno (huelga de hambre) como protesta por los abusos, maltratos físicos y humillaciones impuestos sobre mi persona, la de mi hijo Guillermo y demás compañeros del presidio político. No se respetó nuestra voluntad de no querer usar las ropas del preso común. Queremos que se reconozca con ello, nuestro status de Presos Políticos ante el mundo, preso eso es lo que somos: presos por ideas políticas de querer para nuestro país un gobierno mejor y democrático. Las humillaciones llegaron al límite cuando nos arrebataron las ropas blancas que vestíamos y nos tiraron desnudos en celdas de castigo, sin colchón ni sábanas, a dormir en el suelo como animales y luego nos metieron un preso común en las celdas con orientaciones de que nos maltrataran. Condicionamos así nuestras vidas a la rectificación de tal barbarie.

Ismael Sambra

4. La sanción es de privación de libertad de di[ez]
a veinte años si, para ejecutar su propósito, el culpab[le]
penetra clandestinamente o mediante violencia, sobor[no]
o engaño cuando esté prohibida o limitada la entra[da]
en los lugares mencionados en el apartado anterior [o]
en otros de su mismo carácter.

5. El simple hecho de penetrar clandestinamente, c[on]
engaño, violencia o mediante soborno, en alguno de l[os]
lugares o zonas indicados en los apartados anteriore[s]
se sanciona con privación de libertad de dos a cin[co]
años.

6. Los delitos previstos en los apartados 4 y 5 s[e]
sancionan con independencia de los que se cometan pa[ra]
su ejecución o en ocasión de ella.

CAPITULO II
DELITOS CONTRA LA SEGURIDAD INTERIOR DEL ESTADO
SECCION PRIMERA
Rebelión

ARTICULO 98. 1. Incurre en sanción de privació[n]
de libertad de diez a veinte años o muerte el que s[e]
alce en armas para conseguir por la fuerza alguno d[e]
los fines siguientes:

a) impedir en todo o en parte, aunque sea temporalmente, a los órganos superiores del Estado y de[l] Gobierno, el ejercicio de sus funciones;

b) cambiar el régimen económico, político y social de[l] Estado socialista;

c) cambiar, total o parcialmente, la Constitución o l[a] forma de Gobierno por ella establecida.

2. En igual sanción incurre el que realice cualquier hecho dirigido a promover el alzamiento armado, de [no] producirse éste; caso contrario, la sanción es de privación de libertad de cuatro a diez años.

ARTICULO 99. El que ejecute cualquier otro hecho encaminado, directa o indirectamente, a lograr por medio de la violencia u otro medio ilícito, alguno de los fines señalados en el artículo anterior, incurre en san-

54

de privación de libertad de siete a quince años, siempre que el hecho no constituya un delito de mayor entidad.

SECCION SEGUNDA
Sedición

ARTICULO 100. Los que, tumultuariamente y mediante concierto expreso o tácito, empleando violencia perturben el orden socialista o la celebración de elecciones o referendos, o impidan el cumplimiento de alguna sentencia, disposición legal o medida dictada por el Gobierno, o por una autoridad civil o militar en el ejercicio de sus respectivas funciones, o rehúsen obedecerlas, o realicen exigencias, o se resistan a cumplir sus deberes, son sancionados:

a) con privación de libertad de diez a veinte años o muerte, si el delito se comete en situación de guerra o que afecte la seguridad del Estado, o durante grave alteración del orden público, o en zona militar, recurriendo a las armas o ejerciendo violencia;

b) con privación de libertad de diez a veinte años, si el delito se comete sin recurrir a las armas ni ejercer violencia y concurre alguna de las demás circunstancias expresadas en el inciso anterior; o si se ha recurrido a las armas o ejercido violencia y el delito se comete fuera de zona militar en tiempo de paz;

c) con privación de libertad de uno a ocho años, en los demás casos.

SECCION TERCERA
Infracción de los Deberes de Resistencia

ARTICULO 101. 1. El funcionario del Estado o del Gobierno que no resista por todos los medios a su alcance una rebelión, sedición, insurrección o invasión, incurre en sanción de privación de libertad de tres a ocho años.

2. El que, sin órdenes de evacuación o movilización, abandone sus labores cuando haya peligro de invasión,

55

insurrección, sedición o rebelión o cuando éstas hub[i]ren ocurrido, incurre en sanción de privación de libert[ad] de dos a cinco años.

SECCION CUARTA
Usurpación del Mando Político o Militar

ARTICULO 102. Incurre en sanción de privación [de] libertad de diez a veinte años o muerte el que:
a) tome el mando de tropas, unidades o puestos mi[li]tares, poblaciones, o barcos o aeronaves de guer[ra] sin facultad legal para ello ni orden del Gobiern[o].
b) usurpe, a sabiendas, el ejercicio de una funci[ón] propia de cualquiera de los órganos constitucion[a]les del poder estatal.

SECCION QUINTA
Propaganda Enemiga

ARTICULO 103. 1. Incurre en sanción de privació[n] de libertad de uno a ocho años el que:
a) incite contra el orden social, la solidaridad inter[]nacional o el Estado socialista, mediante la pro[]paganda oral o escrita o en cualquier otra form[a].
b) confeccione, distribuya o posea propaganda del ca[]rácter mencionado en el inciso anterior.

2. El que difunda noticias falsas o predicciones ma[]liciosas tendentes a causar alarma o descontento en l[a] población, o desorden público, incurre en sanción d[e] privación de libertad de uno a cuatro años.

3. Si, para la ejecución de los hechos previstos e[n] los apartados anteriores, se utilizan medios de difusió[n] masiva, la sanción es de privación de libertad de sie[te] a quince años.

4. El que permita la utilización de los medios de di[]fusión masiva a que se refiere el apartado anterior[,] incurre en sanción de privación de libertad de uno [a] cuatro años.

SECCION SEXTA
Sabotaje

ARTICULO 104. 1. Incurre en sanción de privació[n] de libertad de dos a diez años el que, con el propósit[o]

56

Cba. Prisión de
Aguaca xx junio 1994

Después de haber reflexionado sobre los
sucesos que ocurrieron en el Dest. #3 de esta prisión el día 28 de junio, en los que usted tuvo que
intervenir físicamente, después de la intervención
de sus subalternos, más convencidos aún fue la
forma represiva, irreflexiva y arbitraria con que actuaron, pudo conducir a males mayores, por ejemplo desgracias personales. Si los miembros del consejo estu-
viesen del Destacamento y responsabilizara a los 5
presos políticos que nos encontrábamos allí, de que
unánimemente los reclusos rechazaron el almuerzo
para protestar por la mala calidad, la mala estado
y la poca cantidad del mismo, y es fácil ver con
ver su versión errónea de los hechos, porque
así tendrían justificación para poderse ensañar
contra nosotros. Ustedes nos enviaron bajo la
celdas de castigo sin avisarnos, sin avisar
que los reclusos tenían la razón en sus reclamaciones y sin saberse desentendiéndose de que el que
provocó con su alocución la protesta... fue el guardia Sgto. Jorge Cornide Méndez, que interrumpió la
comida porque no alcanzaba y mandó a recogerla
después de servida y dar vuelta cantidad para
que así alcanzara. Esto fue lo que motivó fuertemente
la protesta de los 20 presos del Destacamento.
Evidentemente ustedes quisieron cortar la soga
por donde más les convenía, y echarles la culpa a
los políticos. Sólo después que se reunieron con
los presos comunes al día siguiente y estos se defendieron y los excluyeron de toda responsabilidad directa en los hechos y explicaron todo como
realmente fue, ustedes reconsideraron. Sin embargo nos mantuvieron 9 días en las celdas de castigo, sin sábanas, sin nuestras pertenencias, con las
celdas llenas de agua, lo que motivó nuestro aire
de protesta. Además estábamos enfermos con
la diarrea epidémica que ha contaminado la prisión
¿Por qué ese ensañamiento con nosotros? y no es la

primera vez que esa arbitraria represión ocurre con los presos políticos, que independientemente de nuestra voluntad de lucha, de nuestras convicciones y nuestro activismo, contamos entre los más disciplinados. Y así ustedes nos deben de considerar, pues somos en general ejemplo de conducta en la prisión. Por otro lado, si tienen tanta preocupación de que subordinemos a los presos comunes, ¿por qué nos mantienen arrestados con ellos, incurriendo así en una violación más?

Queremos que sepa Tte. Coro. Caso, que se han vuelto a tomar medidas represivas injustamente contra nosotros (pérdida de parte de nuestras pertenencias y otros nos trasladaron de destacamento violando la condición de presos primarios) a expensas de sus bonos de orden interior. Nos dijo que no había estado todo todos, que no teníamos culpa, ¿entonces, por qué la represión? ¿por qué no se rectifica y se nos saca de inmediato de las celdas de castigo y por qué luego nos sacaron a algunos del destacamento?

Queremos que sepa que no vamos a mirar con indiferencia las violaciones y las arbitrariedades que ustedes cometen a diario en nuestras personas y en la de los demás. Martí dijo: "en la mejilla de todo hombre honrado se ha de sentir la bofetada que recibe cualquier mejilla de hombre". Y actuar de esa manera irreflexiva como han actuado es abusar de la autoridad y caer en provocaciones que podrían tener desenlaces perjudiciales para todos, porque nuestras intenciones no son las de desestabilizar la disciplina, sino las de hacer valer nuestros derechos como humanos que somos, aún en la prisión.

Reclamamos de usted una vez más de su comprensión, en aras de no agudizar, en aras de ya hacer más injusta, nuestra ya arbitraria y abusiva condena de privación de libertad.

- Isabel Sambra Haber - Guillermo Sambra Haber
- José Sambra Vega - Enrique Corona López - Alexis Reyra Álvarez
  - presos por sus ideas políticas.

c. copia - Dirección Nacional de Cárceles y Prisiones
 - Roberto Cuellar Instituto Interamericano de Derechos Humanos (Costa Rica)
 - Fiscalía Provincial
 - Prensa Internacional

La Habana, 20 de Octubre de 1995.
"Centenario de la Guerra Necesaria"
"Año Internacional de la Tolerancia"

Consejo de Estado.
República de Cuba.

Atentamente:

Dr. Armando Hart   Sr. Henry E. Cotto
Ministro de Cultura, Cuba.   Agencia Cultural e Informática USA.

Sra. Gloria López   Sr. Sergio Corrieri
UNESCO   ICAP.
América Lat- Caribe.

Asunto: Instituto de Integración Cultural Cubano- Americano. -IICCA-.

Excelencias:

La misiva cumple el "MENSAJE" de ratificar nuestro interés y decisión de promover el asunto de referencia, desarrollando la INTEGRACION CULTURAL, como símbolo de fomentar PAZ entre los pueblos de Cuba y Estados Unidos de América.

IICCA: Sus raíces datan de medio siglo, dando luz en el Complejo Arquitectónico, reconocido por la UNESCO "Patrimonio de la Humanidad", la Otrora Joya Cultural: La Villa San Cristobal de La Habana; reconocido: Instituto Cubano - Americano, recibieron ayuda por las agencias gubernamentales, promoviendo becas y post-grados a universidades, y centros culturales de la vasta civilización estadounidense, ratificando el aforismo sabio y máximo del Apóstol cubano; "Nuestra América Toda"...

Los documentos que dan fe de este proyecto se oficían en el Consejo de Estado, así como en el Ministerio de Justicia de la República de Cuba, también en una parte de la llamada Sociedad Civil Cubana: Conferencia de Obispos Católicos de Cuba, Orden Caballero de la Luz, Instituto de Economistas Independientes de Cuba, "Corriente Agramontista"; Naciones signatarias del TLC, la Cancillería cubana, la Unión Europea, el Alto Comisionado por los Derechos Humanos, y el Director General de la UNESCO, su excelencia, Federico Mayor Saragoza.

Su acento mayor radica, en lo que es nuestra influencia natural y geográfica, y en lo social donde se establecerá en los umbrales del 2000, más del 20% de la población cubana, cuando su emigración (exilio) hoy produce tres veces más que los casi 12 millones de cubanos de la Isla, dado por el dominio de la tecnología en punta más sofisticada del Orbe, avalada por una verdadera Sociedad Civil, que promueve el talento, y la iniciativa individual, en lo que puede denominarse ya: "La Civilización Estadounidense".

Instituto de Integración Cultural Cubano - Americano -IICCA-, es una "Agencia" cultural de la ONG a denominar: "Sociedad Política de La Habana" -SOPOHA- que pretende autogestionarse ser reconocida como una ONG en la Nación y la Emigración (exilio)

DEL INSTITUTO DE INTEGRACION CULTURAL CUBANO AMERICANO - IICCA -.

"PRESIDENTE DE HONOR": Ismael Sambra.

El Intelectual Ismael Sambra, hoy purga condena de presunta agravante "Propaganda enemiga" "E incitación a la rebelión".

Oriundo de la Capital Oriental: Santiago de Cuba, un ser humano extremadamente enfermo, en la misma urbe cuando apenas era un párvulo, un grupo de jóvenes liderados por el joven abogado Fidel Castro, tomó por las armas a la segunda fortaleza militar de la Isla, hubo hechos de sangre, la Orgía del tirano defacto cobró con saña tan intrépida acción, las vidas de los mejores jóvenes de la época.

El presidente cubano fue condenado a 15 años de prisión, apenas a los dos años se le concedió "Amnistía", "Gozó" del Presidio Político: excluído de los presos comunes, visita de la prensa, familiares y amigos.

El joven abogado desarrolló una campaña cívica en los medios de propaganda, acusando públicamente al Dr. Prío, presidente de la república, de máximo responsable de la pobreza del cubano medio.

El joven abogado emplazó al régimen defacto del tirano Batista de pandillero, que había ahogado en sangre, y tronchado las libertades públicas, y los anhelos democráticos del pueblo cubano. (ver periódico Granma de Marzo 14/92.).

El joven abogado, el Dr. Fidel Castro no fue confinado por propaganda enemiga e "Incitación a la rebelión".

En el 1/2 siglo de la ONU y Cuba fundadora en el "Año Internacional de la Tolerancia", rogamos encarecidamente: LIBERTAD PARA SAMBRA; en la mediación del Presidente cubano, Dr. Fidel Castro.

Con copia:

Dr. José Ayala Lazo: Alto Comisionado Derechos Humanos.-ONU .

Médicos sin fronteras.

Cruz Roja Internacional.

Amnistía Internacional.

Freedon House.

Francia Libertés.

El Instituto de Integración Cultural Cubano Americano, establecerá su Sede en lo que se denominará: "Casa Música Contry" domicilio social: Este 805-07, Apto. B 3 Esq. Conill. Nuevo Vedado. La Habana. Cuba. (Sr. Carlos M. Ríos) - Bobby-.

En espera de su atenta respuesta,

Fraternalmente:

Con copia:

Sr. Roberto Robaina. Cancillería cubana . II Conferencia Nación y Emigración.
Excelentísimos: Ricardo Alarcón y Richard Nuccio: Acuerdos Migratorios Cuba-USA.
Sra. Katerine Mousse: Sria. Cultura y Prensa. -SINA- USA.-Cuba.
Senador. Jonh Mc Caim: Chairman -IRI- USA.
Dr. Robert Pastor: Fundación Carter -Atlanta- USA.
Dr. Matías Travieso-Díaz. Cuban proyect- Bfte. Show Pitman & Trowbrige.
Dra. Pamela Folk: Consejo Atlántico Bfte. Holland & Knight.

Personalidades de la Cultura Cubano-Americana:

Sra. Celina González. (La reyna de la música guajira cubana).

Sr. Keny Roger. (Master Coontry Miusic)

Sra. Liuva María Evia.

Sr. Carlos Varela.

Sr. Pedro Luis Ferrer.

Sra. Celia Cruz.

Sra. Gloria Stefani.

Sr. Willi Chirino.

Sr. Arturo Sandoval.

Sra. Magui Carlés.

Sra. Albita Rodríguez.

Sr. Josév Feliciano.

Sr. Edmundo Daubar . (Asociación de Amistad Musical Cuba América). -AMCA).
Sede Casa del Tango. Neptuno # 305 La Habana.

Santiago de Cuba 4-3-96

AL : Oficial de guardia

Por este medio informo a Ud. que este recluso debera ser conducido hasta el pol.esp. Ecorcadiograma.

23330186   Sembre Heber Cecilio
15/93   P/Stgo   10 años   Rebelion   Ext: 11-2-2003

Mayor: Elio Avila Godina   Cptán: Reynaldo Ramires Maceo
         J' Udad   2do J' Udad

<u>TOMAR LAS MEDIDAS SEGURIDAD ESTABLECIDAS RECLUSO C/R</u>

Stgo de Cuba, 19 de Noviembre de 1996

C/R

Al: Oficial de Guardia Unidad
Del: J' Unidad Prisión Boniato
Ref: Conduce.

Este recluso que debajo relacionamos será conducido hasta el Pabe Espec al Dpto de Cardeología a las 013:00 horas. Tomen las medidas de seguridad necesarias.

1.- 2330186 - Cecilio Ismael Sambra Haber
Causa - 15/93, Por Stgo, 10 años, Rebelión
Extingue - 11-2-2003.

Es todo.

Capitán Jdo J' Unidad Prisión Bto
Roberto Bomba Martí

Mayor J' Unidad Prisión Bto
Elio Avila Codina

Santiago de Cuba, 26 de Enero de 1987,
"Año 29 de la Revolución"

H A G O C O N S T A R:

Que hace 7 años que el compañero Lic: Ismael Sambra Haber viene prestando una destacada colaboración en el asesoramiento artístico de la Comparsa San Pedrito, de la cual soy director.

Que en todo este tiempo ha mantenido una magnífica actitud de trabajo y excelentes relaciones humanas con todos los integrantes de la Comparsa, que su ayuda y cooperación como Asesor han influido en los resultados estéticos y artísticos alcanzados por nuestra agrupación y también el que nuestra Comparsa haya obtenido el Primer Lugar en los últimos tres años.

Que las relaciones de trabajo, han estrechado las relaciones humanas y debido a ello, integrantes de nuestra comparsa lo han ayudado en la Construcción de su casa por la Carretera del Caney. Que al ganar nuevamente el primer lugar en la Categoría de Comparsa en los Carnavales de Julio de 1986, decidimos festejarlo con una actividad en el mes de Agosto de 1986 en casa de los padres del compañero Sambra, en la misma participamos todos los compañeros de la dirección de la Comparsa y pudimos intercambiar opiniones y conversar ampliamente con los padres del compañero Ismael, apreciando unas excelentes relaciones y un manifiesto orgullo por su linda casa y por su hijo Ismaelito.

Que no observamos ningun tipo de tirantez, ni manifestación de malas relaciones entre padres e hijo.

Y como constancia, firmo la presente,

Rolando Maceda Dapena
Director Comparsa San Pedrito

Stgo de Cuba
11 de 1/sep/07

Mi querido amigo, Mariano Bryant.
Sentí tremenda alegría cuando recibí tu carta, pensé
que ya no te acordabas de nosotros, pero ve pensaba
que siempre te acuerdas de la gente del barrio de San P.
que tanto hiciste por su cultura. Te diré que siempre
te recordamos y más cuando estamos en carnaval,
donde quiera que me paro siempre digo que Tú fuiste
el mayor impulsor, que presentó todo tus conocimiento
carnavalesco en pasos de que lo empeso ganar el
primer lugar, cosa que alcanzamos durante 7 años
seguido (83-89) un tercero y 2 segundos (80-82)
fueron años de muchas alegría para el barrio, nos
alimentamos de tus enseñanzas las cuales no parian
a trabajar las 24 horas, para poder sacar en el carnaval
todas tus ideas, el rey momo, los brujerías, la muerte
en vivo, las aceras curvas, las brujas, los 3 cabezas
nos pito doble canto, la serpiente tarasca, los diablos
los cantos en fin un tsunami de elementos que ya
habían desaparecido del carnaval y que sacamos con
la asesoría tuya, y una idea fenomenal fue sacar
esos elementos en bloques de 20, 30, 40 integrantes, era
increíble ver aquello, que cosa mas linda es el fuego
de... Bueno no voy a seguir recordándote cosas para
que no te emociones. De mi familia te diré que...

después de los 3 varones, Delia parió una hembra (lo que nos faltaba) en 1992, le pusimos ANA JULIA es de lo mas linda, inteligente, nació completica es fuerte como la mamá, el primero de Junio de este año le vamos a celebrar sus 15 años.

Sigo trabajando en el mismo lugar, la gente la gente en el barrio siguen en su mundo, Pecan, Pancho, Kiki tranquilo, desde el 1990 no dirijo lo comparso y mas nunca ganaron el primer premio, Marino W igual, todo como lo dejaste.

Delia te manda muchos besos y mis hijos, mucho éxito en tu vida, saludos a tu esposa y a tus hijos. Bueno amigo hermano, te deseo lo mejor de la vida, siempre te recuerdo, no me olvido. Rolando.

Mi Dirección: Leopoldo del Cueto #155
% Fray Guarda pero
San Pedrito

(El Telefono de mi casa es)
63 4632

NOTA: No me entregaron los Regalos que dices que mandaste Pelo, libro.

Mi Correo:
ALYSSAJADE_14@yahoo.e

REVISTA LITERARIA

No. 2

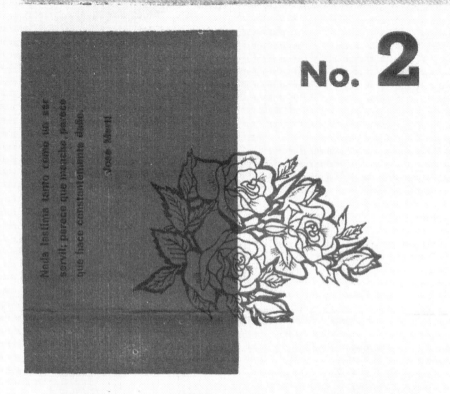

Nada lastima tanto como un ser servil, parece que paschs, parece que hace constantemente daño.

José Martí

EL GRUPO

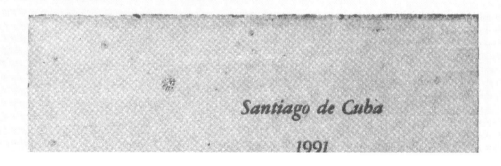

Santiago de Cuba
1991

Martí dibujado en prisión.

INDICE EXPLICATIVO DE LOS DOCUMENTOS AQUÍ EXPUESTOS:

Pág. 339. Parte de la sentencia dictada por el Tribunal Provincial que llevó a prisión al Personaje central de esta Docu-novela.

Pág. 342. Carta de Amnistía Internacional enviada al Personaje central y a otros prisioneros, exhortándolos a la disciplina. Y carta de respuesta del Personaje central donde, después de agradecer por la gestión que hace Amnistía Internacional para obtener su libertad, le advierte sobre una nueva huelga para protestar contra la represión y las humillaciones impuestas por el régimen.

Pág. 345. CONVOCATORIA-PROLIBERTAD. Con esta convocatoria el Personaje central, llama a la protesta ante las violaciones. Veintidós prisioneros políticos y un prisionero común se declararon en rebelión solo en la prisión Boniato. Su intención era extender la acción a todas las prisiones de la isla para llamar la atención internacional sobre los prisioneros políticos cubanos.

Pág. 347. ACTO DE TESTIMONIO... Este documento fue sacado de la prisión con ayuda de una enfermera del hospitalito de la prisión Boniato donde se encontraba recluido el Personaje central, después de varios días en huelga de hambre. Siete prisioneros políticos de conciencia pusieron en riesgo sus vidas en los 40 días que duró la huelga. Los acuerdos fueron después violados, y los huelguistas fueron desterrados a prisiones de otras ciudades, lejos de sus familiares.

Pág. 348. Código penal cubano con los artículos de Rebelión y Propaganda Enemiga, por los cuales fue juzgado y condenado el Personaje central de esta Docu-Novela.

Pág. 351. Dibujo realizado en la prisión por nuestro Personaje central, y enviado a su esposa y a su madre como celebración del Día de las madres.

Pág. 352 Carta enviada al Director de la prisión donde se analiza que no hay motivo ni razón para enviar al Personaje central y a su hijo a las celdas de castigo.

Pág. 354. Documento del Instituto de Integración Cultural Cubano-Americano, organización no gubernamental, la cual declara Presidente de Honor a nuestro Personaje central. En este se pide su inmediata liberación y firman importantes figuras de la cultura cubana dentro y fuera de la isla.

Pág. 357. Pases de autorización para llevar al Personaje central al hospital, lo que demuestra que la campaña internacional para exigir su atención médica estaba funcionando. Obsérvese que se piden dos guardias con experiencia y se advierte que se trata de un preso C/R; es decir, contra revolucionario, por lo tanto muy peligroso.

Pág. 358. Pase especial al Personaje central para que visite a su familia, días antes de salir desterrado a Canadá, resultado de la reunión del Ministro de Relaciones Exteriores Mr. Lloyd Axworthy con el dictador en la capital de la isla. Querían dar la imagen de que las relaciones entre Canadá y la isla de Cuba estaban funcionando. Meses después, el Ministro se reúne en su oficina con el Personaje central, y le confiesa que la primera respuesta del dictador en la reunión fue que en Cuba no había periodistas ni escritores en prisión, y sólo cuando él le mostró el currículo del Personaje central, el dictador aceptó la realidad y le prometió "investigar".

Pág. 359. Documentos que testifican la participación del Personaje central en actividades públicas, como esta del rescate de las tradiciones del carnaval de Santiago, producto de sus trabajos de investigación folklórica y su aplicación directa, primero como miembro del jurado del carnaval durante cinco años y después como asesor folklórico de la Comparsa San Pedrito, llevándola a ganar el primer lugar en los desfiles. El régimen se había encargado de desacreditarlo y de eliminar su nombre de cualquier medio. Sus videos como actor y director de la TV fueron borrados.

Pág. 362. Portada de la revista literaria El Grupo creada por el Personaje central quien junto a otros intelectuales fundó el primer Grupo de Escritores y Artistas Independientes de Cuba, conocido como El Grupo. Esta revista fue censurada después de su segundo número, y todos fueron expulsados y acusados de contra revolucionarios.

Pág. 363. Portada del libro A través de las rejas, con poemas escritos, manuscritos y publicados por el Personaje central, en la prisión de Boniato.

Pág. 364. Retrato de José Martí, dibujado en la prisión por el Personaje central, como homenaje al héroe nacional de la Guerra de Independencia de Cuba, a cien años de su muerte en combate el 19 de mayo de 1895.

INDICE

Capítulo I	7
Capítulo II	37
Capítulo III	59
Capítulo IV	93
Capítulo V	109
Capítulo VI	139
Capítulo VII	165
Capítulo VIII	183
Capítulo IX	231
Capítulo X	255
Capítulo XI	293
Capítulo XII	315
Epílogo	331
Agradecimientos	338
Anexos	339

En la colección Caribdis

Ángeles desamparados - Novela - Rafael Vilches Proenza
El regreso de Mambrú - Cuentos - Ángel Santiesteban Prats
Tatuajes - Novela - Amir Valle
Gajes del oficio - Cuentos - Luis González
Imágenes y figuras - Cuentos - Hendrik Rojas
Las sendas de la noche - Novela - Giovanni Agnoloni
El cuentista bajo la encina blanca - Cuentos - Juan Calderón Matador
¿De qué mundo vienes? - Novela - Luis Pulido Ritter
Nada más que diablos - Cuentos - Alonso Burgos
El pianista y la noche - Cuentos - Antonio Álvarez Gil
Mediterráneo - Novela - Galina Álvarez
La herencia Kafka - Novela - José Manuel Costas Goberna
Dómino de dictadores - Novela - Alfredo A. Fernández
La playa de los perros románticos - Novela - Marino Magliani
Inquisición roja - Novela - Rafael Vilches
El hueco - Novela - Ana Rosa Díaz Naranjo
Annette Blanche, una chica del norte - Novela - Juan Manuel Villalobos
Amantes y destructores - Novela - Gustavo Forero Quintero
Fe de erratas - Cuentos - Johan Ramírez
Formas de luz - Novela - Marco Tulio Aguilera G.
Todo el mundo tiene una historia - Novela - Xavi Simó
La sombra del HMS Rosalie - Novela - Israel Gutiérrez Collado
Muertes trece siete vidas - Cuentos - Néstor Ponce
Gorriones bajo la lluvia - Cuentos - Milia Gayoso Manzur
Hijos varios - Cuentos - Grizel Delgado
La maquinaria - Novela - Frank Castell
La pluma de la libertad - Novela - Ulises Laertíada
Vocación por la muerte - Novela - Antonio Gutiérrez R.
Casa de cambio - Novela - Alejandro Aguilar
Los días del impío - Novela - Alberto Garrido

Tres maneras de engañar al mundo - Novela - Ray Faxas
Blues de los cuchillos - Novela - Pedro Antonio Curto
Todos somos libros - Antología cuentos Paraguay - VV.AA
Procesado en el paraíso - Novela - Ismael Sambra
Casa de ciudad - Cuentos - Gosela Kozak Rovero

Manufactured by Amazon.ca
Bolton, ON